긴 시간 기다려주신 모든 분들께
진심으로 감사드립니다.

2018. 03.

Red And Mad

레드 앤 매드

I

I

Red And Mad

레드 앤 매드

권겨을 장편소설

D&C BOOKS

Contents

Prologue

Prologue

우주. 그 무한한 공간에서 에너지 대폭발이 일어났다. 무서운 굉음을 울리며 터진 에너지들은 튕겨 나가 또 다른 에너지와 맞닿아 연쇄적으로 폭발을 일으켰다. 그것은 무無의 공간에서 끊임없이 반복되었다.

엄청난 양의 에너지가 응집된 파편들은 빛의 속도로 날아가 별, 행성, 혹은 운석이 되기도 하고 다른 에너지가 뿜는 힘의 소용돌이에 흡수되어 사라지기도 했다.

그것은 검은 안개를 지닌 검은 파편도 마찬가지였다. 폭발에서 튕겨 나온 검은 파편은 다른 에너지에 휩쓸려 무無로 되돌아갈 뻔한 위험을 수도 없이 겪은 후, 마침내 태양에너지에 끌려 들어가기 직전에 가까스로 멈출 수 있었다.

자신과 비교할 수 없을 만큼 강한 열에너지를 가진 태양은 주위의 어떤 폭발에도 휩쓸리지 않을 정도로 거대하게 빛났다. 검은 파편은 더 이상 에너지의 연쇄 폭발에 휩쓸리지 않으려면 태양과 같이 자신을 지탱해 줄 몸체를 만들어야 한다는 것을 알았다.

검은 파편은 검은 안개 또한 자신의 주위에 잘 자리 잡은 것을 확인했다. 그리고 동시에, 주위의 모든 것을 빨아들이기 시작했다. 별이고 운석이고, 심지어 지나가는 에너지조차 상관하지 않고 계속해서 빨아 삼켰다. 억겁의 시간이 흐르는 동안 무한한 공간을 헤매고 다닌 탓에 몹시도 지쳤지만, 몸체를 만들기 위해서 반드시 해야 하는 일이었다.

파편 주위로 검은색의 딱딱한 구가 형성되었다. 곧 구는 검은 안개까지 감쌀 만큼 커졌고, 점차 거대해졌다.

더 이상 주위에 아무것도 빨아들일 것이 없을 때쯤에서야 검은 파편은 자신이 또 다른 에너지에 휩쓸리지 않을 정도로 강해졌다는 사실을 알 수 있었다.

빨아들인 기체들은 뭉치고 뭉쳐 대기를 형성했고, 수분은 구의 절반을 덮는 바다를 이루었다. 온전히 삼키기 힘든 딱딱한 별과 운석들은 검은 파편의 힘에 다져져 대지가 되었다.

검은 파편은 자신이 새로 가진 근사한 몸체가 마음에 들었다. 하지만 이내 산들산들 불어오는 바람을 따라 몸을 움직이려다 이전처럼 자유롭게 움직일 수 없다는 사실을 깨달았다. 다른 에너지에 휩쓸리지 않으려는 것에 급급해 거대한 몸체가 생기면 움직일 수 없다는 사실까지는 미처 생각지 못한 것이다.

하지만 그 문제를 당장 해결할 수는 없었다. 검은 파편은 무척이나 피곤했다. 때문에 몸체인 구의 가장 깊숙한 곳에서 까무룩 잠에 들었다.

검은 파편이 다시 잠에서 깨어난 것은 몸체 구석구석이 근질근질거려 참을 수 없을 정도가 되고 난 후였다. 눈을 뜬 검은 파편은 자신의 몸체를 확인하기 위해 몸체에서 벗어나는 방법을 찾아냈다.

검은 파편은 검은 안개 속에 숨어야만 비로소 검은 안개를 타고 움직일 수 있었다. 하지만 자유로운 움직임은 고작 자신의 거대해진 몸체 내로 한정되었고, 더 이상 광활한 우주를 누빌 수 없게 되었다.

검은 파편은 후회하지 않았다. 다만 검은 안개 속에 들끓는 에너지를 숨겼을 뿐이다.

검은 파편은 몸을 간질이는 원인을 찾아내기 위해 검은 안개를 타고 몸체 곳곳을 돌아다녔다. 그리고 자신이 잠든 사이, 몸 위에서 자라난 것들을 보고 깜짝 놀랐다.

자신의 의지와는 상관없이 몸 위에 수백, 수천, 수만 가지의 생명체들이 태어나 검은 파편을 간질이고 있었다. 그것들은 검은 파편이 의식하지도 못하는 새에 자연스레 그의 몸체에 적응하기 위해 진화를 거듭 반복하며 성장했다.

검은 파편은 검은 안개 깊숙한 곳까지 담뿍 느껴지는 생명의 기척들이 기분 나쁘지 않았다. 그는 정신없이 그것들을 관찰했다.

그는 크기가 가장 거대한 생명들이 금방 다른 생명들을 빨아들일 것이라고 생각했다. 검은 파편을 탄생시킨 에너지들의 폭발도 마찬가지였기 때문이다.

큰 에너지가 그보다 작은 에너지를 잡아먹고 그보다 더 큰 에너지가 그 에너지를 잡아먹는 것을 끝없이 되풀이하는 곳이 바로 우주, 그것이 검은 파편이 태어난 곳이었다.

그러나 검은 파편의 생각과는 다르게, 가장 빨리 진화를 거듭한 건 작은 털북숭이 종족이었다. 그들은 그 어떤 생명체보다 가장 빠르게 번식했고, 마치 필연적인 것처럼 날 때부터 무리 생활을 했다.

물론 다른 생명체들 또한 금방 무리를 짓고 서로를 의지해 살아갔지만, 그들은 그중에서도 남다르게 시선을 끌었다. 그들은 다른 거대한 생명체들에 비해 한없이 작고 약했지만, 종족 보존을 위한 싸움에서는 누구보다 월등했다.

그들의 무리는 그 어떤 종족보다 다양하고 영리한 방법으로 승리를 거머쥐며 자신들의 영역을 점차 확장해 나갔다. 싸움에서 진 적은 돌 혹은 나무로 잔인하게 내려쳐 반드시 목을 베었다.

달랑거리는 목과 사냥감을 들고 제 무리로 돌아가면, 무리는 목과 뼈만을 남긴 채 사냥감을 모조리 먹어치웠다. 그것은 비단 배고픔을 채우기 위한 생존 수단만은 아니었다. 그들은 적을 먹음으로써 힘을 습득했고, 그것에서부터 자신감과 우월감을 성취했다.

다른 에너지에 흡수되지 않기 위해 엄청난 힘을 소모하여 몸체를 키운 자신과는 전혀 다른 방법으로 종족을 보존하는 그들을 관찰하며 검은 파편은 순수하게 경탄했다.

그들은 강했다. 적의 공격을 받는 것뿐 아니라, 검은 파편의 아주 작은 움직임에 일어난 파도나 대륙의 흔들림에도 쉽게 목숨을 잃었지만 곧 언제 그랬냐는 듯 굳게 일어나 자신들의 터전을 가다듬었다.

검은 파편이 정신없이 그들을 관찰하는 동안 그들은 어느덧 먹이사슬의 최상위에 올라섰다. 그들은 더 이상 몸집이 큰 적을 두려워하지 않았고, 시시때때로 적을 사냥해 먹이로 삼았다. 때론 저들끼리 즐기듯 생명체를 죽이며 축제를 열 때도 있었다.

어느 순간부터 그들은 적의 머리를 무리로 가져와 보관하지 않았다. 대신 베어 온 적의 머리를 바다에 던지거나, 땅에 조심히 묻는 행위를 반복하며 알아들을 수 없는 말로 무언가를 간절하게 외쳤다.

그들이 언어를 구사하게 되었을 때쯤에야 검은 파편은 그 행위의 진의를 알게 되었다. 종족이 위험해 처할 때마다 검은 파편에게 싸움에서 쟁취한 전리품을 바치는 행위였다.

얼마 안 가 그들은 알아들을 수 있는 정확한 언어로 자신들을 '인간'이라고 부르기 시작했다.

검은 파편은 고독했다. 무엇을 하고 있느냐, 무슨 말을 하고 있느냐, 몇 번이나 생명체들에게 다가가 대화를 시도했지만 번번이 실패했다.

제가 입을 여는 순간 마른하늘에서 벼락이 떨어지거나 땅이 쩍쩍 갈라졌기 때문이다. 모여 있던 생명체들은 검은 파편의 말을 알아들을 새도 없이 혼비백산 흩어졌다.

검은 파편은 다시 외로움에 갇혔다. 자신의 몸체 위에 있는 수많은 생명체 중 누구도 자신을 알아보지 못했다. 그럼에도 검은 파편은 인간 주위를 맴도는 것을 멈추지 않았다.

유일하게 언어를 구사하는 인간은 그 어떤 생명체보다 순수하고 역동적이었다. 비록 그들이 바로 옆에 있는 검은 파편을 알아보지 못할지언정 자신은 그들을 볼 수 있으니 그것으로 만족하려 했다.

그러던 어느 날, 그것은 정말로 소리 소문 없이 태어나 검은 파편에게로 다가왔다.

"멋진 안개를 가지고 있구나."

검은 파편은 깜짝 놀라 대꾸하는 것도 잊어버린 채 자신에게 말을 거는 이를 정신없이 바라보았다. 눈앞의 여성은 앳된 소녀 같기도, 오랜 세월 풍파를 거친 늙은 여성 같기도 했다.

인간은 분명 자신의 말을 알아듣지 못하는데. 그러니 인간은 아니었다. 그렇다면 정체가 뭐지?

제 몸 위에 있는 생물 중 검은 파편이 기척을 느끼지 못하는 생명체는 단 하나도 없었다. 아주 작고 움직임 없는 새싹조차 강한 생명력을 내뿜으며 검은 파편에게 자신의 존재를 알렸다.

하지만 아름다운 소녀에게선 생명의 기척을 느낄 수 없었다.

"……넌 누구지?"

검은 파편은 혹여나 자신의 목소리에 실린 힘 때문에 상대방이 위험에 빠질 것을 염려하며 조심스럽게 말을 건넸다. 그리자 따스한 웃음소리가 검은 파편에게로 다가왔다.

"난 시간이야."

"시간?"

"그래."

"너에겐 생명의 기척이 느껴지지 않아. 내 권능에서 태어나지 않은 존재로구나."

검은 파편이 의아함을 한껏 담아 대꾸했지만 시간에게서 부드러운 웃음은 거둬지지 않았다.

"난 인간들의 염원으로 태어났어."

"……염원?"

"인간들은 모두 지나간 이들과 앞으로의 일들을 염원하고 기원해. 어떤 이들은 죽은 이를 그리워하고, 어떤 이들은 앞으로 태어날 이를 기대하고 있지. 난 그들을 구원하기 위해 태어난 존재야."

"나에겐 어떻게 말을 걸 수 있지?"

"그건 네 힘을 나눠야 그들을 구원할 수 있기 때문이야."

검은 파편은 시간의 말이 선뜻 이해 가지 않았지만 깊이 파고들지 않았다. 중요한 것은 어쨌거나 자신을 '시간'이라 지칭한 그녀가 유일하게 대화를 나눌 수 있는 존재란 사실이었다.

"인간들을 구원하기 위해선 검은 파편, 네 힘이 필요해."

"내 힘?"

"그래. 네가 몸체의 주인이니, 너만이 도와줄 수 있어."

"그들을 구원하면 넌 나에게 무엇을 해 줄 수 있는데?"

"무엇이든."

"그래, 좋아. 그들을 구원해 준 후에 넌 내 옆에 있어야 해."

시간은 환히 웃으며 고개를 끄덕였다. 그러고는 빠른 몸놀림으로 검은 파편에게서 등을 돌려 인간들 속으로 섞였다.

그녀는 어떤 인간에게는 영원과 같은 시간을 주기도 했고, 어떤 인간에게는 주었던 시간을 빼앗기도 했다. 시시각각 다른 형태로 변화하며 인간 세상에 속속히 관여하기 시작했다.

그녀의 손아귀 아래에서 인간들은 무리를 형성하고 무리끼리 모여 부족을, 부족끼리 모여 하나의 거대한 국가를 형성했다.

시간은 종종 검은 파편에게 힘을 부탁했고 검은 파편은 그녀의 말에 따라 풍요로운 토지와 수많은 수중 생물들을 실은 바다를 인간들에게 선뜻 내주었다. 어쩔 때는 시간의 주의 아래 아주 오랫동안 몸체를 움직이지 않고 숨죽여야 했다.

인간들은 그들의 무리에서 아늑하고 행복하게 살아갔다. 시간은 그들이 평안해지는 때에만 잠깐잠깐 찾아와 검은 파편의 외로움을 달래 주었다.

"모두 네 덕이란다. 고마워."

"이젠 내 옆에 있는 건가?"

"아니. 아직 내가 필요한 인간들이 존재해."

검은 파편은 서운했지만 꾹 눌러 참았다. 조금만 더 인내하면 곧 시간이 제 옆에 있어 주리라. 그러면 이 공허함과 외로움도 사라지겠지.

안정된 인간들은 형체가 있는 시간을 어느덧 '여신'이라 부르기 시작했다. 그녀를 위한 사원을 건립하고 아름다운 꽃들을 꺾어 그녀에게 바쳤다. 또 그녀에게 매일 기도했다.

검은 파편은 시간이 인간을 구원해 주면 이 모든 일이 잠잠해질 줄 알았다. 하지만 인간들은 오히려 예전보다 더욱 쉴 틈 없이 그녀를 찾았고 그 덕에 검은 파편도 덩달아 쉴 틈 없이 바빠졌다.

시간의 부탁에 검은 파편이 토닥토닥 땅을 두드렸다. 그러자 쩍쩍 갈라진 땅이 순식간에 윤기가 흐르더니 곡식들이 넘치도록 자라났다. 검은 파편은 따스한 입김을 후 하고 불어 추운 지방의 인간들을 감싸 주기도 했으며 성난 파도를 살살 쓰다듬어 바다 근처에 사는 인간들이 두려움에서 벗어나도록 도와주었다.

인간들이 사는 곳마다 검은 파편의 힘이 배어 들어갔다. 생명체들에게 깊이 에너지를 방출한 적이 없던 검은 파편은 금세 지쳐 갔지만 그의 힘을 북돋아 주는 것은 언제나 시간과의 부드러운 대화였다.

인간들의 우두머리들은 매년 시간을 위해 커다란 축제를 열었다. 시간은 자연스럽게 인간의 모습을 하고 축제에 어울렸으나 검은 파편은 그 모습을 물끄러미 바라볼 수밖에 없었다.

"여신님, 여신님. 아름다운 여신님. 당신 덕에 우리들은 구원받았습니다. 우리는 당신을 언제나 존경하고 사랑합니다."

인간들이 목소리를 모아 시간을 찬양하자 그녀는 검은 파편에겐 보여 주지 않았던 환한 웃음을 그들에게 돌려주었다.

"나뿐 아니라 검은 파편에게도 감사히 여기렴."

시간은 언제나 인간들에게 검은 파편을 이야기했다. 그러나 인간들은 눈에 보이지 않는 검은 파편의 힘보단 눈에 보이는 시간이란 상징에 더 의존했다. 어쩌면 그들은 실질적으로 작용했던 검은 파편의 힘조차 시간의 것이라 믿고 있을지도 몰랐다.

축제가 끝나자 시간이 검은 파편에게로 돌아왔다.

"이제 내 옆에 있는 건가?"

검은 파편이 묻자 시간이 예전과 같이 답했다.

"아니. 아직 내가 필요한 인간들이 존재해."

"이제 인간들은 스스로를 돌볼 수 있다."

"그렇지만 저들을 보렴, 검은 파편아."

시간이 부드럽게 웃으며 인간들을 가리켰다.

"저들은 하루에도 수십, 수백 번씩 수많은 감정을 내보이며 하루를 살아간단다. 이제야 인격을 갖춘 저들을 어떻게 돌보지 않을 수 있니?"

"감정? 인격? 그게 뭐지?"

"인간만이 가질 수 있는 것이지. 네 옆에 있을 때쯤에 너에게 가르쳐 줄게."

검은 파편은 시간의 말에 다시 순순히 그녀를 놓아주고 인내했다. 곧 인간들이 시간을 필요로 하지 않을 날이 올 것이리라. 그러면 이 공허함과 외로움도 사라지겠지.

하지만 인간들은 계속해서 시간을 찾았다. 끊임없이 되풀이되는 과정 속에서 인간들은 하나같이 여신의 특혜를 받지 못해 안달이 났고, 그것은 곧 갈등으로 치달았다.

여신을 차지하기 위한 대전쟁이 일어났다. 검은 파편이 힘을 쏟은 게 무색하게 순식간에 땅은 황폐해졌고 진득한 피로 뒤덮였다. 인간들은 서로를 무참히 살해했다.

보기만 해도 무시무시한 무기들이 살을 가르고 목을 베었다. 오로지 종족의 적들에게만 향했던 날카로운 칼날이 이제는 서로를 향하게 된 것이다. 시간을 찾는 사람들이 폭주했다. 덕분에 시간은 눈코 뜰 새 없이 바빠졌다.

검은 파편은 다시 멀어지려는 시간을 가까스로 붙잡았다. 그녀가 스스로 자신을 찾아오길 기다리고 인내했으나 상황이 여의치 않았다. 인간들은 스스로를 파멸하고 있었고 생명체의 파멸은 검은 파편의 몸체 위에서 흔히 일어나는 일이었다.

"나를 놓아줘, 검은 파편아."

"내 옆에서 감정을 가르쳐 주기로 했잖아."

"나를 찾는 인간들이 너무나도 많단다."

"너는 네 할 일을 충분히 했어. 이제 인간들을 그만 돌보아도 된다."

"그렇지만 저 가엾은 아이들을 봐. 저토록 불쌍한 이들에게 관대함을 베풀어 주렴."

"관대함? 나는 그딴 것 몰라. 네가 나에게 가르쳐 주기로 했잖아."

그러나 검은 파편의 말에도 아랑곳 않고 시간은 그를 내버려 둔 채 인간들에게 달려갔다. 간신히 그녀를 붙잡았던 검은 파편은 허무하게 그녀를 놓칠 수밖에 없었다.

인간들의 전쟁은 인간만의 피해로 끝나지 않았다. 전쟁 도중 식량이 부족해진 그들은 닥치는 대로 다른 생명체들을 사냥했고 불을 지필 새도 없이 산 채로 뜯어 먹었다.

그렇게 배를 채우면 또 다른 인간들에게 습격받아 죽었고, 그들의 피가 강을 이뤄 대지에 사는 또 다른 생물들을 죽였다. 인간들로 말미암아 검은 파편의 생명체들이 죽어 갔다.

검은 파편의 몸체가 조금씩 병들어 가기 시작했다. 인간들을 위해 몸체 곳곳에 심어 놓은 힘도 소용없었다. 검은 파편은 자신 따윈 안중에도 없는 시간을 보며 인내가 한계에 다다랐음을 알았다.

"그만."

검은 파편은 몸체가 망가지길 원하지 않았다. 검은 안개에 숨겨 놓았던 커다란 에너지가 방출되는 것은 순식간이었다.

"너희 인간들은 시간을 가질 자격이 없다. 그것은 내 힘을 받을 자격이 없는 것과 마찬가지다."

뿜어져 나온 에너지가 인간 세상에 속속들이 박혀 있던 검은 파편의 힘을 빨아들였다. 그 옛적, 검은 파편이 다른 에너지에 휩쓸리지 않기 위해 주변의 모든 것을 빨아들이던 때와 엇비슷한 에너지가 몸체 위에서 들끓기 시작했다.

거대한 파도가 넘실대며 인간들을 덮쳤고, 그가 내린 따스한 바람과 풍요로운 토지가 순식간에 사라졌다. 인간들에게 남은 것은 황폐한 토지와 살을 찢을 듯한 차가운 바람, 그들을 향해 몰아치는 바다의 시커먼 아가리뿐이었다.

오랫동안 인간들이 일궈 놓았던 터전이 눈 깜빡하는 사이 얼어붙었다. 대재앙과도 같은 빙하기가 시작된 것이다.

검은 파편은 힘을 빨아들이기 위해 광활한 에너지를 펼쳤기 때문에 금방 지쳤다. 그러나 남은 힘을 끌어 모아 시간을 붙잡았다. 검은 파편의 권능 아래 태어나지 않은 시간이 아슬아슬하게 붙잡혔다.

"이제 내 곁에 있어. 인간들 말고 날 구원해 다오."

"검은 파편아. 네가 있어 인간들이 있을진대, 내가 어떻게 너를 구원하겠니?"

"감정을 가르쳐 줘. 내게 인격을 만들어 줘."

그녀는 추위에 덜덜 떨며 죽어 가는 인간들만을 하염없이 바라보았다.

“그들을 사랑하다 보면 너 또한 자연히 인격이 생길 거야.”

“그러니 그것을 네가 가르쳐 주면 될 것 아니냐.”

그때였다. 검은 파편이 간신히 붙잡고 있던 시간의 다리를 한 인간이 잡은 것은. 그는 시간에게서 많은 선물을 받은 이들 중 한 명이었고 전쟁을 일으킨 한 일족의 우두머리였다.

“여신님, 여신님! 우리 일족을 구원해 주세요!”

광기 어린 인간이 엄청난 악력으로 시간을 잡아당겼다. 검은 파편은 하마터면 시간을 놓칠 뻔했다.

검은 파편이 다시 힘을 끌어모아 시간을 다잡았을 때, 우두둑하고 뼈와 살이 뜯기는 소리가 들렸다. 시뻘건 피가 솟구쳤고 시간의 다리를 잡아당긴 인간의 손에 뜯긴 다리가 쥐어졌다.

“여, 여신의 다리다!”

추위와 배고픔에 굶주린 인간이 시간의 다리를 들고 게걸스럽게 그것을 뜯어 먹었다. 그가 뼈까지 우둑우둑 씹어서 시간의 다리를 먹어 치웠을 때, 그들 일족은 시간을 넘나들 정도로 빠른 다리의 힘을 가지게 되었다.

검은 파편은 많은 힘을 썼기 때문에 피곤하고 지쳤지만 서둘러 시간을 데리고 인간들에게서 멀어지기 위해 남은 힘을 그러모았다.

그때였다. 검은 파편이 간신히 붙잡고 있던 시간의 팔을 또 다른 인간이 잡아챈 것은.

“여신님, 여신님! 우리 일족을 구원해 주세요!”

그 또한 시간의 선물을 받은 이들 중 한 명이었고 한 일족의 우두머리였다. 피 냄새를 맡은 인간은 방금 전의 인간보다 더 큰 악력으로 시간의 팔을 잡아당겼다.

우두둑하고 또 한 번 뼈와 살이 뜯기는 소리가 들렸다. 시뻘건 피가 솟구쳤고 시간의 팔을 잡아당긴 인간의 손에 뜯긴 두 팔이 들렸다.

"여신의 팔이다!"

그는 마치 그것을 목적으로 접근한 것처럼 허겁지겁 시간의 팔을 입 속에 욱여넣었다. 우둑우둑, 그는 순식간에 두 팔을 먹어 치웠다. 그들 일족은 팔을 휘두르는 것만으로도 시간을 멈출 수 있는 팔의 힘을 가지게 되었다.

검은 파편은 이제 더 이상 얼마 남지 않은 힘을 끌어모았다. 서둘러 시간을 데리고 인간들에게 멀어지기 위해 안간힘을 쓸 때였다. 간신히 붙잡고 있던 시간의 머리채를 마지막 남은 인간이 덥석 잡아챈 것은.

"여신님, 여신님! 우리 일족도 구원해 주세요!"

그는 시간의 선물을 받은 이들 중 한 명이었고 전쟁 중에 인간뿐 아니라 다른 생명체들조차 잔인하리만치 몰살한 일족의 우두머리였다.

그 역시 추위와 배고픔에 굶주려 있었지만 그런 것 따윈 모른다는 듯 안광을 형형히 빛냈다. 핏빛이 도는 탐욕과 광기가 눈에서 번들거렸다.

"여신님, 당신은 인간을 구원해야 하지 않습니까."

엄청난 악력이 시간의 머리채를 낚아챘다. 지친 검은 파편은 시간의 머리통을 허무하게 빼앗길 수밖에 없었다.

"그만둬!"

검은 파편이 거세게 소리쳤으나 멈추지 않았다. 인간은 시간의 긴 머리카락을 허겁지겁 빨아 먹었다.

풍성한 머리카락을 다 먹기는 힘들다고 생각했는지 인간은 이빨로 시간의 머리카락을 잡아 끊고는 그녀의 아름다운 왼쪽 눈알을 손가락으로 파내었다. 그러곤 그것을 아이가 사탕 먹듯 쪽쪽 빨아 삼켰다.

그들 일족은 오랜 세월을 길러 살랑거리는 시간의 머리카락만큼 과거를 볼 수 있는 왼쪽 눈의 힘을 가지게 되었다.

시간의 얼굴에 남은 오른쪽 눈이 황망히 그녀를 바라보는 검은 파편에게 향했다. 검은 파편은 몹시도 지친 목소리로 시간의 오른쪽 눈을 마주 보며 말했다.

"내 곁에 있어 주겠다고 했잖아."

얼마 안 가 인간의 손에 시간의 오른쪽 눈마저 뽑혔다. 시간이 부드러운 목소리로 인간을 얼렀다.

"오른쪽 눈은 검은 파편을 위해 남겨 두렴, 아이야."

하지만 인간은 광기 어린 눈알을 뒤룩뒤룩 굴리며 여신의 말에 싸늘히 대꾸했다.

"여신님, 당신은 인간을 구원해야 하지 않습니까."

그가 시간의 오른쪽 눈알을 먹기 위해 입을 쩍 벌리자 검은 파편이 분노에 찬 바람으로 인간의 손을 잡아챘다. 하지만 힘이 없어서인지 인간의 손을 찢어발길 수는 없었다. 대신 인간의 손에서 떨어져 나온 시간의 오른쪽 눈알이 또르르 검은 안개 근처까지 굴러 왔다.

허겁지겁 그것을 쫓아 달려오던 인간이 꾸물거리는 검은 안개를 보고 멈춰 섰다. 시간만이 볼 수 있던 검은 안개가, 시간의 눈을 먹어 치운 인간에게도 보이기 시작했다. 인간이 헤벌쭉 웃으며 검은 안개에 쌓인 검은 파편을 손가락질했다.

"거, 검은 파편이다! 여신이 말했던 검은 파편! 저것을 먹으면! 저것을 먹으면 신이 될 것이야!"

광기에 젖은 인간이 검은 안개를 향해 순식간에 달려왔다. 검은 파편은 자신을 알아본 인간 때문에 당황하다가 곧 검은 안개를 쥐어 뜯어서 미친 듯이 입에 욱여넣는 인간을 발견하고 두려움에 질렸다.

인간은 배부름 따윈 모른다는 듯 검은 안개를 정신없이 먹어 치웠다. 배 속으로 모두 들어간 검은 안개는 먹어도 먹어도 끊임없이 만족을 모르는 욕심이 되어 그들 일족의 몸속에 들러붙었다.

안개는 빠른 속도로 인간의 입 속으로 사라졌고, 가려져 있던 검은 파편이 점점 드러났다.

"검은 파편! 검은 파편!"

인간이 검은 파편의 한 치 앞까지 다가왔다. 탐욕에 가득 찬 손이 검은 파편에 닿기 직전, 검은 파편은 고작 한 줌 남은 검은 안개를 타고 간신히 몸체 가장 깊숙한 곳으로 숨을 수 있었다.

가까스로 몸체 깊숙한 곳에 숨은 검은 파편은 힘을 회복한다고 해도 더 이상 움직일 수 없다는 것을 알았다. 그를 움직이게 해 줄 검은 안개가 없었기 때문이다.

곁에 있어 준다던 시간은 죽었다. 검은 파편의 권능 아래 태어나지 않아 그 기척을 알 수는 없었지만 그녀가 인간들에게 먹히는 모습을 똑똑히 보았다.

시간을 위해 인간들에게 헌신했지만 돌아온 대가는 참혹했다. 게다가 검은 안개조차 인간에게 빼앗겼다.

시간도 검은 안개도 모두 인간에게.

검은 파편은 울부짖었다.

—내가 다시 지상으로 끌어 올려질 적에 너희들을 반드시 죽여 버리겠다.

죽여 버리겠다. 하나도 남김없이 찢어발겨 주마……. 까마득한 잠에 빠져들며 검은 파편은 몇 번이고, 몇 번이고 울부짖었다.

시간이 가르쳐 준 인간의 감정은 없었다. 결국 홀로 인간을 겪으며 깨달은 분노와 증오만이 그에게 남겨졌을 뿐이다.

Chapter 1

이예주

Chapter 1. 이예주

죽여 버리겠다. 죽이겠다. 하나도 남김없이 찢어발겨 주마!

"……헉!"

귓가에 쩌렁쩌렁하게 울리는 증오에 가득 찬 울부짖음에 이예주는 눈을 번쩍 떴다. 그도 모자라 덮고 있던 이불까지 걷어찬 후 자리에서 벌떡 일어나 앉았다.

불안한 눈빛으로 주변을 훑어보던 그녀는 좁아터진 자신의 원룸 안이라는 사실을 자각하고는 얕게 헐떡거리며 땀에 젖은 머리를 매만졌다. 4달 전에 귀밑까지 짧게 자른 머리가 어느새 어깨까지 길어, 끈적한 땀과 함께 목을 조르고 있었다.

그녀는 우울한 표정으로 다시 한번 푸욱, 한숨을 내쉬었다.

"……이게 무슨 개 같은 꿈일까."

방금 전까지 손에 잡힐 듯 선명했던 잔상들이 한숨 한 번 쉬자 머릿속에서 호로록 사라졌다. 이예주는 손을 올려 조심스레 자신의 귀를 덮었다.

죽여 버린다. 죽이겠다.

꿈은 사라진 지 오래인데 그 울부짖음만큼은 귓가에 이명처럼 맴돌았다. 대체 그 목소리의 주인은 누구고 얼마나 깊은 분노기에 이렇게 곤히 잠든 사람을 벌떡 일어나게 만드는 걸까. 누구의 누굴 향한…….

미간을 좁히며 꿈과 자신의 최근 신상의 상관관계를 떠올리던 그녀는 이내 거칠게 고개를 좌우로 흔들었다.

좋지 않아. 매우 좋지 않아. 이런 느낌이 안 좋은 꿈을 일부러 파헤치는 것 따윈 하지 않는 게 오히려 더 이로운 일이다.

땀으로 젖어 눅눅한 시트를 애써 외면하며 자리에서 일어나던 이예주는 습관처럼 침대 옆 탁자 위에 있는 알람 시계를 보았다. 곧 그녀의 얼굴이 휴지 조각처럼 일그러졌다.

"으아악! 여, 열 시!"

아침 첫 강의는 무려 9시 시작이었고 하루만 더 그 교양 수업을 빠지면 F는 따 놓은 당상이었다. 우당쾅쾅. 자리에서 일어나 어제 벗어 놓았던 청바지와 후드티를 다시 고대로 주워 입은 이예주는, 화장실에 들어가 대강 물 칠을 하고 선크림만 치덕치덕 바른 후 집을 나섰다.

화장 같은 것은 거의 하지 않는 그녀였기에 그조차 바르지 않을 때가 더 많았다. 하지만 지각에 대한 변명을 하려면 적어도 숙면을 취한 티는 내지 말아야 할 것 같았기 때문에 오늘만 특별히 발라 주기로 했다.

밖으로 나오니 하늘에 먹구름이 잔뜩 껴 있었다. 이렇게 불길한 꿈을 꾼 날엔 구름 한 점 없이 맑은 날이 심신에 좋은데. 아무리 눈을 씻고 찾아보아도 햇빛 한 점 들 기미가 보이질 않았다.

이예주는 잠시 빌라 앞에 서서 하늘을 한 번 바라보다가 깐깐하고 히스테릭한 아침 수업 교수를 떠올렸다.

저번 학기에도 망할 꿈 때문에 여러 번 지각을 할 수밖에 없었던 그녀에게 논의의 여지없이 F와 재수강을 준 여자였다. 그 뱀 같은 눈 아래에서 굽실굽실 거려야 할 생각을 하니 벌써부터 머리가 지끈거리는 것 같았다.

"하…… 개 같은 꿈을 꿔서 그런지 오늘 하루도 개똥이 되려나 보다……."

다시 하늘을 쳐다보며 우울한 표정으로 한숨을 내쉰 이예주는 이내 헐레벌떡 달리기 시작했다.

이예주는 꿈에 민감한 23살의 꽃 처녀다. 아니, 정확하게 꿈으로 인한 것은 아니지만, 어쩔 땐 꿈에 영향을 받기도 하니 어쨌든 민감하다고 할 수 있다.

어렸을 땐 자주 예지몽을 꾸곤 했다. 지금도 종종 꾸는 편이지만 10살이 되기 전까지는 거의 하루걸러 한 번씩 예지몽을 꿨다.

남들도 다 꾸는 그깟 예지몽이 뭐 그리 대수냐고 물을 정도면 다행이었다. 그깟 예지몽 몇 번 꾸는 걸로 능력에 대한 설명은 쉽게 끝날 수 있으니까. 그러나 그녀의 꿈은 범인들의 예지몽보다 조금 더 고차원적이었다.

자신에게 '능력'이 있다는 것을 알게 된 것은 그녀가 10살이 되던 해 여름이었다. 그날은 며칠 내내 이어졌던 장맛비가 들어붓듯 쏟아지던 날이었다. 근 10년 만에 오는 폭우였기에 이예주의 엄마는 안절부절못했다. 딸을 직접 데려다주기 위해 차 키까지 집어 들 정도였다.

학교에 가는 길, 간밤에 강물이 다리를 범람해 도보로 20분인 거리를 차 안에서 40분이나 허비했다. 그 와중에 엄마는 불안함을 숨기지 못하고 수차례 그녀에게 물었다.

—예주야, 간밤에 아무 꿈 안 꿨니? 정말 아무 꿈도 안 꿨어?

—차 돌릴까, 예주야? 오늘 같은 날엔 안 가도 돼.

10살의 이예주는 엄마의 불안한 목소리에도 모르쇠로 일관했다. 대체 머리통에 무슨 생각을 담고 있었던 건지. 이예주는 아직도 그때의 자신이 의문이었다. 그날이 바로 '능력'이 각성되는 날임을 미리 알았더라면, 무슨 일이 있더라도 입을 벌려 엄마에게 차를 돌려서 집에 쿡 박혀 있자고 이야기했을 텐데.

지금 와서 땅을 치고 후회한들 모두 지난 일이었다. 그녀에겐 '과거'로 가는 능력은 없으니까.

어쨌거나, 그날 이예주는 간밤에 아주 기묘한 꿈을 꿨다. 너무 기묘해서 엄마에게조차 말할 수 없는 꿈이었다.

꿈에서도 자신은 10살이었고 급박한 물살에 휘말려 어디론가 거세게 떠내려가고 있었다. 물살이 굉장히 거셌음에도 그녀의 몸은 배영을 하듯 둥둥 떠내려가는 편안한 느낌이었다. 이대론 잠이 솔솔 올 것 같았기에 꿈속에서 이예주는 물가에 드리워진 나뭇가지 하나를 붙잡고는 그대로 정체되어 둥둥 떠 있었다.

그때 누군가 자신의 손목을 세게 잡아당겼다. 어린 이예주가 화들짝 놀라 고개를 들자 붙잡고 있는 나뭇가지 위에 어떤 여자가 앉아 있는 모습이 보였다.

그녀는 여자의 얼굴을 들여다보다 경악했다. 근 10년은 젊어 보이는, '엄마'라고 부르기도 머쓱한 아가씨가 자신을 잡아당기며 무어라 소리치고 있었던 것이다.

"엄마, 뭐 해?"

그렇게 물었지만 젊은 엄마는 질문에 대답은 않고 애타는 얼굴로 자신을 바라보며 무어라 말했다. 엄마는 빠르게 입을 벙긋거렸지만 이상하게도 그 목소리가 이예주에겐 들리지 않았다.

그러나 엄마임이 틀림없다는 사실 하나로 이예주는 별다른 대꾸 없이 그녀의 품에 안겼다. 계속해서 물 위를 동동 떠다녔으니 어쩌면 지쳐 있던 걸지도 모른다.

어쨌든 엄마의 품에 안기자 이예주의 몸 안으로 따스한 기운이 스며들었고 그와 동시에 꿈에서 깨어났다. 아주 괴상하고 기묘한 꿈이 아닐 수 없었다.

10살의 이예주는 결국 학교에 도착할 때까지 엄마가 원하는 답을 해 주지 않았다. 어쩌면 그 멍청한 고집을 부린 탓에 그 망할 '능력'이 각성된 걸지도 모른다.

그리고 그날 오후, 이예주는 무슨 호승심이 일었는지 얌전히 엄마가 오길 기다리지 않고 학교가 끝나자마자 우산을 든 채 신나게 집으로 가는 다리 위에 올라섰다. 그녀가 들고 있던 어린이용 우산을 뚫을 듯이 비가 세차게 내렸다.

도보 옆 도로는 꽉 막히던 아침과는 다르게 요상하리만치 텅 비어 있었다. 하지만 그녀는 신경 쓰지 않고 열심히 다리를 건넜다.

쏴아아—

막 다리에서 내려와 강변에 섰을 때, 그녀를 기다리고 있던 것은 어마어마하게 불어서 범람한 강물의 파도였다.

엄청난 굉음과 함께 그것은 삽시간에 130센티미터도 안 되는 작고 가벼운 이예주를 덮쳤고, 그녀는 꽥 소리 하나 못 낸 채 그렇게 떠밀려 내려가기 시작했다.

그땐 정말 죽을 둥 살 둥 해서 그게 간밤의 꿈이 실현된 것인지 생각할 틈도 없었다. 아니, 그것을 생각했다 치더라도 자각하지 못했을 것이다. 꿈에선 그저 둥둥 떠내려갔을 뿐이지만, 현실에서는 몇 번이고 물을 삼키고 자맥질을 하며 황천길을 오갔으니까.

'꾸르르륵' 하고 강물 깊숙이 잠겼다가 '푸헉!' 하고 급류 위로 올라올 때마다 눈앞이 새하얘졌다. 그렇게 속절없이 떠내려가던 중 간신히 수면 위로 드리워진 버드나무 가지의 끄트머리를 잡을 수 있었다.

온갖 대통大通, 운수가 크게 트임이 그녀를 따랐다고 볼 수밖에 없었다. 안 그랬다면 인생 10년 살고 꼼짝없이 근 10년 만에 범람한 강물에 빠져 죽는 처지가 됐을 테니.

고작 10살짜리가 무슨 정신이 있었는지, 당시 이예주는 정말 죽을 힘을 다해 나뭇가지를 붙들고 있었다. 그나마 초등학생 여아의 몸뚱이만 한 가방 때문에 가라앉진 않았다.

그러나 한숨 돌리는 것도 잠시, 파도와 같은 강물이 사정없이 밀려들었다. 뱉어 내는 물보다 먹는 물이 많아 점차 숨을 쉬기 힘들던 그때였다. 거짓말처럼 눈앞에 세 개의 '문'이 나타난 것은.

13년이 지난 지금도 생생하게 기억했다. 정확히 세 개였다. 세 개의 '문' 안에 각기 다른 사람들이 보였다. 문 안에 또 다른 세상이 있고 그녀는 그것을 마치 티브이를 시청하듯 볼 수 있었다.

가장 왼쪽 문 안에서는 해양 경찰로 보이는 사내들이 분주하게 오갔다. 정 가운데 문에는 울고 있는 엄마가, 가장 오른쪽에 있던 문은 잘 기억나지 않았다. 아마도 병실이 아니었나 싶다.

숨이 넘어가기 직전의 이예주는 온 힘을 다해 가운데 문에 무작정 머리를 들이밀었다. 그 문이 뭔지는 알 바 아니었다. 일단 엄마가 있는 곳으로 가서 살아야겠다는 생각뿐이었기에.

그리고 눈앞이 새하얘졌다.

정신을 차렸을 때 그녀는 물속에 집어 던져졌다 꺼내진 죄수와 같이-실제로 물에 잠겼었지만- 뚝뚝 물을 흘리며 집 안에 우뚝 서 있었다.

방금 전 강물에 쓸려 내려가 황천길을 오가던 것이 모두 꿈이었던 것처럼.

"예, 예주야!"

"엄마."

소리 소문 없이 집 현관에 나타난 아이를 보고 엄마가 기함했다. 이예주는 그런 그녀를 한 번 부르고는 산전수전 다 겪고 고향으로 돌아온 송어처럼 픽 쓰러져 죽은 듯이 잠에 빠졌다.

나중에 깨어나서 듣기론 이예주는 강물에 쓸려 실종된 지 정확히 6일 만에 불현듯 땅에서 솟은 것처럼 나타났다고 했다. 모두들 그녀가 죽었다는 것을 믿어 의심치 않던 그때.

그렇게 이예주는 미래로 왔다.

이예주는 그 후 이틀을 꼬박 앓으며 사경을 헤맸다. 이틀 뒤 병원에서 열에 들떠 눈을 떴을 때도 엄마는 울고 있었다.

"예주야! 이놈의 계집애! 엄마가 꿈꿨으면 꼭 얘기하랬지!"

엄마는 방금 잠에서 깬 이예주의 사정은 신경 쓰지 않고 달려들어 엉덩이를 거세게 때렸다. 그녀는 죽다 살아난 설움에 엄마의 구타까지 겹쳐 한참을 엉엉 울었다.

다시는 꿈 얘기를 속이지 않는다는 약속을 몇 번이나 다짐한 후 이예주는 떠듬떠듬 엄마에게 꿈 내용을 이야기해 줬다.

그녀로서는 분명 며칠 전에 꾼 꿈인데 다시 생각하려니 오래전에 꾼 꿈처럼 내용이 흐릿했다. 많은 것을 빼먹었지만 꿈에 10년은 젊은 엄마가 나왔다는 얘기만 듣고도 엄마는 모든 것을 다 알아차린 듯 묘한 표정을 지었다.

잠자코 이야기를 듣던 엄마는 손을 뻗어 부드럽게 머리를 쓰다듬어 주며 입을 뗐다.

"예주야, 잘 들어. 엄마 일족은 대부분 과거를 보는 능력을 가지고 태어나지만 아주 드물게 미래를 보는 능력을 가진 아이들이 태어나기도 한단다. 엄마 또한 미래를 보는 능력을 가졌지만 근시일 내의 미래밖에 볼 수 없어서 일족에게 버림받았지. 그런 나를 보듬어 준 게 너희 아버지란다."

"미래?!"

엄마에게서 생전 처음으로 듣는 아버지에 대한 이야기였지만, 그것을 알아차리지 못할 정도로 어린 이예주의 관심은 온통 미래를 본다는 말에 쏠려 있었다.

"그래, 미래. 네 아버진 해군 출신이었어. 북한과 인접한 지역에서 특수 임무를 수행하다가 순직하셨지. 엄마는 그 전날, 너희 아버지의 미래를 보고 가지 말라고 붙잡았지만, 그는 내 말을 믿지 않고 웃으면서 떠났다가 시체가 되어 내게 돌아오더구나."

그 말을 내뱉는 엄마의 목소리는 담담했지만 이예주는 그 안에 짙은 슬픔이 배어 있다는 것을 알 수 있었다. 미래에 관심을 쏟으며 엄마에게 무언가를 더 물어보려 했던 그녀는 조용히 입을 다물었다.

"그 당시 나에겐 네 아버지가 전부였어. 네 아버지가 없으면 당장 아무것도 할 수 없었던 반푼이였단 말이야. 나는 혼자 살아갈 자신이 없었고 결국 네 아버지를 따라가기로 마음먹었지. 10년 전 그날도 이렇게 폭우가 내리치고 강물이 강변 근처까지 범람했었어. 엄마는 집 앞에 있는 다리에서 뛰어내렸고…… 거기서 아주 예쁜 여자아이를 만났단다."

그 말을 하며 엄마는 그 당시 생각이 떠오르는지 질끈 눈을 감았다 떴다.

"이상하지. 분명히 물살에 휘말려 떠내려간 것까진 기억이 나는데, 눈을 뜨니까 나뭇가지에 걸려서 간신히 매달려 있더라. 그런데 그 가지 끝에 어떤 여자아이가 둥둥 떠 있는 거야. 옷이 찢길 정도로 물살이 거셌는데 이상하게 그 애는 편안한 얼굴로 가지를 잡고 나를 바라보고 있었어. 금방 가지를 놓고 물에 떠내려가도 괜찮은 것처럼 위태위태하게."

"……."

"애야, 괜찮으냐고. 꽉 붙잡고 있으라고 소리쳤어. 나도 금방 떠내려갈 것 같았거든. 그런데 그 여자아이는 가만히 웃더라고. 물에 둥둥 떠서 가만히 웃고만. 왜 그런지 모르겠지만 엄마는 그 애를 꼭 붙잡아야겠다는 생각이 들어서 필사적으로 그 애한테 다가갔지."

그녀는 거친 물살 사이로 아슬아슬하게 손을 뻗었다. 얼른 내 손 잡으렴!

아이는 여전히 웃으며 고개를 저었다. 그녀는 가슴이 덜컹 내려앉는 것 같았다. 이대로 여자아이가 손을 놓고 떠내려갈 것만 같아 보였다.

얼른, 아가. 얼른 내 손 잡아! 애타는 목소리로 외치자 여자아이가 이번엔 슬픈 표정을 지으며 그녀에게 말했다.

—……어차피 날 버릴 거잖아.

"그 애가 곧 울음을 터뜨릴 것 같아서 엄마는 최대한 손을 뻗어 그 아이를 잡았지. 잡아서 꼭 품에 안았어. 내가 널 버리긴 왜 버려. 절대 안 버려. 걱정하지 마. 그렇게 계속해서 속삭여 주니까 우리 둘을 덮칠 듯하던 거센 강물이 거짓말처럼 잔잔해지고 주위가 환해졌어. 그때 그 아이가 나한테 말하더라. 곧 다시 만나자고."

"……."

"너무 눈이 부셔서 잠시 눈을 감았다가 다시 뜨니까 엄마가 자살하기 직전인 사람처럼 다리 난간 위에 서 있지 뭐야?"

"꿈……꾼 거야? 그 여자애는 어떻게 됐어?"

이예주가 조심스럽게 엄마의 눈치를 살피며 묻자 엄마가 우는 듯 웃는 듯 요상한 표정을 지으며 자신의 딸을 바라보았다.

그녀는 그 후 1달이 지나서야 이예주를 임신한 사실을 알게 되었다. 정말로 그때 그 꿈같은 일이 아니었다면 하나뿐인 딸과 자신이 이렇게 미래에 관해 얘기를 나눌 일은 없었을 것이다.

"꿈꾼 것 같지? 엄마도 꿈인 줄 알았어. 네가 이렇게 멀쩡히 엄마에게 다시 살아 돌아와 주기 전까지 까맣게 잊어버리고 있었네. 이렇게 예쁜 여자애를 어떻게 잊어버릴 수 있었을까?"

엄마가 혼잣말처럼 중얼거리며 이예주를 조심히 보듬어 안았다. 그녀는 엄마의 말을 완전히 이해할 수 없었지만 조용히 그 품에 안겼다.

"예주야, 넌 엄마 일족과 달라. 너는 미래를 보는 것뿐 아니라 네가 본 미래로 갈 수 있고 때론 과거로도 갈 수 있을 거야. 엄마를 과거로 다시 돌려보냈으니까……."

"과거? 과거로 갈 수 있어? 과거로 어떻게 가는데?"

"글쎄…… 네가 조금 더 크면 알 수 있을지 몰라. 넌 일단 미래로 왔으니까 그 능력이 각성된 거나 마찬가지야. 엄마가 도와줄게."

이예주는 그렇게 어이없이 '미래로 가는 능력'이 생겼다.

엄마는 아무것도 모르면서 그녀의 능력을 열심히 도와주었다. 그리고 아무것도 모르면서 이예주보다도 더 걱정했다. 그녀의 능력은 마음대로 쓸 수 있는 것이 아니었다. 빌어먹을 능력은 지독히도 한정되었고, 이기적이었고, 무식했다.

이예주의 능력은 무조건 전진만 했다. 뒤 따윈 돌아보지 않겠다는 듯 그녀가 정말로 죽기 바로 직전의 상황에 처해야 능력이 실현되어 간신히 미래로 갈 수 있었다. 엄마의 말과는 다르게 과거로 가는 일 따윈 일어나지 않았다.

그러나 그녀는 전진만 하는 능력에 대해 딱히 불편함을 느끼지 않았다. 그에는 간밤에 꾸는 예지몽도 조력했다. 꿈이 조금이라도 불안하면 꼭 꿈과 비슷한 일이 일어났다. 그 후 현실에서 자연히 나타나는 '문'만 기다리면 알아서 미래로 왔으니 뒷일은 신경 쓰지 않아도 됐다.

엄마는 이예주가 예상치 못한 상황과 장소에서 불쑥불쑥 나타나도 당황하지 않고 침착하게 그녀를 이끌어 상황을 정리했다. 엄마와 함께 사는 동안 번거로운 일이 그녀에게 일어나지 않았던 것은 모두 '엄마'라는 방패가 있었기 때문이다.

남들과 같은 평범한 일상을 살 수 있었던 것이 다 엄마의 덕이라는 것을 알지 못하고 이예주는 능력을 남발했다. 자의로 실행하는 능력이 아니었기에 남발이라 말하는 것은 조금 웃겼지만. 어쨌든 남들과 다른 점이 때론 즐겁게 다가오기도 했으니 남발한 것과 마찬가지였다.

하지만 그것은 딱 엄마가 죽기 전까지였다.

엄마는 그녀가 능력을 각성한 지 7년 후, 고등학교에 입학할 때쯤 죽었다. 경찰은 이예주가 학교에 간 사이 엄마가 생활고를 비관하여 집에서 목을 매 죽었다고 말했다.

발인이 끝날 때까지 장례식에는 단 한 사람도 찾아오지 않았다. 사건을 담당하던 형사 두엇과 담임 선생님만이 간간이 이예주를 들여다보러 왔다. 그러나 대답 한마디 하지 않는 그녀 때문에 어색한 분위기를 견디지 못하여 잠시 앉아 있다 가는 것뿐이었다.

영정 사진 속의 환히 웃는 엄마의 얼굴을 들여다보던 이예주는 끝내 울지 않았다. 엄마가 자살한 게 아니라는 말도 하지 않았다.

생활고 비관이라니, 말도 안 됐다. 순직으로 인해 국가에서 나오는 아버지의 연금이 얼만데. 아버지가 남긴 집만 해도 엄마와 자신, 단둘이 먹고살기에 충분했다.

엄마가 그들에게 죽임당했다는 것을, 이예주는 어렴풋이 알 수 있었다. 7년 전 자신이 범람한 강물에 죽다 살아 나와 능력을 각성했을 당시 엄마가 말했던, 그 일족이라는 작자들의 손에.

이예주는 엄마의 죽음에 슬퍼하는 대신 몇 번이고 정신을 집중해서 과거로 돌아가려 했다. 그러기 위해서는 생명이 위협받는 상황이 필요했다. 그녀는 수면제를 잔뜩 집어 먹거나 겁도 없이 손목을 긋고 쌩쌩 달리는 차 앞에 뛰어들어 '문'이 나타날 때까지 기다렸다.

그러나 막상 기다리던 문이 나타나 그 안으로 들어가면, 자신은 어느 순간 엉망이 된 몸을 이끌고 병원 응급실 앞에 도달해 있거나 혹은 생판 모르는 길거리 한복판에 우뚝 서 있었다.

뜬금없는 곳에서 겨우겨우 집을 찾아 되돌아갈 때마다 겪었던 그 난감함과 짜증이란. 그 짓거리가 너무 싫어서 과거로 돌아가는 것을 포기하고 싶다는 생각도 드문드문 들 정도였다.

어떻게든 '문' 안으로 들어가면 자신도 모르는 사이 과거는 흘러가 있었고 자신은 어김없이 미래에 있었다. 과거로 돌아갈 순 없었다.

이예주가 갈 수 있는 것은 오로지 절망스럽고 좌절스러운 미래일 뿐, 과거로 돌아가 살아 있는 엄마를 만날 수 있는 능력 따윈 그녀에게 존재하지 않았다. 그 사실이 그녀를 미치게 했다.

이예주는 '미래로 가는 능력'을 각성한 후 7년 만에 혼자가 되었다. 그제야 엄마의 도움이 얼마나 컸는지 깨달았지만 이미 늦어 버린 후였다.

그 후 능력이 실현될 때마다 이예주는 즐거움보단 막막함을 느꼈고 점점 사회에서 고립되어 갔다. 그리하여 23살이 되었을 적엔 완전한 낙오자가 되어 있었다.

"이예주 양, 그렇게 흡뜨고 노려볼 거면 30분 남은 내 수업엔 오지 않는 게 서로의 심신에 더 좋았을 텐데요."

문득 날카로운 목소리가 이예주의 상념을 깨웠다.

"어, 어……!"

멍하니 턱을 괴고 있던 그녀가 허둥대다가 책상 위에 있던 필기도구와 책을 손으로 쓸었다. 얼마나 세게 쓸었는지 우당쾅쾅 소리와 함께 교재와 그녀의 철제 필통이 그녀가 앉아 있던 계단식 강의실의 맨 앞 층까지 굴러갔다.

마지막 계단에 부딪히며 멈춘 철제 필통이 속에 들어 있던 필기구를 사방으로 토해 냈다. 얼떨결에 교재와 필통을 집어 던진 셈이 되었다.

멍하니 그 모습을 바라보던 이예주가 고개를 들자 저 멀리서 어이없다는 표정을 지으며 표독스럽게 그녀를 노려보는 마녀가 보였다.

“죄, 죄송…….”

“이……예주 양.”

이예주가 얼른 고개를 숙였지만 마이크 너머에서 이를 갈며 자신을 부르는 소리가 들려왔다. 망했다. 그녀는 한심한 제 머리를 두 손으로 쾅쾅 내리치는 망상을 하며 다시 한번 고개를 조아렸다.

“모두 박수 세 번 쳐 주세요.”

“…….”

“얼른.”

뜬금없는 교수의 말소리에 이예주가 다시 고개를 들자 사십여 명의 학생들이 머뭇거리며 박수를 쳤다. 박수가 끝나자 기다렸다는 듯 마녀 교수가 말을 이었다.

“중간고사 보기도 전에 심리학 과목 탑이 나왔네요.”

“…….”

“물론 F 탑이요. 저기 있는 이예주 양을 축하하며 오늘 수업은 여기까지 할게요.”

여기저기서 킥킥대는 웃음이 쏟아져 나왔다. 이예주의 붉어진 얼굴이 험악하게 구겨졌다.

그녀는 계단 위에 주저앉아 꿈지럭거리며 필통에서 쏟아져 나온 연필과 펜 따위를 주웠다.

아까 필통을 집어 던진 일이 떠올라 자꾸만 한숨이 터져 나왔다. 어쩌자고. 강의 30분 남기고 도착했으면 조용히 입 다물고 찌그러져 있을 생각은 안 하고 대체 어쩌자고 그따위 짓을 했을까.

지독한 자괴감에 이예주가 우울한 얼굴로 필통 뚜껑을 닫고 자리에서 일어났다. 결국 가장 비싼 2500원짜리 펜은 찾지 못했다. 한정판 노랑색이었는데. 그걸 또 알아보고 어떤 망할 놈이 주워 갔는지도 모르겠다.

그녀가 다시 등을 돌려 가방이 놓여 있는 맨 뒷자리로 올라가려던 차였다. 뒤에서 빈정거리는 소리가 들려왔다.

"쟤 또 저러네."

"고등학교 때도 유명했다던데. 쟤랑 학교 같이 다녔던 내 친구 있는데, 고2 때 수학여행 사고에서 혼자만 멀쩡하게 돌아왔다고 하더라. 무당 딸이라고 소문이 아주 장난 아니던데?"

"너도 그 소문 들었냐? 난 쟤가 멍하게 바라볼 때마다 내 뒤에 귀신이라도 있을까 봐 무서워."

'닥쳐! 네 몸에 붙어 있는 귀신은 나도 보기 싫으니까.'라고 거세게 외치고 싶은 마음을 꾹 눌러 참으며 이예주는 맨 위층 계단까지 올라갔다.

최대한 고등학교와 멀리 떨어진 대학교에 지망했음에도 불구하고 고등학교 때 같은 반이었던 남자애 한 명과 같은 대학, 같은 과에 오게 되었다.

어쩐지 대학 합격 발표 전날, 길을 걸어가다가 노숙자에게 오물과 쓰레기를 맞는 아주 개 같은 꿈을 꾸더라니. 이름도 잘 기억 안 나는 그놈과 같은 학교에 들어와 대학 생활 3년을 오물과 쓰레기 맞는 기분으로 보내고 있는 이예주는 어쩐지 자신의 예지몽에 소름이 돋았다.

그녀는 더 이상의 마찰을 피하기 위해 서둘러 가방을 들고 뒷문으로 강의실을 나섰다.

터덜터덜 힘없는 발걸음으로 대학교를 빠져나오던 이예주는 정처 없이 거리로 발걸음을 놀렸다. 집으로 돌아갈까 했지만, 어차피 혼자인 건 텅 빈 원룸이나 밖이나 매한가지였다.

목적 없이 번화가를 걷던 그녀는 자신의 인생이 어디서부터 꼬였는지 심각하게 되돌아보았다.

엄마가 죽었을 때부터였던가? 엄마의 죽음에 이예주는 슬퍼할 자격조차 없었다. 아무리 생각해도 엄마가 죽을 이유는 자신밖에 없었기 때문이다.

자신이 이따위 쓸모없는 능력을 기꺼워하는 사이, 엄마는 뼈 빠지게 자신의 뒤처리를 하고 다녔을 테니. 엄마가 말한 일족이란 놈들이 엄마의 행실을 괴상히 여겼음이 분명했다. 그러니 엄마의 죽음조차 이예주의 능력이 없었다면 일어나지 않았을 일이었다.

그럼 13년 전, 10살이던가? 능력이 각성되었을 적부터 자신의 인생은 꼬이기 시작했단 말인가?

생각이 거기까지 미치자 이예주의 얼굴이 처참하게 일그러졌다. 13년이나 꼬인 인생을 살아가고 있다니 정말로 통탄스러운 일이 아닐 수 없었다.

대체 언제부터였을까? 자신이 사회에서 도태되어 혼자 남겨진 것은.

이예주는 문득 아까 자신의 뒤에서 빈정거리던 남자애의 목소리를 기억했다. 확실히 고등학교 때 일어난 수학여행 사건 이후로 주위에 사람을 만들지 않았던 건 사실이었다. 그전에는 속은 썩어 문드러질지언정 겉으로는 친구도 사귀고 원만한 대인관계를 형성하면서 사람 행색은 하고 다녔으니.

고등학생이 된 이후에는 어렸을 적보다 예지몽을 꾸는 횟수가 많이 줄어들었다. 하지만 거사를 앞두곤 항상 무슨 꿈이든 꾸기 마련이었다.

엄마가 있을 때는 기억나지 않는 토막 꿈만 꿨다 말해도 학교행사에 참여할 수 없었다. 학교행사는 물론이고 학교도 수시로 빠졌다.

그런데 이상하게 수학여행 전날에는 아무런 꿈도 꾸지 않았다. 그 때문이었다. 그것에 또 마음 놓고 칠락팔락 수학여행을 쫓아간 것이 잘못이었다.

꿈을 꾼 것은 버스를 타고 친구들과 신나게 놀다가 잠깐 선잠에 든 그 짧은 사이였다. 자신이 탄 버스가 반대편 차선에서 졸음운전을 하며 달려오던 트럭과 부딪쳐 전복됐다.

그 생생한 꿈에서 깨어났을 때, 눈앞에 '문'이 열려 있었다. 매번 두세 개는 되던 문의 개수가 오로지 단 하나만 보인 것은 능력이 각성된 후 처음 있는 일이었다. 꿈에서 깨어나자마자 바로 눈앞에 문이 열린 경우 또한.

평소와는 다르게 '문' 건너편엔 아무것도 보이지 않았다. 문은 당장 이예주를 끌어들여야 성에 찰 것처럼 눈부시게 빛나고 있을 뿐이었다.

그녀는 잠시 갈등했다. 친구들은 여전히 수학여행에 대한 기대감으로 조잘대고 있었다. 당연하게도 그 누구도 이예주의 좁은 좌석 앞에 열린 문 따윈 보이지 않는 듯했다.

그녀는 흔들리는 얼굴로 배를 감싸고 있던 안전벨트를 풀었다. 달칵하는 소리에 짝꿍이었던 친구가 의아한 얼굴로 돌아보았다.

"예주야, 안전벨트는 왜 풀어?"

그와 동시에 '쾅!' 하는 굉음이 앞쪽에서 쏟아졌다. 이예주는 그 순간 본의 아니게 몸이 앞으로 기울어져 문 속으로 튕기듯이 들어갔다. 다시 눈을 떴을 때 그녀는 그 자세 그대로 병원 안에 자빠져 있었다.

응급실은 온통 아수라장이었다. 익숙한 교복을 입은 아이들이 피를 흘리고 괴로워하며 울고 있었다. 의사와 간호사들이 자리에서 일어나려던 이예주를 거칠게 치고 뛰어갔다.

같은 반 아이들은 하나같이 다치거나 엉망이 되어 있었다. 그곳에서 자신만이 동떨어진 채 이질적인 존재처럼 멀쩡하게 서 있는 것이다.

멀리서 피가 흐르는 이마에 거즈를 붙인 채 다친 아이들 사이를 정신없이 뛰어다니던 담임 선생님이 멍청하게 서 있던 이예주를 발견했다.

"너, 너, 이예주?! 너 대체 어디 있다……!"

담임 선생님은 생채기 하나 나지 않은 이예주를 보고 휘둥그레진 눈으로 말을 잇지 못했다.

버스 기사와 트럭 기사, 남자아이 한 명, 여자아이 두 명이 즉사했다. 그중 여자애 한 명은 창문으로 튕겨져 나가 사고 현장에서 몇 미터 떨어진 장소에서 끔찍한 몰골로 발견되었다.

수술실에 들어간 세 명의 아이들은 목숨이 경각에 달렸고, 나머지 아이들도 저마다 중경상을 입었다. 멀쩡한 사람은 단 한 명도 없었다.

그 아비규환 속에서 이예주는 실종자로 처리되었다. 경찰들이 그녀의 시체를 찾기 위해 사건 현장 근처를 3시간 동안 이 잡듯이 뒤지고 있을 때, 그녀는 보란 듯이 제 발로 병원까지 걸어온 셈이 되었다.

괴물 보듯 하던 담임 선생님과 아이들의 눈빛.

이예주는 다시 상념에서 깨어나며 깨달았다. 아, 그때부터 인생이 꼬인 거구나.

이후 학교에 이상한 소문이 돌았다. 재수 옴 붙은 년에서부터 무당 딸, 신내림 받은 년, 저주를 부르는 마녀. 짝꿍의 말이 더해져 안전벨트를 풀고도 살아남은 괴물 소리까지.

살기 위해 미래로 간 것뿐인데 그녀는 괴물이 되어 있었다.

길거리 위에 우뚝 선 이예주를 사람들이 이상하게 쳐다보며 지나갔다. 퇴근 시간이 다 되어 그런지 길거리가 번잡했다.

그녀는 하늘을 올려다보다가 문득 자리에서 멈춰 선 상태로 주위를 둘러보았다.

자신 빼고 모두들 행복해 보이는 얼굴이었다. 무리를 지어 지나가는 고등학생들, 엄마와 손잡고 다정히 지나가는 남자아이, 전화 통화를 하며 바쁘게 길을 건너는 양복 입은 아저씨, 지나가는 행인에게 인자한 웃음을 지으며 호떡을 팔고 있는 아줌마까지.

저주받은 '능력'을 가진 자신만이 불행했고 재수도 없었다.

그때 맞은편 빌딩 꼭대기의 전광판에서 오후 6시를 알리는 광고가 뜨더니 뉴스 속보 자막이 흘러나왔다. 지나가는 노인 몇몇이 이예주처럼 호기심에 멈춰 서서 뉴스를 바라보았다.

(주)미래를 보는 회사, 더 볼보가 지구 내핵까지 뚫는 굴착 신기술 Core 1을 공개. 남극에서 10개월 전 내핵 작업 이미 착수.

멀뚱히 서서 전광판을 바라보던 이예주는 이내 시큰둥하게 고개를 돌리고 다시 길을 걸었다.

슬슬 원룸으로 돌아가서 어떻게든 마녀의 마음을 돌릴 작전을 생각해 보긴 해야겠다. 한 번도 말 섞은 적 없는 과대한테 전화해 심리학 교수가 무슨 음료수를 좋아하는지도 좀 알아보고…….

그녀는 다시금 우울한 한숨을 쉬었다. 그때였다.

"아악! 도망쳐요!"

"으악, 크아악!"

"아아아, 뜨거워!"

뒤쪽에서 비명 소리가 들렸다. 그 소리들은 점차 가까워졌다. 이내 사람들이 나타나 그녀를 거세게 밀치고 달려갔다. 그 이상행동에 이예주는 물론이고 그녀의 곁을 지나가던 사람들 모두 멀뚱히 걸음을 멈췄다. 그녀는 문득 어디선가 더운 기운이 훅 몰아친다고 생각했다.

이상하다. 아무리 늦여름이 무섭다지만 해도 다 져 가는 마당에 어디서 이렇게 더운 바람이…….

"으아악!"

그 와중에 누군가 또다시 그녀를 거칠게 치고 지나갔다. 퇴근하는 길인 듯 남자는 양복을 입고 있었는데 남자의 양복바지 밑단에 불이 붙어 있었다.

헛것을 보았나 싶어 인상을 찌푸리며 그것을 주의 깊게 보던 이예주는 그제야 무언가 잘못되었다는 것을 알아차렸다.

그 남자뿐이 아니었다. 경악에 질린 채로 자신을 지나쳐 달려가는 사람들 모두 그을린 자국이 보이거나 몸 위로 불길이 치솟아 있었다. 멍하니 그 광경을 바라보던 이예주는 마치 자신에게도 불이 붙은 것처럼 주위가 덥고 화끈하다는 것을 깨달았다.

불현듯 주변이 어두워졌다. 방금 전만 해도 노을이 진 상태라 그리 어둡지 않았는데. 마치 자신의 뒤에 거대한 물체가 나타나 그림자를 만들어 낸 것처럼…….

무언가 타는 냄새가 강렬히 코를 찌르자 그녀는 천천히 뒤를 돌아보았다.

그것은 거대한 파도였다. 방금 전만 해도 내핵 어쩌구 속보가 떠 있던 전광판을 삼킨 파도. 그것에 덮쳐진 빌딩이 녹아내렸다. 빌딩뿐 아니라 사람, 자동차, 거리에 있던 모든 것들이.

자신이 미치지 않았다면 빌딩보다 높은 저 거대한 파도는 이글이글 불을 뿜는 용암이 분명했다. 이예주가 입을 떡 벌렸다.

훅—

더운 바람이 다시 그녀의 얼굴로 불어닥쳤다. 이제는 그냥 더운 것뿐 아니라 얼굴 가죽이 홀랑 벗겨질 것 같은 뜨거움이 느껴졌다.

"저, 저게 뭐……!"

누군가 이예주처럼 멍청하게 그것을 올려다보다가 뒷걸음질 쳤다.

꿀렁꿀렁 느릿하게 모든 것을 집어삼키며 그녀에게로 다가오던 용암 파도가 '핏—' 소리와 함께 용암 덩어리를 떨어뜨렸다. 코앞에 있는 차도 위의 자동차가 지글지글 소리와 함께 녹아내렸다.

하늘을 덮을 듯 커다란 용암 파도를 바라보던 이예주는 문득 고개를 내렸다. 언제부터였는지 눈앞에 버젓이 '문'이 있었다. 다른 선택지는 존재하지 않다는 양 문은 단 하나뿐이었다.

그 안은 마치 고등학교 수학여행 때처럼 아무것도 보이지 않았다. 미래의 상황을 모르고 문으로 들어가는 것은 왠지 모르게 꺼림칙했다. 그렇지만 선택권이 없는 상황이었다.

"……미친."

이예주가 나지막이 중얼거렸다. 서울 한복판에 화산이라도 터진 걸까? 어째서 용암이 코앞에 있는 거지? 강물 범람에 뒈질 뻔한 것도 모자라, 이제 용암에 깔려 죽을 판이라니.

픽— 그때 용암 덩어리가 떨어져 그녀의 바로 옆에 거대한 구덩이를 만들었다.

"으아아아악—!"

마치 자신이 녹는 것과도 같은 후끈한 열기에 이예주는 기겁을 하고 문으로 달려갔다. 하얗게 질린 그녀를 반기듯 문이 환하게 빛났다. 그 눈부신 빛에 몸을 맡기며 이예주는 현실을 외면하듯 눈을 감았다.

어째 한동안 꿈자리가 잠잠하다 싶었다. 조용하다가 이렇게 뒤통수를 로우킥으로 날려 버릴 생각이었으니 능력 새끼가 숨을 죽이고 있었던 거겠지. 이예주가 한숨처럼 중얼거렸다.

개 같은 꿈을 꾸니, 오늘 하루도 개똥이 되었다고.

Chapter 2

만남

Chapter 2. 만남

"—아아악!"

다급하게 '문' 안으로 뛰어 들어간 이예주는 그로부터 한참이 지나고 나서야 얼굴을 감싸 안았던 손을 풀었다. 더불어 귀청이 떨어질 것 같이 질러 대던 비명도 멈췄다.

사방이 고요하다는 것을 깨달은 후 그녀의 머릿속에 떠오른 생각은 '어디서 타는 냄새 안 나요?'였다. 분명 용암을 피해 문 안으로 들어온 것은 확실한데, 어딘가에서 후끈하게 얼굴을 덮쳐 오는 기운은 여전했다.

이예주는 자리에 서서 제 몸을 내려다보았다. 멀쩡했다. 그래도 얼굴은 후끈했다.

후끈? 고개를 더 숙이자 어깨까지 자란 뒷머리가 스르륵 앞으로 쏟아졌다. 그러자 타닥타닥, 단백질 타들어 가는 소리와 함께 머리카락에 매달린 불덩이가 대롱대롱 포물선을 그리고 있는 것이 보였다.

"으아악! 뜨, 뜨, 뜨거!"

이예주는 다시 괴성을 지르며 손으로 제 머리를 미친 듯이 내려쳤다. 그녀가 제 머리카락을 수습하지 못하고 탭댄스를 추다가 꽝 하고 넘어졌을 때서야 비로소 후끈함과 불씨가 가셨다. 뒷머리 한 줌이 뭉텅 타 버린 것은 말할 것도 없었다. 불이 꺼지자 탄내가 더욱 진동을 하며 코를 찔렀다.

"이놈의 머리카락! 미리 잘랐어야 했는데……."

망할 용암. 낮은 욕지거리를 내뱉은 이예주는 흉하게 타들어 끝이 바스라진 머리카락 뭉텅이를 쥐고 울먹였다. 목을 근질기리는 것이 성질머리를 자극해서 그렇지, 4개월간 기른 머리카락이 아깝지 않은 것은 아니었기 때문이다.

반 뭉텅이가 사라진 머리카락을 부여잡고 울상을 짓던 그녀는 이내 머리카락을 내팽개치듯 손에서 놓았다. 그제야 자신이 존재하고 있는 장소가 눈에 들어왔다. 애써 평온을 찾은 것이 무색하게 그녀의 얼굴이 다시 일그러졌다.

사방이 고요했다. 고요할 뿐일까. 생명체란 자신뿐임이 분명한데.

어둠, 회명晦冥, 무無. 그녀의 눈앞에 펼쳐진 공간을 설명하는 것은 세 단어로도 충분했다. 말 그대로 끝없는 암흑이었다.

이예주는 자신이 암경暗境, 어두운 공간 속에 들어왔다는 것을 알아차림과 동시에 왼쪽 손목에 차고 있던 손목시계를 풀고 손목을 들여다보았다.

손목과 손의 경계를 구분해 주듯 피부 끝에서 끝까지 일자로 그어진 불그죽죽한 흉터가 선명하게 눈에 들어왔다. 꿈이 아닌 것이다.

그녀는 우울한 얼굴로 다시 손목시계를 채웠다. 그리고 끝없이 자신을 에워싸고 있는 어둠과 손목을 번갈아 바라보며 한숨을 내쉬었다.

한 치 앞도 보이지 않는 어둠 속에 홀로 덩그러니 놓여 있었으나 제 몸만은 빛 속에 있는 것처럼 환하게 빛이 났다. 이 끔찍한 암경 속에서 유일하게 마음에 드는 점을 굳이 찾자면 아이러니하게도 제 몸뚱이만은 선연히 보인다는 점뿐이었다.

만일 자신의 손발조차도 볼 수 없는 장님이 된 채 이 고요한 곳에 갇혔다면 이예주는 애초에 미쳐 버렸을 것이다. 그런 의미에서 검은 크레파스 칠이 돼 있는 이 공간에 들어오는 것은 때때로 시각 장애인들에 대한 생각을 다시 한번 일깨워 주는 유익한 시간이었다.

"닥쳐! 아니, 아니야!"

이딴 것을 장점이라고 애써 찾아 들먹이는 자신에게 환멸을 느끼며 그녀는 자리에서 벌떡 일어났다. 가만히 앉아 있어 봤자 해결되는 일은 아무것도 없다. 그것은 이 빌어먹을 암경에 처음 갇혔을 때의 경험에서 뼈저리게 얻은 교훈이었다.

이예주는 걸었다. 딱히 길이 보이거나 해서 그런 건 아니었다. 그저 걷다 보면 문이 나오겠지 하는 심정에서 우러나온 행위였을 뿐이다.

이예주가 처음 암경 속에 들어온 것은 엄마가 죽고 나서 과거로 돌아가기 위해 손목을 그었을 때였다.

그녀는 당시 엄마를 죽인 것이 자신이라는 지독한 죄책감에 몸부림쳤다. 스물을 넘기고 나서는 그것이 반은 맞고 반은 틀렸다는 자각을 하게 되었지만, 그때는 원망할 대상이 스스로와 능력뿐이었다.

엄마는 이예주가 '능력'을 자각하게 된 10살 때 이후로 단 한 번도 미래를 보지 못했다. 이것은 그녀의 입에서 나온 사실이었다. 자신을 구한 대가로 엄마는 미래를 보는 능력을 상실한 것 같았다.

과거로 돌아가서 뭐 대단한 일을 하겠다는 것은 아니었다. 이예주는 과거로 돌아가 엄마에게 그 능력을 돌려주고 싶었다. 될 수 있으면 오래전으로 돌아가고 싶었으나, 그게 안 된다면 그저 엄마가 죽기 전으로 돌아갈 생각이었다.

어떻게 돌려주는지 따윈 몰랐다. 그녀의 능력은 지독히도 이기적이어서 타인의 미래까지는 구할 수 없었으니. 그저 과거로 돌아가서 엄마가 그 일족이란 놈들에게 죽임당하는 것만 피할 수 있게, 그렇게 하고 싶었다.

차에 뛰어드는 것도 여의치 않자 두 번이나 손목을 그었다. 처음 엄마의 장례식장에서 그은 손목은 멍청하게도 동맥이 어딘지 헷갈려 정맥을 그었기에-그것도 쥐꼬리만큼- 미래로 갈 필요도 없이 바로 장례식장 위층 응급실로 끌려가 치료를 받았다.

발인이 끝나고 엄마의 유골이 납골당에 안치된 이후엔 사전 지식을 조금 더 습득했다. 그래 봤자 문구점에서 새로 산 커터 칼이 준비물로 추가되었을 뿐이지만.

세게. 아주 세게 손목을 긋는 것에는 망설임이 없었다. 피부가 찢기는 고통을 뛰어넘어 힘줄이 서걱 썰리는 듯한 느낌이 들었다. 능력 또한 시도의 성공을 예감했는지 그 순간 눈앞에 두 개의 '문'이 나타났다. 이예주는 망설임 없이 그 안으로 뛰어들었다.

그리고 눈을 뜨니 끝없는 어둠이었다. 처음에는 한 치 앞도 보이지 않는 어둠이 두려워 오랜 시간을 벌벌 떨며 제자리에 엎어져 있었다. 그 당시에는 자신의 미래가 어둠에 갇힌 상황이라는 생각에 꽤 패닉 상태로 오열했던 것 같다.

자의로 실행되는 것도 아닌 능력을 가진 것도 박복한데, 기껏 문 안으로 몸을 날렸더니 제 앞에 펼쳐진 거라곤 암담한 어둠뿐이었다. 이 얼마나 두렵고 서러운 일이란 말인가. 자신이 그토록 삶에 집착했었나 싶을 정도로 이예주는 눈물, 콧물, 물이란 물은 다 빼면서 울어 젖혔다.

그로부터 한참의 시간이 흘러서야 제 몸이 빛난다는 사실과 피로 젖어 들었던 흉물스러운 손목이 더 이상 피를 내뿜지 않는다는 사실을 깨달았다. 더불어 아프지도 저리지도 않았다.

그리고 그보다 더 한참의 시간이 지나자 이것이 과거로 가는 길일지도 모른다는 생각이 들었다.

과거. 그래, 과거.

이예주는 자리에서 일어나 조심스럽게 손목에 박힌 커터 칼을 빼내었다. 고통이 밀려오거나 피가 솟구칠지 모른다는 생각에 '으으…….' 하고 절로 신음이 쏟아져 나왔다.

그러나 그것이 무색하게 정말 손목은 아무렇지도 않았다. 얼마나 세게 칼을 박았는지 벌어진 상처에서 희끄무레한 뼈가 보여 구토가 치민다는 시각적 괴로움을 제외하곤 멀쩡했다. 피가 솟구치지도 않았다. 손에서 떨어뜨린 커터 칼은 줍기도 전에 어둠이 울컥 삼켰다.

흉함을 뛰어넘어 잔인하기까지 한 자신의 손목을 멍하니 들여다보던 이예주는 돌연 웃으면서 달리기 시작했다. 암경에 들어온 것은 그때가 처음이었기에 그녀는 이 상황이 과거로 돌아가는 방법일 것이라 확신했다. '문' 속으로 들어가면 미래에 도착했던 지난 경험들과는 너무나도 달랐으니까.

그녀는 암흑 속을 달리며 기뻐했다. 10년도 더 지난 한참 전의 과거로 돌아가서 엄마에게 능력을 돌려주면 모든 것이 해결될 테니까.

지치지도 않고 끝없는 어둠을 달렸다. 그러자 그 수고를 치하해 주듯 먼 어둠의 끝에서 빛나는 '문'이 나타났다. 문 안에서 집 앞에 있는 익숙한 가로수 길이 보였다. 아직 오전인지 환한 햇빛 아래 가로수 길이 한산했다.

엄마가 죽기 전 과거로 돌아왔구나. 이예주는 벅차오르는 감정을 억누르지 못하고 환하게 웃었다. 그리고 망설임 없이 그 안으로 뛰어 들어갔다.

다시 눈을 떴을 땐 천만다행히도 지긋지긋한 어둠을 헤쳐 나온 직후였다.

“꺄악! 이봐요. 괘, 괜찮아요?”

행인 한 명이 뼈가 보일 정도로 벌어진 손목에서 피를 흘리며 실실 웃는 여자를 발견하곤 괴성을 지르며 응급차를 불렀다. 이예주는 그때까지 무엇이 잘못되었는지도 몰랐다. 그저 과거로 왔다는 착각에 빠져서 피가 흐른다는 자각도 못하고 집으로 뛰어갔을 뿐이다.

“엄마! 엄마, 어디 있어? 엄마!”

암경 속에 갇히기 전에 자신이 서 있었던 마룻바닥 위에 검붉게 굳은 핏자국은 애써 외면했다.

“엄마, 엄마.”

신고를 접수하고 핏자국을 따라온 응급 대원이 아니었다면 이예주는 용을 써서 암경을 헤치고 나온 보람도 없이 황천길에 오를 뻔했다.

뒤늦게 연락을 받고 달려온 담임 선생님이 대체 열흘간 어디 갔었냐고 경악에 가득 찬 신음을 내뱉었다. 수술 직후에도 정신 못 차리고 엄마를 찾는 그녀를 측은하게 바라보던 의사 선생님이 휴대폰으로 엄마의 발인 날짜 후 10여 일이 지났음을 깨우쳐 주었을 때야 비로소 이예주는 입을 다물었다.

동맥이 반이나 잘려 나갔다. 두 팩이나 수혈할 정도로 많은 피를 흘렸는데도 아프지 않았다. 하도 어이가 없는 나머지 암경에 갇혔을 때는 잘도 흘렸던 눈물조차 한 방울도 나오지 않았다.

담임 선생님은 정신병자를 바라보는 듯한 눈으로 조심스레 그녀에게 상담을 권했다. 손목에 끔찍한 흉터가 남았고 그것은 후에 쪄 죽을 것 같은 여름에도 긴팔을 입거나 손목시계를 속옷처럼 착용하는 데 크게 일조하게 되었다…….

과거. 과거로 왔다고 생각했다.

그렇게 산전수전 다 겪고 드디어 과거로 왔다고, 엄마를 살릴 수 있다고.

끔찍하게 무서웠지만 암경은 차라리 희망이었다. 이 역경만 지나면 무언가 변화가 기다릴 거라는, 특별한 능력을 가진 소설 속 주인공들의 흔한 레퍼토리 같은 것.

그러나 변한 건 아무것도 없었다. 이예주의 '능력'은 어김없이 나타났고 자신은 홀로 미래에 왔다.

암경은 과거로 가는 것도 뭣도 아니었다. 열흘이 넘는 꽤 긴 시간의 미래를 뛰어넘을 적엔 언제나 이 암흑 속을 지나야 한다는 법칙이 추가됐을 뿐이다.

그로부터 몇 번 더 암경에 갇힌 이후 이예주는 자연히 그것을 깨달았다. 그전까진 보통 길어 봐야 일주일 이내의 미래만 뛰어넘던 자신이 짧게는 열흘, 길게는 수십 일의 미래까지 건너뛸 수 있게 된 것이다.

그것을 깨달음과 동시에 이예주는 자신이 엄마의 능력을 완전히 빼앗았음을 알았다. 누가 따로 일러 주거나 꿈이 그것을 말해 준 것은 아니었다. 그냥 자연히 알았다. 자신의 능력이 엄마의 능력을 삼켰음을.

그것은 '능력'이 자신에게 있어 완전한 '저주'라고 자각하게 되는 아주 중요한 계기였다.

제법 익숙해졌기에 더 이상 두려움에 떨며 질질 짜는 행동은 하지 않았지만 처음 암경에 갇힌 충격은 트라우마로 남아 이예주는 종종 꿈에서도 암흑을 헤치고 다녔다.

사실 처음 몇 번은 그것이 꿈인지 현실인지 구분하지 못하고 한참 동안 어둠을 헤매고 다니는 끔찍한 경험을 했다. 그러나 그것도 얼마 안 가 꿈과 현실을 구분하는 꼼수를 터득하면서 끝이 났다.

희한하게도 꿈속의 자신은 엄마가 죽었다는 사실을 인정하지 못한 건지 손목에 자상이 존재하지 않았던 것이다. 그 후로 암경과 관련된 악몽은 일종의 '자각몽'이 되었다.

"하……."

예지몽도 모자라 자각몽이라니. 이예주는 왠지 자신이 꿈이란 꿈은 모두 섭렵하고 있다는 암담한 생각에 깊은 한숨을 내쉬었다. 그러나 곧 우울함을 털어 내고 걸음을 재촉했다.

꿈이든 현실이든 간에 암경이 끔찍하다는 사실 하나만은 변함없었기 때문이다.

암경 속에선 시간도 배고픔도, 신체적 결함도 무의미했다. 아무리 걸어도 시간이 흘렀다는 자각이나 육체적 피로가 없었다. 이예주는 그저 미래로 당도하는 '문'이 나올 때까지 걷고 또 걸을 뿐이었다. 유일하게 느끼는 신체적, 정신적 문제는 지루함뿐이었다.

"아오! 대체 언제 나오냐고, 쫌!"

한참을 걸었는데도 '문'이 나올 기미가 보이지 않았다. 이 정도 걸었으면 '문'이 나올 법도 한데 문의 미음 자도 보이지 않았다.

대체 얼마나 더 지긋지긋한 어둠을 헤매야 하는 걸까. 또 얼마나 많은 시간을 지나쳐 미래로 가는 걸까.

암경 속에서 유일하게 알 수 있는 것은 이 암흑에 오래 갇혀 있을수록 더 많은 시간을 지나친다는 사실뿐이다. 시간을 지나친다는 기분에 이예주는 문득 뒷전으로 미뤄 두고 있던 용암에 대해 떠올렸다.

문득 재작년에 한참 유행했던 지구 종말설이 생각나 피식 웃음이 나왔다. 정말로 지구가 멸망을 하려는 걸까? 지긋지긋한 '능력'에서부터 벗어나게 해 준다면야 그녀는 지구 종말이든 뭐든 두 팔 벌려 환영인 사람이었다.

하지만 보란 듯이 '문'이 나타났고 자신이 이렇게 암경을 헤매고 있으니 미래는 여전히 존재할 테다. 지구는 여전히 둥글 테고. 암경을 지나면 자신은 또다시 오물, 똥물 맞아 가는 기분을 여실히 느끼며 대학교로 향해야겠지.

다시 야금야금 정신을 잠식해 오는 우울함을 떨치기 위해 이예주는 고개를 번쩍 쳐들고 달리기 시작했다.

현실 속에서 그녀는 정말 통탄할 정도의 몸치였다. 몸이 약한 건 아니었다. 다만 더위와 운동에 약할 뿐. 그러나 암경 속에선 더위도 운동도 이예주를 막을 수 없었다.

빨리 좀 나타나라, 문아. 빨리빨리. 이를 바득바득 갈면서 그녀는 달렸다. 얼굴을 스치는 시원한 바람은 없었지만 그래도 침전돼 있던 기분이 조금 나아지는 것 같았다.

멀리서 희미하게 반짝거리는 게 보였다.

새삼 느끼는 것이지만 아무것도 변할 리 없다는 것을 알면서도 암경 속에서 '문'을 향해 달려가는 심정은 뭐랄까, 기대감에 가까웠다. 그래도 자신의 암담한 미래에 한 줄기 빛이 생길지도 모른다는 기대감.

이예주는 어둠 속에서 자신을 제외하고 유일하게 빛나는 그곳을 향해 뛰었다. 희미한 반짝임은 곧 환한 빛을 쏟아 내는 '문'이 되어 그녀에게로 더욱더 가까워졌다.

생각보다 너무 오랫동안 암경을 헤매서 그런 것일까. 그녀는 그저 어둠에서 벗어났다는 기쁨에 힘차게 '문' 안으로 뛰어들었다. 암경에서 나갈 출구에 그 어떤 장면도 보이지 않는 건 신경도 쓰지 않은 채.

그렇게 이예주는 또다시 똥밭으로 아끼지 않고 몸을 던졌다.

"인간……."

"……."

"주인님…… 말……."

"으음……."

푸드덕푸드덕! 날개 푸닥거리는 소리가 들렸다. 이예주는 짧은 신음과 함께 눈을 떴다.

'문'을 향해 몸을 던진 후 진절머리 나는 빛 속에서 두 팔을 미친 듯이 허우적대던 것까지만 기억이 났다. 그 후로 졸도하듯 잠에 빠진 것인가.

눈앞에 작은 새 한 마리가 푸드덕푸드덕 날갯짓을 해 대는 것이 보였다. 자꾸만 감기는 눈을 억지로 홉뜨며 이예주가 중얼거렸다.

"……뭐야."

"'인간 여자 발견. 주인님께 보고할지 말지 고민 중.'까지 말했떠엽!"

"참새가 말을 하네?"

아직 꿈이 덜 깼나 싶어 손을 뻗어 눈을 비비던 그녀는 그 순간 번쩍하고 코를 강타하는 아픔에 '아악!' 하고 자리에서 벌떡 일어났다.

푸드덕푸드덕!

"참새 아니에엽! 용맹한 황조롱이를 감히 참새 따위와 견주다니! 인간 주제에!"

"아악! 이게 미쳤나!"

참새가 말을 하는 것도 어안이 벙벙할 지경인데, 그 말하는 참새가 날개를 퍼덕이며 부리로 그녀를 미친 듯이 쪼기 시작했다. 본능적으로 머리를 감싸 안으면서 이예주는 입을 떡 벌렸다. 꿈이 너무 생생했다. 참새 새끼가 쪼는 족족 눈물 나게 아팠던 것이다.

"인간 주제에! 인간 주제에!"

"아파! 아악! 야! 미쳤냐! 아!"

펄럭이며 안면을 공격하는 날개 때문에 정신을 못 차리고 허우적대던 그녀는 아픔을 견디지 못하고 불쑥 손을 뻗었다. 푹신한 깃털에 싸인 작고 따끈한 몸통이 손바닥에 닿는 순간, 이예주는 회심의 미소를 지으며 그대로 손에 꽉 힘을 주었다.

"이거 놔여! 이거 놔여!"

"에, 에취!"

"으아악! 인간 체액! 썩은 내! 썩어여! 몸 썩어 들어가여!"

흩날리는 깃털 탓에 이예주가 크게 재채기를 하자 손에 잡힌 새대가리가 기겁을 하며 퍼덕거렸다. 따끔하더니 날카로운 발톱에 손등이 긁혔다. 그 자리에서 곧 몽글몽글 핏자국이 돋자 그녀의 얼굴이 휴지 조각처럼 구겨졌다.

이예주의 눈에서 불길이 일었다. 그녀는 참새를 잡고 있지 않은 반대편 손으로 새의 머리를 향해 아주 세게 알밤을 날렸다.

"딱!"

"악! 아구구구! 황조롱이 죽네! 아구구구!"

"스읍— 쪼그만 게 가만 안 있어? 황조롱이고 뭐고 참새 대가리만큼 작아질 때까지 맞고 싶냐?"

"……."

이예주의 서슬 퍼런 기색에 푸드덕푸드덕 날뛰던 새가 곧바로 잠잠해졌다. 흉악하게 미간을 찌푸리며 그녀는 손에 잡힌 새를 바라보았다.

말을 하고 보니 정말로 참새는 아닌 듯싶었다. 참새보다 몸집이 꽤 컸고 부리와 발톱도 날카로웠다. 그녀를 바라보는 동그란 눈이 황금색으로 반짝였다. 그 커다란 금안은 약간 겁에 질린 듯도 했다.

이예주는 주변을 휙휙 둘러봤다. 그녀를 둘러싼 배경은 눈이 시리도록 넘실거리는 초록이었다.

어딜 봐도 사방팔방에 온통 울창한 나무와 풀뿐이었다. 평생을 도시에서만 살아온 그녀가 보기에도 예사롭지 않은 거대한 나무들이 쭉 늘어서 있었다. 영화에서조차 본 적 없던 광활한 숲 한가운데서 참새 한 마리와 사이좋게 말을 주고받는 설정인 것이다. 참, 꿈 한번 요란하다.

"야, 여기 어디야?"

그래 봤자 꿈속이겠지만. 이예주는 손에 잡혀 있는 새가 제대로 답하지 않으면 콧속을 간질이는 갈색 깃털을 하나씩 뽑아 주겠다고 마음먹었다.

"인간이 한 질문엔 답하지 않……!"

"또 처맞고 싶지?"

"부, 북쪽 대륙에 있는 동물의 숲이에엽!"

반항하는 새를 향해 다시 눈을 부라리자 즉각 대꾸가 들려왔다.

북쪽 대륙 동물의 숲? 그녀는 다시 한번 제 개꿈에 감탄했다. 23년 평생 판타지 소설의 '판' 자도 접하지 않은 이예주였다. 남들이 한 번씩 다 읽어 보았다던『해리 포터』,『반지의 제왕』조차 읽지 않았다.

그렇다고 해서 딱히 다른 장르의 소설들을 즐겨 보았던 것도 아니다. 이예주는 원래 태생 자체가 공부나 글하고는 담을 쌓은 성격이었다. 때문에 생각보다 구체적으로 설정된 꿈이 신기하다 못해 기가 찰 지경이었다. 심신이 급격히 피로해지는 것이 느껴졌다.

"하…… 동물의 숲. 누가 지었는지 참 유치하네."

이예주의 꿈은 사춘기 중학생처럼 예민했기 때문에 현실 속에서 스쳐 가듯 알게 된 것도 곧잘 꿈속에 나타나곤 했다. 이번 꿈도 필히 어딘가에서 주워들은 것을 토대로 했음이 분명하렷다.

길을 지나칠 때 가끔 들렀던 서점 혹은《동물의 왕국》따위의 프로그램을 생각하며 그녀가 혼잣말을 하자 손에 잡힌 새대가리가 다시 시끄러운 목소리로 떽떽거렸다.

"주, 주인님을 모욕했어! 주인님이 우리 신인류를 위해 친히 지어 주신 숲의 이름을! 이, 인간 주제에! 인간……."

"이게 보자 보자 하니까 또 '인간 주제에'라고 하네? 이걸 그냥 콱, 조용히 안 해?!"

"……."

푸덕거리며 분을 내뿜던 황금색 눈알이 잔뜩 겁을 집어먹고 휘둥그레졌다. 새는 서슬 퍼런 인간 여자의 눈치를 보며 작게 중얼거렸다.

"……주, 주인님이 우리를 위해 지어 주신 이름인데…… 주인님이……."

"주인이고 나발이고 지금부터 내 말이 곧 법이다."

이예주는 제가 내뱉고도 그 말이 맘에 들었는지 다시 한번 읊조리며 고개를 끄덕였다. 그럼, 그럼. 내 꿈이니까 내 말이 곧 법이지.

하지만 이 쪼그만 새 놈은 그녀의 말이 도저히 납득이 안 되는지 황금색 눈깔을 뒤룩뒤룩 굴리며 다시 한번 반항을 시도했다.

"대륙은 주인님 거예엽! 인간 주제에 주인님을 자꾸 무시하고 깔보고! 그러니까 주인님이 분노하시는 거예여, 인간 여자!"

"이 새대가리가 또 인간, 인간 거리네. 듣는 인간 기분 나쁘니까 좋은 말 할 때 집이치워라? 앙?"

이예주가 또 눈을 부라리자 조막만 한 부리가 다시 입을 다물며 그녀의 눈치를 살폈다.

"……그, 그럼 인간을 인간이라 부르지 뭐라고 불러여……."

"누나."

"예?"

"누나라고 불러."

제가 생각해도 뻔뻔스러운 대답이었다. 새 또한 기가 막혔는지 황금색 눈 가득 황당함이 떠올랐다. 시시각각 변하는 금안이 언뜻 보면 귀엽기도 했다.

"그, 그치만 주인님은 신인류가 인간보다 위대하다고 말씀하셨는데여."

"신인류가 뭔데?"

다시 거론되는 '신인류'라는 단어에 이예주가 고개를 갸웃거렸다. 그러자 새가 고개를 빳빳이 쳐들었다.

"신인류는 주인님과 계약을 맺고 인간처럼 말하고 변신할 수 있는 동물들이에여. 주인님은 신인류가 인간보다 더 현명하고 월등하다고 하셨어여!"

조막만 한 부리에서 힘차게 튀어나온 설명에도 이예주는 여전히 고개를 갸웃거렸다. 반인반수, 뭐 그런 건가? 그녀는 금방 생각하기를 포기했다. 깊게 생각해 봤자였다. 어차피 꿈속인 것을.

"신인류는 주인님께 선택받은 위대한 동물들이에여! 우리는 주인님의 사명을 받들어 주인님을 가까이 모실 수도 있어여! 에헴. 전 그 중에서도 주인님의 여행에도 동참한……."

"됐어."

"……예, 예?"

이예주는 새의 장황한 말허리를 단칼에 끊었다.

"신인류에 대한 설명은 됐고. 그보다 '누나, 죄송해요. 죽을죄를 지었습니다.'라고 해 봐."

"에, 에?"

"내가 너한테 쪼인 데가 아파서 죽어도 누나 소리 듣고 꿈에서 깰 거니까 빨리 누나라고 부르라고!"

"으어어어! 어, 어지러워여! 흐어, 흐어어!"

이예주가 윽박지르며 새를 쥔 손을 탈탈 털어 댔다. 그러자 새가 또다시 "아구구! 황조롱이 죽어여!" 하고 앓는 듯 비명을 질렀다.

"누나라고 불러!"

"으허어어! 놔, 놔주떼여! 놔주떼여! 이제 곧 주인님 오세여!"

"부르라니까? 빨리 누나 죄송하다고 말해!"

"나, 나보다 어린데 어떻게 누나라고 해여!"

"이게 약을 파네? 또 맞고 싶지?"

"으어어어! 놔, 놔주떼여! 주인님 오면 죽어여! 진짜 죽어여!"

"스읍! 빨리 안 불러?"

"주인님 오면 죽는다니까여!"

죽는다니까여! 죽는다니까여! 죽는다니까여…….

몸집도 작은 게 어찌나 악을 지르는지 고요한 숲속에 새의 비명 소리가 두 번이나 메아리쳤다. 그 소리에 숲속에 숨어 있던 새 떼가 푸드덕하고 하늘로 날아가는 소리가 들렸다.

이게 정말. 약이 오를 대로 오른 이예주가 새를 잡고 흔들던 손을 멈추고 다시 한번 알밤을 준비하려던 때였다.

흠칫. 손안에 있는 작은 몸통이 눈에 띄게 움찔거리며 경직되었다. 아직 손도 안 댔구만, 엄살은. 이예주가 비죽 웃으며 황금색 눈동자를 내려다보았다.

그런데 지금까지와는 달리 새의 금안이 조금 이상했다. 그녀의 협박에도 잠시 주춤거릴 뿐 굴하지 않던 황금색 눈동자가 두려움에 완전히 잠겨 있었다. 곧이어 진동하는 휴대폰을 쥔 것처럼 손안이 부들부들 떨려 왔다.

"나, 나, 난 몰라여……."

"……응? 뭘?"

"나, 난 죽는다고 말했어여. 나, 난 몰라여. 히잉."

황조롱이가 울상을 한 채 안쓰러운 꼴로 이예주를 마주 보았다. 갑작스러운 태도 변화에 그녀는 그저 어벙하게 있을 따름이었다.

"……너 누나라고 부르기 싫어서 그러는 거지?"

"……."

"누굴 바보로 알고……."

"그 손 놓아라."

그때였다. 차갑고 낮은 목소리가 스산히 움직이는 바람을 타고 이예주의 귓가에 꽂힌 것은. 손안에서 "헉. 주, 주인님." 하고 새가 작게 숨을 들이켰다. 이예주는 제게 명령하는 소리가 들린 곳을 향해 고개를 돌렸다.

저벅저벅, 얼마 떨어지지 않은 숲속에서 커다란 인영이 걸어 나왔다. 한국에선 좀처럼 보기 드문 커다란 키였다. 멍하니 새로 등장하는 꿈속의 인물을 바라보던 그녀는 숨을 멈췄다.

제일 먼저 눈에 들어온 것은 얼마 전까지 갇혀 있었던 암경을 그대로 담은 것처럼, 아니 그보다도 더 시커먼 눈동자였다. 그것은 블랙홀처럼 이예주를 빨아들일 듯 노려보고 있었다.

그다음에 보인 것은 눈동자만큼 새까만 머리칼과 더없을 만큼 완벽한 대칭을 이루는 코였다. 동양인이라고 보기에는 지나치게 체구가 컸고 그렇다고 서양인이라고 보기엔 검은 머리칼과 대조되는 피부가 매우 하얬다.

동서양 어디에도 속하지 않은 것처럼 생긴 완벽한 외모의 남자였다. 그는 양손에 무언가를 바리바리 싸 들고 서 있는 상태였다.

아니, 모델 양반. 무거운 짐 꾸러미를 잔뜩 이고 이 험한 산길을 헤매다니. 역시 이것은 스물셋의 천연기념물을 안쓰러이 여기신 꿈신의 계시인…….

"분명 다 죽였는데도 어디서 자꾸 구린내가 나더라니."

"……."

"쥐새끼처럼 여기 숨어 있던 건가."

위에서부터 남자를 샅샅이 훑던 이예주는 남자의 손에 들려 있는 짐 꾸러미를 확인하고 다시 헉, 숨을 멈췄다. 그것은 남자의 빛나는 외모에 숨을 멈췄을 때와는 조금 달랐다.

……새가 자신의 눈을 쪼아 애꾸눈으로 만든 걸까. 그런 게 아닌 이상 지금 보이는 게 사실일 리 없었다.

남자의 손에 들려 있는 것은 분명 머리'들'이었다. 짐 꾸러미라고 여겼던 여러 개의 사람 머리들이 우악스럽게 머리채만 잡힌 채 남자의 손에서 달랑거렸다.

머리카락을 움켜쥐고 몸뚱이와 분리해 낸 듯 목의 단면이 일정치 않았다. 더운 피비린내가 이예주가 서 있는 곳까지 훅 끼쳐 왔다. 남자의 손에서부터 뚝뚝 떨어지는 검붉은 덩어리들만 봐도 방금 전까지 살아 있던 사람들이라는 것을 쉽게 알 수 있었다.

불현듯 남자의 붉은색 입꼬리가 슬쩍 올라갔다.

"너희 인간들은 영 머리가 안 돌아가는지 아무리 주제를 상기시켜 줘도 자꾸만 기어오르더군."

"……."

"신인류는 너 같은 더러운 인간이 손댈 존재가 아니다. 대체 얼마나 더 죽여야 그 텅 빈 머리통에 각인될는지 원."

"……."

"그런데 넌 겁도 없이 내가 친히 데려온 신인류를 가지고 놀고 있구나."

남자의 눈동자가 꿈틀거렸다. 꿈틀거렸다고 표현할 수밖에 없었다. 마치 검은색 눈동자를 좀먹는 것처럼 남자의 동공 한가운데서부터 붉은색이 퍼져 나가기 시작했다.

곧 검은색은 애초에 존재하지 않았던 것처럼 남자의 눈이 시뻘겋게 변했다. 그가 들고 있는 시체들의 머리에서 뚝뚝 떨어지고 있는 피와 같은 시뻘건 색이었다. 그 말도 안 되는 변화에 이예주의 입이 떡 벌어졌다.

"넌 이렇게 대가리조차 남겨질 자격이 없다."

"……."

"그래, 너같이 냄새 나는 것에겐 그냥 소멸이 어울리겠군. 소멸."

모욕적인 남자의 언사에도 그녀는 한마디 대꾸도 없이 굳어 있을 수밖에 없었다. 그녀뿐 아니라 그 어떤 인간이어도 자신을 향해 여과 없이 내뿜어지는 지독한 혐오감과 살기를 느낀다면 입도 뻥긋할 수 없을 것이다.

남자가 한쪽 팔을 휙 들어 그녀를 향해 시체 머리들을 던졌다. 데구루루. 자신의 발치로 머리들이 굴러왔다.

그 모습을 보며 이예주는 분명 미친 듯이 소리를 지르며 몸을 피하려 했다. 그러나 생각과는 달리 어찌 된 일인지 입을 떡 벌린 채 여전히 굳은 상태였다.

언제부터인지 오금이 저려 왔다. 그 저림은 점차 다리를 타고 스멀스멀 위로 기어 올라와 마침내 그녀의 온몸을 침식했다. 이예주는 굳어서 제대로 돌아가지 않는 뇌를 필사적으로 굴리며 생각했다.

이, 이건 꿈이야. 그치? 이건 꿈이야. 꿈이고말고. 암, 분명 꿈인데…….

"죽어."

이상하다, 저 남자. 저 시뻘건 눈깔이 왜 이렇게 진짜 같을까?

멍청하게 서 있는 그녀의 눈과 남자의 시뻘건 눈동자가 정확히 마주쳤을 때였다. 그와 동시에 멀리서부터 '쿠구구궁' 하고 울리는 진동이 그녀의 신경을 뒤흔들었다.

아주 먼 곳에서부터 시작된 진동은 엄청난 속도로 진폭을 넓히기 시작했다. 스와아— 장활한 나무와 풀들이 미친 듯이 춤을 췄다.

지진? 이예주가 간신히 '지진'이라는 단어를 떠올렸을 때쯤, 그녀의 몸은 이미 타의로 인해 심각할 정도로 휘청휘청 거리고 있었다.

그녀는 여전히 정신 못 차리고 빨간 눈의 남자를 바라보았다. 하얀 얼굴과 대비되는 남자의 붉은 입술 한쪽 끝이 비릿하게 올라가 있었다.

본능적으로 알 수 있었다. 사람 머리들을 뽑아 쥐고 나타난 저 미친놈이 지금 무슨 짓을 꾸미고 있다고.

하지만 무슨 짓을 하는 걸까? 이예주는 휘청거리는 몸을 가누려고 노력하며 남자를 향해 입을 떼려 했다. 하지만 그 노력은 곧 무산되고 말았다. 물어보기도 전에 궁금함이 해결됐으니.

발밑 땅이 쩍 하고 갈라졌다. 동시에 진동하는 휴대폰처럼 흔들렸던 그녀의 몸도 진동을 멈췄다. 방금 전까지 밟고 있던 땅 안쪽에서 시커먼 구덩이가 이가리를 벌렸다. 이예주의 입도 덩달아 벌어졌다. 그녀는 그 속으로 눈 깜짝할 사이에 푹 꺼졌다.

"아아아아! 떠, 떨어져여어어!"

이예주는 엄청난 속도감으로 속절없이 떨어졌다. 번지 점프는 한 번도 해 본 적이 없어서 잘 알지 못하지만, 마치 번지 점프를 할 때 같은 속도감이랄까.

아직도 탄내가 가시지 않는 머리카락이 바람결에 거세게 흩날렸다. 롤러코스터를 탄 듯 쫄깃쫄깃하고 염통과 방광이 바짝 조여 오는 기분이 들었다. 그녀는 새삼 눈앞에서 멀어지는 구덩이의 입구를 바라보았다.

성장판도 다 닫혔을 텐데 웬 벼랑에서 떨어지는 꿈일까? 다시금 생각하지만 거참 꿈 한번 엄청나게 생생했다. 이렇게 심장이 덜컹덜컹할 정도로 떨어지는 속도감이라니.

손에 잡힌 새가 격렬하게 몸을 뒤틀었다. 푸덕푸덕!

"아아아악!"

기차 화통을 삶아 먹었나. 작은 몸으로 귀청이 떠나가라 소리를 지르는 새 때문에 이예주는 아래로 떨어지는 와중에도 흉악하게 얼굴을 찌푸렸다.

"야, 조용히 해."

"아악! 아악! 지금 조용히 하게 생겼어여! 주인님이 분노하셨어여! 그냥 죽음도 아니고 지옥 불에 소멸된다구여! 흐엉엉! 이게 다 인간 여자, 당신 때문이에여!"

"뭐 어때. 꿈인데 좀 떨어질 수도 있지."

"그럼 난 놔줘여! 난 놔 달라구여! 난 죽기 싫어여어어어!"

이예주는 좀처럼 느껴지지 않는 현실감에 헛웃음을 지으며 발광을 하는 새를 풀어 주었다. 작은 새는 풀려난 줄도 모르고 그녀와 같이 떨어지다가 이내 금방 균형을 잡으며 날아올랐다.

새는 멈추고 그녀는 계속 구덩이 속으로 떨어진다. 얼마나 빠르게 떨어지는지 공중에 멈춰 있는 황조롱이와 금세 거리가 벌어졌다.

"그래. 가라, 가. 너 다음번에도 내 꿈에 나와서 쪼면 진짜 죽는다."

이예주가 혼잣말하듯 중얼거렸지만 새대가리가 용케도 그 말을 들은 건지 울상을 지으며 소리쳤다.

"미, 미안해여! 그, 그래도 많이 아프진 않을 거예여! 금방 녹을 테니까!"

"……."

"미, 미안해여! 미안해여!"

미안하다고 말로는 계속 쫑알대면서도 새는 부지런히 그녀가 떨어진 구덩이 위로 날아올랐다. 그 얍삽한 행실을 지켜보며 이예주는 차오르는 욕을 애써 꿀꺽 삼켰다. 어차피 이도 잠에서 깨어나면 다 개똥으로 남을 추억이리라.

"아, 시원하다—!"

늙은이처럼 내뱉으며 그녀는 편안한 마음으로 떨어지는 감각을 만끽했다. 꿈이지만 무언가 하고 싶었던 것 하나를 해치운 기분이 들었다.

기실 과거로 돌아가기 위해 죽음과 가까워지려고 발버둥 치던 때에 이예주가 가장 원했던 방법은 높은 곳에서 떨어지는 방법이었다.

엄마가 죽은 것이 전부 제 탓이라는 그 사실 하나가 생선 가시처럼 목구멍에 걸려서 하루하루 숨통을 죄던 나날들이었다. 날카로운 공기와 바람이 필요했다. 숨 쉴 수 없을 정도로 바람이 몰아치면 답답함도 그 바람에 쓸려 나갈지도 모른다고 생각했기 때문이다.

하지만 끝내 높은 곳에서 투신하는 것만큼은 실행에 옮길 수 없었다. 아니, 시도는 해 보았다. 학교 옥상에 무려 세 번이나 올랐지만 세 번 모두 미수로 그쳤다. 떨어지는 도중 '문'이 열려도 그 안으로 들어가지 못할지도 모른다는 염려 때문이었다.

이예주는 지금에서야 비로소 모든 투신 시도가 미수에 그쳤던 이유들이 그저 변명이었다는 것을 인정했다.

사실은 너무 무서웠다. 까마득한 아래를 내려다볼 때마다 온몸이 사시나무처럼 떨려서 단 한 발자국도 움직일 수 없었다. 계단을 내려오는 것조차 어기적댈 정도로 얼마나 겁에 질려 있었던가.

그래도 돌이켜 보면 나쁜 경험은 아니었다. 그 짓거리를 세 번이나 반복한 후 이예주는 자신에게 저주받을 '능력'만 있는 것이 아니라 고소공포증도 있다는 것을 알게 되었으니까.

그나저나 이번 꿈은 참 괴상하기 짝이 없었다.

"그 미친놈이 대체 뭔 짓을 했길래, 내 꿈에서 내가 이렇게 당하는 거야?"

놔주기 전에 새 자식한테 물어볼걸……. 미련이 뚝뚝 남는 목소리로 후회했지만, 이미 구덩이 입구는 까마득하게 멀어져 작은 구멍처럼 간신히 보일 듯 말 듯 한 상태였다.

시뻘건 눈의 미친놈을 떠올리고 보니 이예주는 꿈이 평소와는 다르게 참 이상도 하다는 것을 깨달았다. 꿈속에서 이렇게 자신이 역동적으로 움직였던 적은 손에 꼽을 정도로 없었다. 아니, 단 한 번도 없었다.

그녀는 예지몽에서 제3자의 눈으로 대강 상황만 파악하든가 혹은 꿈의 흐름에 몸을 내맡기곤 했으니 굳이 꿈속에서까지 바쁘게 움직일 필요가 없었기 때문이다.

"그나저나 대체 언제까지 떨어지기만 하는 거야. 빨리 바닥에 처박히든지 해야 꿈에서 깰 거 아니야!"

슬슬 떨어지는 것도 지루해지자 이예주가 괴팍하게 소리 질렀다. 그와 동시에 그녀는 공기가 미묘하게 달라졌음을 알았다. 처음 떨어질 때 차가운 역풍이 머리카락을 미친 듯이 흔들어 놓았던 것과 달리, 이젠 제법 따듯한 공기가 귓가를 스쳐 지나갔다.

이제 끝인 건가? 이예주는 역풍이 불어오는 쪽을 바라보기 위해 '읏차' 하고 공중에서 제비를 돌았다. 한참을 끙끙거린 후에야 간신히 몸의 방향을 위에서 아래로 뒤집을 수 있었다.

"……뭐지?"

아주 멀리서 붉은 점이 보였다. 붉은 점에 가까워질수록 따듯한 역풍은 '따듯'에서 점점 '뜨뜻'으로, '뜨뜻'에서 점점 '후끈'으로, '후끈'에서 점점 '화끈'으로 변해 갔다.

떨어지는 도중 가속도가 붙어 이예주는 엄청난 속도로 붉은 점의 정체와 가까워졌다. 밝았던 그녀의 표정 또한 단계적으로 일그러지기 시작했다.

"……미친."

코를 찌르듯 톡 쏘는 냄새의 정체가 유황임을 깨닫고 나서야 이예주는 붉은 점의 정체가 무엇인지 대강 알 수 있었다.

"용암 못 보고 죽은 귀신이 붙었나……?"

구덩이의 끝은 용암이었다. 새빨간 불덩이들이 살아 있는 듯 꿀렁 꿀렁 움직이다가도 허공을 향해 '퓩!' 하고 침을 뱉는 것이 보였다.

분명 서울 한복판을 뒤덮는 거대한 용암덩어리를 피해서 암경을 건너온 것이 방금 전이었다. 그런데 왜 꿈에서조차 미친놈의 용암에 시달려야 하는 건지 도저히 그 이유를 알 수 없었다.

"아, 뜨거워."

이예주가 훅 하고 안면을 강타하는 뜨거움에 인상을 찌푸렸다.

또 한 번 느끼는 거지만 꿈치고 참 정교했다. 그 생각은 용암에 빠른 속도로 가까워질수록 더욱 굳어졌다.

"아, 너무 뜨거운데?"

"아! 아 뜨거워!"

"아악! 겁나 뜨겁잖아!"

견딜 만하다는 듯 여유롭던 그녀의 표정이 시시각각 경악으로 물들어 갔다.

빨리 꿈에서 깨고 싶었다. 생각보다 엄청난 뜨거움에 그녀는 몸을 사렸다. 그러거나 말거나 주인의 마음을 배반한 몸뚱이는 광야의 속도로 용암 한가운데를 향해 떨어지는 와중이었다.

"콜록, 콜록!"

더운 공기 때문에 한 번 숨을 들이쉬고 내뱉을 때마다 식도와 가슴 속이 홧홧했다.

이거 뭐야? 이거 너무 실제 같잖아! 온몸을 감싸 안는 열기에 이예주가 입을 벙긋댔다.

멍하니 붉은 바다를 바라보던 그녀가 공포에 질려 몸을 덜덜 떨

때쯤이었다. 꿀렁거리는 용암 바로 위로 하얗게 빛나는 '문'이 생긴 것은.

"……문?"

제가 보고도 너무나도 현실성이 없어 그녀는 어렵사리 두 손을 들어 땀에 흠뻑 젖은 눈가를 세게 비볐다. 그리고 다시 크게 눈을 뜨고 밑을 내려다보았다.

눈을 비볐는데도 '문'이 사라지지 않았다. 지금껏 꿈속에 미래로 가는 '문'이 나타난 적 있던가?

"이거 꿈…… 아니야?"

이예주가 떨리는 목소리로 중얼거렸다. 아무리 머리를 쥐어짜도 꿈에 '문'이 나타났던 적은 단 한 번도, 그 비슷한 꿈을 꾼 적도 없었다. 그럼, 이게 꿈이 아니라고?

치이익— 그때, 제멋대로 펄럭이던 머리카락 한 뭉치 끝이 계란 프라이 굽는 소리를 내며 타들어 갔다. 타들어 가는 소리가 나는 것은 머리카락뿐이 아니었다. 입고 있는 후드의 소매 자락 끝에 빠알간 불씨가 매달렸다.

이 천불 같은 열기가 꿈이, 꿈이 아니다.

방광과 염통이 다시금 쫄깃쫄깃해지기 시작했다. 문득 아까 풀어 준 새의 목소리가 귓가를 스치고 지나갔다.

—미, 미안해여! 그, 그래도 많이 아프진 않을 거예여! 금방 녹을 테니까!

"시발."

꿈이 아니라고? 꿈이, 꿈…… 뜨거워, 뜨거워!

"으아아아악—!"

이예주는 미친 듯이 비명을 질렀다. 이제 와서 멈춰 보려고 몸에 힘을 잔뜩 줬지만 가속도가 붙을 대로 붙은 그녀의 몸은 눈을 한 번 깜박일 때마다 용암과 가까워졌다.

“아아아아악—! 살려 줘어억—!”

용암 바로 위에 위치하던 ‘문’이 기다렸다는 듯 떨어지는 그녀의 몸을 덥석 집어삼켰다. 그와 동시에 비명을 넘어 초고음파로 변질되던 이예주의 목소리도 뚝 끊겼다.

그 시각, 지상 위에서는 퍼덕퍼덕 힘겹게 날갯짓을 하는 작은 황조롱이 한 마리가 갈라진 땅 사이에서 푸다닥 솟아올랐다.

“헉, 헉! 아구구, 황조롱이 죽네. 아구구, 헉헉…….”

간신히 풀숲 위에 털퍼덕 주저앉은 채 땀을 삐질삐질 흘리던 황조롱이는 곧 눈앞에 멈춰 선 커다란 신발에 숨 고를 새도 없이 벌떡 자리에서 일어났다.

“주, 주인님!”

“너답지 않군. 하찮은 인간 따위에게 다 잡히다니.”

장신의 남자가 황조롱이 앞에 우뚝 선 채 오만한 권력자의 눈으로 내려다보았다. 인간을 향해 불타올랐던 피처럼 새빨간 눈은 어느새 사라지고 심연처럼 깊은 검은색이 그 자리를 대신하고 있었다.

마른침을 꿀꺽 삼키며 남자의 앞에 서 있던 황조롱이는 ‘펑!’ 하는 작은 폭발음과 함께 모습을 감췄다. 곧 자욱한 연기가 피어오르면서 ‘콜록, 콜록!’ 하는 기침 소리가 터져 나왔다.

방금 전까지 풀숲 위에 서 있던 황조롱이는 온데간데없고 그 자리에 마법처럼 금안을 가진 갈색 머리 소년이 발가벗은 채 나타났다.

남자의 명치에 닿을까 말까 한 작은 갈색 머리 소년은 연달아 기침을 하며 연기를 손으로 휙휙 휘저었다. 그러곤 빠른 속도로 주머니에서 옷을 꺼내 주워 입으며 잔뜩 울상을 지은 채 대답했다.

"죄, 죄송해여, 주인님…… 주인님이 인간 기척이 난다고 하셔서 여기 왔는데 주, 죽은 줄 알고 가까이 갔다가……."

"인간이 얼마나 영악한지 매번 보고도 모르나. 까딱하면 위험할 뻔했다."

"그, 그래도 그 인간 여자 진짜 이상했어여! 갑자기 뿅 나타났어여! 바람도 안 불었고 나무들도 안 움직였고 소리도 안 들렸는데! 진짜 '뿅'이여!"

소년이 열심히 방금 전 소리 소문 없이 나타난 인간 여자를 떠올리며 작은 입을 재잘거리자 남자의 미간이 슬쩍 굳었다.

"……다리족인가. 웬만큼 능력이 강한 놈들은 다 죽인 걸로 기억하는데."

아직도 남아 있나 보군. 쥐새끼 같은 것들.

뒷말을 살벌하게 덧붙이며 남자가 이를 갈았다. 칠흑같이 검은 눈동자의 가장자리에 다시금 불그죽죽한 핏발이 섰다. 그 모습을 본 소년이 흠칫 어깨를 떨며 고개를 조아렸다.

"죄, 죄송해여, 주인님…… 저, 저 때문에……."

주인의 분노를 부추긴 것이 꼭 자신의 탓인 양 황금색 동공에 망울망울 죄책감이 들어찼다. 잔뜩 풀이 죽어 고개를 숙인 소년의 머리를 커다란 손이 턱 덮었다.

"네 잘못 아니니 되었다. 저것들 뒤처리하고 따라오도록. 곧 냄새 맡은 까마귀들이 몰려올 테니."

"까마귀들이여?"

소년이 반문하며 번쩍 고개를 쳐들었다. 남자의 눈은 언제 불그죽죽했었냐는 듯 평소대로 돌아와 있었다. 무뚝뚝하고 차가웠지만 자신을 향해 그 어떤 감정도 담지 않고 있음을 소년은 잘 알았다.

그렇게 생각하니 주인님의 시뻘건 눈빛에 담긴 살기를 그대로 마주 본 그 인간 여자가 조금 불쌍해졌다. 그러나 소년은 애써 고개를 털며 자신의 주인이 칭한 '저것들'을 향해 고개를 돌렸다.

인간들의 머리가 갈라진 땅 주위에 뽑아 놓은 무처럼 널브러져 있었다. 그 끔찍한 장면에도 불구하고 방금 전까지 그 자리에 서 있던 인간 여자와는 달리 누구 하나 인상을 찌푸리는 이가 없었다.

"까마귀들 때문에 친히 뽑아 오신 거예여?"

"그래. 인간의 눈깔만큼 맛있는 게 없다더군."

그것들을 몸뚱이와 분리해 냈던 수고가 떠오른 건지 남자의 얼굴이 불쾌하게 굳어졌다.

소년은 미처 그것을 발견하지 못한 채 뒤처리에 대해서 곰곰이 생각에 잠겼다. 핏자국을 지워야 까마귀 이외의 다른 육식동물들이 접근하지 않는다.

그러려면 이곳에서 얼마 떨어지지 않은 시냇물까지 힘껏 달려가 부지런히 물을 퍼다 부어야 했다. 그렇다고 피 냄새가 완전히 가시진 않겠지만 그것까진 까마귀들이 감내해야 할 사항이었다.

자신이라면 주인과 계약을 할 때 둥지까지 인간들의 머리를 가지고 올 것을 조건으로 내세울 텐데. 멍청한 까마귀들이 그것까진 생각지 못한 듯싶다.

"사막을 건너야 하니 서둘러라."

"에? 사, 사막이여?"

"그래. 다리족 인간 몇 명이 사막을 건너려다 죽은 것을 까마귀들이 목격했더군. 서쪽으로 간다."

그 말을 끝으로 소년의 머리에서 손을 뗀 남자는 잠시 인간 여자가 빠진 땅 구덩이를 흘겨보았다. 남자의 새까만 눈동자가 무심하게 반짝이자 '쿠구구궁—' 하고 지진이 일듯 땅이 진동했다.

그러나 그것도 잠시, 단 한 번도 갈라진 적 없던 것처럼 흔적도 없이 구덩이가 사라졌다. 아니, 갈라진 땅이 다시 붙었다는 표현이 더 정확했다.

인간 여자가 빠진 구덩이의 입구가 완전히 봉쇄됐다. 그 인간 여자가 자리에 있었으면 기겁을 하며 까무러쳤을 정도로 놀라운 광경이었다.

갈라진 땅이 원상태로 돌아온 것을 확인하고 돌아섰던 남자는 잠시 멈칫하고 뒤로 돌아 다시 한번 땅을 바라보았다. 잠자코 남자가 하는 모양새를 바라보던 소년이 금안을 반짝이며 고개를 갸웃거렸다.

"왜 그러세여, 주인님?"

"기척이 사라졌다."

말을 내뱉고 나니 더욱 확신에 찬 듯 남자의 미간이 미세하게 좁혀졌다. 날카로운 눈이 인간 여자가 서 있던 땅에 내리꽂혔다.

그러고 보니 어느 순간부터 생명의 기척이 뚝 끊겼다. 아무리 용암에 불타 소멸된다고는 하지만 인간의 목숨은 생각보다 질겼다. 때문에 지옥 불에 빠지고도 한참 후까지 그 기척이 불쾌하게 바스락거리곤 했다.

강한 능력을 가진 인간일수록 용암 속에서 더 오랫동안 발버둥 쳤다. 그러나 그 인간 여자의 기척은 그가 눈치챌 새도 없이 어느 순간에 뚝 끊겼다. 마치 용암에 닿기도 전에 녹아 버린 것처럼.

가느다란 눈으로 집요하게 풀밖에 없는 땅을 훑던 남자는 이윽고 날카로운 시선을 거두고 다시 몸을 돌렸다. 남자에게 중요한 것은 그깟 인간 여자 하나 따위가 아니었다. 기척이 빨리 사라지든 더디게 사라지든 어차피 그에게 있어서는 곧 소멸될 버러지 중 하나에 불과했다.

"소멸됐을까여?"

"그렇겠지."

다시 걸음을 옮기는 남자의 뒤를 허겁지겁 따라붙으며 갈색 머리 소년이 제 주인에게 조심스레 물었다. 곧바로 들려오는 단정적인 대답에 그는 울상을 지었다.

"마, 많이 아팠을까여?"

"……."

이번에는 대답이 돌아오지 않았다. 소년은 침울한 얼굴로 인간 여자를 슬쩍 떠올렸다. 자신이 쪼아 댈 때는 아픔에 질색하더니 막상 소멸되기 직전에는 편안한 얼굴로 자신을 놓아주던 정말 이상한 인간이었다.

—그래. 가라, 가. 너 다음번에도 내 꿈에 나와서 쪼면 진짜 죽는다.

그 말을 내뱉은 인간은 분명 편안한 얼굴을 하고 있었다. 차라리 잘되었다는 듯이.

꿈이라니. 그 이상한 인간 여자는 혹시 자신이 소멸되는 것이 꿈이라고 생각했던 것일까. 그렇다면 소년의 주인에게 소멸당한 인간들 중에서도 참으로 불쌍하기 짝이 없는 인간일 것이다.

왠지 모르게 드는 측은함에 소년이 입술을 삐쭉였다. 이미 소멸되었다지만 많이 아프진 않았으면 좋겠다. 그러나 그런 소년의 생각이 우습기 짝이 없다는 듯 주인에게서 차가운 핀잔이 되돌아왔다.

"죽이지 않으면 인간에게 먹힌다."

"……."

"그 더러운 것에게 먹히고 싶은 건가."

"그, 그래도……."

남자는 어느새 소년보다 한참을 앞선 상태였다. 정신이 번쩍 들 정도로 쌀쌀맞은 소리에 소년이 서둘러 남자의 뒤를 쫓았다.

"그래도 그렇게 나쁜 인간은 아닌 것 같았어여……."

소년이 작게 인간 여자를 변명했다. 하지만 그 말을 들은 건지 아닌 건지 주인님은 기다란 다리를 이용해 휘적휘적 걸어갈 뿐이었다.

"어억!"

이예주는 꾹 감고 있던 눈을 번쩍 떴다.

헉, 헉. 방금 전까지만 해도 갈비뼈를 뚫고 튀어나올 정도로 거세게 뛰던 심장 때문인지 입술 사이로 연신 거친 신음 소리가 튀어나왔다.

그녀는 두 손을 들어 미친 듯이 자신의 얼굴과 팔, 몸뚱이를 더듬었다. 피부가 녹아들 정도로 뜨거웠던 기운은 어느새 사라져 있었다.

정신없이 몸뚱이를 더듬거리던 이예주는 자신의 몸이 성하다는 것을 확인한 후에야 떨어지는 중이 아니라는 사실을 깨달았다. 그녀는 어느덧 지상에 멀쩡히 서 있었다.

멍한 머리로 환하게 빛을 내며 자신을 꿀떡 삼켰던 '문'이 스쳐 지나갔다. 자신은 끌렁거리는 용암을 향해 떨어지고 있었다. 금방 녹을 거란 새의 말이 떠올랐고 용암에 얼굴부터 처박히기 바로 직전에 '문'이 열렸다.

문. 그래, 문.

이예주는 금방이고 터져 나올 것 같은 비명을 삼키며 휙휙 소리가 날 정도로 고개를 돌려 주위를 둘러보았다.

어딜 봐도 사방이 온통 어둠에 잠긴 숲, 숲, 숲이었다. 그녀는 자신을 둘러싼 광활하고 거대한 나무들을 피해 위를 올려다보았다. 해가 지기 바로 직전인 듯 빨간 노을이 하늘에서 넘실거리고 있었다.

구덩이에 떨어지기 전까지는 분명 해가 쨍쨍한 한낮이었다. 그러니 자신은 '문'을 넘어 어느 시간이 지난 미래에 온 것이 확실했다.

문을 넘다.

그 단락에 생각이 멈추자 이예주가 허겁지겁 왼손에 채워져 있던 시계를 풀었다. 자꾸만 손이 미끄러져 버클이 몇 번이나 손톱 밑을 찌른 후에야 그녀는 간신히 시계를 풀 수 있었다.

그녀는 제 왼쪽 손목을 들여다보았다. 눈을 세게 비벼도 보고 손으로 제 머리를 '쿵!' 하고 내려친 후에도 들여다보았다.

"마, 말도 안 돼……."

하지만 그런 그녀를 약 올리듯 어두운 사위에도 불구하고 불그죽죽한 흉터가 선명하게 제 존재를 증명했다. 절대로 꿈이 아니라고 흉터의 주인에게 계속해서 부각시키는 것처럼 말이다. 손이 덜덜 떨렸다.

"하, 이게 꿈이 아니야?"

이예주는 다시 한번 주위를 휙휙 둘러보며 누구한테 하는지 모를 욕지거리를 내뱉었다.

"이 미친년아……. 대체 어디로 온 거야?"

얼굴이 점점 흉악하게 일그러졌다. 머릿속에서 말하는 새와 컬러렌즈를 낀 것처럼 눈이 시뻘겋게 변하던 남자. 그리고 후끈하게 꾸물대던 용암이 차례차례 떠올랐다.

더 이상 구겨질 수 없을 만큼 온 근육을 이용해 얼굴을 일그러뜨린 후, 이예주는 참을 수 없다는 듯 비명을 내질렀다.

"아악! 대체 어디로 온 거냐고—!"

어디로 온 거냐고! 어디로 온 거냐고! 온 거냐고…….

그녀가 참지 못하고 내뱉은 비명 소리는 메아리가 되어 나무 사이 사이로 울려 퍼졌다.

푸드드득! 멀리서 새 떼가 날아가는 소리가 들렸다. 어디선가 바람이 불어와 나무들이 스산한 소리를 내며 움직였지만 그녀는 그런 것도 느끼지 못할 정도로 충격에 휩싸여 자리에 우두커니 서 있기만 할 따름이었다.

한참을 그렇게 서 있던 그녀는 멀리서 '아우우우—' 하고 늑대 울음소리 비슷한 게 들리자 화들짝 놀라 정신을 차렸다.

맞아, 여기 숲 한복판이었지. 말하는 새가 나올지언정 사방을 둘러보아도 사람 그림자는 꽁무니조차 보이지 않는 울창한 숲이었다. 그것을 자각하자 기다렸다는 듯 늑대, 호랑이, 곰 따위의 맹수가 줄지어 생각났다.

이렇게 거대한 서양풍의 나무들이 한국에 있을 리 없을 테니 자신은 어디 외국에 있는 것임이 분명했다. 가끔 티브이를 틀면 나오는 《내셔널 지오그래픽》 같은 것을 연달아 떠올리던 이예주의 안색이 점차 하얗게 질려 갔다.

숲속이라면 포식자가 있기 마련이다. 더더군다나 한국도 아닌 외국이니까. 그렇게 생각하고 나니 방금 전까지만 해도 아무렇지 않았던 숲이 흉흉하게 그녀를 압박하는 것 같았다.

바스락.

"헉!"

그때, 등 뒤에서 작게 들리는 소리에 이예주가 짧게 숨을 들이켜며 휙 몸을 돌렸다. 그러나 등 뒤에도 여전히 방향을 알 수 없는 숲이 펼쳐져 있을 뿐이었다.

영혼이 나간 듯하던 그녀의 두 동공에 어느새 두려움이 물씬 차오르기 시작했다. 숲에서 조난당할 때 대처 방법이 뭐가 있었더라. 굳어 버린 머리를 필사적으로 굴리며 그녀는 제 몸을 두 손으로 감싸 안고 서서히 뒷걸음질 쳤다.

멀리서 '아우우우!' 하고 늑대 울음소리가 한 번 더 울렸다. 기분 탓인지 아까보다 더 가까운 곳에서 들리는 것 같았다.

친친히 발소리가 나지 않게 긴장한 몸을 움직이던 그녀는 비스락하고 이번에도 등 뒤에서 들려오는 소리에 다시 휙 몸을 돌렸다.

숲은 해가 빨리 진다더니, 아직 하늘은 빨간 노을이 그득한데 지상은 어느덧 어두침침해져 있었다. 나무 너머가 잘 보이지 않자 이예주는 단숨에 겁에 질렸다.

지, 진짜 어디 풀숲에 늑대라도 있는 거 아니야? 어딘지도 모를 자신의 미래가 맹수에게 잡아 먹혀 죽는 거라니. 이럴 수는 없다.

어둠에 잠긴 숲속을 바라보며 온몸을 달달달 떨어 댈 즈음이었다.

바스락! 그녀가 보는 앞에서 움직이는 소리가 났다. 그 소리는 더 이상 잘못 들은 걸로 치부할 수 없을 정도로 정확한 소리였다.

"으허어어……."

잔뜩 두려움에 물든 그녀가 괴상한 신음을 내뱉었다. 그와 동시에 바스락바스락, 한 번 들려도 환장할 소리가 연달아 들려왔다. 그것도 자신을 향해 가까이 다가오며.

"엄마야아악—!"

이예주는 그때까지 왼쪽 손에 채울 생각도 못하고 들고 있던 손목시계를 그대로 집어 던지며 냅다 달렸다.

실제 맹수의 앞에서는 그런 행동이 더 위험하다는 기본 상식 따윈 당연히 티끌만큼도 몰랐다. 안다고 해서 달라질 것도 없었겠지만. 그녀는 무조건 소리가 난 방향의 반대쪽을 향해 달리기만 할 뿐이었다.

풀밭에 툭 떨어진 손목시계가 빛을 반사하며 어둠 속에서 반짝거렸다.

바스락, 바스락. 풀숲이 흔들리더니 그녀가 방금 전까지 서 있던 자리로 새까만 까마귀 한 마리가 총총 기어 나왔다. 빛나는 손목시계가 마음에 든 건지 잠시 그 주위를 돌던 까마귀가 시계에 가까이 다가가 톡톡, 부리로 유리판을 두드렸다.

몇 번 그 행동을 반복하던 까마귀가 이내 세게 손목시계를 쪼기 시작했다. 파삭, 힘을 이기지 못한 얇은 유리에 금세 금이 갔다.

그럼에도 불구하고 한참을 더 거세게 내리 쪼던 까마귀는 손목시계가 형체를 잃고 더 이상 빛을 반사하지 않자 그제야 고개를 들었다. 어둠 속에서 번쩍하고 까마귀의 빨간 눈이 빛났다.

까악— 까마귀가 울었다. 그리고 그 까마귀 뒤편의 어둠 속에서 수백 개의 빨간 눈이 덩달아 번쩍하고 빛이 났다.

이예주는 그로부터 한참을 더 달렸다. 숨이 턱까지 차올라 제대로 호흡하지 못할 지경이 돼서야 뜀박질을 멈추고 경보하듯 빠른 걸음으로 걸었다.

가끔 벌레 우는 소리만 들릴 뿐 사방은 온통 고요했다. 원래 있던 자리에서 꽤 멀리 떨어진 건지 이제 하늘도 숲도 완전한 어둠에 잠긴 상태였다.

"헉, 허억! 망할! 헉……."

타는 듯한 목을 부여잡고 저주받은 체력을 욕하면서도 그녀는 끝내 걸음을 멈추지 못했다. 멈추면 어디선가 늑대 한 마리가 뛰어나와 자신의 목을 물어뜯을지도 모른다는 과대망상이 머릿속을 지배하고 있었기 때문이다.

한참 뛰었다고 생각했지만 실제로 그녀는 뛰기 시작한 곳에서 500미터도 벗어나지 못했기에 걸음을 멈추지 않은 건 현명한 일이었다.

마구잡이로 나무 사이를 빠르게 걷던 이예주는 얼마 안 가 걸음을 천천히 늦췄다. 목이 참을 수 없을 만큼 따끔거렸다. 그녀는 최대한 심호흡을 하며 숨을 고르기 위해 노력했다.

왜. 어째서. 대체 왜 이런 말도 안 되는 일이 생기는 거지?

물론 자신이 남들과 좀 다른, 아니 생각보다 많이 다른, 아니 정정한다, 진짜 욕 나올 정도로 다른 능력을 가지고 있지만 그래도 이건 너무 말이 안 됐다.

도시 한복판을 용암이 덮친 것까지는 진짜 어찌어찌해서 이해하겠다. 말로만 듣던 백두산이 분화한 것일지도 모르니까.

그런데 말하는 새에다가 사람 머리를 들고 다니며 땅을 움직이는 남자라니?

이제 그 남자의 존재가 꿈이 아님을 확실히 인식한 그녀는 자신을 향한 그 진득한 살기를 떠올리자마자 모골이 송연해졌다.

그 빨간 눈의 미친놈은 정말로 자신을 죽이려 했다. 그것도 대강 상황을 종합해 보아선 자신이 인간이라는 이유 하나만으로. 이예주는 으스스 떨리는 몸을 두 손으로 끌어안으며 절망적인 표정을 지었다.

끊임없이 발을 놀리던 그녀는 문득 생각났다는 듯 자신의 너덜너덜해진 후드 주머니와 청바지 주머니를 뒤졌다.

"휴대폰, 립밤, 집 열쇠……."

알량한 몸에서 나온 것이라곤 방금 전 읊은 세 개의 물건이 전부였다. 원래는 네 개였지만 겁에 질려 도망치는 와중 손목시계는 잃어버렸다. 그 미친놈 때문에 어딘가 내팽개쳐져 있을 가방도 챙기지 못하고 미래로 와 버렸다.

암담하기 짝이 없는 상황이었지만 그래도 이예주는 한 줄기 희망을 포기할 수 없어 꺼져 있던 휴대폰을 서둘러 켰다.

비록 외국이면 어떻고 많은 시간을 지나쳐 왔으면 또 어떠랴. 전화만 가능하다면 어떻게든 구조 요청을 해서 집으로 돌아갈 수 있을 것이리라. 그녀는 그렇게 굳게 믿었다.

그래, 자신이 잠시 미친 거라고. 말하는 새는 사실 앵무새고, 저를 죽이려 들던 그 남자는 그냥 숲에서 살고 있는 정신병자라고.

"하……."

그러나 이예주는 곧 진실로 울고 싶은 기분을 만끽해야 했다. 휴대폰은 정상적으로 켜졌지만 액정 화면에는 커다랗게 '통신 불가 지역'이라는 메시지만이 그녀를 우롱하듯 깜박거리고 있었기 때문이다.

"이러지 마, 제발."

이예주는 간절한 손길로 두어 번 더 휴대폰을 껐다 켠 후 비로소 그녀가 있는 지역이 '통신 불가 지역'이라는 것을 납득했다. 그나마 가지고 있는 세 개의 물건 중 가장 쓸모 있는 물건이었으나 그마저도 배터리가 간당간당해서 얼른 전원을 꺼야 했다.

이것은 소중히 간직하고 있다가 최악의 상황에서 써야 할 마지막 보루였다. 휴대폰마저 무용지물이 된다면 자신의 상황은 정말로 답도 없게 되리라. 물론 지금이라고 딱히 답이 있는 것은 아니지만.

이예주는 계속해서 걸음을 옮기며 주위를 관찰했다. 해는 정말로 눈 깜빡할 사이에 졌고 그 자리를 달이 대신 차지했다.

숲속은 어둡고 음침했지만 다행히 달빛이 워낙 환해서 그런지 앞을 구분할 수 없을 만큼은 아니었다. 하늘을 올려다보니 울창한 나무들 끝에 둥근 달이 휘영청 걸려 있었다.

"뭔 놈의 숲에 별이 이렇게 없어?"

뭔들 마음에 들겠냐마는, 그녀는 오만상을 찌푸리고 밤하늘을 올려다보았다. 정말로 숲치고는 별이 하나도 보이지 않았다. 하긴 별이 많았다면 그것 또한 큰일이었다. 별이라고는 북극성, 북두칠성 빼곤 쥐뿔도 모르는 그녀가 수많은 별들을 헤아리며 방향을 찾을 수 있을 리 만무했다.

여러 번 자리에서 뱅뱅 돌며 하늘을 목이 빠져라 올려다보던 그녀는 간신히 북극성으로 보이는 빛나는 별 하나를 찾았다.

"북극성…… 이쪽이 북쪽……."

요리조리 별을 올려다보던 이예주는 방향을 가늠한 후 무작정 별을 따라 걷기 시작했다. 북극성이 맞다면 다행이었지만 만약 아니라 해도 별수 없었다. 그나마 발견한 별 몇 개중 유일하게 밝은 별을 북극성이라고 철석같이 믿는 것 외에 달리 방법이 없었기 때문이다.

그래서 그녀는 닥치고 그냥 걸었다. 미친놈이었더라도 일단 사람을 만났으니 이 숲 어딘가 혹은 숲의 끝에 도달하면 또 다른 사람을 만날 수 있으리라고 철석같이 믿으며.

이예주는 밤이 깊어져 주위가 선득해질 때까지 숲속을 방황했다. 분명 별을 바라보며 똑바로 걸어온 것 같은데, 이상하게도 주위를 계속해서 뱅뱅 맴도는 것 같은 기분을 버릴 수가 없었다.

게다가 자꾸만 어디선가 그녀를 주시하는 시선이 느껴졌다. 그녀는 하염없이 몸을 움츠리며 걸음을 재촉했다.

눈앞은 간신히 구분할 수 있었지만, 숲은 온통 까마득한 어둠뿐이었다. 안 그래도 아까 전 괜히 바람–바람이라고 굳게 믿고 있는–소리에 꼴불견처럼 달리던 자신이 부끄러워 얼굴이 화끈거리는 그녀였다.

실없는 생각을 늘어놓으며 그녀는 자꾸만 몰려오는 두려움을 애써 떨쳐 내려고 노력했다. 그러나 기분 탓이라고 치부하기엔 얼굴에 닿는 시선이 갈수록 집요하게 느껴졌다.

그때였다. 푸드더덕! 갑자기 어둠 속에서 무언가가 그녀를 스치고 날라 갔다.

"꺄악!"

소스라치게 놀란 이예주는 날카로운 비명을 질렀다. 하지만 그런 그녀가 우습다는 듯 숲 저편에서 더 커다란 소리가 되돌아왔다.

깍, 까악—!

어둠 속에서 작은 빨간 점 두 개가 보였다. 익숙한 새소리였다. 후우, 하고 놀란 가슴을 쓸어내린 이예주는 이번엔 분노로 숨을 몰아쉬었다.

"미친놈의 까마귀. 훠이— 저리 가!"

그녀가 까마귀에게 겁을 주며 소리쳤다. 그러나 어둠 속의 빨간 점 두 개는 사라질 줄 몰랐다. 제자리에서 꿋꿋이 빛을 내다가 대답하듯 '까악—' 하고 한 번 더 크게 울 뿐이었다.

이예주는 잠시 까마귀를 쫓을 것인지 말 것인지 고민하다 금방 포기했다. 그녀는 더 이상 힘 빼지 말고 무시하기로 결정했다. 말 못하는 짐승들한테 말해 봤자 자신의 입만 아플 뿐이다.

그녀는 다시 걸음을 재촉했다. 하지만 몇 걸음 못 가 푸드덕하고 자신을 스치고 지나가는 새 때문에 또다시 제자리에 멈춰야 했다.

"까악!"

"아씨! 너 멍청한 거 아니까 가라고, 좀!"

"깍, 까악—!"

반대편에서 다시 반대편으로 날아온 듯 그녀의 앞쪽에 빨간 점 두 개가 보였다. 짜증이 뻗친 이예주는 주위에 던질 만한 것들을 찾다가 결국 제 성질에 못 이겨 허공에다 발길질을 했다.

"아오! 진짜 새대가리 지긋지긋하다! 가라, 좋은 말 할 때!"

"이인까아!"

까악 소리밖에 내뱉을 줄 모르는 것 같던 까마귀가 이번에는 조금 다른 대답을 돌려줬다. 이예주는 짜증에 그득 찬 목소리로 중얼거리며 다시 걸음을 옮겼다.

"너도 그 참새처럼 말하는 게 아니면 조용히 해! 짜증 나니까."

푸드드덕! 하지만 그녀는 얼마 못 가 걸음을 또 멈춰야 했다.

"아이씨! 이게 미쳤……!"

"인가아! 까아악—!"

짜증이 솟구치자 참지 않고 내지르려던 이예주는 조금 전보다 선명히 들려오는 단어에 하던 말을 멈추었다.

"뭐, 뭐야."

"……."

"너도 말하고 막 그런 거…… 아니지?"

이번엔 그녀의 옆쪽에 있는 나무 위에서 빨간 두 눈이 보였다. 눈치채지 못한 사이에 까마귀가 꽤 가까이 와 있었다.

나무 위를 올려다보니 어둠 속에 앉아 있는 새의 형체가 언뜻 보였다. 까마귀치곤 잘 먹은 놈인 듯 덩치가 꽤 컸다.

레이저 빛 같은 빨간 점 두 개가 오롯이 제게로 향해 있었다. 왠지 모를 섬뜩함에 이예주가 애써 웃으며 고개를 저었다.

“하긴. 까마귀가 어떻게 말을 해. 그, 그럴 리가…….”

“인가안! 까악!”

“헉.”

그러나 곧바로 정확하게 들려온 발음에 이예주는 딱딱하게 굳었다. 착각이 아니었다. 저 까마귀 새끼가 정말 자신을 부르고 있는 것이다.

그녀가 마른침을 꼴깍 삼키며 천천히 옆으로 한 발자국 이동했다. 그러자 푸드덕 소리와 함께 방금까지 있던 곳에서 빨간 불이 꺼졌다. 그리고 그녀가 걸음을 옮긴 근처에서 다시 빨간 빛이 보였다.

“눈까아! 까악!”

이번엔 심지어 대답까지 바뀌었다. 무슨 단어인지 정확히 알아들을 수는 없었으나 자신을 쫓아오는 것만은 분명했다.

이예주는 미칠 것 같은 심정을 느끼며 주위를 휙휙 돌아보다가 단단해 보이는 나뭇가지 하나를 주워 들었다. 그것마저도 빌어먹을 까마귀 놈의 눈치를 보며 아주 오랜 시간을 들여야 했다.

손에 쥔 뭉툭한 나뭇가지가 꽤 무거웠다. 그러나 까마귀 한 마리에게 타격을 주기에는 더없이 충분했다.

“맞기 싫으면 꺼져라. 응?”

잠시 주춤하긴 했지만 이미 말하는 새를 만난 직후였기에 더 놀랄 것도 없었다. 무기가 생기자 마음이 놓인 이예주는 까마귀가 앉은 쪽으로 휙휙 나뭇가지를 흔들며 허세를 부렸다. 돌아오는 대답이 없자 그녀는 자신의 허세가 먹혔다고 생각하고는 다시 걸음을 옮기려 들었다.

푸드드덕! 하지만 여지없이 귓가를 스쳐 가는 날갯짓에 미간이 사정없이 구겨졌다.

"이게 진짜! 해 보자 이거지?!"

"인가아악! 까아악!"

"그래! 내가 인간이다, 이 새대가리야!"

"눈까아악! 까악!"

"덤벼. 기분도 꿀꿀한데 신명 나게 패 줄 테니까."

이예주는 누가 들으면 동물 학대라고 손가락질받을 소리를 잘도 뇌까리며 이를 뿌득 뿌득 갈았다. 이래 봬도 왕년에 좀 놀았던 몸이라 이거야. 물론 야구 연습장 한정이지만.

그녀는 무거운 나뭇가지를 어깨에 걸치고선 타격 자세를 취했다. 저 빌어먹을 까마귀가 자신이 움직이는 방향을 향해 날아드니 잘만 치면 안타는 물론이고 홈런도 가능할 것이다.

빨간 쌍 레이저를 날카롭게 주시하며 그녀는 조심조심 걸음을 떼었다. 마치 한 편의 액션 영화를 찍는 듯한 기분으로 날짐승과 기 싸움을 하던 그녀가 이내 후다닥 옆으로 완벽하게 몸을 옮겼다.

푸드덕! 기다렸다는 듯 푸덕거리는 날개 소리가 들리자 이예주는 "으으으!" 하고 괴상한 울음소리를 내며 무거운 나뭇가지를 힘껏 허공으로 휘둘렀다.

"까아악!"

그와 동시에 '빽!' 하고 엄청난 타격음이 들렸다. 그녀가 무작정 휘두른 나뭇가지에 정통으로 맞은 건지 근처에서 육중한 것이 떨어지는 소리가 연달아 들려왔다.

"아야……."

지이잉— 반작용으로 팔이 저려 왔다. 이예주는 아픔에 오만상을 찌푸리며 팔을 털다가 이내 씨익 웃었다.

기절한 건지 죽은 건지 모르겠지만 더 이상 까악거리는 시끄러운 소리가 들려오지 않는 걸로 보아 정확하게 후려갈긴 것 같았다.

"흐흐, 흐흣."

그녀는 통쾌함에 정체 모를 웃음소리를 내며 육중한 물체가 떨어져 있는 곳으로 가까이 다가갔다. 있는 힘껏 휘둘렀음에도 까마귀는 그녀로부터 얼마 떨어지지 않은 곳에서 뒹굴고 있었다. 홈런은 둘째치고 안타도 아닌 파울이었다.

더 세게 휘두르지 못한 게 후회로 남아 입술을 삐죽이던 그녀는 까마귀 시체에 마음을 달리 먹었다. 어둠 때문에 형체만 알아볼 수 있을 뿐이지만 바닥에 처박혀 있는 까마귀는 생각보다 훨씬 컸다. 멀리서 볼 때 까마귀가 아닌 토끼라고 해도 믿을 정도로 말이다.

도심도 아니고 이 숲속에서 대체 뭘 처먹었길래 새 주제에 이렇게 비대한 거람. 좀체 이해가 가지 않아 고개를 갸웃거리던 이예주는 금방 '에비' 하며 까마귀 시체에서 눈을 떼었다.

차라리 어둠이 자신의 시야를 차단해 줘서 다행이었다. 그 누구라도 제가 나뭇가지로 해치운 동물이 피를 질질 흘리는 끔찍한 꼴을 보고 싶진 않을 테니 말이다.

"그러게 덤비기는. 따라오지만 않았어도 이럴 일 없잖아."

일말의 양심에 걸려 볼멘소리를 내뱉던 이예주는 발걸음을 옮기지 못하고 머뭇거리다가 이내 두 손을 마주 잡고 잠시 묵념했다.

죽었는지 살았는지 모르겠지만 살아 있는 생명체를 다치게 만든 것이 절대로 잘한 일은 아니라는 점은 알고 있다. 비록 자신에게는 생존이 달려 있는 문제였지만.

원래 있던 세상에서라면 꿈도 꿔 보지 못할 일에 기분이 얼떨떨했다. 나름 간절히 까마귀의 명복 혹은 회복을 빌어 준 그녀는 숙였던 허리를 쭉 폈다.

그런데 분명 까마귀가 졸도한 것을 확인했음에도 불구하고 자꾸 찜찜한 느낌이 들었다. 다시 한번 어두운 형체를 내려다보며 이예주는 생각에 잠겼다.

이상하다. 자신을 쫓던 괴상한 까마귀가 여기 자신의 앞에 누워 있는데. 대체 피부에 느껴지는 이 시선은 뭘까. 뭐지?

하지만 그녀는 허무할 정도로 금방 그 찜찜함의 정체를 파악할 수 있었다. 무심결에 고개를 들어 주위를 살피려던 그녀의 눈앞에 수백 개의 레이저가 번뜩이고 있었으니.

"인간! 까악!"

"눈깔! 까악!"

수백 마리의 까마귀들이 숲이 떠나가라 외쳤다. 그것들이 동시에 말하자 두루뭉술했던 단어가 명확한 발음으로 들려왔다.

"인! 까악!"

"간! 까아악!"

"눈! 까악!"

"깔! 까악, 까악!"

인간 눈깔. 빌어먹을 까마귀 새끼가 죽기 전까지 애타게 외친 말은 인간 눈깔이었다.

문득 시야가 환해지면서 빨간색으로만 보이던 까마귀들의 모습이 전보다 더 자세히 보이게 되었다. 왜 지금껏 눈치채지 못했을까. 징그러운 까마귀 떼가 나뭇가지마다 빽빽하게 앉아 자신을 바라보고 있었다.

소름이 끼칠 정도로 명료한 시선들이었다. 이예주는 멍하니 빛이

나는 쪽으로 까마귀들이 애타게 원하는 '눈깔'을 굴렸다. 얼마 떨어지지 않은 곳에 '문'이 두 개나 열려 있었다.

"……하느님."

이예주가 평소 믿지도 않은 신을 찾았다. 하느님, 당신이 정말 지구를 만든 장본인이라면.

"여기 정말 엿 같아요."

이것 하나만큼은 알아줬으면 좋겠다고.

"인간! 눈깔! 까아아악—!"

"엄마아아아—!"

푸드닥, 푸드다닥! 까마귀들이 일제히 날아오름과 동시에 그녀는 문으로 달리기 시작했다.

이미 앞서 한참을 달린 데다 하루 종일 숲을 헤맨 탓에 온몸이 후들거렸다. 그러나 귓가에 들리는 "인간 눈깔, 까악!" 소리 때문에 필사적으로 달릴 수밖에 없었다.

"악! 아악!"

문까지 얼마 떨어지지 않은 거리였지만 발걸음을 떼기가 힘들 만큼 까마귀 새끼들이 온몸을 미친 듯이 쪼았다. 그녀가 전력을 다해 머리를 감싸 안았지만 어찌나 세게 쪼는지 얼마 안 가 후드 소매 부분이 부욱, 찢어지기 시작했다.

쪼는 것뿐이랴. 날갯짓은 또 어찌나 힘찬지 철썩철썩 머리를 후려치는 까마귀 떼의 날개에 그녀의 입에서 끊임없이 앓는 소리가 터져 나왔다.

"아악! 이 미친놈들아! 으윽! 악! 아파! 꺼져!"

비명을 내지르는 이예주의 입과 코로 빳빳한 깃털들이 수북이 들어왔다 내뱉어졌다.

푸드덕푸드덕, 자신의 주위를 에워싸는 까마귀 떼로 인해 그녀는 몇 번이고 주저앉을 뻔했다. 그러나 오로지 살겠다는 일념 하나가 '문'까지 도달하게 했다. 간신히 문 앞에 도달한 그녀는 문 안의 광경을 살펴볼 새도 없이 무조건 사람이 보이는 쪽으로 괴성을 지르며 뛰어들었다.

"으아아악—!"

'문'에서 나온 빛이 환하게 이예주를 감쌌다.

"까악, 까악! 인간! 눈깔! 까아악!"

곧 인간은 사라지고 어둠 속에서 까마귀 떼만이 한참을 푸닥거리며 인간 눈깔을 찾았다.

"으아아아악—!"

수풀 사이에서 까만 깃털이 덕지덕지 붙은 광인 한 명이 뛰어나왔다.

확실히 미래를 뛰어넘긴 한 건지 영원할 것만 같은 밤은 사라지고 어느새 숲은 환한 아침을 맞이한 상태였다. 그러나 이예주는 그런 것조차 알아차리지 못할 정도로 혼이 나간 상태였다. 그저 자신의 앞에 사람의 인영이 있다는 것 하나로 신에게 감사할 따름이었다.

살았다. 살았어!

"저기요! 사, 살려 주세요! 미친 까마귀 떼가 쫓아와요!"

이예주는 무작정 눈앞에 보이는 갈색 머리 소년을 부여잡고 목숨을 구걸했다. 옷도 너덜너덜하고 머리도 산발이었지만 그녀는 살았다는 흥분에 거센 콧김을 내뿜었다. 목숨이 경각에 달렸는데, 옷이고 행색이고 그게 다 무슨 소용이 있으랴.

그녀는 자신이 부여잡은 사람을 다시 한번 재촉했다.

"저기요! 살려 달라니까요? 미친놈의 새 떼가 이, 인간 눈깔을……!"

하지만 정신없는 와중에도 경악에 가득 찬 채 자신을 올려다보는 황금색 눈동자를 마주 보고 있자니 자꾸만 신경을 자극하는 괴리감을 느끼지 않을 수 없었다.

괴리감? 그러고 보니 이 금색 눈, 어디서 많이 본 것 같다. 최근이었는데. 뭐지, 이 기시감은? 어디서…….

"너, 사흘 전 그 인간 여자군."

"아, 아직 소멸 안 했어여?!"

황금색 눈동자에 이어 새까만 눈동자가 이예주에게 향했다. 그 눈동자 안에 여과 없이 드러난 혐오감과 살기. 그것들을 그녀가 멍하니 들여다보는데 남자의 눈이 가장자리부터 시뻘겋게 물들기 시작했다. 거참, 다시 봐도 넋 나갈 정도로 잘생긴 남자고 다시 봐도 기이하기 짝이 없는 현상이었다.

"분명 땅을 다시 붙였는데 대체 어떻게 기어 나온 거지?"

그러게요. 기껏 그 구덩이에서 기어 나왔더니 마주친 게 왜 네놈일까요?

그녀는 마음속으로 생각했다. 이 피부를 뚫을 듯한 살기로 보아 곧 '문'이 다시 열릴 것 같다고.

"강한 능력을 가진 인간 중에 너같이 어린 인간이 있단 소리는 못 들었는데."

"……."

"뭐, 상관없다. 운 좋게 살아남았을지라도 너희 인간들은 곧 박멸될 버러지 같은 것들이니."

남자의 폭언과도 같은 주절거림을 들으며 그녀는 며칠 전 인터넷에서 본 유행어를 떠올렸다. 어쩐지 자꾸 눈에 남는다 했더니. 그 유행어는 그녀의 운명을 예견한 것이다. 문이 두 개나 있었음에도 이 빨간 미친놈이 있는 문을 골랐으니.

남자의 눈만큼 빨간 입술이 비릿하게 올라갔다.

"네가 아무리 날고 기는 다리족이어도 이번에는 도망칠 수 없을 것이다."

생존을 향한 인간의 욕심은 끝이 없고.

"죽어라."

같은 실수를 반복한다.

"하, 하……."

이예주는 지금 이 상황이 너무나도 어이가 없어서 웃음이 다 나왔다. 그런 그녀를 갈색 머리 소년이 정신 나간 인간을 보는 듯한 눈빛으로 쳐다보았다.

그 둥그렇게 홉뜬 황금 눈동자가 왠지 모르게 낯설지 않았다. 그러나 그녀는 그 익숙함의 원인을 찾기보다는 빨간색 눈동자를 가진 미친놈을 살피며 '문'이 나타날 타이밍을 계산해 보았다.

그녀는 주위를 둘러보았다. 아직 때가 아닌 듯 환하게 빛나는 네모가 보이지 않았다.

능력아, 넌 저 소름 돋는 살기가 느껴지지 않는 거니? 다른 땐 기가 막히게 나타나더니, 나한테 대체 왜 이래!

그때 '쿠구구궁' 하고 구름이 격하게 움직이는 소리가 들리더니 하늘이 급속도로 어두워졌다. 이예주는 아직도 자신에게 고정돼 있는 남자의 형형한 눈에서 시선을 뗀 후 슬쩍 하늘을 올려다봤다. 왠지 모르게 다리에서부터 스멀스멀 기어오르는 불안감에 몸이 떨렸다.

방금 전만 해도 쨍쨍하던 하늘이 저 남자와 만난 후부터 달라졌다. 급격히 구름이 모여들고 있었다. 좋지 않아. 이런 현상은 매우 좋지 않았다.

빠르게 남자와 하늘을 올려다보기를 반복하던 이예주는 문득 두 손바닥을 펼쳐 들었다. 외국에선 낯선 사람과 첫 만남을 가질 때 아무런 무기도 들고 있지 않음을 피력하기 위해 멀리 서서 서로를 향해 두 손을 번쩍 쳐들곤 한다는 속설이 머릿속을 스치고 지나갔기 때문이다.

자신이 양인들의 땅에 있다는 것에 한 치의 의심도 없는 그녀는 본능이 시키는 대로 양손을 번쩍 쳐들었다. 그리고 서서히 뒷걸음질 쳤다.

"저, 저기요! 잠, 잠시만요!"

"……."

"저기요! 저 그냥 진짜, 진짜 조용히 갈게요. 이, 일단 진정하시고……."

하지만 자신을 향한 남자의 안광은 혐오감 그 자체에서 한 점의 변화도 보이지 않았다.

쿠릉, 쿠릉 쿠궁. 그사이 그녀의 머리 위는 완전히 시커먼 구름으로 뒤덮인 후였다. 이예주는 휴지 조각처럼 얼굴을 처참히 일그러뜨리며 금방이고 튀어나올 듯한 울음을 꾹 참았다.

"저기요. 제가 진짜 이리로 오려고 해서 온 게 아니거든요?"

"……."

"저도 어떡하다 보니까 살려고 그런 거지 진짜 그쪽 엿 먹이려고…… 아니, 아니! 아, 아무튼 일부러 그런 거 아니에요!"

이예주는 대답 없는 남자를 향해 자신이 지을 수 있는 가장 불쌍한 표정을 지으며 애걸했다. 비굴하고 더러웠지만 어쩔 수 없었다.

'능력' 믿고 패기 있게 살아온 그녀였으나, 땅을 지 맘대로 마구 움직이고 눈동자 색도 휙휙 바꾸는 남자를 무시할 수는 없었다.

그녀는 천천히, 그러나 신중하게 계속해서 뒷걸음질 치는 것을 멈추지 않았다. 그 꼴을 말없이 보고 있던 갈색 머리 소년이 그녀를 향해 손가락질하며 고개를 갸웃거렸다.

"주인님, 저 인간 여자가 도망치려고 그러는 것 같은데여?"

입 닥쳐! 이예주는 저도 모르게 갈색 머리를 향해 험악한 욕지거리가 튀어나오려고 해서 들고 있던 한쪽 팔을 재빨리 내려 제 입 주위를 매만졌다. 하마터면 큰일 날 뻔했다고 생각하며 그녀가 애써 어색하게 웃어 보였다.

"그러니까요. 일단 고, 고정하시고요."

"……."

"저는 도망가려는 게 아니라, 진짜 그냥 조용히 사라질게요. 알았죠?"

남자는 대답 없이 무표정했다. 이예주는 그만 주저앉아 울고 싶었다.

쿠롱, 쿠루루룽. 그 순간 그녀의 정수리 위에서 끊임없이 꾸물대던 천둥소리가 뚝 멈췄다. 훤한 대낮임에도 불구하고 주위가 어두컴컴했다. 불길하기 짝이 없는 광경이었다.

그녀는 고개를 들어 다시 한번 제 머리 위를 쳐다보다가 결심을 굳혔다. 에라, 모르겠다.

"어? 주인님! 인간 여자 도망가여!"

이예주는 냅다 뒤돌아 달렸다. 뒤쪽에서 갈색 머리 소년이 외치는 소리가 들렸으나 이를 부득부득 갈지언정, 멈추지 않았다.

번쩍! 콰쾅!

카메라 플래시처럼 섬광이 번쩍 일더니 뒤이어 굉음이 들려왔다. 뒤도 돌아보지 않고 달음박질치겠노라는 주인의 의지를 배반하고 목이 저절로 뒤로 돌아갔다.

방금 전 자신이 두 손을 번쩍 쳐들고 항복 표시를 하며 서 있던 땅이 새까맣게 그을린 채 연기를 솔솔 피워 내는 것이 보였다. 이예주의 안색이 순식간에 새하얗게 질렸다.

"……대박."

그녀는 감탄했다. 그러나 연달아 '번쩍, 쾅! 번쩍! 콰쾅!' 하며 자신의 뒤를 따라 내리치는 번개 때문에 곧바로 정신을 차렸다.

진짜 번개였다. 가끔 드라마나 영화에서 나무에 내리꽂히는, CG로만 보던 번개. 맞으면 초능력자가 된다는 그 번개!

저걸 맞으면 뼈도 못 추리고 재가 되어 사라질 것이다. 하얗다 못해 시퍼렇게 질린 그녀는 두려움 때문에 비명조차 지르지 못하고 미친 듯이 나무 사이사이를 넘나들며 달렸다.

"……헉, 헙."

이예주는 간신히 남자의 시야에서 벗어나 풀숲으로 몸을 날릴 수 있었다. 터져 나오는 신음 소리 때문에 그녀는 두 손을 들어 필사적으로 입을 틀어막았다. 신음 소리가 나오지 않았어도 입을 틀어막길 잘했다. 이빨이 저도 모르게 딱딱딱딱 부딪치고 있었기 때문이다.

대박. 땅을 가르는 것도 모자라 번개를 내리치는 미친놈이라니. 진짜 이 연고지도 없는 숲에서 마른하늘에 날벼락 맞고 뒈지기 일보 직전이었다.

우르르 쾅쾅 하고 내리치는 벼락이 꿈인지 생시인지 구분이 가지 않았다. 물론 이예주는 목숨이 경각에 달린 상황에서 그딴 것을 가릴 정도로 멍청하지는 않았다. 다만 자신이 처한 상황이 어이가 없다 못해 어이가 뒤통수를 후려치는 기분을 느낄 뿐이었다.

"어? 냄새는 아직 있는데. 어디 갔을까여?"

근처에서 들려오는 천진난만한 소년의 목소리에 그녀는 속으로 미친 듯이 울부짖었다. 문! 문! 이 개 같은 문이 왜! 왜 나타나질 않아!

"근처에 있군."

풀숲 바로 뒤에서 들려오는 남자의 목소리에 그녀는 저도 모르게 튀어나올 것 같은 비명을 눌러 참으며 살금살금 움직였다.

나무, 나무! 나무는 비전도체非傳導締라고들 하지 않는가. 나무에 딱 붙어서 이동하다 보면 저 환장할 번개도 별수 없을 거야.

이예주는 무조건 전방에 보이는 나무들 중에 가장 둘레가 큰 나무를 향해 낮은 포복 자세로 기어갔다. 온몸이 후들거려 금방이고 땅바닥에 널브러지고 싶었지만 재가 될지 모른다는 두려움과 엄청난 생존 욕구가 그녀를 움직이게 했다.

"그만 기어 나와라. 그러면 내 자비를 베풀어 한 번에 끝내 줄 테니."

저건 악마다. 악마가 헛소리를 지껄인다. 이예주는 끊임없이 뿜어져 나오는 거친 콧김도 최대한 참으며 계속해서 나무를 향해 전진했다.

얼마 안 가 간신히 나무 밑동에 도착한 그녀가 금방이라도 무너질 것 같은 몸을 추스르며 숨을 골랐다. 그러곤 다음 나무까지의 거리를 계산하면서 이 생지옥에서 벗어날 수 있다는 희망을 스스로에게 거듭 불어넣었다. 그것마저 하지 않는다면 정말로 '이건 꿈이야, 하하하.' 외치며 남자를 향해 두 팔 벌리고 달려 나갈 것 같았기 때문이다.

하지만 하늘은, 아니 똥색 머리는 그녀의 편이 아니었다.

"주인님! 인간 여자 여기 있어여!"

머리 위에서 들리는 소리에 이예주가 멍하니 위를 올려다보았다. 대체 어느 틈에 올라간 건지 굵직한 가지 위에 대롱대롱 매달린 황금안이 그녀를 약 올리듯 목청껏 소리 지르고 있었다.

"조, 조용, 이 똥 덩어리……!"

번쩍! 우르르 쾅!

번쩍이는 시야가 그녀의 말허리를 잘랐다. 바로 눈앞에 있던 나무 위로 벼락이 내리꽂혔다. 멀쩡하던 나무가 순식간에 새까맣게 타오르더니 커다란 기둥 중간에 쩍 하고 금이 갔다.

"으앙! 황조롱이 죽어여!"

"아아악!"

그 광경을 보고 혼비백산한 이예주는 괴성을 지르며 무작정 달렸다. 그렇기에 자신이 '똥 덩어리'라 칭한 갈색 머리 소년이 공중에서 '펑!' 하고 새로 변하는 진귀한 장면을 보지 못했다.

쾅! 콱! 쾅! 그녀가 지나가는 주변의 나무들이 모두 간발의 차이로 벼락에 맞았다. 마치 나무 근처로만 이동하려던 그녀의 생각을 꿰뚫고 있는 듯 말이다.

우르릉 쾅! 옆도 모자라 도달하기도 전인 바로 앞의 나무가 벼락을 맞고 날카로운 파편이 되어 사방으로 튀었다. 이예주가 찢어지는 소리를 내었다.

"아악! 이 미친놈아! 그만해!"

파편이 따끔하게 볼을 쓸고 지나가자 이예주는 진심으로 생명의 위협을 느꼈다. 계속해서 도망치고 있지만 체력은 벌써 바닥난 지 한참이었다. 그녀의 허옇게 뜬 얼굴은 금방 쓰러져도 이상하지 않을 정도로 초췌하고 경악에 가득 차 있었다.

제발, 살려 줘……!

"주인님! 저쪽이여!"

촉새 같은 목소리가 들리더니 연달아 '쾅!' 하고 등 뒤에 번개가 내리꽂혔다. 그때 거짓말처럼 그녀의 눈앞에 환하게 빛나는 하나의 '문'이 나타났다.

문, 문이구나! 문아! 이예주는 이를 악물고 마지막 힘을 쥐어 짜내 환히 빛나는 문을 향해 달렸다. 곧 익숙한 빛이 그녀를 감쌌다.

다행이다. 날벼락 맞고 뒈지기 전에 문이 나타나서…….

이예주는 문이 내뿜는 빛에 완전히 잠기기 전에 자신을 바라보며 동그랗게 눈을 굴리고 있는 황금 눈동자를 발견했다.

"저기여! 저기!"

황조롱이. 어디서 많이 봤다 했더니 그 말하는 새가 침을 튀기며 빨간 눈깔에게 자신의 위치를 일러바치고 있었다.

이예주는 점차 아득해지는 시야를 느끼며 미친 남자보다도 말하는 새에게 입에 담지 못할 욕을 내뱉었다. 악에 바친 그녀의 눈이 황조롱이를 향해 말했다. '만약 다시 만난다면 너만은, 너 참새 새끼, 너만은 죽이겠다.'라고.

쾅! 그리고 그녀가 사라진 땅 위로 번쩍하고 날벼락이 내리꽂혔다.

"어, 어? 사, 사라졌어여! 어?"

인간 여자가 있었다면 새까맣게 탄 시체가 되어 뒹굴었을 자리엔 애꿎은 풀만 잔뜩 타 있었다. 황조롱이가 황금색 눈알을 뒤룩뒤룩 굴리며 그 주위를 맴돌았다.

정말 놀라운 인간이었다. 주인의 분노를 피해 무려 두 번. 한 번도 아니고 무려 두 번이나 도망을 친 것이다. 아무리 강한 능력을 가진 다리족이라지만 이렇게 자취도 안 남기고 사라질 순 없는 노릇이었다.

터벅터벅, 묵직한 발자국 소리가 들렸다. 이내 인간 여자가 사라진 자리 위로 시뻘건 눈을 한 남자가 다가왔다. 바싹 탄 무성한 풀들이 남자의 발아래 짓밟혀 그대로 바스러졌다.

"그때와 같군."

남자가 무심하게 제 발 아래 깔린 잿더미를 바라보며 말했다. 그때와 같았다. 인간 여자의 기척이 순식간에 뚝 끊겼다. 그것도 눈앞에서 말이다.

황조롱이는 번쩍 빛나는 번개 때문에 보지 못했겠지만 남자는 똑똑히 보았다. 인간 계집의 몸에서 빛이 흘러나오더니 순식간에 사라지던 장면을. 그와 함께 기척도 단숨에 사라졌다.

지금껏 수많은 인간들을 죽여 온 그였으나 그 계집만큼 단번에 기척을 감추고 도망가는 인간은 단 한 명도 없었다.

"에? 그때여? 사흘 전이여?"

황조롱이가 어느새 '펑!' 하고 새에서 갈색 머리 소년으로 변한 후 인간 여자를 처음 만난 날에 대해서 물었다.

"기척이 사라졌다."

"기척이여?"

"그래. 근방에는 없다."

"헉!"

근방에 없다면 그 짧은 새에 엄청난 거리를 도망갔다는 소리다. 겉보기에는 안 그렇게 생겼는데 실은 엄청난 능력을 가지고 있는 인간이었던가. 그것도 모르고 신나게 제 주인에게 고자질하던 자신이 생각나 소년의 황금 눈동자가 급격히 흔들렸다.

"느, 능력이 엄청난 거예여?"

"그럴 수도 있겠지."

겁에 질린 소년과는 다르게 주인은 무심하기 짝이 없는 투로 대꾸했다. 그 동조만으로도 소년의 가슴이 쿵 내려앉았다.

"그, 그럼 다음번에 만나서 보복하면 어떡해여? 주인님 없으실 때나 저 혼자 심부름할 때나…… 히잉, 그 인간 여자는 성격도 더, 더러웠는데……."

"다음번에 만날 때는."

완벽한 대칭의 턱을 매만지며 골똘히 생각에 잠겨 있던 남자가 손을 떼고 빽빽한 나무가 가득 차 있는 숲 너머를 날카롭게 응시했다. 시뻘건 안광이 벼락을 내리칠 때만큼 번쩍 빛났다.

"죽이지 않고 생포한다."

재밌어 죽겠다는 듯 어느덧 남자의 붉은 입꼬리가 비스듬히 올라가 있었다.

입을 열면 그대로 영혼까지 쏟아져 나올 정도로 지친 이예주가 미래로 이동했을 때, 하늘은 해가 쨍쨍 내리쬐며 화창했다. 언제 천둥번개가 쳤냐는 듯 구름은 흔적도 없이 사라져 있었다.

적응할 새도 없이 시차가 쉴 새 없이 바뀌고 있는 탓에 지금이 오전인지 오후인지조차 구분할 시간 개념도 없었다.

"하아……."

어딘지도 모를 곳에 우뚝 서 있던 이예주는 멍하니 주위를 두리번거리며 가쁜 숨을 내쉬었다. 그나마 능력도 그녀를 가엾게 여겼는지 그녀가 서 있는 곳은 끔찍한 숲속이 아니었다.

이예주의 주변은 장활한 바위 더미들로 뒤덮여 있었다. 그녀가 서 있는 발아래 또한 기울어진 돌무더기였다. 그녀가 남자를 피해 '문'을 지나 도착한 이곳은 돌산이었다.

"으흑……."

그러나 그 지랄 맞은 숲에서 완전히 벗어난 것은 아닌 것 같았다. 까마득한 저 멀리, 숲의 초입인 듯 나무 몇 그루가 무성히 자라 있는 것이 보였다.

'죽어도 저 지옥 같은 숲으로 다시 돌아가지 않으리.'라고 생각하기엔 이곳이 훨씬, 훨씬 더 나빴다. 적어도 숲에는 뜨거운 태양을 피할 그늘과 간간히 앉아서 쉴 곳이라도 존재했으니. 바위산은 말 그대로 울퉁불퉁한 바위투성이었다.

그녀는 괴상한 소리를 신음처럼 내뱉으며 허망한 표정을 지었다.

"왜 이래……."

자신을 죽이려는 것들만 득실대는 저 숲에서 나온 것까진 좋았다. 그런데 왜. 지금도 충분히 고난과 역경을 겪고 있는 자신에게 왜 더한 고난과 역경이 주어져야 하느냐 이 말이다.

"대체 나한테 왜 이러냐고오—!"

이예주가 피 같은 절규를 내뱉었다. 나름 치열하게 살아왔다고 생각했는데, 사실 자신은 그동안 너무 안일한 삶을 살아왔던 걸까? 그래서 '능력'이 너 한번 엿 좀 먹어 보라고 이런 시련을 주는 걸까?

그녀는 꼬질꼬질하고 너덜너덜하기 짝이 없는 제 몰골을 힘없이 내려다보았다. 안 그래도 용암의 열기 때문에 후드티셔츠 소매가 반쯤 타들어 갔는데 미친놈이 마구잡이식으로 내리꽂던 벼락에 스치기라도 했는지 팔 부분이 완전 걸레 쪼가리가 되어 있었다.

어디 소매뿐이랴. 얼마나 뛰어다녔는지 다리에 딱 맞던 청바지가 헐렁하게 느껴질 정도였고 3개월 전에 산 운동화는 3년은 족히 신은 것처럼 너저분했다. 그 꼴이 그녀의 심신과 대단히 일치했다.

"하, 진짜 미치겠다……."

돌산의 경계가 그렇게 가파르진 않았다. 다른 때 같았으면 '한번 걸어 볼 만한 색다른 경험이오.' 하고 애써 스스로를 세뇌했을 이예주였다. 그러나 그녀를 좀비처럼 움직이게 했던 생존 욕구도, 최소한의 체력도 이미 한참 전에 바닥나 버렸다.

이 비탈을 올라가자니 당장이라도 쓰러질 것 같고, 그렇다고 다시 숲으로 내려가자니 자신을 죽이기 위해 벼르고 있는 미친놈이 생각나 온몸이 으슬으슬 떨려 왔다. 진퇴양난이다.

그녀의 얼굴이 절망으로 일그러졌다. 그때 작은 새 무리가 그런 그녀를 비웃듯 '짹짹!' 하고 머리 위를 지나갔다.

—주인님! 저기 있어요! 저기. 저기 도망간다!

마치 귓가에 속삭이듯 황조롱이의 발랄한 목소리가 어디선가 생생히 들려왔다. 이 망할 숲에 와서 맨 처음 만난 말하는 참새, 그리고 두 번째 만난 소년.

그 둘은 제 주인에게 고자질하는 그 야비한 목소리와 '주인님'이라며 그 미친놈을 칭하는 말투가 똑같았다. 강한 기시감이 들었다.

새와 사람이 어떻게 동일 인물일 수가 있는지. 현대라면 상상도 못할 환상에 가까운 일이 분명했지만 이예주는 확신했다. 그 똥색 머리가 바로 이곳으로 떨어져서 만난 새 놈이 분명하다고.

새라면 이제 지긋지긋하다 못해 치가 다 떨렸다. 새 떼가 날아가고 있는 모습을 보자니 여태껏 너무 놀라 잊고 있었던 울분이 갑작스럽게 마구 샘솟았다.

이예주는 주변에 널려 있는 돌 중 적당한 것을 들고 날아가는 새 떼를 향해 힘껏 던졌다. 물론 당연하게도 새들에겐 닿지 않았다.

"야! 개똥 같은 새 새끼! 넌 진짜 내가 죽인다! 꼭 죽인다! 두 번 죽인다! 할 짓이 없어서 사람을 팔아먹어?!"

팔아먹어…… 팔아먹어……!

되돌아오는 것은 자신의 메아리 소리뿐이었다.

"에라이, 천벌 받을 새대가리야! 너 인생 그렇게 사는 거 아니야, 인마! 내가 사는 시대엔 너 같은 새 새낀 똥 한 번 잘못 싸도 죽어!"

똥 한 번 잘못 싸도…… 똥 한 번 잘못 싸도…….

“그리고 니가 무슨 신이야?! 지진도 막막 일으키고! 벼락도 마구마구 내리치고! 니가 무슨 토르냐고! 먼치킨 막 그런 거냐고! 어허엉…….”

어허엉…… 어허엉…….

“멀쩡하게 생겨 가지고 왜 생판 처음 보는 사람한테 그러고 지랄이야, 왜! 이딴 곳으로 온 것도 서러워 죽겠는데…….”

시작은 새대가리였지만 결국 잘생겼지만 눈이 시뻘겋게 변하는 미친놈으로 끝이 났다. 아직도 번쩍번쩍 내리치던 번개만 생각하면 온몸이 오싹했다.

다시 한번 내리막길 끝에 보일 듯 말 듯 한 숲의 초입을 한 번 내려다본 이예주는 부르르 몸을 떨었다. 절대로 저 지옥 속으로, 그 미친 남자 앞으로 다시는 나타나지 않으리. 목숨을 내건 도박은 두 번이면 충분했다.

몇 번이고 각오를 다지며 그녀는 애써 숲 쪽을 향한 고개를 돌려 울퉁불퉁한 돌산 너머를 아득하게 바라보았다. 당장이라도 자리에 앉아서 주인 잘못 만나 고생하고 있는 다리를 쉬게 해 주고 싶었지만 천근만근 무거운 발걸음을 뗄 수밖에 없었다.

그녀의 목적은 일단 인간을 만나는 것이다. 지진과 번개를 마구 일으키는 미친놈이 아니라 멀쩡히 자신을 도와줄 사람 말이다. 일단 누구를 만나야 한국으로 돌아가건 말건 할 게 아닌가.

가만히 있다가는 숲도 모자라 풀 한 포기 없는 이 돌산에서 조난당하고, 결국은 굶어 죽을 것이다.

“하…….”

한숨을 푹 내쉰 이예주는 정말로 걷기 싫은 얼굴로 터덜터덜 걷기 시작했다.

“무, 물…….”

이예주는 임종 직전의 노인처럼 물기가 바싹 빠진 입술로 가쁜 숨을 내쉬었다.

누가 그러던가. 고통은 하늘이 준 기회라고. 기회는 개뿔, 이것이 정녕 자신에게 주어진 기회라면 누군가 강제로라도 이 기회를 앗아가 주었으면 했다.

별로 가파르지 않다고 애써 자신을 다독이며 걷기 시작한 돌산이었으나 노을이 질 때까지 걸었음에도 산꼭대기는 좀처럼 가까워지지 않았다. 울퉁불퉁한 돌들 위를 걷느라 발바닥에 불이 났다. 필히 커다란 물집들이 이곳저곳에 잡혔을 거라는 확신이 들었다.

그녀는 오만상을 찌푸리며 멀리 떨어진 돌산의 정점을 올려다보았다. 잠시 쉬었다 비척비척 걷는 것을 반복하다 보니 꽤 높은 곳까지 올라온 상태였다.

중간중간 커다란 바위 때문에 돌아서 걷느라 시간을 많이 지체했지만, 바닥난 체력을 가지고 여기까지 온 데에는 그녀의 정신력이 대단히 큰 몫을 했다.

제기랄, 이 정신력으로 공부를 했으면 다른 지역의 국공립대에 갈 수 있었을 텐데. 그렇다면 고등학교 동창을 만나 또다시 귀신 보는 외톨이가 되어 오물과 쓰레기를 맞는 기분으로 대학을 다니지 않아도 되었을 거 아냐.

“어, 어……!”

허튼 생각을 하며 비척거리던 이예주는 발에 차이는 무수한 돌에 걸려 넘어지듯 자리에 주저앉았다.

"콜록, 콜록!"

몸에 다닥다닥 붙어 있던 먼지들이 쓰러질 때의 충격으로 풀썩 일어났다. 기침을 연신 내뱉은 그녀는 양손으로 허공을 저었다.

처량 맞게 널브러진 그대로 그녀는 얼마 남지 않은 꼭대기를 바라보았다. 꼭대기에는 붉게 타오르고 있는 노을이 몇 겹이나 걸려 있었다. 꼼짝 없이 이 돌산에서 밤을 보내야 할지도 모르겠다는 섬뜩한 생각이 들었다.

그러나 이제 더 이상 한 발 자국도 뗄 수 없을 만큼 지쳤다. 남들은 젊은 사람이 야트막한 산을 고작 반나절 오르고 뭐가 그리 힘들어서 골골대느냐고 욕할지 모르겠지만 이예주에게는 고작 반나절이 아니었다.

서울 한복판에 용암이 나타난 이후로 그녀는 끊임없이 '문'을 넘었다. 본래 암경을 건넌 후에는 몸을 조금 쉬어 주어야 한다. 그녀의 능력이 아무리 제 의지로 실현되는 게 아니라고는 하지만 그렇다고 해서 숙주의-그녀는 능력을 기생충에 자주 빗대어 생각하곤 한다-심신을 가만히 내버려 두는 것은 아니었다.

이전에도 미래로 이동하고 나면 1달은 꼭 쉬어야 했다. 즉, 자신의 몸이 시간의 흐름을 인식하고 받아들여 진정되기까지는 적어도 1달 이상이 걸린다는 얘기였다.

온갖 상황 속에서도 '문'을 넘어 살아남았지만 미래는 어디까지나 미래고, 문을 넘기 전까지 죽기 직전이었던 그녀의 신체와 정신은 문을 넘어도 똑같았다.

결국 다른 사람들이 가진 시간의 흐름에 그녀가 끼어드는 것이 전부일 뿐, 정작 그녀 자신의 시간은 흐르지 않았다. 그게 이예주가 가진 '능력'이었다.

그런데 이번에는 쉴 틈을 갖기도 전에 말하는 새를 만나고 또 그 새의 주인이라는 초능력자를 만나서, 죽기 직전에 가까스로 목숨을 건진 것도 모자라 연달아 계속해서 '문'을 넘었다. 어렸을 때부터 위험에 단련된 그녀가 아니었다면 진작 용암에 녹아 죽거나 벼락에 튀겨졌을 것이다.

"……엄마."

이예주는 멍하니 해가 지는 모습을 바라보며 고독하게 엄마를 찾았다. 아무것도 모르고 무작정 '문'을 넘었을 때 자신을 기다려 주는 이가 필요했다. 그래야 지금이 대체 몇 신지, 얼마만큼의 시간을 건너뛴 건지 알 수 있었기 때문이다.

엄마가 죽고 난 후에는 난감한 일들이 너무 많았다. 불쑥불쑥 학교나 사람이 많은 거리 한복판에 나타날 때마다 얼마나 진땀을 뺐던지. 그에 비하면 계속해서 인적 없는 서양 땅을 헤매고 다니는 지금이 훨씬 나은 걸까?

아냐! 이 미친것아! 그딴 걸로 위로하지 마! 그녀가 다중 인격자처럼 고개를 흔들며 자신을 채찍질했다.

이예주는 말하는 새를 떠올렸다. 사흘 전의 그 여자라고 했다. 암경을 넘어서 이 환장할 숲에 들어온 날로부터 사흘 후에 그 미친놈 일당을 다시 만난 것이다. 그리 많은 시간이 지나지 않아 다행이었지만 어쨌든 남자가 내리친 벼락을 피해 다시 한번 '문'을 넘었으니 또 얼마만큼의 시간이 지났는지 가늠할 수 없었다.

시뻘겋게 물든 눈동자로 자신을 향해 태연히 벼락을 내리꽂던 남자. 설마 마법은 아닐 테고, 초능력자 막 그런 거겠지?

수능이 끝난 후 학교에서 틀어 주던 영화들이 떠올랐다. 여러 영화 제목들이 머릿속에 스쳐 지나갔지만 잘생긴 배우들이 초능력자 컨셉으로 나온다는 것 빼곤 내용이 생각나지 않았다.

하, 진짜 영화에서나 보던 이기적인 외모의 초능력자가 있긴 있나 보구나. 그것도 촉새같이 고자질 잘하는 새까지 데리고 다니는.

그 미친놈은 필히 인간 여자에게 배신당하고 차였음이 분명했다. 그게 아니라면 그렇게 잘난 얼굴과 능력을 가지고 살인 같은 짓이나 하며 숲속을 배회하고 돌아다닐 이유가 없었다.

진짜 얼굴이 아까운 놈. 눈 하나 깜짝 않고 자신을 향해 번개를 내리꽂던 남자의 얼굴이 눈앞에 훤히 그려지자 뒷덜미에 오소소 소름이 돋았다.

그나저나 참 이상도 하다. 말하는 새도 그렇고, 그 미친놈도 그렇고 한국 사람이 아님이 분명한데 대체 어떻게 말이 통하는 걸까?

다시 한번 되새겨 봐도 자신은 또박또박 표준어를 구사했고 들리는 소리 또한 한국어와 같았다. 안 그랬다면 그 남자가 하는 살 떨리는 소리를 그녀가 알아들었을 리 만무했다. 설마 진짜 신?

에비, 에비. 그런 고어물 같은 생각은 심신에 매우 좋지 않았다. 그녀가 금방 도리질을 쳤다. 이제 잊을 것이다. 어차피 돌산만 넘으면 그놈들을 다시 보지 않을 테니.

치를 떨던 이예주의 눈꺼풀이 슬그머니 내려앉았다. 안 그래도 저질 체력인데 몸을 너무 혹사시켜서 그런지 눈만 감아도 순식간에 잠속으로 빠져들 것만 같았다.

안 돼, 이예주. 여기서 잠들면 너 죽어. 그녀는 스스로에게 중얼거리며 정신을 차리려고 애썼다. 그러나 추라도 매달아 놓은 것처럼 눈꺼풀이 천근만근 무거워졌다.

아…… 근데 잠이 너무 쏟아지는데? 안 돼. 안 돼. 안 돼. 돼. 돼…….

그때, 감기기 일보 직전이던 그녀의 눈에 반짝 빛나는 무언가가 포착되었다. 얼마 남지 않은 돌산 꼭대기쯤이었다. 황혼에 반사된 무언가가 반짝거리고 있었다.

저게 뭐지? 멀리 떨어져 있는 것을 보느라 그녀의 눈이 가느다랗게 좁혀졌다. 그러다 문득 스치는 생각에 벌떡 자리에서 일어났다.

혹시 꼭대기에 누가 살고 있는 걸지도 모른다! 왜 한국에서도 티브이에 종종 나오는 사람들 있지 않은가. 사업에 파산하고 자연과 물아일체의 삶을 택하는 사람들!

그래, 여긴 더군다나 외국인데 이런 돌산에 몸을 의탁하는 사람 한 명쯤 있는 게 뭐가 대수일까. 저건 인간의 흔적이 분명했다. 예를 들면 거울 같은 것.

"저기요! 누구 있어요?!"

이예주는 방금 전까지만 해도 다 죽어 가던 사람 같지 않게 힘차게 달렸다. 그녀의 힘찬 발짓에 거칠게 차인 돌멩이가 엄지발톱을 아프게 찧어도 상관없었다. 집으로 돌아가느냐 마느냐의 기로인데 이런 아픔쯤이야 얼마든 참을 수 있었다.

"저기요! 혹시 누구 있나요?"

그렇게 멀게만 느껴졌던 꼭대기까지 한달음에 올랐다. 헉헉, 얼마 달리지도 않았는데 금방 숨이 차올랐다. 그러나 그녀는 벅차오르는 기분을 억누르지 못했다.

"어? 어!"

이제야 하늘이 그녀를 돕기 시작했다. 돌바닥 위에 살포시 누워 노을에 반짝이던 물건은 다름 아닌 휴대폰이었다. 그것도 메이드 인 코리아 스마트폰!

제 휴대폰과 같은 익숙한 로고에 이예주의 얼굴이 환해졌다. 반질

반질하니 별로 생활 기스도 없이 보관된 휴대폰이었다. 역시 이 주위에 사람이 있는 게 확실했다. 그것이 아니라면 누구라도 이 돌산을 오르내렸다는 증거였다.

역시 위대한 반도체 1위 국가, 대한민국 만세! 이예주는 없던 애국심이 마구 솟아남을 느끼며 떨어져 있는 휴대폰을 들고 만세 삼창을 했다.

배터리가 얼마 남지 않은 제 휴대폰을 생각하던 그녀는 서둘러 주운 휴대폰의 전원을 켰다. 도로롱, 기분 좋은 소리를 내며 전원이 환하게 켜졌다. 얼마 안 가 화면에 뜬 배터리 칸 옆에 90이라는 숫자가 보였다.

"악! 이제 돌아가는구나, 예주야!"

벅차오르는 감격에 이예주는 휴대폰을 꽉 쥐고 그동안 뼈 빠지게 고생하기만 한 자신의 몸을 격하게 껴안아 주었다. 눈앞이 뿌예지더니 금세 눈물이 글썽글썽해졌다.

그녀는 자리에 벌떡 일어나 휴대폰을 쳐들고 노을 진 하늘을 향해 이곳저곳 가져다 대며 발신 가능한 장소를 찾았다. '통신 불가 지역'이라는 문구가 휴대폰 화면에서 두어 번 반짝거렸지만 더 이상 실망하지 않았다.

그동안 말하는 새에, 그 주인 놈에, 식목食目 까마귀들까지. 두려움에 벌벌 떨며 고생했던 지난날들이 파노라마처럼 눈앞을 스쳐 지나갔다.

하지만 이제 이 짓도 끝이다. 한국으로 돌아가기만 한다면, 침 한 번 퉤 뱉고 재수 옴 붙었다며 잊어버릴 기억들이 되리.

이예주는 실실 입술을 비집고 나오는 웃음을 참지 않았다. 오로지 자유의 여신상처럼 번쩍 쳐든 휴대폰에만 시선을 못 박았다. 고지대이니 신호를 잘만 잡으면 전화 통화가 가능할지도 모른다.

"어, 어어! 억!"

그때, 미처 보지 못한 돌덩이에 발이 걸린 그녀가 휴대폰을 놓치며 속절없이 넘어졌다. 딱딱한 돌에 무릎을 세게 찧자 이예주는 흉악하게 인상을 찌푸렸다.

"아! 아야야! 아이 씨……."

넘어질 때 덩달아 놓친 휴대폰이 그녀가 있는 곳에서 멀지 않은 곳에 굴러 떨어져 있었다.

"내 휴대폰!"

혹시라도 넘어짐의 충격으로 인해 문제라도 생겼을까 봐 그녀는 기어가다시피 달려가 휴대폰을 주웠다. 다행히 부서지지 않고 기기와 배터리가 분리된 정도였다. 그러나 흠이 없던 휴대폰 액정에 금이 가 있었다.

이예주는 조용히 입을 다물고 누군지 모를 휴대폰의 주인에게 잠시 애도하는 마음을 가졌다. 물론, 만약 주인을 만나더라도 저 때문에 휴대폰이 이리됐다는 소리는 입 밖에 내지 않을 작정이었다.

휴대폰보다 조금 더 멀리 떨어져 있는 배터리를 발견한 그녀가 서둘러 다가가 마저 주웠다. 그 순간이었다.

휘융—!

그녀의 머리 위로 무언가가 롤러코스터만큼 엄청난 빠르기로 휙 지나갔다. 돌풍 같은 바람이 안면을 강타하자 앞머리가 뒤로 홀렁 까뒤집어졌다.

태풍을 정면으로 맞은 듯 얼얼하기까지 한 강풍 때문에 숨을 멈추던 이예주가 어리바리한 얼굴로 대체 방금 뭐가 지나간 건가 싶어서 뒤를 돌아봤다. 그리고.

"쉬이, 쉬이익— 캬악!"

차 한 대 크기만큼 거대한 바위로 이루어진 뱀 대가리가 그녀를 향해 시퍼런 독니를 드러내며 고개를 위협적으로 까딱거리고 있었다.

"……저게 뭐야?"

이예주가 멍하니 중얼거렸다.

바위가 쉭쉭거리며 움직인다. 목뼈가 고꾸라질 정도로 올려다보아야 간신히 보이는 노오란 파충류 눈깔과 독으로 추정되는 흰 점액질이 뚝뚝 떨어지는 상아 크기의 송곳니. 그것들이 저 생명체가 바위가 아님을 입증했다. 한눈에 봐도 단단한 바위로 이루어져 있는 것 같은 몸통의 비늘이 일제히 바짝 일어서 있었다. 뱀이 '스스스' 하고 스산한 소리를 내었다.

그 거대한 뱀 앞에서 한낱 작은 크기의 인간인 그녀는 그저 멍청히 서 있을 뿐이었다. 이예주는 온몸에 소름이 돋고 눈앞이 아득해짐을 느꼈다.

"이, 이게……."

"쉭, 쉭 캬악!"

"꺄아악—!"

양옆으로 고개를 까딱거리던 거대한 뱀이 돌연 아가리를 쩍 벌리고 그녀에게 돌진했다. 이예주가 찢어지는 비명을 지르며 미친 듯이 몸을 움직였다. 아니, 본능에 따라 제 몸을 집어 던졌다.

"어흑!"

울퉁불퉁하고 단단한 돌 더미 위에 부딪친 몸에 엄청난 충격이 강타했다. 그러나 통증을 느끼기도 전에 바로 옆에 있던 바위에 뱀의 아가리가 콱 박혔다. 이예주의 키보다 두 배는 커다란 바위가 산산조각이 났다.

자욱한 먼지가 피어오르면서 사방으로 튕겨져 나간 파편 중 하나가 그녀의 너덜너덜한 소매를 날카롭게 스쳐 지나갔다. 소매가 완전히 찢어진 것도 모자라 시뻘겋게 속살을 드러낸 팔의 상처가 질질 피를 흘리기 시작했다.

이예주는 심장이 덜컹 내려앉고 절로 몸이 떨렸다. 조금만 덜 뒹굴었으면 저 독니에 찢겨 죽을 뻔했다.

하지만 지금 이 상황이 뭔지 정리할 새도 없었다. 그녀는 다시 벌떡 일어났다. 피 냄새를 맡고 흥분했는지 섬뜩한 노란 눈깔의 파충류가 먼지를 가르고 그 거대한 위용을 드러냈기 때문이다.

"쉬익, 쉬익—."

한참 위에서 들려오는 혀 날름거리는 끔찍한 소리에 그녀가 벌벌 떨었다.

"캬악!"

"아아, 아악!"

뱀 대가리가 다시 그녀를 향해 내리꽂혔다. 그리고 그 우람한 몸통 뒤로 빛나는 '문'이 열렸다.

아, 문이 열린 것을 보니, 기어이 여기서 죽을 운명이구나.

이예주는 다시 몸을 날렸다.

"어, 억!"

이번에는 손부터 땅에 닿는 바람에 거친 자갈들에 손바닥이 쓸려 너덜너덜해졌다. 그러나 바로 코앞에 박힌 전봇대만 한 흰 송곳니 때문에 아픈 줄도 모르고 혼비백산 괴성을 지르며 오뚝이처럼 튀어 올랐다.

"캭! 크악! 쉬익, 쉬익."

"어헉, 흐흑!"

뱀이 다시 대가리를 쳐들고 이예주를 쫓기 위해서 움직이려 했다. 그러나 송곳니가 땅에 깊게 박혔는지 쉽게 이빨을 뽑아내지 못했다. 그 때문에 광분한 괴물이 쉬익쉬익 위협적인 소리를 내며 몸통을 꿈틀거렸다.

머리맡에서 단단한 뱀의 몸뚱이가 생생하게 꾸물거리는 것이 보였다. 그녀는 경기를 일으킬 것 같은 얼굴로 그 모습을 바라보다가 비명을 지르며 '문'을 향해 달려갔다.

"아아, 아악!"

"쉬익, 쉬이, 슈욱."

문 주위로 뱀의 나머지 몸통이 똬리를 튼 채 비늘을 바짝 세우고 있었다. 꽤 먼 길이임에도 불구하고 똬리를 틀 정도니, 대체 얼마나 길다는 소리일까. 이 정도의 괴물 돌뱀은 소설에서도 본 적이 없었다.

"캬악!"

휘익! 필사적으로 뛰고 있는 그녀의 등 뒤에서 엄청난 돌풍이 불어오기 시작했다. 뱀이 송곳니를 빼낸 모양이었다.

"아아아악—!"

이예주는 졸도할 것만 같은 심정을 느끼며 얼마 남지 않은 거리의 '문' 안으로 온 힘을 다해 도약했다.

입고 있던 후드가 뱀의 독니에 걸리기 바로 직전, 아슬아슬하게 그녀는 '문' 안으로 뛰어들었다. 어마어마한 속도로 먹잇감을 쫓던 뱀은 사라진 이예주 대신 똬리를 틀고 있던 제 몸뚱이에 독니를 박았다.

"캭, 캬악!"

눈을 뜨니 다시 한낮이었다. 그리고 다시 숲속이었다. 마치 돌뱀을 만난 게 한여름 밤의 꿈 같았다.

이예주는 졸졸졸 흐르는 시내 바로 옆에 혼이 나간 채로 널브러져 있는 상태였다. 입을 떼면 바로 구토를 할 것 같았다. 그녀는 최대한 구역질을 참으며 물 가까이로 기어갔다.

사시나무 떨 듯 덜덜 떨리는 손으로 그녀는 조심스럽게 시냇물을 떠다 입을 적셨다. 손에 살랑살랑 닿는 물이 시원했다. 뼛속까지 시린 것 같기도 했지만 혼이 나간 그녀는 그것을 인식하지 못했다.

이렇게 손이 시린 걸 보니 꿈은 아니었다. 물론 왼쪽 손목에 선연히 있는 흉터가 이미 꿈이 아님을 예전부터 증명해 주고 있었지만. 실제로 차가운 촉감을 느끼니 형용할 수 없는 감정이 소용돌이치듯 이예주를 덮쳤다.

여기 뭐 뫼비우스의 숲, 그런 건가? 생명을 위협하는 미친놈을 피해 드디어 지긋지긋한 숲에서 빠져나왔다 싶었더니 초대형 돌뱀을 만났다. 그 초대형 돌뱀에게서 간신히 목숨을 부지해 도망쳤더니 또다시 숲이다. 또 숲, 다시 숲. 숲, 숲.

이제 언제 다시 빨간 눈을 한 미친놈이나 식인 까마귀들을 만날지 모를 일이다. 숲 밖으로 나가면 초대형 뱀이 도사리고 있고 숲 안에는 언제 자신을 죽이러 달려올지 모를 초능력 정신병자가 배회하고 있다.

미친, 미친, 미친. 멍하니 욕을 중얼거리던 이예주는 힘겹게 몸을 일으켰다. 그러자 달그락하고 오른손에 무언가 걸렸다. 시선을 내리자 그 정신없는 상황에서 대체 언제 챙긴 건지, 주인 잃은 휴대폰이 손아귀에 꽉 쥐어진 상태였다.

어찌나 세게 쥐었던지 손의 마디마디가 다 얼얼했다. 휴대폰이 부서지지 않은 게 신기할 정도였다. 이예주는 여전히 배터리와 분리되어 있는 기기를 멍한 손길로 합체시켰다. 그리고 당연한 수순처럼 전원을 켰다.

도로롱— 방금 전까진 그녀를 환희에 가득 차게 했던 소리였으나 이제는 정말로 이것이 최선인지 확신이 들지 않았다. 이제 그녀는 여기가 과연 지구 위가 맞는지 의심했다. 근원적인 부분에서부터 혼란이 찾아왔다.

그런 혼란을 배제하더라도 이곳은 숲속이었다. 고지대도 아니고 '통신 불가 지역'이 확실했던 그 저주받은 평지 말이다.

얼마 안 가 스마트폰 화면이 밝아졌다. 어느새 88퍼센트로 배터리 칸이 줄어 있는 것이 깨진 액정 틈으로 보였다. 바탕 화면에 휴대폰 주인이 일부러 써 놓은 게 아닐까 싶은 '통신 불가' 문구가 깜박거리는 것 또한 잘 보였다.

이예주는 신경 쓰지 않고 무작정 통화 버튼을 터치해 신들린 사람처럼 911을 찍은 후 귓가에 휴대폰을 가져다 대었다. 과연 이곳이 지구가 맞을까 의심하면서도 혹시 북미일지 몰라 911을 기억해 누르는 자신의 모습이 우스웠다.

뚜뚜뚜뚜뚜—

통신이 불가하다는 메시지도 무시하고 억지로 전화를 걸었지만 통화 연결음이 들리기는커녕 반갑지 않은 소음만이 빠른 간격으로 울려 퍼졌다.

그렇게 열네 번을 반복했다. 어느새 이예주의 눈가가 빨갛게 달아올랐다.

"흐흑, 어헝……."

다시 한번 911을 휴대폰에 찍으며 그녀가 괴상한 울음소리를 내었다. 그러나 발신이 먹통인 건 여전했다. 수신이 가능할 리 또한 없을 터였다.

약 1시간을 그렇게 반복했으나 휴대폰만 뜨거워질 뿐, 끝내 받는 사람도, 걸려 오는 전화도 없었다.

"어헝, 어흐흑! 여보세요? 여보세요? 여보세요……."

"……."

"아악! 이 쓰잘데기 없는 것아! 이럴 거면 왜 발견돼서 나한테 희망 고문을 줘!"

열일곱 번째 답 없는 통화를 마친 이예주가 드디어 참지 못하고 휴대폰을 물속으로 내던졌다. 풍덩 하는 소리와 함께 폭이 꽤 넓은 강줄기 속에 휴대폰이 금방 잠겼다. 그녀는 악에 받쳐 소리 질렀다.

"으헝, 으흐헝! 집에 가고 싶어…… 집에! 이게 뭐 게임 아이템이야? 왜 내 앞에 나타나서! 네가 반짝거리지만 않았어도 그 괴물 만날 일은 없었을 거 아니야!"

아니야…… 아니야…….

지긋지긋한 숲속에 지긋지긋한 메아리가 다시 울려 퍼졌다. 푸드드득— 멀리서 이예주의 토해 내는 듯한 절규에 놀라 새 떼가 날아오르는 소리가 들렸다.

"왜 이래? 대체 왜 이래! 내가 뭘 잘못했다고 또 숲이야! 어허헝, 어흑, 흐흑! 왜 또 숲…… 아! 아아, 아파! 아야야……."

굵은 눈물방울이 그녀의 볼을 타고 뚝뚝 흘러 떨어졌다. 소금기 담긴 눈물방울이 볼의 어떤 부위를 스치자 그녀는 정색을 하고 제 볼을 움켜쥐었다. 광대뼈 부분이 화끈화끈하게 아팠다.

"으흑……."

이예주가 끅끅 대며 시냇물을 내려다보았다. 깨끗한 물에 산발을 한 미친년이 비쳤다. 흉터 하나 없던 얼굴에 벌건 생채기가 이리저리 나 있는 것이 보였다. 특히나 광대뼈 쪽은 날카로운 것이 스치고 지나간 건지 꽤 길게 긁혀 있었다.

한 번 아픔을 느끼기 시작하자 걷잡을 수 없이 몸 이곳저곳이 쑤셔 댔다. 휴대폰을 꽉 쥔 상태였던 오른쪽 새끼손톱은 어딘가에 부딪혀 깨져 버렸고 손바닥과 손등은 홀랑 까져 벌겋게 달아올라 있었다.

그러나 그 정도 상처는 약과였다. 후드티의 소매가 양쪽 모두 찢어져 너덜너덜 해어진 채로 속살을 드러내자 한눈에 봐도 심각한 상흔들이 나타났다.

뱀을 피해 돌바닥에 아낌없이 몸을 날렸기 때문인지 곳곳에 푸르스름한 멍이 자리했다. 파편이 팔을 긋고 지나간 자리엔 꽤 깊고 길게 난 상처가 입을 쩍 벌리고 있었다. 빨간 속살에서 방울방울 피가 새어 나와 후드티에 스며들었다. 몇 방울은 잡초 위로 떨어지기도 했다.

정신이 나가서 그런 건지 모르겠지만 참을 수 없을 정도로 아프진 않았다. 다만, 타의에 의해서 큰 상처가 생긴 일은 처음이라 덜컥 심장이 내려앉았을 뿐.

제 몸에 난 상처를 보고 겁에 질린 이예주가 왈칵 울음을 터뜨렸다.

“흐, 흐, 흐어엉! 어, 어떻게…… 어떻게…… 으허엉, 흐흑, 흐엉엉! 아야, 아야야…….”

그러나 짠 눈물이 얼굴의 생채기들을 스쳐 고통을 자아내자 곧 다시 입을 다물 수밖에 없었다.

“흐읍, 끄흑!”

애써 눈물을 참아 내며 끅끅거리던 그녀는 물가에서 떨어져 가까운 곳에 위치한 나무 근처로 기어가 나무 기둥에 등을 기대고 앉았다.

눈물을 억지로 참느라 눈이 뻐근하게 아파 왔다. 어디에 위협이 있을지 모르기 때문에 입을 다물어야 했지만 자꾸만 터져 나오는 울음을 막을 도리가 없었다.

자신의 울음소리를 들은 미친놈이 기어이 자신을 죽이려 찾아온

다 해도 더 이상은 도망가지 못할 것 같기도 했다. 단시간에 너무 많은 '능력'을 남발했고 너무 많은 에너지를 소비했다. 이젠 곧 죽는다 해도 단 한 발자국조차 움직일 수 없었다.

엄마 잃은 아이처럼 하염없이 훌쩍이던 이예주는 잠시 후 퉁퉁 부은 얼굴로 기절하듯 잠에 빠졌다. 수렁 속으로 자신을 풀어놓기 전에 그녀는 울며불며 신에게 빌었다.

제발 눈을 떴을 때 이 끔찍한 곳에서 벗어나게 해 달라고.

입을 쩍 벌리고 그대로 졸도한 이예주는 무엇인가가 툭툭 간질이듯 팔의 다친 부분을 건드리자 잠결에 오만상을 찌푸렸다.

"으응…… 아파……."

자신을 건드리던 기척이 후다닥 멀어지는 게 느껴졌다. 잠시 뒤척이던 이예주가 고개를 반대편으로 돌리고 잠의 수렁 속으로 다시 빠져들 때쯤이었다.

언제 다가온 것인지 그 무언가가 또다시 상처 부위를 건드렸다. 이번엔 꽤나 화끈한 아픔이 느껴지자 그녀가 곧바로 얼굴을 찡그렸다.

"아아……."

팔을 건드리는 무언가로부터 팔을 치우고 싶은데 가위라도 눌린 것처럼 온몸이 천근만근 무거웠다.

톡톡톡, 팔 부근으로부터 따끔따끔하고 시원한 촉감이 계속해서 느껴졌다. 그녀는 다시 꿈지럭거렸다. 깊숙한 곳에 처박혀 있던 의식이 물 위로 서서히 올라오는 것 같았다. 눈꺼풀을 움찔거리며 이예주는 가만히 이것이 꿈인지 생시인지 가늠해 보았다.

최근 자신의 인생 23년을 통틀어 가장 끔찍스럽고 재수 없는 꿈을 꾸었던 것 같은데. 얄팍한 그녀의 상념은 무의식과 의식 사이를 아슬아슬하게 오가며 좀체 선명해지지 못했다.

톡톡, 그 와중에 팔의 상처를 건드리던 무언가가 옆으로 자리를 옮겨 까진 무릎에 머물렀다. 간질간질, 따끔따끔. 모호한 통증이 올라오자 이예주가 다시 꿈지럭거리며 신음했다.

아, 모기한테 뜯기는 건가. 뭐가 이렇게 근질근질하고 따가워? 그녀는 베개 깊숙이 고개를 묻었다. 피곤해. 피곤해 죽겠으니까 건드리지 마.

그런데 아무리 고개를 돌려도 베개의 폭신한 감촉은 느껴지지 않고 메마르고 딱딱한 감촉만이 볼에 닿았다. 자세 또한 앉은 상태와 같이 불편하기 짝이 없었다.

팔과 다리를 건들이던 따끔거림이 이번에는 광대뼈 부근을 건들이기 시작했다. 톡, 톡톡.

가만…… 앉은 상태? 앉은 상태라고? 이예주의 상념이 드디어 무의식에서 발을 뺐다. 그와 동시에 그녀는 두 눈을 번쩍 치켜떴다.

"으, 으악!"

낯선 목소리가 이예주의 면전에 비명을 질렀다. 그리고 눈을 뜬 그녀가 본 것은 기절하기 전까지 저주하던 낯설지 않은 황금색 눈이었다.

필히 자신의 앞에 퍼질러 앉아 무슨 짓을 하고 있었던 것이 분명하렷다. 그렇지 않다면 저렇게 시퍼렇게 질린 얼굴로 덜덜 떨지 않겠지. 도둑도 제 발 저린다지 않는가.

"일어났으면 말을 해야져! 가, 갑자기 그렇게 눈을 마, 막 휘까닥 뜨면 어떻게여!"

"……똥 대가리?"

그녀는 가만히 왼쪽 손을 들어 눈앞에 가져다 대었다. 그런 조그만 움직임에도 "아, 아아." 하며 앓는 소리가 절로 터져 나올 정도로 온몸이 삐걱거렸다.

굳이 소매를 걷어 올리는 수고는 할 필요도 없었다. 이미 소매가 다 찢어져 없어진 상태였기 때문이다. 흉측한 흉터 자국이 꿈틀거렸다. 더불어 흉터 아래 드러난 맨살에 듬성듬성 새겨진 멍 자국들도.

꿈이 아니구나. 한국, 서울, 원룸, 땀 냄새 밴 침대 안도 아니었다.

"저, 저기여, 인간 여자. 아직 눈 밑에는 약 안 발랐어여……."

"……."

"눈 좀…… 저기여, 팔 좀 치워 주시면……."

갈색머리 소년이 조심스럽게 이예주의 왼팔을 잡아 내렸지만 그녀는 미동도 안 하고 소년을 멍청하게 바라보기만 할 뿐이었다.

분명 이 촉새 같은 놈과 주인 놈을 피해 문을 넘었다. 그것만은 확실했다. 그러자 연달아 번개, 뱀, 촉새, 미친놈이 뭉실뭉실 떠올랐다. 그리고.

—주인님! 인간 여자 여기 있어요!

—주인님! 저쪽이여!

—주인님! 저기여, 저기!

그녀의 머리가 어느 한곳에 멈췄다.

정신이 나간 상태 같은 인간 여자의 팔을 조심스럽게 치우자 황금색 눈동자에 살벌하게 얼굴을 구긴 악마가 담겼다. 본능적으로 위협을 느낀 갈색 머리 소년은 재빨리 몸을 뒤로 빼려 했다. 그러나 그 전에 덥석 멱살이 잡혔다.

방금 전까지 통증에 신음하던 여자는 대체 어디로 갔는지 벌떡 일어난 이예주가 엄청난 힘으로 소년을 들어 올렸다.

"어억! 왜, 왜 그러……."

"너! 너! 이, 이! 너 이 미친 새대가리 새끼! 너지? 새대가리가 너 맞지?! 날 팔아먹어, 네가?!"

"억! 억! 화, 황조롱이 살려여! 억!"

비명을 지르는 소년의 말투에서 이예주는 이 소년이 자신을 그 미친놈에게 고자질한 새대가리임을 다시 한번 확신했다.

새가 사람이라니. 말도 안 되는 일이었지만, 분명했다. 이 자식이 자신을 무려 두 번씩이나 죽음으로 몰아넣은 그 망할 놈의 부하 새라는 것을!

눈을 희번덕 뜬 그녀는 저보다 작은 소년의 목을 거의 조를 듯이 부여잡고 흔들었다. 그러자 펑 하는 폭발음과 함께 작은 연기가 피어올랐다. 옷 더미들이 눈앞에 쏟아져 내렸다. 어느새 이예주는 갈색 머리 소년 대신 작은 새를 부여잡고 짤짤 흔들어 대고 있었다.

"아, 아아! 어, 어지러워여! 아악!"

"그래! 이 황금 눈깔, 참새 새끼! 너였어! 이 자식아, 팔아먹을 게 없어서 사람 목숨을 팔아먹어?! 내가 너 때문에 어? 눈깔 파먹는 까마귀도 만나고! 돌산만 한 뱀도 만났어! 알아? 아냐고!"

"악! 힉! 아!"

이예주가 그동안의 고생에 대한 울분을 손에 담아 힘껏 황조롱이를 흔들 때마다 사방으로 갈색 깃털이 휘날렸다. 다른 때와 같았으면 힘껏 재채기부터 하고 볼 그녀였으나 어찌나 광기에 휩싸였는지 재채기조차 나오지 않았다.

황조롱이는 반쯤 넋이 나간 표정으로 그녀를 향해 애원했다.

"이, 이거 놓고. 이, 일단 이거 놓고 말해여, 인간 여자!"

"놓고? 놓고 말해?! 너 같으면 너 죽이려고 한 놈이랑 차분하게 놓고 말하니? 응?! 우리나라에선 잘못한 놈보다 고자질한 놈이 더 개새끼거든? 아, 넌 개가 아니고 새구나. 망할 새 새끼!"

"어억, 억! 제, 제가 죽이려던 거 아니잖아여!"

"그래그래. 이해해! 나도 뭐, 꼭 널 죽이려고 그러는 건 아니야. 대신 죽을 때까지 맞자. 너 같은 놈은 먼지 날 때까지 맞아 봐야 남의 목숨 귀한 줄 알 거야, 하하!"

조금 전까지 희번덕 빛나는 눈으로 황조롱이를 갈구던 인간 여자가 금방 또 태도를 바꾸고 미친 사람처럼 웃었다. 황조롱이의 황금색 눈동자에 짙은 공포가 스며들었다.

이 인간 여자, 제대로 미쳤다. 어쩐지, 주인님이 그 인간 여자가 다시 나타났다고 해서 와 봤더니 상거지 뺨치는 꼴로 나무 밑에 자빠져 자고 있더라니. 이런 인간에게 또 일말의 죄책감을 느끼고 열심히 날개를 퍼덕여 약초를 물어 가지고 왔는데 역효과였다.

인간 여자가 한쪽 손을 치켜들었다. 분위기로 봐서는 그대로 자신을 후려칠 듯싶었다. 황조롱이는 부리를 아래위로 다다닥 부딪히며 필사적으로 소리쳤다.

"자, 잠깐만여! 이, 일부러 그런 거 아니에여! 진짜! 진짜여!"

"하하. 이 쪼그만 게 또 약을 파네? 사람을 호구로 봐도 유분수지."

"전 그냥 이, 인간 여자가 안 아프게 죽었음 해서……."

"그래그래. 결국 내가 빨리 죽길 바라서 그랬다는 거지? 이해해. 이해한다고, 이 자식아!"

황조롱이의 변명에 말을 자근자근 씹으며 내뱉은 이예주가 주먹을 야무지게 움켜쥐고 바람을 가르며 손을 휘둘렀다.

퍽! 처음과는 비교도 되지 않을 정도의 강력한 알밤이 황조롱이의 정수리를 강타했다.

"아억!"

황조롱이가 갑작스러운 타격에 제대로 신음도 내지 못하고 축 늘어졌다. 눈앞에서 별들이 반짝거렸다. 새로 변하면 인간 모습일 때에 비해 무게가 훨씬 가벼워지기 때문에 그만큼 충격에 민감했다.

황조롱이가 황금색 눈동자를 뱅글뱅글 돌리며 입에 게거품을 물었지만 이예주의 눈은 전혀 풀리지 않은 채 여전히 번들거렸다.

"하하, 하하하! 어때. 염통이 좀 쫄깃하지? 응?!"

"으으…… 어어……."

"이제 마른하늘에 날벼락 맞고 뒈지기 직전이었던 내 심정이 느껴지냐고!"

이예주는 정신을 못 차리는 새를 보며 희열에 찬 얼굴로 히죽히죽 웃어 댔다. 몸을 가누지 못하는 상태에서도 여실히 느껴지는 그녀의 광기에 황조롱이가 움찔움찔 몸을 떨었다.

"어어…… 인님이…… 해서…… 없었떠여……."

"뭐라구? 난 너같이 옹졸한 참새가 아니니 변명 정도는 들어 줄게. 하핫."

"……인님이……."

그녀는 마치 큰 인심을 베푸는 사람처럼 제 귀를 황조롱이의 부리에 바짝 가져다 댔다. 황조롱이의 입에서 연신 신음 소리가 쏟아졌다.

"어어…… 님이…… 인간 여자를 죽이라고 부, 분노……."

"응? 뭐라고?"

"아아…… 주인님이…… 인간 여자를 보면……."

"뭐라는 거야. 네 주인이 뭘 어쨌다고! 똑바로 말 안 하면 또 꿀밤 날라 간다?"

이예주가 옳다구나 기회를 잡았다는 듯 재빨리 주먹을 움켜쥐고 하늘 높이 팔을 쳐들었다. 그 섬뜩한 꼴을 본 황조롱이가 기절한 척을 하다가 허겁지겁 금안을 치떴다.

"아, 주인님이 인간 여자를 보면 죽이겠다고 분노하셔서 어쩔 수 없었다구여!"

"……주인님?"

가차 없이 새를 향해 다시 날아가려던 이예주의 주먹이 허공에서 딱 멈췄다. 그녀가 멍하니 중얼거렸다.

주인, 황조롱이의 주인. 황조롱이의 주인이 누구더냐.

"네, 주인님이엽! 주인님! 주인님이 인간 여자를 죽이겠다고 하시는데 신인류 주제에 제가 뭘 어떻게 해여! 그래도 약도 발라 주고 다 했잖아여!"

황조롱이가 억울함을 잔뜩 담은 목소리로 종알거렸다. 그러나 이예주의 귀엔 그 애처로운 외침이 들리지 않았다.

잊고 있었다. 이 얄밉기 짝이 없는 촉새의 주인이 누군지. 그것은 바로.

"헉."

빨간 눈깔.

시뻘건 눈에서 뿜어져 나오던 살기가 떠오르자 이예주의 얼굴이 순식간에 새하얗게 탈색됐다. 말하는 새가 여기 있다면 이 주변에 그 남자도 있다는 소리나 마찬가지인데.

어젯밤 우려했던 일이 현실로 일어났다. 빨간 눈깔이 자신을 죽이러 찾아왔다. 기어이 번갯불에 콩 튀겨 먹듯 튀겨 죽이려고 찾아온 거야.

그녀는 휙휙 고개를 돌려 사방을 훑어보았다. 주변은 어제 뱀을 피해 '문'을 넘어 도착한 숲의 모습 그대로였다. 폭이 꽤 넓은 시냇물과 그 주위를 울창하게 둘러싼 나무들까지.

"왜, 왜 그래여."

아까와는 다른 의미에서 뒤집힌 안광을 바라보던 황조롱이가 다시 겁에 질려 말을 걸었다. 하지만 그녀는 여전히 대꾸 없이 목이 돌아갈 만큼 고개만 휙휙 돌릴 뿐이었다.

이예주는 '문'을 찾았다. 그러나 어디에도 환히 빛나는 곳은 없었다. 그것으로 보아 그 미친놈은 아직 주변에 없다는 결론이 도출되었다.

그러나 안심하긴 일렀다. 까마귀도 소름 끼치고 초대형 돌뱀도 진저리가 났지만 가장 끔찍한 건 바로 그 정신 나간 놈이었다. 그 남자는 땅을 마구 가르고 날벼락을 내리치는 초능력자였다. 그 미친놈이 오기 전에 속히 도망가야 했다.

그때 이예주가 찾는 것이 제 주인인 것을 눈치챈 듯 황조롱이가 우물거렸다.

"저, 저기여. 주, 주인님은……."

"닥쳐!"

"아악! 아구구구!"

정신 사납게 눈알을 굴리던 그녀가 부여잡고 있던 황조롱이를 집어 던지다시피 바닥에 패대기쳤다. 그 충격으로 인해 펑 소리와 함께 황조롱이가 벌거벗은 소년의 모습으로 변했다.

"아구구! 나 죽네! 아이고, 황조롱이 죽네! 아구구구!"

"도, 도망가야 돼!"

"아, 왜 집어 던지고 그래여! 아 진짜, 인간 주제에! 아야야, 아구구구!"

다시 인간 모습으로 변한 황조롱이가 떨어진 제 옷가지를 주워 입으며 입을 삐죽거렸으나 이예주는 듣지 않았다. 제 눈앞에서 새가 벌거벗은 소년으로 변했다는 것도 보이지 않았다.

다시 한번 사방을 훑어본 그녀가 서둘러 옷매무새를 가다듬었다. 눈곱 잔뜩 낀 얼굴이라도 시냇물로 대강이나마 씻고 도망치고 싶었으나, 지금은 그럴 여유가 전혀 나질 않았다.

"어디 가려구여! 주인님 찾아여?"

서두르는 이예주를 보며 갈색 머리 소년이 고개를 갸웃거렸다.

"다신 보지 말자. 지긋지긋한 새 자식. 니네 주인한텐 나 봤다는 소리하지 마. 나 간다!"

"엥? 주인님……."

이예주는 소년의 말을 다 듣지 않고 빠르게 걸음을 옮기기 시작했다. 사실 맘 같아서는 미친 듯이 뛰어서 이 지대를 벗어나고 싶었지만 그러기엔 몸이 너무 엉망이었다. 상처 때문인지, 야외에서 노숙을 해서 그런 건지 모르겠지만 신열이 오른 것처럼 머리가 어질어질했다. 물집 잡힌 발도 화끈거렸다.

하긴 저질 체력으로 그렇게 몇 날 며칠을 '문'을 넘고 뛰어다니고 도망 다니길 반복했으니, 지금 서 있는 것도 용한 거지.

그녀는 보폭을 넓게 잡고 빠르게 걸었다. 하지만 이상하게 걸어도 걸어도 걷는 것 같지가 않았다. 마치 누가 뒤를 잡아당겨 제자리걸음을 하는 것처럼.

뭐지? 열이 너무 많이 올랐나. 이게 왜…….

이예주는 어리둥절한 얼굴을 하고 손을 제 뒤로 넘겨 머리를 더듬거렸다. 그리고 조금 더 내려가 후드티도 더듬거렸다. 그런데 참 이상하게도 후드가 위를 향해 팽팽하게 솟구친 감촉이 느껴졌다.

그녀는 여전히 어벙한 얼굴로 더듬더듬 손을 더 위로 뻗었다. 무언가 후드를 단단히 움켜쥐고 있었다. 부드러운데 딱딱한 것.

“사람 손?”

사람 손이 제 후드를 단단히 움켜쥐고 있다는 것을 그녀가 간신히 깨달았을 무렵이었다. 입고 있던 후드가 번쩍 끌어 올려져 그녀의 몸이 공중으로 치솟기 시작했다.

“아아악!”

신발에 닿아 있던 풀숲이 순식간에 멀어지자 이예주는 저도 모르게 새된 비명을 질렀다. 이게 무슨 봉변이야!

그러나 그녀는 현실을 자각하기도 전에 공중에서 달랑거렸다. 잊고 있던 두려움이 금세 그녀를 덮치기 시작했다. 그것은 바로 고소공포증이었다.

“주인님, 위에 있어여.”

훌쩍 멀어져 아득해진 정신 사이로 언뜻 황조롱이의 말이 들려왔으나 이예주의 얼굴은 하얗다 못해 안쓰러울 정도로 시퍼레졌다. 그러나 고소공포증은 차라리 약과였다. 그보다 더 환장할 면상이 그녀의 코앞에 나타났기 때문이다.

“어딜 그리 바쁘게 가는 거지?”

피를 온전히 담아 주입하면 이렇게 시뻘건 색의 눈동자가 나올까? 그토록 피하고 싶던, 그토록 징글징글 맞던, 그토록 끔찍스러운 남자의 면상이 바로 앞에 보였다.

왜, 왜? 어째서? ‘문’도 나타나기 전에 잡힌 건가? 이건 너무하잖아. 난 죽기 싫어. 난 죽기 싫어, 아악!

이예주가 미친 듯이 눈동자를 굴리며 유일한 희망을 찾아 댔다. 그러나 시선이 닿는 족족 무성한 나뭇가지와 나뭇잎뿐이었다.

그녀는 조심스럽게 제 상황을 파악했다. 자신은 허공에 달랑달랑 매달려 있었다. 후드티가 배까지 올라가 그녀의 부끄러운 속살이 휑하니 드러났다.

애타게 '문'을 찾던 눈을 또르르 위로 올리니 남자의 손에 잡힌 알량한 후드가 보였다. 한눈에 봐도 굉장히 위태로웠다.

"살 구멍을 찾는 건가."

"……."

"아쉽게도 쥐새끼처럼 도망가기 전에 잡혀 버렸군."

"……."

그걸 내가 몰라서 이렇게 잡혀 있겠냐. 그것도 허공에!

목구멍까지 차오르는 절규를 차마 내뱉을 수 없어 꾹 삼킨 이예주는 필사적으로 이 빨간 미친놈에게서 벗어나기 위한 방법을 찾기 시작했다.

어쩌지? 어떡해야 돼. 이 남자는 언제부터 나무 위에 있던 거지? 어떡해, 어떡하냐고!

"이젠 어떻게 도망칠 거지?"

"……."

"대답."

"……."

"하는 게 좋을 텐데."

남자가 그 말을 끝으로 그녀가 황조롱이를 족쳤던 것처럼 그녀의 후드를 두어 번 달랑달랑 흔들었다. 팔다리가 제 의지와는 상반되게 허공에서 덜렁거리자 그녀가 경기를 일으켰다.

"아, 아악!"

"대답."

"어흑! 대, 대답할게요! 흐, 흔들지 마요! 흔들지 마요!"

다리 밑으로 보이는 땅이 생각보다 멀었다. 아찔한 높이에 이예주는 공포에 질렸다.

문득 고층 빌딩에 세 번이나 올랐음에도 결국엔 뛰어내리지 못하고 도로 내려온 지난날이 머릿속에 그려졌다. 애써 담담한 척한 것이 무색하게 고소공포증이 엄습했다.

토할 것 같아. 여러모로 궁지에 처한 그녀가 후들거리는 목소리로 대꾸했다.

"도망가려는 거 아니에요."

"……."

그녀의 대꾸에 남자의 눈썹이 위로 삐쭉 솟아올랐다. 다른 때와 같았으면 '참으로 얼굴이 아깝도다.' 하며 입에 침이 마르도록 그를 동정했을 테지만 지금은 그런 소리조차 나오지 않았다. 허공에서 알량한 천 쪼가리 하나로 버티고 있는 것과 같은 상황이 그녀를 두려움의 극으로 몰아붙였기 때문이다.

"그, 그쪽! 그쪽이 불편해할까 봐 자리를 피하는 거예요. 예?"

"……."

"저 그냥 놔주시면 진짜 조용히 사라질게요. 그럼 저 같은 거 잡으려고 숲 뒤지는 고생도 안 해도 될 테고요. 제, 제가 뱀한테 잡아먹혀 죽는 한이 있더라도 이 숲속으론 앞으로 얼씬도 안 할게요! 하루 만에! 하루 만에요! 놔, 놔주시기만 하면……."

"놔주기만 하면?"

남자가 의아하다는 듯 말꼬리를 물고 늘어지자 그녀는 되는 대로 지껄였다. 죽기보단 제 운과 능력을 믿어 보기로 했다.

"아니, 1시간! 아니 1분! 놔주기만 하면 진짜 그냥 사라질게요!"

"너, 정체가 뭐지?"

"……."

"정체가 뭐길래, 감히 내 앞길에 족족 나타나느냐 이 말이다."

그건 내가 할 소리야! 이예주가 애써 울분을 참으며 다음 대답을 하기 위해 다시 머리를 굴렸다. 그러나 그새를 못 참고 놈이 그녀의 후드를 달랑달랑 흔들어 댔다.

"다리족의 기운은 느껴지지 않는데. 단시간에 기척을 감추는 것만은 봐 줄 만한 능력이다. 이떤 종족끼리 붙어먹었기에 너 같은 돌연변이가 나왔지? 눈족인가?"

"어악! 으윽! 어헉!"

"그래. 그나마 도망치는 능력 하나는 출중해서 내 친히 지금 널 살려 두는 것이니 이야기해 보거라."

"어헉, 어흑!"

남자는 별로 힘들이지 않고 흔드는 것 같았으나 이예주가 느끼는 파급력은 대단했다. 휘익휘익, 바람이 귀를 가르고 나무 기둥이 부딪힐 듯 말듯 가까워졌다 멀어졌다. 그녀의 입에서 새된 비명 소리가 쏟아졌다.

"저, 전 그냥 인간이에요! 인간, 인간 여자!"

그녀는 제 입으로 그렇게 듣기 싫어했던 '인간 여자'임을 인정했다. 남자가 그 말에 감동받았는지 흔들기를 멈췄다.

"너만 한 능력을 가진 인간이 몇이나 더 있지?"

"……."

"다리족 장로 놈들도 너 같은 능력을 가지고 있나? 어쩐지 사막까지 건너서 잘도 빠져나가더군. 쥐새끼 같은 놈들."

가쁘게 숨을 쉬던 이예주는 남자의 말에 왈칵 울음이 쏟아질 것 같았다. 이 저주 받을 능력을 가지고 있는 사람들이 또 있을 리가 없잖아.

저와 같은 능력을 가진 사람이 여러 명이라면 자신이 이렇게 홀로 개고생을 겪을 일도 없을 테다. 게다가 그녀는 남자가 저번 만남부터 지껄여 대던 다리족이니 눈족이니 하는 말을 도통 알아들을 수 없었다.

이예주가 울먹거렸다.

"저, 저기요. 그게 중요한 거예요? 전 그냥 저만 놔주면 그쪽도 저도 다 좋을 것 같은데요……."

"묻는 말에나 대답해."

"아악!"

협박이 목적인 게 뻔히 보였지만 제 후드를 움켜쥔 남자의 손이 느슨해지자 그녀가 위로 손을 뻗어 덥석 남자의 팔을 움켜쥐었다. 그가 눈썹을 기이하게 꿈틀거리며 이예주를 바라보았다. 소름 끼치는 시뻘건 눈동자 색과 마주치자 그녀는 얼른 고개를 푹 수그렸다.

"……죄송한데요. 저 진짜 몰라요."

"오호."

무표정하게 일자로 다물어져 있던 남자의 입꼬리가 매력적으로 휘었다.

"동족의 미래가 제 목숨보다 귀하다는 건가? 인간들의 언어로 그런 것을 뭐라 하지?"

"……."

"인간들의 언어로…… 그래, 의리."

"……."

"똑바로 답하면 다리족 놈들을 다 잡을 때까지는 목숨을 부지하게 해 줄 생각이었는데, 안타깝군."

남자가 전혀 안타깝지 않은 듯한 얼굴로 무표정하게 읊조렸다. 이예주는 이제 울먹거림을 떠나 헛웃음이 나올 정도로 정신이 붕괴되는 것 같았다. 의리는 무슨 국 끓여 먹을 의리.

"저, 저기요. 그게……."

"뭐, 굳이 네가 아니더라도 서쪽으로 가면 아는 인간들을 만날 수 있겠지."

안절부절못하던 그녀가 인간들을 만난다는 남자의 말에 번쩍 고개를 쳐들었다. 그러나 채 무언가를 소리치기도 전에 옷 때문에 죄이던 목이 가뿐해졌다. 그리고 그녀의 몸은 허공에서 추락하기 시작했다.

"아아악! 말할게요! 말한다고요!"

"……."

염통이 쫄깃쫄깃해졌다. 추락하는 도중 머리가 바닥 쪽으로 휙 고꾸라졌다. 땅이 훅 가까워졌다. 이대로라면 아무리 풀숲 위라도 분명 목뼈가 부러져 황천길에 오르리.

"아악! 말할게요! 말한다고, 미친놈아!"

이예주가 엉엉 울며 소리쳤다. 땅에 거꾸로 얼굴을 처박고 죽기 바로 직전.

그녀의 몸이 무언가에 턱 가로막히나 싶더니 지상 위에서 1센티미터도 안 남은 거리에서 뚝 멈췄다. 한껏 커진 눈꺼풀을 타고 또르르 땀이 흘러내렸다.

헉, 헉. 살아난 건가? 막혔던 숨을 가까스로 내쉬던 이예주는 살았다는 자각을 하기도 전에 퍽 하고 땅바닥에 얼굴을 처박았다.

"억!"

짧은 비명을 내지르며 한가득 풀을 집어 먹은 그녀는 곧 다른 사람의 도움을 받아 벌떡 일으켜졌다. 다시 후드를 잡는 거칠고 무식하기 짝이 없는 손길에 의해.

"이제 말할 기분이 좀 드나?"

대체 어느 틈에 그 높은 나무에서 내려온 건지 눈앞에 잘생긴 남자의 얼굴이 바짝 다가와 있었다.

'아악! 미친놈. 진짜 뭐, 신이야?'

이예주는 덜덜 떨리는 오금을 다잡으며 애써 스스로를 다독였다. 웃음기 하나 없는 남자의 표정을 보자 왠지 모르게 다음번엔 진짜 죽을지도 모른다는 생각이 들었다. 덜컥 심장이 내려앉았다.

"네, 말할게요! 진짜 말할게요!"

"그래. 능력을 가진 장로는 몇이나 되지?"

"대신!"

"……."

"서쪽까지 데려다주면! 다른 사람들 만난 후에! 그때 말해 줄게요!"

이예주는 눈을 질끈 감고 냅다 질렀다. 이건 직감이다. 말해도 죽고 안 해도 죽을 것이다.

알지도 못하는 이야기를 지어내며 주절댈 깡은 없었다. 다만 이래도 죽고 저래도 죽을 거, 일단 거래를 제시할 깡만 존재할 뿐이다.

"뭐?"

인간 여자의 외침을 듣고 기가 차다는 듯 남자의 한쪽 눈썹이 또 삐죽 올라갔다. 그 모습을 아주 가까이서 보던 이예주는 속으로 달달달 떨며 다시 한번 정확히 제 주장을 펼쳤다. 마치 웅변 대회에 나온 초등학생처럼.

"저를 다른 인간들에게 데려다주면 뭐든, 뭐든 다 말해 주겠다, 이 말입니다!"

"……."

남자가 그녀의 말을 듣더니 잠시 생각하는 기색을 내비쳤다.

……통한 건가? 이예주가 조심스레 남자의 눈치를 보며 미친 듯이 빌었다. 제발 이 남자가 생각보다 단순하길. 제발 먹혀라, 먹혀라.

"인간들에게 데려다 달라?"

"네!"

"……그리고?"

남자가 되물었다. 이예주는 제 말도 안 되는 소리가 생각보다 너무 잘 먹히는 것 같아 외려 당황했다. 하지만 얼마 안 가 우렁차게 답했다. 헛소리하는 김에 몇 개 더 추가해 봤자 어차피 죽기밖에 더 하겠냐는 생각에서 비롯된 것이다.

"어, 어…… 가는 곳까지 절대! 절대 안전하게 해 주기! 절대 절대 안 위험하게요."

그녀는 그동안 남자에게 당해 왔던 그 끔찍한 나날들이 떠올라 진저리를 치며 덧붙였다. 그래, 절대 안전해야지.

비단 이 남자뿐만이 아니었다. 지진이랑 번개를 마구 일으키는 이 미친놈이라면 생각만 해도 오금이 저리는 까마귀 떼들과 대형 돌뱀은 무사통과할 것이다.

비굴하고 더럽지만 지금은 살기 위해 '적과의 동침'을 해야 한다. 한국으로 돌아가는 것은 이 남자 말고 다른 사람들을 만나면 자연히 해결될 것이다.

다른 사람, 다른 피플People을 만나야 돼. 며칠 내내 별별 희한하고 경악스러운 것들만 봐서 그런지 급격히 사람에 대한 그리움이 피어올랐다. 이 정도의 그리움이라면, 설사 만나는 사람이 심리학 마녀라 하더라도 두 팔 벌려 격하게 맞이하리라.

한국으로 돌아가면 열심히, 정말 열심히 학교를 다녀야지. 교양 수업도 빠지지 않고 열심히 다녀서 졸업까지 F란 성적이 존재하지 않을 정도로 말이다. 일단은 집에 가서 가지고 있는 후드티를 깡그리 버리는 것부터…….

"……."

한국에 돌아갈 생각으로 아련해진 이예주의 의중을 떠보듯 남자가 빨간 눈을 빛내며 한참 동안 그녀를 훑어보았다. 그 시뻘건 눈이 어찌나 날카롭던지 혹시 다리족이고 뭐고 까마득하게 모르는 것을 들킨 건가 싶어 등허리로 땀이 삐질삐질 흘렀다.

그렇게 영겁 같은 시간이 흐른 후, 이예주가 더 이상 참지 못하고 '목이 졸리고 있으니 제발 후드 좀 놓아주시지 않으렵니까?' 하고 남자에게 애원하려 할 때쯤, 그가 먼저 더러운 것을 떼어 놓듯 그녀를 내팽개쳤다.

"어흑!"

"황조롱이."

"예, 예? 주인님!"

"수상한 기척이 느껴진다. 잠시 다녀올 테니 감시하고 있도록."

바닥에 흉한 꼴로 널브러진 이예주가 날카로운 풀에 쓸린 팔을 문지르며 일어나기도 전에 남자가 휑하니 숲으로 사라졌다. 그 모습을 보고 있던 그녀는 남자가 완전히 사라지자마자 아픈 몸도 아랑곳하지 않고 벌떡 일어났다.

내가 물건이야, 내동댕이치게! 혀까지 튀어나온 살벌한 욕지거리를 간신히 넘겨 삼키며 그녀는 남자의 손에 잔뜩 늘어나 이마를 덮은 후드를 뒤로 휙 넘겼다.

좀 전까지 겪은 수모에 온몸이 부들부들 떨렸지만 남자가 사라진 지금, 화를 내는 것보단 도망가는 것이 우선이다. 이예주는 '문'을 찾아 재빨리 사방팔방 고개를 휘저었다. 그러나 어디에도 '문'은 없었다.

방금의 수위 정도면 진짜 죽을 뻔한 위험이었지 않은가. 그런데 이 망할 놈의 '문'은 대체 뭘 기준으로 하는 건지 이렇게 필요한 때에는 코빼기도 비추지 않는다.

"아! 미치겠네, 진짜!"

이예주가 거칠게 머리를 쓸어 올리며 외쳤다. 그러자 어느새 다가온 갈색 머리 소년이 금안을 가느다랗게 좁히며 물었다.

"도망가려고 그러져?"

"……."

이예주는 말없이 빛나는 황금색 눈동자를 외면했다.

그러고 보니 남자가 이 쪼그만 새에게 자신을 감시하라고 시켰다. 그냥 두고 가면 또 고자질할 가능성이 다분하니 기절이라도 시키고 가야 하는 건가?

어느새 황조롱이는 새가 아닌 14살, 15살 남짓인 소년의 모습을 하고 있었다. 귀여운 외모의 소년과 주변에 널려 있는 나뭇가지를 의미심장하게 번갈아 바라보며 그녀가 음침한 생각을 하고 있을 즈음이었다.

눈치 하나는 기가 막힌 새대가리, 아니 똥색 대가리가 얄밉게 쏘아붙였다.

"이제 도망 못 갈걸여?"

"……."

"진짜 도망 못 가여. 어디로도 도망 못 갈걸여?"

"뭐? 왜!"

방금 전까지도 소년의 말은 무시하기로 마음먹었던 이예주가 금방 돌변해서 눈을 세모꼴로 치켜떴다.

"주인님이 인간 여자의 기척은 완벽하게 읽으실 거예여."

"……."

"그리구 저보고 인간 여자 감시하랬잖아여. 인간 여자가 내민 조건을 생각해 보신다는 거예여!"

"……."

"그런데 또 도망가 버리면, 진짜 죽이실 걸여? 그땐 인간 여자가 능력이 강해서 어디로 도망친다 해도 소용없떠여."

"말도 안 돼!"

이예주가 소년에게 침을 튀기며 격하게 외쳤다.

"말도 안 돼! 나한텐, 나한텐 문이, 문이……."

"말했잖아여. 인간 여자 기척은 앞으로 어디에서든 느낄 수 있다고. 주인님이 원래 그런 건 확실하세여."

"하하, 네가 뭘 잘 몰라서 그래. 나한텐 네 주인도 잘 모르는 필살기가……."

"주인님은 인간 여자 잡는다고 서쪽으로 가시다가 갑자기 여기로 방향도 틀으셨는걸여. 인간 피 냄새 때문에 머리 아프다고 저 보고 먼저 가서 피 냄새 없애라고 시키신 거예여."

"……."

이예주는 소년의 말에 아연실색한 채 자리에 털썩 주저앉았다. 말도 안 된다. '문'을 넘어 도망가도 잡힌다고? 그녀의 얼굴이 남자에게 후드를 잡혀 공중에 대롱대롱 매달렸을 때처럼 하얗게 탈색되었다.

어제 돌뱀을 피해 '문'을 넘어 다시 이 저주받은 숲으로 돌아왔을 때, 걷다가 쓰러지더라도 이곳에서 졸도하듯 잠드는 게 아니었다. 무슨 짓을 해서라도 숲에서 조금이라도 더 멀리 떨어지려고 노력했어야 하는데. 이 바보야, 바보야……!

"바보. 그렇게 죽기 싫으면 인간들한테 데려다 달라 할 게 아니라 죽이지 말라는 조건을 내걸었어야져."

"……."

"칫, 매번 내 말 안 들어서 주인님만 잔뜩 화나게 만들구. 쌤통이에여."

덩달아 그녀의 앞에 주저앉아 쫑알대는 갈색 머리 소년의 주둥이를 틀어막고 싶은 심정을 느끼며 이예주가 우울하게 대꾸했다.

"……닥쳐. 촉새한테 그딴 말 듣고 싶지 않으니까……."

"내가 왜 촉새예여! 용맹한 황조롱이! 달리는 쥐도 단번에 낚아챌 수 있는 용맹한 황조롱이라구여!"

황조롱이 말처럼 그녀가 바보, 멍청이라 죽이지 말아 달라는 이야기를 하지 않은 게 아니었다. 그녀는 시간을 벌려고 했다. 당장 살기 위해 아무렇게나 지껄여 댄 헛소리였단 말이다.

다리족이니 능력이니 그런 소리 전혀 알지도 못하고, 앞으로도 열심히 알아내 남자에게 알려 줄 생각도 없다. 다만 다른 인간들이 있다는 남자의 말에 번쩍 귀가 뜨였다. 다른 사람들을 만나면 다 해결될 것이라는 원초적이고 무식하기까지 한 믿음이 생기기도 했다.

이제 어쩌나. 남자의 질문에는 한마디도 대답하지 못할 테고, 그러면 꼼짝 없이 죽는다. 낯선 곳까지 기어 와서 죽어야 되다니. 이 개 같은 팔자야. 이 더러운 세상아…….

"팔이나 마저 줘 봐여."

"……."

"히잉, 약초 다 떨어졌잖아엽! 구하기도 힘든 건데 아까워 죽겠네. 조심 좀 하지, 씨이……."

제멋대로 그녀의 오른쪽 팔을 마구 끌어당긴 소년이 붙여 두었던 약초가 모조리 떨어진 것을 확인하고 울상을 지었다. 하지만 이예주는 미동도 없이 그대로 앉아 있을 뿐이었다.

소년이 주섬주섬 제 상의 안주머니에서 쌈지 같은 것을 꺼내 매듭을 풀고 그 안에서 다시 푸르죽죽한 무언가를 꺼내 들었다. 초목 특유의 떨떠름한 냄새가 훅 풍기는 걸로 보아 풀을 찧어 뭉친 것 같았다.

"너무 상심하지 마여. 인간 여자가 쓸모 있다고 생각되면 더 오래 살 수 있을 거예여. 그래도 주인님이 관대하셔서 시간족들을 잡는 데 협력하는 일반 인간들은 아직까진 살려 두고 계시거든여."

"……."

되도 않는 위로를 건네며 소년이 주머니에서 꺼낸 풀을 이예주의 팔 위에 조심스럽게 붙였다. 따끔따끔하고 시원한 감촉이 낯설지 않았다. 잠든 사이 부스럭대며 잠을 방해한 것이 바로 이 쪼그만 것이었나 보다. 병 주고 약 주기다. 그때 도망갔어야 할 것을……!

"아! 아아!"

"엄살은. 좀 참아여!"

"아악! 따가워! 살살해라, 좋은 말 할 때."

이예주가 짓씹듯 말을 내뱉자 역시 사심을 담았던 듯 소년이 움찔하더니 손길이 눈에 띄게 부드러워졌다. 고통이 줄어들자 그녀는 멍하니 그가 하는 짓을 바라보았다.

촉새같이 제 주인에게 고자질만 잘 치는 줄 알았더니, 의외로 황조롱이는 섬세하게 상처를 치료해 나갔다. 약초를 올려놓을 때마다 자신이 아픔에 움찔움찔 떨 때면 덩달아 울상을 짓기도 했다.

"많이 아파여? 피 많이 났어여. 저도 날개 찢어졌던 적이 있는데여. 진짜 아파서 죽을 뻔했어여."

"……."

"근데 그때 기적처럼 딱 주인님이 나타나신 거 있져? 주인님은 너무 멋져여. 주인님은 정말 대단하세여! 그때 정말 죽을 뻔했는데. 주인님이 제 날개에 손대시면서 말씀하시기를……."

"넌 이름이 뭐야?"

이예주는 미친놈을 찬양하는 말을 단칼에 잘랐다. 그러자 소년의 황금 눈동자가 휘둥그레졌다.

"이름이여?"

"응, 이름."

그녀의 물음에 주절거림을 멈춘 황조롱이가 몇 번 눈을 끔벅거리다가 답했다.

"……없는데여?"

이예주는 눈살을 찌푸리며 되물었다.

"뭐? 왜?"

"그냥 없떠여."

"왜?"

"그냥여."

"그니까 왜? 너 주인 있잖아. 애완동물 이름도 안 지어 주고 뭐 했대?"

"아, 그냥 없어여! 주인님이 이름 붙이는 건 멍청한 인간들이나 하는 짓이라고 하셨단 말이에여!"

"이게. 이름이 뭐가 멍청……!"

"그리고 저 애완동물 아니거든여?!"

이예주의 막말에 갈색 머리 소년이 눈을 부릅뜨고 열변을 토했다. 그러나 인간 여자는 통 이해가 안 간다는 얼굴로 갸웃거리며 황조롱이의 속을 뒤집어 놨다.

“네가 애완동물이 아니면 그럼 뭔데?”

“아! 진짜!”

답답하다는 듯 소년이 제 가슴을 주먹으로 퍽퍽 쳐 댔다.

“계약자여! 신인류라구여! 신인류라고 저번에 얘기해 줬잖아여!”

“신인류? 아아…….”

이예주는 신인류에 대해 되묻다가 이내 알 만하다는 듯 고개를 끄덕였다. 그래, 신인류. 애완동물한테 열심히 말을 가르치는 걸 여기선 그렇게 부르는 건가. 신기하네.

그런데 앵무새 말고 이런 새도 말을 배울 수 있나? 그러고 보니 사람 모습으로 변신도 하네. 뭐, 천년 묵은 너구리 같은 건가?

이예주가 저 홀로 인간으로 변할 수 있고 말도 잘할 수 있는 황조롱이에 대해 나름의 정의를 내릴 때쯤, 그녀가 생각보다 가볍게 여기고 있음을 귀신같이 알아챈 황조롱이가 눈을 번뜩이며 덧붙였다.

“계약은 동물들도 주인님에게 조건을 내걸고 하는 거예여. 애완동물도 아니고 노예 같은 것도 아니에여. 이상하게 생각하지 마여!”

“그럼 나도 신인류겠네? 나도 네 주인이랑 방금 계약했잖아.”

이예주의 말에 갈색 머리 소년이 한심하다는 듯 그녀를 바라보았다.

“신인류는 인간은 안 돼여. 인간이 아닌 생물만 가능한걸여.”

“왜? 그런 인간 차별이 어디 있어!”

“주인님이 인간을 싫어하시니까 그렇져.”

“아…….”

그렇지. 그놈은 인간을 마구 죽이고 심지어 자신까지 죽이려 들던 살인마였다. 참, 숲에 이런 정신병자를 풀어 놓다니 별세계다. 집으로 돌아가면 대체 지금 자신이 있는 지역이 어딘지 잊지 않고 꼭 한번 찾아봐야겠다.

"나도 뭐, 네 주인한테 '주인님' 이러면서 굽실댈 생각은 절대 없으니까…… 그보다 네 이름, 내가 지어 줄까?"

"예, 예?"

"이름 말이야. 계속 새대가리니 똥 대가리니, 그렇게 부를 순 없잖아. 흠…… 촉새, 황조롱이, 말하는 새……."

"이힉!"

이예주는 정말로 당장 이름을 붙여 줄 기세로 턱을 괴고 심각하게 생각에 잠기기 시작했다. 이름을 붙여 준다는 말에 당황하던 황조롱이가 다시 정신을 차리고 그녀를 뜯어말렸다.

"괘, 괜찮아여! 이, 이름 같은 거 필요 없는데……."

"이름이 필요 없는 사람이 어디 있어? 가만있어 봐. 넌 촉새같이 고자질을 잘하니까, 음. 황촉새 어때? 뜻은 황조롱이 플러스 촉새로……."

"에엑! 싫어여!"

인간 여자의 작명 센스에 황조롱이가 진저리를 쳤다.

"싫어? 그럼, 황나불은 어때? 주둥이를 겁대가리 없이 잘 나불거린다는 뜻이야. 아니면 황간신, 간신 같은 새라는 뜻이지."

"아악! 싫다구여! 그게 뭐예여!"

"음…… 또, 황배신, 황꼰지름, 황구라, 황비겁, 황철새, 황……."

"아, 진짜! 다 싫어여! 다 이상해! 그게 뭐야!"

"아 씨! 더럽게 까다롭네!"

머리를 쥐어 짜내며 이름을 지어 주었으나 번번이 걷어차이자 이예주가 뿔이 나서 빽 소리 질렀다.

"대충 지어 부르는 게 이름이지! 조롱이. 조롱이 됐지? 그냥 조롱이라 부를게."

"조롱이여?"

"그래. 네가 황 씨 들어가는 거 다 싫다며. 황 빼고 조롱이라 부르면 되겠네. 예뻐. 조롱아, 됐지?"

"너무 애기 같은 이름인데……."

"예뻐, 예뻐. 조롱이. 재롱부리는 것 같아, 킥."

이예주는 결국 조롱이로 타협을 보았다. 그래도 이전에 나열된 이름보단 나은 건지 조롱이로 명명된 소년은 좋지 않은 표정을 짓고 있었지만 더 이상 반박하지 않았다.

그 침울한 얼굴이 체념과도 같았다. 하지만 이예주는 "조롱아, 조롱아." 하며 신경 쓰지 않고 제가 새로 붙여 준 이름을 불러 보았다. 계속 부르다 보니 입에도 잘 달라붙고 재롱떠는 아이의 모습과 황조롱이의 떽떽대는 모습이 겹쳐 보여 웃음이 터져 나오기도 했다.

그녀가 혼잣말하듯 조롱이를 중얼거리다가 킥킥대던 그 순간이었다.

"물건이나 생물에 이름을 붙이는 것은 고대부터 인간이 제 소유물을 주장하기 위해서 행했던 짓거리지."

"……엄마, 깜짝이야!"

"주인님!"

대체 어느 틈에 온 건지 고개를 휙 들자 남자의 새빨간 눈이 웃고 있는 이예주를 한심하다는 듯 내려다보고 있었다. 신출귀몰하기 짝이 없었다.

갑자기 들려온 차가운 목소리에 그녀는 놀란 가슴을 쓸어내렸다. 아니, 이 자식은 왔으면 기척을 내야지 왜 엄한 사람을 놀래키고…….

"역시 때를 가릴 줄도 모르고 영역을 확장하려는 본능은 어린것이건 늙은것이건 매한가지구나."

"……."

"저급하기 짝이 없군."

"……."

"황조롱이는 네 소유가 아니다, 인간."

정말로 더러운 것을 본 것처럼 이예주를 바라보는 남자의 미간이 미미하게 찌푸려져 있었다. 그녀는 남자의 쏟아지는 폭언에 억울함이 북받쳐 올라 무어라 대꾸할 말을 찾지 못했다.

아니, 이름 짓는 게 뭐 어때서? 이름 하나 부르는데 왜 영역 확장이니 뭐니까지 나와야 하는 건데?

그러나 그녀가 남자를 향해 참지 않고 한마디 하려 하는 것보다 조롱이가 한 발 더 빨랐다.

"주인님! 잘 다녀오셨어여?"

"그래. 인간의 기척인 것 같았는데 거리가 너무 멀었는지 어느 틈에 사라져 있더군."

"헤헤, 기다리고 있었떠여."

남자의 눈이 이예주에게서 떨어져 황조롱이에게로 향했다. 그것을 바라보던 그녀의 눈이 휘둥그레졌다. 시뻘겋던 눈이 조롱이에게 향하자 변화했다. 마치 눈 녹듯 핏빛이 사라지고 심연의 검은색이 그의 눈동자를 점유하기 시작했던 것이다.

순식간에 남자의 눈이 그의 머리카락과 같은 새까만 색으로 변했다. 너무 새까매서 동양인의 눈이라고 볼 수도 없는 그런 색이었다.

눈동자 색깔 하나 변했을 뿐인데 남자의 인상이 눈에 띄게 달라졌다. 수려하고 번듯한 얼굴에 검은 눈동자가 자리 잡자 남자에게선 특유의 무뚝뚝함만 느껴질 뿐, 살기와 혐오감 같은 다른 감정은 일체 느껴지지 않았다. 오히려 황조롱이를 내려다보는 그 눈은 다정하기까지 했다.

그 놀라운 변화에 이예주는 왠지 모르게 마음이 불편해졌다.

"시간을 너무 지체했다. 기척을 뒤쫓아 바로 서쪽으로 가야 하니 서둘러 채비해라."

"그런데 주인님, 인간 여자도 함께 가는 거예여? 정말이여?"

"……."

조롱이의 질문에 남자의 무감한 눈이 이예주에게 향했다. 그리고 그녀는 마음이 불편했던 이유를 찾을 수 있었다. 남자의 눈이 자신에게 꽂히자마자 물 위에 물감이 번지듯 가장자리부터 다시 시뻘건 색으로 변하기 시작했다.

이것 봐, 이것 봐. 왜 나 볼 땐 저렇게 소름 끼치게 변하는 건데? 지가 무슨 카멜레온이야? 눈동자 색이 휙휙 바뀌게?

이예주가 멍하니 카멜레온의 보호색에 관한 다큐멘터리를 떠올리며 속으로 중얼거렸다. 그사이 완전히 새빨갛게 변한 눈으로 남자가 그녀를 내려다보았다.

"귀찮게 됐군."

"……."

"굳이 데려가 봤자 짐만 될 텐데."

"그, 그래도 여러모로 쓸모가 많을지도 몰라여. 인간 여자 중에서 이렇게 강한 능력을 가진 인간은 없었잖아여? 에, 또 그렇게 나쁜 인간 같지도 않구……."

진짜 짐 덩어리를 보는 것처럼 그녀를 내려다보던 남자가 잠시 한숨을 내쉬었다.

나도 너랑 같이 있기 싫어서 미치고 환장하겠거든? 그니까 놓아 달라 했을 때 놓아주면 누이 좋고 매부 좋았을 거 아니야. 이예주는 그런 남자의 태도에 울분이 솟아 항변하려고 입을 벌렸으나, 시뻘건 눈이 번쩍하고 빛나자 묵묵히 입을 다물었다.

"일단 서쪽까지 데려간다."

"……."

그녀가 남자의 말에 내심 안도의 한숨을 내쉬었다. 살았다. 그래, 더럽고 치사하지만 이 남자한테 붙어서 사람들을 만나러 가는 거야. 그러면 한국으로 돌아갈 수도 있을 테고 잘하면 사람들한테 이 미친 놈의 악행을 말할 기회도 생기…….

"그곳에서 다리족 놈들을 잡은 후에 같이 죽여 버려도 늦지 않겠지."

"……."

"제 목숨보다 동족을 중요시하는 계집이니 동족과 같이 죽는 것만으로도 좋아 죽겠군."

"……."

"이만 일어나라."

"네! 주인님!"

황조롱이가 남자의 말에 벌떡 자리에서 일어나 그 뒤를 재빨리 따랐다. 그러나 이예주는 다시 덜컹덜컹 심장이 떨려서 차마 자리에서 일어날 수 없었다.

좋아 죽어? 누가 동족이고 또 누가 좋아 죽어? 누가!

혹시 저 남자가 시간을 벌고 도망가려는 자신의 계획을 눈치챈 걸까? 서쪽에 도착하자마자 같이 죽인다니. 뭐든 쥐뿔도 모른다는 것을 알면 남자가 자신을 찢어발길지도 모르겠다는 생각이 들었다.

남자를 따라나서는 것이 과연 옳은 일일까. 저 자식은 자비도 관용도 없는 놈이다. 자고로 지나가는 비렁뱅이에게라도 온정을 베풀면 3대가 풍족해진다는 설이 있다.

하물며 자신은 비렁뱅이도 아니고 숲속에 조난당한 불쌍한 여성이건만! 저 자식의 머리통은 오로지 그런 불쌍한 여성을 죽이겠다는 생각으로 가득 찬 게 확실했다.

어느새 꽤 멀어진 남자의 까만 뒤통수를 바라보며 그녀가 주변에 있는 주먹만 한 돌멩이를 움켜쥐고 부들부들 떨었다. 먼저 선빵을 날릴까? 심장까지 쥐어 잡은 채 그녀의 전신을 덮친 감정은 바로.

분노였다.

“빨리 와여! 얼른여!”

그러나 이성과 본능 사이에서 갈등하고 있는 이예주를 향해 시끄럽게 손짓을 하는 조룡이 때문에 그녀는 정신을 차리고 손에서 돌멩이를 내려놓았다.

하, 일단 살았으니 저 남자에게서 도망칠 기회는 앞으로 많을 것이다. 어쩌면 저 미친놈에게 엿을 먹일 기회도 올지 모른다. 그래. 일단은 살았고 어찌 됐든 남자와 같은 편이 되었으니, 자다가 날벼락 맞고 죽을 일은 없을 것이다.

“빨리여! 빨리!”

초췌한 얼굴로 비척비척 뒤따라 걷는 그녀를 향해 조룡이가 한 번 더 소리쳤다. 닥쳐. 이예주가 입모양으로 중얼거리면서도 걸음을 재촉했다.

그때까지 그녀는 자신이 그들을 따라나선 것을 땅을 치고 후회하게 될 줄은 전혀 알지 못했다. 그저 어떻게든 되겠지 같은 안이함만이 머릿속을 지배하고 있을 뿐이었다.

바야흐로 여행의 시작이었다.

Chapter 3

숲

Chapter 3. 숲

"빨리, 빨리 좀 걸어여!"

걷기 싫어 돌아가시겠다는 표정으로 빨간 눈 남자에게서 꽤 먼 거리를 유지하며 걷던 이예주는 기어이 뛰어와 눈을 치켜뜨고 재촉하는 황조롱이 때문에 눈살을 있는 대로 찌푸렸다.

"힘들어."

"이렇게 가다간 얼마 가지도 못하고 해 져여! 해 지면 이동하기도 힘들구 위험한 동물들도 많단 말이에여!"

"나도 빨리 걷고 싶어!"

"아, 진짜!"

"누구 때문에 다치지만 않았어도 내가 제일 앞장섰을 거야."

'누구 때문에'의 발음을 세게 하면서 이예주가 검은색 뒤통수를 노려보았다. 보기만 해도 이가 바득바득 갈렸다.

정말 내가 누구 때문에 이런 고생을 하는데. 누구 때문에 몸에서 귀한 피까지 흘렸는데. 아직도 그 어이없는 번개 사건만 생각하면

피가 거꾸로 솟는 그녀였다.

여전히 일정하게 거리를 두며 여유 부리는 인간 여자 때문에 황조롱이 소년은 답답하다는 얼굴로 제 가슴을 두어 번 쳤다. 또다시 조막만 한 입이 잔소리를 쏟아 낼 것처럼 벌어지자 이예주가 다친 팔을 들어 올리며 “난 환자잖아. 환자 우대, 환자 배려 그런 거 몰라?” 하고 태평하게 대꾸했다.

조롱이는 잠시 기가 막힌 얼굴로 그녀를 바라보다 빠른 속도로 근처에 다가왔다. 그러고는 깡총 뛰어올라 그녀의 다친 팔을 움켜쥐었다. 이예주가 당황해 버벅거리는 사이 그는 그녀의 팔 안쪽에 가지런히 붙어 있던 약초 뭉치들을 마구 헤집으며 떼어 냈다.

“어, 어! 야, 뭐 하는 거야?”

“자, 봐여.”

“……어?”

“이제 피도 안 나여. 이 정도면 아문 거나 마찬가지져.”

정말이었다. 상처는 벌써 입을 다문 채 분홍색 흉 자국만 남은 상태였다.

“헐.”

제 눈으로 보고도 믿기지 않는 그 상황에 이예주는 입을 떡 벌렸다. 이게 뭐야? 상처가 하루 만에 다 나았다. 그러고 보니 저 미친놈 때문에 정신이 없어 알지 못했지만 피곤해서 몸이 노곤한 것 빼곤 어느 순간 관절도 삐거덕거리지 않았고, 욱신욱신 쑤시던 근육통도 거짓말처럼 사라져 있었다.

자신의 몸은 지극히 평범한 인간의 몸이었으니 분명 이 신기한 일은 조롱이가 붙여 준 마법 약초 때문에 생긴 것이렷다.

기가 막혔다. 여기 정말 뭐 하는 곳이지? 초능력을 마구마구 쓰는 남자에 말하는 새, 그리고 마법 풀?

"우와 우와, 이거 뭐야?"

"그니까 엄살 그만 부리고 빨리빨리 쫓아와여, 인간 여자!"

"이게 뭔데? 진짜 신기하다."

그녀의 눈빛이 바뀐 것은 순식간이었다. 고자질만 잘하는 줄 알았더니, 의술도 할 줄 아는 기특한 황조롱이다. 이예주의 눈이 존경의 빛을 띠자 조롱이가 의기양양해져서 떠들었다.

"에헴, 이건 페어리니틀이라는 약초예여. 숲의 요정들이 다쳤을 때 사용하는 건데 엄청 귀하고 비싸고 발견하기도 힘든 거예여! 제가 특별히 인간 여자를 위해……."

"나 그거 조금만 주라!"

그러나 황조롱이의 말이 끝나기도 전에 이예주가 와락 달려들었다.

"예, 예?"

"나 그 약초 조금만 달라고."

저거 한국 가서 팔면, 제약계에 한 획을 그을 것이다. 그러면 자신은 먼 오지까지 가서 약초를 공수해 온 공로를 인정받아 한순간에 돈방석에 앉겠지. 향긋한 지폐 더미 위에 몸을 폭 던지는 자신을 상상하며 이예주가 번쩍번쩍 눈을 빛냈다.

아까 황조롱이가 품 안쪽에서 주머니를 꺼내는 것도 확인했다. 여차하면 달려들어 뺏고 볼 심산으로 그녀가 짓궂게 웃었다. 그러자 그녀의 상처를 보러 가까이 다가왔던 조롱이가 슬금슬금 뒷걸음질 쳤다. 하여간 눈치 하나는 더럽게 빠르다니까.

"아, 안 돼여! 이게 어, 얼마나 귀한 건데 이, 인간 여자한테……."

"한 뿌리만. 아니, 이파리 하나만. 하여간 조금만!"

이예주가 벌겋게 눈독을 들이자 황조롱이가 얼른 두 팔을 엑스 자로 만들어 제 품을 감싸 안았다.

"절대 안 돼여! 이거 가져가서 팔려고 그러져! 인간들이 숲에 들어와서 캐 간 게 얼만데! 이런 거 잘못 팔면 시간족보다 일반 인간들이 더 빨리 달려온단 말이에여!"

"팔긴 누가 팔아? 난 그냥……."

이예주가 말끝을 흐리다가 전광석화처럼 조롱이를 향해 냅다 손을 뻗었다. 그러나 조롱이가 그녀의 손이 닿기 전에 미꾸라지처럼 피해서 그녀의 뒤쪽으로 도망갔다.

"아, 왜 이래여! 안 된다고 했잖아여!"

"아, 거참! 조금만 나눠 갖자! 그거 한 뿌리만 팔아도 얼마야. 돈방석에 앉을 수 있어! 내가 특별히 팔고 3할은 너 줄게. 응?"

"안 된다니까여!"

주머니를 낚아채려는 인간 여자와 그 마수 같은 손길을 피하기 위해 요리조리 몸을 비트는 갈색 머리 소년 사이에 육탄전이 벌어졌다.

인간 모습의 황조롱이는 새 모습 때완 또 달랐다. 이예주보다 작은 것은 여전한데 간발의 차이로 어찌나 잘 피해 달아나는지, 결국 뿔 딱지가 난 그녀가 괴성을 질렀다.

"아 그럼 4할! 그 이상은 안 돼!"

"싫어여! 왜 이래여, 인간 여자!"

"아오! 이게 왜 이렇게 잘 도망가!"

주위를 정신없이 뱅글뱅글 도는 황조롱이 때문에 약이 바짝 오른 이예주는 꾀를 냈다. 조롱이의 뒤를 쫓아 뱅글뱅글 도는 듯하다가 휙 방향을 돌려 조롱이의 앞쪽으로 달려가는 것이다. 갈색 머리칼이 아슬아슬하게 손가락 사이로 스치는가 싶더니 결국 그녀의 우악스러운 손길에 꽉 잡혔다.

"아악! 놔, 놔여!"

"헉, 헉. 이 자식! 드디어 잡았네! 그러니까 좋게 나눠 줬으면 좋았잖아."

"놔여어! 왜 머리끄덩이를 잡고 그래여!"

"네가 먼저 요정 풀인지 뭔지 주면 그때 놔줄…… 억!"

회심의 미소를 지으며 황조롱이에게 거래를 제시하던 그녀는 불현듯 거칠게 후드가 잡아당겨져 하던 말을 멈췄다. 그 바람에 얼떨결에 조롱이를 잡은 손도 놓치고 그대로 끌려갔다.

"이, 이게 뭐……!"

"뭐 하는 짓이지?"

"주인님!"

이예주는 손을 뻗어 자신의 후드가 빳빳하게 솟은 것을 만지면서 멍하니 위를 올려다보았다. 새빨간 동공이 굉장한 불쾌감을 담고 자신을 내려 보는 것이 보였다.

먼저 휘적휘적 걸어간 거 아니었어? 대체 언제 귀신같이 다가온 거람.

"왜 신인류를 괴롭히는 거냐."

"……."

"대답."

남자가 꿀 먹은 벙어리처럼 입을 다문 이예주에게 대답을 종용했다. 그러자 그녀 대신 촉새 같은 새 자식이 홀딱 고자질을 해 댔다.

"인간 여자가 자꾸 페어리니틀 강탈해 가려고 해여!"

"강탈?"

남자의 한쪽 눈썹이 위로 치솟았다. 이예주는 직감으로, 또 경험으로 그것이 뜻하는 바가 결코 좋지 못하다는 것을 잘 알고 있었다.

냉큼 고자질해 댄 황조롱이를 향해 눈을 부라리려던 그녀는 남자의 홍안과 마주치자 미친 듯이 도리질 쳤다.

"강, 강탈이라뇨? 전혀요?"

"뺏으려고 했잖아여!"

"내가 언제? 그냥 한번 보자고만 했지. 얘는 농담도. 하하."

"팔아서 돈방석에 앉는다면서! 그리고 저한텐 3할을……."

그 입을 닥치지 않을 시, 너를 그 약초처럼 다져 주겠다. 이예주의 눈빛이 황조롱이에게 말했다. 그러자 제 주인을 향해 열심히 조잘대려던 갈색 머리 소년이 말끝을 흐리다 끝내 입을 닫았다. 다행이다. 저 고자질쟁이가 눈치 하나는 재빨라서.

그녀는 저를 잡은 포식자를 향해 어색하게 웃어 보이며 보기 흉하니 그만 자신을 놔 달라고 부탁했다.

"봐, 봤죠? 그냥 장난친 거예요. 장난…… 하하, 괴롭히긴요. 전혀요. 저랑 조롱이랑 친해요. 그, 그치, 조롱아?"

"……."

좋은 말 할 때 대답해라. 이예주의 눈이 다시 한번 텔레파시를 내뿜자 침묵을 택하려던 황조롱이가 정말로 마지못해 고개를 주억거렸다.

그럼에도 불구하고 남자는 우악스럽게 잡은 그녀의 후드를 좀처럼 놔주지 않았다. 그녀가 영 못마땅한 표정이었다.

귀신같은 놈. 제 애완동물이라고 챙기는 것 봐. 저런 고자질쟁이도 애완동물이라고. 속으로 남자와 황조롱이를 욕하면서도 이예주는 애써 미소를 유지하려고 노력했다.

한참이나 붉은 안광을 번쩍번쩍 빛내던 남자는 이예주가 후드티에 목이 조여 갑갑해 죽을 지경이 되어서야 내팽겨치듯 내려놓았다.

"가만히 있어도 짐이 되는 마당에 아직도 주제 파악을 못하는군."

"……."

"황조롱이 괴롭히지 말고 얌전히 따라오는 게 좋을 것이다."

있는 정도 뚝뚝 떨어질 것 같은 차갑기 그지없는 목소리로 남자가 명령을 내렸다. 그러고는 그녀가 뭐라 대꾸할 틈도 없이 휙 돌아서 긴 다리를 이용해 휘적휘적 앞서가기 시작했다.

"칫, 쌤통."

그 뒤로 혀를 쏙 내뺀 조롱이가 뒤따랐다. 그 주인에 그 애완동물이다. 으으! 이예주가 끓어오르는 분노를 참지 못하고 허공에 대고 주먹질하다가 힐끗 뒤를 돌아보는 황조롱이를 보곤 얼른 주먹을 감췄다.

"아, 빨리 와여! 뭐 해여."

기고만장해진 황조롱이가 마치 지나가던 개 부르듯 이예주를 불렀다.

"가! 간다고!"

이예주는 심통 난 얼굴을 하고 뛰듯 걸어 그들의 옆으로 바짝 붙었다. 불만에 가득 차 터벅터벅 발을 구르며 걷는 그녀에게로 남자의 홍안이 슬쩍 향했다. 그러나 툴툴거리기 바빠 그녀는 그것을 알 턱이 없었다.

제 성질에 못 이겨 한동안 말없이 걷던 이예주가 다시 입을 연 건 그로부터 꽤 시간이 지난 후였다.

1시간도 걷지 않은 것 같은데 그녀의 저질 체력이 한계를 보이기 시작했다. 보통 사람이 2, 3시간이면 오를 만한 크기의 돌산에 꼬박 한나절을 쏟아부었던 그녀였으니 이 정도 걸었으면 말 다한 거였다.

"조롱아, 대체 언제까지 걸어야 돼?"

먼저 아쉬운 사람이 입을 연다고, 이예주가 침묵함으로써 암묵적으로 그들을 감싸던 고요함이 깨졌다. 아까 페어리니틀을 뺏을 때와는 확연히 다른 지친 기색에 그녀를 돌아보는 소년의 눈 위로 기가 막힌다는 감정이 떠올랐다.

"얼마 걷지도 않았거든여? 아직 침엽수 지대를 벗어나지도 못했는데 무슨 소리에여."

"얼마 안 걸었다고? 그럴 리가……."

이예주가 말도 안 된다며 고개를 절레절레 흔들었다. 실제로 그들은 정말로 얼마 걷지 않았으나, 그녀가 체감하는 거리는 실로 어마어마했다.

마치 한나절을 꼬박 걸어온 사람처럼 피곤이 덕지덕지 붙은 얼굴을 한 그녀와는 다르게 남자는 제 뒤통수만 얄밉게 보여 주며 변함없이 전진 중이었다. 황조롱이마저 지침의 '지' 자도 보이지 않았다. 그제야 이예주는 자신의 저주받을 체력이 문제라는 사실을 깨달았다.

"참 나, 진짜 누구 때문에 이렇게 힘들게 걷고 있는데여!"

황당할 정도로 빠르게 체력이 고갈된 이예주를 보며 조롱이가 다시 떽떽거렸다. 자신을 탓하는 그 말투에 그녀의 처진 눈이 금방 위로 치켜 올라갔다.

"누구 때문이라니? 나 말하는 거야?"

"그럼 인간 여자 때문이지, 뭐 때문에 주인님이랑 나랑 이렇게 걷고 있는데여!"

"왜?"

이예주가 되묻자 소년 또한 답답하다는 표정으로 소리쳤다.

"왜긴 왜여! 인간 여자가 서쪽으로 같이 가자고 졸랐잖아여!"

"응. 그런데 그거랑 무슨 상관인데?"

"아! 인간 여자 없었음 저는 휙 날아가면 되고 주인님이야 늑대족 신인류를 타고 이동하셨겠져."

조롱이가 답답함을 무릅쓰고 이예주에게 차근차근 설명해 주었으나 오히려 설명을 듣고 난 후 그녀는 더욱 미궁 속에 빠진 듯한 표정을 지었다.

그게 대체 자신과 무슨 상관이란 말인가. 지금이라도 그렇게 이동하면 차라리 잘된 일이겠거늘. 자신이야말로 이렇게 놈들의 뒤를 졸졸 따라 걷는 것이 싫고 귀찮고 힘든 마당이었다.

"지금이라도 그렇게 하면 되잖아. 넌 날고 나랑 저 미친…… 아, 아니, 저 주인……."

'나랑 저 미친놈은 늑대족인지 뭔지 타고 이동하면 되지.'라고 말하려던 그녀는 말을 멈췄다.

참. 그래서 저 남자를 뭐라고 불러야 좋지? 그러고 보니 통성명도 하지 않았다. 아무리 자신을 죽이니 살리니 한 나쁜 놈이지만 한동안은 같이 붙어 다닐 예정이었다. 물론 이름을 안다 해도 앞으로 살갑게 부를 일도 없을 테고 그다지 알고 싶지도 않지만……. 아니, 알고 싶긴 한가? 흐흣.

그래도 훤칠한 남자의 외모를 생각하며 그녀가 중얼거렸다. 정신적으로 조금, 아니 많이 아픈 사람이라서 그렇지 저런 미남을 마주칠 기회가 매번 오는 것은 아니니까. 정신만 좀 멀쩡했다면 어떻게든 유혹을 했을…….

이예주는 상상의 늪에 빠져 허우적대며 스읍 하고 침을 삼키고 나서야 무언가 분위기가 이상하다는 생각이 들었다. 머리 위로 그늘이 졌다. 어느새 남자가 걸음을 멈춘 걸 못 본 그녀가 그의 그림자 속으로 걸어 들어간 것이다.

시뻘건 눈동자가 이예주를 지그시 응시하고 있었다. 제 음흉한 생각을 들킨 기분에 헉 하고 헛바람을 들이켜자 남자가 한심하다는 눈으로 그녀를 흘겨보았다.

"인간 주제에 신인류를 탄다고?"

"……."

"네가 감히?"

"……신인류는 주인님만 탈 수 있어여."

싸늘해진 분위기 탓인지 조롱이가 어색하게 뒷말을 덧붙였다. 갑작스런 남자의 반응에 당황한 그녀를 무시하고 남자는 말도 안 되는 소리 더 이상 지껄이지 말라는 무언의 압박을 남긴 후 다시 휙 뒤돌아 걷기 시작했다.

그녀는 황당함이 도를 넘어 극에 치달음을 느꼈다. 저놈은 대체 전생에 나랑 무슨 악연이었던 거지? 내가 뭐, 저한테 물어봤나? 같이 탈 수도 있지! 지는 인간 아니야?

말끝마다 인간, 인간. 어쩜 저렇게 말을 재수 없게 할 수 있을까? 저것도 능력이라면 능력이다. 만난 지 며칠 안 됐는데도 이렇게 말하는 족족 자신을 분노에 떨게 만드니.

저 왕 재수, 왕 재수, 왕 재수! 으으! 그녀는 분노로 몸을 떨었다. 정말 '선 주먹'을 날리고 그냥 도망가 버릴까? 새까만 남자의 뒤통수를 눈이 돌아갈 정도로 노려보며 이예주가 진지하게 고민했다.

그게 아니라면 오직 자신에게 남은 것은 복수다. 기필코 복수하겠다. 마냥 복수할 기회가 생기길 기다리던 그녀는 목표를 수정했다. 다른 사람들을 만나기 전까지 반드시 복수한다. 이제부터 모든 수단을 다해 남자에게서 멀어지거나 복수를 하지 않으면 제 명에 못 살고 먼저 죽을 것 같았다.

"얼른 와여, 인간 여자."

온몸을 부들부들 떠는 이예주의 눈치가 보였는지 조롱이가 조심스레 그녀를 잡아당겼다. 그러나 그 행동은 남자의 말투 때문에 뒷목 잡고 넘어가기 일보 직전이었던 그녀의 눈에서 불똥이 튀게 만드는 결과를 낳았다.

"너!"

"……에, 에?"

"인간 여자라고 부르지 마."

듣는 인간 기분 나쁘니까. 마치 남자를 향해 하는 말인 듯 이글거리는 두 눈을 남자의 뒤통수에 고정한 채 이예주가 씹듯이 내뱉었다.

"그, 그럼 인간을 인간이라 부르지, 뭐라 불러여……?"

"예주 누나."

그녀가 기다렸다는 듯 단언했다. 그러자 조롱이가 어벙한 얼굴을 하고 고개를 갸웃댔다.

"예주 누나여……?"

"그래. 누나."

"싫어여."

하지만 천진난만한 얼굴에서 기다렸다는 듯 거절의 말이 쏟아져 나왔다. 그녀의 얼굴이 와작 일그러졌다.

"싫어도 불러."

"나보다 한참 어린데 어떻게 누나예여! 사기꾼! 말도 안 돼."

그녀가 새삼스러운 얼굴로 자신보다 키가 작은 조롱이를 위아래로 훑어보았다. 아무리 보아도 14, 15살. 중학생 그 이상으론 보이지가 않는다. 뽀얗고 아직 솜털도 가시지 않은 얼굴이다.

그에 비해 이예주는 성인이 된 이후 딱히 친구라 부를 이가 없어 남들이 개강 파티니, 과 모임이니 할 때 원룸에 처박혀서 홀로 자작하며 청승을 자주 떨었다. 그렇기에 솜털이 가시고 젖살이 빠진 지는 이미 오래였다.

워낙 얼굴에 번들거리는 것을 바르기 싫어하는 성격 탓에 그나마 피부 하나만은 여드름 자국 하나 없이 뽀송뽀송하게 지켜 냈지만 그게 다였다.

'능력'이라고 부르고 '저주'라 쓰는 특별함 때문에 온갖 신전수전을 겪어 온 그녀의 얼굴엔 언제나 또래에게 없는 근심이 뒤덮여 있었다. 그리고 그것은 그녀의 학창 시절에도 많은 영향을 미쳤다. 딱히 겉늙은 것은 아니었으나, 처음 보는 사람 대부분이 그녀를 원래 나이보다 두어 살 높게 보곤 했다. 그렇기에 더더욱 조롱이의 말이 믿기지 않았다.

"네가 나이 많아 봤자 얼마나 많은데? 쪼그만 게. 떽, 누나한테 거짓말 치면 혼난다."

"인간 여자는 몇 살인데여?"

"인간 여자라고 부르지 말라고 했지. 누나."

"아, 몇 살인데여!"

"나? 올해로 23살."

그렇겐 안 보이지? 내가 동안 소리 좀 듣는 편이야. 헛소리를 덧붙이며 그녀가 의기양양하게 조롱이를 바라보았다.

그러나 황조롱이 소년은 '누나, 너무 어려 보여서 친구인 줄 알았어여.' 하고 고개를 조아리는 것 대신 한숨을 내쉬며 고개를 절레절레 흔들었다. 그게 또 자신을 무시하는 것 같아 기분이 나빠졌다.

"어려여. 너무 어린데여……."

"넌 그럼 몇 살인데?"

"전 올해로 어…… 70…… 71? 72? 1인가 2인가 그래여."

"……뭐?!"

17살을 잘못 들은 줄 알고 이예주가 멍청하게 되묻자, 조롱이가 꼬물꼬물 일곱 개의 손가락을 펴 보였다.

"72살인가 그렇다구여. 사실 더 먹었을지도 몰라여. 나이는 신인류로 각성한 이후부터 셀 줄 알게 된 거 거든여."

"……거짓말."

70, 뭐? 이게 어딜 봐서 70살을 먹은 외모란 말인가. 이예주가 완전히 별세계 사람 바라보듯 조롱이를 바라보았다. 녀석이 쑥스러운 듯 제 갈색 머리를 긁적이며 고개를 숙였다. 그 모습이 영락없이 풋풋한 사춘기 나이 대의 남자아이였다.

"대박. 무슨 조류가 인간보다 오래 살아? 말도 안 돼."

그녀는 멍하니 중얼거렸다. 인간보다 오래 사는 동물 중에 떠오르는 것은 지네나 바다거북 같은 장수로 유명한 동물뿐이었다. 이렇게 벽에 똥칠할 때까지 오래 산 새 얘기는 단 한 번도 들어 보지 못했다.

길을 거닐 때 자주 보던 참새, 비둘기 따위를 연달아 떠올리며 그녀가 믿기지 않는 눈으로 다시 조롱이를 살펴보았다.

"평범한 새 떠올리고 있져?! 전 평범한 조류 아니에엽! 신인류라고여, 신인류! 인간보다 더 위대한 신인류라고 몇 번을 말해여!"

"……그래, 뭐."

미심쩍은 표정을 보고 귀신같이 생각을 알아맞힌 조롱이가 다시 '신인류'를 강조하며 난리를 치려 하자 이예주는 대충 고개를 끄덕여 주었다. 하긴, 말도 하는 새인데 나이 몇십 살 먹은 게 뭐 대술까.

용암 한 번 잘못 피했다가 평생 못해 볼 진귀한 경험을 다 하고 있는 것 같다고 그녀는 생각했다. 이 머리에 피도 안 마른 것 같은 쪼그마한 새가 70살이 넘었다니.

문득 그녀의 눈길이 한참 앞서 말없이 휘적휘적 걸어 나가고 있는 검은 뒤통수에게로 옮겨 갔다. 그럼 저놈은 대체 몇 살이야? 이렇게 말도 잘하고 늙어 빠진 새가 주인님이라고 부를 정도면 자신보다 나이가 많은 것은 일단 확실한 것 같은데.

곰곰이 남자의 얼굴과 나이를 대조해 보던 이예주는 금방 포기했다. 얼굴만 가지고 나이를 알아맞히는 능력은 없을 뿐더러니와 왕재수의 나이까지 알아서 좋을 게 뭐 있냐는 심산이었다.

"그래도 누나라고 불러."

"에엑?"

"누나."

어쨌든 중요한 건 '누나'란 말이었다. 암, 이 조그만 것한테까지 제가 인간 여자라고 무시당할 수는 없는 노릇이다. 이왕 같이 붙어 다니기로 한 이상 서열은 확실히 잡아 놔야 했다.

이예주는 예전에 엄마와 같이 살 때 키웠던, 자신을 저보다 아래라 여기고 깔보았던 애완견을 떠올렸다. 그놈은 그녀가 '손' 해도 손을 내밀기는커녕 건방짐이 하늘 높은 줄 몰랐다. 이예주가 '봉구, 손, 손.' 하는 것을 되레 주인인 양 가만히 바라보곤 했던 것이다.

또 기가 막히게 약아 빠져서 엄마한텐 어찌나 녹듯이 애교를 떨던지. 수컷이라고 믿기지 않을 정도의 가증스러움이 녀석에겐 있었다.

그때부터였을까? 동물을 혐오하고 애완견을 골탕 먹일 생각으로 동물 다큐를 찾아보기 시작한 것이…….

이예주의 동물에 관한 관심은 봉구가 죽은 후 자연스레 끊겼다. 하지만 아직까지도 그녀에겐 서열에 대한 민감한 기억이 남아 있어,

가끔 원룸으로 들어가는 골목에서 마주치는 길고양이와도 한참 동안 눈싸움을 하곤 했다.

"하, 인간 여자가 저한테 존칭을 써야지 제가 왜 인간 여자한테 누나라고 불러여?!"

어릴 적 키우던 강아지에 대한 추억에 잠겨 있는 것도 잠시, 황당함이 극에 달한 목소리로 조롱이가 떽떽거렸다. 이예주는 왠지 모르게 저조해진 기분 때문에 그에 동조하지 않고 낮은 목소리로 시큰둥하게 답했다.

"지나가는 사람한테 물어봐. 너랑 나랑 누가 더 나이 많게 생겼는지."

"여기 지나가는 인간이 어디 있어여!"

"네 주인."

"이익! 주인님은! 주, 주인님은……!"

턱짓으로 앞서 걷는 남자를 가리키자 조롱이가 괴상한 소리를 내며 말을 더듬었다. 무언가 반박할 말을 찾는 것 같지만 딱히 생각이 안 나 속이 타는 듯한 그런 얼굴이었다.

"주인님은, 주인님은 인간 아니에여……."

그 말에 격하게 동감하며 이예주가 고개를 끄덕였다. 그리고 덧붙였다.

"그래. 하지만 난 인간이고 넌 동물이야."

"에엑? 전 신인류인데여?"

"어쨌든 본질은 동물이잖아? 인간이랑 동물의 시간은 다르기 마련이야, 암."

"그런 게 어디 있어여! 싫어여! 아무튼 전 누나라고 안 부를래여."

반항이 길어지자 이예주의 참을성도 점차 바닥을 드러냈다. 그녀는 눈살을 지그시 찌푸렸다. 아니, 이 조그만 게 누나라고 부르라면 부를 것이지, 뭔 말이 이렇게 많아?

어쩐지 이 새 자식이 처음부터 마음에 들지 않은 이유가 다 있었다. 이 자식은 봉구를 닮았다. 제 주인을 업신여기는 봉구 자식. 그녀의 처음이자 마지막이었던 애완동물 말이다.

이예주는 가던 길에 우뚝 멈춰 선 후, 옆에서 걷던 조롱이에게 가까이 다가갔다.

"……왜, 왜 이래여."

갑작스레 눈빛이 변한 그녀 때문에 잔뜩 당황한 황조롱이가 뒷걸음질 쳤다. 하지만 얼마 못 가 인간 여자에게 뒷목이 잡혀 코앞까지 훅 끌어당겨졌다. 그녀는 황조롱이를 잘근잘근 씹듯이 단어 하나하나를 씹어 냈다.

"좋게 말할 때 '누나' 하면서 알랑거리는 게 좋을 텐데. 네 주인을 보아하니 앞으로도 계속 너한테 날 맡길 눈치야. 감시든 뭐든 말이야. 네 주인이 잠깐 자리를 비울 때마다 수시로 너랑 나 둘만 남겨 둘 텐데 그때 네가 만약 별생각 없이 내가 나이가 어리다는 걸 기억하고 나한테 '야' 혹은 '인간 여자'라고 그 촉새 같은 입을 조잘대면 내가 어떻게 나올까? 난 너한테 뭔가 대단한 걸 바라진 않아. 그냥 '누나' 한 마디면 너나 나나 좋아질 거다, 이 소리지. 네가 그래도 나보다 훨씬 어리게 생겼는데 내가 너한테 '조롱 할아버지' 하는 건 너무 웃기잖아, 안 그래? 그니까 내 말은 한마디로 요약해서 만약 네가 굳이 꼭 누나라고 부르기 싫다면……."

"……."

"……앞으로 네 주인이 없을 때마다 지옥을 볼 수 있을 거란 소리야."

"……."

"하하. 내가 때리는 기술이 꿀밤뿐인 줄 알겠지만 꿀밤 말고도 그밖에 손목 때리기도 있고 고속도로라고 네 이마를 쥐어짜는 그런 것도 있는데. 아, 그건 벌써부터 알 필요 없어. 차차 겪어 보면 알겠지…….”

이예주가 말을 끝내고 후련한 얼굴로 고개를 들었을 때 그녀와 정반대로 조롱이는 잔뜩 겁에 질린 얼굴로 울먹거리고 있었다. 아마 꿀밤을 맞아 본 경험을 토대로 그녀가 말하는 기술이 얼마나 끔찍할지 절로 상상이 가는 듯했다.

이예주가 그런 그의 어깨를 두어 번 툭툭 치곤 다시 걸음을 재개하자 뒤에서 씩씩대는 가쁜 숨소리가 들렸다. 그러거나 말거나 깨끗이 서열을 정돈했다는 생각에 기분이 상쾌해진 그녀가 발걸음을 가벼이 놀릴 때였다.

다다다다 소리가 들리더니 뒤에 서 있던 조롱이가 그녀를 지나쳐 제 주인에게로 달려갔다.

“씨이! 주인님! 저 인간 여자……! 아, 아니, 저 예주 누나 완전 악마예요, 악마! 히잉!”

아니, 저, 저게……! 말이 끝나자마자 고자질을 하러 제 주인에게 달려가는 새 자식의 행태를 보고 이예주가 뒷목을 잡았다.

저게 진짜 뜨거운 맛을 덜 봤구나! 저걸 그냥! 그녀가 조롱이의 촉새 같은 행태에 이를 갈며 어떻게 되돌려 줄까 고민하던 찰나였다. 눈물을 그렁그렁 매단 채 발칙한 소리를 해 대는 조롱이의 말을 들은 남자가 우뚝 걸음을 멈추고 그녀를 향해 몸을 돌렸다.

남자의 시릴 듯 차가운 눈을 보자 이예주의 심장이 덜컥 내려앉았다. 이제 또 어떤 언어폭력으로 염통을 아주 쫄깃하게 만들어 주려나. 그녀가 내심 벌벌 떨 때였다.

남자의 눈이 순식간에 변했다. 아니, 왜 나 볼 때만 저렇게 징그러운 빨간색 눈깔을 하는 거야? 이예주는 방금의 상황도 잊고 남자의 변하는 눈동자를 정신없이 바라보았다. 아무리 봐도 좀체 적응이 안 됐다. 눈만으로도 사람을 차별하는 능력이 있는 건가?

"스읍— 인간, 황조롱이 괴롭히지 말라 했지 않나."

마치 장난꾸러기 아이에게 주의를 주는 것 같은 경고 소리를 시작으로 남자가 입을 열었다. 그녀의 몸에 바짝 기합이 들어갔다.

"응?"

그러나 그게 끝이었다. 신인류는 인간보다 위대하다느니, 감히 주제 파악을 못한다느니 하며 쏟아 낼 것만 같았던 남자는 그 말을 끝으로 뒤로 돌아 다시 휘적휘적 걸어 나갔다.

바짝 굳었던 몸에서 힘이 순식간에 빠져나갔다. 저 남자 왜 저래? 아까까지만 해도 저 말하는 새 자식을 끔찍하게 끼고 돌더니. 황조롱이의 고자질에도 예상외로 별말 없었다.

그때 얄밉게도 혀를 쑥 내민 조롱이를 본 이예주가 험악한 인상을 하고 한쪽 손으로 목을 그어 보였다. 그러자 황조롱이가 사색이 되어 제 주인 뒤에 가까이 붙었다.

내심 남자의 행동에 안심하면서도 이예주는 끝내 불만과 억울함을 버리지 못했다.

"……씨이. 왜 나한테만 뭐라 해."

그래. 고자질이든 뭐든 중점은 그거였다. 내 입장에선 똑같이 싸운 건데.

"누군 엄마 없는 줄 알아?"

홀로 중얼대던 이예주는 금방 눈에서 독기를 잃고 풀이 죽었다.

"아, 맞다. 엄마 없지, 참……."

망할 황조롱이. 왠지 모를 울적함에 그녀가 힘없는 걸음걸이로 그들을 좇았다. 그러나 얼마 안 가 이예주는 실실 웃기 시작했다. 그녀의 도끼눈에 당황해서 '인간 여자'에서 '예주 누나'로 호칭을 바꾸었던 황조롱이의 목소리가 뒤늦게 떠올랐기 때문이다.

비록 저 망할 황조롱이를 일러바칠 엄마는 없지만 그래도 이겼다. 그것은 마치 봉구를 이긴 듯한 기분과도 같았다. 완전히 억울함이 가시지는 않았지만 절로 나오는 웃음과 후련함을 만끽하며 이예주는 다시금 힘차게 발걸음을 놀리기 시작했다.

"저기요! 헉, 헉."

"……."

"저기요. 저 진짜 더 이상 한 걸음도 못 걷겠어요."

"……."

"저기요. 저기요!"

"……."

"아, 몰라! 나 이제 한 발자국도 못 가."

비척비척 남자와 조롱이의 뒤를 따라 걷던 이예주의 걸음이 점점 느려지더니 기어이 제자리에 철퍼덕 주저앉았다.

자신의 생에 이리도 쉼 없이 걷기만을 반복하던 때가 있었던가. 조금만 쉬자고 말을 꺼낼라 치면 서슬 퍼렇게 홍안을 빛내는 남자가 무서워 끝없이 걷기만을 반복했다.

그러고 보니 지금껏 정신없이 문을 넘어 다니느라 눈치채지 못했지만, 서울에서 이 빌어먹을 숲속으로 건너온 이후부턴 물 한 모금 먹지 못한 그녀였다.

아니, 정정한다. 물은 딱 한 모금 마셨다. 저 미친놈과 합류하기 전, 냇가 근처에서 기절하듯 잠들었을 때 딱 한 번. 그 이후로는 물은 물론이고 음식 구경도 못한 이예주였다. 그런 상태에서 이 저질 체력을 가지고 남자의 뒤를 놓치지 않은 것만 해도 기적이었다.

벌써 해가 지려는 듯 주위가 어둑어둑해졌다.

대체 언제까지 걷기만 하는 건가. 아무리 짐 덩어리 취급을 한다지만 밥은 먹여 가며 데려가야 할 것 아니야! 저 망할 인간은 물 한 모금 안 마시고도 어쩜 저렇게 쌩쌩한 걸까. 예전에 잠시 생각했던 먼치킨설이 점점 확실해지고 있었다.

'또 까탈을 부리려나 보다.'라고 생각한 듯 이예주를 힐끗 돌아본 조롱이가 아예 바닥에 자리를 깔고 앉은 그녀를 보고 당황하여 자리에서 멈춰 섰다.

조롱이의 그 뽀얀 얼굴도 강행에 지친 건지 어느덧 약간의 피곤함을 띠고 있었다. 황조롱이마저 자리에서 멈추자 그녀가 따라오든 말든 무시하고 제 갈 길을 가던 남자가 그제야 발걸음을 멈추고 그녀를 돌아보았다.

언제 보아도 적응되지 않는 시뻘건 눈동자가 자신에게로 향하자 등 뒤로 식은땀이 한 줄기 흘러내렸다. 남자가 저를 떼어 놓고 가도 할 말이 없었다. 사실 제발 자신은 놓고 저들끼리 가 버렸음 싶은 생각이 간절했다. 그만큼 이예주는 한 발자국도 더는 못 걷는 상태였다.

꼬르르륵! 자리를 잡고 땅바닥에 주저앉자 이내 몸에서 힘차게 영양분을 달라며 주인을 보채기 시작했다. 평소의 이성을 가지고 있었더라면 그 적나라한 소리에 얼굴을 붉혔을 그녀였으나 이젠 그럴 힘조차 남지 않았다. 남자에게 제 배꼽시계가 들리든 말든 이예주는 넋이 나간 얼굴로 계속 앉아 있기를 고수했다.

한참이 지나가도 인간 여자가 일어날 생각을 안 하자 남자가 저벅

저벅 그녀를 향해 걸어오기 시작했다. 그 뒤를 조롱이가 쫄래쫄래 따라왔다.

놈이 직접 다가오는 모습을 보자 이예주의 몸이 다시 긴장했다. 하지만 그녀는 끝내 일어서지 않았다. 대신 제 앞에 우뚝 선 남자의 발을 보며 청승맞은 얼굴로 애원했다.

"저 진짜 못 가요……."

"4시간밖에 걷지 못했다."

그것밖에 못 걸어서 한이 맺힌 사람처럼 남자가 차갑게 말했다. 그의 발치를 바라보던 이예주는 시선을 어렵사리 쳐들었다.

뭐? 4시간이나 걸었다고? 네놈한텐 고작 4시간이겠지만 나는 몇 날 며칠을 걷고 도망가고 뛰는 것을 반복한 참이야!

그녀가 그 욕설 섞인 말을 쏟아 내지 못한 것은 순전히 남자의 헛소리에 대꾸할 힘이 없었기 때문이다. 꼬르르르륵! 대신 볼멘소리보다도 더 정확한 배꼽시계로 답했다. 남자가 그 확실한 답에 어이없다는 표정을 지었다. 이윽고 그는 짧게 한숨을 내쉬며 입을 열었다.

"오늘은 이 근처에서 쉬어 가겠다. 근방에 호수가 있는 것 같군. 둘러보고 오지."

"어! 주인님 제가 갔다 올게여!"

"됐다."

황조롱이가 제가 가겠다고 나서자 남자가 단칼에 그 제안을 잘랐다. 그러고는 시뻘건 눈을 흘끗 움직여 넋이 나간 이예주를 가리키고는 명령했다.

"잘 지키고 있어라. 도망가지 못하도록."

"예? 옙! 잘 지킬게엽! 다녀오세여, 주인님. 헤헤."

끼리끼리 잘도 노시네요. 넋이 나간 와중에도 빈정거림을 잊지 않은 그녀는 남자가 사라지자마자 근처 나무 아래로 엉금엉금 기어가 힘없이 기대앉았다.

남자의 말처럼 도망가기 딱 적절한 시기였으나 그 힘마저 오롯이 걷는 데 고갈해 버린 그녀였다. 으이구, 멍청아. 멍청이도 이런 상멍청이가 없을 것이다.

“많이 힘들어여?”

초췌한 그녀에게로 다가오며 조롱이가 제법 걱정스러운 얼굴로 고개를 갸웃거렸다.

“페어리니틀은 치료해 주는 것 말고도 움직일 때 쉽게 지치지 않도록 몸도 보양해 주는데, 이상하네여. 인간 여…….”

습관처럼 그녀를 향해 ‘인간 여자’라 칭하려던 황조롱이는 인간이란 단어가 시작될 때부터 눈을 까뒤집고 노려보는 그녀 때문에 재빨리 말을 바꿨다.

“예주 누……나한테는 잘 안 통하나 봐여.”

“…….”

이예주는 말할 기운도 없어서 입을 다물었다. 하지만 요정 풀인지 뭔지의 신비한 효능에 대한 조롱이의 설명에 귀가 쫑긋 서는 것까진 막지 않았다.

거참, 신기하기 짝이 없는 풀이네. 역시 서양이 다르긴 다른가 보다. 한국으로 치자면 천년 묵은 산삼과도 같은 건가? 붙이는 것만으로도 몇십 분 만에 상처가 낫는 것 하며 그것도 모자라 기운도 북돋아 주다니.

어쩐지 한 20분, 30분만 걸어도 졸도하듯 쓰러져 그에 상응하는 시간을 휴식으로 보내야 하는 그녀가 장장 4시간을 쉴 틈 없이 걸어댄 게 다 이유가 있었던 거다. 생각할수록 탐나는 약초로다!

"조롱아, 너 이리 와서 앉아 봐."

이예주가 눈빛을 달리하며 제 옆자리를 손바닥으로 툭툭 쳤다. 그런 그녀의 변화에 고개를 갸웃거리면서도 황조롱이는 군말 없이 다가와 앉았다.

미소년 같은 얼굴이 참으로 순진무구했다. 얄미워서 한 대 때리고 싶은 촉새인데도 끝내 시원한 보복을 하지 못하는 건 아마 이런 귀여운 얼굴에 한없이 약해지기 때문이리라.

"거기 네 앞에 있는 나뭇가지 좀 줘 봐."

"왜여?"

말 잘 듣는 착한 아이처럼 이예주에게 나뭇가지를 건네며 조롱이가 되물었다. 그러나 그녀는 대답 대신 받아 든 나뭇가지로 흙바닥에 무언가 그림을 그리기 시작했다.

얼마 안 가 그녀의 앞에 삐뚤빼뚤 일그러진 두 개의 원형이 그려졌다. 아시아를 뭉뚱그려 그린 원 하나와 북아메리카와 남아메리카를 대강 길쭉이 이어 붙인 괴상한 원 하나. 흉할 만큼 대충 그린 세계지도였다.

"자, 봐 봐."

이예주는 그래도 내심 한반도는 세심하게 그렸다고 자화자찬하면서 조롱이에게 제가 그린 그림을 야심 차게 보여 주었다. 그러나 돌아오는 반응이 영 시원찮았다.

"이게 뭐예여?"

"뭐긴? 보고도 몰라?"

"모르겠는데여?"

정말로 모르겠다는 듯 황금빛 눈동자 안에 호기심이 가득 들어차 있었다. 그것을 확인한 그녀는 나지막이 한숨을 쉬며 멍청한 새를 속으로 욕했다. 절대로 제 그림 실력이 미흡한 탓은 하지 않았다.

"자, 여기가 아시아 대륙. 여기가 북아메리카, 여긴 남아메리카 대륙. 여기가 내가 살던 나라야. 여기 보여? 내가 설명하려고 좀 크게 그리긴 했는데 아무튼 이렇게 생겼어. 한국이란 나라야. 삼면이 바다로 둘러 싸여 있는 반도라서 한반도라고도 불러."

"……."

"여기 가면 있잖아. 네 요정 약초 그거 엄청 비싸게 팔 수 있어. 응? 여기가 크기는 작아 보여도 은근 알이 실한 나라거든. 앞으로 시장 가능성이 다분한 나라라는 뜻이야. 우리가 그 약초를 가져다 팔면 웬만한 부자들 저리 가라 할 정도로 돈방석에 앉을 수 있어. 여기 알아?"

말을 다 들은 후에도 한참을 어벙한 표정으로 있던 황조롱이가 "알아, 몰라!" 하는 그녀의 재촉에 퍼드득 도리질을 쳤다.

이예주는 그제야 구겨진 미간을 풀며 고개를 끄덕였다. 뭐, 아무리 글로벌 시대라곤 하지만 이 쪼그만 새가 한국까지 알 턱이 없겠지. 그녀는 제법 관대함을 가지며 다시 조롱이를 향해 부드럽게 질문했다.

"그럼 이 숲은 어디에 있는 거야? 우리가 있는 지금 이 숲 말이야. 동물의 숲이니 뭐니 하는 거. 음, 열대우림도 아니고 정글도 아니니까 브라질이나 적도 근처는 아니겠고. 나무 많은 나라가 어디지? 캐나다?"

"……."

"캐나다가 어디냐면 여기. 여기 밑은 미국이고. 미국은 알겠지? 설마."

그녀는 대강 그려 놓은 북아메리카 대륙을 반으로 나누는 선을 찍

그은 다음 위아래를 나뭇가지로 콕콕 짚었다. 그렇게 짚어 보고 나니 실로 한국과 어마어마한 거리였다. 대체 자신은 어떻게, 또 무슨 일로 이곳까지 온 걸까.

도대체가 이해가 안 간다. 얌전히 암경 건너 미래에 도착하면 될 것을, 왜 애먼 곳까지 와서 사람을 이렇게 생고생시키고 난리냐 이 말이다. 정말로 고생도 이런 고생이 따로 없다.

"하……."

우울한 얼굴로 깊은 한숨을 내쉰 이예주는, 문득 그때까지도 말이 없는 조롱이를 떠올리곤 휙 고개를 들었다.

"왜 말이 없어? 여기 어디냐니까?"

"……저기, 예주 누나."

"왜."

"이거 혹시 세계지도예여?"

믿을 수 없는 것을 확인하는 것처럼 조롱이의 목소리가 조심스럽기 그지없었다. 이예주의 미간이 다시금 짜증으로 구겨졌다.

"그럼 이게 세계지도가 아니면 뭐야? 아, 너무 대충 그려서 그래? 어쩔 수 없어. 그래도 대충 여기가 어디인지는 짚을 수 있을 거…… 뭐 해?"

말이 채 끝나기도 전에 황조롱이가 그녀의 손에서 나뭇가지를 휙 낚아챘다. 그러곤 그녀를 따라 하기라도 하듯 말없이 제 앞 땅바닥에 무언가 직직 그려 대기 시작했다.

황조롱이의 갑작스러운 태도에 이예주가 당황하는 것도 잠시, 민망할 정도로 순식간에 조롱이의 그림이 완성됐다.

"자, 봐여."

"응?"

이번에는 그가 이예주를 이끌었다. 그의 그림은 양옆이 긴 모양의 제법 큰 타원이었다.

"……이게 뭐야?"

방금 전의 조롱이가 내뱉은 말 고대로 이예주가 내뱉었다. 그러자 그가 다시 나뭇가지를 뻗어 제가 그린 타원 안에 찍찍 구역을 나누었다.

"동, 서, 남, 북. 우리가 있는 이 숲이 여기 북쪽 대륙 동물의 숲이에여. 동, 서 쪽에는 인간들이 살고 있고 중앙 대륙은 사막이에여. 온통 모래뿐이에여. 그래서 다른 대륙으로 이동하려면 꼭 사막을 건너야 해여. 남쪽은 주인님이 거처하시는 곳이랑 눈족 인간들이 주거하는 곳으로 나눠져여."

"……."

이예주는 꿀 먹은 벙어리처럼 대꾸 없이 장황한 설명을 들었다. 그리고 한참 후에야 얼빠진 얼굴로 되물었다.

"……이게 뭔데?"

"뭐긴여. 대륙 지도져."

"아, 대륙이고 뭐고 됐고."

그녀가 조롱이의 대답이 마음에 들지 않는다는 듯 고개를 세게 흔들었다.

"그니까 내 말은, 여기가 어떤 나라냐고. 나라, 컨트리Country. 나라 이름이라도 있을 거 아냐?"

"이름 없어여."

그러나 되돌아오는 건 단호하기 짝이 없는 새의 대답뿐이었다.

"나라 이름 몰라?"

"아니여. 없는데여?"

"아오, 이 멍청아! 나라 이름이 없긴 왜 없어!"

"내가 왜 멍청이에여! 그냥 없떠여! 우린 그냥 대륙이라고 부른단 말이에여!"

그녀가 결국 참지 못하고 폭발하자 황조롱이 또한 황금안을 치켜뜨며 떽떽댔다. 이예주는 환장할 것 같았다.

"뭔 망할 놈의 대륙이야, 대륙은! 너 지구 위에 사는 새 맞아? 어떻게 제 나라 이름도 몰라? 어휴."

"지구? 주인님의 땅 말이에여?"

"아악! 거기서 네 주인은 또 왜 나와! 아오, 이 황답답아!"

"씨! 내가 왜 황답답이에여!"

이예주는 답답함을 이기지 못하고 주먹으로 제 가슴을 거세게 쳐댔다. 답답한 건 매한가지라는 듯 조롱이 또한 그녀를 따라 제 가슴을 주먹으로 탕탕 내리쳤다.

이건 뭐, 상식이 통해야 말을 하든 말든 하지. 생각보다 더 심한 새의 멍청함에 이예주는 몸서리를 쳤다. 그녀는 제가 그린 세계지도라고 칭하기 뭐한 덩어리들을 발로 거칠게 쓱쓱 지웠다.

그때, 말없이 씩씩대던 조롱이가 번뜩 무언가 생각난 것처럼 소리쳤다.

"아! 혹시 그거, 예전 지도 말하는 거예여?"

"뭐 또."

이예주는 귀찮다는 듯 시큰둥하게 답했다. 그러나 조롱이는 그녀의 무시에도 굴하지 않고 기발한 것을 떠올린 것처럼 기쁘게 조잘대었다.

"옛—날에 인간들이 아주 많이 살았던 옛날 시대에는 예주 누나가 그린 것처럼 대륙이 많았다고 들은 적 있어여. 세 개보다 더 많이여."

“…….”

“근데 세기말 용암 폭발 이후로 그 많던 대륙들이 다 사라지고 남은 건 지금 우리가 있는 이 대륙뿐이래여.”

쓱싹쓱싹 땅바닥을 쓸던 이예주의 발이 조롱이의 말에 뚝 멈췄다.

“……뭐?”

“에, 에?”

“방금, 뭐라 했어? 세기말…… 뭐?”

“세기말 용암 폭발이여. 저도 그냥 소문으로만 들어서 안 거예여. 그때 인간들이 엄청 많이 죽었대여. 거의 멸종할 만큼여. 인간 말고 다른 생물들도 많이 죽었는데, 미리 알고 여기 동물의 숲으로 대피한 종들이 많아서 동물들은 인간들만큼 피해가 많지 않은 거랬어여. 헤헤.”

조롱이의 말을 듣던 이예주의 머릿속에 그날의 광경이 번뜩 스쳐 지나갔다.

그날, 그녀가 기나긴 암경을 넘어서 이곳으로 온 날.

텅 빈 원룸으로 돌아가기 싫어서 혼잡스러운 길거리를 발 닿는 대로 걸어 다니다가 용암 덩어리가 대형 빌딩을 덮치는 광경과 맞닥뜨렸다. 그리고 ‘문’을 넘어 여기 이 빌어먹을 숲에 도착했다.

용암을 마주친 후 긴 암경을 건너서 여기로. 여기로…….

“예주 누나, 괜찮아여? 갑자기 왜 그렇게 얼굴이 심각…….”

“지, 지금! 지금 몇 년도야?”

“예, 예?”

“지금 몇 년, 몇 월, 며칠이냐고!”

이예주가 정신 나간 사람처럼 황조롱이에게 날짜를 물었다. 그러고 보니 휴대폰을 가지고 있었음에도 불구하고 통화에 신경이 쏠려 지금이 '문'을 건넌 날로부터 며칠이나 지났는지 확인조차 하지 않았다.

미래로 이동했을 때 그동안 시간이 얼마나 흘렀는지 파악하는 것은 그녀에게 가장 예민한 문제였다. 그러나 이번엔 평소와는 달리 숲이라는 공간이 '문' 너머에 펼쳐진 탓에 놓친 부분이 너무나도 많았다.

생각해 보면 지금껏 자신은 너무 안일했다. 미래로 이동했는데 뜬금없이 외국이라니. 이건 말도 안 됐다.

"뭘 그런 걸 묻고 그래여? 몇 월 며칠? 그런 건 잘 모르겠구여. 올해는 세기말 용암 폭발 이후로 1002년째져."

"……."

이상한 걸 다 묻는다는 얼굴로 조롱이가 순순히 대답했다.

설마. 설마, 아닐 것이다. 세기말 용암 뭐? 그딴 게 있을 리가…… 있다손 치더라도 그게 한국에서 본 용암과 겹치는 것일 리 없다. 한국이야 예전부터 백두산이 폭발하니 뭐니 했었으니까, 정말로 화산이라도 폭발했을지도 모르고…….

아니, 말도 안 된다. 한국이 아이슬란드도 아니고 화산은 무슨 화산이야. 그런데 대체 도시 한복판을 덮친 용암은 뭐라 설명해야 하지? 대체 뭐야? 대체 이게 뭐야!

꼬르르르르륵! 그때 제발 쓸데없는 생각은 집어치우고 저를 좀 돌봐 달라는 듯 위장이 거센 소리를 내며 아우성쳤다. 하지만 이예주는 엄청난 혼돈에 휩싸여 제 몸이 굶주리든 요동을 치든 느낄 수 없었다.

머리가 너무 복잡했다. 그리고 자꾸만 말도 안 되는 가정이 사실일지도 모른다는 불길한 예감이 들었다.

"배 많이 고파여?"

그녀가 입을 떡 벌린 채 허공만 바라보고 있자 배고픔에 탈진한 것으로 착각한 황조롱이가 당황스럽다는 듯 쳐다보았다.

"예주 누나, 배 많이 고픈가 봐여. 주인님 아직 안 오셨는데 어쩌져."

"……."

꼬르르르륵! 그러나 대답하는 것은 그녀의 입이 아닌 위였다. 한 번 더 소리가 우렁차게 울리자 황조롱이가 벌떡 일어나 안절부절못했다.

"히잉. 누나 그럼 여기 꼼짝 말고 있어야 되여. 근처에서 과일 나무 냄새가 나니까 후딱 가서 과일 몇 개 따 올게여. 좀 있음 해 져서 위험해여. 그니까 꼼짝 말고 앉아 있어여. 알았져?"

"……."

"조, 조금만 참아여! 금방 올게여!"

패닉 상태인 이예주를 몇 번이고 돌아보며 걱정하던 황조롱이가 이내 마음을 굳힌 듯 숲속으로 몸을 날렸다. '펑!' 하고 변신하는 소리가 들렸으나 그녀는 여전히 혼돈 속을 헤맸다.

황조롱이가 사라지자 이예주의 주변이 완전한 침묵 속에 잠겼다. 그녀가 머릿속을 스치는 생각에 벌떡 자리에서 일어난 건 그 순간이었다.

"휴, 휴대폰!"

유레카를 외치듯 휴대폰을 외친 그녀는 주위를 두리번거렸다. 숲은 여전히 고요하고 풀과 나무로 뒤덮여 있었다. 남자나 황조롱이의 기미는 보이지 않는 것 같았다.

이예주는 거의 본능적으로 휴대폰을 그 미친놈에게 들키면 안 된다고 생각했다. 왜인지 이유 따윈 몰랐다. 그냥 들키면 안 된다는 예감이 들었고 불길한 예감은 항상 적중하기 마련이었다. 때문에 그녀는 군말 없이 자신의 감을 따르기로 했다.

다시 한번 샅샅이 주위를 둘러본 이예주는 조심스럽게 발걸음을 죽여 황조롱이가 사라진 반대편으로 몸을 틀었다. 남자가 이런 자신을 본다면 분명 죽인다고 또 난리를 피울지도 모른다는 생각에 걸음을 옮기는 게 자꾸 망설여졌다. 그러나 이내 마음을 굳힌 그녀는 힘차게 다리를 움직였다.

도망가는 게 아니니 저는 떳떳하고 당당하다. 다만 들키고 싶지 않은 개인적인 프라이버시가 존재할 뿐. 그 정도는 이해해 줘야 할 거 아냐? 그래도 숙녀인데.

변명처럼 되뇌며 이예주는 후딱 돌아올 생각으로 발을 재게 놀렸다. 그래, 잠깐 확인만 하고 금방 돌아와 얌전히 있으면 제아무리 초능력 쓰는 미친놈이어도 알 길이 없을 테다.

완전 범죄를 확신한 그녀가 곧 나무 사이로 사라졌다. 그리고 숲은 다시 침묵 속에 휩싸였다.

주변에 호수가 있다는 남자의 말이 거짓은 아니었던 듯, 정말로 얼마 걷지도 않았는데 물 냄새가 물씬 끼쳐 왔다. 이예주는 거의 뛰다시피 걸어 냄새의 근원지에 도착했다.

주위가 어둑어둑해 잘 보이지 않았다. 그러나 놀랍게도 거대한 호수가 거짓말처럼 숲 한가운데에 위치해 있었다. 자연호自然湖는 처음 보는 그녀였다. 반대쪽 숲이 안 보일 정도로 그 크기가 엄청났다.

멍하니 맑고 찰랑거리는 물을 바라보며 '이대로 찝찝한 옷 따위 다 벗어 들고 물속으로 뛰어들까.' 하고 갈등하던 이예주는 애써 조롱이가 꼼짝 말라 신신당부했던 장소를 벗어난 목적을 상기하고는 아쉬움에 입맛을 다셨다.

일단은 확인하고 재빨리 돌아가서 시치미를 떼는 게 먼저다. 그다음에 남자를 살살 구슬려서 구워삶든 어쨌든 간에 반드시 호수로 돌아와 몸을 씻으리.

그녀는 씻을 생각에 혼돈이 조금 가라앉는 것을 느끼며 서둘러 바지 뒷주머니에 고이 모셔 두었던 휴대폰을 꺼냈다. 배터리가 간당간당해서 정말 위급할 때 아니면 사용하지 않으려 했으나 어쩔 수 없었다. 이럴 줄 알았더라면 돌뱀한테 목숨을 걸어 가며 가까스로 지켜 낸 남의 휴대폰을 냇가에 내던지는 바보 같은 짓거린 하지 않았을 텐데. 이 바보, 이 멍청아……!

이예주는 바보 같은 제 머리를 탓하며 눈물을 머금고 휴대폰의 전원 버튼을 꾹 눌렀다. 띠리링, 발랄한 벨 소리와 함께 전원이 문제없이 켜졌다. 다행이다. 사실은 앞서 생각했던 것보다 배터리가 꽤 많이 남아 있을지도 모른다.

그러나 그 망상은 액정이 보이자마자 절망으로 뒤바뀌었다. 바탕화면이 켜지자마자 동시에 텅 빈 배터리 칸이 위태롭게 반짝였다.

낭패스런 기분으로 그것을 바라보던 그녀가 다시 정신을 차리고 재빠르게 메뉴 버튼을 눌렀다. 금방이라도 배터리가 닳아 전원이 꺼질 것 같은 긴박감에 달력 아이콘을 누르는 손이 거침없었다. 날짜만 확인하고 바로 끄면 전화 한 통 정도는 할 수 있을지도 모르겠다. 조금만 힘내, 휴대폰아.

곧 휴대폰 화면 안에 달력이 떠올랐다.

"……이, 이게 뭐야?"

이예주는 아까 조롱이의 말을 들었을 때보다 더 큰 충격이 자신을 덮치는 것을 느꼈다. 믿기지 않는다는 듯 눈이 부릅떠졌고, 흘러나오는 목소리가 덜덜 떨렸다. 어쩌면 온몸이 떨리고 있는지도 몰랐다.

"3…… 3019…… 3019년……?"

정말로 제가 시각장애인이 된 것일까. 그러나 손바닥에서 빛나는 화면 안은 아무리 보아도 3019년, 5월이었다. 3019년? 2019년도 환장할 판에, 3019년?

혹시나 어둠 때문에 눈이 침침해서 잘못 본 게 아닐까 싶어 그녀는 한 손으로 눈을 세게 비벼도 보고 뒤로 가기를 눌러 달력 어플을 아예 껐다 다시 켜는 것을 몇 번이나 반복했다.

그러나 휴대폰의 달력은 변함없었다. 여전히 3019란 끔찍한 숫자는 변함없이 이예주의 망막에 맺혔다.

"진짜 미쳤나 봐."

그녀가 완전히 얼이 나간 얼굴로 중얼거리는 사이, '띠로롱' 하고 휴대폰이 갑자기 꺼져 버렸다.

"……시발."

배터리가 드디어 다 됐다. 마지막 희망이 사라진 거나 다름없었다. 그녀에게 남은 건 3019년이란 미친 연도 수와 붕괴되다 못해 가루가 된 정신머리뿐이었다.

이건 말도 안 된다. 필히 휴대폰의 고장이 분명하다. 그래, 휴대폰의 고장이 틀림없을 거야. 암경을 넘어 봤자 기껏해야 한두 달 지나온 거겠지. 고장이 나서 숫자 2가 3으로 바뀐 것이 분명할 거야.

근데 왜 불길하게 3017도 아니고 3019야? 왜 아까 황조롱이가 말했던 1000이란 숫자 뒤에 붙은 2마저 일치하는 거냐고.

게다가 휴대폰 고장이라니 말도 안 되었다. 제 몸은 긁히고 찢어져도 마지막 희망이란 생각에 휴대폰만은 고이 모셔 온 이예주였다. 며칠 전 한국에서 멀쩡히 사용했을 때와 다를 바 없이 기스 하나 나지 않은 상태 그대로 꺼 두기만 했다.

멀쩡하던 휴대폰 달력이 왜 뜬금없이 1000년이나 지난 날짜를 가리키는 거지. 지금까지 휴대폰을 사용하면서 날짜 부분에서 고장이 났던 적이 있던가.

없다. 단 한 번도, 잔고장조차 없던 튼튼한 '메이드 인 코리아' 휴대폰이다.

그렇다면 자신의 눈이 정말 어떻게 돼서 잘못 본 게 아닐까? 눈을 그렇게 여러 번 비비고 똑똑히 보았는데도 잘못 봤다고? 아니야. 정말 잘못 본 게 틀림없을 거야.

그러나 조롱이의 말이 자꾸만 떠올랐다.

—올해가 세기말 용암 폭발 이후로 1002년째져.

2017 + 1002 = 3019.

불길하게도, 하필 3019란 숫자가 정확히 일치했다. 우연이라 치부하기엔 '세기말 용암 폭발'이란 말이 자꾸만 가시처럼 목을 찔렀다.

1000년. 1, 2년도 아니고 한두 달은 더더욱 아니다.

무려.

"……1000년을 넘어왔다고?"

춥지도 않은데 자꾸 한기가 들면서 온몸에 소름이 돋았다.

"1000년? 1000년을 건너뛰었다고?"

"……."

"하, 하. 하, 이 미친년아……."

하도 기가 차고 어이가 없어 그녀는 헛웃음을 지으며 욕설을 내뱉었다. 하지만 그것도 잠시, 엄청난 두려움이 끝없이 뒤를 이었다.

"너, 너…… 대체 어디로 온 거야?"

"……."

"아악! 진짜! 너 대체 어디로 온 거냐고—!"

이예주가 그대로 제자리에 무너지며 두 손으로 제 머리를 감싸 안았다. 이건 정말 말도 안 됐다. 말도 안 돼. 1000년이라니. 이게 뭐 천년의 사랑이야?

꿈이야. 이건 꿈이야. 이건 꿈이야악!

"하……."

몇 번째인지 모르는 한숨을 내뱉으며 이예주는 우울한 얼굴로 호숫가를 바라보았다.

어느새 해가 완전히 지고 물 위로 커다랗고 둥근 달이 호수 속으로 쏟아지듯 비춰졌다. 원체 달이 밝은 탓도 있지만 물에 반사되는 달빛 때문에 주변은 숲 한가운데라고 믿기지 않을 정도로 환했다. 어떻게 보면 끝내주는 광경이기도 했다. 물론 1000년 전, 한국이라는 전제하에서.

다시 '1000'이라는 끔찍한 숫자를 되새기자 그녀는 저도 모르게 진저리를 치며 또 한 번 한숨을 내쉬었다.

아무리 생각해도 모르겠다. 진짜 1000년이나 되는 미래를 건너온 건지. 이예주는 휴대폰이 꺼지고 난 후 몇 번이고 확인했던 왼쪽 손목을 다시금 들여다보았다. 시야가 밝은 탓에 보기 흉한 붉은 흉터가 선명히 꿈틀거렸다. 꿈인지 현실인지 구별하는 데 제 역할을 똑똑히 해내던 흉터가 지금만큼은 미치도록 원망스러웠다.

용암을 피해서 '문'을 넘었다. 그건 그녀가 10살 이후로 매번 행해왔던 생존 행위, 그 이상도 이하도 아니었다. 어쩐지 암경이 꽤 길더라니.

깜깜한 암경 속에선 얼마만큼의 시간이 흘렀는지, 또 얼마만큼을 건너왔는지 추측할 수 없었다. 그런데 한두 달도 아니고 무려 1000년을 넘어왔단다. 1000년.

"……하."

살고자 하는 마음이야 인간에게 당연히 있는 기본 욕구 중 하나겠지만 이렇게까지 다른 사람들과 차이 나도록 낙오되긴 싫었다. 그래, 이건 완전히 낙오라고밖에 설명이 되지 않는다. 이럴 바에야 차라리 그때 그 자리에서 그리운 동향인들과 함께 의연하게 죽음을 맞이할걸.

"아니야, 아니야!"

죽는다는 생각에 이예주는 광인처럼 도리질을 쳤다. 재수 없는 생각을 하기보다는 이제부터 어떻게 해야 하느냐가 중요한 것이다.

이제 어떡하니, 예주야. 생각을 해 봐, 생각을.

"……집으로 갈 수는 있을까."

그녀는 울적한 얼굴로 흙터를 내려다보며 중얼거렸다.

그녀에게 '과거'로 가는 능력은 없다. 이미 여러 번의 시행착오 끝에 내린 결론이었다. 차라리 뭐, 차원 이동 같은 그런 능력이라면 어떻게 방법을 찾아 헤매겠지만 이예주의 경우는 그냥 답이 없었다.

자신과 같은 '능력'을 가진 사람이 더 있을 리도 없겠지만 만약 있다 쳐도 제 몸만 움직일 줄 알 뿐, 남을 미래나 과거로 돌려보내 줄 수도 없었다.

그러고 보면 참 재수도 없지. 자신이 정말로 1000년이나 되는 엄청난 '미래'로 왔다면 비약적인 과학의 발전으로 타임머신 또한 개발되지 않았을까? 많고 많은 곳 중에 왜 하필 인적이라곤 티끌도 없는 숲 한가운데냐, 이 말이다.

그렇다고 현 상황이 좋은 것 또한 아니다. 간신히 말이 통하는 인간 같은 형상을 만났다 했더니, 하나는 말하는 새대가리요, 다른 하나는 틈만 나면 자신을 죽이려 하는 미친놈이다. 게다가 그 미친놈은 지독한 인간 혐오증도 가지고 있다. 기분 나쁘게 평소엔 괜찮다가 자신만 보면 동공을 시뻘겋게 물들이는…….

"……헉."

문득 이예주가 헛바람을 들이켜며 숨을 멈췄다.

이곳에 망연자실 앉아 있은 지 얼마나 됐더라? 훤한 달빛 때문에 눈치채지 못했는데 어느덧 주위가 어둠에 휩싸여 있었다. 그제야 꼼짝 말고 있으라던 조롱이의 말이 떠올랐다.

그녀의 얼굴이 순식간에 새하얗게 질렸다. 금방 돌아가서 아무 짓도 안 한 것처럼 시치미를 떼도 모자랄 판에 몇 시간이고 호숫가 근처에서 농땡이를 피우고 있는 중이었다. 조롱이가 그랬다. 그녀가 내민 조건을 남자가 생각해 보는 중이니 다음번에 도망치면 진짜 죽인다고.

덜컹, 어딘가에서 심장이 내려앉는 소리가 들리는 것만 같았다. 죽인다는 말이 정말로 인터넷에서 흔히 쓰이는 그런 농담이면 좋으련만. 일련의 경험들로 그것이 장난이 아닌 진짜 사망을 뜻함을 몸소 체험한 이예주는 삽시간에 겁에 질려 덜덜 떨기 시작했다.

"으…… 허어어……."

그녀가 괴상한 소리를 내며 제 머리를 쥐어뜯었다. 시뻘건 눈에서 살기를 철철 흘리며 자신을 바라보던 남자가 눈앞에 훤히 그려진다. 산 넘어 산이 아닌 산 넘어 태산이다. 해라도 덜 졌으면 배가 아파 볼일을 보고 왔다며 능청을 떨었겠지만 해가 완전히 진 지금은 빼도 박도 못한다.

죽음뿐이다. 그녀는 이 망할 숲에 와서 전에 없던 극한의 공포를 느꼈다.

"왜…… 왜……! 으흑헉흐!"

머리를 쥐어뜯으며 이예주는 절규를 토해 냈다. 공포와 자괴감으로 뒤범벅된 감정들이 해일처럼 그녀를 덮쳤다. 제 앞에 닥친 이 상황이 너무 어이가 없는 나머지 눈물조차 한 방울 나오지 않았다.

그녀는 그저 절망했다. 집으로 돌아갈 방법은 전무하고, 간신히 남자를 속여 죽음을 모면한 자신은 제 발로 다시 죽음을 택한 것과 진배없었다. 모든 게 다 엉망이다.

자, 이제 어떡할 거냐, 이예주야. 얌전히 돌아가서 그 미친놈에게 도망간 게 절대 아니니 목숨만은 살려 달라 싹싹 빌든가, 아니면 이대로 그 남자가 찾아내기 전에 도망가기라도 해야 할 것 아니야. 어서 일어나, 어서.

그녀는 스스로를 다그쳤다. 그러나 본능적으로 살기 위해 발버둥 치는 머리와는 달리 몸뚱이는 1000이라는 숫자를 인식하자마자 전의를 상실한 지 오래였다.

그래, 이렇게 살아서 뭐 하나. 아는 사람 하나 없는 미래로 와 집도 돈도 없이 대체 뭘 하려고.

1, 2년도 아니고 1000년. 끔찍하기 짝이 없다. 고려 시대가 1000년 전이었나, 통일신라 시대가 1000년 전이었나. 뭐가 됐건 지금이 1000년이나 지난 후라면 자신은 살아 있는 고대 유적인 셈이다. 나이 또한 1023살.

참 나, 하루아침에 꽃다운 스물셋에서 고조할머니 뺨치는 1023살이 되다니. 아니, 현재는 3019년으로 추정되니 2까지 더하면 1025살이 아닌가? 72살이라며 뻐겨 대던 조롱이는 이예주에 비하면 이제 막 생성된 정자에 불과했다.

"정자……."

이예주가 쪼그마한 올챙이 대가리를 한 조롱이를 떠올리며 멍청하게 중얼거렸다. 다른 때 같으면 헛소리로라도 스스로를 위로할 그녀였으나, 아무리 헛소리를 지껄여도 웃음이 나오지 않았다.

그녀가 다시 울적한 얼굴로 제 머리를 쥐어뜯기 위해 손을 올리던 그때였다. 부스럭— 근처에서 들려오는 소리에 그녀가 화들짝 놀라 고개를 돌렸다.

"뭐지?"

지금껏 주변에서 소리가 난 이후로 굉장히 좋지 않은 일들만 일어났기 때문에 이예주는 작은 바람 소리에도 꽤 예민하게 굴게 되었다.

그녀가 소리 나는 방향을 뚫어져라 바라보며 조심스럽게 자리에서 일어났다.

호, 혹시 그 미친놈이 기어이 자신을 잡으러 이곳까지 온 것일까? 그러고 보니 조롱이가 밤이 되면 위험한 동물들이 많다고 조심하라고 했는데. 그 짧은 새에 오만 가지 생각이 그녀의 머릿속을 스쳐 지나갈 때쯤.

부스럭, 풀숲에서 더 정확한 소리가 들렸다. 이예주는 자리에서 일어나다 말고 어정쩡한 상태 그대로 몸을 굳혔다. 주위가 훤해 풀숲이 움직이는 것까지 똑똑히 보였다.

이대로 조롱이가 있는 데까지 무작정 뛸까? 그러나 그러기엔 제 방향감각에 믿음이 가질 않았고 시뻘건 레이저를 쏘며 분노할 남자를 볼 엄두도 나지 않았다.

그녀가 스멀스멀 올라오는 공포에 질려 복귀와 도망 사이에서 갈등할 무렵이었다. 부스럭부스럭, 풀숲이 더욱 심하게 소리를 내며 움직이더니—

"왕!"

"으악!"

그대로 어둠 속에서 무언가 확 튀어나왔다. 반사적으로 괴성을 지른 이예주가 뒤로 몇 발자국 물러섰다. 그러자 하얀 뭉텅이 같은 게 꼬리를 흔들며 그녀의 근처로 달려왔다.

"하아…… 뭐야."

그녀의 발치를 뱅뱅 돌며 꼬리를 흔드는 하얀 뭉텅이는 바로 강아지였다. 온 신경을 점유했던 긴장이 확 풀렸다. 그녀가 허탈감에 주저앉다시피 쭈그려 앉았다.

"이 쪼그만 게 사람을 놀래키고 있…… 봉구?"

킁킁, 끊임없이 자신의 발치에서 냄새를 맡으며 주위를 탐색하듯 빙빙 돌아 대는 강아지를 바라보던 그녀는 눈에 익은 모습에 제 눈을 의심했다.

언제였더라. 엄마가 돌아가시기 한참 전에 키웠으니 초등학교 고학년 때쯤이었을 것이다. 그녀의 유일한 애완견은 유기견 보호소에서 데려온 후 꼬박 4년을 채우고 달리는 차에 치여 명을 달리했다. 그리하여 이예주에게 죽음에 대한 첫 충격과 엄청난 트라우마를 안겨 주었다.

그 이후로 이예주는 애완견은 물론, 동물 자체를 기피하다시피 했다. 물론 봉구 자식과의 습관 때문에 길고양이 혹은 들개들과의 기싸움은 매번 해 왔지만, 그 외에는 이웃이 키우는 애완동물의 근처에도 가지 않았던 그녀였다.

어쨌든 천국에 당도해서 암컷과 짝짓기를 하고 새끼를 낳아도 한참 전에 낳았을 녀석이 어찌 된 건지 그녀의 앞에서 반갑게 꼬리를 흔들어 대고 있었다. 그 모습에 이곳이 '미래'라는 사실도 잊고 그녀는 울컥했다.

"봉구야!"

"왕!"

"……봉구, 우리 봉구!"

"왕왕!"

감격에 젖은 이예주가 격하게 봉구를 외치며 털썩 주저앉았다. 그녀의 부름에 대답이라도 하듯 하얀 강아지가 세차게 '왕!' 하고 짖었다. 덕분에 봉구에 대한 환상이 바로 깨졌다.

"뭐야. 너 봉구 아니잖아."

"헥헥, 왕!"

"……하. 봉구 아니잖아! 봉구 자식이 너처럼 그렇게 꼬박꼬박 대답할 리가 없어!"

잊고 있었던 녀석의 특성이 비슷한 강아지를 보자 새록새록 떠올랐다.

그렇다. 버르장머리가 없어도 단단히 없던 봉구 자식은 이예주의 애완견 노릇을 하는 동안 단 한 번도 주인의 부름에 답한 적이 없었던 것이다. 아무리 개 껌으로 바닥을 땅땅 두드리며 불러도 오지 않던 개'님'이셨다.

자세히 들여다보니 확실히 봉구보다 약간 작은 것 같았다. 게다가 강아지 볼 터치인지 뭔지를 엄마가 직접 염색하다 실패해 오른쪽 볼만 분홍색이었던 봉구와는 다르게, 눈앞의 강아지는 얼룩 하나 없이 새하얀 털을 자랑했다.

"봉구 아니구나……. 하긴 여기 1000년 후지. 봉구가 살아 있을 리가……."

같은 점이 있다면 봉구와 비슷한 나이 대의 같은 사모예드 종이라는 사실뿐. 잠시간의 반가움은 사라진 채 어느덧 울적함만 남은 얼굴로 이예주는 저를 향해 열심히 꼬리 치는 강아지를 바라보았다.

우리 봉구도 이랬으면 얼마나 좋아. 그랬더라면 엄마가 사다 놓은 개 껌도 안 숨기고, 물통도 꼬박꼬박 채워 주었을 텐데.

"근데 너 밤늦게 왜 여기 있어?"

"헥헥헥, 왕!"

"너 진짜 봉구랑 똑같다. 그냥 봉구라고 부를게. 괜찮지? 이 봉구 자식."

저 홀로 묻고 답하는 와중에 강아지가 탐색을 마치고 가까이 다가와 이예주처럼 주저앉았다. 그녀는 물릴까 싶어 몇 번을 주저주저하다가 끝내 손을 뻗어 조심스럽게 짝퉁 봉구의 머리를 쓰다듬었다.

원체 인간에 대한 경계심이 없는 건지 낯선 이가 머리를 쓰다듬는데도 강아지는 가만히 그녀의 손길을 받았다. 정말 봉구와 천성부터가 다른 개였다.

"네 주인은? 주인 없어?"

"……왕!"

"너도 나처럼 길 잃은 거야?"

대답할 리 없는 것을 알면서도 연달아 질문하며 강아지를 쓰다듬던 이예주는 손에 닿는 온도가 섬뜩할 만큼 차갑게 느껴져서 고개를 갸웃거렸다.

잘 기억나지는 않지만, 어렸을 때 만진 봉구는 따끈따끈했다. 특히 아랫배를 만질 때의 촉감은 뜨끈하고 몽글몽글하니 꼭 솜사탕을 만지는 기분이었는데.

"오랫동안 헤맸어? 되게 차갑다, 너."

오랫동안 헤맨 것치곤 강아지의 상태가 지나치게 깨끗했지만 그녀는 그것을 눈치채지 못했다. 그저 숲의 싸늘한 밤공기에 노출된 강아지가 안쓰러워 몇 번을 더 쓰다듬으며 한탄할 따름이었다.

“나도 그렇지만 너도 불쌍하다. 주인이 여기 숲에다가 버린 거야? 외국엔 그런 거 별로 없댔는데…… 아! 여기 미래지.”

“…….”

“미래에도 애완견이 있네, 참.”

아직도 미래를 실감하지 못한 듯 중얼거리던 이예주는 문득 스치는 생각에 강아지에게로 불쑥 손을 내밀었다.

“자. 손!”

“왕!”

애완동물의 ‘손’은 죽어서도 한이 될 것이 분명했다. 이렇게 집착하는 것을 보면. 봉구는 이제 없어서 못 받겠지만 아쉬운 대로 기 싸움을 걸지 않는 강아지에게나마 꼭 받아 보고 말리라.

“자, 봉구. 손!”

그녀가 한 번 더 손을 흔들며 훈육을 종용했다. 이런 건 주인이 교육시키지 않았는지 강아지가 고개를 갸웃거렸다. 그녀가 땅바닥을 툭툭 쳐서 강아지의 주의를 끌고 다시 입을 열었다.

“스읍! 봉구, 손 줘야지? 손 말이야, 손…… 억!”

“크리쳐는 신인류가 아니라 위험하다.”

그때 거칠게 뒷덜미를 잡아당기는 손길에 이예주가 괴성을 지르며 뒤로 발랑 자빠졌다. 아니, 자빠지려던 차였다. 무언가가 강하게 제 허리를 붙들어 잡지만 않았어도 흉하게 넘어져 코가 깨졌으리라.

시야가 뒤바뀌더니 하얀 강아지는 사라지고 눈앞에 새빨간 색이 가득 찼다.

이게 뭐야? 상황 파악을 못하고 어수룩하게 있던 그녀는 한 번 더

들리는 익숙한 목소리에 두 눈을 크게 치켜떴다.

"대체 뭘 하고 있었던 거지?"

불그스름한 입술이 움직인다. 미간마저 잘생긴 그의 이마에 약간 주름이 져 있었다. 남자다. 시뻘건 눈의 미친놈이었다. 이 남자가 왜 이렇게 코가 닿을 정도로 가까이…….

"……으헉!"

남자의 품에 껴안기다시피 있다는 것을 깨닫자마자 그녀가 사색이 되어 확 그의 가슴에서 떨어졌다.

"왜, 왜, 왜, 여, 여기!"

"……뭘 하고 있는 거냐고 물었다."

"그, 그, 그."

"대답."

"……보, 봉구. 봉구……."

"봉구?"

이예주가 새파랗게 질린 얼굴로 봉구를 열심히 외치며 강아지 쪽으로 손가락질하자 남자가 그 쪽으로 슬쩍 눈을 흘기며 그녀의 말을 따라 했다. 눈을 흘기는 그의 모습이 코피가 날 정도로 잘생겨서 그녀는 남자의 손아귀에 잡혀 있다는 사실도 잊은 채 멍하니 그 얼굴을 바라보았다.

그러나 그것도 잠시, 그녀는 놈이 혹시라도 강아지에게 해를 가할까 하는 생각에 부랴부랴 짝퉁 봉구에게로 시선을 돌렸다.

"……헐."

그리고 이예주는 매번 끔찍한 것들을 만날 때마다 왔던 충격이 또 한 번 찾아오는 것을 느꼈다.

"저, 저게 뭐야?"

머릿속이 하얘지는 것 같았다. 하얀 강아지는 그녀가 교육시키던 자세 그대로 앉아 있었다. 오싹할 만큼 커다랗게 입을 벌린 상태로.

마치 얼굴과 얼굴 끝을 열어 버릴 기세로 쩍 벌어진 입 안에 강아지의 것이라곤 믿기지 않을 만큼 날카롭고 커다란 이빨들이 송곳처럼 매달려 있었다. 이빨 모양조차 일반 동물과 달랐다. 꼭 상어의 겹니처럼 안쪽, 바깥쪽으로 징그러운 그것이 셀 수 없을 만큼 많이 달려 있었다. 도저히 강아지라 볼 수 없는 그 외양에 등골부터 소름이 쫘악 돋았다.

게다가 미동도 없이 입을 벌린 채 앉아 있는 그 모습이 괴기스러움을 더욱 가중시켰다. 저 괴물 같은 이빨에 손이라도 물렸다가는 그냥 물린 정도가 아니라 그대로 절단이다. 만약 이 남자가 제 뒷덜미를 잡아끌지 않았더라면…….

"크리쳐다."

"……."

"키우던 동물인가? 개는 인간과 가장 상극인 동물 중 하나인데 개에게 정을 다 주다니. 참, 넌 볼수록 신기한 인간이군."

그녀가 경악해 질린 채 덜덜 떠는 것을 눈치챘는지 남자가 조금 누그러진 목소리로 무어라 말했다. 하지만 그것이 귀에 잘 들어오지 않았다.

개가 인간과 가장 상극인 동물이라니? 이해가 안 가 되묻고 싶었지만, 강아지의 엄청난 반전 때문인지 자꾸만 혀가 굳었다. 그녀는 그저 붕어처럼 입을 뻐끔거렸다. 그 모습에 남자가 옅게 한숨을 내쉬었다.

"그만 떨어라. 내가 있는 한 더 이상 다가오지 않을 테니."

"……."

"신인류도 아닌 것을 괴롭힌다 싶더니, 쯧."

"저, 저게 뭔데요? 저는 봉구, 봉구가……."

남자가 혀를 찼다. 이예주는 짝퉁 봉구의 끔찍한 몰골을 한 번 더 바라보며 울먹였다.

그럼 그렇지. 봉구에 대한 환상이나마 추억으로 만들 생각이었던 자신에게, 이 음침한 숲이 그런 호사를 선사해 줄 리 없었다. 아무리 그래도 봉구의 낯짝을 어떻게 저리도 끔찍하고 흉물스럽게 만들 수 있을까? 진짜 이 망할 숲.

"크리쳐는 먹이가 생각하거나 혹은 알고 있는 모습으로 신체를 변형해 먹이를 유인한다."

남자가 저 끔찍한 모양새의 봉구 짝퉁에 대해 설명했다. 크리쳐? 게다가 신체 변형? 그딴 동물이 있었던가? 아무리 머리를 쥐어짜 예전에 자주 시청했던 동물 다큐멘터리에 대해 떠올려 보아도 저런 말도 안 되는 동물을 본 적은 없었다.

"저것은 본래 토끼나 사슴의 어린 새끼 같은 약한 것을 잡아먹는 온순한 생물체다."

"……저게요?"

"인간을 해치지 않는 기준으로 본다면 온순한 생물이지."

이예주는 아까 전부터 부동자세로 입을 쩍 벌리고 있는 괴생물체의 살벌한 이빨들을 바라보며 몸서리를 쳤다. 저게 온순한 생명체라고?

"먹을 것이 부족해진 너희 인간들이 급기야 동물의 숲까지 침범해서 근방의 어리고 약한 것들을 싹 잡아들이기 시작했다. 이 근래는 이미 인간들이 습격하고 지나간 탓에 저것이 먹을 만한 것은 더 이상 남아 있지 않게 되었지."

"……."

"그러니 녀석이 주린 배를 채우기 위해 무얼 사냥하겠나."

뭘 사냥하는데? 그녀가 남자의 질문과도 같은 말에 멍하니 그를 올려다보았다. 새빨간 눈동자가 한 치의 흔들림 없이 올곧게 이예주를 바라봤다. 뭐야? 설마, 나?

"저, 저요?"

그녀가 저를 가리키며 되묻자 남자가 그제야 주름 잡힌 미간을 폈다. 아, 답답하다는 표정이었구나.

"그래. 이제 너같이 어린 인간들을 잡아먹더군."

"저 안 어린데요?"

이예주가 처음 듣는 소리라는 듯 생경하게 남자를 바라보았다. 대체 누가 어리단 말인가. 주민등록증에 잉크 마른 지가 언제인데. 투표도 당당히 하는 어엿한 성인이건만 대체 어딜 보고 어리다는 건지 도통 모르겠다.

그러나 남자는 그녀의 반응이 가소롭다는 듯 한 번 흘겨보고는 무시했다. 그런 태도에 이예주는 발끈했다.

"저기요. 저 근데 진짜 안 어린……."

"호수 근처는 포식자들이 많이 돌아다닌다. 다리족 인간이라면 크리쳐 정도는 쉽게 피했을 텐데."

"……네?"

"저것을 데리고 뭘 하나 싶어서 지켜봤더니 영 몰랐던 눈치군."

"……."

"대체 왜 여기까지 와 있는 거지?"

어느덧 남자의 새빨간 눈이 추궁하듯 서슬 퍼런 빛을 띠었다. 덜컥 잊고 있었던 제 잘못이 떠올라 이예주가 숨을 집어삼켰다.

"여, 여긴 어떻게 알고……."

"황조롱이가 말해 주더군. 데리고 온다는 것을 혼자 잘 놀고 있기에 내버려 두라 했다."

"잘 놀고 있다니요! 내가 얼마나! 얼마나……."

남자의 잘 놀고 있다는 말에 그녀가 순간 울컥 치밀어 오르는 울분을 참지 못하고 내비쳤다.

잘 놀고 있다니. 저 흉측한 짝퉁 봉구 때문에 잠시 잊고 있었으나 1000년의 충격이 사라질 리 없었다. 이제 다신 집에 돌아가지 못할지도 모르는 마당에 이 남자가 대체 뭐라는 거야.

"노는 게 아니면 여기까지 와서 뭘 하고 있던 거지?"

"……그거야!"

당연히 지금이 몇 년 몇 월 며칠인지 확인하러 온 거지! 하마터면 우렁차게 외칠 뻔했던 사실들을 목구멍으로 꿀떡 삼키며 이예주가 힘겹게 입을 다물었다.

그녀의 의미심장한 행동에 남자의 한쪽 눈썹이 솟아올랐다. 어디 더 지껄여 보라는 것 같았다.

"하하. 그, 그거야 당연히. 어, 어……."

이예주가 어색하게 웃으며 남자의 빨간색 눈을 피했다. 볼이 다 따끔따끔했다. 집요할 정도로 그녀의 의중을 살피는 시선이었다.

"황조롱이가 꼼짝 말고 있으라 했을 텐데."

헉. 그녀가 짧게 숨을 들이켰다. 귀신같은 놈, 그건 또 어떻게 안 거야?

"그, 그랬죠. 네, 그랬는데……."

"그랬는데? 여기까지 온 걸로 봐선 혹시."

남자의 눈이 가느다래졌다. 의심이 더덕더덕 붙어 있는 그 얼굴이 느리게 그녀의 얼굴 앞으로 고개를 숙여 다가왔다. 이예주가 펄쩍 뛰며 저도 모르게 미친 듯이 고개를 저었다.

"저, 저 도망간 거 아닌데요?!"

"……."

"진짜 아니에요! 진짜!"

강한 부정을 외치는 입과는 별개로 그녀의 두 눈동자가 하염없이 떨렸다. 그러나 당장 눈앞의 시뻘건 동공에 온 신경이 쏠린 그녀는 그것을 알지 못했다.

"진짜 정말 아닌데요! 진짜예요. 진짠데……."

빨간 동공이 얼굴을 뚫어 버릴 것처럼 날카롭게 그녀를 훑었다. 그 눈빛에 잔뜩 겁먹은 이예주가 울음을 터트리기 직전이 돼서야, 마침내 남자가 숙였던 고개를 들었다.

"뭐, 네가 감히 도망갈 것이라곤 생각 안 했다."

"……."

"그래도 네가 굳이 도망갈 마음을 먹는다면……."

"……."

"네 도망 길은 오직 죽음뿐이다. 인간."

인간이란 말을 끝으로 남자의 입꼬리가 비스듬히 올라갔다. 비웃음이 분명했지만 그녀를 향한 그 눈빛이 하도 차가워 농담하지 말라고 웃어 넘길 수조차 없었다.

"대답."

남자가 조소하며 명령하자 이예주가 창백해진 얼굴로 미미하게 고개를 주억거렸다. 대답하지 않는다면 이 자리에서 도망 길이 뭔지 보여 주겠다는 듯한 강압적인 분위기 때문에 어쩔 수 없었다.

저건 악귀야. 살아 있는 악귀.

계획이 강제로 대폭 수정되었다. 당장의 도망은 잠시 미뤄 둬야겠다. 일단은 다른 사람들을 만난 후, 저 악귀가 자신이 내세운 거래가 거짓임을 알아채기 전에 튀는 걸로 계획을…….

그렇게 재빠르게 머리를 굴리며 생존에 대한 계획을 다시 세우던 이예주는 문득 꾸르륵꾸르륵, 무언가 녹아내리는 소리에 고개를 돌렸다.

"으으…… 봉구야!"

봉구가 녹고 있었다. 아니, 짝퉁 봉구가 살벌한 이빨들만 남긴 채 아이스크림 녹듯 녹아내리고 있었다. 그 광경이 하도 기이해 있는 대로 인상을 구기며 그것을 바라보던 것도 잠시, 속절없이 녹아내리던 크리쳐가 꾸물거리며 다시 어떤 형태를 띠기 시작했다.

불투명하고 흐물거리는 젤리 모양의 덩어리가 꿈틀꿈틀 역동적으로 움직여 형상을 만들더니, 금세 전혀 다른 동물로 변모했다. 그것은 바로 생각만 해도 넌더리가 나는 까마귀였다.

까마귀로 변한 크리쳐가 봉구였을 때처럼 이빨을 숨기고 부리를 벌렸다. 그리고 그 안에서 꿈에 나올까 두려운 단어가 흘러나왔다.

"인가악! 눈까악! 깍, 까악!"

"엄마아악!"

이제는 정확히 들리는 '인간 눈깔' 소리에 그녀가 기겁을 하고 남자를 덥석 껴안아 얼굴을 숨겼다.

이 숲에서 일어난 일들은 모두 끔찍했지만, 그 어떤 것도 인간 눈깔을 외치는 수백 마리의 까마귀 떼보다 충격적이진 않을 것이다. 차라리 이 미친놈이나 초대형 돌뱀은 '문'을 찾느라 정신이 나가서 드문드문 기억이 끊기기라도 했지. 저 까마귀 새끼들은 기억이 끊길 새도 없이 빠르고 집요하게 자신을 공격했었다.

놈들이 끊임없이 갈망하던 '인간 눈깔' 소리가 금방이라도 재연될 것처럼 생생하게 다가오자 그녀의 얼굴이 공포로 뒤덮였다. 이예주는 제가 껴안고 있는 자가 누군지도 모르고 무조건 필사적으로 파고들었다.

"인간! 눈까악! 까알! 까악!"

"아악! 망할 놈의 까마귀! 내 눈깔은 절대 안 돼!"

"까악! 까악!"

푸드덕푸드덕, 몇 번의 날갯짓이 이어지더니 주위가 곧 잠잠해졌다. 그러나 제 눈을 사수하려는 이예주의 악다구니는 멈추지 않았다.

"절대 안 돼! 하고많은 눈깔 중에 왜 인간 눈깔이야!"

"……."

"내 눈은 절대 안 뺏겨! 내 눈에 흙이 들어가기 전엔 절대……!"

"크리쳐는 내장만 먹을 뿐 인간 눈깔은 먹지 않는다."

바로 위에서 쏟아지는 단호한 목소리에 그녀가 혼비백산 소리치는 것을 멈추고 멍하니 고개를 들었다. 다시 코앞에서 시뻘건 동공이 아른거린다. 왜 이 남자가 여기…….

"그러니 그만 놓지."

"……."

남자의 눈이 슬쩍 제 목을 꽉 부여잡은 그녀의 팔을 가리켰다. 제가 씻지도 않은 얼굴을 콱 들이박고 있는 것이 외간 남자의 가슴팍이라는 사실을 깨달은 이예주가 "으헉!" 하며 파다닥 뒤로 물러섰다.

"내, 내가 왜! 죄, 죄송해요……."

그녀가 새빨갛게 달아오른 얼굴로 횡설수설 말을 더듬었다. 정신이 나가도 단단히 나간 게 틀림없다. 제 손으로 이 미친놈을 끌어안는 것도 모자라 엄청난 추태를 부리다니. 이 내가! 대한민국의 자랑스러운 모태 솔로인 이 내가……!

제 손으로 복수해야 할 대상을 껴안았다는 사실에 크나큰 수치심을 느끼며 그녀가 홀로 괴로워할 동안, 남자는 대수롭지 않은 얼굴로 그녀에게서 휙 등을 돌렸다.

"밤이 깊었으니 이제 그만 싸돌아 다녀라."

남자는 그 한마디 성의 없이 툭 내뱉고 오든지 말든지 알아서 하라는 듯 저 먼저 걸어가기 시작했다.

그 엄청난 싸가지에 이예주는 자신의 추태를 괴로워하는 것도 멈추고 멀어지는 남자의 뒤통수를 보며 조심스럽게 가운데 손가락을 치켜들었다. 대체 어느 나라 남자가 여자한테 저렇게 재수 없게 말할까. 싸가지 없게 말하기 대회를 나가면, 1등은 물론이고 심사위원까지 후려칠 사내일세.

그래도 잘생겼으니 상관없겠지? 저 성질머리 밑바탕에 깔려 있는 우월한 외모가 연달아 떠오르자 그녀가 울적한 표정을 지었다. 더러운 외모 지상주의.

하지만 외모를 가지고 비꼬기엔 가까이서 본 남자의 얼굴이 실로 어마어마했다. 심장이 멎을 만큼. 아까도 몇 번이나 눈을 슬쩍 굴리며 자신을 홀렸다. 눈 하나 굴리는 것도 어쩜 그리 품위 있고 고고하고 섹시한지…….

"정신 차려, 이예주."

그녀는 홀릴 뻔한 자신을 바로 채찍질했다. 저건 악귀야, 악귀. 악한 것들은 원래 아름다운 법이다.

생각해 보니 저 악귀에게 첫 포옹을 뺏겼다. 그녀로서는 진짜 말 그대로 외간 남자와의 첫 포옹이었다. 엄마 배 속에 있을 때 아빠는 돌아가셨고 친인척조차 없는 척박한 삶을 살아왔으니…….

그런 감격스러운 첫 포옹이 까마귀를 피하려다 얻어 걸린 저 싸가지라니. 뭔가 굉장히 억울한 기분에 분함을 숨기지 못하던 이예주는 혼자 잘도 휘적휘적 걸어가던 남자가 우뚝 자리에서 멈춰 서자 허겁지겁 가운데 손가락을 접었다.

"그러고 보니 근처에 까마귀 둥지가 있니 보군."

"……."

"가까운 데 있으려나."

남자가 혼잣말처럼 중얼거린 말에 그녀의 얼굴이 단번에 창백해졌다.

"가, 같이 가요!"

이예주는 까마귀 소리에 두말 않고 남자에게로 헐레벌떡 뛰어갔다. 그것도 모자라 남자의 근처에 당도하자마자 덥석, 그의 팔을 껴안았다.

"하흑, 진짜 까마귀 새끼 너무 싫어."

남자의 팔이 대단한 무기라도 되는 양 꼭 부여잡은 그녀가 겁먹은 얼굴로 사방을 두리번거렸다. 제가 잡은 게 누구인지 또 인지하지 못한 듯했다.

남자가 걸음을 멈춘 채 그런 이예주를 어이없이 내려다보았으나, 그녀는 얼굴에 철판이라도 깐 것처럼 되레 당당한 목소리로 받아쳤다.

"왜 안 가요? 빠, 빨리 가요."

"……."

돌아오는 답이 없었다. 그의 눈치를 살피며 그녀가 성급히 덧붙였다.

"저기요. 저 까마귀 무섭고 뭐 그런 게 아니거든요?"

"……."

"제가 밤눈이 좀 어두워요."

밤눈이 어둡다는 궁색한 핑계를 대는 그녀의 얼굴은 어둠 속에서도 눈에 띌 만큼 하얗게 질려 있었다. 무뚝뚝하게 이예주를 내려다보던 남자가 절박해 보이는 그녀의 얼굴을 보고는 못 볼 걸 봤다는 듯 고개를 돌렸다. 인상을 찌푸리며 재차 한숨을 내쉰 그는 "가요, 얼른!" 하는 애원에 가까운 이예주의 재촉에 못 이겨 다시 발걸음을 옮기기 시작했다.

"저기요. 저 근데 절대 도망가려던 거 아니에요. 저—얼대."

"……."

"진짜예요. 제가 왜 도망을 가려 하겠어요? 하하……."

이예주는 걷는 와중 뜬금없이 제가 잘못을 저지른 적이 없다는 것을 강조했다. 그녀의 말에는 강한 부정이 담겨 있었지만 어색한 웃음 끝에 음정이 떨리는 것마저 막을 순 없었다. 잡힌 팔이 제 것이 아닌 것처럼 한 치도 미동 없이 묵묵히 걷던 남자가 그녀의 말에 차가운 목소리로 대꾸했다.

"알았으니 그만 떨어……."

"밤눈이 어두워요."

다시 한번 문제없는 제 시력에 야맹증을 덮어씌운 이예주는 이후 입을 다물고 남자의 곁에 바짝 붙어 걷기를 고수했다. 제가 느끼기에도 혀를 내두를 만큼 뻔뻔했지만, 까마귀에게 눈알을 뺏기는 것보다야 훨씬 나은 일이었다. 그녀는 기꺼이 불편함과 부끄러움을 감수했다.

걷는 중간중간 남자의 짜증 섞인 숨소리가 바로 머리 위에서 들렸다. 이예주는 끝까지 모르쇠로 일관했다.

그렇게 그들은 황조롱이가 불 피워 놓은 야영장에 도착할 때까지 사이좋게 팔짱을 끼고 걸었다.

"배고프다더니. 나 따돌리고 도망가려고 그랬져?"

몇 시간 만에 이예주를 다시 만난 조롱이는 안 그래도 그녀가 예민하게 생각하고 있던 문제를 건드렸다. 그녀는 꽉 부여잡고 있던 남자의 팔을 놓고 재빠르게 조롱이에게로 걸어가 "닥쳐." 하고 속삭였다.

"씨잉. 배고플까 봐 먹을 것도 잔뜩 찾아왔는데 따돌릴 생각만 하구!"

"먹을 거? 어디? 어디?"

먹을 것을 가져왔다는 조롱이의 말에 그녀가 반색을 하고 음식을 찾았다. 잊고 있었던 허기가 쓰나미처럼 몰려오는 것 같았다.

"나 진짜 배고파 죽겠어……."

주린 배를 움켜쥐고 이예주가 다 죽어 가는 얼굴로 조롱이를 바라보았다. 그러자 조롱이가 한쪽에 쌓아 놓은 생소한 과일 더미를 가리켰다. 그녀는 불 그림자 때문에 보이지 않던 음식을 확인하자마자 득달같이 달려갔다.

과일은 모양새가 다양했다. 눈에 익은 사과 같은 것도 보였지만 둥글넓적하거나 별 모양같이 낯선 모양을 하고 있는 것이 더 많았다. 하지만 배고픔에 눈이 뒤집혀서 그런지 별로 거부감이 들지는 않았다.

이예주는 가장 가까이 있는 배 모양의 초록색 과일을 집어 한입 크게 베어 물었다. 생긴 건 풋사과 같아 신맛을 낼 것 같던 과일은 그 걱정이 무색하게 달큰한 향내를 입 안 가득 퍼트렸다.

"완전 맛있어!"

게다가 딱딱하지도 않고 혀에 닿자마자 살살 녹는다. 이예주는 감격스러운 얼굴로 울부짖다가 이내 미친 듯이 과일을 흡입하기 시작했다.

"콜록, 콜록!"

"천천히 먹어여!"

사레가 들려 기침을 하면서도 먹을 것을 입에 쑤셔 넣는 걸 멈추지 않자, 남자가 한심하다는 얼굴을 하고 그녀를 지나쳐 멀리 떨어진 곳에 자리했다. 조롱이 역시 남자와 별반 다르지 않은 얼굴로 그녀의 등허리를 세게 퍽퍽 내리치며 옆에 털썩 주저앉았다.

그럼에도 이예주는 며칠 굶은 아이처럼 부끄러움도 불사하고 먹어 댔다. 곧 턱과 입 주변이 끈적끈적한 과즙으로 범벅이 되었다.

한참을 우걱우걱 과일을 삼키던 그녀가 빵빵해진 볼로 조롱이를 향해 우물거렸다.

"……근데 고기는 없어? 난 육식주의자인데."

"이씨! 도망치려던 주제에! 그냥 주는 대로 먹어여."

"도망치긴! 누가 도망쳐!"

"악! 튀잖아여! 먹기나 해여!"

도망이란 소리에 지레 놀란 이예주가 남자의 눈치를 살살 살피며 버럭 소리치자 입 안에서 과일 파편이 우수수 튀었다. 다행히 남자는 조롱이나 그녀의 말에 신경 쓰지 않았다. 골똘히 생각에 잠겨 있는 듯했다. 그제야 안심한 그녀는 입을 다물고 다시 우걱우걱 먹는 데 집중하기 시작했다.

산같이 싸여 있던 과일 더미들이 이예주의 입 속으로 반 정도 사라졌을 때쯤, 그녀는 어느 정도 주린 허기를 채울 수 있었다.

"하…… 살 것 같네."

부른 배를 두드리며 그녀가 나른한 얼굴로 중얼거렸다. 정말 살면서 이렇게 걸신들린 것처럼 뭘 먹은 적이 있던가? 엄마가 죽은 후 하루에 한 끼 이상 거르다시피 해 왔던 그녀는 새삼 자신이 얼마나 풍족한 생활을 했는지에 대해 고찰했다.

이렇게 생고생을 하며 비렁뱅이가 될 줄 누가 알았겠는가. 지금에 비하면 남들 시선 좀 느끼며 대학에 다니는 것은 정말 천국이었다. 학식도 맛있고 근처에 식당은 얼마나 많던가!

다시금 떠오르는 고향 생각에 이예주가 멍하니 과일 더미를 바라보며 눈물지었다. 엄마가 죽은 후로 한참 레토르트 음식의 훌륭함에 빠져 과일은 거들떠도 안 보던 시절이 있었다. 왜 그땐 과일의 소중함을 몰랐던 것인가, 왜!

"안 뺏을 테니 혼자 다 먹어여."

그러나 그녀의 눈물 젖은 시선을 잘못 이해한 건지, 옆에서 조롱이가 부루퉁한 목소리로 대꾸했다. 황금색 눈동자에 안타깝다는 표정으로 입맛을 쩝쩝 다시고 있는 걸신들린 여자 한 명이 비쳐졌다.

자식, 눈치 하나는 기가 막히다니까. 그녀가 민망함에 딴청을 피우며 화제를 전환했다.

"그런데 둘은 왜 숲에서 헤매는 거야? 나처럼 길 잃은 건 아닐 테고."

"에, 에?"

"뭐. 사냥 같은 거 하는 거야?"

이예주의 갑작스러운 질문에 황조롱이가 우물쭈물 대며 제 주인의 눈치를 보았다. 말하면 안 되는 비밀인가 싶어서 그녀는 괜히 관심 없는 척 별 모양의 노오란 과일을 집어 왕 하고 크게 베어 물었다. 맛은 그냥 밍밍한 코코넛 맛이었지만 껍질을 따로 벗겨서 먹지 않아도 거부감이 느껴지지 않을 정도로 부드러운 식감이었다.

"여기서 뭐 하냐니까?"

이번에는 새빨간 석류 모양의 과일을 집어 먹으며 이예주가 대답 없는 황조롱이에게 되물었다. 입 안에 퍼지는 맛은 석류와는 전혀 다른, 쌉쌀한 초콜릿 맛이었다.

"주, 주인님의 원대한 목표 때문에 왔어여."

"원대한 목표? 그게 뭔데?"

"그게…… 그…… 인간들이 숲에 있다고 그래서여. 주인님이 원대하고 포부에 가득 찬 목적을 이루시기 위해서……."

조롱이가 왠지 꺼리는 눈치로 끝말을 흐렸다. 인간 혐오증에 걸린 저 미친 남자의 원대한 목표야 안 들어도 알 만했다. 심리학 시간에 배웠다. 정신에 이상이 있는 사람들이 의외로 포부가 거대하다. 정말이지 얼굴은 미치도록 잘생긴 저 남자에게 대체 무슨 일이 있었던 걸까?

이예주는 전혀 관심 없다는 얼굴로 우적우적 과일을 씹으며 심드렁히 대꾸했다.

"그래? 얼마나 대단한 목표인지 참 궁금하네. 세계 정복 그런 거? 하하……."

"인간 박멸이다."

"푸읍!"

뜬금없이 끼어드는 남자의 말에 이예주가 한가득 우물거리던 내용물을 그대로 내뿜었다.

"아악! 갑자기 왜 그래여! 악, 더러워! 다 맞았잖아여! 아, 진짜!"

그녀의 옆에 앉았다는 죄로 그녀에게서 뿜어져 나온 오물을 뒤집어쓴 황조롱이가 죽는다고 눈을 까뒤집었다. 그러나 그녀는 방금 들은 말에 꽉 쥐고 있던 과일도 놓친 채 멍하니 남자를 바라보았다.

불 건너 반대편에 앉아 있던 남자는 이예주의 더럽기 짝이 없는 행태를 보고 불쾌한 듯 미간을 찌푸렸다.

"왜, 왜요?"

"……뭐?"

"왜 그런 미친…… 아니, 그런 짓을……."

그녀는 황당함에 말까지 더듬었다. 이거 정말 보기 드문 미친놈일세. 정신이 나간 줄은 알았지만 이렇게 심각할 줄이야.

세계 정복도 우주 정복도 아닌, 인간 박멸. 마치 모 업체에서 해충을 박멸해 준다는 것처럼 저 완벽한 모양새의 입술이 한 치의 망설임도 없이 인간 박멸을 선언했다.

나 진짜 잘못 걸린 게 아닐까? 저렇게 심각하게 미친놈일 줄 미리 알았더라면 그딴 구라를 치면서까지 빌붙지 않았을 텐데.

순식간에 자신을 휘감는 불길함에 그녀가 말을 잇지 못하자 남자가 차가운 얼굴로 되물었다.

"그게 왜 미친 짓이지?"

"네, 네?"

"인간 박멸이 왜 미친 짓이냐고 물었다."

"……."

그걸 몰라서 묻냐. 왜 그 잘난 얼굴로 그딴 쓸데없는 일에 열을 쏟고 있는지 묻고 싶었다.

문득 그 얼굴 그렇게 쓸 거면 나 달라는 농담이 생각났다. 저 미친놈에게 완벽히 어울리는 말이다. 그 얼굴 그런 식으로 쓸 거면 진짜 다른 사람에게 양보나 하지.

"아뇨. 미친 짓이 아니라, 왜 그 얼굴을 하고 그런…… 아니, 아닙니다."

"……."

남자의 한쪽 눈썹이 위로 치솟았다. 이제 그녀는 그 사인이 무얼 의미하는지 알아맞힐 수 있었다. 어디 한번 계속 지껄여 보란 소리다.

"아니…… 아니요. 저라면, 저라면 그런 쓸데없는 짓보단 그 시간에 어…….”

돈 많은 여자를 물어서 남은 삶을 손에 물 한 방울 안 묻히고 편하게 지내겠다. 아니면 영화배우나 아이돌이 돼서 엄청난 부를 축적할 테다. 그것도 안 되면 죽기 전까지 미친 듯이 여자를 꼬드겨서 더러운 외모 지상주의에 한 획을 그으리라.

“……돈을 벌 거예요. 많이, 아주 많이. 하하…….”

남자의 사나운 기세에 눌려 그 모든 말을 함축한 이예주가 소심하게 대꾸했다. 그제야 남자의 눈썹이 납득했다는 듯 내려갔다. 그러나 이번에는 황조롱이가 눈에 불을 켰다.

“주, 주인님의 포부가 왜 쓸데없는 짓이에여!”

“뭐?”

“인간들은 박멸당해도 싸여!”

“이 쪼그만 게 말하는 것 좀 봐. 인간이 어디가 어때서!”

조롱이의 갑작스러운 인간 박멸 찬성에 이예주가 덩달아 눈에 쌍심지를 켰다. 아니, 이것들이 인간을 앞에 두고 왜 그런 기분 나쁜 소리를 하는 건데? 인간이 지들한테 뭘 그렇게 피해를 줬다고!

“인간 여자야말로 주인님 속이고 계속 도망갈 궁리만 하면서! 영악해여! 만날 남 속일 생각만 하고!”

“뭐? 내가 언제! 참나! 참나!”

조롱이가 황금색 눈동자에 원망을 한껏 담고 새초롬히 그녀를 째려보았다. 전적이 있어 뜨끔한 이예주는 흥분을 이기지 못하고 말을 버벅대며 손 부채질을 했다.

“인간이 우리한테 어떻게 했는데여!”

“아, 내가 뭘 어쨌다고!”

“진짜! 뭐든 다 할 테니 살려 달라고 싹싹 빌어도 웃으면서 막 잡아먹고! 영양가 있다고 막 태어난 애들을 산 채로 삶아 먹고! 그 때문에 멸종한 동물들이 얼마나 많은데여?"

"……."

"신인류는 더 해여!"

거의 비명 지르다시피 하는 조롱이의 모습에 이예주가 깜짝 놀라 입을 다물었다. 자신을 향한 금안에 지금껏 보지 못했던 짙은 원망이 가득 담겨 있었다.

"신인류는 잡아서 사육당해여! 그중 능력이 특출 난 신인류는 태어나자마자 잡아먹혀여. 능력이 있다는 이유 하나만으로여! 태어날 때 인간 모습으로 태어나는 경우도 있어여. 근데 어떻게 제 종족의 모습을 했는데도 산 채로 뜯어 먹을 수가 있어여? 애기가 막 우는데. 막 우는데 정말……. 정말 이해가 안 가…… 어떻게 그래여? 인간들은 정말 어떻게 그래여?"

"……."

"그런데 그게 그렇게 억울해여? 우리가 죽어 갈 때 아무도 안 도와줬는데…… 주인님이, 주인님만이 우리를 도와주기 위해 움직여 주셨는데. 그게 그렇게 억울하냐구여!"

"……누, 누가 억울하대?"

인간에 대한 모든 증오의 화살이 자신을 향하자 이예주가 잔뜩 당황하여 말을 더듬었다. 왜 갑자기 소리를 지르고 난리야. 내가 뭐라 했나. 난 듣도 보도 못한 소리구만 왜 나한테 그래.

갑작스런 조롱이의 비난에 그녀가 더듬거리는 사이 잔뜩 씩씩거리던 조롱이가 '펑!' 하고 인간에서 새로 변했다.

"야. 조, 조롱아! 어디 가!"

그러더니 이예주가 잡을 새도 없이 발톱으로 제 옷을 쥐고 훌쩍 날아가 버렸다. 난데없이 욕을 왕창 먹은 당사자보다 제가 더 분노하여 자리를 박차고 나가는 새의 행태에 그녀는 참지 못하고 불만을 중얼거렸다.

"내, 내가 그런 것도 아니고……."

"스읍, 그만 입 다물어라."

남자가 그녀의 억울함마저 묵살했다. 황망히 황조롱이가 떠난 자리를 바라보던 그녀는 들려오는 목소리에 문득 화가 치솟아 휙 고개를 돌렸다.

아니, 내가 대체 뭐라 했길래! 억울한 걸로 치면 이 세상에서 나만큼 억울한 인간이 또 어디 있다고 왜 나한테만 이래, 이 자식들아!

분에 가득 차 저도 한마디 내뱉기 위해 입을 벌린 이예주는 곧 남자의 시뻘건 눈과 마주치자 바로 입을 꾹 닫았다. 크리쳐 때문에 잠시 착각하고 있었나 보다. 그가 자신을 조금쯤 받아들여 주었다고.

남자의 눈은 처음 마주쳤을 때처럼 서늘한 살기를 내뿜고 있었다. 그 지독한 혐오는 부정할 수 없을 만큼 정확하게 자신을 가리켰다.

남자마저 자신을 비난하는 듯한 눈빛을 보내자 이예주는 목 끝까지 억울함이 치솟는 것을 느꼈다. 그러나 한 마디만 더 내뱉었다간 목이 달아날 수도 있다는 생각에 그녀는 잠자코 나무 그루터기 쪽으로 갔다.

어둠에 몸을 묻으며 이예주는 자신이 생각보다 황조롱이에게 많이 의지했었다는 것을 깨달았다. 혈혈단신의 몸으로 이곳에 떨어져 얼마나 두려움에 떨었던가. 얄밉긴 해도 갈색 머리 소년과의 아옹다옹은 그나마 차올랐던 걱정과 두려움을 완화시켜 주곤 했다.

그러나 그것은 모두 착각이었다. 처음 보는 황조롱이의 적대가 그녀의 기분을 완전히 깔아뭉갰다.

이예주는 제가 뭘 잘못한 건지 도저히 알지 못해 억울해서 돌아가실 정도였지만 황조롱이에게 사과를 건네기 위해 밤늦게까지 그를 기다렸다. 그러나 그녀가 피곤에 지쳐 잠에 빠지기 전까지 황조롱이는 나타나지 않았다.

치익, 치익.

어떤 소리와 함께 단백질 타들어 가는 구린내가 이예주의 코끝에 다가왔다. 더운 기운이 그녀의 얼굴가에서 간질거렸다.

으응. 이예주는 잠결에 어디서 더운 바람이 부는가 보다 싶어 얼굴을 찌푸리며 몸을 뒤척였다. 그러나 힘을 주고 뒤척이는데도 몸이 꿈쩍도 하지 않았다.

으응……! 조금 더 꾹 힘을 주며 몸을 움직이기를 재차 반복하던 그녀는 무언가 이상함을 느꼈다. 어? 몸이 왜 이러지? 왜 이렇게 안 움직이고…….

"으윽!"

그때, 온몸이 숨 쉴 수 없을 만큼 꽉 조였다. 그녀가 반사적으로 신음하며 눈을 번쩍 떴다. 그리고.

"쉬익—."

눈앞에 거대하고 날카로운 이빨이 있었다. 그 끝에서 허연 점액질이 뚝뚝 떨어져 이예주의 머리카락과 후드 근처로 떨어졌다.

치익, 치이익. 연달아 타들어 가는 소리와 함께 구린내가 피어올랐다. 그 액체가 닿았는지 목뒤가 따끔거렸다. 후욱— 더운 기운이 다시 한번 그녀의 얼굴을 덮쳤다.

더운 바람이 아니었다. 입김이었다. 그녀의 머리는 뱀의 아가리 속으로 반쯤 들어가 있는 상태였기 때문이다.

"억!"

제 몸을 조이는 힘이 더 거세지자 이예주는 뼈가 부서지는 듯한 고통에 신음을 흘리며 아래를 내려 보았다. 자신의 몸은 보이지 않고, 목 아래서부터 끔찍스러운 비늘로 뒤덮인 뱀의 몸뚱이가 똬리를 틀고 있는 게 보였다.

그제야 그녀는 어떤 상황에 처했는지 알아차렸다. 초대형 돌뱀이었다. 뱀이 자신을 죽이려고 기어코 따라온 것이다.

이예주는 다시 고개를 들다 노오란 파충류의 눈과 정면으로 마주쳤다. 등허리부터 쫙 올라오는 소름에 그녀가 미친 듯이 비명을 지르기 시작했다.

"아아아악—!"

"쉬익, 쉬익. 캬악!"

뱀이 아가리를 더욱 크게 벌렸다. 독을 뚝뚝 떨어뜨리는 날카로운 송곳니가 그녀를 찢어발길 듯 다가왔다.

"……아아악, 헉!"

그녀가 번쩍 눈을 뜨며 몸을 휙 일으켰다. 자리에서 일어나자마자 사방을 두리번거리던 그녀는 두려움이 가득한 얼굴로 제 몸을 마구 더듬어 댔다.

온몸을 터뜨릴 것 같은 엄청난 악력이었다. 아직도 제 몸을 조이는 듯한 그 압박감에 이예주는 몇 번이고 제 몸을 더듬는 걸 멈추지 못했다.

"무슨 일이지?"

앞에서 익숙한 목소리가 들렸다. 퍼뜩 고개를 들자 조롱이가 떠나기 전과 변함없는 자세로 앉아 있던 남자가 꽤 놀란 눈으로 그녀를 바라보고 있었다.

시뻘건 눈과 마주치자 초점 없던 이예주의 눈이 점점 현실로 돌아왔다. 그러나 눈을 감아도 잊히지 않는 뱀의 선명한 진상에 희게 질린 그녀의 안색은 쉬이 돌아올 기미가 보이지 않았다.

"꿈이……."

꿈이었나? 그 생생함이 꿈이었나?

그녀가 정신없이 꿈과 현실을 되새기다가 문득 옆얼굴을 찌르는 빛에 고개를 돌렸다. 그녀와 남자가 있는 곳에서 얼마 떨어지지 않는 곳에 '문'이 열려 있었다. 환히 빛나는 문 한 개가.이예주는 반사적으로 생각했다.

'예지몽이구나.'

이런 적이 한 번 있었다. 고2, 수학여행을 떠나던 도중 생생한 꿈에서 깨어나자 눈앞에 '문'이 열려 있었다. 지금도 마찬가지였다. 근방에 돌뱀이 있다는 것을 그녀는 알았다. 아니, 확신했다. 이제 곧 꿈이 현실이 된다.

직감적으로 떠오르는 생각에 남자와 '문'을 번갈아 보던 이예주의 얼굴이 금방이라도 울음을 터뜨릴 것처럼 일그러졌다. 그녀의 모습을 예의 주시하던 남자가 자리에서 일어났다.

"너."

"……."

"뭘 본 거지?"

남자가 물었다. 까마귀로 변한 크리쳐를 보고 떨어 댈 때는 오히려 귀찮다는 표정으로 그녀를 밀쳐 내던 남자였다. 그러나 이번에는 그녀의 얼굴에서 심상치 않은 기운이라도 감지한 걸까.

아무렴, 심상치 않은 기운이겠지. 초대형 돌뱀에게 먹히기 일보 직전인 꿈을 꿨는데.

"……저기요, 저 진짜 도망가는 거 아니에요."

이예주가 남자의 눈치를 보며 조심스럽게 '문'이 있는 쪽으로 다가갔다. 남자의 새빨간 눈이 집요하게 그녀를 쫓았다.

저 미친놈 진짜 어떡하지? 이예주는 속으로 통곡을 하며 '문' 근처에 멈춰 섰다. '문' 안쪽에 미래가 보였다. 깊은 밤인 현재와는 다르게 '미래'의 어느 날은 훤한 대낮이었다. 재빨리 무언가 특징 잡을 거리를 훑은 그녀가 다시 남자를 바라보았다.

그의 얼굴은 여전히 무표정했다. 그러나 이예주의 행동을 필히 괴상하게 여기고 있을 것이다. 남자의 눈엔 '문'이 보이지 않을 테니 당연했다.

"흐흑…… 저 진짜 도망가는 거 아닌데요."

남자에게서 대꾸가 없었다. 이예주는 울먹였다.

"저, 나무는 별로 없는데 엄청 커다란 미루나무 같은 게 있어요. 옆에 큰 바위도 있고요. 어, 또…… 또, 나무 주위로 들판이 있어요. 숲이 아닌가 봐요. 낮이고 해도 쨍쨍하고……."

"무슨 소리를 하는 거지?"

"거기서 기다릴게요!"

이예주에게는 사실 남자나 돌뱀이나 별 차이 없었다. 그렇지만 이것도 다 먹고살자고 하는 짓이니 남자가 너무 자신에게 분노하지는 않았으면 좋겠다. 예를 들면 벼락을 내리치는 그런 끔찍한 일만은 절대로 피하고 싶다.

"안 믿기겠지만 진짜 도망가는 거 아니에요, 진짜!"

"……."

"제가, 흑…… 제가 이러고 싶어서 이러는 게 아니에요."

"인간, 대체 무슨 소릴……."

남자는 완전히 미간을 구긴 채 그녀를 바라보았다. 이예주는 금방 뱀 대가리가 독을 쉭쉭 내뿜으며 나타날까 봐 두려움에 떨면서도 그에게 미안하다고 중얼거리는 것을 잊지 않았다.

무슨 소리긴. 도망간다는 소리다, 이 자식아.

남자가 잡을세라 그녀는 재빠르게 '문' 안으로 뛰어 들어갔다. 훗날 남자의 분노가 두렵긴 했지만 당장의 목숨을 부지하는 것이 그녀로선 더 먼저였다.

제발 이토록 간절한 자신의 마음이 남자에게까지 닿길.

"그럼 기다리고 있을게요!"

"이봐, 인……!"

곧 환한 빛이 이예주를 감싸 안았고 남자가 채 부르기도 전에 그녀는 흔적도 없이 사라졌다.

눈을 떴을 때 이예주는 거짓말처럼 '문'을 넘은 장소에 도착했다. 조롱이를 연상케 하는 참새 떼가 짹짹거리며 커다란 나무 위를 지나갔다.

"하. 진짜 외국에 왔구나……."

'문'을 넘기 전에 이미 본 광경이지만 한국이라고는 믿기지 않을 만큼 푸른 초록이 넘실대며 그녀의 앞에 펼쳐져 있었다. 하늘은 티 한 점 없이 새파랬다. 위험천만한 숲속에서 몇 날 며칠을 헤매고 다녔던 게 꿈같이 느껴질 정도로 평화롭기 짝이 없는 광경이었다.

이예주는 쨍쨍하게 내리쬐는 햇빛을 피해 눈앞에 있는 거대한 나무 밑의 그늘 속으로 들어가 철퍼덕 주저앉았다. 자다 깬 상태에서 정신없이 '문'을 넘어와서 그런지 묘하게 몸이 나른하고 눈앞이 멍했다.

문득 시간이라는 단서만 빼면 정말 공간 이동이라고도 믿을 만한 능력이라는 생각이 들었다. 사실 여기에 온 이후만큼 이렇게 공간이 천양지차로 달라진 적도 없었다. 기겁할 만한 괴물 뱀이 있는 미친 숲에, 인간 박멸이 장래 희망이신 시뻘건 눈의 미친놈.

그런데 그 남자, 설마 죽이겠다고 달려들진 않겠지? 그래도 그녀가 할 수 있는 최대한으로 도망가는 게 아니란 피력을 하고 왔는데. 엄마에게도 그렇게 자세하게 미래를 설명해 준 적이 없을 것이다.

이예주는 가을 하늘처럼 티 한 점 없이 파란 하늘을 멍하니 올려다보며 우울한 얼굴로 한숨을 폭 내쉬었다.

여기서 그 남자가 올 때까지 마냥 기다리기만 해야 하는 걸까? 설마 나 따윈 잊어버리고 제 갈 길 가 버린 건 아니겠지? 그러면 그걸 기회로 거짓말이 들통나기 전에 지금이라도 먼저 남자에게서 벗어나야 하나?

지금이 바로 도망갈 기회란 생각에 그녀가 주저앉아 있던 몸을 벌떡 일으켰다.

"그래, 도망!"

남자가 죽이기 위해 쫓아다니는 인간들에 대한 정보를 알기는커녕 쥐뿔도 모르는 걸 들킨다면…… 생각만으로도 온몸이 덜덜 떨렸다.

그녀는 도망갈 길을 가늠하기 위해 주위를 둘러보았다. 그러나 사방이 풀뿐인 이 들판 지형에서 오지의 '오' 자도 잘 모르는 그녀가 방향을 가늠할 수 있을 리 없었다. 이예주의 얼굴이 다시 우울하게 일그러졌다.

"하, 여긴 또 어디야……."

어디로 가야 하는지도 모르겠고, 방향을 안다손 치더라도 또 남자를 만나지 않는다는 보장이 없었다. 그냥 초능력자도 아니고 무려 자신의 기척을 느낀다는 초능력자라지 않는가.

게다가 남자도 남자지만 문제는 그 괴물 뱀 대가리였다. 망할 돌뱀이 자신을 뒤쫓아오고 있었다. 이번에는 얼떨결에 잘 피했으나 다음번에도 과연 잘 피할 수 있을까.

그녀는 지난 꿈속에서 자신을 향해 독을 뚝뚝 떨어뜨리며 쉭쉭대던 괴물 뱀을 기억하곤 진저리를 치며 얼굴을 감싸 안았다.

그러고 보니 그 초대형 괴물 뱀이 쫓아올지도 모르는 상황에 남자를 그대로 남겨 두고 온 셈이 되었다. 설마 괴물 뱀에 물려 죽진 않았겠지. 어쩌면 남자가 벼락을 내리쳐 뱀 구이로 만들어 버리고 그녀의 뒤를 맹렬히 쫓고 있을지도 모른다.

"……흐, 흑."

이예주는 제 머리카락을 잡아당기며 울먹였다.

살아남는 게 남자가 됐건 괴물 뱀이 됐건, 어느 쪽이나 끔찍했다. 두 괴물 중 누가 이겼건 다시 조우하게 될 시 제 목숨에 위협이 되는 것은 변함없으니 말이다. 그녀가 떠난 후 둘이 치열하게 싸워 둘 다 뒤졌을 가능성도 있지만 극히 희박했다.

이예주는 앞뒤 양옆으로 보이지 않는 벽이 자신을 조여 온다고 생각했다. 그 벽을 바로 '죽음'이라 명명하리.

그냥 여기서 남자가 올 때까지 기다린 후 손이 발이 되도록 싹싹 비는 것만이 정답일까. 이왕이면 말이 안 통하는 초대형 돌뱀 대신 그나마 거래를 제시할 수 있는 남자가 살아 있기를 그녀는 천지신명에게 빌었다. 그나저나 목숨을 담보로 제시할 거래가 제게 남아 있던가…….

그때, 멀리서 말 달리는 소리 비슷한 것이 들려왔다. 나무 아래 멍청히 서서 제 머리를 잡아 뜯던 이예주가 고개를 들었다. 멀리서 까만 점이 두두두두 소리를 내며 그녀가 있는 쪽으로 다가오고 있었다.

잘 보이지 않아 한껏 가느다래졌던 이예주의 눈이 이내 화등잔만하게 변했다. 그녀에게 엄청난 속도로 다가오고 있는 것은 다름 아닌 커다란 늑대였다.

하지만 늑대는 문제가 아니었다. 그 위에 태연히 앉아 그녀를 시퍼렇게 노려보는 남자가 문제였지.

"허."

이예주는 기가 막히다 못해 코가 막혀 입을 떡 하고 벌렸다. 지금 꿈을 꾸고 있는 게 아니라면 남자가 마치 오토바이 몰듯 늑대를 부리며 자신에게 달려오고 있는 것이다. 금방이라도 '오, 오빠!' 하고 환호성 지르며 두 팔 벌려 달려 나가야 할 분위기였다.

두두두두두.

"아우—!"

바람처럼 순식간에 달려온 회색 털을 가진 늑대가 우렁찬 포효와 함께 이예주의 앞에 멈춰 섰다. 애니메이션에나 나올 법한 거대한 늑대였다. 남자가 그 위에서 군림하는 왕처럼 오만 방자한 표정으로 그녀를 내려다보았다. 단정했던 까만 머리가 바람에 흩날려 자연스럽게 흐트러져 있었다.

남자의 새까만 눈이 입을 벌린 채 멍청하게 서 있는 그녀를 발견하자마자 시뻘겋게 변했다. 그와 동시에 거대한 짐승이 이예주를 향해 이를 드러냈다.

"그르르릉."

"워, 진정해라."

휙, 단 한 번의 동작으로 멋지게 늑대 위에서 뛰어내린 남자가 이예주의 앞에 우뚝 섰다. 늑대를 다독이던 그의 눈이 자신에게 향하자 그녀가 입을 다물며 한숨처럼 중얼거렸다.

"……늑대네요."

"그르르릉! 인간 냄새다!"

다물렸던 그녀의 입이 다시금 떡 벌어졌다. 으르렁거림과 함께 쏟아진 선명한 말소리 때문이다.

"으르릉, 컹! 인간! 인간이다!"

"늑대, 먹는 것이 아니다."

새도 모자라 이제 늑대까지 말을 하네. 현기증이 다 나는 것 같은 기분에 그녀는 순간 저도 모르게 휘청거렸다. 그러자 남자가 고맙게도 손을 뻗어 우악스럽게 붙잡아 주었다. 붙잡아 주었다고 말하기엔 거칠게 붙들린 그녀의 멱살이 무척이나 안쓰러웠지만.

"어억! 왜, 왜 이러……!"

"너 대체 정체가 뭐야."

"예, 예?"

"왜 도망쳤지?"

"……."

"왜 갑자기 눈깔을 까뒤집고 쥐새끼처럼 도망쳤냐 이 말이다."

이 남자 말하는 것 좀 보소. 잠시 남자를 만나 반가웠던 마음이 바람처럼 사라지는 순간이었다. 비록 예지몽을 꾸고 정신없이 '문'을 넘긴 했지만 그것은 단지 죽기 싫은 의지에서 비롯된 행동일 뿐, 절대로 남자가 칭한 것처럼 흉하게 줄행랑을 놓은 것은 아니다.

'쥐새끼는 무슨. 이렇게 큰 쥐 봤냐, 이 자식아!'

그녀는 목구멍까지 차오르는 남자에 대한 반발심을 애써 꿀꺽 넘겨 삼켰다.

"……하하. 누, 눈깔을 까뒤집고 도망이라뇨. 전 그냥……."

"입 닥치고 묻는 말에나 대답해. 왜 도망쳤지?"

"어어흑! 어억!"

이예주가 헛소리를 늘어놓으려 하자 남자가 대번 그녀의 멱살을 붙잡고 짤짤 흔들어 댔다. 잠기운도 다 물러가지 않은 상태에서 고개가 앞뒤로 마구 흔들리니 불쑥 현기증이 치밀어 올랐다. 그녀가 필사적으로 남자의 손을 부여잡으며 소리쳤다.

"아악! 흔들지 마요! 흔들지 마요!"

"네 입으로 도망가지 않겠다고 했다. 맹세까지 했었지. 그런데 감히, 너 따위 것이 날 기만해?"

"어억! 이, 이것 좀 놓고 얘기……."

"네 도망 길은 죽음뿐이라고 했을 텐데."

"그, 그게 아니라!"

"그래. 마지막이니 어디 한번 마음껏 지껄여 봐."

남자의 말투나 표정이 하도 단조로워 자칫하면 그가 차분히 그녀에게 도망을 친 이유를 묻는 것으로 오인하기 쉬웠다. 하지만 시뻘건 눈은 당장이라도 그녀를 찢어발길 것처럼 형형하게 빛났다. 정말로 그녀를 당장에 죽여도 상관없을 만큼 권태로운 목소리로 마지막 변명을 종용하는 것이다.

꾸르릉, 꾸르릉. 불현듯 하늘이 천둥소리를 내며 어두워졌다. 왠지 모를 기시감에 이예주의 얼굴이 점차 하얗게 질려 갔다. 어흐흑, 혹시 이 미친놈, 또 벼락 내리치려고 준비 중인 거 아니야?

그녀는 남자의 손길에 정신없이 고개를 꺼떡거리면서도 치밀어 오르는 후회로 연신 통탄했다. 이 미친놈을 만나기 전에 도망쳤어야 됐는데. 고민 따윈 필요 없이 '문'을 넘자마자 도망쳤어야 됐다. 왜 항상 행동으로 옮기기도 전에 후회부터 물밀듯이 찾아오는 것인가.

"어디 한번 지껄여 보래도. 그간 보아 온 정도 있으니 소멸만은 막아 주지. 하지만 재가 된 네 시체는 들짐승이 뜯어 먹을지도 모르겠군. 여기 늑대도 널……."

"아, 진짜!"

남자의 폭언과도 같은 말에 이예주는 찬물 뒤집어쓴 듯 오한이 들어 몸을 꼿꼿이 세웠다. 온몸에 힘을 주니 속절없이 흔들리면서 생긴 멀미가 조금은 가라앉는 것 같다.

충분히 도망칠 기회가 왔음에도 불구하고 다시 잡혀 버린 제 멍청함에 피눈물을 흘리며 그녀는 남자를 향해 비명에 가까운 소리를 내질렀다.

"도망가긴 누가 도망가요! 여기 어딘지도 다 알려 주고 계속 기다리고 있었잖아요!"

"……."

"도망가려면 당신 오기 전에 도망갔겠죠! 대체 어떤 멍청이가 도망치면 죽인다는 사람한테 도망칠 장소도 다 알려 주고 도망을 가요!"

그 멍청이가 바로 나다! 이예주는 터져 나오는 오열을 힘겹게 삼키며 결국 비굴하게 남자를 설득하는 것을 택했다.

그녀의 처절한 외침에 남자의 표정이 조금 의미심장해졌다. 인간 여자의 창백한 얼굴을 시뻘건 눈동자가 샅샅이 훑었다. 과연 거짓을 고하는지 아닌지 판단하는 듯싶었다.

"도망이 아니라면 대체 왜 사라진 거지."

꾸르릉, 쿠릉 쿵. 계속 검은 구름 떼가 몰려오고 천둥소리가 끊이질 않았다. 힐끗 위를 올려다보던 이예주는 울기 직전과 같은 얼굴로 남자를 바라보았다.

"……도망간 거 아니에요."

"……."

남자는 무표정한 얼굴로 대답 없이 그녀를 내려다보고만 있었다. 계속해 보라는 것 같았다. 이예주는 돌아가지 않는 머리를 필사적으로 굴리며 변명을 생각해 냈다. 이대로 벼락 맞고 죽을 순 없었다.

"그, 그게…… 악몽을 꿨는데요…… 흐흑."

"……."

"제, 제가 그런 게 있어요. 그 신기 같은 거요. 신기…… 아, 알죠?"

남자의 한쪽 눈썹이 삐쭉 올라가자 그녀는 서둘러 덧붙였다.

"돌아가신 할머니가 막 꿈에 나와서 알려 주고 그러는 거요. 귀신 나오고 막 그런 거……."

"너, 무당인 건가?"

"……."

존재도 잘 모르는 할머니를 팔아 치우며 그녀가 되도 않는 소리를 지껄여 댈 때 남자가 간만에 말이 통하는 소리를 했다. 다행히 1000년이 지나도 무당과 같은 미신이 존재하는가 보다.

물론 이예주는 철저한 무신론자다. 하나님은 물론, 예수도 부처도 그녀가 가진 저주 앞에선 무용지물이었기 때문이다.

"네, 네! 뭐…… 그런 거랑 비슷한 거요! 그냥 악몽을 꾸면 할머니가 나와서 위험하다고 하는데…… 그, 그런 걸 잘 느껴요. 좀 꺼림칙하고 막 그런 거."

"……."

"……귀신이니까 너무 무섭고 불안하고. 으흑, 여긴 너무 외딴 숲이고…… 위험하면 일단 피하고 보는 게 버릇처럼 굳어져서요……."

저도 무슨 소리를 하는지 잘 모를 정도의 헛소리를 늘어놓으며 그녀가 뒤룩뒤룩 눈알을 굴렸다. 어느 순간부터 꾸릉꾸릉하며 요란 법석을 떨던 천둥소리가 잠잠해졌다. 아직 남자에게서 의심의 눈초리가 거둬진 것은 아니나, 벼락이 당장 내리치지 않는 것만으로도 저승 문턱에서 한숨 돌린 것 같았다.

그녀는 격하게 안도했다. 새삼 남자가 저 못지않게 멍청한 게 아닌가 하는 생각이 들 정도로 여유도 생겼다. 어떻게 이렇게 말 같지도 않는 헛소리에 두 번이나 속아 넘어갈 수 있는 건지 잘 모르겠다.

하지만 이예주는 이미 머리가 굵으면서 양심 따윈 팔아먹은 지 오래였기 때문에 오히려 더 그럴싸한 변명을 내놓지 못한 제 뇌의 한계가 답답할 뿐이었다.

"……그게 사실인가?"

"네, 네?"

"네가 위험을 미리 감지하는 것이 사실이냐고."

제 얼굴을 뚫어 버릴 듯 쏘아보는 시뻘건 눈빛에 그녀는 침을 꼴딱 넘겨 삼켰다. 그녀는 더 생각할 틈도 없이 무조건 고개를 끄덕였다.

"네. 네!"

"……."

"네! 맞아요. 무당!"

남자가 짙은 눈썹을 꿈틀거렸다. 그의 얼굴에 미심쩍다는 표정이 그대로 드러났다.

"그렇다면 이틀간 기척은 왜 숨겼지?"

"이틀이요?"

"그래. 이 근처를 샅샅이 뒤졌지만 기척이 느껴지지 않더군. 오늘마저 나타나지 않았더라면 네 기척이 어디서 느껴지든 간에 바로 죽여 버릴 참이었다."

"이, 이틀이나 지났…… 헙!"

'이틀이나 지났단 말이야?' 하고 따져 물으려던 이예주가 황급히 두 손으로 제 방정맞은 입을 틀어막았다. 그러니까 남자의 말은 그 호숫가 근처에서 야영했던 날로부터 현재 이틀이 지났단 소리였다.

벌써 이틀이라니. 왠지 이곳에 온 이후로 아무것도 한 것 없이 흥청망청 시간만 흘려보내는 것 같은 기분에 그녀가 울상을 지었다.

남자의 말이 가슴 깊이 와 닿았다. 히루라도 더 흘렀다간 '문'을 넘어오자마자 분노한 남자에 의해 벼락을 맞았을지도 모른다. 그 생각을 하니 실제로 두피가 다 찌릿찌릿해졌다.

"대답."

"다, 당연히! 근처에서 기다렸어요! 무서우니까 기척을 숨기고 그쪽 기다린 거죠. 기다렸어요. 진짜, 정말요. 하하……."

기척을 숨기긴, 숨긴다의 '숨' 자도 어떤 의미인지 모르는 그녀였다. 남자의 날카로운 눈빛 아래 두 동공이 마구 흔들렸다. 그러나 그녀의 입은 기계처럼 쉴 새 없이 '그럼 기다렸고말고요.'를 반복했다.

남자는 그 후로도 한참 동안 이예주의 멱살을 잡고 놓질 않았다. 참다못한 그녀가 마침내 저도 모르게 통곡을 하며 잘못했다고 자백을 쏟아 내기 바로 직전, 드디어 잡혔던 멱살이 풀리며 숨통이 트였다.

"……헉, 헉."

다리에 힘이 빠져 이예주는 휘청거렸다. 남자는 그런 그녀를 내버려 둔 채 짧게 생각을 하다가 무뚝뚝하게 말했다.

"간사한 혀군."

"……예?"

"혀가 간사해."

"……."

"한 번만 더 속아 넘어가 주지."

그와 동시에 꾸릉꾸릉하고 그들 위로 잔뜩 껴 있던 먹구름이 거짓말처럼 움직이더니 순식간에 사라졌다. 다시 하늘이 화창하게 개었지만 이예주의 표정은 밝아지지 않았다.

일단 살았다. 남자가 그녀의 말을 받아들여 벼락 맞고 죽지는 않을 듯했다. 그런데 한 번만 더 속아 넘어가 준다니? 그의 말을 곱씹던 이예주는 심장이 덜컹 내려앉음을 느꼈다. 혹시 거짓말임을 눈치챘나?

남자의 앞에서 그녀란 존재는 온통 거짓투성이였다. 그가 쫓는 중인 '다리족'이란 종족에 대해서도 모름은 물론, 무당은 둘째치고 조상도 믿지 않는 이예주였다.

그런데 뭘 속아 넘어가 준다는 거지? 거짓말을 다 안다는 말인가? 대체 어디부터 어디까지 눈치를…….

"크르르릉."

얼마나 깊이 고뇌하고 있었는지 으르렁거리는 소리를 들은 후에야 비로소 이예주는 바로 등 뒤에 남자가 타고 온 거대한 늑대가 버티고 있음을 깨달았다.

뒤통수에 내뱉어진 사나운 콧김에 그녀가 기겁을 하고 몸을 움츠릴 때였다. 멱살이 놓인 지 얼마나 됐다고 이번엔 후드가 훽 거칠게 잡아당겨졌다.

"먹는 것 아니라 했을 텐데."

억, 비명을 지를 새도 없이 강한 힘에 끌려간 이예주는 남자의 딱딱한 목소리가 울려 퍼지자 그제야 상황을 파악했다. 방금 제가 서 있던 자리에 거대한 회색 늑대가 입을 쩍 벌린 채 침을 뚝뚝 흘리고 있었다. 그녀의 얼굴이 삽시간에 희게 질렸다.

"크르릉, 인간. 인간은 잡아먹어야 한다, 주인. 주인은 인간을 싫어한다."

"명령을 어길 셈인가."

이예주는 팽팽하던 목덜미가 느슨해지자 남자가 제 후드를 잡아당겨 늑대의 날카로운 이빨로부터 구해 주었다는 것을 깨달았다.

하지만 그 생각도 잠시뿐, 야생동물의 으르렁거림에 그녀는 다시 겁에 질렸다. 남자가 아무리 보기 드문 장신일지라도 거대한 늑대 앞에서, 그것도 들짐승의 누린내를 풍기는 야생 늑대 앞에서는 한입거리밖에 안 돼 보였다.

그때 그가 그녀의 후드를 내팽개치듯 내려놓고 늑대 쪽으로 한 발자국 다가갔다. 그러자 놀랍게도 날카로운 이를 드러내던 커다란 늑대가 언제 그랬냐는 듯 이를 감추며 고개를 조아렸다. 그것도 모자라 마치 호랑이를 만난 강아지 새끼처럼 낑낑거리는 게 아닌가.

그녀가 어안이 벙벙해 눈을 끔뻑거리는 사이 남자가 다시 차갑게 명령했다.

"부르기 전까지 숲에 처박혀 있도록."

"그르릉! 싫다, 인간. 주인……!"

"그만. 더러운 인간을 네 등에 태우고 사막 횡단까지 하고 싶은 건 아니겠지."

"……끼잉, 끼잉."

남자의 말에 늑대가 회색 눈으로 애처롭게 그를 바라보다가 이내 등을 돌려 휙 뛰어갔다. 그 모습이 주인에게 버려진 강아지 같아서 이예주는 한없이 당황스러웠다. 그녀를 향해 사납게 드러냈던 늑대의 적의가 남자의 앞에선 순식간에 사그라졌다. 그뿐이랴. 말하는 짐승이 조롱이 외에 또 있다는 것도 놀라울진대 그 사나운 야생 늑대는 남자에게 고개까지 조아렸다.

그러고 보면 이 숲에서 만나는 것들은 하나같이 자신을 향해 숨기지 않는 적의와 살의를 내비쳤다. 그러나 그와 반대로 남자에겐 이유 없는 복종과 존경을 바친다. 주인님이라고 꼬박꼬박 불러 대며.

대체 왜 이런 미친놈에게? 새삼스러운 눈으로 남자를 돌아보며 그녀가 조심스레 입을 열었다.

"왜, 왜 보내는 거예요?"

"……뭐?"

"타고 가려고 데리고 온 거 아니었어요?"

"……."

"마침 다리도 아프고 잠도 오니 잘됐는데. 저 정도 덩치면 둘 다 태울 수……."

이예주는 늑대가 순식간에 사라진 숲 쪽을 가리키며 주절거리다 문득 뺨에 닿는 시선에 입을 다물었다. 남자가 기가 막힌다는 얼굴로 자신을 내려다보고 있었다.

"기운이 넘쳐 나는가 보지. 헛소리도 지껄일 정도면."

그가 대답할 가치도 없다는 듯 중얼거리며 이예주를 차갑게 스쳐 지나갔다. 그러더니 그녀가 따라오든 말든 신경 안 쓰겠다는 듯 휘적휘적 앞서 걸었다. 제자리에 서서 남자의 뒤통수를 바라보던 이예주가 맹한 얼굴로 중얼거렸다.

"……저거 일부러 그러는 거 맞지?"

아무리 되뇌어 봐도 골리는 걸로밖에 생각되지 않았다. 아니라면 왜 기껏 저 혼자 신나게 타고 온 이동 수단을 굳이 다시 돌려보낸단 말인가? 죽어도 나는 안 태우겠다 이거지?

뒤늦게 부아가 치밀어 오른 그녀가 이를 사리물며 잠시나마 늑대의 이빨로부터 구해 줬던 고마움을 빠득빠득 지워 내고 그 자리에 다시 증오와 복수를 채웠다.

쪼잔한 놈. 진짜 너무하네. 그녀는 벌써 꽤 멀어진 까만 뒤통수를 향해 조심스럽게 가운뎃손가락을 흔들었다. 어린아이처럼 댓 발 나온 입으로 분을 삭이며 그녀는 별수 없이 남자를 뒤쫓았다.

"저기요. 근데 조롱이는요?"

터벅터벅. 한참 동안 남자의 뒤에서 한 발자국 떨어져 걷던 이예주는 문득 조롱이가 안 보인다는 것을 깨닫고 무심결에 물었다. 그러고는 곧 아차 싶었다. 남자가 먼저 말하기 전엔 절대 먼저 말을 섞지 말자고 다짐한 지 몇 분이 지났다고 그새를 못 참고 먼저 입을 연 꼴이 되었다.

이 망할 놈의 기억력. 아랫입술을 꾹 깨물며 자책하는 와중, 남자가 그녀를 흘긋 돌아보았다. 빨리도 물어본다는 듯 시뻘건 눈빛에 한심함이 가득 담겨 있었다.

"심부름 보냈다."

"심부름이요? 갑자기 심부름은 왜요?"

"알 것 없다."

이런 싸가지! 자신의 말을 칼같이 끊어 내는 남자의 말에 목 끝까지 차오르는 욕설을 꾹 눌러 참았다. 말을 건 내가 멍청이요. 몇 번 심호흡을 한 그녀가 다시 무뚝뚝하게 걸어가는 남자를 향해 입을 뗐다.

"저기요. 근데 혹시 저 가고 막…… 뭐 나타나진 않았죠?"

돌뱀이 나온 악몽을 떠올리며 그녀는 진저리를 쳤다. 남자의 빨간 동공이 무슨 소리냐는 듯 그녀를 향했다.

그래도 이 남자라면 지진을 일으키거나 번개를 내리쳐 그 끔찍스러운 괴물 뱀을 죽일 수 있을 것이다. 예지몽까지 꿀 정도면 빌어먹을 뱀 대가리가 그녀와 굉장히 가까운 곳까지 당도했던 게 분명했다.

남자가 너무나도 멀쩡한 모습으로 미래까지 부득부득 자신을 쫓아왔으니 어쩌면 이미 괴물 뱀과 만나 한차례 격투를 벌인 후 뱀을 죽여 버렸을지도 모른다. 이예주는 자신보다 훨씬 더 큰 남자를 올려다보며 내심 속으로 애원했다. 제발 자신을 쫓는 정적 중 한 명이 제거되었기를.

"막 그런 거 있잖아요. 여기는 숲이니까 산짐승도 많고……."

"……."

"아니면 그…… 뱀 같은 거?"

빠르게 걷는 남자의 보폭을 최대한 쫓으며 그녀는 남자의 눈치를 살살 보았다. 이놈은 워낙 얼굴이 무표정해서 감정의 변화나 동요 따위를 눈치채기 힘들었다. 그나마 얼굴을 마주 보고 있어야 기분이 나쁜지, 분노했는지 간신히 알아챌 수 있는 판국이었다. 그러니 말도 없이 앞만 보고 일정한 속도로 걸어 대는 남자의 기분을 그녀가 알아챌 리 없었다.

대답 없이 계속 걷기만 하는 그를 보며 애가 탄 이예주가 다시 입을 열었다.

"왜 풀숲에 풀 뱀 같은 거 많이 살잖아요? 저 뱀 진짜 싫어해서요. 혹시 모르니까……."

"아무것도."

"예?"

"너 말고 아무것도 내 앞을 막는 것은 없으니 입 다물고 걸어."

드디어 기다리던 남자의 대답에 그녀가 멍한 표정을 지었다. 그럴 리가. 그럼 그 괴물 뱀이 아직도 살아 있단 소린데. 아직도 그 빌어먹을 게 날 뒤쫓는단 소리야?

“정말요? 정말 아무것도요? 거짓말 아니죠? 정말……!”

“스읍, 입.”

남자가 안광을 번뜩이며 경고하자 비로소 이예주의 입이 다물렸다. 대신 혼란스러운 심정을 대변하듯 그녀의 두 동공이 정처 없이 흔들렸다.

남자의 말에는 거짓이 없는 듯했다. 의심 많은 놈이 저렇게 단정짓는 것을 보면 정말로 뱀을 마주치지 않았단 소리다.

그렇다면 자신의 꿈이 개꿈이란 말인가. 그것도 아니다. 잠에서 깼을 때 ‘문’이 나타난 걸로 보아 능력이 제대로 시동된 것이 확실했다. 그럼 그녀가 ‘문’을 넘자마자 근처까지 당도했던 돌뱀 또한 방향을 틀었다는 말인데…….

꿈에서 봤던 노오란 뱀 눈깔이 떠올랐다. 분명 자신을 바라봄에 있어 한 치의 오차도 없었다. 먹이를 노리는 포식자의 눈빛이라기보단 더 집요하고 지저분한 얄팍함이 그 쭉 찢어진 동공에 떠올라 있었다. 이건 동물 다큐멘터리만 4년 가까이 찾아보았던 이예주의 생존 감각에 의한 판단이었다.

뱀의 눈알부터 독이 분명한 점액질을 뚝뚝 떨어뜨리던 독니까지, 생각의 폭이 넓어지자 불쑥 헛구역질이 치솟았다.

안 돼. 정말 인정하기 싫지만, 그 망할 뱀이 분명 자신을 쫓고 있는 것이 틀림없다. 그 징그럽고 기다란 몸뚱이로 꿈질꿈질 기어 와 끝내 날카로운 독니로 자신을 찢어 삼킬 것이다. 미친놈도 모자라 괴물 뱀까지 자신을 쫓고 있다니.

이예주는 금방이고 눈물이 쏟아질 것 같은 기분을 느꼈다. 뱀의 아이큐가 몇이었더라. 사람 얼굴도 기억할 정도로 뱀 지능이 높았던가?

아니, 그딴 건 다 필요 없다. 새도 늑대도 말하는 마당에 고작 뱀 대가리가 자신을 죽이기 위해 쫓아오는 것이 뭐 대수랴. 이게 다 자신의 능력에서 나온 저주거늘.

이 능력 때문에 언제 한 번 꼼짝없이 죽을 날이 올 줄 알았다. 이 나쁜 능력, 능력! 능력!

"입 다물라 했지, 발까지 멈추라곤 안 했는데."

문득 들려오는 차가운 목소리에 이예주가 능력에 관해 피를 토하듯 절규하던 것을 멈추고 고개를 들었다.

지금도 자신을 쫓고 있을 괴물 뱀에 대한 고뇌 때문에 어느덧 발걸음마저 늦춰졌나 보다. 남자가 꽤 멀리 떨어진 곳에서 삐딱하게 선 채 시뻘건 눈을 빛내며 자신을 응시하고 있었다. 따라오든 말든 신경도 안 쓰고 휘적휘적 걸어갈 땐 언제고 걸음이 조금이라도 늦으면 바로 알아채고 눈을 부라리는 남자다.

그래, 이놈도 결국 자신을 죽이려는 놈이다. 잠시간의 동맹일 뿐 자신을 죽이기 위해 벼르고 있는 괴물 같은 놈이라는 것을 자꾸만 깜빡깜빡 잊어버린다. 쉬이 떼어 낼 수 없는 끔찍한 존재들 때문에 이예주는 착잡한 표정을 지으며 남자가 있는 곳까지 터벅터벅 걸어갔다.

그러고 보니 동맹이라고 해 봤자 뱀에게 쫓기고 있는 것을 알았을 때, 저 남자가 과연 그녀를 구해 줄지도 의문이다. 어쩌면 옳다구나 하고 뱀의 아가리 속으로 자신을 던질지도 모른다. 그러고도 충분히 남을 사내임이 분명해 이예주의 미간이 와작 일그러졌다.

아니, 아니다. 도망에 예민하게 반응하는 놈의 행태를 보았을 때 자신은 아직 살려 둘 가치가 충분할지도 모른다. 그러니 도와주지 않으려나?

그러나 이예주는 아주 귀찮고 하찮은 것을 바라보는 듯한 남자의 눈빛을 읽은 후 그가 도와줄지도 모른다는 희망을 깨끗이 지워 버렸다. 역시 미련 없이 자신을 내던지고도 남을 놈이다. 그러기 전에 살구멍은 만들어 놓아야 할 텐데.

숲을 나와서 화창한 하늘 아래 아름다운 풍경을 안주 삼아 걷는 것은 좋았지만, 이곳은 전혀 안전하지 않아 보였다. 돌뱀이 멀리 떨어져 있더라도 여기처럼 개방된 장소에선 금방 그녀를 알아볼 것이다. 대가리를 뒤흔들며 쉭쉭대는 뱀 생각에 이예주가 덥석 남자의 소맷부리를 붙잡았다.

"저기요. 우리 다시 숲으로 가면 안 돼요?"

"뭐?"

"여긴 너무…… 너무 허허벌판이에요."

남자가 잠시 말없이 그녀를 내려다보더니 짧게 한숨을 내쉬었다.

"고목古木 들판으로 온 건 인간, 너다."

"네?"

"여긴 숲의 동쪽 끝이다. 서쪽으로 가는 길과 정반대지. 네 덕에 서쪽으로 간 인간들을 쫓는 것도 사흘이나 지체됐다."

"……."

"너 같은 능력을 가진 또 다른 인간들을 만나면 곧바로 죽을 것을 알긴 아는군그래. 살고 싶어 발악하는 방법도 가지가지인 걸 보니."

짜증이 잔뜩 담긴 말투에 남자의 소매를 잡은 이예주의 팔이 스르르 떨어졌다. 그녀는 제 멍청함에 대해 다시 한번 심각하게 고찰했다.

그새 또 까먹었다. 이 남자의 혀에는 가시가 달려 있다는 걸. 자신은 분명 뱀 대가리의 독니에 찢겨 죽든지 이 자식의 혀에 찔려 죽든지, 둘 중 하나일 팔자렷다.

"어차피 들판만 지나면 지겹도록 숲을 가로질러야 하니 이제 더 이상 헛소리 말고 부지런히 걷기나 해."

더 빨리 죽기 싫으면. 남자가 덧붙이며 휙 소리 나게 뒤돌았다. 결국 이 모든 것이 이예주가 정반대까지 기어 온 탓이란 소리다.

그녀는 제 잘못인 것을 시인했다. 그래서 아무런 토도 달지 않고 그의 뒤를 따라 걷기 시작했다. 다만 그녀의 꽉 쥔 주먹이 눈에 띌 정도로 부들부들 떨릴 뿐이다. 그것은 돌뱀에 대한 두려움과는 전혀 다른 방향의 감정으로 인한 것이었다.

아, 제발 누가 저 뒤통수 한 대만 좀 때려 줘요.

그 후론 남자의 염원처럼 그녀와 그 사이엔 침묵만이 존재했다. 남자는 전처럼 강철 같은 체력으로 무지막지하게 걸어 댔고 이예주는 오기로 그 뒤를 따랐다. 그 오기가 없었다면 그녀는 숲에 도착하기도 전에 체력 고갈로 나가떨어졌으리라.

헉헉, 숨넘어갈 듯 헐떡대면서도 저 망할 놈에게 복수하기 위해 머리를 데굴데굴 굴리느라 눈두덩이가 시뻘게져 있던 그녀의 걸음이 멈춘 것은, 어디서 졸졸졸 물 흐르는 소리가 들려올 때쯤이었다.

다시 숲으로 들어선 두 사람은 어느덧 숲을 가로질러 흐르는 강줄기를 따라 걷고 있었다. 시원한 바람이 솔솔 불어와 이예주의 달아오른 눈덩이를 식혀 주었다. 맑은 물비린내가 풍겨 오자 그녀는 정수리가 슬슬 가려워지는 것을 느꼈다.

그러고 보면 숲으로 넘어온 후 몇 날 며칠이 지나도록 씻을 틈이 없었다. 잊고 있었던 제 더러운 몰골이 생각나자 간질거림이 정수리를 넘어서 목, 등짝, 그리고 온몸으로 퍼지기 시작했다.

"저기요."

"……."

이예주는 앞서가는 남자를 불렀다. 역시나 한 번 불러서는 재깍재깍 답하는 일이 없다. 이미 몸과 마음이 매우 지친 그녀는 힘없는 목소리로 다시 한번 남자를 불렀다.

"저기요."

"……."

"저기, 좀 쉬었다 가면 안 돼요? 좀 씻고 싶은데. 목도 마르고……."

"……."

"저기요? 저기요. 저기요, 저기요!"

대답 없는 남자에게 속으로 욕을 퍼부으며 쿵쿵 걷던 이예주는 그가 우뚝 걸음을 멈춰 선 것을 눈치채지 못하고 등에 이마를 박을 뻔한 것을 간신히 면했다.

왜 갑자기 멈춰 서고 난리인데? 남자의 종잡을 수 없는 태도에 마음속으로 있는 성질 없는 성질을 부린 그녀가 겉으로는 최대한 애원조로 아량을 구걸했다.

"저기요. 저 정말 씻고 싶어요. 머리가 너무 근지럽고 물 보니까 막 뛰어들고 싶고요……."

"……."

"헉. 저 이 있나 봐요."

정수리를 긁적거리며 별 뜻 없이 중얼거리자 남자가 거칠게 뒤돌아서서 그녀를 노려보았다. 물론 이가 있다는 말은 그냥 농담처럼 내뱉은 말이었다.

하지만 남자의 시뻘건 눈 안에 가득 담긴 혐오가 이예주의 꼬인 신경을 건드렸다. 그녀가 긁적긁적 거리며 남자 쪽으로 한 발자국 다가가자 남자가 생각보다 심하게 정색하며 두 발자국이나 물러섰다.

"왜요. 아무렴 정말 이 있을까 봐요?"

남자의 과민 반응에 이예주는 뚱한 표정을 지었다. 그러자 그가 보기 드물게 험악한 인상으로 짓씹듯 내뱉었다.

"어쩐지 아까부터 시체 썩는 내가 나서 주변을 경계하던 참이었는데."

"시체 썩는 냄새요?"

마치 끔찍스러운 걸 바라보는 것처럼 저를 보는 남자의 눈길에 그녀는 팔을 들어 제게서 나는 냄새를 맡아 보았다. 그러나 이미 익숙해진 지 오래여서인지 별 구린내는 나지 않았다.

몰골이 말이 아니긴 했다. 일단 눈에 보이는 손톱 끝만 해도 때가 잔뜩 껴서 지저분하기 짝이 없었으니 말이다.

그녀가 몇 번 더 제 몸에 코를 박고 킁킁대다가 고개를 들고 전혀 모르겠다는 듯 '안 나는데요?' 하고 대꾸했다. 그리고 확인해 보라는 듯이 다시 남자 쪽으로 걸음을 옮겼다. 그러자 그가 훌쩍 뒤로 물러서며 옆에 흐르고 있는 계곡을 가리켰다.

"30분 주겠다."

"칫, 이 옮을까 봐 그래요? 없어요! 무슨 이가 있어."

이예주는 괜히 장난기가 들어 때 낀 손을 흔들거리며 남자에게로 더 다가갔다. 그러자 그가 험악하게 답했다.

"더 다가오면 물에 거꾸로 처박혀서 벼락 맞게 해 주지."

그녀는 그 말에 대꾸 없이 조용히 물가로 다가갔다. 남자에게서 분명 허락을 얻었는데 왜 이렇게 기분이 더럽고 찝찝한지 모르겠다.

이예주는 애써 차오르는 분노를 털어 내며 신발을 벗어 던졌다. 숲속은 덥진 않았지만 무성한 풀 때문에 많이 습해서 땀이 잘 증발하지 않았다.

그녀는 소매가 다 찢어져 너덜너덜한 후드티라도 벗어 던지고 싶었지만 멀찍이서 삐딱하게 그녀를 주시하는 빨간 눈 때문에 그럴 수 없었다. 청바지라 바지도 못 걷어 얕은 물에 발을 조금 담구는 걸로 끝이 났다.

힐끗힐끗 남자를 돌아보던 이예주가 불만 가득한 얼굴로 뒤돌았다.

"딴 데 가 있으면 안 돼요?"

무슨 헛소리냐는 듯 남자의 눈썹이 위로 휙 들렸다.

"저 옷도 벗고 싶은데요. 왜 거기 가만히 서 있어요?"

"……."

"서, 설마 제 맨몸 보려고 그러는 거예요? 그죠? 맞죠? 말 없는 거 보니 그렇네!"

엄한 상상을 하며 그녀가 다그치자 남자가 한숨을 쉬며 방책을 제시했다.

"벗지 말고 해."

"씻는데 어떻게 안 벗고 해요! 몸도 씻고 땀 냄새도 좀 없애야죠!"

"……."

"그렇게 안 봤는데 여자 몸이나 훔쳐보려고 하고, 완전……."

변태 아니야?

그러나 그를 어디론가 보내겠다는 그녀의 수작질을 바로 묵살하는 말이 이어졌다.

"나도 내 시력을 저하시키긴 싫으니 입 닥치고 씻어. 감전되기 20분 전이다."

이예주는 군말 없이 다시 물속으로 뛰어들었다. 감전사라는 말에 이제는 청바지가 물에 젖는 것조차 신경 쓰지 않고 얼굴에 물을 끼얹다시피 몸을 씻어 내렸다.

비단 남자의 협박이 무서워서 미친 듯이 씻기에 몰두한 것은 아니었다. 쿠릉, 쿠루룽. 정말로 그녀의 머리 위에 천둥 구름이 까맣게 몰려오기 시작했던 것이다.

"아쉽게 됐군. 1분만 더 버티면 됐을 것을."

남자가 물에 푹 젖어 비척비척 계곡에서 걸어 나온 이예주를 보고 정말 아쉽다는 표정으로 중얼거렸다. 대체 시계도 없이 어떤 기준으로 시간을 재는 것일까 의구심이 들었다.

정신없이 물을 끼얹었더니 이예주는 물에 빠진 생쥐 꼴이나 다름없었다. 푸르뎅뎅한 입술을 벌벌 떨며 그녀가 울상을 하고 하늘을 쳐다보며 말했다.

"저기요. 근데 이제 구름 치워 주시면 안 돼요? 추워서 햇빛에 좀 말려야겠는데요."

"비가 오려나 보군."

"네? 저거…… 그쪽이 몰고 온 거 아니에요?"

남자의 대꾸에 이예주가 멍한 표정으로 먹구름이 잔뜩 껴 있는 하늘을 가리키자 남자가 "내가 왜?" 하고 여상히 되물었다.

"……감전시킨다면서요."

"비 오는 날에 벼락을 내리치면 계곡을 따라 강 전체가 감전될지도 모르는데 그런 쓸데없는 짓을 왜 하지."

남자가 그런 기본 상식도 모르냐는 듯 한심한 어투로 답하곤 뒤를 돌아 커다란 나무 쪽으로 다가갔다. 이예주는 긴장했던 몸을 탁 풀며 한숨처럼 "개새끼." 하고 속삭였다.

겁에 질려 미친 듯이 물 칠을 해 댔던 방금 전의 자신이 떠올랐다.

이젠 너무 기가 차고 어이가 없어 분노도 일지 않았다. 저 망할 놈을 대체 어떻게 엿 먹여야 할까. 어떻게 하면, 대체 어떻게 하면.

투둑. 그때 이마에 물이 한 방울 떨어졌다. 이어서 투둑 투둑, 물방울들이 빠른 간격으로 연달아 떨어져 내리자 이예주는 남자가 걸어간 나무 쪽으로 서둘러 뛰어갔다.

그의 예언이 들어맞았다. 한 방울씩 톡톡 떨어지던 물방울의 양이 급격히 많아지더니 금세 쏴아아 하고 시원한 빗줄기가 떨어졌다. 나무 아래 몸을 피하긴 했지만 물로부터 온전한 건 남자뿐이었다. 안 그래도 꼴딱 젖은 마당에 비바람까지 슬슬 불어오자 이예주는 남자에게 물이 튈 정도로 푸다다닥 몸을 떨어 댔다.

"저기요. 비 많이 오는데 이제 어떻게 해요?"

이예주는 노려보다시피 무뚝뚝하게 앞을 바라보는 남자에게 물었다. 추위에 노출된 그녀의 입술은 이제 보랏빛에 가까웠다. 꼴사납게 벌벌 떨어 대자 남자가 그녀 쪽으로 고개를 돌렸다. 대체 이런 한심한 것은 어디서 왔을까, 하는 표정이 얼굴에 여실히 떠올라 있었다.

"썩은 내가 아직도 나는군."

"뭐요? 저 빡빡 씻었어요! 진짜요!"

네 코는 무슨 개코니? 또 썩은 내가 난다는 소리에 이예주가 험악하게 얼굴을 찌푸리고 제 몸 곳곳에 또 코를 박았다. 킁킁. 아무리 냄새를 맡아도 썩은 내는커녕 체온이 차갑게 식어 살 내음도 잘 나지 않았다.

"썩은 내는 무슨. 이제 추워서 더는 못 씻어요, 진짜. 그쪽이 참든지 아니면 여기서 그만…… 으헉!"

여기서 그만 찢어지자, 라는 소리를 채 내뱉기도 전에 머리 위로 무언가가 털썩 떨어졌다. 이예주는 화들짝 놀라 버둥거렸다. 허겁지겁 떨어진 것을 끌어 내려 보니 옷이었다. 검은 옷.

"어……."

힐끗 옆을 보니 겉옷이 한 꺼풀 사라진 남자가 보였다.

"잠깐 주변을 돌아보고 올 테니 얌전히 있어라. 꼴사납게 떨어 대지 말고."

집어 던지다시피 머리에 씌워 준 그의 겉옷을 든 채 멍청히 서 있는 그녀에게로 남자가 읊조렸다. 꽤 어두침침한 나무 그늘 아래에서도 시뻘건 동공이 올곧게 이예주를 향했다. 마치 얌전히 있지 않을 시 혼쭐을 내주겠다는 경고 같았다.

"대답."

늘 그렇듯 대답을 종용하는 남자의 말에 이예주는 얼떨결에 고개를 끄덕였다. 그는 집요하게 그녀의 마지막 끄덕임까지 확인하고 나서야 나무 그늘에서 한 발자국 나섰다.

쏴아아. 빗소리가 한층 더 거세졌다. 우산도 없이 맨몸으로 나가기엔 빗줄기가 너무 강해 보였다. 물론 저 무지막지한 남자에게는 해당되지 않는 사항이었지만.

"저, 저기. 이거 그냥 가져가는 게……."

괜한 부담에 이예주가 서둘러 남자에게 겉옷을 돌려주려던 차였다. 한발 앞서 나무 그늘을 벗어난 남자의 모습을 보고 그녀가 입을 떡 벌렸다.

"저, 저게……."

빗물이 남자에게 닿지 않았다. 아니, 남자가 있는 곳엔 비가 내리지 않았다. 마치 모세의 기적처럼 남자가 가는 길마다 빗줄기가 열리는 것이다. 지진에 천둥도 모자라, 이젠 비까지 남자를 피해 간다.

저 남자 진짜 신이야……? 뭐야? 아무리 초능력이 대단하다고 해도 어떻게 자연까지 마구 부릴 수 있느냔 말이다. 그것도 종류에 상관없이!

'나 진짜 대체 뭘 건든 거지?'

문득 드는 섬뜩한 생각에 휘적휘적 걸어가는 남자의 뒷모습을 바라보던 이예주의 얼굴이 울상이 됐다. 자꾸만 건드리지 말아야 할 것을 건드렸다는 생각이 불쑥불쑥 치솟았다. 이러다가 정말 1000년이나 건너온 어딘지도 모를 땅 한복판에서 객사하지 않을까. 복수는 고사하고 저 미친놈에게 잘못 걸렸다가는 뼈도 못 추리게 생겼다.

"지금이라도……."

추위와는 다른 의미에서 부들부들 떨던 이예주는 지금이라도 줄행랑을 칠까 심각하게 고민했다. '문'을 넘었음에도 기어이 뒤를 쫓아온 남자다. 앞으로 또 언제 도망의 기회가 찾아올지 미지수였다.

"그래, 지금이야. 더 늦기 전에……."

그녀가 작은 소리로 중얼거렸다. 그때였다. 멀어져 가던 남자의 까만 뒤통수가 우뚝 멈춰 선 것은.

믿기지 않지만 그때까지 남자가 걷는 길은 거짓말처럼 비가 멈춰 있는 상태였다. 때문에 남자가 있는 곳만 유독 잘 보이는 것이 기괴하기까지 했다.

걸음을 멈춘 남자가 돌연 그녀가 있는 나무를 향해 휙 돌아섰다. 꽤 멀리 떨어졌음에도 선명하게 보이는 시뻘건 눈동자 때문에 그녀는 '히익' 하고 겁을 집어먹었다.

그는 그대로 이예주가 있는 쪽으로 빠르게 되돌아오기 시작했다. 그런 남자의 모습을 보며 그녀의 얼굴에서 점차 핏기가 가셨다. 호, 혹시 들었나? 속으로만 다짐했던 것 같은데! 아니, 이 망할 놈의 입이 주인도 모르게 지껄였을지도 모른다. 들었나? 정말 들었나?

혹시나 남자가 자신의 중얼거림을 들었을지도 모른단 불안감 때문에 이예주의 눈동자가 갈 곳을 잃고 정처 없이 흔들렸다. 그사이, 남자가 순식간에 코앞까지 당도했다.

"역시 못 믿겠다."

"예, 예?!"

제자리에서 펄쩍 뛰며 그녀가 평소보다 커다란 소리로 반문했다. 남자가 과장된 그녀의 행동에 인상을 찌푸리며 다시 입을 뗐다.

"눈빛이 불손해."

"……."

"혀가 간사한 인간이니 도망가지 않겠다고 해도 도통 신뢰가 안 가는군."

남자의 가감 없는 말에 이예주는 움찔움찔 몸을 떨었다. 마른침을 꼴딱꼴딱 삼키며 몇 번 주저주저 입을 뗐다 다물기를 반복하던 그녀는 이내 보는 사람조차 손이 오그라드는 어색한 웃음을 지어 보였다.

"하하. 도, 도, 도망이요? 저 진짜 도, 도망 안 갈 건데. 절대, 절대요!"

"말을 더듬는데."

"하하! 말을 더듬다니요! 하하하!"

이 귀신같은 놈, 속고만 살았나. 등에서 식은땀이 나는 것을 느끼며 이예주는 계속 웃었다. 웃는 것만이 살길이라는 듯 계속.

가느다래진 눈으로 한동안 그녀를 살피던 남자가 이내 탐색하는 눈을 풀었다.

"뭐, 좋다."

그러더니 제 품에서 무언가를 뒤적뒤적 꺼내 들었다. 이내 그의 손을 따라 짤그랑거리는 기다란 무언가가 튀어나왔다. 남자가 한 손에 그것을 들고 다른 한 손으로 이예주의 손목을 낚아챘다.

"어, 어……."

철컥.

뭐라 말을 하기도 전에 눈 깜짝할 새 그녀의 오른쪽 손목을 차가운 금속이 감쌌다. 그는 마치 그녀의 손목이 벌레라도 되는 양 곧바로 털어 냈다. 그리고 이어서 쩔그럭거리며 그녀의 손목으로부터 이어진 것을 잡고 나무 밑동으로 가서 그것을 나무에 칭칭 감았다.

쩔컹쩔컹. 손을 조금만 움직여도 금세 사슬이 팽팽해졌다. 그 모습을 바라보며 이예주가 어안이 벙벙한 얼굴로 물었다.

"……이게, 이게 뭐예요?"

"사슬이다."

늑대족을 몰 때 고삐로 쓰던 거지. 남자가 그렇게 덧붙이며 다시 이예주의 앞까지 걸어왔다.

내가 사슬이 뭐냐고 물어봤겠니? 목구멍까지 차오르는 쌍욕을 삼키며 그녀가 다시 어처구니없는 표정으로 제 손목을 감싼 수갑, 나무까지 연결된 사슬 그리고 그것을 채운 미친놈을 번갈아 보았다. 그니까 이게 대체.

"신뢰가 안 가니 미리 예방할 수밖에."

"허, 허. 저기요. 그니까 이게 무슨……."

기가 막히다 못해 코까지 다 막혀 버벅거리는 사이 남자는 이예주가 들고 있던 그의 겉옷을 빼앗아 그녀의 어깨에 잘 둘러 주었다. 붉은 입술이 이마께에 다가왔다 훅 사라졌다. 거의 목 조르다시피 겉옷의 앞섶을 여며 주며 남자가 여상히 말했다.

"검독수리 발톱으로 만든 것이라 손목을 자르지 않는 이상 끊을 수 없다."

"아니, 이건요. 아니……."

"말썽 부리지 말고 여기서 잘 기다리고 있어라. 이틀 전에 고목 들판에서 기다렸던 것처럼."

남자가 마치 아이 다루듯 둘러매 준 앞섶을 한 번 더 조이고 허리를 폈다. 말이 좋아 아이처럼 다룬다는 것이지, 그 시뻘건 눈동자에 스쳐 지나간 조롱을 그녀가 눈치 못 챌 리 없었다. 이 남자, 자신이 기다리고 있던 게 아니란 걸 알고 있었나?

"아니 아니, 저, 저기요. 저기요!"

그의 붉은 입술이 삐뚜름하게 올라갔다. 잠시 웃는 낯을 하던 남자는 그녀를 그대로 내버려 둔 채 나무 그늘을 빠르게 벗어났다. 다시 빗물이 갈라지는 기적이 행해지자 이예주는 저도 모르게 남자의 뒤를 따랐다.

하지만 쩔컹하는 소리와 함께 더 이상 걸음을 뗄 수가 없었다. 빌어먹을 쇠사슬이 그녀의 오른손을 단단히 잡아당기고 있었기 때문이다.

"저기요! 저, 그게요. 이건 풀어 주고 가요……."

그녀가 몇 번 더 오른쪽 손목을 잡아당겼지만 팔만 시큰하게 아플 뿐, 독수리 뭐시기로 만들었다던 사슬은 꿈쩍도 하지 않았다. 그사이 남자의 뒤통수가 조막만 해졌다.

"저기요! 저기요!"

"……."

"저기요! 이건 풀고 가요!"

"……."

"저기요! 야! 야! 이건 풀고 가!"

남자는 계속해서 멀어졌다. 정말로 그녀를 이렇게 키우는 애완견처럼 묶어 둔 채 어딘가로 가 버리려는 것이다. 사슬이 쩔그럭거릴 때마다 이예주는 묶여 있는 자신의 처지로 인해 부들부들 떨다 못해 뒷목을 잡고 넘어갈 지경이었다.

"야! 야! 이거 풀고 가라고!"

우렁찬 그녀의 고함 소리가 들릴 법도 한데 놈은 한 번을 뒤돌아보지 않았다.

"야—!"

"……."

"야 이 미친놈아아악—!"

남자가 사라진 숲, 그로부터 한참 동안 이예주의 처절한 발악만이 빗물 사이를 맴돌 뿐이었다.

그로부터 한참을 더 사슬을 흔들어 대며 괴성을 지르던 이예주는, 비가 그치고 쨍쨍한 햇빛이 축축이 젖은 몸을 다 말려 준 후에야 목을 혹사시키는 짓을 관뒀다. 그녀는 지친 몸을 나무 밑동에 누였다.

소나기 소리에 묻힌 건지 아니면 완전히 그녀의 주변에서 멀리 떠나버린 건지, 꽤 오랜 시간 동안 발악을 했음에도 남자는 오지 않았다.

"하……."

우울한 얼굴로 한숨을 쉬던 그녀는 손에서부터 쩔그럭거리는 사슬 소리 때문에 또 한 번 부아가 치밀었지만 애써 화를 가라앉혔다. 몸이 뽀송뽀송해지자 화보다 졸음이 먼저 정신을 점령했다.

요 며칠간 그녀는 끊임없이 '문'을 넘고 걷는 것을 반복했기 때문에 제대로 잠을 푹 잤던 기억이 없었다. 노곤함을 인식하자 둑 터지듯 잠이 쏟아져 내렸다.

이예주는 도리질을 쳐 잠을 몰아내면서 멍하니 오른쪽 손목에 장착된 수갑을 내려다보았다.

"대체 이게 무슨 꼴이야."

언제 괴물 뱀이 나타날지도 모르는 와중에 애완동물처럼 사슬에 묶여 주인을 기다리는 꼴이 되다니. 이젠 조롱이조차 놀릴 수 없게 되었다. 자신 역시 그와 같은 애완동물 처지가 되었으니까.

"씨이, 언제 와……."

뱀 생각에 그녀는 남자가 준 겉옷을 꾹 부여잡으며 불안한 눈으로 사방을 훑어보았다. 하루 빨리 괴물 뱀으로부터 멀어져야 하는데 이도 저도 못하고 나무에 묶여 꾸뻑꾸뻑 졸기나 하고 있으니 자신도 참 답이 없었다.

"언제 와. 빨리 오라고, 빨리……."

애처럼 칭얼대며 이예주는 편한 자세로 몸을 웅크렸다. 대체 그 남자는 썩은 내의 근원지를 찾아 어디까지 간 걸까? 아니, 애초에 썩은 내의 근원을 찾는 것부터가 문제다. 그깟 구린내 찾아서 뭐하려고. 설마 페티쉬라도 있는 걸까?

더러운 냄새를 킁킁대며 찾다가 히죽 웃는 남자의 모습이 떠오르자 그녀는 몸서리를 치며 고개를 저었다. 아무렴 그렇게까지 미쳤을까.

아직까진 남자의 잘생긴 얼굴에 대한 환상을 깨고 싶지 않은 이예주는 고개를 돌려 남자의 커다란 겉옷에 얼굴을 파묻었다. 킁킁, 그녀가 옷에 코를 박고 냄새를 맡았다. 혹시 그 자식이 제 몸에서 나는 냄새를 잘못 맡고 엄한 사람에게 뒤집어씌운 게 아닐까 싶어서였다.

한참 냄새를 맡던 그녀는 잠시 옷에서 얼굴을 떼고 고개를 갸웃거렸다.

"……이상하네."

중얼거리는 그녀의 눈은 이미 반쯤 감긴 후였다.

남자의 옷에선 아무 냄새도 나지 않았다. 그 흔한 땀 냄새, 혹은 사람이라면 당연히 날 법한 체향조차 맡아지지 않았다. 그저 무취, 그게 다였다.

옷 또한 너덜너덜한 그녀의 후드티에 비해 굉장히 깨끗했다. 참 이상한 노릇이다. 분명 함께 걸을 동안 남자가 씻거나 옷을 빠는 모습은 못 보았기 때문이다. 자신이 '문'을 넘었던 이틀 사이 빨기라도 했나?

잠이 너무 쏟아져서 냄새를 분간 못하는 건가 싶어서 이예주는 다시 옷을 두 손으로 받쳐 들고 얼굴을 묻었다.

킁킁, 최대한 숨을 크게 들이쉬며 남자의 냄새를 쫓았지만 끝내 아무 냄새도 맡을 수 없었다. 밀려드는 수마를 이기지 못하고 남자의 겉옷에 코를 처박은 채 그대로 졸도하듯 잠에 빠져들었기 때문이다.

"……자다."

"당장…… 한다!"

"……검은 파편이……!"

이예주가 잠에서 깬 것은 제 위에서 두런두런 들리는 말소리 때문이었다. 사실 말소리 때문이 아니라 스멀스멀 콧속으로 기어들어 오는 엄청난 악취 때문에 원치 않아도 잠에서 깰 수밖에 없었다.

어디 공중화장실에서나 맡을 수 있는 오래 묵은 지린내, 쉰내, 음식 썩은 내. 그보다도 더 고차원적인 말로 형용할 수 없는 온갖 냄새들이 뒤섞여 코를 찔렀다.

우욱 하고 헛구역질이 치솟는 것을 간신히 참을 수 있었던 것은 그때까지도 열심히 그녀의 앞에서 열띤 토론을 하는 커다란 목소리들 때문이었다.

"피식자! 피식자가 확실하다! 피식자! 피식자!"

"먹어야 한다! 당장 씹어서 배에 넣어 놔야 한다!"

"사슬 검은색! 옷 검은색! 불길하다! 검은 파편!"

이예주는 슬쩍 실눈을 떴다. 나무 아래 아무렇게나 널브러져 있는 그녀의 앞에 엄청난 덩치의 남자 셋이 열심히 무언가에 대한 의견을 나누고 있었다.

세 명의 꼴이 어느 하나 우열을 가릴 수 없을 정도로 똑같이 더럽고 지저분했다. 그들은 어떤 동물이었는지 가늠조차 안 될 만큼 퇴색된 동물 가죽을 걸쳐 입고 있었다. 말하는 소리를 듣지 못했다면 구석기 혹은 신석기 시대 사람이라고 해도 믿을 만한 외향들이었다.

끔찍한 냄새는 바로 저 남자들에게서 풍겨져 나오는 것 같았다. 이렇게 지독한 악취라면 그녀를 버리고 떠난 시뻘건 미친놈이 냄새난다고 난리를 피울 만도 했다. 태어난 후로 씻은 적은 있는 걸까. 그들의 온몸에 더러운 오물과 때가 덕지덕지 껴 있는 것을 확인한 이예주가 다시 한번 우욱 하고 구역질이 치밀어 오르는 것을 필사적으로 참았다.

그래도 일단은 미친놈이 아닌 말이 통하는 다른 사람을 만났다는 사실에 가슴이 벅차올랐다.

"피식자! 피식자다!"

"먹어야 한다! 먹어야 한다!"

"사슬 검은색! 옷 검은색! 검은 파편의 색이다!"

커다란 덩치의 남자들이 아까와 별다를 바 없는 내용을 가지고 침을 튀기며 서로에게 자기주장을 내세웠다. 하나같이 어눌한 어투로 멍청한 소리만 내뱉는 것을 보니 형제인 듯싶었다. 이예주로선 당최 무슨 말인지 알아들을 수 없었다.

피식자. 먹다. 사슬 검은색. 옷 검은색. 검은 파편.

사슬과 옷이 검은색인 건 자신을 향한 말인 것 같은데, 피식자와 먹는 것은 뭐고 검은 파편은 또 뭐란 말인가?

알아들을 수 없는 남자들의 토론을 흘려들으며 조금 더 실눈을 크게 떠서 그들의 얼굴을 확인한 이예주는 그대로 숨이 멎었다.

"눈을 내놔라! 우린 냄새만 맡는다! 우리도 확인을 해야겠다!"

"맞다. 눈을 내놔라!"

"알겠다."

그들은 눈이 없었다. 아니, 눈이 있는 자가 한 명 있었는데 그자 또한 이마에 커다란 눈 하나가 달랑 박혀 있는 상태였다. 커다란 포대 하나를 어깨에 지고 "사슬 검은색! 옷 검은색!" 하며 이예주의 인상착의에 대해 주장하던 남자였다.

털썩. 남자가 포대를 그녀의 옆에 집어 던지다시피 내려놓고는 그 지저분한 손을 자신의 얼굴로 가져다 대었다. 그 이후에 일어난 상황은 몇십 년이 지나도 한순간의 기억으로 취급할 수 없을 괴기스러운 장면이었다.

남자가 손으로 제 이마에 박힌 외눈을 잡아 빼기 시작했다. 질척질척, 낙지 움직이는 소리와 비슷한 소리가 들리더니 얼마 안 가 '뿍!' 하고 남자의 이마에서 눈이 빠져나왔다. 남자는 그것을 제 옆에 있던 또 다른 남자에게 건넸다. "피식자! 피식자다!"를 외치는 남자였다.

커다란 눈알을 건네받은 남자가 다시 그 더러운 손으로 제 이마를 더듬거리며 만진 후 눈꺼풀로 추정되는 구멍을 벌렸다. 그리고 그 사이로 건네받은 눈알을 뿌득뿌득 끼워 넣었다.

"……히익!"

이예주가 저도 모르게 신음 소리를 흘렸다가 화들짝 놀라 두 눈을 꾹 감았다. 다행히 눈에 정신이 팔린 세 남자는 그 소리를 듣지 못했는지 눈을 받은 남자를 필두로 다시 알 수 없는 토론을 시작했다.

"옷 검은색이다! 어? 사슬도 검은색이다!"

"그렇다. 내가 봤다!"

"나도! 나도 보겠다! 눈을 내놔라!"

눈을 건네주려는지 다시 눈알을 헤집는 질척질척한 소리와 '뽁!' 하고 눈알이 빠지는 소리가 연달아 들렸다. 비록 보이진 않아도 눈에 선한 그 장면에 이예주가 목구멍까지 치오른 비명을 꼴딱꼴딱 삼켰다.

"진짜다! 검은 파편의 색이다! 으으, 무섭다! 검은 파편이다!"

"아니다! 인간 여자다! 검은 파편 아니다!"

"피식자다! 사슬에 묶여 있다! 피식자다!"

그녀는 그제야 피식자가 자신을 지칭함을 깨달았다. 피식자 말고 또 저놈들이 말했던 게 뭐였지? 피식자 그리고 먹다. 먹는다고 했다.

하나님! 믿지도 않는 하나님 소리가 절로 나올 정도로 경악스러운 깨달음이 쉴 틈 없이 이예주의 머리를 후려쳤다. 그러니까 저들이 말하는 피식자는 자신이고, 저들은 자신을 먹는 것으로 열띤 토론을 나누고 있었단 소리다.

"일단 먹는다! 먹고 배를 채워서 다시 도망가야 한다!"

"아니다! 포식자가 누군지 모른다. 아직 먹으면 안 된다!"

"이 근처에 포식자는 없다! 우리가 다 먹어 치웠다. 우리가 포식자다!"

"옷 검은색! 사슬 검은색! 검은 파편의 색이다!"

"아빠가 검은 파편이 우릴 죽이려고 쫓고 있다고 했다! 으으, 무섭다!"

놈들의 주제가 자신으로 추정되는 '피식자'에서 '검은 파편'으로 옮겨 갔다. 그녀는 곰곰이 검은 파편이 무엇인지 머리를 굴려 생각해 보았다.

저들이 옷이고 사슬이고 자꾸 검은 파편의 색이라고 하는데 이것들은 다 그 시뻘건 미친 남자의 것들이다. 그렇다면 아무리 생각해도 저들이 말하는 검은 파편은 그 남자라는 결과가 나오는데 말이야.

그사이 외눈박이들이 다시 우렁차게 소리를 질렀다. 얼마나 목청들이 큰지 코를 마비시키는 악취보다도 귀가 먹먹해서 죽을 것 같았다.

"검은 파편이 있나 살펴봐야 한다! 아빠가 말했다!"

"아빤 지금 잠잔다! 아빠가 말 안 했다!"

"아빠가 말한 건 옛날이다!"

아빠는 또 뭔 소리야. 필시 덩치만 크고 지능이 낮은 자들임이 분명했다. 그녀는 암울해졌다. 그토록 간절히 기다리던 다른 사람들과의 만남이 이런 멍청이들로 시작하다니.

아니, 인간은 맞는 걸까? 어떻게 인간이 장난감처럼 눈을 잡아 빼서 딴 놈들에게 건네주고 또 그 눈을 돌려 사용할 수가 있는 거지?

불현듯 이 세 명의 덩치들이 인간이 아닐지도 모른다는 두려움이 그녀를 덮쳤다. 그러거나 말거나 멍청한 토론은 계속해서 커다랗게 울려 퍼졌다.

"그래도 주변에 있는 이 피식자의 포식자를 잡아야 한다! 잡아서 그 포식자 먼저 먹는다!"

"검은 파편이 있는지도 살펴야 한다!"

"물도 가져와야 한다! 생식하면 벌레가 배에서 자란다고 아빠가 말했다!"

"맞다! 맞다!"

"아빠가 말했다!"

"맞다! 아빠가 말했다!"

드디어 저 멍청한 이야기가 하나의 결론을 맺었다. 머리가 안 돌아가는 만큼 확실한 행동파인 듯 남자들이 서둘러 움직이는 소리가 들렸다.

쿵쿵. 그들이 움직일 때마다 커다란 진동이 울려 이예주에게까지 영향을 미쳤다. 나름 잠귀가 밝다고 자부하는데 얼마나 피곤했으면 저렇게 큰 발자국 소리도 듣지 못했던 걸까.

쿠당탕! 그때 무언가 엎어지는 요란한 소리가 들렸다.

"으악! 아프다! 넘어졌다! 안 보인다! 눈! 눈!"

"눈! 눈을 내놔라! 데이노! 데이노!"

"손잡아라! 내가 일으켜 주겠다!"

그러나 한 명을 일으키기가 무섭게 앞이 안 보이는 또 다른 한 명이 우당쾅쾅 소리를 내며 자빠졌다. 그렇게 여러 번을 반복한 후에야 남자들은 손을 잡고 유일한 외눈을 가지고 있는 남자를 따라 그녀의 근처에서 멀어졌다.

커다란 발자국 소리와 함께 악취가 희미해지고 나서도 한참이 지난 후에야 이예주는 꾹 감고 있었던 눈을 뜨고 자리에서 벌떡 일어섰다. 그녀의 얼굴이 시퍼렇게 질려 있었다. 세 명의 거지 같은 놈들이 자신을 잡아먹으려고 침을 튀기며 토론을 나눈 것을 직접 들었으니 당연했다.

"도, 도망가야 돼. 당장!"

이예주는 허겁지겁 사방을 두리번거렸다. 악취가 난다며 모세의 기적처럼 비를 가르고 길을 떠난 남자는 여전히 코빼기도 비치지 않은 상태였다.

혹시 '문'이 열렸지 않을까 싶어 다시 한번 샅샅이 주위를 둘러보던 그녀는 문이 열리지 않았음을 확인하고 세 멍청이들이 사라진 반대편으로 뛰었다.

쩔그렁!

"어억!"

그러나 식인을 하는 또 다른 괴물 같은 것들에게서 벗어나려는 그녀를 붙잡는 것이 있었다. 그것은 바로 남자가 고이 채워 나무에 묶어 둔 사슬이었다. 반동 때문에 넘어질 뻔한 몸을 가까스로 다 잡으며 그녀가 험악하게 얼굴을 찌푸렸다.

쩔컹! 쩔컹! 힘차게 잡아당겨 보았지만, 나무 밑동을 두어 번 감싸고 있는 검은색 사슬은 끊어질 기미가 보이질 않았다. 오히려 잡아당길수록 해를 입는 것은 시큰하게 부어오르는 그녀의 손목뿐이었다.

—검독수리 발톱으로 만든 것이라 손목을 자르지 않는 이상 끊을 수 없다.

문득 남자의 조롱기 가득 담긴 목소리가 귓가를 스치고 지나갔다. 이예주는 더 이상 치밀어 오르는 분노를 참을 수가 없었다. 어깨 위에 고이 매어져 있는 남자의 검은색 겉옷까지 보이자 그녀는 눈에서 하얗게 불똥이 튄다는 것이 무엇인지 뼈저리게 알 수 있었다.

"아아악! 이 미친놈아! 어떻게 이렇게 패 죽이고 싶은 짓만 골라서 할 수가 있니? 응?!"

이예주는 어깨에 잘 여며진 겉옷을 단숨에 잡아채 바닥에 패대기를 쳤다. 단순히 옷에 불과했으나 그녀에겐 그 옷이 꼭 빙글거리며 자신을 조롱하던 남자의 얼굴 같았다. 이예주의 닳은 운동화가 그 얼굴을 거세게 짓밟았다. 짓밟는 것도 모자라 아예 옷 위로 올라가 퍽퍽 짓이기며 그녀는 울화를 토해 냈다.

"내가 전생에 너한테 뭘 잘못했기에! 사람을 이렇게 개처럼 묶어서! 도망도! 못! 가게!"

깨끗하던 검은 옷이 발에 짓밟혀 금세 흙투성이가 되었다. 검은 옷에 선명한 발자국이 남을 때마다 머리를 꿰뚫는 희열에 그녀가 다시 세게 발을 놀렸다.

"미친놈아! 아악, 이 미친놈아! 이 미친 사슬을! 사슬! 헉, 헉……."

하지만 그도 얼마 가지 못했다. 몸 좀 움직였다고 그새 저주받은 체력이 바닥이 났다. 이예주는 거친 숨을 몰아쉬며 바닥에 힘없이 주저앉았다.

"헉, 헉…… 흐, 흐흑. 어떡해…… 아아, 어떡해……."

그녀가 흐느끼며 망연자실 허공을 바라보았다. 혹시 그 놈이 의도한 게 이거였을까. 사슬로 꽁꽁 묶어 어디로도 못 도망가게 둔 다음에 식인족 멍청이들 혹은 식인 까마귀에게 잡아먹히도록 하는 것.

그렇지 않고서야 이토록 무책임하게 자신을 위험에 노출시킬 리가 없다. 암! 그렇고말고!

남자를 향해 새록새록 피어나는 분노로 이를 갈던 이예주의 시야에 문득 외눈박이들이 옆에 놓고 간 포대가 들어왔다. 그 멍청이들만큼 더럽고 너덜너덜한 자루였다.

"이건 또 뭐야?"

가만히 커다란 포대의 형태를 바라보던 그녀가 그 근처로 조심스레 다가갔다. 자루의 군데군데 묻어 있는 검게 바랜 자국이 꼭 핏자국 같았다. 괜한 불길한 생각에 고개를 흔들면서도 포대 안에 무엇이 담겨 있는지 불쑥 호기심이 들었다.

그녀가 더러운 것을 집듯 엄지와 검지 끝을 이용해 조심스럽게 자루 끝을 집을 때쯤이었다. 움찔, 포대가 움직였다. 그녀는 흠칫하며 행동을 멈췄다.

안에 대체 무엇이 들었기에. 설마 저들이 먹으려고 자른 시체? 목줄기를 타고 소름이 돋았다. 이예주는 가까스로 고개를 흔들어 공포심을 떨쳐 냈다. 꽤 커다란 포대였지만 시체를 담았다고 보기엔 포대가 꽉 차지 않고 헐렁했다.

말도 안 된다고 애써 자기 암시를 걸면서도 다시 그것에 손대기가 꺼림칙했다. 괜한 호기심에 눈 버리지 말자.

그녀가 포대에서 시선을 옮기며 다시 어떻게 하면 이 빌어먹을 사슬을 끊고 외눈박이 삼 형제에게서 벗어날 수 있는지에 대해 곰곰이 생각하려던 차였다.

움찔.

"헉!"

잘못 본 게 아니었다. 이번엔 방금 전보다 더 크게 자루가 움직였다. 풀과 맞닿은 곳에서 사락거리는 소리가 날 정도로!

이예주는 포대 움직이는 소리보다 더 큰 소리를 내며 후다닥 물러났다. 안에 무엇인가 들어 있다. 무엇인가 살아 있는 것이, 저 자루 안에. 그녀는 단숨에 겁에 질렸다. 그러자 마치 그런 그녀를 알고 있다는 듯 포대가 미친 듯이 꿈틀대기 시작했다.

"흐아악!"

기겁한 이예주는 뒤로 마구 물러섰다. 쩔컥, 그러나 그녀의 손을 붙잡는 사슬 때문에 나무 근처를 벗어날 수 없었다.

사그락, 사그락. 포대는 마치 알을 깨고 나오는 병아리처럼 꿈틀거렸다. 그녀의 얼굴이 점점 누렇게 뜨던 그때였다.

투두둑!

"푸하! 답답해 죽는 줄 알았구나, 클클클!"

"꺄아악!"

자루 한구석이 터지면서 무언가 쏟아지듯 그 안에서 튀어나왔다. 찔컹찔컹, 이예주가 반사적으로 괴성을 지르며 신들린 것처럼 사슬을 잡아당겼다.

포대에서 무언가 꾸물꾸물 기어 나왔다. 손이었다. 손이 턱 하고 나오더니 또다시 반대편 손이 튀어나와 이미 나온 손을 앞질렀다.

그다음에는 또다시 반대편 손이 턱 하고 앞으로 뻗어 나왔다. 그렇게 무언가가 땅바닥을 기어서 포대로부터 벗어났다.

"아아아악!"

"아가씨, 진정하이. 거참, 목소리 한 번 우렁차구만."

그 기괴한 모습을 보며 계속해서 비명을 지르던 이예주는 자루 안에서 튀어나온 것이 말을 걸자 벌렸던 입을 텁 다물었다.

그녀는 겁에 잔뜩 질린 눈으로 포대에서 기어 나와 자신에게 말을 건 무언가를 조심히 살폈다. 아까 외눈박이 삼 형제만큼은 아니더라도 꽤 오랜 시간 씻지 못한 듯 지저분한 몰골을 한 빼빼 마른 사람이었다.

때가 찌든 머리가 부분적으로 희게 센 것이 보였다. 목소리도 그렇고 머리가 센 것으로 보아 노인이었다. 피죽도 못 얻어먹어 다 죽어 가는 몰골의 노인.

"누, 누구세요?!"

"겁먹을 것 없네. 힘없는 노인이 뭘 할 줄 안다고. 아가씨가 도망간대도 난 쫓아갈 다리조차 없어."

그렇게 말한 노인이 말을 마치자마자 죽을 듯이 콜록댔다. 마치 내장까지 토해 낼 기세로 기침을 해 대는 그는 곧 죽어도 이상하지 않을 정도로 빈약해 보였다.

이예주는 그제야 경계를 약간 풀고 사슬을 팽팽하게 잡아당겼던 오른손을 슬그머니 내렸다. 제아무리 묶여 있는 처량한 신세라 해도 저렇게 약한 노인 하나 정도는 해치울 수 있으리라. 내심 그렇게 생각하며 그녀가 신중한 눈빛으로 노인을 살폈다.

그사이 노인은 기침을 멈추고 엉금엉금 기어가 힘들게 나무에 기대앉았다. 꼬질꼬질한 노인의 상체를 살피던 이예주는 눈알을 쭈욱 굴리다가 노인의 하체를 보고 '헉!' 하는 숨을 들이켰다.

노인의 말처럼 정말로 그의 두 무릎 밑으론 아무것도 없었다. 두 무릎조차 지저분하고 더러운 붕대로 대충 감싸여 있었다. 상처가 곪았는지 그 사이로 누런 고름이 질질 흘러나왔다. 의학적인 지식이 전무한 그녀가 보기에도 심각한 상흔 같았다.

이예주가 조심스럽게 노인에게 말을 걸었다.

"하, 할아버지. 포대 안에는 왜, 왜 갇혀 있던 거예요? 다리는 왜……."

"아가씨도 피식자인가? 피식자 신세가 다 그런 거지. 이 근방은 잡아먹을 것이 별로 없어서 꼼짝없이 다리를 내주었어. 그래도 애비라고 저놈들이 아직은 날 살려 둔 거야."

"애비…… 그럼 그 외눈박이들이 할아버지 아들들이라고요?!"

"그렇지, 클클클. 잘 알아듣는구먼. 똑 부러진 아가씨야."

노인이 너털웃음을 터뜨리며 이예주에게 답했다. 그녀의 얼굴이 단박에 경악에 질렸다.

그러니까, 저 외눈박이 멍청이들이 이 노인의 자식들이라고? 그럼 이 할아버지의 다리는…… 뇌리를 가르는 끔찍한 사실에 이예주는 몸서리를 쳤다.

식인, 패륜아. 사람을 잡아먹다 못해 제 아비까지 잡아먹은 놈들이 숲을 배회하고 다니는 것이다. 그러고 보니 아까 그 외눈박이들이 바보 같은 토론을 할 때 "아빠가 말했다." 같은 말을 여러 번 반복했다. 그 아빠가 바로 이 노인이라니.

무슨 말을 해야 할지 몰라 붕어처럼 하염없이 입을 열었다 닫는 것을 반복하는 이예주를 보며 노인이 다시 클클클 웃었다.

"아가씨도 시간족인가 보오. 그래서 포식자가 살려 두었군그래. 나도 시간족이라네. 그래서 살았지. 이 근방의 힘없는 것들은 저놈들에게 뼈도 못 추리고 모조리 잡아먹혔거든."

이예주는 잠시 머리를 굴렸지만 대답할 말을 찾지 못했다. 그녀는 그 망할 놈의 시간족이고 다리족이고 하는 부족에 대해 조금도 몰랐다. 하지만 꼭 그것이 아니더라도 아들들에게 다리를 잡아먹혔다는 노인의 말에 어떠한 대답도 할 수 없었다.

대신 정말로 1000년 후가 이딴 곳이라면 무슨 수를 쓰더라도 기필코 과거로, 그녀가 살고 있던 2017년 현대로 되돌아가야 한다는 생각만이 머릿속을 지배했다.

"대체 왜요? 왜 멀쩡한 밥 놔두고 인간 다리를, 그것도 자기 아버지 다리를……."

"식인이야 뭐 검은 파편에게 쫓기는 시간족들이라면 누구나 한 번쯤은 해 보았을 일이 아니겠는가. 저보다 약한 자를 피식자로 만들어서 데리고 다니는 게야. 먹을 게 정 없거나 혹은 내킬 때 피식자를 야금야금 잡아먹으면서 포식자가 되는 것이지. 검은 파편에게 쫓기고 쫓겨서 이곳저곳 도망 다니다 보면 부모고 자식이고 아무것도 안 보이기 마련이라네. 누구라도 포식자가 될 수 있어."

"아니요, 아니요. 제 말은……."

이예주를 아래위로 훑어보며 제 나름의 판단을 내리는 노인을 막으며 그녀는 절레절레 고개를 흔들었다. 그녀가 충격을 받은 것은 굶주려서 식인 행위를 한다는 사실이 아니었다.

어떻게, 한 명도 아니고 세 명이나 되는 자식 놈들이.

"어떻게 아버지의 다리를 먹느냔 소리예요. 아버지잖아요? 아무리 배고파도 그렇지, 제 약지를 잘라 부모를 먹이진 못할망정 어떻게 아버지를 먹어요?"

이예주로선 도저히 이해가 가지 않았다.

엄마가 죽은 후 그녀는 자신의 어느 한 곳이 죽었다고 생각했다. 엄마와 이어져 있던 무언가가 칼로 베인 듯 뚝 끊어졌다. 말로 설명할 수 없었지만 이예주는 알았다.

그것이 끊어지던 순간을 그녀는 잊지 못한다. 학교에서 수업을 듣던 와중, 이유 모르게 가슴이 덜컥 내려앉던 그 느낌.

엄마가 죽은 지 1년, 2년…… 6년이 지나도 아직도 이렇게 눈에 그릴 듯 생생한데. 그런데 어떻게 부모를 잡아먹을 수가 있지? 자신을 낳아 준 아버지를. 노인의 말에 따르자면 그것도 같이 도피 생활을 하던 아버지를.

전혀 이해할 수도 없고 이해하고 싶지도 않은 그녀의 표정을 알아차렸는지 노인이 다시 너털웃음을 터뜨렸다. 그 웃음이 조금 씁쓸해 보였다.

"클클클, 다른 사람들과 갈라지기 전에 시간족을 잡아먹으면 그 힘을 빼앗을 수 있다는 헛소리를 들었겠지. 아니라면 갑자기 제 애비 다리를 개처럼 뜯어 먹을까?"

"힘을 빼앗아요?"

"그래. 시간족의 힘이 담긴 부위를 먹으면 그자의 힘을 빼앗을 수 있지. 그렇지만 그것은 어디까지나 시간족에 한해서일세. 멀쩡한 시간족도 힘을 갖지 못하는 일이 태반인데 하물며 돌연변이인 내 아들들이 내게서 다리족의 힘을 뺏을 수 있을 리가."

"다리족이요? 할아버지, 다리족이셨어요?"

다리족이란 소리에 이예주의 눈이 토끼같이 둥그레졌다. 시뻘건 눈의 미친놈에게서 말로만 듣던 그 다리족이었다. 계속해서 다리족, 뭔족 하기에 인간과는 다른 괴생물체라고 생각했는데 노인은 자신과 별다를 바 없어 보였다. 아무래도 힘이 담겼다는 부위가 다리여서 다리족이라고 불리는 것 같았다.

그렇다면 다리를 잃은 이 노인네야말로 자신과 다를 바 없는 평범한 인간이란 말 아닌가? ……그럴 리가. 자문자답을 하며 이예주는 속으로 고개를 저었다. 그녀의 '능력'을 가지지 않은 이상 절대로 노인이 그녀와 같은 인간일 리 없었다.

"그렇다네. 내 자랑하는 것은 아니지만 다리를 잃기 전까진 다리족 내에서도 아주 강한 힘을 가진 자였지, 클클클."

"그렇군요……."

이예주는 측은한 눈으로 병색이 완연한 노인을 바라보았다. 그러자 그 눈빛을 다르게 해석한 건지 이번에는 노인이 눈을 빛내며 그녀에게 질문했다.

"아가씨와 아가씨의 포식자는 무슨 족인가? 굶은 지 오래 되어 보이지는 않는데. 포식자가 무척이나 강한가 보군!"

"예? 아니요. 그게……."

"다리족은 아니지? 아가씨 다리는 얇아서 달리는 다리로는 안 보이니 말이야. 팔족인가? 아니, 아니야. 어린데도 이렇게 어디 하나 상한 데가 없는 것을 보면 아가씨도 무시 못할 정도의 힘을 가지고 있나 보군그래! 원래 나이가 어릴수록 살이 야들야들하니 맛있어서 인기가 좋거든. 흠, 그렇다면…….”

“…….”

“옳지! 아가씨가 검은 파편에게서 도망칠 수 있는 뭔가를 포식자에게 줄 수 있는 모양이로군! 그래, 아가씨는 무슨 족인가?”

혼자서 답을 구하며 물 흐르듯 제멋대로 추측하던 노인이 이예주를 바라보았다. 탁하고 흐리멍덩한 회색 동공에 기괴한 빛이 번들거렸다. 왠지 모를 오싹함에 그녀가 어색하게 웃으며 노인의 눈에서 시선을 돌렸다. 그리고 제 다리를 내려다보았다.

얇은가? 하긴, 학창 시절 체력장의 오래달리기마저 걸어서 완주한 그녀였다. 오래 걷는 것과 뛰는 것이 죽기보다 싫어서 최대한 그것들을 피해 가며 살아와 그런지 다리가 빈약하긴 했다.

시뻘건 미친놈을 속인 것처럼 그저 다리족이라고 대꾸하려던 이예주는 노인의 꽤 날카로운 눈썰미에 답을 잃었다. 그래서 그녀는 노인이 원할 만한 대답을 해 주는 대신에 자꾸만 걸리적거리던 단어에 관해 물었다.

“저기, 할아버지. 그런데 검은 파편이 뭐예요? 뭐길래 아까부터 자꾸 검은 파편을 피한다느니, 검은 파편에게서 도망친다느니…… 그게 누군데요?”

천진난만한 표정으로 묻는 이예주의 말에 노인이 헉, 숨을 들이켰다. 그 소리에 놀라 돌아보자 두 눈을 커다랗게 홉뜬 채 굳어 있는 노인이 보였다.

“왜, 왜요? 뭐 잘못 말한 거예요? 아니면 누구 있어요?”

이예주가 지레 겁을 집어먹고 주위를 두리번거리자 노인이 커다랗게 뜬 눈을 천천히 원상 복귀시키며 고개를 저었다. 그와 동시에 그녀를 바라보는 그의 눈동자에 번뜩 이채가 서렸다.

"자네…… 이 세계 사람이 아니구만."

"예, 예?"

"여기 사람이 아니야. 검은 파편을 모르다니…… 아가씨, 어디서 온 거지? 응?"

"……."

"시, 신탁이 현실이 되었어! 아가씨, 이곳 사람 아니지? 그렇지? 그러고 보니 옷차림도 그렇고…… 이곳 사람이 아니야. 어디서 온 거야, 응? 어디야. 어디서 온 거지?"

대답 없는 그녀를 보고 제 추측을 확신했는지 노인이 두 손을 땅에 짚고 나무에 기댄 몸을 일으키기까지 하며 채근했다.

노인의 갑작스러운 태도 변화에 당황하던 이예주는 왠지 모르게 이질감을 느꼈다. 사실 대신 그럴듯한 거짓말을 내놓기 위해서 그녀는 머리를 굴렸다. 그나마 말이 통하고 '다리족'에 대한 정보를 얻을 수 있는 상대였으나, 본능이 쉽게 믿어선 안 된다는 경고를 했기 때문이다.

"어…… 무슨 소리예요? 이곳 사람이 아니라뇨. 하하, 저 이곳 사람 맞아요. 다만, 그…… 시간족이 아니에요, 저는."

"으잉?"

"전 그냥 평범한 인간이에요. 평범한 인간요. 인간 여자."

거짓과 진실이 적당히 반반 섞인 대답이었다. 썩 만족스럽지는 않았지만 이예주는 노인이 눈치채지 못하도록 계속 어색한 웃음을 지었다.

노인이 그녀를 바라보며 고개를 갸우뚱거렸다. 사실인지 아닌지 가늠하는 듯싶었다. 그러나 끝까지 잡아떼는 이예주의 말이 거짓말

같진 않은 모양인지 금세 실망스러운 얼굴로 팽 고개를 돌렸다.

"하긴 이렇게 어리고 멍청한 계집이 구원자일 리가……."

노인이 고개를 돌린 채 작게 무어라 중얼거렸다. 그녀가 '네?' 하고 되물었으나 그사이 감정을 추스른 듯 실망한 기색을 지운 그는 "아닐세." 하고는 다른 것을 재차 물었다.

"아가씨는 대체 어디서 살았기에 검은 파편도 몰라. 그래서 그렇게 냄새도 안 숨기고 깨끗한 꼴이었군. 이런 바보 같으니!"

노인이 그녀의 행색을 지적하며 쯧쯧 하고 혀를 찼다.

내 꼴이 어때서? 그래도 물에 더러운 건 대충 씻어 낸 후 말렸기에 뽀송뽀송하고 깔끔하기만 하구만. 노인의 원색적인 비난에 입을 삐죽이던 이예주는 불퉁한 목소리로 대꾸했다.

"워낙 오지에 살아서 말이에요. 제가 살던 곳은 시간족이니 검은 파편이니 이런 거 아는 사람이 별로 없거든요."

"쯧쯧, 아무리 모르더라도 죽은 동물의 피 정도는 묻히고 다녀야 해! 검은 파편은 생명의 기척을 느끼고 인간들을 죽이러 쫓아와, 아가씨. 내 아들들도 그래서 매번 동물을 잡아먹고 죽은 동물의 내장이나 배변을 온몸에 묻히고 다니지. 죽음의 냄새를 몸에 배게 하기 위해서라네. 그렇게 해야 검은 파편이 생명의 기척을 쉬이 알아채지 못하거든. 하지만 그것도 임시방편에 지나지 않아. 조금이라도 사체의 썩은 내가 옅어지면 놈이 곧바로 알아채기 때문이지."

"……할아버지는 왜 안 묻히는데요? 할아버지의 멍청…… 아니, 아들들에 비해 할아버지는 썩은 내가 안 나는데요?"

말실수를 할 뻔한 제 혀를 꾸욱 앞니로 누르며 그녀가 노인에게 물었다. 그러자 노인이 쓸쓸한 눈빛으로 먼 곳을 바라보며 입을 열었다.

"……나같이 죽어 가는 노인의 뒤는 쫓지 않을 게다. 예전엔 검은 파편 그놈이 나를 포함한 장로들을 죽이기 위해 몇 년간 뒤를 쫓았었지만…… 그것도 다 다리가 있을 때 얘기지."

장로라는 말에 이예주의 귀가 번쩍 트였다. 그러면 이 노인네가 그 남자의 말로만 듣던 다리족 장로?

노인은 자신이 죽어 가고 있기 때문에 검은 파편이 자신의 뒤를 쫓을 리 없다고 아예 단정 지은 듯했다. 이예주는 그런 노인이 안쓰러워졌다.

그럴 리가요, 할아버지. 그놈은 노인이고 어린아이고 상관없이 인간 박멸 자체가 꿈이자 목표인 미친놈인걸요.

이로써 노인이 말하는 검은 파편이 그 시뻘건 눈의 남자라는 것이 확실해졌다. 그런데 검은 파편이 이름이란 말이야? 대체 이름을 왜 그따위로 지었지?

그때 그녀의 궁금증을 노인이 먼저 나서서 해결해 주었다.

"아가씨, 검은 파편이 무엇이냐 물었지? 놈은 신의 아이야."

"예? 신의 아이요?!"

"그래. 신이 유일하게 자신의 힘을 사용하도록 허락한. 그렇지만 그놈은 배반을 선택했어. 신의 힘을 이용해 우리 인간들을 죽이면서 여신을 조롱하고 타락했지……. 놈은 그래서 불길한 검은색이 되었다네. 더러움이 물들어 지워지지 않는 검은색 말이야. 우리 시간족은…… 참, 아가씨는 시간족도 뭔지 잘 모른다 했지?"

노인의 자상한 물음에 이예주가 눈을 초롱초롱 빛내며 고개를 끄덕였다.

"시간족은 여신의 축복을 받은 인간들이야. 크게 팔족, 다리족, 눈족으로 나뉘는데 팔족은 팔을 휘둘러 시간을 멈추고 다리족은 다리를 저어 시간의 구애에서 벗어나 재빠르게 달릴 수 있고 눈족은 눈을 떠서 과거를 볼 수 있지. 하지만 그도 얼마 안 남았어. 검은 파편이 우리의 씨를 말리고 있거든."

이예주는 노인의 입에서 들려오는 판타지 영화 같은 소리에 입을 떡 벌렸다. 신의 아이는 또 뭐고, 시간족은 또 뭐란 말인가. 팔을 휘둘러서 시간을 멈추고, 다리를 저어 뭐?

그 말 같지도 않은 소리에 그녀는 머리가 아파 왔다. 그러나 노망이 난 것 같은 노인은 그 이상한 소리를 진지한 얼굴로 이어서 설명했다.

"검은 파편에 대항하기 위해 한때는 우리 시간족끼리도 뭉쳤었지. 시간족끼리 결합해서 자식을 낳으면 그 자식들이 부모보다 훨씬 강한 힘을 가진다더군. 그때에는 시간족 내에서도 이렇게까지 식인 풍습이 널리지 않았고 무엇보다도 시간을 멈추는 팔족의 증언이 있었어. 세기말 용암 폭발에서도 살아남았다는 팔족의 말이니 우리는 믿을 수밖에! 난 그래서 눈족에게 미래를 보는 어린 신부를 달라고 했지. 아, 눈족은 대부분 과거를 보는 능력을 가지고 태어나지만 아주 드물게 미래를 보는 여자아이가 태어난다네. 무려 미래를 보는 능력 말이야. 시간족의 결합을 들먹이니 그렇게 미래를 보는 아이들을 싸고돌던 눈족도 순순히 신부를 내주었어."

문득 이어지는 노인의 말에 이예주의 몸이 차갑게 굳었다. 아주 드물게 태어나는 미래를 보는 아이. 어디서 들어 본 얘기였다. 엄마, 엄마였다.

—예주야, 잘 들어. 엄마 일족은 대부분 과거를 보는 능력을 가지고 태어나지만 아주 드물게 미래를 보는 능력을 가진 아이들이 태어난단다. 엄마 또한 미래를 보는 능력을 가졌지만 완전하지 못하고

아주 가까운 미래밖에 볼 수 없어서 일족에게 버림받았지.

노인이 말한 그 일족이 바로 엄마의 일족이었다. 엄마가 바로 눈족이다. 그녀는 목 뒤부터 등허리를 타고 오소소 돋는 소름에 노인의 말에 귀를 기울일 수 없었다. 그 와중에도 그의 입을 타고 계속해서 엄청난 이야기들이 쏟아져 나왔다.

"그런데 어디 하나 상할세라 남쪽에서 고이 모셔 온 미래를 보는 계집이 쓸 데라곤 쥐뿔도 없는 모질이일 줄이야! 씹어 먹어도 시원찮을 눈족 놈들이 날 속인 게야! 가까운 제 미래 말고는 아무것도 못 보는 불완전한 눈족 계집에게서 태어난 것들이라곤 저런 눈도 없는 멍청한 것들뿐이었어! 다리족의 위대한 장로인 내 자식들이 돌연변이라니. 믿을 수 없는 일이지. 아가씨, 그렇지 않은가?"

"……."

이예주는 노인의 질문에 대답 없이 딱딱한 태도를 고수했다. 그녀의 머릿속에는 지금 폭풍우가 휘몰아치는 중이었다.

뭐가 뭔지 모르겠다. 엄마가 눈족이라면 1000년 전에도 이런 시간족이니 뭐니 하는 것들이 있었다는 소리인데.

"이런. 내가 흥분해서 너무 내 말만 했나 보오. 그저 다 지난 얘기들이니 그렇게 인상 쓸 것 없어, 아가씨. 세기말 용암 폭발 이후 이런 사정 하나 없는 사람들이 어디 있겠나. 그러니……."

"저기, 할아버지! 혹시 세기말 용암 폭발 이전에 대해서 아는 사람 있어요?"

"으잉?"

"그 세기말 용암 폭발 이전 시대요! 그 시대에 대해 자세히 아는 사람들이나 연구하는 사람…… 뭐 그런 계통의 사람에 대해 아세요?"

이번엔 그녀가 노인을 채근했다. 세기말 폭발 이전에도 시간족이란 인간들이 살았다니, 필히 그 시대에 대해 알고 있는 사람이 있을 것이다. 어쩌면 자신이 과거로 다시 되돌아가는 데 실마리가 될 수 있을지도 모른다!

"흠, 세기말 폭발 이전 시대라…… 그건 팔족 땅에 가면 알 수 있을지도 모르겠군."

"팔족? 팔족이요? 팔족 땅이 어딘데요?"

"팔족 땅은 서쪽 대륙에 있지. 나도 몇 번 간 적이 있어. 완전히 죽은 땅이지. 현 팔족 족장의 할애비가 세기말 용암 폭발 때 팔족 땅의 시간을 멈췄거든. 그 작자는 죽었어도 족장의 애비는 아직 살아 있을지 몰라. 그렇다면 뭐 아는 게 있을지도…… 한데 아가씨는 그런 것을 왜 물어보는 겐가?"

"아니. 그냥…… 그냥요. 그냥…… 할아버지 말을 들으니 궁금해져서요."

"원, 싱겁기는……."

언제 격정적인 감정을 쏟아 냈냐는 듯 노인이 다시 흐리멍덩한 회색 눈을 하고 켈켈켈 웃어 댔다.

"그럼…… 할아버지 아내 되시는 분은 어떻게 되셨어요?"

"으응?"

"그 가까운 미래밖에 못 본다는 할아버지 신부요. 벌써 돌아가신 거예요?"

괜히 엄마 생각이 났다. 엄마도 가까운 미래밖에 보지 못했던 불완전한 눈족이라 저 같은 돌연변이를 낳은 건가.

그래도 눈, 코, 입 멀쩡히 달고 태어나게 해 주어서 이예주는 엄마에게 무척이나 감사했다. 할아버지의 패륜아 자식들처럼 외눈박이에 그것도 모자라 그 눈알 하나를 형제와 나눠 써야 했다면…….

끔찍한 가정들을 애써 털어 내며 그녀가 노인 쪽을 돌아보았을 때였다. 흰자가 선명치 못하고 누래서 동공의 경계가 뚜렷이 구분되지 않는 노인의 눈이 다시금 이질적인 이채를 띠었다.

기분 나쁜 눈빛이다. 저렇게 빼빼 마른 노인의 몸 어느 곳에서 저렇게 기괴한 오라가 풍길 수 있는지 알 수 없다는 생각이 들었다.

"글쎄…… 애들 엄마가 제 새끼들 몰골을 보고 기절했던 것은 생각나는군. 클클클."

"왜요? 돌연변이라서요?"

"그랬겠지. 제가 낳은 자식이 아니라고 비명도 질렀는걸."

이예주의 눈이 휘둥그레졌다. 확실히…… 세 명이나 되는 자식들이 외눈박이에 눈도 제대로 가지고 있지 않았다면 그럴 만도 할 것 같았다. 심각한 얼굴로 고개를 끄덕이던 그녀는 문득 궁금해진 점을 물었다.

"돌연변이는 시간족끼리 결합 시에만 태어나는 거예요? 왜 태어나는 거예요?"

"대부분 그렇다네. 다리족 내에서 연구를 하던 놈들이 유전자 변이니 어쩌니 했었던 것 같은데…… 그쪽으론 문외한인지라 어째서 태어나는 건지 난 잘 모르겠네. 날이 갈수록 인류의 씨가 마르고 있으니 그저 저런 괴물 같은 것이 태어나도 자식이라고 키울 수밖에."

노인의 말에 이예주가 우울한 얼굴을 했다. 엄마도 그랬을까? 괴상한 능력을 각성한 자신을 보며 괴물을 낳았다고 한탄했을까?

"……우리 엄마도 할아버지 아내분이랑 같았어요."

"……으응?"

"우리 엄마도 가까운 미래만 볼 수 있어서 일족에게 버림받았었대요."

그리고 또 나를 위해 그 능력마저 버리고 죽었어요. 가슴을 묵직하게 짓누르는 뒷말을 삼키며 이예주가 애써 웃을 때였다. 노인이 기괴하게 번들거리는 눈으로 그녀를 바라보고 있었다. 샅샅이 이예주를 훑은 그가 성급하게 외쳤다.

“그럼 자네 부친은? 아가씨 부친은 어떤 사람이었나, 응?”

“글쎄요. 아빠는 잘 몰라요. 제가 태어나시기도 전에 돌아가셨어요. 엄마 말로는 평범한 사람이라고 했는데…….”

“그럼, 그럼! 아가씨도 미래를 볼 수 있나?”

“예? 미래요?”

“그래, 미래! 볼 수 있어, 없어? 얼른 대답해!”

“어, 어…… 뭐, 가끔 꿈에서 볼 때도 있는데요. 어렸을 땐 자주 예지몽을 꿨었는데 크고 나선 별로…….”

노인의 득달같은 물음에 얼떨결에 대답한 그녀는 또다시 무언가가 이상하다는 것을 느꼈다. 능력에 대한 이야기만 나오면 다 죽어가던 노인이 갓 잡아 올린 생선처럼 힘 있게 펄떡이는 것 같다는 우스운 생각이 들었다.

예지몽은 능력 발현에 중요한 영향을 미치곤 했지만, 삶에 있어 큰 도움이 되지는 않았다. 물론 간밤에 꾼 꿈이 들어맞으면 놀랍고 신기하긴 했지만 그것은 사실 ‘문’을 넘는 것에 비하면 지극히 평범한 것에 가까웠다.

그녀가 미래를 본다는 사실을 듣고 극히 흥분을 한 노인의 반응에 이예주는 적잖이 당황했다.

“예지몽이야 뭐, 남들도 다 꾸는 거잖아요? 미래를 내다보는 것도 아니고…….”

“아니! 자네의 능력은 그렇게 치부할 수 없어! 포식자가 아가씨를 이렇게 살려 둔 이유가 다 있군그래. 자네, 지금껏 포식자에게 검은 파편이 언제 어디에서 올지 이야기해 줬지? 그렇지?"

"예? 무슨…… 아니에요! 제가 그런 걸 어떻게 알고서 얘기해요? 제 코가 석 자인데."

"아니야! 날 속일 생각 말게. 아니라면 어린 네가 이렇게 멀쩡하게 있을 리 없지! 포식자에게 팔 한 짝 잡아먹히지 않고 이렇게 멀쩡할 리 없단……!"

"할아버지!"

이예주가 점점 도를 넘어서는 노인을 보며 험악하게 인상을 찌푸리곤 말을 끊었다.

"말이 너무 심하잖아요! 제 몸 제가 멀쩡히 챙긴 데 뭐 보태 준 거라도 있어요? 그리고 뭐가 멀쩡해요! 여기, 여기! 긁히고 다쳐서 소매까지 다 찢어졌구만!"

"……."

"그리고 포식자는 무슨 포식자! 할아버지 아들들도 그렇고 자꾸 마음대로 추측하는데요. 전 동료랑 같이 있었어요! 동료, 친구, 몰라요? 프렌드, 프렌드 말이에요! 저도 그 사람도 식인은 안 해요! 모두 할아버지 부족 같은 줄 알아요?"

포식자고 피식자고 이예주는 아직까지 그 체제를 이해조차 하지 못했다. 그런데 무슨, 미래를 알려 줘? 무당도 아니고. 설사 그녀가 미래를 금방금방 내다보는 능력을 가지고 있다손 치더라도 절대 그 미친놈을 위해 미래를 말할 일 따윈 없을 것이다.

그녀가 생각보다 격하게 화를 내자 노인이 무안했는지 큼큼하고 헛기침을 했다. 그러면서도 끝내 미련을 못 버린 듯 슬쩍 이예주의 사슬을 가리켰다.

"그러면 그 사슬은 무엇인가?"

"이거요? 이건……."

낭패다. 제 입으로 동료, 친구라고 강요한 마당에 사슬이라니. 세상 어떤 동료가 일행을 개처럼 사슬에 묶어 놓는단 말인가. 정말로 인생에 도움이 안 되는 놈! 난감한 기분에 아랫입술을 한 번 꾹 깨물며 이예주가 필사적으로 머리를 굴렸다.

저 할아방구가 자꾸 물고 늘어지지 않을 정도의 변명을 해야 되는데. 이렇게 사슬에 묶인 자신이 명백한 증거일진대 대체 무슨 변명이 먹혀들 수 있을까.

"이건…… 제가 숲에서 길을 잘 잃어버려서 동료가 친히 장만해준 거예요."

"……."

"제가 알아주는 길치거든요. 그런데 길을 찾으려고 계속 움직이다 보니 자꾸 동료랑 길이 자꾸 어긋나서 그 자리에 꼼짝 말고 있으라고 동료가 가져왔어요. 친! 히! 요! 하하, 길도 안 잃어버리고 좋겠죠?"

제가 생각해도 말도 안 되는 변명이었지만 그녀는 철면피를 뒤집어쓰고 노인에게 사슬의 장점을 피력했다. 노인이 안쓰러울 정도로 떠들어 대는 그녀를 바라보며 알 수 없는 표정을 지었다. 그럼에도 그녀가 반복해 강조하자 마침내 백기를 들었다.

"그렇군. 내 실수했네, 아가씨. 미안하이."

"됐어요."

"그런데 검독수리 발톱으로 만든 사슬이로군. 이거 쉽게 볼 수 없는 귀한 물건인데. 내 잠시 만져 봐도 괜찮겠나?"

"그러시든가요."

시큰둥한 태도로 노인에게 대꾸하며 이예주가 고개를 반대쪽으로 획 돌렸다. 노인이 조심스럽게 팔로 기어 와 근처에서 사슬을 만지작거리는 기척이 느껴졌다. 그러든지 말든지 시선을 딴 데로 옮긴 그녀는 외눈박이 형제들이 사라진 쪽과 그녀를 개처럼 묶어 놓은 남자가 사라진 쪽을 한 번씩 쳐다보았다.

노인과 이야기를 나누는 사이 어느덧 하늘은 시뻘건 노을이 혀를 날름거리고 있었다. 심통이 난 표정을 짓고 있던 이예주의 얼굴이 초조함으로, 초조함에서 울상으로 시시각각 뒤바뀌었다.

대체 그 미친놈은 오긴 오는 걸까? 남자의 까만 뒤통수가 벌써부터 까마득해진 것 같았다. 이대로 자신을 두고 떠나 버린 것은 아니겠지?

나쁜 놈. 떠날 거면 고이 떠날 것이지 왜 엄한 사람을 묶어 두고 떠나느냔 말이다. 그것도 이렇게 위험에 노출해 둔 채로!

"이 인간…… 언제 오는 거야, 대체. 오긴 오는 거야? 아, 진짜! 언제 와아……."

그녀가 우는 소리로 중얼거렸다. 남자의 욕을 하면서도 내심 그가 외눈박이들보다 빨리 왔으면 좋겠다는 모순된 마음이 들었다. 적어도 남자는 식인은 안 할 테니 죽을 걱정은 해도, 뜯어 먹힐 걱정은 없을 게 아닌가.

남자가 사라진 쪽을 하염없이 바라보기에 바빠 그녀는 제 옆에서 노인이 실실 웃는 것을 눈치채지 못했다.

"검독수리 발톱이라…… 쉽게 끊어지진 않겠군그래."

썩은 동태 눈깔 같은 노인의 동공이 번쩍하고 음험하게 빛났다.

"검은 파편! 주변에 없다! 검은 파편!"

"아빠! 아빠는 어디에 있나. 아빠를 잃어버렸다!"

"아빠는 피식자랑 함께 있다! 흐흐! 먹이! 먹이와 함께 있다! 먹이를 뜯자! 씹어 먹어서 배에 저장해야 한다!"

이예주가 황혼을 바라보며 오지 않는 남자를 향해 원망을 연달아 토해 내고 있을 때 멀리서 쿵쿵하는 커다란 발자국 소리가 들렸다. 그와 함께 멍청이들의 쩌렁쩌렁한 고함 소리가 온 숲에 울려 퍼졌다.

"헉, 할아버지! 오나 봐요!"

이예주는 새파랗게 질린 얼굴로 노인의 아들들이 오는 방향을 바라보며 다급하게 외쳤다. 곧 죽으려는 사람처럼 눈을 반쯤 감고 있던 노인이 그녀의 목소리에 "으응?" 하고 힘겹게 몸을 일으켰다.

"그래…… 내 아들들이 오는구만."

노인이 다 빠진 이빨로 클클클 웃었다. 웃는 것조차 힘겨워 보이는 모습이었다.

쿵쿵, 발자국 소리가 점점 더 가까이 다가왔다. 외눈박이 형제들이 오는 쪽 숲속에서 푸드덕하고 새 떼가 날아올랐다. 잔뜩 겁먹은 눈으로 그쪽을 뚫어져라 바라보던 이예주의 기대에 부응하듯 날아오르는 새 떼 뒤로 삼 형제가 커다란 덩치를 드러냈다. 엄청난 악취가 다시 그녀의 약한 비위를 자극하며 코를 마비시켰다.

"새다! 먹을 거! 먹을 거!"

가장 왼쪽에 있는 외눈박이가 그사이 날아오르는 새 떼 중 한 마리를 잡았는지 퍼덕이는 갈색 새를 들고 방방 뛰며 좋아했다. 커다란 덩치가 뛰어 대니 이예주가 있는 나무 아래까지 진동이 울렸다.

눈도 없는 주제에 날아오르던 새를 잡아채다니. 정말로 괴물 같은 것들이었다. 딱딱하게 굳어서 그들의 행태를 살피던 그녀는 얼마 안가 그보다 더 경악스러운 장면을 목격할 수 있었다. 새를 잡고 방방 뛰던 놈이 "아아—." 하고 입을 쩍 벌리더니 그대로 새를 가져가 뜯어 먹는 것이 아닌가.

와그작! 우둑우둑. 꽤 큼지막했던 갈색 새의 절반이 순식간에 사라졌다. 그 자리를 대신해 풀썩하고 몇 개의 깃털들이 허공을 가르며 휘날렸다. 와그작와그작, 입술 사이로 피를 질질 흘리며 사탕 먹듯 새를 먹던 외눈박이가 엄지를 치켜들었다.

"으흠! 맛있다! 이거 맛있다!"

놈이 우렁차게 소리 지를 때마다 입에서 시뻘건 파편이 튀었다. 이예주는 더도 말고 덜도 말고 딱 동상처럼 굳어 버렸다.

불현듯 그녀의 옆에서 다 죽어 가던 노인의 목소리라곤 믿기 힘든 커다란 악다구니가 들려왔다.

"팜레드! 애비가 생식하면 안 된다고 얘기했잖느냐! 기생충 때문에 또 배가 아프다고 발악해서 형들 가는 길을 늦출게야!"

이예주가 목이 꺾일 만큼 급하게 노인이 있는 곳을 돌아보았다. 이 할아방구 뭐야? 마치 사고 치고 돌아온 아들을 혼내는 아버지처럼 정답게 저 외눈박이들을 부르고 있었다.

생물학적으로는 저들의 아버지가 이 노인이 맞긴 맞았다. 그러나 저 멍청한 놈들은 노인의 다리를 생으로 뜯어 먹은 파렴치한…….

"어어! 아버지! 안 먹었다! 팜레드 안 먹었다!"

노인의 고함 소리에 놀라 외눈박이가 반쯤 먹은 새를 내던지며 허둥지둥 고개를 저었다. 그 덕에 눈이 없는 육중한 몸이 비틀거리더니 기어이 쿵, 세게 자빠졌다. 동시에 그가 등에 지고 있었던 나뭇가지들도 같이 우르르 땅바닥에 쏟아졌다.

"이 멍청한 것! 눈을 가지고 있는 것이 데이노냐, 에니오냐?"

"아빠! 데이노다! 데이노가 눈 가지고 있다!"

"팜레드를 일으켜 주고 눈을 주어라! 저것은 눈이 있어도 앞가림 못하는 병신이니, 원."

"알았다!"

눈을 가지고 있는 외눈박이가 우렁차게 대답한 후 착실히 노인의 말을 실행했다. 자빠진 제 형제를 일으키고 제 이마에서 눈을 빼어 건넸다. 그리고 데이노와 팜레드는 사이좋게 바닥에 널브러진 나뭇가지들을 주워 모았다.

그사이 나머지 외눈박이 한 명—에니오—이 기세 좋게 이예주와 노인이 있는 곳까지 뛰어왔다.

"아빠! 에니오는 배고프다! 먹이, 당장 먹겠다! 당장 먹어서 배에 저장하겠다!"

히익! 면전에 훅 풍겨 오는 고얀 냄새에 이예주가 괴상한 소리를 내며 뒷걸음질 쳤다. 쩔그럭거리는 사슬 소리가 나 기괴한 눈을 하고 있는 노인의 주의를 끌었다. 그가 힐끗 그녀가 있는 쪽을 돌아보더니 켈켈켈 하고 기분 나쁘게 웃었다. 아까의 사람 좋아 보이던 너털웃음과는 차원이 다른 비소였다.

"기다려라. 먹는 것에도 다 때가 있는 법이니."

"먹고 싶다! 당장 먹고 싶다! 검은 파편 없다! 데이노가 못 봤다! 먹어도 된다!"

"주변에 검은 파편이 없었단 말이냐? 흐음…… 그렇단 말이지."

"그렇다! 그러니까 당장 먹겠다! 먹이! 배고프다! 헤헤헤! 난 팔! 팔을 뜯어 먹고 싶다! 헤헤헤!"

눈도 없는 놈이 정확히 이예주를 홱 돌아보며 침을 질질 흘렸다. 온몸을 내리 덮치는 악취와 두려움 때문에 그녀는 끽 소리도 못 내고 움찔움찔 몸을 떨었다. 툭 건들면 그대로 비명이 터질 것처럼 겁에 질린 얼굴이었다.

"팔! 팔을 내놔, 먹이!"

"때가 있다지 않았어, 멍청아! 네 형들이 불을 피워야 먹든가 말든가 하지! 저것이 얼마나 귀한 것인데 자칫 죽기라도 하면 어떡하려고!"

"귀한 거? 이거 귀한 거냐, 아빠?"

"그럼, 그럼! 클클클, 귀한 것이니 먹는 동안 죽지 않게 잘 살려 두어야 한다. 죽은 것을 먹어 봤자 힘을 뺏을 수 없으니 말이야."

"힘? 힘! 알았다! 에니오 그럼 참겠다! 참을 수 있다!"

외눈박이 놈이 뒤에 몇 번 더 '힘'이라는 단어를 덧붙이더니 쿵쾅거리며 제 형제들이 있는 곳으로 뛰어갔다. 크고 투박한 손으로 벌써 쏟아진 나뭇가지를 긁어모은 외눈박이 형제들은 고전적인 방법으로 불을 피우고 있었다. 바로 부싯돌로 추정되는 돌을 부딪혀 불똥을 일으키는 방법이었다.

"하, 할아버지. 무슨 소리예요? 힘이요? 누가 누굴 먹고 불은 또 왜……."

이예주가 새파래진 입술을 벌벌 떨며 노인에게 물었다. 노인은 그녀를 바라보며 바로 대답하는 대신, 일으킨 상체를 앞으로 픽 쓰러뜨려 땅바닥에 몸을 엎었다. 그리고 두 팔을 이용하여 그녀의 근처로 엉금엉금 기어 왔다. 노인의 얼굴에는 전에 볼 수 없었던 비열함이 가득 담겨 있었다.

"클클클, 아가씨. 아까 내 눈족 아내가 어떻게 되었는지 물었지?"

"……."

"어디 보자…… 너무 오래돼서 기억이 가물가물한 이야기인데…… 저런 멍청한 것들을 낳은 후에 그 모질이 계집은 방구석에 틀어박혀 통 나오질 않았지. 그때 부족 내에 내 아들들처럼 팔족과 다리족의 혼혈로 태어난 비루먹은 노인네가 하나 있었는데, 글쎄 그놈이 찾아와서 내 아내를 자기에게 팔라고 통사정을 하더군. 그 쓸모란 쥐뿔도 없는 것에 금화를 다섯 개나 지불한다기에 내 장로로서 관용을 베풀어 은화 다섯 개로 헐값에 넘겨주었지."

"……."

"그런데 그놈이 모질이 계집을 산 채로 삶아서 먹을 줄 누가 알았겠나? 그 후로 글쎄, 그 노인네가 미래를 본다는 소문이 파다하게 퍼지는 게 아닌가! 내가 그 소문을 듣고 그 노인네를 잡으러 찾아 갔을 땐 이미 제 미래를 보고 도망친 후였어, 젠장! 그렇지만 다리족 장로인 내가 그것을 놓칠쏜가? 그놈은 부족에서 도망친 후 몇 년간은 평범한 인간 사이에 숨어들어 그 능력을 팔아먹으며 떵떵거리고 잘 살았지만, 결국 나에게 잡혀 산 채로 뜯어 먹히곤 뒈져 버렸지."

이예주가 노인의 말에 '흐윽!' 하고 짧은 비명을 질렀다. 노인은 그런 그녀의 반응이 웃긴지 한참을 껄껄대며 웃었다. 아까 그녀에게 차분히 검은 파편에 대해 설명해 주던 동네 할아버지와 같은 모습은 꿈만 같았다.

어쩌면 원래 이런 할아방구였을지도 모른다. 검은 파편이 없다는 소리를 들은 후 노인네의 눈이 노골적으로 변했다. 그것도 모르고 자신은 인자한 모습에 깜빡 속아 넘어가 버린 것이다.

"힘을 빼앗으려면 살아 있는 상태의 것을 잡아먹어야 한다는 것은 몰랐는데, 고맙게도 아내를 산 채로 끓여 먹은 그 병신 덕에 잘 알게 되었지. 한데 에노이 저 멍청한 놈이 보자마자 흥분해서 팔다리를 죄다 뜯어 먹는 바람에 간신히 잡은 능력을 빼앗기도 전에 놈이 죽어 버렸지 뭔가! 그때를 생각하면 아직도 피가 거꾸로 솟아올라서 내 에노이 놈을 그냥……!"

"……."

"크흠, 그렇지만 이렇게 미래를 보는 자네가 나타났으니 이제 됐어. 이제 된 게야. 죽기 전에 드디어 여신이 내게 은총을 내려 준 게 틀림없어. 그렇지, 아가씨? 클클클……."

"무, 무슨 소리예요? 저 미래 못 본다 했잖아요. 그, 그리고 곧 제 동료가 올 거거든요? 제 동료 어, 엄청 세요. 진짜요!"

이예주는 필사적으로 동료가 있다는 사실을 알렸다. 하지만 그 말이 먹힐 리 없었다.

"아가씨의 포식자는 오지 않을 거라네. 주변을 둘러보고 온다더니 꽤 멀리 갔나 보군. 근처에 있었다 하더라도 내 아들들에게 바로 잡아먹혔을 테지만."

노인이 비릿하게 웃으며 이예주에게 조금 더 기어 왔다. 그녀는 새하얗게 질린 얼굴로 노인을 피하며 고개를 마구 저었다.

"그, 그럴 리가……."

"클클클, 아프지 않게 금방 해치울 테니 그리 겁먹을 것 없어. 네 동료가 단단한 사슬을 준비해서 다행이군. 발버둥 치다가 끊어지기라도 하면 곤란해질 테니……."

"아빠! 물 다 끓었다! 다 끓었다!"

그때 노인의 말을 끊는 우렁찬 목소리가 들려왔다. 대체 언제 준비한 건지 세 외눈박이 형제가 펄펄 물이 끓는 커다란 솥 앞에서 열심히 두 손을 흔들고 있었다.

"국자와 함께 이리 가져와!"

노인이 소리치자 세 거인이 착실히 말을 들었다. 쿵, 쿵. 놈들이 사이좋게 솥을 나눠 들고 걸어오는 모습을 보며 이예주가 벌떡 자리에서 일어났다.

쩔컹쩔컹! 덩달아 쩔그럭거리는 사슬을 그녀가 힘 있게 잡아당겼다. 역시나 끊어지기는커녕 그녀의 팔목만 부서져라 아파 왔다. 삼 형제가 점점 다가올 때마다 얼굴에서 핏기가 가셨다. 이예주는 공포에 질려 조급하게 사슬을 잡아당겼지만 시끄러운 소리만 울릴 뿐이었다.

"소용없네. 검독수리 발톱으로 만든 것은 팔을 잘라 내지 않고서야 끊어지지 않는 사슬로 유명하지."

"닥쳐!"

예의범절 따윈 집어치우고 그녀가 험악하게 욕설을 내뱉었다. 그 사이 다가온 삼 형제가 나무 근처에 김이 모락모락 솟아나는 솥을 내려놓았다. 그와 동시에 어디서 환한 빛이 그녀의 옆얼굴을 찔렀다.

설마. 이예주는 심장이 내려앉는 것을 실감하며 고개를 돌렸다. 그녀가 있는 커다란 나무에서 얼마 떨어지지 않은 곳에 '문'이 열려 있었다.

이건 진짜다. 자신이 곧 저들에게 산 채로 잡아먹힌단 소리다.

"흐으, 어떡해! 어떡해, 이 개자식아! 개자식아!"

쩔컹쩔컹, 쩔컥! 그녀는 누구한테 하는지 모를 욕지거리를 퍼부으며 미친 듯이 사슬에 묶인 손을 잡아당겼다. 당장 문으로 뛰어 들어가야 했다. 그래야 살 수 있다.

그런데 이렇게 사슬에 묶여서 어떻게? 식인 까마귀와 괴물 뱀을 피해 미친 듯이 달려 문을 넘어 본 적은 있어도 이렇게 묶인 상태에서 문이 열린 적은 한 번도 없었다. 그녀의 의식은 반 실성 상태에 이르게 되었다.

"아빠. 먹이 움직인다! 먹이 도망가려나 보다!"

"어디? 어디? 안 보인다! 먹이 어디로 도망가냐!"

"어디! 어디!"

"사슬에 묶였으니 걱정 말아라! 팜레드, 국자는 몇 개지?"

노인의 물음에 아까 다른 놈에게서 눈을 건네받은 외눈박이가 등 뒤에서 '짠!' 하고 국자를 꺼내 보였다. 커다란 손에 들린 국자가 그들에겐 꼭 장난감 같았다.

"국자 세 개다. 그런데 먹이가 움직이는 것을 형들은 못 볼 텐데, 헤헤헤. 그럼 나 혼자만 먹는다! 헤헤헤!"

"안 돼! 팜레드! 나부터 먹겠다!"

"안 돼! 에노이는 배고프다! 눈! 눈 내놔라! 눈!"

눈을 가지고 있는 외눈박이의 말에 나머지들이 이예주가 있는 쪽으로 손을 허우적거리며 다가왔다.

"아아악! 오지 마!"

그녀가 비명을 지르며 '문'이 열린 쪽으로 달려가다가 '쩔컹!' 하고 손을 잡아당기는 사슬의 반동으로 휘청거렸다. 요란스러운 사슬 소리를 따라 이쪽저쪽 묵직한 발을 옮기던 덩치들이 각각 휘청거리다가 큰 소리를 내며 넘어졌다.

"피식자! 나도 피식자 먹고 싶다!"

"눈! 안 보여서 모른다! 눈 내놔라, 팜레드!"

"헤헤헤, 헤헤헤. 나만 먹을 수 있다. 헤헤헤."

나무 아래는 뒤섞인 거대한 몸뚱이들로 금세 아수라장이 되었다. 커다란 발 중 하나가 노인이 엎드려 있는 곳을 스쳐 밟자 그가 경기를 하며 악다구니를 질렀다.

"이런 멍청한 것들! 당장 그만두지 못해!"

"아빠! 팜레드 혼자 피식자를 먹으려고 한다!"

"아빠! 나도 먹고 싶다!"

눈이 없는 두 형제들이 이예주를 먹고 싶다고 아우성을 쳤다. 노인이 그 답답한 행동에 시뻘게진 얼굴로 노발대발 소리쳤다.

“기다리면 팜레드와 내가 어련히 알아서 나눠 줄까! 네놈들이 눈도 없이 덜떨어지게 움직이다가 저것을 밟아 죽이기라도 하면 어쩌려고!”

“어! 바, 밟아 죽이면 안 된다! 데이노 잘못했다. 기다리겠다.”

“안 돼! 힘을 빼앗아야 한다! 에노이도 잘못했다! 기다린다!”

피식자를 밟아 죽일 수 있다는 노인의 말이 퍽이나 걱정되었는지 두 멍청이들이 사색이 되어 고개를 뒤흔들었다. 그제야 만족스러운 표정을 지은 노인이 눈을 가진 외눈박이에게 명령했다.

“팜레드, 어떻게 해야 하는지는 가르쳐 줬지? 귀한 것이니 조심히 해야 한다.”

“응! 팜레드 잘 안다! 뜨거운 기름을 끼얹어서 산 채로 익혀 먹는다! 안 익히면 기생충 생긴다! 익혀 먹는다! 기름 없다! 그래서 물 뜨겁게 했다!”

그 소리를 멀찍이서 듣고 있던 이예주의 얼굴이 단순히 공포에 질린 것을 넘어 곧 기절해도 이상하지 않을 만큼 파리해졌다. 당장 도망가야 하는 다급한 제 의지와는 다르게 몸은 제자리에서 부들부들 떨리기만 했다.

그사이 눈을 가진 외눈박이가 국자 하나로 김이 모락모락 피어오르는 솥에서 물을 가득 퍼 올렸다. 나머지 놈들이 그녀가 있는 곳을 바라보며 침을 질질 흘렸다.

쿵, 쿵. 커다란 덩치의 외눈박이가 펄펄 끓는 물이 가득 담긴 국자를 들고 이예주가 있는 쪽으로 천천히 걸어왔다. 그녀는 금방이라도 졸도할 것만 같은 얼굴로 뒷걸음질 쳤다. 하지만 팽팽히 잡아당겨진 사슬이 더 이상의 움직임을 허용하지 않았다.

“오, 오지 마! 오지 마!”

"헤헤. 먹이다! 힘 있는 먹이! 난 다리 먹고 싶다! 여자 다리는 맛있다. 질기지 않다!"

국자를 든 외눈박이의 한 손이 높이 위로 쳐들렸다. 그 안에 담긴 끓는 물이 금방이라도 쏟아질 듯 출렁거렸다.

"아아악!"

외눈박이의 손이 빠르게 공중을 가로지르는 순간, 이예주는 괴성을 지르며 액션 영화를 찍는 할리우드 배우처럼 나무 뒤쪽으로 몸을 날렸다.

철퍽, 치이익—

그녀가 방금 전까지 바들바들 떨며 서 있던 자리에 뜨거운 물이 철퍽 쏟아졌다. 그 자리에서 김이 모락모락 피어올랐다.

땅바닥에 제 몸을 내팽개치듯 굴려 간신히 물세례를 피한 이예주는 허옇게 들뜬 얼굴로 방금 전 자신이 서 있던 자리를 바라보았다. 풀들이 익어서 숨이 죽고 있었다. 간담이 서늘했다. 조금만 덜 움직였어도 펄펄 끓는 물이 튀어서 화상을 입었으리라.

"에에? 아빠! 먹이가 없다. 녹았나? 풀만 있다!"

"이것아! 얼른 물 또 안 푸고 뭐해! 저것이 저쪽으로 도망갔잖아!"

노인이 이예주가 있는 자리를 들여다보며 답답한 소리를 지껄이는 제 아들에게 목이 찢어질 정도로 소리를 질렀다. 아비의 말을 납득한 외눈박이가 다시 솥에서 물을 가득 펐다.

"팜레드 새 소화 다 됐다. 배고프다! 이제는 안 놓친다, 피식자!"

결의를 다짐하듯 외친 외눈박이 놈이 재밌는 놀이를 하는 것처럼 헤죽 웃더니 그대로 국자를 쳐들고 쿵쿵쿵, 뛰어오기 시작했다. 그녀가 괴성을 지르며 다시 몸을 날렸다.

"아아아악!"

철썩! 치이익. 끓는 물 공격이 아슬아슬하게 그녀를 스쳐 나무를 후려쳤다.

"으아악! 뜨겁다! 데이노 아프다!"

뜨거운 물이 이예주 대신 멀뚱히 서서 기다리던 눈 없는 외눈박이 한 명에게 튀자 노인이 꽥꽥 소리쳤다.

"에노이! 저것을 잡아!"

"우어어! 먹이! 먹이! 먹겠다!"

국자를 든 외눈박이 반대편에서 또 다른 놈이 이예주를 향해 뛰어오기 시작했다. 그녀는 혼비백산하여 비명 질렀다.

"아아악! 미친놈들아아!"

철썩! 철썩! 뒤에서 끊임없이 뜨거운 물이 쏟아졌고 그녀는 아주 간발의 차이로 그것을 피하며 나무 주위를 뱅뱅 돌았다. 멀리서 보면 마치 커다란 어른들과 작은 아이 한 명이 술래잡기하는 듯한 광경이었다.

물세례가 아슬아슬 머리카락을 스치며 더운 열을 뿜어 낼 때마다 가슴이 덜컥 내려앉았다. 시뻘건 눈을 한 남자를 처음 만났던 날, 들끓는 용암 속으로 빠져들 때에도 이렇게 공포심이 들지는 않았던 것 같다.

"아악! 아아악! 이 미친놈들아! 그만해! 그만해!"

"팜레드! 조심해서 물을 뿌려! 눈! 눈이 익으면 아무 소용없단 말이야! 저 계집의 눈은 내 꺼다, 이 멍청한 것아!"

"먹이! 먹이다! 먹이!"

작은 이예주를 잡기 위해 두 명의 거인 또한 빙글빙글 나무 주위를 맴돌았다. 그녀가 놈들의 다리 사이를 오가며 간발의 차이로 피하는 사이, 그녀를 붙잡아 놓던 사슬이 나무 밑동에 뱅뱅 감겼다. 점점 이동 거리가 짧아지고 있음에도 혼이 나갈 것 같은 상황 때문에 이예주는 그것을 눈치채지 못했다.

같은 곳을 뻥뻥 돌았기 때문인지, 얼마 안 가 헛구역질이 치밀어 오르고 눈앞이 빙글빙글 돌았다. 제대로 뛰는지도 모른 채 무작정 달리고 있었지만 남이 볼 때 그녀는 위태위태하게 휘청거리며 지그재그로 걷고 있었다.

이예주가 외눈박이 놈들에게 잡히지 않은 것은 어지럼증이 그녀에게만 찾아온 것이 아닌 덕분이었다.

"에헤헤! 하늘이 빙글빙글 돈다! 빙글빙글……."

국자를 꼭 쥔 외눈박이가 술에 취한 것처럼 비척거렸다. 한 명은 이미 나가떨어진 듯 제자리에서 홀로 빙빙 돌고 있었다.

멀리서 두 팔로 몸을 지탱하고 있던 노인이 혀를 한 번 차더니 쟁반 깨지는 소리를 냈다.

"팜레드! 그것이 네 코앞에 있지 않느냐! 당장 잡지 않고 뭐해!"

"어허, 먹이. 먹이가 두 개, 아니 세 개다! 먹이! 먹이! 안 놓친다!"

흔들리는 몸 때문에 뜨거운 물이 국자에서 반 이상이나 질질 흘러넘쳤다. 외눈박이 놈은 똑바로 걷지도 못하는 주제에 먹이에 대한 집착 하나만은 누구보다 강한 듯 휘청거리면서도 용케 이예주에게로 다가왔다.

"흐흑!"

이예주는 팽글팽글 눈앞이 돌아 이를 악물고 고개를 세차게 휘저었다.

죽기 싫어. 차라리 시뻘건 미친놈이 내리친 벼락을 맞고 깔끔하게 죽든지 아니면 논개처럼 강물 같은 용암 속으로 스스로 몸을 던지겠다. 공중화장실 찌든 냄새를 풀풀 풍기는 저런 놈들에게 산 채로 잡아먹히긴 정말 죽기보다 싫었다.

그녀는 다가오는 외눈박이를 보며 뒷걸음치다가 이내 몸을 돌렸다. 그리고 다시 달렸다.

“먹이! 움직이지 마! 안 놓친다, 먹이!”

쿵쿵거리며 미친 듯이 내달려 오는 놈을 피해 커다란 나무 밑동을 반 바퀴 정도 돌았을 때였다.

쩔컹! 나무를 칭칭 감아 더 이상의 여분이 없는 사슬이 그녀를 강하게 잡아당겼다.

“어억! 으아악!”

더 내달리려는 몸과 그녀의 오른손을 잡아당기는 사슬의 힘이 부딪치면서 이예주의 몸은 속수무책으로 나무를 향해 쓰러졌다. 쿵! 커다란 굉음이 울렸다. 나무가 부르르 진동하며 나뭇잎을 마구 흩뿌렸다.

털썩, 이예주가 쓰러지듯 바닥에 엎어졌다. 어이없게도 나무에 정면으로 이마를 처박고 말이다. 뜨끈한 핏줄기가 그녀의 이마를 타고 내리흘렀다.

“어어…… 어어…….”

이예주는 신음을 내뱉으며 비틀거렸다. 그녀가 나무와 박치기를 한 충격으로 의식과 무의식의 아찔한 경계를 헤매고 있을 때, 다행인지 불행인지 국자를 들고 쫓아오던 외눈박이는 그대로 그녀를 지나쳐 계속해서 나무 주변을 빙글빙글 돌았다.

“헤헤! 헤헤! 먹이다! 먹이!”

“으으, 으으…….”

까무룩 의식이 꺼질 것만 같았다. 나무 주위를 몇 번 돈 것과는 비교도 안 될 정도의 현기증과 고통이 엄습했다.

도망가야 되는데, 가야 되는데, 가야 되는데…… 제게 무슨 일이 생긴지도 의식하지 못한 채 이예주는 그저 끙끙거렸다.

"이런 한심한 것들 같으니라고! 눈은 절대 다치게 하지 말랬지 않아! 눈! 눈은 내 꺼다! 눈! 하악! 미래를 보는 눈!"

가물가물한 시야 사이로 노인이 괴성을 지르며 그녀를 향해 파바파박 기어 오는 것이 보였다. 손을 이용해서 나머지 하체를 끌고 오는 그 모습이 꼭 일본의 다리 없는 귀신처럼 기괴했다.

"눈, 눈을 내놔! 눈!"

노인이 믿을 수 없는 속도로 한달음에 다가왔다. 마치 눈만 빼먹으면 모든 사명이 끝나는 사람처럼 이예주의 눈에 시선을 고정한 늙은이의 얼굴은 광기로 뒤덮여 있었다. 앞에 도달한 노인이 그녀의 눈가를 향해 힘껏 손을 뻗던 바로 그때였다.

퍽! 코앞에서 노인의 머리가 터져 버렸다. 그리고 그 앞에 있던 그녀는 자신이 흘린 것과는 비교도 되지 않을 만큼 엄청난 양의 피를 모두 뒤집어썼다. 노인의 터진 머리 사이로 희끄무레한 죽 같은 것이 뚝뚝 흘러나오는 것이 보였다.

이예주는 비명을 질렀다. 무슨 상황인지는 잘 몰랐지만, 눈앞에 흐르는 시뻘건 피와 뇌수를 보니 비명이 절로 터져 나왔다.

"으으…… 으으! 으으읍!"

정작 그녀의 입에서 나오는 것은 앓는 소리뿐이었지만.

이건 꿈이 아닐까? 꿈이지? 꿈일 거야…… 외눈박이 놈들과 노인 때문에 충격을 받을 대로 받아서 이미 정신이 너덜너덜해진 그녀는 그 참담한 장면을 보고 더 이상 버틸 재간이 없었다.

뚜벅뚜벅, 이예주는 등 뒤에서 다가오는 누군가의 발자국 소리를 들으면서 까마득한 무의식의 세계로 정신을 내던졌다.

그런 그녀를 누군가 가볍게 들어 올렸다. 그와 동시에 그녀가 그토록 끊기길 애원하던 오른쪽 손목의 수갑이 허무하리만치 쉽게 풀려 땅바닥을 나뒹굴었다.

남자가 시뻘건 노인의 피를 뒤집어쓴 이예주의 얼굴을 아무런 거리낌 없이 쓰다듬었다. 주인의 성격만큼 깨끗한 손이 그녀의 얼굴에 더덕더덕 붙어 있던 이물질들을 털어 냈다. 쓰다듬는다고 보기엔 성의 없을 정도로 거칠었지만 그 억센 손길에도 꾹 감긴 그녀의 두 눈은 뜨이지 않았다.

"깨끗이 씻겨 놨더니 도로 더러워졌잖아."

누가 누구를 깨끗이 씻겼는가. 이예주가 깨어나서 들으면 기함을 토할 만한 소리를 아무렇지도 않게 지껄이던 남자는 앞에서 들리는 시끄러운 소리에 그녀의 얼굴에서 시선을 뗐다.

"먹이! 그 먹인 내 꺼다! 내 꺼! 내 먹이!"

"먹이 어디 있냐! 눈! 팜레드! 눈!"

"아아! 데이노 아직도 아프다! 아빠! 아빠!"

마치 더러운 것들을 바라보는 것처럼 남자의 두 눈동자 가득 혐오감이 담겼다. 시뻘건 동공이 위험하고 음습하게 들끓기 시작했다.

"버러지 같은 것들."

남자의 나지막한 중얼거림에 쩌렁쩌렁 소리치던 세 명의 입이 거짓말처럼 다물렸다. 이예주를 바라볼 때와는 차원이 다른, 바라보기만 해도 숨이 턱턱 막히는 짙은 살기가 남자에게서 뿜어져 나왔다.

"쥐새끼처럼 숲을 이리저리 헤집고 다니는 것으로도 모자라 주인 있는 것에까지 손대는 네놈들의 행동이 너무 뻔해. 뻔하다 못해 지루하기까지 하다."

정말로 지긋지긋하다는 듯 남자가 느른하게 눈을 내리깔았다. 그러나 여전히 그에게서 뿜어져 나오는 살기는 무시무시해서 조금만 움직여도 날카롭게 살이 베여 나갈 것 같았다.

세 형제 중 유일하게 눈을 가지고 있는 외눈박이가 남자의 시뻘건 눈을 마주하고 흠칫 몸을 굳혔다. 이내 그의 몸이 부들부들 떨리기 시작했다.

"아아, 사리 분별 못하고 덤벼드는 것도 여전하군. 이것의 주인이 누구일지 가려 가며 건드렸더라면, 그 알량한 명줄을 조금 더 연명할 수 있었을 텐데."

"거, 검은 파편……!"

"……버러지 같은 네놈들이."

남자의 새빨간 눈이 정확히 세 형제에게 향했다. 거미줄에 걸린 곤충처럼 외눈박이들이 옴짝달싹 못하는 사이, 남자의 입술이 비릿하게 열렸다.

"감히 누구의 것을 건드렸는지, 똑똑히 알게 해 주지."

머리 한구석이 윙윙 간질거렸다. 마치 머릿속을 작은 벌레가 헤집는 것 같은 기분이 들었다. 처음에는 분명 느끼지도 못할 정도로 아주 미미하게 윙윙거리던 그것은 정체를 생각하면 생각할수록 점점 정도가 거세졌다.

위잉, 윙윙, 귓가에서 벌이 날아다니듯 머릿속을 간질이던 것이 점차 간지럼을 넘어설 때쯤 회명晦冥 속을 부유하던 이예주의 의식도 같이 수면 위로 떠올랐다. 그와 동시에 지금껏 간지럼 태우던 것은 준비운동이었다는 듯 엄청난 격통이 두개골을 쪼갤 듯 내리 덮쳤다.

"으으…… 으으……!"

고통에서 좀체 벗어나지 못한 채 끙끙 앓는 소리를 내던 이예주가 불현듯 번쩍 눈을 떴다.

"헉!"

눈을 뜨자마자 보인 것은 찰랑이는 물이었다. 물, 흐르는 강물. 그녀는 물로부터 얼마 떨어지지 않은 공중을 빠른 속도로 부유하고 있었다. 물론 제 의지와는 전혀 상관없이.

공중인 것을 자각하자마자 그녀의 얼굴이 순식간에 파랗게 질렸다.

"이, 이게…… 으아악!"

이예주가 미친 듯이 발버둥 쳤다. 안 그래도 고소공포증 때문에 높은 곳은 질색하는 그녀였다. 그런데 그것도 모자라 물, 빠지면 꼼짝 없이 가라앉을 강 한복판 위를 부유하고 있는 것이다.

그 사실이 두통마저 현기증으로 바꿨다. 그도 모자라 숨조차 쉬기 힘들 정도로 아찔한 두려움 속에 그녀를 몰아넣었다.

"으흣! 으헉!"

"그만 발버둥 쳐."

"으으…… 무서워! 무섭다고……!"

"집어 던진다."

허리 쪽에서 누군가 속살거리는 소리가 들렸다. 집어 던진다. 그 한마디에 정신이 없는 와중에도 이예주의 입이 '헙!' 하고 다물렸다. 그녀는 벌벌 떨리는 눈으로 주위를 둘러보았다. 제 몸은 여전히 한참 높은 공중에 떠 있었다.

"여, 여긴……."

그렇다. 이예주는 남자의 어깨에 둘러메어져 있는 상태였다. 사냥꾼이 포획한 산짐승을 메고 하산하는 것처럼.

"내, 내려 주세요! 내려 주세요. 내려……!"

"내려 주면 물에 그대로 처박힐 텐데."

남자의 말에 가까스로 이성을 되찾은 그녀는 제 처지에 대해 고민해 볼 새도 없이 그의 말이 뜻하는 바를 깨달았다.

철벅철벅, 물 위를 걷는 발이 보였다. 물 위. 남자가 다름 아닌 물 위를 걷고 있었다. 이예주의 입이 절로 떡 벌어졌다.

"저기요, 혹시 예수님이세요?"

"그게 뭐지?"

"아니면 어떻게 무, 물 위를……."

인간이 어떻게 물 위를 걸을 수 있냐고 되물으려던 그녀는 때마침 뇌리를 스치는 생각에 급히 입을 다물었다.

그러고 보니 이 미친놈은 인간이 아니었다. 그 노인네가 남자를 지칭하며 신의 아이니 뭐니 한 게 떠올랐다. 속으로 말 같지도 않은 소리라고 웃어 넘겼던 그녀지만 막상 이런 기적과도 같은 상황을 직면하고 보니 왠지 모르게 오한이 들 정도로 무서워졌다.

대박, 진짜 인간이 아니란 말이야? 말도 안 돼. 무슨 판타지 영화도 아니고 21세기에…… 아니, 정정한다. 무슨 31세기에 신인지 뭔지가 나타난단 말인가.

마냥 초능력자 중 하나라고 치부하고 싶어도 지금껏 남자가 해 왔던 갖가지 미친 짓들을 떠올리면-예를 들면 지진을 일으키고 번개를 내리치는 등- 이미 공상 과학으로 설명할 수 있는 범주에서 한참이나 벗어나 있었다.

21세기에도 없던 이런 일이 왜 하필 1000년이나 지난 31세기에 일어난 것일까. 그리고 자신은 왜 하필 이런 미친놈이 날뛰는 시대로 넘어와서…….

깊게 고뇌하던 이예주는 문득 잊고 있었던 두통이 다시 스멀스멀 기어 오자 생각을 멈췄다. 이마가 후끈 달아올랐다. 그녀가 끄응 하고 인상을 찌푸렸다.

"아아, 머리야…… 머리 아파 죽겠어요……."

"세게도 박았더군. 두골의 강도를 시험해 보고 싶으면 나무가 아니라 돌을 이용해 보지그래."

앓는 소리에 남자가 태평하게 지껄였다. 이예주의 두 눈에서 번쩍 불똥이 튀었다.

"뭐라고요? 이게 다 누구 때문인데! 그 망할 놈의 사슬 때문에 내가 얼마나, 얼마나……!"

"얼마나 뭐."

"얼마나 무서웠는데요! 으헝헝! 그 미친놈들이 날 산 채로 뜯어 먹으려고 했다고요!"

이예주는 다시 생각나는 악몽 같은 일들에 몸을 부르르 떨었다. 바로 앞에 외눈박이 형제 놈들이라도 있는 것처럼 겁에 질린 그녀는 저도 모르게 남자의 등허리를 꽉 껴안았다.

"내가, 내가 얼마나 무서웠는데! 왜 이렇게 늦게 왔어요, 진짜!"

그녀는 당시의 원망을 퍼부으며 울먹였다. 정말이지 다시 한번 그 외눈박이 놈들을 만나게 된다면 차라리 죽을 것이다. 그 끔찍하고 역겨운 악취가 아직도 코에 맴도는 듯해서 그녀가 남자의 등에 얼굴을 더 깊이 파묻었다.

아이 같은 그녀의 칭얼거림에 남자가 한숨을 내쉬었다.

"다 죽여 버렸으니 울지 마."

"……예?"

"뼛가루조차 남기지 않고 소멸시켰다."

뼛가루조차 뭐……? 이예주는 멍하니 남자의 말을 되새겼다.

그러고 보니 그 노인네가 어떻게 되었는지 통 기억이 가물가물했다. 분명 사슬 때문에 나무에 거하게 머리를 처박고 쓰러진 후 노인네가 구렁이처럼 징글맞게 기어 오던 것까진 기억이 나는데. 그 이후엔, 그 이후엔…….

퍽! 무언가 터지는 소리와 함께 시뻘건 것이 눈앞을 덮쳤다. 그래, 그랬다. 노인의 머리가 터졌다. 그 자리에 분수처럼 피가 솟구쳤고 누리끼리한 뇌수들이 쏟아져…….

"으, 으헉!"

기어이 노인의 마지막을 기억해 낸 그녀의 얼굴이 사색이 되었다.

"……또 뭐가 문제지?"

이예주가 괴성을 지르자 남자가 짜증이 가득 담긴 어투로 물었다.

"그 노, 노인 있잖아요."

"노인?"

"네. 그 노인! 그 노인네 혹시……."

그녀는 제발 꿈이길 바라며 말끝을 흐렸다. 제발 자신이 말도 안 되는 꿈을 꿨길. 제발 지금 머릿속에 떠오르는 고어물을 제 눈으로 직접 본 게 아니길.

그러나 들려오는 남자의 답은 이예주의 간절한 바람을 아주 간단히 묵살했다.

"아. 그 다리 없는 버러지를 말하는 것이군. 대가리를 터뜨려서 죽였다."

우욱. 남자의 말에 반사적으로 구역질이 치밀어 올랐다. 그러나 이예주는 구역질도 마음껏 하지 못했다. 토사물을 쏟으면 바로 물에 처박아 주겠다는 남자의 지엄하신 전언이 있었기 때문이다. 애써 치밀어 오르는 역겨움을 삼키느라 희멀건 얼굴이 경련했다.

"어, 어떻게…… 어떻게……."

"어떻게 머리를 터뜨렸냐고? 그야 그 더러운 것의 대가리가 위치한 곳의 중력을 높여서 압박하여……."

"그만! 말하지 마요! 말 안 해 줘도 돼요!"

한탄과도 같은 중얼거림을 잘못 이해했는지 친절히 노인의 죽음에 대해 설명해 주려던 남자의 말을 이예주가 급히 막았다. 마음 같아서는 미친 거 아니냐고 되묻고 싶었지만 이제 그럴 수도 없게 되었다. 새삼 남자의 무시무시함을 똑똑히 알아 버렸기 때문이다.

노인 말고 나머지 외눈박이들이 어떻게 죽었는지는 생각도 하기 싫다. 진짜 이러다가 도망은 고사하고 노인네처럼 개죽음을 당하진 않을까. 가슴을 섬뜩하게 하는 불안함에 그녀가 말도 못하고 벌벌 떨고 있을 때였다.

"슬프겠군. 제 동족이 눈앞에서 죽었으니."

불쑥 남자의 무감각한 목소리가 들렸다. 그 말에 이예주가 험악하게 인상을 찌푸렸다.

"슬프긴요? 그런 놈들은 죽어도 싸요! 어떻게 같은 사람을 잡아먹으려고. 그것도 산 채로! 으으…… 지옥에서도 천벌 받을 놈들."

"천벌이 뭐지?"

"뭐긴 뭐예요. 당신 같은 사람들이 볕 좋은 날 길 가다가 벼락 맞는…… 헙!"

평소완 달리 자연스럽게 질문해 오는 남자 때문에 별생각 없이 속에 있는 말을 꺼내던 이예주는 황급히 제 입을 틀어막았다.

남자는 그녀의 발칙한 발언에도 딱히 반응하지 않았다. 그의 눈치를 살살 살피던 그녀는 이내 어색하게 웃으며 앞의 말을 부정했다.

"하하, 당신은 아니고요. 그니까, 음. 음…… 그니까 아주 악질적이고 재수 없고 짜증 나는 인간들이 벼락 맞는 벌을 받는 건데, 어……."

"……."

"근데 그쪽은 어차피 해당도 안 되네요. 번개를 막 내리꽂는 사람인데 어떻게 천벌을 받겠어요……."

이예주가 짐짓 아쉬워 죽겠다는 듯 말하며 울상을 지었다. 이런 악의 축 같은 인간이 천벌도 못 받는다면, 그건 너무 불공평하지 않은가.

우울한 얼굴로 신의 공정성을 불평하던 그녀는 다시금 허리에서 들려오는 음성에 삐죽거리는 것을 멈췄다.

"정말 그렇게 생각하는 건가?"

"네? 뭐가요?"

"같은 종족이 죽었는데도 화가 나거나 슬프지 않느냔 말이다."

아, 같은 종족은 누가 같은 종족이라는 거야! 내심 아까부터 거슬리는 말에 이예주는 소리치려 했다. 하지만 제가 남자에게 쳐 놓은 '다리족'이란 거짓말을 떠올리고는 황급히 입을 다물었다. 대신 이 남자가 왜 자꾸 말도 안 되는 것에 트집을 잡아 물고 늘어지는지에 대해 고민했다.

다시 생각해 봐도 슬픔보다는 그들이 어떻게 죽었는지에 대해 끔찍함만 들었다. 남자가 그들을 죽였다는 데엔 화도 나지 않았다. 분명 사람을 죽인 것은 크나큰 범죄이고 죄악이지만, 그렇다고 해서 그들이 딱히 살아 있기를 바라지도 않는다.

21세기 서울에 있는 것이 아니어서 그런가? 어쨌든 이곳은 인적이 드문 미래의 어느 숲이고 그녀에게는 글로 쓴다면 몇십 장을 써 내릴 수 있는 말도 안 되는 일이 연달아 일어나고 있었다. 그래서 그런지 경찰이나 법 같은 일반적인 판단 기준들이 크게 와 닿지 않았다.

아니, 그런 것을 다 떠나서 그들이 죽은 것은 꼭 죗값을 치른 것만 같다는 느낌이 들었다. 이상했다.

"글쎄요. 그 사람들이 저를 잡아먹으려고 했던 것만 생각하면, 으으. 불쌍하다는 생각도 안 들어요. 그렇다고 해서 잘 죽었다는 것은 아니지만……."

"……."

"만약 당신이 오지 않았다면 오히려 제가 꼼짝없이 그놈들에게 먹혔을 거 아니에요? 아악! 도망도 못 가고! 다신 사슬에 묶을 생각 말아요. 사슬에 '사' 자도 꺼내기만 해 봐, 그냥 콱!"

"……콱?"

"콱…… 깨물어 버릴 거예요. 진짜……."

그녀의 같잖은 헛소리에 남자는 한동안 대꾸하지 않았다. 나름 농담이라고 내뱉은 말에 상대방의 반응이 싸하자 무안해진 이예주는 괜히 먼 산을 쳐다보았다.

남자는 한참 후에야 느릿하게, 그러나 어딘가 찬기가 조금 가신 말투로 대답했다.

"……알겠다."

"네?"

"특별한 때 말고는 사슬에 더 이상 묶지 않으마."

"진짜요? 진짜죠, 한 입으로 두말하기 없어요!"

이왕이면 특별한 때도 빼 달라고 이예주가 졸라 댔지만 그것에 대해서 남자는 끝끝내 함구했다. 쪼잔한 놈.

아직도 불만은 많았지만 그녀는 이내 기분을 풀고 웃었다. 그 특별한 때가 오기도 전에 자신은 남자에게서 도망쳐 다시 과거로 돌아갈 것이다.

서쪽 대륙. 팔족이 사는 곳이 서쪽 대륙이라 했다. 서쪽 대륙에만 가면 분명 과거로 돌아갈 수 있으리라…….

방법을 찾은 것 같아 싱글벙글해진 이예주는 꽤 여유로워진 얼굴로 주위를 다시 둘러보았다. 그러고 보니 잠시 기절한 사이 벌써 밤이 깊어졌다. 남자가 걷고 있는 물 위로 달빛이 쏟아져 아름답게 반짝였다. 마치 빛들이 수면 위로 솟아오르는 것 같았다.

“근데 우리 왜 물 위를 걷고 있는 거예요?”

“지름길이다.”

그녀의 물음에 남자가 인정머리 없을 정도로 짧게 대꾸했다.

물 위가 꼭 동화 속에서 튀어나올 것 같은 예쁜 풍경이라면, 반면에 어두운 밤하늘은 공기 좋은 숲임에도 불구하고 별 하나 없이 텁텁하기 짝이 없었다.

전에도 한 번 느낀 거지만 뭔 놈의 숲에 별이 이렇게 없나 싶을 정도로 까맣고 넓은 하늘은 텅텅 비어 있었다. 밝고 커다란 달마저 없었더라면 숲은 한 치 앞도 볼 수 없는 어둠에 휩싸였으리라.

아무것도 없는 까만 밤하늘이 문득 남자의 까만 뒤통수 같다는 생각이 들었다. 비단 뒤통수뿐만이 아니었다. 남자는 전체적으로 검은색으로 도배되어 있는 편이다. 피부색과 입술을 제외하면 머리카락부터 옷, 신발까지 모두 검은색이었다.

눈동자도 밤하늘처럼 까맣게 빛날 때가 있었다. 물론 이예주가 그것을 본 적은 극히 드물지만 말이다. 그래도 가끔 본, 빨갛게 물들기 전의 까만 눈동자는 남자와 아주 잘 어울렸다. 아주 잘.

“참, 저기 근데요. 이름이 검은 파편이에요?”

그녀는 밤하늘을 보다가 떠오르는 생각에 불쑥 입을 열었다.

"……뭐?"

"그 노인이 있잖아요. 검은 파편인지 뭔지에 대해서 알려 줬는데 꼭 그쪽 말하는 것 같았단 말이죠……."

"그리고."

"네?"

"그 인간이 그것 말고 또 뭘 말했지."

남자의 목소리가 다시 차갑게 얼어붙었다. 그것을 눈치채지 못한 이예주는 열심히 종알댔다.

"그리고 또, 뭐 신의 아이? 그쪽이 신의 아이 어쩌구래요. 헉, 그러고 보니 정말 신이에요? 그쪽 같은 사람, 아니 인간…… 아, 하여튼! 그쪽 같은 존재가 신이면 어떡해요?"

세상 다 망하겠네…… 그녀는 정말로 큰일이라는 듯 울상을 지었다. 인간 박멸이 꿈이자 목표인 이 미친놈이 신이면 정말 인간 멸종이라는 것이 실현될지도 모른다.

안 되는데! 인간 멸종을 일으키든 말든 자신만은 1000년 전으로 돌아간 후에 일어나야 될 일이다. 그전에는 안 돼! 과거로 돌아가서 제 명대로 살다가 죽고 싶은 게 현재 그녀의 1순위 소원이었다.

"신? 웃기는군. 내가 버러지들 따위의 신이라는 소린가."

"……음? 신 아니에요? 그럼 뭔데요? 하다못해 이젠 물 위까지 걷고."

"……."

"아, 혹시 초능력자예요? 맞죠? 초능력자. 맞네! 어쩐지. 당신이 신일 리가 없죠. 그쪽 하는 거 보면 딱! 초능력 가진 사이코……."

"람Ram."

남자가 이예주의 말을 단칼에 끊어 내고 내뱉었다.

"네? 뭐라고요?"

"그쪽이 아니라 람이다."

"람?"

그녀는 남자의 말을 가만히 따라했다. 람. 그의 이름인 듯했다. 어딘가 모르게 어색하면서도 절묘하게 잘 어울리는 이름이었다. 이런 무자비한 놈에게 저렇게 외자의 아기자기한 이름을 붙이다니, 남자의 부모가 누군지 궁금해졌다.

"칫, 이름은 저급하기 짝이 없는 인간들이나 행하는 짓거리라면서요?"

뒤끝 많은 이예주가 남자에게 당했던 수모를 잊지 않고 불퉁거렸다. 그 말에 부아가 났는지 그녀의 다리를 감싸 안아 지탱하고 있는 남자의 팔에 꽉 힘이 들어갔다.

"이름 아니다."

"네? 그럼 이름 아니면 뭔데요?"

"너희 인간들이 날 부를 때 그렇게 지칭하더군. 고대 인간들의 언어로 신의 파편이란 뜻이라는데. 어리석은 것들. 존재도 않는 저들의 신 따위로 날 격하시키려는 꼴이 얼마나 우습던지."

그러나 정작 웃기다고 말한 당사자는 전혀 웃기지 않은 말투로 무뚝뚝하게 읊조렸다. 목소리에 짙은 살기가 묻어났다. 남자가 불쾌함을 토로하는 동시에 주변의 온도 또한 뚝뚝 떨어지는 것 같은 기분이 들었다. 이예주는 오싹 소름이 돋아 두 손으로 제 팔을 문질렀다.

"그, 그래도 예쁜 이름이잖아요."

"……."

"람. 외자에 깔끔하니 입에도 착착 붙고. 그냥 이름 삼아도 될 것 같은데, 왜요? 람, 람."

그녀가 애써 남자를 위로한답시고 몇 번 더 반복해서 불렀다. 그 모습이 꼴사나웠던 건지 남자가 나지막이 한숨을 내쉬었다.

"너같이 어린 인간이 왜 무리에서 동떨어졌는지 모르겠군."

남자의 말에 불현듯 현실을 깨우친 그녀가 우울한 얼굴을 했다.

"……그러게요. 진짜 전 왜 여기까지 온 걸까요."

지금쯤이면 마른 오징어를 질겅질겅 씹으며 맥주 한 캔 까서 티브이 앞에 진을 치고 있을 시간이다. 그때는 그 답답한 원룸이 유일한 천국이었다는 것을 왜 깨닫지 못한 것일까.

원룸뿐만이 아니다. 한 번 자각하자 그녀는 물 밀 듯이 예전이 그리워졌다. 밤늦은 시각에도 한산할 틈이 없는 거리, 자동차 소음, 별이 없어도 환하게 밤하늘을 빛내던 도시의 마천루, 어두운 방구석에 퍼질러 앉아 공포 영화를 보면서 먹던 맥주 혹은 소주 한 잔.

그중에서도 가장 그리운 건 사람 냄새다. 어딜 가도 마주칠 수 있던 사람이 이곳에는 자신을 쌀 포대처럼 멘 남자 말고 단 한 명도 없었다. 아, 그나마 있는 남자마저도 사람이 아니란다.

척추를 타고 흐르는 시린 외로움이 이예주를 서글픔 속으로 끌어내렸다.

"숲은 혼자 헤매고 다니기에 위험하다. 특히 너처럼 어리고 약하고 생각 없이 이곳저곳 들쑤시고 다니는 것들에겐 더욱."

곧바로 들리는 남자의 목소리에 우울함의 극치를 달리던 그녀의 표정이 파삭하고 깨졌다. 이 인간이 대체 뭐라는 거야?

"아니, 어리긴 누가 어려요? 저번부터 자꾸 저보고 어리다고 하는데. 저도 나이 먹을 만큼 다 먹은 성인이에요. 그리고 생각 없이 이곳저곳 들쑤시긴, 누가요!"

"그럼 아닌가?"

"그럼요!"

"그렇다면 까마귀는 대체 왜 때려 죽인거지?"

도통 이해가 안 간다는 듯 묻는 남자의 말에 그녀는 입을 떡 벌린 채 굳었다. 까마귀라니, 설마.

"……그, 그거 어떻게 알았어요? 봤어요?!"

"까마귀들은 동료애가 무척 강한 동물이다. 널 죽이고 눈알을 파먹겠다고 난리를 치더군."

"헉!"

눈알! 식인 까마귀! 남자의 친절한 설명에 이예주는 까마귀 트라우마 속으로 속수무책 끌려 들어갔다. 인간 눈깔! 마치 근방에 까마귀들이 울고 있는 것처럼 그 소리가 귓가에 선명하게 울려 퍼졌다.

그녀는 순식간에 핏기가 가신 얼굴로 남자의 등허리를 꽉 부여잡았다. 그로도 모자라 두 팔로 허리를 껴안다시피 해서 남자의 상체에 거꾸로 찰싹 매달렸다. 달달달 몸을 떨며 이예주는 남자의 등에 다시 얼굴을 파묻었다.

"아악! 까마귀 너무 싫어! 으흑, 어떡해요? 따라와요? 어떡해! 흐허엉."

"걷기 힘드니 놓고……."

"아아악! 싫어요! 저 까마귀 밥으로 내던질 생각이죠! 그렇죠! 으어억, 안 돼! 죽어도 못 놔!"

그녀는 발악을 하며 더욱 세게 남자를 끌어안았다. 난감한 듯 남자가 한동안 대답을 하지 않았다. 그러나 대답 없는 남자에게 더 불안함을 느낀 이예주가 아이처럼 엉엉 울기 시작하자 결국 그는 짜증이 가득 담긴 목소리로 일갈했다.

"까마귀가 털끝 하나 건들지 못하게 해 주겠다."

"거짓말! 그래 놓고 사슬로 묶어 놓으려고 그러죠! 어헝헝! 진짜 차라리 그냥 벼락으로 날 죽여요! 죽이라고요……."

"약속하지."

남자가 드물게 약속이란 단어를 입에 올렸다. 이예주는 그제야 발버둥 치는 것을 멈춘 채 훌쩍, 코를 들이마시며 남자의 등에 파묻었던 얼굴을 들어 올렸다.

"진짜요? 진짜 까마귀 밥으로 안 던질 거죠?"

"가는 곳까지 절대, 절대 안전하게 해 주기. 절대 절대 안 위험하게."

남자가 감흥 없이 무언가를 죽죽 읊어 댔다. 그녀가 고개를 갸웃거리며 되물었다.

"그게 뭐예요?"

"네가 내건 계약 조건이다."

그러더니 "계약 이행 동안에는 최대한 지켜 주지. 그 후에는 모르겠지만." 하고 무뚝뚝하게 덧붙였다. 그 정떨어지는 소리에 이예주가 남자의 허리를 감고 있던 손을 팩 풀었다.

하여간에 조금 괜찮다 싶다가도 한순간에 그 생각들을 쓰레기로 만들어 버리는 데 일가견이 있는 놈이다. 욕설이 목 끝까지 차올랐지만 그녀는 끝내 마음속에 화병을 키우는 것을 택할 수밖에 없었다. 어쩔 수 없었다. 그것이 약자의 숙명이었으니.

"그럼 지금 까마귀들 안 따라오는 거죠? 그렇죠?"

"죽은 버러지들의 시체 찌꺼기를 파먹느라 정신없을 것이다. 인간치곤 눈깔이 커다란 게 하나 있다며 좋아하더군."

"우욱!"

남자의 말이 끝나자마자 떠오르는 외눈박이들의 하나뿐인 눈알 생각에 이예주가 참지 못하고 헛구역질을 했다. 남자의 살벌한 기세에 다급히 입을 틀어막았지만, 올라온 토기는 쉽게 가시지 않았다.

"허읍! 헉, 헉. 저 혈액 공포증 있는 것 같아요."

그녀의 심각한 우환을 남자가 신랄하게 비웃었다.

"고소 공포증, 혈액 공포증. 또 뭐."

"음…… 사슬 공포증?"

이어지는 헛소리에 기가 막힌 듯 남자가 대꾸도 하지 않았다. 그것에 오기가 생겨 곰곰이 제 공포증에 관해 고찰하던 이예주가 조심스레 "그럼…… 번개 공포증……?" 하고 운을 뗐지만 차가운 조소만 되돌아올 뿐이었다.

"살 만한가 보군. 잘도 지껄여 대는 것을 보면."

"그러면 이건 어때요? 용암……."

"걷고 싶으면 말해라. 당장 내려 줄 테니."

"아니요! 아니요! 안 걷고 싶어요, 절대요!"

"그럼 그만 입 다무는 게 좋겠군."

입을 다무는 것으로 합의 아닌 합의를 본 두 사람은 그 후로 한동안 조용히 걷기만을 반복했다. 걷는 것은 물론 남자뿐이었다. 이예주는 그의 어깨에 대롱대롱 매달려 남자가 발걸음을 뗄 때마다 찰방찰방 움직이는 물보라를 신기한 눈으로 구경하기 바빴다.

무거울 법도 한데 남자는 숨소리 하나 거칠어지지 않았다. 오히려 가만히 매달려 있는 그녀가 더 무안할 정도였다.

남자의 눈치를 슬슬 살피던 이예주는 오랜 침묵 끝에 조심스레 입을 열었다.

"저기 있잖아요. 저기 그게……."

"……."

"음…… 그게요. 저기……."

"스읍— 입 다물라고 했을 텐데."

하지만 입을 떼자마자 돌아오는 남자의 타박에 그녀가 왈칵 성을 냈다.

"아 진짜! 살려 줘서 고맙다구요! 고맙다는 말도 못해요?"

"……."

이예주는 비록 제 신세가 사냥당한 산짐승 혹은 쌀 포대같이 느껴졌지만 남자가 자신을 둘러메 준 것에 감사했다. 머리에 총을 맞지 않은 이상 그럴 리는 없겠지만 그가 괜히 앞으로 공주님 안기를 했다간, 빨개진 얼굴을 들켰을 게 틀림없었기 때문이다.

"버리고 간 줄 알았어요. 개처럼 사슬에 묶어 놔서 당신 정말 미웠는데……."

"……."

"그래도 구하러 와 줘서 고마워요, 람."

마지막 말은 거의 속삭임에 가까웠다. 고맙다는 말에 남자는 바로 답하지 않았다. 하지만 그것에 서운하거나 섭섭함이 들지는 않았다. 차라리 다행이었다. 남자가 무슨 대꾸를 하든 기분 나빠질 독설일 것이다.

괜히 올라오는 부끄러움에 이예주는 몸서리를 치며 남자의 등에 푹 얼굴을 박았다. 그러다 문득 남자가 겉옷을 입고 있다는 것을 깨달았다.

언제 또 이걸 다시 주워 입은 거지? 분명 사슬에 묶어 놓은 남자에 대한 분노로 짓밟고 또 짓밟았던 옷인데. 하지만 다시 본 겉옷은 발자국은 물론이고 먼지 하나 없이 깨끗하기만 했다.

킁킁, 등에 얼굴을 박은 이예주가 변태처럼 냄새를 들이켰다. 그러나 나무 밑에서 맡았을 때처럼 아무런 냄새도 나지 않았다.

새삼 남자의 겉옷이 깨끗한 것을 자각하고 나니, 자신이 노인의 피를 흠뻑 뒤집어썼던 것이 생각났다. 분명 시뻘겋고 끈적끈적한 피가 속눈썹을 타고 눈앞에 주르륵 흘렀었는데.

꿈? 아니면…… 남자가 닦아 준 것인가? 그럴 리 없다고 생각하면서도 내심 제 얼굴을 닦아 주는 남자의 모습이 떠오르자 기분이 묘해졌다. 왠지 모르게 간질간질하니 웃음이 나오는 게…….

그러나 이예주는 '에비!' 하고 금방 그 생각들을 떨쳐 냈다. 기절한 사이, 살인 욕구를 잠재우며 남자가 제 얼굴을 더듬었을 생각을 하니 춥지도 않은데 으슬으슬 몸이 떨렸다.

어찌 됐건 아무래도 상관없었다. 어차피 지금 씻어야 하는 것도 아니니까. 그녀는 다시 남자의 등에 코를 박았다.

킁킁, 왜 냄새가 안 날까? 어떻게 해서든 기필코 냄새를 맡으리란 오기까지 다 치솟을 정도였다.

반드시 남자의 체향을 맡고야 말겠다는 다짐으로 이예주가 연달아 숨을 들이쉬었다. 이렇게 물을 건기까지 하는 남자니, 냄새라도 맡아 놓지 않으면 큰일이다. 나중에, 혹여나 나중에 남자를 잃어버리면 냄새로라도 찾아야 하니…….

람은 아주 뒤늦게야 이예주의 말에 답했다.

"고마워할 것 없다."

"……."

그러나 종알대던 아까와는 다르게 이상할 만큼 인간 여자가 조용했다. 람은 미미하게 눈살을 찌푸리다가 다시 한번 말을 꺼냈다.

"어차피 계약 기간이 끝나면 죽을 목숨이니 그때 가서 원망이나 하지 마."

"……."

"그러니 고마워할 것…… 이봐, 인간."

여전히 대답 없는 이예주를 남자가 불렀다. 그러자 고로롱 하는 얕은 숨소리가 쫑알거림 대신 들려왔다. 남자가 우뚝, 자리에 멈춰 섰다. 찰박하고 물 튀기는 소리가 났다. 멈춰 섰음에도 불구하고 그들은 물속으로 가라앉지 않았다.

감히 누구의 어깨 위인지도 자각 못하는 잠든 인간이 발칙하기 짝이 없었다. 그러나 '허' 하고 혀를 차면서도, 남자의 붉은 입꼬리가 스리슬쩍 위로 올라갔다.

"가지가지 하는군."

맑은 강물 위로 달이 휘영청 떠올랐다. 물 위에 우뚝 선 두 개의 엉킨 그림자가 발밑에 떠오른 달을 밟으며 다시금 빠르게 움직이기 시작했다.

"헉, 헉, 헉!"

이예주는 뛰었다. 숨이 턱에 차오를 때까지 미친 듯이 뛰었다. 너무 오랫동안 계속 뛰기만 해서 금방이라도 다리가 허물어질 것 같았다. 당장 주저앉고 싶은 마음을 추스르며 그녀는 어금니를 꽉 깨물었다.

주위를 둘러볼 새도 없이 무작정 앞만 보고 달리던 이예주는 불현듯 '내가 지금 왜 뛰고 있는 거지?' 하는 아주 원초적인 생각이 들었다. 하지만 그것을 알아내기도 전에 소름 끼치는 짐승 울음소리가 귓속을 파고들었다.

"쉬익, 쉬익. 캬악!"

바로 등 뒤에서 풀숲에 몸을 비비며 자신에게로 굼질굼질 기어 오는 무언가의 기척이 느껴졌다.

"아, 아아악!"

무심결에 뒤를 돌아보던 이예주는 바로 제 코앞에 있는 거대한 송곳니를 발견하곤 찢어지는 비명을 지르며 고개를 숙였다.

"캬악!"

쾅—! 머리 위에서 무언가가 휘이익 스쳐 지나가 그녀의 앞 땅에 처박혔다. 무른 땅도 아니건만, 마치 케이크 위에 초가 박히듯 두 개의 송곳니가 반 이상 땅속으로 사라졌다.

"쉬익, 쉬익."

잔뜩 약이 오른 뱀 대가리가 노오란 눈깔을 뒤룩뒤룩 굴리며 오직 이예주만을 바라보았다. 그녀의 뒤에서부터 머리 위로 쭉 뻗어 있는 기다란 몸뚱아리가 미친 듯이 꿈틀거렸다. 가만히 있으면 그저 바위같이 보였을 것들이 결을 따라 선명하게 비늘을 세우며 요동치자 이예주의 얼굴에 핏기가 가셨다.

그녀가 딱딱하게 얼어붙은 채 포식자 앞의 쥐새끼처럼 벌벌 떨고 있을 때였다. '쿠우웅, 쿠웅' 하고 땅이 진동했다. 뱀 대가리가 땅에 박힌 이를 뽑기 위해 온 힘을 다해 몸을 배배 꼬아 대고 있었기 때문이다.

"쉬익, 쉬익. 쉬이, 크윽. 크으으—."

이예주는 사색이 된 얼굴로 도망갈 구멍을 찾았다. 뱀이 송곳니를 땅에서 거의 뽑아낸 듯하자 그녀는 즉시 뒤로 돌아 다시 달리려고 했다. 그러나 괴물 뱀이 더 빨랐다.

"캬아악!"

뱀이 주둥이를 짜악 벌리고 그녀를 향해 독을 잔뜩 품은 대가리를 내리꽂았다. 이예주의 몸통만 한 송곳니가 그녀를 꿰뚫을 듯 한 치 앞으로 다가왔고.

"아악, 아아아악—!"

"아 갑자기 왜 이래여!"

"헉!"

이예주는 짜증이 가득 담긴 남자아이의 목소리에 번쩍 두 눈을 떴다.

"무거우니까 버둥대지 좀 마여!"

식은땀에 폭 젖은 그녀의 몸이 저도 모르는 사이 계속해서 발버둥 치고 있었나 보다. 낯설지 않은 말투에 정신이 든 그녀가 거친 숨을 몰아쉬며 주위를 둘러보았다. 어느새 훤한 대낮이었다. 그리고 제 몸은 자신보다 작은 조롱이의 등에 업혀 거의 끌려가다시피 하고 있었다.

"뱀은? 배, 뱀은 어디 있어?"

"뱀은 무슨 뱀! 잘 자다가 무슨 봉창 두드리는 소리하는 거예여! 헥, 헥."

이미 그녀를 업고 걸음을 옮긴 지 한참 됐는지 조롱이의 얼굴이 땀투성이였다. 힘겹게 숨을 몰아쉬는 소리에 이예주는 멍한 얼굴로 다시 한번 주위를 돌아보았다. 까만 뒤통수가 그들보다 앞서 휘적휘적 걸어가고 있는 게 보였다. 어느 사이에 물 위를 걷는 기교는 때려치웠나 보다.

그렇다면 방금 그 선명한 뱀 대가리는 꿈? 꿈인가?

이예주는 불안감이 역력히 드러난 눈알을 굴려 대었다. 그들의 양옆으로 펼쳐진 무성하고 거대한 나무, 나무 사이를 빠르게 기어 와 자신을 덮친 생생한 뱀 대가리가 떠올랐다.

왜, 왜 이런 재수 옴 붙은 꿈을 두 번씩이나……

"흐읍!"

그러나 어두운 나무 사이에서도 제 존재를 환하게 부각시키는 빛무리를 보고 그녀는 날카롭게 숨을 들이마셨다.

'문'. 앞서 휘적휘적 걸어가는 남자의 옆쪽으로 '문'이 이예주를 반기듯 환하게 열려 있었다. 덜컹하고 그녀의 심장이 내려앉았다.

제 몸보다 큰 이예주를 들쳐 업고 걷고 있는 조롱이가 언제 다시 합류한 건지 물어볼 새도 없이 그녀는 다시 버둥거렸다.

"내려! 내려 줘! 내려 줘!"

"아악! 예주 누나 왜 이래여!"

"당장, 당장 내려 줘!"

눈을 까뒤집고 발광을 해 대자 짜부라질 듯 위태롭게 걷던 조롱이가 단번에 그녀를 내팽개쳤다. 그 여파로 그녀의 이마에 붙어 있던 질척한 게 뚝 떨어졌다. 저번에 본 적 있었던 짓이긴 약초를 뭉친 것이다. 아마도 거하게 나무를 들이받은 그녀의 안쓰러운 마빡을 보다 못한 조롱이가 붙여 준 듯싶었다.

"아이, 아까워라. 페어리니틀 다 떨어지잖아여!"

약초가 흙바닥에 떨어져 뒹구는 것을 보자 조롱이가 눈을 휙 치켜뜨며 이예주를 노려보았다. 그러나 당장 도망가야 할 처지에 놓인 그녀는 그런 것들을 알아차릴 수 없었다.

"예주 누나! 누나, 어디가여! 예주 누나!"

조롱이의 만류에도 불구하고 제자리에서 벌떡 일어난 이예주는 '문'을 향해 달려갔다. 저번처럼 남자에게 설명할 시간도 없었다. 바로 등 뒤에서 뱀이 쉭쉭거리며 혀를 날름대고 있는 것 같았다.

이건 본능이다. 지금을 놓친다면 미래의 기약이고 뭐고 모두 뱀의 배 속에서나 하게 될 것이라는 섬뜩한 생각이 들었다. 그 정도로 뱀이 지척에 와 있다는 것이 느껴졌다.

이예주는 식은땀을 삐질삐질 흘리며 허옇게 들뜬 얼굴로 '문'으로 다가갔다. 무어라 시끄럽게 소리 지르는 조롱이를 지나, 시뻘건 눈을 가진 남자의 까만 뒤통수 또한 지나쳐, 그렇게 환히 그녀를 맞이하는 '문'을 향해 뛰어들던 그때.

턱. 강한 힘이 팔목을 억세게 휘어잡았다. 그녀는 남자 앞에 강제로 소환되었다.

"어딜 가는 거지."

"놔, 놔 줘요. 놔 줘요!"

이예주가 잡힌 손을 필사적으로 빼내며 소리쳤다. 그러나 팔을 잡은 손이 이번엔 어깨로 올라오더니 '문'을 향해 있던 그녀의 몸을 아예 제 쪽으로 홱 돌렸다.

"어디 가는 거냐고."

"어딜 가긴! 도망가죠! 어흑, 이거 빨리 놔요!"

이예주는 사방팔방 주체할 수 없이 눈을 굴리며 저를 잡은 남자의 손에서 벗어나기 위해 바르작거렸다. 하지만 그녀를 부여잡은 남자의 손은 풀리긴커녕 점점 더 강하게 그녀를 옭아맸다.

"도망은 무슨. 혼나기 전에 입 다물고 다시 황조롱이한테 업혀 있어."

"놔요, 나 도망가야 돼! 빨리, 빨리요!"

"인간."

"나 죽어요! 으허엉, 제발요! 뱀이 나 쫓아온단 말이에요! 괴물 뱀이……!"

남자의 타이름에도 굴하지 않고 애원하다시피 놔 달라고 빌던 이예주는 순간 멀리서 느껴지는 기척에 흠칫 몸을 멈췄다.

스스슥, 스스슥. 무언가 풀과 마찰하는 소리가 희미하게 들렸다. 어디선가 들어 본 소리다. 바로, 꿈에서.

그녀는 사색이 된 얼굴로 남자를 올려다보았다. 그 역시 무언가 느낀 듯, 시뻘건 동공이 그녀에게서 떨어져 어딘가를 바라보고 있었다. 그 틈을 노려 이예주가 다시 그의 손아귀에서 탈출을 시도했지만 모두 허사였다.

"주인님, 뭔가 다가오는 것 같은데여?"

조롱이가 고개를 갸웃거리며 제 주인에게 물었다.

바람이 불어와 이예주의 머리를 흐트러뜨렸다. 별로 특별한 것 없는 바람임에도 불구하고 어디선가 뱀 비린내가 풍겨 오는 것 같았다.

아까부터 희미하게 들려오던 소리가 점차 커졌다. 그에 따라 소리 또한 다욱 다양해졌다. 스스슥, 쉬익쉬익. 스스슥, 쉬익 쉬익.

이예주는 기름칠 안 한 깡통 로봇처럼 뻣뻣이 굳은 목을 우두둑 꺾어 뒤를 바라보았다. 그와 동시에 엄청난 돌풍이 그녀의 안면을 강타했다.

멀리서 바윗덩어리 같은 것이 지그재그 물결치듯 그들이 있는 방향으로 굴러 왔다. 눈 한 번 감았다 뜰 때마다 가히 놀라운 속도로 가까워졌다. 그 바윗덩어리 같은 것이 점점 거리를 좁히더니 마침내 노오란 눈깔을 빛내는 뱀 대가리가 되었다.

"쉬이이이, 쉬이이이, 츠츠츠츠—."

"아아아악!"

가만히 굳어서 그것을 바라보던 이예주는, 노오란 파충류 눈깔이 꿈과 한 치의 오차도 없이 정확히 자신을 바라보고 있다는 것을 깨닫고 괴성을 지르며 남자에게 달라붙었다. 얼굴이 남자의 단단한 가슴에 일그러지는 것도 신경 쓰지 않았다. 그저 필사적으로 남자의 품을 파고들며 악을 썼다.

"흐흑, 뱀이야! 아악, 싫어, 싫어, 싫어! 흐어엉!"

그런데 금방이라도 그녀를 삼킬 듯 다가온 괴물 뱀이 어쩐지 기척 없이 조용했다. 더불어 남자 또한.

그녀가 슬쩍 남자의 품에서 고개를 들었다. 혹시 뱀이 그대로 지나갔나 싶어서.

"꺄아악!"

하지만 뒤를 돌아보자마자 코앞에 위치해 있는 비늘 덩어리에 경기를 일으키며 다시 남자의 품에 얼굴을 박았다. 이예주는 람의 허리를 두 팔로 양껏 끌어안고 벌벌벌 떨었다. 그때까지 별말 없이 가만있던 남자는 그녀가 훌쩍훌쩍 울자 머리 위로 짧은 한숨을 내쉬었다.

"귀찮게도 하는군."

"으허엉, 나 죽기 싫어요. 죽기 싫어요!"

남자의 한숨이 꼭 뱀에게 자신을 내던지겠다는 최후통첩 같아서 이예주는 눈물을 그렁그렁 매단 채 그를 올려다보았다. 빨간 눈동자가 그런 그녀를 힐끗 내려다보더니 정수리 위로 불쑥 손을 올렸다. 그는 짐짓 자상한 연인처럼 머리를 슬슬 쓰다듬으며 물었다.

"어디다 놓았지?"

"으으, 뱀 대가리 밥으로 버리지 마요. 버리지 마요……."

"말 안 하면 산 채로 뱀의 위장 구경을 하게 될 텐데. 그러니 어디다 놓았는지 어서 말해."

"흐허헝, 뭘요. 뭘 어디다 놔요!"

영문 모를 소리에 이예주는 엉엉 울었다. 그러자 남자가 잠시 그녀 뒤에 있는 뱀에게 시선을 주더니 고개를 끄덕거렸다.

"까맣고 네모난 모양에 네 손바닥만 한 크기라는군. 소리도 난다고 한다."

"네? 흐흑, 그게 뭔데요……."

"네가 돌산에서 훔쳐 달아났다는데."

이예주는 혼비백산한 머리로 대체 제가 돌산에서 훔친 게 뭔지 떠올려 보았다.

그러나 아무리 머리를 굴려도, 제가 돌산에서 훔친 것이 무언지 생각나지 않았다. 그녀가 되새긴 돌산은 훔칠 만한 것이 있기는커녕 사방이 바위와 돌, 그리고 끔찍한 돌뱀밖에 없었다. 그런데 그런 줘도 안 가질 산에서 대체 훔치긴 뭘 훔쳤단 말인가.

"저, 저 진짜 모르는데요. 흐흡, 제가 돌산에서 훔치긴 뭘 훔쳐……."

"아! 까맣고 네모난 거! 저 알아여! 예주 누나가 주인님이랑 처음 계약 맺었을 때! 그때여, 예주 누나가 냇가에 엎어져서 시냇물에 집어 던지는 거 봤는데여?"

그녀의 말을 끊고 조롱이가 옆에서 우렁찬 소리로 고자질했다. 남자의 빨간 눈동자가 다시 이예주에게 향했다.

그녀는 제가 뭘 집어 던졌는지 회상해 보았다. 시내에 집어 던진 것, 집어 던진 것이라……. 번뜩, 그녀의 머릿속에 과거 기억의 편린이 스쳐 지나갔다.

—아악! 이 쓰잘데기 없는 것아! 이럴 거면 왜 발견돼서 나한테 희망 고문을 줘! 집에 가고 싶어…… 이게 뭐 게임 아이템이야? 왜 내 앞에 나타나서! 네가 반짝거리지만 않았어도 그 괴물 만날 일은 없었을 거 아니야!

그것은 바로.

"……흐, 혹시 휴대폰?"

"……."

"그, 그건 이미 집어 던졌…… 뭐하는 거예요?"

말이 채 끝나기도 전에 남자가 제 품에 폭삭 안겨 있는 이예주의 몸을 더듬었다. 그녀는 '히익' 하고 몸을 움츠렸다. 하지만 뒤에 있는 뱀 때문에 남자에게서 떨어지지는 않았다.

"뭐해요? 왜 남의 몸을……."

"어디 있지. 너에게 하나 더 있다고 하는데."

"헉! 어딜 만지는 거예요! 이 변태……!"

"찾았군."

이예주의 등을 더듬던 손이 거침없이 아래로 내려와 그녀의 엉덩이와 바지 주머니를 더듬었다. 그녀가 빽 소리치기도 전에 남자가 무언가를 찾은 듯 미련 없이 그녀의 뒷주머니에서 손을 뺐다. 그의 손엔 정말로 까맣고 네모난 물건이 들려 있었다.

"이건가."

"쉬이익, 쉬이익!"

람이 이예주에게서 빼낸 무언가를 들고 무심하게 이야기했다. 왠지 모를 스산함에 퍼뜩 고개를 돌린 그녀는 남자의 손에 있던 것을 뱀 대가리가 입으로 받아 드는 끔찍한 장면을 목격했다.

"안 돼! 내 휴대폰!"

"쉬이익, 쉬이이익."

뱀 무서운 줄도 모르고 그녀가 눈을 휘까닥 뒤집은 채 어마어마하게 큰 뱀의 아가리 속으로 몸을 날렸다. 그러나 그 행동은 그녀의 머릿속에서나 일어난 일일 뿐, 실제로 이예주는 남자의 두 팔에 꽉 붙들려 옴짝달싹하지 못했다.

"안 돼! 내 폰! 내 마지막! 내놔!"

"가라."

"쉬이익."

"안 돼에!"

이예주가 아까보다 더욱 격렬하게 반항했지만, 남자는 마치 어린아이 제압하듯 간단히 그녀를 잡고 놓아주지 않았다. 가라는 그의 명령에 괴물 뱀이 거짓말처럼 그들에게서 몸을 물렸다.

스스슷, 쉬익쉬익. 뱀은 왔던 것만큼이나 빠른 속도로 꿈틀꿈틀 기어 사라졌다. 그 목적지는 돌산이 분명하리라.

"대체 겁도 없이 무슨 짓거리를 하고 다녔는지 모르겠군. 넌 하루라도 사고를 안 치면 좀이 쑤시는 인간인가?"

"……."

"저건 돌산에 사는 500년 묵은 이무기다. 동물의 숲 최고의 포식자지. 웬만해선 돌산에 처박혀 나오지 않는 걸로 유명한데, 어떻게 그것의 여의주를 훔쳐 달아날 생각을 다 할 수가 있지."

"……."

"그나마 네게 비슷한 여의주가 하나 더 있었기에 망정이지, 그게 아니었으면 꼼짝없이 잡아 먹혔을 거다. 까마귀를 때려죽이는 것도 모자라 이무기의 여의주까지……."

계속해서 이예주를 타박하는 소리를 늘어놓던 남자는 문득 대답 없는 그녀에게서 이상함을 느끼곤 슬쩍 눈을 내리깔았다. 아직 제 품 안에서 옷깃을 꾹 부여잡고 있는 인간 여자의 몸이 부들부들 떨리고 있었다.

"이봐."

"……."

"이봐, 인간 여……."

그때 번쩍 그녀의 고개가 쳐들렸다. 남자의 눈과 정면으로 마주친 그녀의 눈가가 붉게 달아올라 있었다.

그의 눈이 그녀를 만난 이래 처음으로 육안으로 구분할 수 있을 만큼 크게 떠졌다. 창백한 여자의 뺨을 타고 구슬 같은 눈물방울들이 뚝뚝 떨어졌다.

"왜!"

원망이 한가득 담긴 음성이 그녀의 입을 타고 쏟아져 내렸다.

"왜! 그게 얼마나 중요한 건데!"

"……."

"아악! 그걸 주면 어떡해요! 어허엉! 내 건데! 내 휴대폰인데! 으흑흑!"

눈물을 뚝뚝 흘리며 이예주는 서럽게 울었다. 제 모습이 어떻게 보이는지 따윈 아무래도 좋았다.

휴대폰! 휴대폰을 뺏겼다! 과거와의 마지막 연결 수단이었던 휴대폰을! 비록 배터리가 다 나가 켜지진 않았지만, 그래도 다른 인간들을 만나서 잘 충전시키면, 혹시 과거로 갈 수 있는 매개체가 될지도 모를 휴대폰을! 어떻게 이렇게 허무하게!

지금껏 눌러 참아 왔던 눈물들이 휴대폰 하나로 폭발하듯 터졌다. 억울함에 통곡이 절로 나왔다.

"그게 나한테 얼마나 소중한 건데! 그걸 왜 한마디 얘기도 없이 줘 버려요! 흐엉엉!"

"여의주가 너한테 중요한 건가."

"그걸 말이라고 해요? 그리고 그게 무슨 여의주예요! 내 2년 약정 휴대폰이지! 흐윽, 마지막인데. 집으로 돌아갈 수 있는 마지막 보루인데……."

"여의주는 딱히 다른 것을 말하는 게 아니라 이무기의 영역 안에 있는 빛을 내는 것들 중에서 이무기가 선택한 물건을 말하는 것이다. 어떤 종류든 이무기가 용이 되기 위해 품으면 그것이 여의주가 되는 것이지."

이예주는 남자의 말에 입을 삐죽거리다가 이내 또다시 히끅히끅 울어 댔다. 못난이처럼 코가 금방 새빨개졌다.

그녀의 울음에 남자는 꽤 당황한 듯, 할 말을 찾지 못하다가 이내 손을 뻗어 이예주의 눈가에 가져다 대었다. 발갛게 달아오른 눈두덩이에 남자의 손이 닿자 시원한 기운이 확 퍼졌다. 끝을 모르고 방울방울 흐르는 눈물을 닦아 주며 람은 난처한 얼굴로 말했다.

"그것보다 더 좋은 것을 주마."

"그것보다 더 좋은 게 어디 있어요. 여기서 나한텐 그것보다 중요한 건 없단 말이에요! 으허엉!"

"뚝. 이걸 줄 테니 울지 마."

다시 왈칵 울음을 터뜨리는 이예주를 보며 남자가 제 품에서 무언가를꺼냈다. 그리고 그것을 그녀의 손에 꼭 쥐어 주었다. 딱딱한 감촉이 그녀의 손안에서 덜그럭거렸다.

남자가 다시 한번 손으로 그녀의 뺨에 떨어진 눈물을 닦아 주며 아이를 어르듯 단호하게 이야기했다.

"네게 줄 테니 그만 울도록."

"아니, 글쎄 나는 휴대폰 말곤……!"

"스읍— 더 이상 어리광은 안 통한다. 인간 마을에 도착하면 당과도 사 줄 테니 그만 떼써. 이무기에게 잡아먹히고 싶은 건가? 죽는 게 소원이라면 돌산까지 데려다주지."

"……."

이무기라는 그 뱀 대가리를 들먹이며 협박까지 하자 이예주는 끅끅거리며 입을 다물었다.

남자는 더 이상의 눈물조차 허용하지 않겠다는 듯 눈두덩이를 꾹꾹 눌러 손으로 닦아 냈다. 눈물을 흡수라도 하는 건지, 신기하게도 남자의 손이 닿는 족족 물기가 사라지고 건조해졌다. 집요하게 그녀의 얼굴을 훑던 남자는 이예주가 결국 "아프니까 그만해요." 하고 진저리를 친 후에야 손을 뗐다.

"늦었으니 서둘러 따라와."

그러더니 아무 일도 없었다는 듯 그녀를 지나쳐 휘적휘적 걸어가는 게 아닌가. 이예주는 벌건 눈으로 그런 남자의 뒷모습을 노려보다가 손안에서 덜그럭거리는 무언가를 내려다보았다.

"씨잉…… 이게 뭐야!"

남자가 손에 고이 쥐여 준 것을 확인한 그녀의 얼굴이 휴지처럼 와작 구겨졌다. 손 한가운데 든 것은 엄지손톱만 한 까만 돌멩이였다.

그러나 단순한 돌멩이라고 보기엔 지나치게 표면이 매끄러웠다. 조각난 사기그릇의 파편같이 날카로운 면도 있었지만, 까만 결정에는 어떠한 무늬도 찾아볼 수 없었다. 판매되는 예쁜 수석 같기도 했다.

하지만 그러면 뭐하나. 무성한 나무와 풀밖에 없는 이곳에서는 가져 봤자 짐만 되는 돌멩이인 것을.

"내가 무슨 애도 아니고 이런 걸……."

"히엑!"

그때, 검은색 조각을 바라보며 투덜거리던 이예주의 곁으로 다가온 조롱이가 괴상한 소리를 내질렀다. 휙 고개를 돌리자 조롱이가 휘둥그레진 눈으로 검은색 돌과 그녀의 얼굴을 번갈아 바라보았다.

"이, 이거 검은 파편의 조각이잖아여!"

"뭐? 그게 뭔데?"

"으구으구, 그것도 몰라여? 대체 아는 게 뭐예여? 주인님의 본체인 검은 파편이여! 그것에서 쪼개져 나온 조각이잖아여!"

"그래서? 그래 봤자 돌멩이잖아."

돌멩이 따위를 경외심을 잔뜩 담아 바라보는 조롱이를 보며 이예주가 뚱하게 답했다. 그리고 그것을 숲으로 내던지기 위해 휙 손을 들던 차였다. 조롱이가 기겁을 하고 그녀의 팔에 매달렸다.

"헉! 그거 던질 거면 나 줘여!"

"왜? 싫어."

"그게 얼마나 귀한 건데! 난 아직 구경도 못해 본 거란 말이에여!"

조롱이가 환장을 하고 매달리자 그녀가 못마땅한 얼굴로 손을 내렸다. 귀한 거라 하니 왠지 던지기가 꺼려졌기 때문이다.

그녀가 휴대폰을 넣어 놨던 뒷주머니에 돌을 대충 쑤셔 넣자 조롱이가 꽥꽥 소리 질렀다.

"소중히 다뤄여! 진짜 주인님은 왜 이런 무식한 인간한테 그런 귀한 걸 다 주시고……."

"뭐? 무식? 죽고 싶지?"

"헉. 아니, 아니에여. 무식이라녀, 잘못 들었겠져."

"그러고 보니 너……."

조롱이를 바라보는 이예주의 눈이 불현듯 가느다래졌다. 그녀의 날카로운 눈초리에 갈색 머리 소년이 흠칫 몸을 떨었다.

"네 주인한테 잘도 휴대폰에 대해 일러바치셨겠다……."

"흐익! 그, 그것이. 그, 그게 아니라여……."

"내 휴대폰이 네놈 때문에……! 이리 와, 이 자식! 오늘이 네 제삿날일 줄 알아!"

"아아악! 왜, 왜 이래여! 말로……!"

이예주가 험상궂은 얼굴로 조롱이에게 손톱을 세우며 달려들자 조롱이가 사색이 된 얼굴로 퍼드득 도망치기 시작했다.

"이리 안 와!"

"주, 주인님! 아, 악마가 쫓아와여, 주인님!"

"죽어, 너!"

조롱이는 전속력을 다해 제 주인에게로 뛰었다. 이예주가 주먹을 들어 보이며 그 뒤를 바싹 좇았다.

그들의 뒤로 환히 빛났던 '문'이 서서히 희미해졌다. 문득 무언가를 잊은 듯한 기분에 그녀가 조롱이에게 뛰어가다 말고 힐끗 뒤를 돌아보았다. 그러나 '문'은 이미 사라진 후였다.

"이, 이게 뭐야……."

이예주는 휑하게 펼쳐진 앞을 보고 멍하니 중얼거렸다.

몇 시간 전만 해도, 조롱이에게서 남자가 가는 서쪽과 제가 가는 서쪽이 동일함을 듣고 속히 서쪽 대륙 인간들을 만나기 위해 발길을 재촉하던 그녀였다. 서쪽 대륙에 세기말 용암 폭발 이전, 그러니까 제가 살던 시대에 대해서 잘 알고 있는 인간이 있다는 노인의 말을 똑똑히 기억하고 있었다.

이 미친 곳에서 하루속히 벗어나고 싶은 염원이 저질 체력을 무찌르고 장장 하루를 꼬박 쉬지 않고 걷게 만들었다. 다리가 아프고 발바닥이 쓰라려 죽을 것 같았지만 내색도 않고 묵묵히 남자의 뒤를 따랐다. 그런데.

"뭐긴 뭐예여, 사막이지."

한발 늦게 옆으로 다가온 조롱이가 그녀의 혼잣말에 심드렁히 답했다.

그렇다. 간신히 숲을 빠져나왔다 싶더니, 제 앞에는 황량한 모래사막이 펼쳐져 있었다. 그것도 숲을 다 빠져나오지도 않은 상태에서.

숲과 사막의 경계가 너무나도 선명했다. 이예주의 몸은 아직 숲에, 풀 더미 위에 있었지만 그곳에서 한 발자국만 더 가면 모래 바닥인 것이다. 숲의 끝이 바로 사막으로 이어질 줄은 꿈에도 생각지 못한 그녀였다.

"대체 무슨 이딴 곳이 다 있지?"

그녀는 혼란스러웠다. 사막이 있는 것까지야 이해가 된다. 그래, 서쪽으로 가려면 사막을 넘어야 하는 것도 어찌어찌 이해하겠다. 그런데 어떻게 숲의 끝이 바로 사막이란 말인가.

숲의 끝에 도달하는 동안 사막으로 이어지는 풍경에는 아무런 조짐이 없었다. 나무가 숲의 중앙에 비해 말랐다든지, 풀이 죽어 있다든지, 발에 모래가 버석거린다든지 등등.

숲은 계속해서 숲이었다. 끝이 없을 것 같던 거대한 나무와 무성한 녹지는 사막이 나올 때까지 계속 존재했다. 그리고 누군가 마치 경계선 하나 쭉 그어 놓고 모래를 뿌려 놓은 것처럼 느닷없이 사막이 시작되었다.

사막 옆에 숲이 있다는 것은 듣도 보도 못했지만, 있다손 치더라도 이런 지역은 지구상에 존재하지 않으리라. 풀과 모래의 그 선명한 경계선을 바라보던 이예주는 마음 깊이 차오르는 위화감에 그것을 넘어설 생각이 들지 않았다.

그때, 멍하니 숲과 사막을 번갈아 보던 그녀의 몸이 강제로 휙 돌려졌다. 그것도 모자라 부드러운 천이 얼굴을 꽁꽁 감싸기 시작했다.

"뭐, 뭐 하는 거예요?"

"사막에서는 숲과 달리 인간들이 태양 빛을 견딜 수 없다."

람이었다. 남자가 제 손으로 기다란 천을 들고 이예주를 아랍 여자처럼 둘둘 싸매고 있었다. 검은 천이 몸에 휘감기자 확실히 서늘했던 숲의 중앙과는 달리 공기가 후덥지근해졌다. 더위에 약한 그녀가 울상을 지었다.

"더운데요."

"참아."

그러나 이예주의 항의는 바로 묵살되었다. 남자는 단 한 점의 빛도 용납하지 않겠다는 듯 눈만 빼놓고 온 얼굴을 꽁꽁 싸맸다. 숨이 다 막힐 지경이었다.

"벗어도 된다고 할 때까지 벗지 마라."

"그치만……."

"그만."

마지막 반항마저 잘리자 이예주가 소심하게 입술을 삐죽였다. 검은 천에 가려 안 보일 거라 생각했는데, 어떻게 알았는지 남자의 빨간 눈이 그녀를 노려보았다.

"주인님 말 들어여. 제가 그거 가지러 가려고 숲 동쪽까지 얼마나 힘들게 날아갔다 왔는데여."

그들 사이에 조롱이가 불쑥 끼어들며 장알댔다. 그녀가 휘둥그레진 눈으로 조롱이를 돌아보자 그 시선이 만족스러운 듯 조롱이가 에헴, 거드름을 피웠다.

"예주 누나 하나 때문에 동쪽까지 갔다 왔다구여. 사막이 얼마나 위험한데여! 그건 햇빛 차단 효과가 더 뛰어나서 다른 것에 비해 훨씬 비싼 거라구여! 그러니까 저한테 고마워해야……."

"닥쳐."

이예주가 사납게 일갈했다.

"이런다고 내가 풀릴 것 같아? 네가 나한테 했던 짓을 생각하면……!"

휴대폰을 뺏긴 생각만 하면 조롱이의 뼈도 씹어 먹을 것 같은 그녀였다. 그런 그녀의 마음을 알긴 아는지 조롱이가 움찔하고 이예주의 흉흉한 눈을 피했다.

"황조롱이의 말이 맞다. 사막은 숲보다 더 위험하니 말장난은 그만하도록."

"……."

"대답."

속으로 불만을 삼키는 것을 귀신같이 알아챈 남자가 채근하자 그녀는 마지못해 답했다.

"알았어요!"

남자는 그제야 만족했는지 그녀의 얼굴을 꽉 조이던 천을 뒤로 마저 묶고 자유를 하사했다.

"가자."

람이 짧게 명령했다. 그 뒤로 조롱이가 의기양양하게 따라붙었다.

어휴, 저 얄미운 자식! 조롱이를 향해 눈을 힘껏 부라리던 이예주는, 벌써 모래 위를 휘적휘적 걸어가고 있는 남자를 보고 서둘러 걸음을 옮겼다.

그러나 막상 사막에 발을 들이밀려니 왠지 모르게 영 발길이 떼어지지 않았다. 아마도 남자의 말 때문임이 틀림없었다. 지긋지긋한 숲속보다 더 위험한 곳이라니, 또 얼마나 기상천외한 일이 일어날까. 벌써부터 심장이 두근거리고 눈앞이 아찔해지는 기분에 그녀가 신발을 모래 위로 붙였다 떼는 것을 반복할 때쯤이었다.

"빨리 와라."

자신 따윈 따라오든 말든 무시하고 제 갈 길을 갈 줄 알았던 남자가 어느새 도로 돌아와 얼마 떨어지지 않는 곳에 서 있었다. 따갑게 내리쬐는 햇볕 아래 남자의 하얀 얼굴이 그대로 노출되었다. 저 남자는 이 터번 같은 것 안 써도 상관없는 건가.

출발하는 것 대신 딴생각을 하고 있는 이예주에게 점점 짜증이 나는지 남자의 미간이 설핏 일그러졌다.

"이리 와."

그녀가 울상을 지었다. 가기 싫다는 의미였다. 그러나 전혀 통하지 않는 듯 남자가 다시 한번 짧게, 그러나 거역할 수 없을 정도로 강하게 명령했다.

"당장."

"가요, 가!"

두 번은 없다는 듯 남자의 눈이 시뻘겋게 번뜩이자 그녀가 서둘러 남자에게로 뛰어갔다. 여전히 사막은 껄끄럽고 불안했다. 그러나 가기 싫은 마음에 걸음을 늦춰도 소용없었다. 곁에 채 다가가기도 전에 남자가 불쑥 손을 뻗어 그녀의 팔을 붙잡고 질질 끌고 가기 시작했던 것이다.

울상을 지으며 뒤에 있는 숲을 바라보던 이예주는, 숲의 모습이 점점 멀어져 보이지 않을 때쯤에서야 고개를 떼고 앞서 가는 람을 보았다. 숲이나 사막이나 그에겐 별 차이 없어 보여서 그나마 안심이었다. 게다가 왠지 모르게 신나 보이는 조롱이를 보며 그녀는 불안함을 애써 억눌렀다.

에라, 모르겠다. 이미 끔찍한 경험이란 경험은 숲에서 다 하고 왔는데, 그 이상 끔찍한 일이 또 뭐 있으랴. 일어난다 하더라도 눈 딱 감고 오늘처럼 남자의 도움을 바라면 어떻게든 되겠지. 설마 죽기야 할까.

그렇게 결론 내린 이예주는 새로운 마음가짐으로 사막을 제 발로 걷기 시작했다. 남자가 그녀를 흘끗 돌아보았다. 숲과 달리 모래가 발에 푹푹 파이는 사막 환경에 적응하느라 정신이 없는 건지 인간 여자는 그가 자신을 보고 있다는 것을 조금도 알아차리지 못했다.

"어, 어!"

"조심."

모래를 마구 발로 차 대며 걷다가 균형을 잃고 넘어질 뻔하는 것을, 잡은 손목에 힘을 줘 용케 세웠다. 그러자 인간 여자가 화들짝 놀라 그를 올려다보았다.

순진무구한 동공이 지금껏 보아 왔던 다른 인간들과는 판이했다. 인간을 박멸하는 천적에게 손목이 붙들렸다는 것에 대한 두려움도, 본능적인 혐오감도 없는 말간 얼굴이었다.

"휴, 넘어질 뻔했네. 고마워요."

놀란 얼굴로 잠시 그를 바라보던 그녀가 얼마 안 가 환히 웃으며 말했다. 그러더니 방금 전보다 조금 더 신중하게 발을 놀렸다.

그런 인간 여자의 꼴을 물끄러미 바라보던 람은 문득 기분이 이상해졌다. 그가 부여잡고 있는 손목은 자신의 손아귀에 비해 매우 가늘었다. 조금만 힘을 주면 그대로 똑 부러질 정도로 작고 약한 것이다. 그런데도 이 발칙한 계집은 제가 두렵지 않은 것인가.

제 목을 노리는 맹수에게 얄팍한 목숨을 고스란히 내맡긴 인간 여자의 모습은 참으로 해맑았다. 그것이 헛웃음 나올 만큼 어처구니없으면서도, 동시에 알 수 없는 기묘한 감각을 불러 일으켰다.

"으헉!"

"스읍, 조심하래도."

또다시 넘어질 듯 휘청거리는 이예주를 람이 붙잡았다. 시무룩해진 얼굴에 그는 결국 한숨을 쉬며 그녀에게 보폭을 맞췄다.

Chapter 4

사막

Chapter 4. 사막

숲을 등지고 사막을 횡단한 지 꼭 하루 만에 이예주는 '설마 죽기야 할까.' 했던 제 입을 쥐어뜯고 싶었다. 숲이 그냥 쓰레기장이라면 사막은 음식물 쓰레기장이었다. 파리와 구더기가 온갖 오물들과 섞여 뒹구는 진탕의 한구석.

기분 탓인지 모르겠지만 이따금 가는 모래 입자를 실은 채 불어오는 뜨뜻미지근한 바람에서 악취가 나는 것만 같았다. 마치 누군가가 이 닦지 않은 주둥이로 뜨거운 입김을 부는 것처럼 말이다.

그것은 꼭 기분 탓만은 아니었다. 실제로 그녀는 남자와 조롱이의 뒤를 따라가던 도중 두 번이나 모래 속에 반쯤 파묻힌 백골을 지나쳤다. 쪄 죽을 듯이 내리쬐는 햇볕과 거친 모래에 노출되어 삭을 대로 삭은 유골임에도 불구하고 이예주는 헛구역질을 여러 번 나눠 삼켰다.

"하……."

간신히 구역질을 넘긴 이예주가 비실비실 거리며 신음하자 조롱이가 반사적으로 그녀의 입에 무언가를 쑥 처넣었다. 짜고 쓰면서도 시원한 기운이 입 안 곳곳에 퍼져 나갔다.

조롱이가 이예주의 입에 넣은 것은 '소과'라고 불리는 알사탕만 한 과일이었다. 소과는 쓴맛으로 끊임없이 침을 유발하고, 짠맛으로 탈수 증세를 방지한다. 또한 박하처럼 시원한 수분을 머금고 있어 조금이나마 더위를 가라앉혀 주는 역할을 했다. 물이 귀한 중앙 사막을 횡단하는 여행자에게 절대적으로 필요한 소지품이었다.

사막에 들어선 지 30분도 안 돼서 빌빌대기 시작하던 그녀는 소과를 무려 세 개나 건네며 살뜰히 보살펴 주는 조롱이에게 너무나 감동한 나머지, 제 핸드폰을 잃어버리게 만든 괘씸죄도 모두 없는 셈치기로 했다.

그쯤 멈췄으면 좋았으련만, 이예주의 띄워 주기에 으쓱한 조롱이가 소과는 딱따구리 종의 새가 소금 나무의 열매를 먹고 그 가지 위에 싼 배설물이란 장황한 설명을 덧붙였다. 그 바람에 그녀의 입에서 녹다 만 소과 파편들이 '푸웁!' 하고 뱉어짐은 물론이요, 발칙한 새대가리의 정수리에 꿀 주먹이 쿵 하고 들이박힌 것은 덤이었다.

결국 이예주는 시뻘건 미친놈으로부터 '신인류 구타 및 모독죄'로 벌을 받아야 했다. 빌어먹을 똥을 세 개나 뱉었으니 그녀에게 물은 금지라는 것이다. 하루에 딱 두 번 쥐꼬리만큼 먹게 해 주겠다던 그 물을.

이예주는 귀신이 있다면 제발 저 미친놈 좀 잡아가 달라고 읊조리고 또 읊조렸다.

"하……."

그녀가 다시 우울한 얼굴로 신음을 내뱉으며 고개를 푹 숙였다. 그러자 저도 헥헥거리는 주제에 잔뜩 젠체하던 조롱이가 그녀 곁으로 다가와 약을 올렸다.

"왜여? 소과 또 줄까여? 주인님이 하나 이상은 주지 말라고 했는데……."

이예주는 말도 섞기 싫다는 듯 풀어 헤쳤던 히잡아랍권의 이슬람 여성들이 머리에 쓰는 두건을 끌어 올려 얼굴을 덮었다.

그 모습을 보고 조롱이가 "어차피 곧 또다시 풀어 헤칠 거면서." 하고 구시렁거리며 멀어졌다. 오기가 생겨서라도 계속 눈 밑까지 천을 덮고 싶었지만 얼마 못 갈 것은 그녀 자신이 가장 잘 알고 있었다.

사막이란 통탄할 정도로 지독한 곳이었다. 내뱉는 숨마다 뜨거움과 모래가 뒤섞여 나왔다. 그렇다고 남자가 처음 매어 준 것처럼 얼굴 위로 천을 뒤집어쓰자니, 천 안에서 빠져나가지 못한 뜨거운 날숨 때문에 숨이 턱턱 막혀 왔다.

낮은 어찌나 길고 뜨거우며 밤은 또 어찌나 짧고 차가운지, 이 미친 환경에 비하면 시원시원하고 해가 짧았던 숲은 천국에 가까웠다.

아침부터 계속해서 걸었음에도 불구하고 해가 질 기미가 보이질 않았다. 꼭 달궈져 있는 거대한 프라이팬 위를 끊임없이 걷는 것 같은 기분이 들었다. 폭격하듯 내리쬐는 더위에 삐질삐질 땀이 흐르다가도, 후끈한 열기에 의해 다시 그 땀이 증발되는 현상이 되풀이되었다.

하지만 더위보다 더욱 참을 수 없는 것은 차가운 모래 바닥 위에서의 노숙이었다. 딱딱하고 버석거리는 모래 위에서 잠을 자려니 좀체 잠이 오질 않았다. 춥기는 또 어찌나 추운지, 오죽하면 덜덜덜 떨어 대다가 얄미운 조롱이의 등 뒤에 딱 붙어서 잔 그녀였다.

새벽녘에 들어서야 간신히 선잠에 빠졌다 일어나면 주변이 완전히 뒤바뀌어 있었다. 분명 잠들기 직전 대략적인 지형과 모래 언덕,

능선 등을 파악하고 잤는데 일어나면 위치가 다른 것은 물론이고 바로 앞의 언덕조차 사라져 있었다. 안 그래도 길치, 몸치인 그녀에겐 충격적인 기현상이었다.

그렇지만 이것보다 더 환장할 일이 남아 있었다. 람이란 이름의 미친놈이 그녀에게 금지한 물을 가지고 했던 이상 행위였다. 그는 어디서 주워 왔는지 해골바가지를 쪼개 그 안에 귀하디귀한 물을 담았다. 그리고 품에서 나뭇잎 한 장을 꺼내 물 위에 둥둥 띄웠는데, 그 쪼그만 이파리로 북쪽과 남쪽의 척도를 잡더니 그대로 밀고 나갔다. 정말 믿을 수 없을 만큼 무식하기 짝이 없는 방향 잡기였다.

잠시간 지난 하루를 돌이키며 히잡 속에서 코를 쿨쩍거리던 이예주는 새삼 이 일의 모든 원인인 남자의 뒤통수를 노려보았다. 지치지도 않는지 그는 첫날과 변함없는 모양새로 무지막지하게 걸어 댔다.

처음 몇 번은 그래도 헥헥 대는 이예주를 향해 "쓸모없는 것." 하고 혈압을 부추기는 독설을 해 대어 그녀를 움직이게 만들었지만, 어느 순간 그조차 통하지 않자 이제는 말도 걸지 않았다. 그나마 다행인 점은 앞에서 약 올리듯 물을 홀짝홀짝 마실지언정, 탈진한 이예주를 버리고 가진 않는다는 것이다.

나귀를 모는 악덕 주인처럼 남자는 무섭게 이예주를 채찍질했다. 차오르는 불만과 억울함, 체력의 한계에 대한 고통으로 몸부림치면서도 그녀는 악착같이 남자의 뒤를 쫓을 수밖에 없었다. 제발 자신을 버리고 갔으면 했던 숲과는 달리, 이 척박한 사막에서 그마저 놓친다면 하루도 버틸 자신이 없었기 때문이다.

"헉헉…… 저기요. 저 이제 진짜 못 가요……."

모래 능선을 따라 비척비척 걷던 그녀가 털썩하고 자리에 그대로 주저앉았다.

30분에 한 번꼴로 주저앉는 그녀에게 이미 적응한 조롱이가 능숙하게 소과가 담긴 주머니를 품에서 꺼내며 다가왔다. 이예주는 얼굴을 일그러뜨리며 고개를 저었다.

또 과일을 먹고 다시 참을 인忍 자를 새기며 발걸음을 재촉할 수준이 아니었다. 눈앞이 어질어질했다. 그녀에게로 오는 조롱이의 주변에 아지랑이가 피어올라 꿈틀거렸다.

허억 허억, 거친 숨을 내쉬며 그녀가 통탄했다. 이러다가 신기루라도 보는 거 아니야…….

"아직 해 지려면 멀었다."

그때, 옆에서 불쑥 듣기 싫은 목소리가 고막을 자극했다. 그녀가 기름칠 안 한 로봇처럼 삐거덕거리며 고개를 틀자 소리 소문 없이 다가온 남자가 시뻘건 눈을 빛내며 자신을 내려다보고 있었다.

열 때문에 붉게 달아오른 눈으로 멍하니 남자를 올려다보던 이예주는 문득 이상한 점을 깨달았다. 목이 바짝바짝 말라 꼭 죽기 직전인 자신과는 다르게 람의 얼굴은 지나치게 멀쩡했다. 터번이나 천 같은 것을 뒤집어쓰지 않은 하얀 얼굴이 작렬하는 태양빛 아래 그대로 노출되어 있음에도, 어디 하나 붉게 달아오르거나 벗겨지지 않았다.

이예주는 그런 람의 얼굴을 바라보며 평범한 자신과 그의 차이를 새삼 다시 한번 절감했다.

"게으름 그만 피우고 일어나. 네가 번번이 꾀병을 부리는 탓에 가는 길이 늦춰지고 있다."

"꾀, 꾀병……?"

"그래, 꾀병. 아니면 아직도 이무기 일로 꽁해 있는 건가."

제발 닥쳐. 이예주는 목구멍까지 차오르는 그 말을 끝끝내 내뱉지 못했다. 폐를 짓누르는 답답함에 거칠게 얼굴을 감싼 천을 끌어 내렸다. 애써 화를 참느라 발갛게 달아오른 그녀의 얼굴이 쑥 드러났다.

네놈 눈엔 어떻게 이게 꾀병과 삐짐으로 보일 수가 있는 거지? 너무 지치다 못해 따져 물을 힘조차 일지 않았다. 이예주는 자신을 한심하게 내려다보고 있는 남자의 무표정한 얼굴을 보며 모기만 한 목소리로 항의했다.

"……밥이라도 제때 먹이든가요……."

"뭐?"

남자가 잘 들리지 않는다는 듯 미간을 찌푸리며 되물었다. 그녀는 좀 더 힘 있게 불만을 토해 냈다.

"밥! 밥이요, 밥! 어제부터 왜 밥은 쥐꼬리만 한 육포만 주는데에!"

"……."

"배고파! 아침 먹고 아무것도 안 줬잖아요! 배고파서 못 움직이겠어요!"

그녀가 마지막 힘을 끌어 올려 폭발한 후 다시금 흐물흐물 사막 위로 늘어졌다. 주저앉은 모래 위로부터 열기가 후끈후끈하게 올라와 엉덩이를 뜨겁게 달궜지만 도저히 일어날 힘이 나지 않았다.

밥을 쥐꼬리만큼 준다는 것은 전혀 과장되지 않은 온전한 사실이었다. 이 미친놈이 대체 무슨 억하심정이 있는지 첫날은 정말로 조롱이와 저에게 검지만 한 육포 두 조각을 준 것이 다였다. 게다가 소과를 세 개나 뱉은 벌로 자신에게는 물도 주지 않는 게 아닌가!

그러고 나서 오늘 아침 육포 한 조각을 던져 준 것을 끝으로 이예주에겐 새똥 말고 더 이상 주워지는 음식은 없었다. 고로 이렇게 30분에 한 번꼴로 주저앉는 것은 당연한 일이었다.

차오르는 불만을 삐죽이는 사이, 깔고 앉은 모래 때문에 엉덩이가 따끔따끔할 정도로 익어 갔다. 천이 있더라도 모래에 오래 주저앉아 있으면 화상을 입을 수 있으니 첫날에 남자가 쉬더라도 서서 쉬라고 명령했다. 그러나 그것은 결국 걸음을 멈추지 말라는 명령과 동일했기 때문에, 이예주는 엉덩이가 쓰라릴 때까지 앉아 있는 것을 선택했다.

람이 고집스러운 그녀의 머리 위로 짧게 한숨을 내쉬었다.

"손이 많이 가는 계집이군."

"아직 어려서 그런 걸까여?"

말없이 이예주의 행태를 바라보던 조롱이가 람의 말에 옳다구나 하고 받아쳤다. 그녀의 눈이 희번덕하게 뒤집어졌다.

"이게, 어리긴 누가! 죽고 싶어서 환장…… 으허억!"

람이 불쑥 그녀의 팔을 잡아채어 어린이 다루듯 가뿐하게 일으켜 세웠다. 이예주가 짧은 비명을 지르며 휘청거리는 사이, 남자의 단단한 손이 그녀의 어깨를 억세게 휘어잡아 고정시켰다.

"모래 위에 앉아 있으면 화상 입는다고 했지 않나."

"마, 말 좀 하고 일으켜요! 그리고 먹은 것이 있어야 움직일 거……!"

"자."

람에게 반쯤 몸을 기댄 채 찡찡대는 그녀를 달래듯이 그가 품에서 육포 한 조각을 꺼내 입에 물려 주었다. 정말 배가 고팠기에 이예주는 체면도 잊은 채 육포 끄트머리를 넙죽 받아 물었다.

현대 같았으면 술안주가 아니면 거들떠도 안 봤을 육포가 어찌나 입에서 살살 녹는지. 순식간에 육포 하나를 다 먹어 치운 그녀가 다시 초롱초롱 눈을 빛내며 람을 바라보았다.

그는 단호하게 그녀의 어깨에서 손을 떼고 뒤돌아섰다.

"가지."

매정한 남자의 뒷모습에 이예주가 입을 삐죽거리며 뒤를 쫓았다.

"하나 더 주면 안 돼요?"

"하나 이상은 안 된다."

"아 그럼 물배라도 채우게 해 주든가요!"

"물은 금지라고 했을 텐데."

"아아악! 진짜!"

이 말 안 통하는 기계 같은 새끼야! 뒷말이 기어이 튀어나오기 직전, 그녀와 남자의 행태를 바라보던 조롱이가 슬쩍 곁에 다가와 제 주인을 두둔했다.

"주인님은 예주 누나 생각해서 그런 거니까 너무 열 내지 마여."

"뭐? 넌 좋은 말 할 때 조용히 있어!"

"칫. 좋은 말 한 적도 없으면서."

"……."

맞는 말이라 이예주는 말을 잃었다. 그러자 조롱이가 다시 조잘거렸다.

"건조 음식이라 많이 먹으면 오히려 수분을 빼앗겨여. 그렇다고 물을 주면 예주 누나는 무식하게 한꺼번에 들이켤 거잖아여!"

그것도 맞는 말이라 그녀는 다시 한번 침묵했다.

"물을 많이 먹으면 날이 더워서 소변도 금방금방 나올 텐데. 그러면 기운이 딸려서 또 육포 먹을 테고, 또 물 먹고. 그렇게 반복하면 음식도 금방 동나겠지만 배탈 나는 것도 식은 죽 먹기예여. 물은 되도록 조금씩 나눠 마시고 대신 탈수 방지를 위해 소과를 먹는 게 더 좋구여. 사막에서 아프면 얼마나 위험한데여. 의원도 없구 그냥 굶어 죽어야 되는데."

"……."

"좀만 참아여, 예주 누나. 한 이틀만 더 가면 인간 부락이 있었던 걸로 기억하는데. 거기 가면 좀 더 편하게 밥도 먹구 물도 마실 수 있을 거예여."

답지 않게 조근조근 설명해 주며 소과를 다시 건네는 조롱이 때문에 이예주는 방금 전까지 패악을 부리던 자신이 민망해져 더 이상 투덜대지 않고 조용히 받아 들었다. 하기야 이런 척박한 사막에서 새똥이고 뭐고 가릴 처지가 아니었다.

그녀는 모래를 질질 끌다시피 걸으면서 앞서가는 람의 까만 뒤통수와 옆에서 그녀와 같이 지친 발걸음을 떼고 있는 갈색 머리의 조롱이를 번갈아 바라보았다.

그러고 보면 햇빛을 피하기 위해 천을 뒤집어쓴 것은 자신뿐이었다. 남자도 조롱이도 작열하는 자외선 따윈 상관없다는 듯 당당히 모래 위를 걸어 대고 있었다. 또한, 자신 때문에 매번 걸음이 늦춰지는 것도 사실이었다.

이예주의 표정이 우울해졌다. 하루 반나절 동안 사막을 걷는 내내, 이 지옥 같은 곳으로 데리고 온 능력에 대한 분노와 스스로가 람과 조롱이에게 짐이 되는 것 같다는 자괴감이 번갈아 가며 그녀를 괴롭혔다. 배가 너무 고파 밥을 달라고 난리를 쳤지만 마음이 그리 편치만은 않았다.

어느덧 그들은 능선을 따라 모래 언덕을 넘어 내리막길에 들어섰다. 하지만 내리막길이라고 해서 어느 하나 수월한 것은 없었다.

힘들다. 괴롭다.

사막은 너무 무덥고 끔찍하고 짜증 났다. 운동화 안에 모래 가루가 들어가 끊임없이 발바닥을 괴롭혔고, 헐렁한 후드티 사이로 들어간 모래 알갱이가 브래지어까지 침투한 상태였다. 그나마 다행인 건 딱 달라붙는 청바지 덕에 모래가 팬티까지 침투하지 않는다는 것뿐이었다.

빌어먹을! 전생에 대체 무슨 죄를 지었던가. 팔자에도 없는 사막 횡단까지 하려니, 금방이라도 입에서 울음이 터져 나올 것 같았다.

이예주는 슬쩍 눈을 돌려 조롱이를 바라보았다. 고작해야 15, 16살쯤 돼 보이는 조롱이는 그녀보다 훨씬 늠름하고 능숙하게 모래 위를 걷고 있었다.

"넌 여기 와 봤어?"

"에, 에?"

"부락이 어디쯤에 있는지도 알고. 사막에 능숙한 것 같아 보이는데."

조롱이는 그녀의 말을 듣고 과거를 더듬어 보는지 고개를 갸웃거렸다.

"네, 왔었어여. 그땐 사막이 이렇게 크진 않았었는데. 인간들 때문에 숲이 갈수록 작아지고 사막이 갈수록 커지고 있어여."

"인간들 때문에?"

이예주는 눈살을 찌푸렸다. 어쩐지 1000년 후의 세상에서 모든 해악한 일은 꼭 인간들이 자행하고 있는 것 같다는 생각이 들었다.

크리쳐를 만난 호수 근처에서 인간들이 모든 먹이를 잡아먹었다는 람의 말과 신인류를 양육해서 산 채로 뜯어 먹는다는 조롱이의 말. 식인을 자행하는 외눈박이 삼 형제와 자신의 눈에 집착하던 미친 노인까지. 신인류인 조롱이의 입장에서 볼 때 인간은 어느 하나 사악하지 않은 부분이 없었다.

사막화 현상. 이것은 1000년 전, 2017년에서도 대두되던 심각한 환경문제였다. 그런데 그것이 1000년 후에도 계속해서 문제가 되고 있다니 왠지 모르게 얼떨떨한 기분이었다.

과학을 발달시켜 사막화 현상이나 각종 환경문제를 축소시킬 대체 에너지 혹은 대체 물품들을 개발한다는 것이 현대의 유일한 대책이었다. 그러나 사람들이 상상하고 예측하던 미래는 어디에도 없었다. 이예주의 무지한 눈으로 보기에도 과학의 발달이라고 볼 수 있는 부분은 눈을 씻고 찾아봐도 없었다.

그녀는 자신이 굉장한 오지에 떨어졌고 아직 인간들이 사는 도시로 가지 않은 거라며 애써 자위했지만, 조금씩 그게 아닐지도 모른다는 예감이 들었다.

허기가 가신 그녀는 조금 더 맑은 눈으로 사막을 쭉 둘러보았다. 사방이 모래, 모래뿐이었다. 풀 한 포기는 물론이고 사막에서 생식한다는 선인장 하나 보이지 않았다. 이곳은 아무것도 존재하지 않는 척박한 땅이었다.

이런 곳이 무려 1000년 후의 미래라고?

“가뭄과 기아 현상으로 굶주린 인간들이 모든 것을 먹어 치우고 있어여. 인간 부락 하나면, 일주일 만에 주변이 사막으로 변해 버리는걸여. 번식은 또 얼마나 잘하는지 주인님도 그 수를 줄이느라 엄청 고전하고 계시다구여.”

가뭄, 기아 현상, 굶주림. 꼭 티브이 속에 나오던 아프리카 지역에서나 들을 법한 소리에 그녀의 머릿속은 더욱더 복잡해졌다.

‘제3차 세계대전은 결국 식량 전쟁일 것이다.’라는 소리는 현대의 뉴스에도 자주 나오는 화젯거리였다. 그런데 1000년이나 지난 미래에서 가뭄과 기아라니. 대체 식품이 1000년간 단 하나도 개발되지 않았다는 소리란 말인가?

“왜?”

“예?”

“왜 굶주려? 고기는 먹기 힘들다 쳐도, 먹을 게 정 없으면 농사지어서 재배하면 되지. 사람들이 그런 시도도 없이 무조건 주변에서 나는 것들만 먹어 치운다고?"

좀체 이해가 안 가는 얼굴로 이예주가 혼잣말처럼 중얼거리자 조롱이가 꽤 놀란 얼굴로 그녀를 돌아보았다. 그러나 따뜻한 색의 금안에는 왠지 모르게 등골이 서늘할 정도의 차가움이 감돌고 있었다.

이예주는 당황했다. 그녀를 책망하는 듯하면서도 그보다 고차원적인 감정을 품고 있는 듯한 그 눈이, 그녀의 아둔함을 냉정하게 잘라 내는 것 같았다.

"인간들은 더 이상 농사를 지을 수 없어여. 그들의 생존을 돕는 모든 것들을 주인님이 금지하셨으니까."

그 서늘한 두 눈과 마주치는 순간, 이예주는 왠지 모르게 무언가에 쫓길 때처럼 심장이 쿵 내려앉는 것 같았다. 땀조차 증발해 버릴 정도로 따가운 태양 아래임에도 불구하고 오싹한 한기가 그녀의 등골을 덮쳤다.

금지. 조롱이가 말한 금지라는 말이 머릿속에 콱 들어박힌 듯 계속해서 눈앞에 떠올랐다. 농사를 금지했다니. 그게 무슨…….

혼란스러운 그녀를 내버려 둔 채 조롱이는 언제 차가운 기운을 품었냐는 양, 어느새 다시 따뜻해진 금색 눈동자를 빛내며 제 주인의 뒤를 쫓았다. 두 남자의 뒷모습을 바라보며 이예주는 깊은 생각에 잠겼다.

그 순간이었다. 앞서 휘적휘적 걸어가던 람이 불현듯 걸음을 멈춰 섰다.

"주인님! 왜 그러세여? 무슨 일…… 어?"

빠릿빠릿하게 제 주인을 뒤쫓던 조롱이 또한 남자의 근처에 도달하자 덩달아 우뚝 멈춰 섰다. 그들의 시선이 내리막길 너머 능선 아래에 못 박힌 듯하자 이예주도 서둘러 그들이 있는 곳까지 달려갔다. 그리고 그녀 또한 걸음을 멈췄다.

"헐. 저게 뭐야?"

멀리서 보이는 형태에 이예주가 경악한 얼굴로 내뱉었다.

능선 너머 꽤 멀리 떨어진 곳에 사람들로 추정되는 인영 셋이 바닥에 주저앉아 무언가를 미친 듯이 뜯어 먹고 있었다. 숲에서 보았던 외눈박이 삼 형제만큼 더러운 행태에 다 찢어진 거적때기를 걸친 성인 남자 둘과 긴 머리칼의 여자였다. 걸신들린 것처럼 무언가를 뜯어 먹고 있는 그들의 입과 손이 온통 피로 시뻘겋게 물들어 있었다.

"뭘 먹고 있는 걸까여?"

불쑥 조롱이가 남자를 올려다보며 질문했다. 이예주로선 전혀 궁금하지도, 알고 싶지도 않은 주제였다. 그사이 핏물처럼 붉은 람의 눈이 형형하게 빛났다.

쿠우우웅. 문득 무언가 진동하는 거대한 소리가 들렸다. 곧이어 모래 아래가 꿈틀거렸다.

"어, 어!"

안 그래도 푹푹 빠지는 모래 때문에 자주 넘어졌던 이예주가 그에 휩쓸려 덩달아 휘청거리자 람이 손을 뻗어 가볍게 그녀의 팔을 틀어쥐었다.

그와 동시에 발밑이 꿈틀거리더니 모래 더미가 무언가를 정신없이 뜯어 먹고 있는 인간들에게로 스스스스 움직여 갔다. 그것은 모래 뭉치의 꿈틀거림이라고밖에 달리 표현할 방법이 없었다.

이건 또 무슨 일이야? 모래 뭉치가 근처에서 사라져 안전해졌음에도 람은 제 팔을 놓지 않았다. 되레 팔목을 압박하는 힘이 점점 거세졌다. 이예주는 아픔에 겨워 그에게 놓아 달라고 하기 위해 입을 열었다가 곧 다시 다물었다.

남자의 두 눈동자가 시뻘겋다 못해 흡사 눈에서 피라도 철철 흘릴 듯이 형형히 빛나고 있었다. 마치 이예주를 처음 만났던 그때처럼.

등골에 소름이 쫙 끼치면서 반사적으로 몸이 덜덜 떨리기 시작했다. 눈빛만으로도 찢어 죽일 수 있는 살기가 이런 것일까. 남자의 눈에서 철철 넘쳐흐르는 분노와 냉기가 자신을 향하지 않고 있다는 사실에 그녀는 그저 안도했다. 그리고 곧 고인이 될 인간 셋의 명복을 빌었다.

남자가 모래 더미를 일으키는 것이 분명한지 그녀의 팔을 틀어쥔 손의 악력이 점점 거세졌다. 아파하는 티를 내면 남자의 들끓는 살기가 저에게로 튈지 몰라 새하얗게 질린 얼굴로 이를 악물고 통증을 참던 그때.

팟! 남자가 그녀의 팔을 뿌리쳤다.

쿠우훠억! 마치 동굴 속에서 누군가 악을 지르는 듯한 소리가 천지 사방에 진동했다. 그와 동시에 땅에서 치솟은 모래 뭉치가 세상 모르게 무언가를 나눠 먹고 있던 세 인영을 덮쳤다.

"으, 으아아악!"

"아아아악!"

잘 먹다가 날벼락을 맞은 세 사람에게서 끔찍한 비명이 울려 퍼졌다. 하지만 그도 얼마 가지 않아 뚝 끊겼다. 모래 더미가 그들을 더 깊은 모래 속으로 끌고 들어갔기 때문이다.

눈 깜짝할 새에 인간들은 종적 없이 사라졌고 그들이 있던 자리엔 뿌연 먼지만이 피어오르고 있었다. 모래가 그들을 삼켜 버린 것이다.

어안이 벙벙한 얼굴로 서 있는 이예주를 놔두고 남자가 뚜벅뚜벅 앞으로 걸어갔다. 그런 그를 멍청히 바라보고만 있자 조롱이가 그녀를 힐끗 돌아보며 덧붙였다.

"아직 안 죽었어여."

"……뭐, 뭐?"

"용암만큼 뜨겁게 달궈진 모래 속에 파묻혀서 천천히 죽어 갈 거예여. 으으, 아프겠다. 차라리 한 번에 소멸되는 용암 구덩이가 낫져! 저러면 온 구멍이란 구멍으로 날카로운 모래가 파고들잖아여. 뜨겁고 날카롭고, 흐엑!"

괴상한 소리를 내뱉은 조롱이는 서둘러 제 주인의 뒤를 따랐다. 남은 것은 조롱이가 장난처럼 던진 말에 딱딱하게 굳어 버린 이예주뿐이었다.

그사이 람은 인간들이 뜯어 먹고 있던 무언가가 있는 곳까지 도착했다. 그의 발치에 시뻘겋다 못해 까만 피를 먹은 모래가 밟혔다.

"헉! 멸종하다시피 한 사막 여우네여? 게다가 신인류!"

그의 뒤를 헐레벌떡 쫓아온 조롱이가 휘둥그레진 금안을 반짝이며 소리쳤다. 남자는 조롱이의 말에 반응하지 않고 묵묵히 그것을 내려다보았다. 아직 충격에서 벗어나지 못한 이예주가 그들의 근처까지 느릿느릿 걸어올 때까지 미동도 하지 않았다.

"뭐야? 뭔데?"

그녀가 전혀 궁금하지 않은 목소리로 예의상 물었다. 조롱이가 획 돌아보며 고개를 저었다.

"보지 마여, 예주 누나."

그러나 조롱이보다 키가 큰 탓에 그의 만류는 너무 늦어 버렸다. 무심결에 그것을 확인한 이예주는 그들로부터 몇 발자국 남지 않은 상태에서 우뚝 멈춰 섰다.

"이, 이게……."

그것은 도저히 뭐라 형용할 수 없는 처참하고 끔찍한 살해 현장이었다. 역한 피비린내가 물씬 피어올라 그녀의 얄팍한 비위를 자극했다.

인간들이 뜯어 먹은 것은 사막 여우였다. 머리는 먹지 않은 건지 눈을 꾹 감고 있는 얄쌍한 얼굴과 삐쭉 솟은 귀가 피 한 방울 튀지 않은 채 그대로 보존되어 있었다. 그것이 인간들에게 뜯겨 먹힌 무언가가 사막 여우임을 알리는 유일한 증거였다.

턱 아래부터는 너무나도 잔인해서 눈을 내려 확인하기가 두려울 지경이었다. 군데군데 붉은 살점이 붙어 있는 목뼈와 갈비뼈가 보였다. 내장까지 파헤쳐져 있는 그 참혹한 모습에 아까 먹었던 육포 조각이 역류할 것 같은 기분이 들었다.

흰 뼈가 드러난 배 밑은 그나마 온전했다. 기이하게도 사막 여우의 몸통 아래에 인간 다리가 달려 있었다. 한쪽 발목에 날카로운 덫이 깊게도 파고들어 있었다. 그 때문에 도망도 못 가고 산 채로 인간들에게 뜯어 먹힌 것 같았다.

어린아이만치로 작고 가는 발목과 발이 눈이 시릴 정도로 아프게 들어와 박혔다. 도망치려고 얼마나 버둥댔는지 덫이 없는 다른 쪽 발은 거친 모래에 쓸려 피부가 다 벗겨져 있었다.

인간의 다리를 가지고 있는 사막 여우. 기괴한 생물체임에도 처참한 그 모습에 두렵다는 생각조차 들지 않았다. 고작해야 자신의 팔뚝 길이밖에 안 되는 작은 동물이었다. 그것도 하체는 인간 다리를 가지고 있는 아이를.

"인간들에게서 도망치려고 인간으로 변성變性하다가 덫에 걸렸나 봐여. 아직 어려서 변성도 제대로 못할 나이인 것 같은데여."

조롱이가 한숨처럼 중얼거렸다. 꽤 냉정하게 말하는 것처럼 보였으나 어깨가 축 처져 있었다.

이예주는 얼어붙었던 발걸음을 옮겨 사막 여우가 죽어 있는 곳으로 조금 더 다가갔다. 주변이 온통 피 난장이었다. 저 작은 몸에 다 담겨 있던 피라는 게 믿기지 않았다.

저렇게 작은 동물을 먹으려고 세 명이나 되는 인간들이 그렇게 악귀처럼 달라붙어 있었던 것인가. 나이도 다 차지 않은 저 어린것을 먹고 얼마나 더 연명할 수 있다고. 얼마나 더.

"주, 주인님! 심장이 아직 뛰고 있어여!"

그때 조롱이가 비명처럼 외쳤다. 그 소리에 놀란 이예주는 드러난 갈비뼈 사이로 심장이 있는 위치를 허둥지둥 바라보았다.

정말이었다. 주먹보다 약간 더 작은 붉은색 덩어리가 느릿하게 움직이고 있었다. 뛰고 있다기보다는 그저 간신히 숨만 붙어 있는 듯 움찔거리는 것에 불과했지만.

희미한 움직임을 확인한 그녀가 휙 람을 돌아보자, 그때까지 묵묵히 여우를 내려다보고 있던 그가 그 앞에 빠르게 주저앉았다. 바지에 뜨뜻한 피가 스며들었지만 그는 개의치 않는 것 같았다.

남자가 파리하게 눈을 감고 있는 사막 여우의 이마 위로 손을 가져다 대었다. 그러자 눈으로 보고도 믿기지 않을 일이 펼쳐지기 시작했다.

그의 손으로부터 검푸른 색의 투명한 빛이 쏟아져 나오더니 사막 여우의 이마에서 얼굴로, 그리고 허옇게 드러난 몸통의 뼈들로 꾸물꾸물 번져 나갔다.

뼈 주위에 덕지덕지 남아 있던 살점들을 중심으로 세포분열 하듯 그 주위에 붉은 살점들이 번졌다. 그리고 등가죽에 닿을 정도로 끌려 나와 있던 내장이 스르륵 배 속으로 빨려 들어가더니 느릿느릿 자리를 잡았다. 번식하고 또 번식하던 붉은 살점들은 점점 속도가 붙어 금세 뼈를 덮고 그 위로 근육과 혈관들을 생성해 냈다.

이윽고 형성된 혈관이 꿈틀꿈틀 박동하자 사막 여우 주위에 퍼져 있던 핏물들이 스펀지에 빨려 들어가듯 여우의 몸속으로 빨려 들어갔다. 피가 혈관 속을 힘차게 내달리기 시작했다.

어느덧 처참하기 그지없던 여우의 가슴팍과 배가 완전히 살가죽으로 덮였다. 그 위로 잡초 자라듯 새로운 털이 쑥쑥 자라났다. 사막 여우의 얼굴과 같은 연갈색이 아니라 새까만 털이었다. 꼭 람의 까만 머리통 같았다.

"어……."

남자가 일으키는 기행을 멍하니 바라보던 이예주는 지금 제가 본 것이 환영이 아닐까 싶어 몇 번이고 눈을 비볐다. 그러다 끝내 붕어처럼 입을 뻐끔거렸다.

사막 여우의 재생은 환영이 아니었다. 그것은 새로운 생명의 탄생처럼 기이하면서도 신비롭고, 또 무섭기 짝이 없는 광경이었다. 다 죽어 가는 생명을 살리는 것도 모자라 눈 깜짝할 새에 본모습으로 재생시키다니.

사막 여우의 털이 완전히 자란 후에도 한참을 더 손에서 검푸른 빛을 쏟아 내는 남자. 그를 바라보는 그녀의 눈이 귀신을 보는 느낌으로 변모한 것은 당연한 일이었다.

이예주는 생각했다. 벌레 죽이듯 생명을 쉽게 죽이고 또 얼굴색 하나 바꾸지 않고 생명을 쉽게 되살리는 이 남자, 정말로 신인지 신의 아이인지 뭔지가 분명하다고.

사막 여우를 재생시키던 정체 모를 검푸른 빛이 서서히 잦아들었다. 목에서부터 아랫배까지, 까만 털로 뒤덮이게 된 부분을 마지막으로 빛이 완전히 흡수되었다. 람은 사막 여우의 이마 위에서 빛을 내뿜던 손을 거둬들였다. 그러자 감겨 있던 여우의 눈꺼풀이 반짝 떠졌다.

"주인님."

밤하늘에 수놓아진 별빛처럼 까만 눈동자가 반짝반짝 빛을 내었다. 사막 여우가 람을 바라보며 말했다. 그 깜찍한 모습에 이예주는 방금 전까지 남자가 행한 기적에 혀를 내두르던 것도 잊고 홀린듯 여우를 바라보았다.

잔인하게 내장이 파헤쳐져 죽어 가던 사막 여우는 꿈인 것처럼, 작고 귀여운 생물이 벌떡 자리에서 일어나 앉았다. 그러더니 '펑!' 하는 소리와 함께 연기에 휩싸였다. 덕분에 여우로부터 꽤 가까이 있던 이예주는 매케한 연기를 옴팡 뒤집어쓰고 콜록콜록, 거칠게 기침 세례를 했다.

얼마 안 가 연기가 사라지고 그 자리에 사막 여우의 길쭉한 귀를 단 네다섯 살의 작고 귀여운 남자아이가 나타났다. 사막 여우의 털과 같은 연갈색의 머리카락이 앙증맞게 곱슬거렸다.

그 고만고만한 것이 람을 보고 벌떡 일어나려다 덫에 걸린 발목 때문에 '앗!' 하고 쓰러질 때, 그녀는 저도 모르게 뛰쳐나가 아이를 감싸 안을 뻔했다.

"히잉……."

덫에 깊숙이 물린 제 발을 보고 잠시 울상을 짓던 아이가 이내 어쩔 수 없다는 듯 앉은 자리에서 고사리 같은 손을 아랫배에 모아 람을 향해 꾸벅 인사했다.

이예주는 아이가 꼭 저한테 인사하는 것처럼 흐뭇하게 바라보다가 뙤약볕에 드러난 아이의 알몸을 보고 인상을 찌푸렸다. 벌거벗은 아이의 보들보들한 피부 위로 쨍쨍한 태양이 내리쬐었다. 혹여나 애기의 피부가 상할까 봐 걱정됐다.

그러나 그런 걱정은 그녀 혼자만의 것인지 아무도 아이가 옷을 입지 않았다는 것을 신경 쓰지 않았다. 신인류는 이 뜨거운 태양에 영향을 받지 않는 건가? 이예주가 고개를 갸웃거리는 사이, 아이가 명랑하게 말했다.

"구해 주셔서 감사합니다, 주인님."

아이의 고운 미성에 이예주가 황홀한 표정을 지으며 "그래, 아가." 하고 중얼거리다가 조롱이의 따가운 시선을 받고 입을 다물었다.

사막 여우도 귀여워 쓰다듬을 판에, 그 사막 여우가 눈을 반짝이는 귀여운 아이가 되다니! 깜찍한 외양에 반해 심장을 부여잡는 그녀와는 달리 남자와 조롱이의 표정은 굉장히 진중하고 무거웠다. 제 무릎에도 못 미치는 작은 아이를 바라보는 람의 눈이 냉정했다. 차가운 분위기에 눈치를 살피던 이예주는 곧 그의 눈동자를 확인하고 안심했다.

남자의 눈은 어느새 까만색으로 변해 있었다. 그녀는 그 순간 뇌를 파고드는 날카로운 사실 하나를 깨달았다. 그 눈이 자신을 바라볼 때의 빨간색 눈과 비교 자체가 되지 않는다는 것을.

남자의 시뻘건 눈에는 이예주가 무엇을 말하고 행하건 간에 그녀를 향한 살기와 혐오가 기본적으로 깔려 있었다. 하지만 검은색 눈은 아니었다. 아무런 감정 하나 없는 밋밋한 그 눈이 외려 다정하기까지 해 보였다.

그것은 이예주에게 굉장히 기묘하고 이상한 감정을 불러일으켰다. 어딘가 모르게 굉장히 불만스럽고 화가 나는데, 딱히 화낼 건덕지가 없는 그런…….

검은색 옷을 입고 검은색 머리와 눈동자를 하고 있는 남자가 이윽고 입을 뗐다.

“내가 네 주인이라는 것은 어떻게 알았지.”

사막 여우는 이미 답을 알고 있는 것처럼 막힘없이 대답했다.

“저희 엄마는 재빠른 사막 여우예요. 검은 파편의 조각으로 저희들에게 언제 어디서든 주인님의 기척을 알아차리도록 훈련시켰어요.”

“재빠른 사막 여우면 초기 신인류 중 하나군.”

여우의 말에 람이 짧게 고개를 끄덕였다. 그러더니 손을 뻗어 그때까지도 아이의 발목을 죄고 있던 덫을 툭 건드렸다. 덜컥하고 거짓말처럼 덫이 입을 벌렸다.

“황조롱이.”

“네, 주인님!”

이예주 옆에 말없이 서 있던 조롱이가 잽싸게 부름에 응답하며 아이의 곁에 쭈그려 앉았다. 그는 품에서 전에 이예주를 치료했던 페어리니틀 주머니를 꺼내 아이를 치료하기 시작했다. 람이 몸을 일으키며 다시 아이에게 입을 열었다.

“인간들로 인해 생긴 흉터는 완전히 본래대로 재생할 수 없다. 평생 가지고 있어야 하지.”

람이 사막 여우의 가슴팍을 가리켰다. 다른 곳과는 달리 인간으로 미처 변신하지 못한 것인지 아이의 가슴팍에 짐승의 검은색 털들이 숭숭 나 있는 것이 보였다. 고운 연갈색 머리칼과는 어울리지 않았다.

“아, 아니에요! 구해 주신 것만으로도 감사한걸요. 꼼짝없이 뜯어먹혀 죽을 줄 알았는데…….”

“새끼를 위험에 내팽개치고 네 어미란 놈은 대체 어디 간 거지?”

람의 날카로운 질문에 이번에는 우물쭈물하더니 쉬이 대답하지 못했다. 작은 목소리로 “그게, 그게…….” 하던 아이의 고개가 점점 내려갔다. 결국 아이의 얼굴에서 물방울이 뚝뚝 떨어지기 시작했다.

아이가 훌쩍훌쩍 울기 시작하자 울린 건 람인데도 되려 이예주가 더 당황해서 우왕좌왕했다. 그러나 울린 당사자는 물론이고 아이의 상처를 치료하는 조롱이조차 나서지 않자 그녀도 나설 수가 없었다.

훌쩍이던 아이가 울음으로 인해 붉게 달아오른 눈을 들어 다시 람을 바라보았다. 커다란 두 눈에 투명한 물이 그득그득 쌓여 반짝거렸다.

"엄마는…… 흐, 흐윽, 엄마는 인간들에게 잡아먹혔이요."

"……."

"엄마는, 엄마는, 우리에게 인간들을 도와줘야 한다고 항상 가르쳤는데…… 인간들이, 인간들이 엄마를 잡아먹었어요!"

"……."

"나머지 형제들도 다 잡아먹혔어요. 엄마가 마지막으로 남은 저에게 북쪽 대륙 동물의 숲으로 가서 검은 파편의 조각을 숨기라고 했는데…… 더, 덫에 걸려 버렸어요, 주인님. 주인님, 흐으 흑."

아이의 눈에서 쉴 새 없이 눈물이 쏟아져 내렸다. 얼마나 끔찍한 일을 겪었기에 이 작은 아이의 몸으로 삶의 무게에 짓눌린 것 같은 피 맺힌 절규를 내뱉는 걸까. 아이의 찢어지는 울음소리는 절규 그 자체였다.

이예주는 저도 모르게 울컥 치솟는 감정들을 애써 억눌렀다. 엄마를 잃은 아이에게 필요한 것은 같잖은 동정심 따위가 아닌, 엄마가 없어도 괜찮을 것이라는 안심이었다. 실제로 엄마를 잃은 자신에게 아무도 주지 못했던. 그래서 그녀를 결핍된 인간 낙오자로 만들어 버렸던.

"……저기, 햇볕이 따갑지 않아?"

어두운 감정을 표정에서 몰아낸 이예주가 사람 좋은 미소를 지으며 아이로 둔갑한 여우의 앞에 쭈그려 앉았다. 아이가 히끅거리며 눈물 콧물 범벅된 얼굴로 그녀를 돌아보았다.

이예주는 재빨리 머리에 걸치고 있던 자신의 천을 벗어 아이의 맨몸 위에 씌워 주었다. 아무렇지도 않은 아이와는 달리 약하기 그지없는 인간의 피부가 뙤약볕에 금방 벌겋게 익었지만 그녀는 개의치 않았다.

"넌 이름이 뭐야?"

"어, 어…… 포, 포니인데……."

아이가 그녀의 물음에 머뭇머뭇하며 몸을 움츠렸다. 아직 인간에게 끔찍한 일을 당했다는 충격과 두려움이 가시지 않은 듯해 보였다.

이예주는 경계심을 누그러뜨릴 수 있도록 최대한 환하게 웃었다. 그러고는 아이의 부드러운 머리칼이라도 쓰다듬어 줄 요량으로 손을 뻗었다. 그러나 아이의 결 좋은 연갈색 곱슬머리에 닿기도 전에 찰싹, 그녀의 손이 차갑게 내쳐졌다. 다름 아닌 람에 의해서.

"건들지 마라."

이예주가 놀라서 커다랗게 홉뜬 눈으로 남자를 돌아보았다. 람이 어느덧 시퍼런 살기 어린 눈으로 그녀를 바라보고 있었다. 마치 방금 전 사막 여우를 뜯어 먹던 인간들을 바라보는 것처럼.

그의 까만 눈동자가 가장자리부터 붉은 기운을 띠더니 순식간에 새빨간 색으로 변모했다. 그녀를 향한 적의가 순식간에 드러났다.

"겁에 질린 것이 네 눈엔 보이지 않는 건가."

남자의 말에 이예주가 사막 여우를 돌아보았다. 정말로 그녀의 손을 피해 한껏 목을 움츠린 모양새인 아이가 보였다. 무언가 말을 꺼내기도 전에 남자의 송곳 같은 독설이 그녀의 입을 막았다.

"너희 인간들은 저보다 약한 것들을 보면 쉽게 값싼 동정심을 내비치더군. 그래 봤자 동정이 곧 지배욕으로 변하는 것은 한 끗 차이가 아니더냐. 쓰레기 같은 것들."

살기 어린 시선으로 한마디씩 내뱉는 남자의 말에 이예주의 얼굴이 점차 하얗게 질렸다.

왜, 왜……. 무언가 말을 하려고 했지만 그 베일 것 같은 시선 아래 그녀는 입술을 쉬이 떼지 못하고 달싹거리기만을 반복했다.

이예주는 남자의 시뻘건 눈동자를 바라보며 말하고 싶었다. 왜 그렇게 차갑게 나를 밀어내느냐고. 내가 한 것도 아닌데 왜 그런 눈으로 날 바라보느냐고, 왜. 왜 나만 보면 그렇게 눈동자를 빨갛게, 빨갛게……!

그녀의 몸이 눈에 띄게 부들부들 떨렸다. 사태가 점점 심각해지자 치료를 다 끝낸 조롱이가 얼른 자리에서 일어나 이예주와 남자의 사이를 가로막고 어색한 웃음으로 무마를 시도했다.

"예, 예주 누나, 잠깐 이리로……."

"저, 저기! 저기, 아니에요! 저, 저 겁 안 먹었어요!"

그때 조롱이의 말을 막고 사막 여우가 불쑥 끼어들었다. 그 소리에 놀란 세 쌍의 눈동자가 휙 하고 자신을 향하자 잠시 부끄러운 듯 사랑스럽게 볼을 붉히던 아이는 이예주가 제 위에 덮어 준 천을 만지작거리며 말했다.

"저, 저 때문에 싸우지 마세요. 인간 여자님은 얼굴도 예쁘고 마음씨도 차, 착하신 것 같은데……."

"……."

"아, 저…… 제 이름은 다섯 번째 재빠른 사막 여우…… 아, 아니! 포니예요! 인간 친구였던 데브로가 지어 줬어요. 저기, 어, 인간 여자님은 그러니까…… 주인님을 도와주는 인간이신 거죠?"

"예주 누나는 인간 여자라는 말 싫어해."

이예주의 답을 가로챈 조롱이가 불쑥 끼어들어 대신 답했다. 그러자 아이의 눈이 땡그랗게 커졌다.

"헉! 저, 정말요? 그, 그럼 인간 여자님의 이름을 물어봐도 될까요?"

"예주 누나는 예주 누나야. 나이는 20에서 어…… 3개 더 많은 나이인데, 나이도 어리면서 누나라는 말을 듣고 싶어 하는 이상한 인간…… 아악!"

쿵! 커다란 소리와 함께 조롱이가 제 뒤통수를 부여잡고 털썩 자리에 주저앉았다. 포니의 눈에 그 뒤에서 꽉 쥔 주먹을 휘휘 돌리고 있는 그녀가 보였다.

"악, 진짜! 왜 때려여!"

"이상한 인간? 죽고 싶지, 응?"

"그건! ……아니에여. 저, 절대 이상한 인간 아니에여……."

번뜩이는 그녀의 눈빛에 항의하려던 조롱이가 잠자코 고개를 수그렸다. 깔끔하게 나뉜 승패에 개운한 표정을 지은 이예주가 그때껏 흥미진진하게 그들을 번갈아 보던 포니를 향해 돌아섰다.

"대, 대단해! 인간 여자님은 다른 인간들과는 달리 정말 좋은 분인가 봐요! 황조롱이 신인류와도 굉장히 친한 걸 보니 주인님을 돕는 인간이 맞는 거죠? 그쵸?"

이미 확신에 찬 얼굴로 동조를 강요하는 포니에게 그녀는 대답 대신 행동했다. 천 사이로 삐죽 솟아 있는 사막 여우 귀를 손가락으로 닿을 듯 말 듯 툭 치며 허락을 구했다.

"만져 봐도 돼?"

작은 접촉도 큰 충격으로 다가오는 것처럼 아이가 흠칫 몸을 굳혔다. 이예주는 다시 차갑게 내쳐질 것이 무서워 황급히 등 뒤로 손을 숨겼다.

본인보다 한참이나 작은 자신의 눈치를 보는 인간 여자의 모습에 사막 여우는 굳었던 몸을 조금씩 풀었다. 그러고는 한껏 위축되어 있는 그녀가 넋이 나갈 만큼 맑고 환한 웃음을 지으며 고개를 한 번 크게 끄덕여 주었다.

그녀가 다시 조심스럽게 손을 뻗어 털의 결을 따라 귀를 쓰다듬었다. 아이가 간지러운지 까르르 웃음을 터뜨렸다. 이예주 또한 덩달아 조금 유해진 얼굴로 입가에 미소를 걸쳤다.

"넌 몇 살이야? 4살? 5살? 조롱이는 인간으로 잘 변하던데, 넌 귀는 그대로네? 네가 다섯 번째 재빠른 사막 여우인지 다 알겠다."

"4살이라뇨? 전 벌써 10살이나 먹은걸요!"

신중하게 포니란 이름을 피해 말한 그녀의 의도와 다르게 아이는 전혀 다른 부분을 강하게 부정했다. 오히려 이예주가 놀랄 만한 대답이었다.

"10살? 정말?"

"그럼요! 그래서 인간으로 변신하는 것도 이번이 꼭 두 번째예요. 첫 번째는 쫓기다 덫에 걸려서 변신을 다 못했어요……."

아이가 시무룩하게 중얼거리듯 털어놓았다. 이예주는 여우의 말에 아까 처음 보았던 사막 여우의 몸에 인간 다리만 달린 모습을 떠올리곤 곧 납득했다는 듯 고개를 끄덕였다.

그보다 그녀가 더 놀란 것은 고작 해야 4, 5살, 많으면 6살 정도로 보이는 아이가 무려 10살이나 된다는 사실이었다. 10살이면 초등학교 3학년이란 소린데. 그러나 얼마 안 가 "신인류는 원래 인간 모습의 성장이 더뎌여." 하고 뾰로통하게 덧붙이는 조롱이 덕에 납득이 갔다.

"그렇구나. 두 번만에 변신에 거의 성공한 거면 대단한데? 너희 엄마가 보면 자랑스럽겠다."

퍽 다정하게 구는 이예주의 언행에 조롱이가 옆에서 소름 돋는다며 투덜댔다. 그러나 포니는 전혀 그렇지 않은 듯 감동받은 얼굴로 그녀를 바라보았다. 그에 용기를 얻은 그녀는 조금 더 심도 있는 대화를 유도했다.

"저기, 그런데…… 엄마가 인간들에게 잡아먹히다니? 네 말로는 엄마가 인간들을 도와줬는데, 왜 인간들이 엄마를 잡아먹은 거야?"

그러나 아직은 이른 대화였던 듯 그녀의 말이 끝나기 무섭게 아이가 히끅 히끅 거리더니 눈두덩이에 물방울들을 매달았다. 이에 당황한 이예주가 귀를 쓰다듬던 손을 재빨리 내려 금방이라도 눈물을 쏟아 낼 것 같은 아이의 눈을 부드럽게 닦아 주었다.

"말하고 싶지 않으면 말하지 않아도 돼! 정말이야, 미안해."

"흐, 흐으……."

"그렇지만 네가 말해 주면 혹시라도 너처럼 위험에 처해 있는 다른 신인류를 구해 주는 게 조금 더 쉽지 않을까 싶은데. ……도와줄 수 없을까?"

"……이, 인간님이 어떻게요? 힝, 인간님도 결국은 인간 편이잖아요."

말을 고르느라 쩔쩔맨 그녀의 간절함을 배반하듯 아이의 눈물은 너무나도 쉽게 뚝뚝 떨어졌다. 울음 새로 비치는 인간에 대한 미약한 원망에 이예주의 얼굴이 조금 일그러졌다.

그렇다. 결국엔 그녀 또한 인간이었다.

하지만 그렇다고 해서 배고픔을 참지 못해 어린 생물을 산 채로 잡아먹는 사람들과 똑같은 인간인 것은 아니었다.

"나는 인간이지만 네가 말한 것처럼 너의 주인을 돕는 인간이니까.

이건 아무도 모르는 비밀인데, 너한테만 특별히 얘기해 주는 거야."

이예주가 정말로 특급 비밀을 발설하는 사람처럼 작게 속삭였다. 진심이었다. 만나지 않았다면 외면했겠지만, 이미 포니와 만난 이상 도울 수 있으면 최대한 돕고 싶었다. 그것이 포니를 잡아먹었던 인간들과 다름을 증명할 수 있는 길이라면 더더욱.

그녀의 간절한 눈빛을 이해해 준 걸까. 인간이라는 이유로 경계심을 풀지 않던 포니가 마침내 눈물을 뚝뚝 흘리며 그녀의 손에 머리를 비볐다. 온기를 찾아 바싹 얼굴을 붙이는 행동이 영락없는 아이였다. 여전히 애통하게 눈물을 뚝뚝 흘리고 있지만, 아까처럼 찢어지는 절규 소리는 나오지 않았다.

조금씩 눈물을 그치며 사막 여우가 그간 있었던 일에 대해 털어놓기 시작했다.

"……사막에 이제 '먹이'는 아무것도 없어요."

"……응?"

"인간들이 먹을 수 있는 '먹이'요. 작은 벌레부터 시작해 전갈, 혹은 뱀 같은 곤충들, 사막에서 사는 동물들이나 한 포기 풀조차 인간들이 모두 먹어 치운걸요. 다른 신인류들도 동물의 숲이나 다른 대륙으로 모두 떠나서 엄마와 우리 형제들이 사막의 마지막 신인류였어요."

사막의 대표적인 식물인 선인장 한 줄기도 보지 못한 지난 하루 반나절이 떠올랐다. 모래 위에 있는 것은 오로지 그 위를 새로 덮는 모래뿐이었다. 벌레라면 질색 팔색을 하는 이예주가 비명 하나 안 지르고 푹푹 발이 빠지는 모래를 걸어온 것으로 보아 여우의 말은 사실이었다.

그녀가 심각하게 여우의 말을 되새김하는 사이, 아이가 이어 말했다.

"엄마는 사막에 하나둘씩 모이는 인간들은 모두 약하고 몸이 불편해서 다른 인간들에게 버림받거나 쫓겨난 인간들이니 불쌍히 여겨야 한다고 했어요. 아무리 주인님이 미워하는 인간들이라 하더라도 힘없는 생명을 무조건 죽이는 것은 주인님의 지고하신 뜻에 반하게 되는 거라고요. 그래서 엄마는 불쌍한 인간들을 위해 가끔 검은 파편 조각의 힘을 사용해서 물을 나눠 주고, 조금이나마 사막에서 사는 것을 편하게 만들어 주려고 여러 가지를 도와줬어요."

"물을 나눠 주고 도와주기까지 했다고?"

"네. 우리가 태어났을 적만 해도 버려진 인간들의 수는 많지 않았어요. 물은 적은 수의 인간들이 모두 마시기에 충분했거든요. 인간들은 엄마를 사막의 현자라고 부르며 받들어 모셨어요. 엄마는 몇 번이나 현자가 아니라고 이야기했지만 그들은 듣지 않고 멋대로 엄마를 현자라고 불렀죠."

"……."

"그치만 그건 잘못된 거였어요!"

사막 여우가 돌연 새된 비명을 질렀다.

"사막의 어떤 현자가 물과 먹이를 펑펑 나눠 준다는 소문이 다른 대륙까지 돌아 사막에 유입하는 인간들이 걷잡을 수 없이 많아졌어요! 힘세고 강한 인간들이 마구마구 사막으로 들어오더니 순식간에 사막의 모든 것들을 잡아먹고 그것도 모자라 사막 주변의 숲과 늪지대마저 점령했어요! 사막은 점점 커지고 황폐해져 갔어요. 엄마는 변해 가는 사막을 보고 슬퍼했어요. 그래서 다시는 인간들을 돕지 않겠다고 선언한 뒤에 우리들의 굴로 들어와서 꽁꽁 숨어 버렸어요. 엄마가 처음에 도움을 줬던 불쌍한 인간들이 굴 밖으로 찾아와서 매일같이 빌었지만, 엄마는 절대 나가지 않기로 우리 형제들과 약속했어요."

"……."

"그런데 어느 날, 불쌍한 인간들 중 가장 늙은 인간이 굴에 찾아와 엄마에게 어떤 씨앗을 주고 갔어요. 그 씨앗은 사막 밖의 인간들이 주인님의 손길이 미치지 않는 작물을 개발한 것이라면서, 이것을 사막에 심으면 모든 문제가 해결될 것이니 제발 전처럼 물만 조금씩 내려 달라고 사정했어요. 엄마는 몇 번이나 거절했지만 늙은 인간이 울며불며 매달리는 통에 어쩔 수 없었지요. 게다가 그 늙은 인간은 '포니'라는 이름을 지어 준 제 인간 친구 데브로의 할아버지여서 엄마는 한 번 더 믿어 보자고 생각했던 것 같아요."

"……."

"인간들이 씨앗을 모래에 심기 시작하자, 엄마는 검은 파편의 조각을 이용해 다시 깊은 지하에서 물을 끌어 올려 나누어 줬어요. 한동안 재배로 인해 인간들도 잠잠해진 것 같았죠. 그렇지만 당연하게도 작물 재배는 실패했어요. 인간들의 생존을 돕는 어떠한 것도 주인님의 허락 없인 이루어질 수 없으니까요. 엄마는 인간들에게 '포기'를 가르쳐 주기 위해 실패할 것을 알면서도 물을 주었던 건데, 인간들은 납득하지 않았어요. 급기야 모든 화살을 물을 조금씩만 내려 준 엄마 탓으로 돌린 인간들이 건강한 인간들을 앞세워 우리 굴에 몰래 들어와 검은 파편의 조각을 훔쳐 갔어요."

"……."

"검은 파편의 조각을 되찾기 위해 엄마는 우리 형제들을 데리고 인간 부락으로 갔지만…… 인간들은, 흑…… 인간들은 이미 엄마를 잡을 덫을 다 준비해 놓고…… 신인류를 잡아먹는 축제를 벌인다고 온 부락 인간들을 모아 둔 상태였어요. 엄마랑 형제들은 결국…… 흐으……."

끔찍했던 예전 일이 떠오른 건지 잠시 눈물을 멈춘 사막 여우의 커다란 눈에서 다시금 물방울들이 퐁퐁 쏟아져 나왔다. 이예주는 말없이 부들부들 떠는 아이의 머리를 쓰다듬어 주었다.

포니는 한참을 더 그렇게 눈물을 쏟아 내더니, 이야기를 마무리 지었다. 가까스로 검은 파편의 조각을 찾은 포니만이 동물의 숲으로 도망치다가 덫에 걸려 아까의 험한 꼴을 당한 것이라고. 제 바로 위의 형제를 잡아먹는 것에 오랜 인간 친구였던 데브로가 가장 앞서 달려가는 모습이 인간 부락에서 도망치기 전의 마지막 기억이었다.

아이의 기다란 설명이 끝났음에도 불구하고 이예주는 어떠한 말도 꺼낼 수 없었다. 도움을 베풀었던 상대에게 통렬한 배신을 당한 아이였다. 그토록 잔인하고 비열한 인간들에 대해서 대체 뭐라고 말을 해 줘야 될지 알지 못했다.

딱딱하게 굳은 얼굴을 한 채 아이를 가만히 내려다보고만 있던 그녀를 위로한 건 오히려 사막 여우였다. 훌쩍훌쩍 울던 아이는 숨도 못 쉴 정도로 얼어붙은 이예주를 발견하곤 애써 배시시 웃어 보였다. 그러더니 그녀의 손에서 벗어나 자리에서 힘차게 일어났다.

"그래도 주인님을 만나서 전 이렇게 살았으니 다행이에요! 전 정말 행운이 따르는 사막 여우인걸요!"

고사리 같은 작은 손을 모아 포니가 한 번 더 배꼽 인사를 했다.

"너에겐 내 표식이 있어서 더 이상 사막에서 살 수 없다."

그런 포니를 향해 람이 침착한 말투로 대꾸했다. 그가 사막 여우를 바라보며 손가락을 튕겼다. 그러자 '펑!' 하고 연기가 피어오르더니 어느새 어린아이는 천을 뒤집어쓴 작은 사막 여우로 변해 있었다.

얼굴과 등, 다리에 나 있는 털과는 확연히 다른 검은색의 털이 사막 여우의 목에서부터 배까지 부슬부슬 살랑거렸다. 람은 사막 여우를 변신시킨 손가락으로 그 털을 가리켰다. 포니는 제 모습을 보더니 고개를 가로저었다.

"털은 괜찮아요. 그것보단 주인님의 조각을 삼켜서 배 속에 숨겨 뒀는데, 잃어버린 것 같아요. 주인님, 죄송해요……."

"조각은 널 되살리기 위해 이미 네 몸속으로 흡수되었다. 네 검은 털이 그 증거지. 넌 여전히 신인류겠지만, 검은 털 때문에 사막 여우로서의 자격은 잃은 것이나 다름없다."

남자의 어조는 냉정하고 무뚝뚝했지만 이예주는 보았다. 그의 눈이 다시 검은색 동공으로 돌아가 그녀에겐 한 번도 보여 준 적 없는 다정함을 띠고 있는 것을.

그 모습을 한 발자국 떨어져서 바라보던 그녀의 호흡이 가팔라졌다. 그에게서 차갑게 손이 내쳐지고 싸구려 동정을 내보이는 쓰레기라는 소리를 들었을 때처럼 숨이 턱턱 막히고 가슴이 따끔거렸다. 형용할 수 없는 감정들이 물밀 듯 밀려오던 순간.

"저는 더 이상 사막에서 살고 싶지 않아요. 동물의 숲으로 가서 평생 인간들을 보지 않을 거예요."

사막 여우가 삐죽 솟은 귀를 쫑긋거리며 이예주에게 머리를 들이밀었다. 그녀가 씌워 준 검은 천이 작은 머리통에 아슬아슬하게 매달려 있었다. 천을 다시 돌려주려는 듯 포니가 고개를 까딱거리며 말했다.

"얼굴이 많이 빨개졌어요."

포니의 말처럼 이예주의 얼굴은 홍역에 걸린 아이처럼 울긋불긋하게 변해 있었다. 작열하는 태양에 노출된 피부가 그 짧은 새에 상해 버렸기 때문이다.

자각하기가 무섭게 이마와 코 근처가 따끔따끔거렸다. 아이의 처참한 과거사에 집중한 나머지, 피부가 지글지글 익는 것도 모르고 있었다. 그렇지만 그녀는 포니가 돌려주는 천을 거절했다.

"가지고 갔다가 인간으로 변신하는 일이 생기면 써. 맨몸으로 다닐 순 없잖아."

"저는 더 이상 인간의 모습으로 변하지 않을 거예요. 이 모습이 훨씬 편하거든요. 그리고 저보단 인간님이 쓰는 게 좋을 것 같아요. 전 사막에서 태어난 재빠른 사막 여우인걸요."

"그래도……."

"받아여, 예주 누나."

끝내 망설이던 이예주를 조롱이가 재촉했다.

"사막 여우는 인간보다 태양 빛에 강하다구여."

덧붙여지는 조롱이의 말에 그녀는 포니가 다시 돌려주는 검은 천을 받을 수밖에 없었다.

"고마워."

"저야말로요. 감사해요, 인간님…… 아니, 예주 누나! 예주 누나가 제가 마지막으로 보는 인간이 되겠네요. 잊지 않을게요! 감사합니다."

아무것도 해 준 것이 없는 그녀임에도 사막 여우는 마지막에 그녀를 '예주 누나'라 칭하며 정답게 인사해 주었다. 그녀는 여러 감정이 뒤섞여 진창이 된 제 심정을 억누르고 사막 여우를 향해 웃으며 손을 흔들었다.

"잘 가, 다섯 번째 재빠른 사막 여우야."

"나중에 또 볼 수 있을까요?"

"당연하지. 네가 원한다면 언제든지."

이예주의 대답에 사막 여우가 환히 웃었다. 밤하늘처럼 빛나는 눈과 곱슬곱슬한 검은 털이 인상 깊은 작은 생물이 다시 한번 고개를 꾸벅 숙이더니 뒤로 돌았다.

사막 여우가 총총총 모래사막을 뛰어서 멀어져 갔다. 그 씩씩한 뒷모습이 능선 너머로 사라질 때까지, 이예주는 오래도록 가만히 서서 손을 흔들어 주었다.

그런 인간 여자의 옆모습을 남자가 격랑이 가신 고요한 눈으로 주시했다. 어느덧 시뻘건 눈동자에 들끓던 노기는 사라져 있었지만 포니를 배웅하던 이예주는 눈치채지 못했다.

"……이제 그만 가여, 예주 누나."

조롱이가 곁에 와서 뒤집어쓴 천 자락을 잡아당겼다. 람은 이미 꽤 멀리 떨어져 휘적휘적 걸어가고 있었다. 그런 남자의 앞에 어느새 황혼이 내려앉은 사막의 붉은 태양이 혀를 날름거리고 있었다.

다섯 번째 재빠른 사막 여우 포니를 만난 후 이틀이 지났다. 그러나 이틀만 더 가면 인간 부락이 나올 것이라는 조롱이의 말과는 다르게 사람 그림자도 보이지 않는 사막이 끝없이 펼쳐졌다.

이틀간 이예주는 눈에 띌 정도로 달라졌다. 가끔 약 올리듯 소과를 쥐어 주며 깝죽대던 조롱이조차 힐끔힐끔 눈치를 볼 정도로 말이 없어지고 힘들다며 불평불만 하던 것도 사라졌다.

그뿐만이 아니었다. 배고프다며 육포를 내놓으라고 떼를 쓰지도 않았고, 소과조차 조롱이가 챙겨 줄 때가 아니면 달라는 소리를 하지 않았다.

가끔 체력이 한계에 부딪혀 작열하는 태양 아래 잠시 멈춰 서는 것을 제외하면, 해가 저물어 람이 길을 멈추고 노숙할 장소를 물색

할 때까지 쉴 틈 없이 걸었다.

이예주가 입을 꾹 다물자 약속이나 한 것처럼 람도 아무런 말을 하지 않았다. 그들 무리는 놀라울 정도로 적막에 휩싸였다.

"예주 누나, 소과 줄까여?"

"……."

"예주 누나, 예주 누나? 예주 누나!"

"어, 어?"

히잡 쓴 얼굴을 푹 숙인 채 말없이 터벅터벅 걷던 그녀는 조롱이가 팔을 흔들자 화들짝 놀라 커진 눈으로 그를 돌아보았다. 소과 주머니를 들고 있는 조롱이가 그런 이예주를 묘한 표정으로 바라보고 있었다.

"무슨 생각을 그렇게 해여?"

"……아니야. 생각은 무슨……."

이예주의 가장 달라진 점은 바로 이것이다. 그녀는 포니를 만난 이후 부름도 듣지 못할 정도로 심각한 생각에 잠기곤 했다. 어느 날은 멍하니 허공만 바라보며 사색에 잠겼고, 또 어느 날은 앞서가는 람의 뒤통수를 뚫어져라 바라보며 걷느라 발치의 암석을 피하지 못해 걸려 넘어진 것도 여러 번이었다. 그런 그녀의 행동이 조롱이의 눈에 괴이쩍게 여겨지는 것은 실로 당연한 일이었다.

걱정스러운 빛을 띠는 황금색 눈을 바라보며 그녀가 힘없이 고개를 저었다. 이예주는 눈 밑까지 두른 천을 손으로 잡아끌었다. 검은 천에 숨겨져 있던 얼굴이 볕 아래 드러났다. 태양을 쬐지 않아서 그렇다기에는 혈색이 지나치게 파리했다.

이마에 식은땀까지 송골송골 맺힌 것을 보자 조롱이가 조금 더 염려 깊은 목소리로 물었다.

"예주 누나, 많이 힘들어여? 주인님께 조금만 쉬었다 가자고 할까여?"

"아니야. 조금만 더 걸으면 내리막길일 텐데 뭐."

그들은 꽤 높은 모래 언덕을 오르고 있었다. 사막은 대체 어떻게 생겨 먹은 지역인지 모르겠으나 고지대임에도 티끌 같은 바람 한 점 불지 않을 때가 많았다.

하지만 이예주는 입을 놀려 불평불만을 내뱉기보단, 좋지 않은 안색으로 묵묵히 발걸음을 재촉했다. 그 모습이 꼭 폭풍 전야 같아서 오히려 더 불안한 조롱이었다.

"그래도 예주 누나 안색이 너무 안 좋은데여. 주인님께 물이라도 달라고 해 볼까여?"

그녀는 말없이 고개를 저었다. 그런 이예주를 보며 안절부절못하던 조롱이의 얼굴이 시무룩해졌다.

그가 보기에 이예주는 포니를 만난 이후부터 극심한 우울함을 느끼고 있는 듯했다. 딱히 그녀의 표정이나 말투가 우울하거나 기분이 좋지 않은 것은 아니었지만, 어딘지 모르게 그날 이후 힘이 완전히 빠져 버린 듯했다. 밥 달라고 난리를 치던 전의 그녀가 그리워질 지경이었다.

조롱이가 계속해서 말없이 걷는 이예주의 눈치를 조심스레 살필 때였다. 그들보다 훨씬 앞서 모래 언덕의 정상 가까이에 올라선 람이 우뚝 걸음을 멈춰 섰다. 마치 사막 여우를 뜯어 먹고 있던 인간들을 발견했을 때처럼.

이예주에게 무어라 말을 걸까 고민하던 것도 잊고 조롱이가 제 주인에게로 뛰어갔다. 이예주 또한 서둘러 조롱이를 뒤따라 걸음을 재촉했다.

"어! 인간들이에여!"

조롱이가 모래 언덕으로부터 한참 떨어진 아래를 손으로 가리키며 외쳤다. 과연 그 말은 사실이었다. 열 명 남짓한 인간들이 모래 위에 쭈그려 앉아 있었다. 어린아이 두 명을 제외하고는 모두 성인 남녀로 보였다. 그들은 하나같이 모래 위에서 이상한 행동을 했다.

어떤 이는 흙을 팠고 어떤 이는 판 흙을 덮는 것을 반복했다. 아이, 어른 할 것 없이 비렁뱅이처럼 다 떨어진 남루한 행색이었다. 게다가 바람 한 점 불면 모두 쓸려 날아갈 정도로 하나같이 삐쩍 말라 있었다.

티브이에서나 보던 아프리카 난민처럼 작고 까만 여자아이 하나가 제 엄마를 뒤따라 휘청휘청 자리를 옮겨 다시 땅을 팠다. 한눈에 봐도 고되어 보이는 아이의 움직임에 이예주의 이맛살이 절로 찌푸려졌다.

"조롱이 네가 말한 인간 부락이 여기야?"

이예주가 조롱이에게 시선을 던지자 그가 고개를 휙휙 내저었다.

"아니에여. 농사를 짓고 있는 걸 보니 저 인간들은 포니가 말한 버려진 인간들일 거예여. 부락을 이룬 인간들은 모두 퉁퉁하고 힘이 센 인간들인걸여. 부락에는 시간족도 섞여 있어여. 저들은 시간족 같아 보이지 않아여. 돌연변이거나 그냥 힘없는 약한 인간들로 보이는데여."

"농사를 짓는다고? 물도 없이 사막에서 농사를 어떻게……."

골이 깊게 파인 이예주의 미간이 한층 더 깊어졌다. 이해가 안 간다는 듯 중얼거린 그녀의 말에 드디어 람이 입을 열었다.

"저것들은 사막의 현자인 사막 여우가 죽었다는 사실조차 모르는 것들이다. 그저 씨를 심으면 사막 여우가 물을 내려 주기 때문에 계속해서 저 짓거릴 반복하고 있는 거겠지."

제 어미를 따라 모래를 헤집던 작은 아이가 아슬아슬하게 비틀거리더니 끝내 털썩 쓰러졌다. 10살 내외로 보이는 아이였다. 어쩌면 그보다 더 많을 수도 있다. 저렇게 비쩍 곯은 것으로 보아 제대로 된 발육 상태일 리가 없었다. 사막보다 더 황폐하고 삭막한 인간들을 이예주가 망연자실하게 바라보고만 있던 그때였다.

쾅! 엄청난 굉음이 울리더니 인간들이 모여 있는 장소에서 얼마 떨어지지 않은 곳의 모래가 갑작스레 폭발했다. 여파가 얼마나 거세던지 꽤 먼 거리에 서 있는 이예주의 무리조차 휘청거릴 정도로 커다란 진동이 울렸다.

"아아아악!"

"끄아아아악!"

"사, 살려, 살려 줘!"

인간들이 한순간에 괴성을 지르며 혼비백산 흩어졌다. 폭발이 일어난 장소에서 뿌연 모래 먼지가 몽글몽글 피어올라 원인이 무엇인지 잘 보이지 않았다. 다만 왠지 모르게 기괴한 소리가 먼지 사이로 뿜어져 나올 뿐이었다.

"끼기, 끼기기긱."

마치 학교 칠판을 손톱으로 긁는 것 같은 소리가 퍼져 나오자 이예주가 귀를 틀어막았다.

"꺄아아악!"

어디선가 여자가 찢어지는 비명을 질렀다.

"기기기긱, 끼기익."

괴상한 소리가 끊이질 않고 이어지는 와중에 드디어 뿌연 연기가 가셨다.

"히, 히카톤! 히카톤이에여!"

조롱이가 허옇게 질린 얼굴로 소리 질렀다. 연기가 가신 자리에, 그녀로선 상상도 못했던 거대한 괴물이 모래 위로 솟아올라 있었다. 이예주가 지금껏 숲에서 만난 그 어떤 괴물들도 저것에 비하면 모두 귀여운 수준일 터였다.

"끼이이이익—!"

웬만한 전봇대 열 개를 합친 것보다 두꺼운 두 다리, 그 위 몸통이 있을 자리에 수백, 수천 개의 다리가 달려 있었다. 그 위론 층이 나눠진 것처럼 다시 수백, 수천 개의 팔이 달려 있었고, 맨 위의 꼭대기 층엔 수천 개의 사람 머리통이 다닥다닥 달려 있었다. 그 모든 것이 괴물의 몸통이었다.

어느 머리는 눈을 희번덕하게 뒤룩뒤룩 굴리고 있었고 또 어느 머리는 혓바닥을 길게 내뺀 채 날름거렸다. 또 다른 머리는 귀까지 찢어진 입술로 낄낄 웃으며 목을 한 바퀴 도로록 굴렸다.

쿵. 괴물을 지탱하는 굵직한 다리가 한 발자국 움직이자 맨 위층에 달려 있는 수천 개의 머리가 괴성을 지르고, 두 번째 층의 팔들이 허공을 휘휘 휘저어 댔으며, 마지막 층의 다리들은 지네 다리처럼 샤샤샤샥 움직여 댔다.

"끼긱, 끼기기긱."

괴물의 걸음은 느리지만 한 발자국 움직이는 것만으로도 도망가는 인간들의 바로 뒤까지 접근할 수 있었다. 수천 개의 팔 중 몇 개의 팔이 괴성을 지르며 달리고 있던 인간 남자 하나를 쉽게 잡아챘다. 그리고 그다음은…….

"끄아아악—! 끄윽."

찌이익, 우둑, 우두둑. 수십 개의 손에 몸이 잡힌 남자가 버둥댈 틈도 없이 순식간에 여러 조각으로 찢어졌다. 붉은 피가 분수처럼 허공에 쏟아졌다. 팔들은 각자 잡은 남자의 몸통들을 맨 위층, 수천 개의 얼굴들에 가져다 댔다. 얼굴들이 남자의 조각조각을 미친 듯이 씹어 먹기 시작했다. 우둑, 우두둑.

“으, 우욱.”

이예주가 그 역겹고 끔찍한 광경을 보며 저도 모르게 헛구역질을 했다.

그뿐이 아니었다. 괴물의 몸 뒤편에도 똑같이 달려 있던 팔들이 계속해서 도망치는 인간 몇몇을 잡아챘다. 그들은 앞의 남자와 같은 과정을 거쳐 수백 개의 머리통에 달린 입 속으로 사라졌다.

괴물에게서 시선을 떼 고개를 돌리던 그녀의 눈에, 한 모녀가 포착된 것은 결코 우연이 아니었다.

아까 엄마를 뒤따르다 쓰러진 여자아이와 아이의 엄마가 괴물로부터 필사적으로 도망치고 있었다. 그러나 아이는 힘이 없어서 자꾸만 쓰러졌다. 아이의 엄마가 애 타는 몸짓으로 아이를 들어 올리려고 했지만, 그녀 또한 힘이 부치는지 자꾸만 도망길이 늦춰졌다.

“끼기기긱, 끼긱.”

쿵, 쿵. 괴물은 육중한 몸을 움직여 순식간에 모녀의 뒤를 따라잡았다. 문어 다리처럼 이리저리 움직이던 팔들 중 하나가 아이를 잡아채기 직전인 절체절명의 순간. 아이의 엄마가 아이의 몸을 세게 밀쳤다. 곧이어 아이를 잡아채려던 팔이 아이 대신 어미의 머리채를 잡아 쥐었다.

여자아이는 엄마에게 밀쳐진 채로 멍하니 주저앉아 제 앞의 거대한 괴물을 올려다보았다. 우둑, 우두둑. 엄마의 상체가 피를 흩뿌리며 사라져 갔다.

아이의 머리 위에서 엄마의 두 다리가 하늘하늘 흔들렸다. 영혼이 빠져나간 텅 빈 눈. 고작 10살 남짓 되어 보이는 아이가 그것을 바라보더니 입을 들썩였다.

"……엄마."

—……엄마.

고등학교 들어가 처음으로 사귄 친구들이 같이 시내를 가자는 것도 뿌리치고 집으로 돌아왔을 때였다. 이예주가 제일 먼저 발견한 것은 천장에서 흔들리는 엄마의 두 다리였다.

짝, 그녀는 손을 들어 제 볼을 후려갈겼다. 그리고 다시 앞을 보았다. 변함없었다. 엄마의 두 다리는 여전히 공중에서 춤을 추듯 하늘하늘 흔들리고 있었다. 엄마. 엄마.

"엄마."

그녀는 다시 눈을 떴다. 천장에 매달린 엄마의 다리를 멍하게 바라보고 있는 17살의 자신이 있던 자리에, 엄마가 괴물에게 잡아먹히는 장면을 멍하니 보고 있는 여자아이가 있었다.

"도와주세요."

이예주가 번뜩 람의 옷자락을 부여잡았다. 남자가 무표정하게 그녀를 돌아보았다. 시뻘건 눈동자가 사막 여우를 보았을 때완 다르게 무심한 빛을 띠고 있었다. 그 현저한 차이에 그녀의 표정이 절박하게 일그러졌다.

"도와줄 수 있잖아요. 도와주세요. 도와주세요!"

"내가 왜 그래야 하지?"

남자가 무뚝뚝하게 내뱉었다. 그녀가 비명처럼 소리 질렀다.

"어린아이잖아요!"

"같잖은 동정심 이야기는 이틀 전에 끝냈던 걸로 아는데."

심드렁한 목소리에 남자의 옷자락을 부여잡았던 이예주의 손이 힘없이 떨어져 나갔다. 그녀의 고개가 죄인처럼 아래로 떨궈졌다. 그 위로 람의 차가운 목소리가 가차 없이 쏟아졌다.

“만약 구한다 쳐도 어미를 잃은 새끼를 어떻게 감당할 거지. 네가 데려가 키우기라도 할 건가? 아니면, 제 목숨도 부지하지 못하고 도망치는 저 인간들에게 다시 맡기기라도 할 건가. 언제 또다시 히카톤이 나타나 쓸어버릴지도 모르는 저 인간 무리에게로 말이다. 저 계집아이가 너에게 퍽이나 고마워하겠군.”

“…….”

“내가 힘을 쓴다 쳐도 저 어린것이 살려 주었다고 너를 은인 취급이라도 해 줄 것 같나? 쥐뿔도 없이 약해 빠진 너를?”

“…….”

“힘도 없는 네가 내 힘을 빌려 제 목숨을 구제해 준 것을 알면 저 계집아이는 오히려 너를 조롱하고 비웃을 것이다. 동정심은 약한 것들의 특징이지. 제 앞가림도 하지 못하는 것들이 꼭 저보다 약한 것들을 보면 안쓰러이 여기더군.”

남자의 신랄한 어조에 검은 천을 뒤집어쓴 그녀의 어깨가 눈에 띌 정도로 부들부들 떨렸다. 조롱이가 그런 이예주의 눈치를 보며 “예, 예주 누나…….” 하고 애처롭게 불렀지만 떨림은 점점 거세지기만 했다.

“동정……?”

이예주가 혼잣말처럼 작은 목소리로 중얼거렸다.

“……누가 누굴 동정해? 나도 매일 죽음 속에서 살고 있는데…….”

“…….”

“꿈을 꾸고 일어날 때마다 기도가 턱턱 막혀. 오늘은 또 어떤 일이 내 숨통을 죌까, 오늘은 과연 문을 통과할 수 있을까. 그렇게 벌벌 떨고 있는 내가 동정을 해?"

"……."

"당신 말이 맞아. 난 힘도 없고 약해 빠져서 누구를 도와줄 처지도 못 돼. 그래서 엄마를 잡아먹고 살았는데도 쓰레기보다 못한 인간처럼 살았는걸. 그런데 동정?"

단 하루도 남의 눈치를 보지 않은 적이 없었다. 언제 '문'이 나타날까. '문'이 나타나더라도, 그걸 넘으면 그 뒤엔 어떤 일들이 펼쳐질까. '문'을 넘느라 갑자기 사라진 이예주를 다른 사람들이 어떻게 여길까.

엄마가 죽은 후 이예주는 능력에 대한 강박관념으로 하루하루 피폐해졌다. 웃음이 사그라지고 말이 없어졌다. 고2부터 대학생이 된 이후까지 사람들은 그녀를 '무당년' 혹은 '친구들 죽이고 살아남은 년' 혹은 '저주받은 신들린 년'이라 불렀다.

그랬다. 저 때문에 애완동물이었던 봉구와 엄마를 죽이고, 수학여행에서 곧 죽을 친구들을 외면한 채 혼자서 살아남고. 그렇게 진흙탕을 뒹굴며 악착같이 살아남은 게 쓰레기 같은 이예주의 인생이었다.

그녀가 고개를 번쩍 쳐들었다. 람을 노려보는 그녀의 눈빛이 사나웠다. 사납다 못해 부글부글 끓는 감정이 피를 토하듯 그녀의 눈에서 쏟아져 나왔다.

"그딴 걸 왜 해?"

"……."

"내가 왜! 어차피 죽으면 모든 게 다 끝인데!"

"……."

"난 절대 안 죽을 거야!"

이예주가 처절한 절규처럼 외쳤다.

"난 살 거야. 기필코 살아남아서 과거로 돌아갈 거야! 과거로, 과거로 돌아가서! 쓰레기 같은 내 인생을 바로잡을 거라고!"

남자가 곱게 둘러 주었던 검은 천이 그녀의 손에 거칠게 벗겨졌다. 천이 펄럭거리며 허공을 가르고 떨어질 때.

"끼긱, 기기기긱—"

"예, 예주 누나!"

이예주는 달렸다. 능선 아래로, 아래로 달렸다.

멍청하게 주저앉아 있는 아이 앞에서, 괴물이 하늘하늘 흔들리던 아이 엄마의 다리까지 우둑우둑 씹어 먹는 중이었다.

"헉, 헉……."

능선을 타고 미친 듯이 뛰어 모래 언덕을 거의 다 내려왔을 때쯤 그녀의 입에서 거친 신음 소리가 터져 나왔다. 아이의 엄마를 찢어 삼킨 수천 개의 손이 어느새 멍하니 바닥에 주저앉아 있는 아이에게까지 마수를 뻗치기 시작했다.

"얘!"

이예주가 입을 열어 찢어지는 고음을 내질렀다.

"야, 야! 멍청하게 앉아 있지 말고 일어나!"

그러나 "기기기긱." 하고 고막을 괴롭히는 소리에 묻혀 아이에게까지 전달되지 않은 건지 아이는 여전히 미동 없이 앉아 있었다. 수십 개의 손이 허공을 허우적거렸다. 금방이라도 아이를 잡아 찢을 듯 수많은 손이 움직일 때마다 햇빛에 반사된 손톱들이 섬뜩하게 빛났다.

맨 아래층에 달려 있는 수백 개의 다리들이 덩달아 미친 듯이 허공을 움직여 댔다. 괴물의 몸통에 붙어 있지만 않았으면 당장이라도 달려갈 기세였다.

"기기긱, 끼기기긱."

아이를 발견한 맨 꼭대기 층의 대가리들이 마치 환호하듯 입을 벌려 끔찍한 비명을 질렀다. 아이가 워낙에 작아서 괴물은 한참이나 그 역겨운 몸뚱이를 바닥 가까이 숙여야 했다.

그러나 그 행동은 여의치 않았는데, 괴물의 반대편에 달린 팔들도 도망가는 인간들을 향해 계속 손을 뻗어 대고 있었기 때문이다. 그 탓에 괴물은 쉬이 중심을 잡지 못했다. 하나의 몸에 붙어 있음에도 불구하고 각각의 개체에 개별적인 의지가 깃들어 있는 듯한 몸짓이었다.

수천 개의 머리도, 팔도, 다리도 인간과 매우 흡사했지만 그것들이 살아 있는 것처럼 각각 움직여 대니 오히려 더 역겹고 괴기스러운 분위기를 자아냈다.

양쪽으로 손을 뻗어 대는 탓에 괴물을 지탱하고 있는 거대한 다리가 비틀비틀 거렸다. 괴물이 한 번 커다란 발을 움직일 때마다 그 주위로 뿌연 모래 먼지가 피어올랐다. 가까이서 본 괴물은 3층 건물을 웃돌 만큼 거대했다.

멀리서 볼 때와는 차원이 다른 역겨운 모습에 지척까지 다가간 이예주는 몸을 덜덜 떨었다. 꽤 조심스럽게 다가갔으나 수천 개나 다닥다닥 달려 있는 머리들이 그녀를 발견하지 못할 리가 없었다.

"기기기긱, 기기긱!"

머리 중 하나와 이예주의 눈이 마주치는가 싶더니 이어서 수십, 수백 개의 희번덕한 눈빛들이 머리 위로 쏟아졌다.

쿵, 쿵. 넘어질 듯 말듯 비틀대던 괴물의 거대한 다리가 가까스로 균형을 잡고 땅 위에 바로 섰다. 아이도 모자라 그녀까지 가세된 마당에 이쪽으로 무게가 쏠리는 건 어쩌면 당연한 일이었다.

"끼기기긱."

칠판 긁는 소리가 다시 한번 사막을 가득 메웠다. 괴물의 몸뚱이가 아이 쪽으로 빠르게 기울어졌다. 그와 동시에 팔들이 내뻗어지자 이예주는 앞뒤 볼 것 없이 아이 쪽으로 있는 힘껏 몸을 날렸다.

"끼긱, 끼이이익."

그녀의 두 손이 아이를 낚아챌 때, 섬뜩한 손톱들이 그녀의 휘날리는 머리를 스쳐 지나갔다. 그 순간은 꼭 슬로우 모션을 구경하는 것처럼 느리게 흘러갔다. 이예주의 머리카락을 스친 수많은 손들 중 하나가 그녀의 머리 끝자락을 쥐어 잡았다. 하지만 부드득 하는 밧줄 끊기는 소리와 함께 머리칼 한 움큼만 쥐고 그녀를 놓치고 말았다.

"악! 아! 아윽!"

아이를 품에 안은 이예주는 모래 바닥에 세게 부딪혀 몇 번이나 뒹굴었다. 얼마나 온 사력을 다해 몸을 내던졌는지 돌뱀을 만났을 때나 식인을 하는 외눈박이 삼 형제들을 만났을 때와는 차원이 다른, 온몸이 부서지는 충격이 그녀를 강타했다.

헐렁한 후드티 안으로 까슬까슬한 모래가 물밀듯 들어왔다. 입까지 범람하는 모래에 정신을 차릴 틈이 없던 그때, 목표를 놓친 괴물이 "끼이이익!" 하고 약이 바짝 오른 괴성을 지르며 그녀와 아이를 찾아 쿵, 쿵 몸을 움직였다.

괴물의 거대한 발로부터 얼마 떨어지지 않은 곳에서 이예주는 간신히 엉망이 된 몸을 일으켜 앉았다. 등잔 밑이 어둡다는 말이 이때 나오는 것인가. 수천 개의 사람 대가리들이 맨 밑이 아니라 맨 위층에 달려 있었기 때문에 괴물의 다리 근처에 있던 이예주와 아이는 다행히도 아직 포착되지 않았다.

"아흑, 으……. 야, 괜찮아?"

구르는 와중에 긁혔는지 오른쪽 볼이 불에 닿은 듯 화끈거렸다.

이어서 주룩하고 무언가 흘러내리는 느낌이 들었다. 안 봐도 그것이 뭔지 뻔해 굳이 손을 들어 확인하지 않았다.

이예주는 그보다 모래에 반쯤 파묻히듯 박혀 있는 아이를 들어 올리는 것을 선택했다. 제대로 못 먹고 자랐을 거라 생각은 했지만 정말 놀라운 무게였다. 아이가 사람이라고는 믿기지 않을 만큼 가볍게 모래 속에서 뽑혔다.

비쩍 마른 작은 몸은 이예주의 꼴보다 더 심하면 심했지 결코 괜찮지 않았다. 천 쪼가리 하나 걸친 비루하고 까만 몸에 힘이 하나도 들어가 있지 않자 그녀가 빠르게 아이를 얼렀다.

"괜찮아? 어디 다친 데 없어? 왜 대답을……."

혹시나 다친 데가 있을까 싶어 아이를 채근하던 이예주는 뚝 말을 멈췄다. 격하게 몸을 굴렀음에도 아이의 얼굴엔 표정이 하나도 없었다. 초점 없는 눈은 허공을 바라보고 있었다.

빛이라곤 하나도 없는 그 눈이, 아무런 생각도 없어 보이는 그 모습이 너무나도 익숙했다.

천장에 달린 실링 팬으로부터 이어진 전선줄에 목이 매달려 덜렁덜렁 흔들리던 엄마. 반드시 과거로 돌아가겠다고 독하게 손목을 긋던 자신. '과거'로 돌아가는 방법을 포기할 때까지 얼마나 지겹도록 보아 왔던 제 눈이었던가.

그래서 이예주는 더는 말을 이을 수 없었다. 아이의 엄마는 곱게 죽은 것도 아니고, 심지어 눈앞에서 괴물에게 수천 조각으로 찢겨 죽었다.

"……하긴. 미치지 않을 리가 없겠지."

그녀가 한숨처럼 중얼거렸다. 그리고 손을 들어 제 뒷머리를 매만졌다. 안 그래도 불에 그슬려 돼지 털처럼 까슬하던 뒷머리가 괴물에게 뜯겨 목 위로 훌쩍 짧아졌다.

손에 닿는 감촉이 사포처럼 거칠거칠했다. 다른 머리는 어깨 정도의 길이인데 뒷머리만 목 위로 깡똥 올라와 있으니 제 꼴이 얼마나 우스꽝스러울지 안 봐도 훤히 보였다.

"생긴 것도 개 같은 게 감히 내 머리채를 잡아 뜯어?"

이예주는 울상을 짓고 중얼거렸다.

"기이이익."

마치 그 욕설을 들은 것처럼 괴물이 괴성을 지르자 그녀는 곧바로 퍼드득 몸을 떨며 입을 다물었다.

쿵, 쿵. 아직 제 밑에 몸을 숨긴 이예주를 찾지 못한 건지 괴물이 이리저리 둔중하게 발을 움직였다. 그때마다 온 천지가 진동해 아이와 그녀의 몸 또한 들썩거렸다. 그녀는 금방이라도 울 것 같은 얼굴로 위를 올려다보았다.

자, 이제 네 몸 가는 대로 질렀으니 이젠 어떻게 할 거니, 예주야.

그녀의 눈에 괴물의 육중한 다리 사이가 들어왔다. 생식기 대신 빽빽하게 달려 있는 수백 개의 인간 다리들이 보였다. 죽은 사람의 피부처럼 핏기라곤 하나도 없는 허옇고 창백한 그것들이 공중을 내달리듯 머리 위에서 휙휙 움직여 댔다. 끔찍한 모습에 몸이 사시나무처럼 떨렸다.

무섭다. 무서워 죽을 것 같다. 하마터면 아이의 엄마처럼 수백, 수천 조각으로 찢겨 죽을 뻔했다. 괴물의 손에 잡혀 뒷머리가 부드득 하고 뜯기는 소리가 아직도 귓가에 생생했다.

간담이 서늘하고 심장이 발광하듯 쿵쾅거렸다. 서울에서 용암을 피할 때 불에 뒷머리가 그슬린 일은 이 날을 대비한 액땜이었을지도 모른다.

"……미친년."

그녀는 이번엔 괴물이 아닌 자신을 욕했다. 다시 하라고 하면 곧 죽어도 다시 하지 않을 미친 짓거리를 했다. 대체 무슨 생각을 하고 이 정신 나간 짓을 한 건지 저조차도 모를 일이었다.

봉구도, 엄마도 아닌 생판 모르는 여자아이 하나를 위해 이렇게 몸까지 내던지다니. 이 세계에서 너무 충격적인 일이 계속 반복되어 자신의 머리 한구석이 어떻게 돼 버린 것이 분명했다. 그렇지 않고서야 제 목숨 유지하는 것을 삶의 지표로 삼고 있는 자신이 여기까지 뛰어들 리 없었다.

"미쳤어."

정신이 완전히 나갔다. 이를 악물고 그렇게 읊조리면서도 그녀는 아이의 손을 놓지 않았다. 정말 통탄스럽게도 이제 막 자신이 미쳤다고 깨달았지만 이미 늦어 버린 후였다. 자신은 벌써 물불 안 가리고 뛰어든 후였다. 아이를 놓든, 놓지 않든 이제는 괴물을 피해 살아남을 수 있을지 잘 모르겠다.

괴물은 아직도 그녀와 아이를 찾고 있었다. 그 와중에 도망가다 잡힌 여자 하나가 괴성과 함께 수천 개로 찢겼다. 눈에 보이진 않지만, 위에서 후드득 떨어지는 핏물을 보자 쉽게 정황을 추측할 수 있었다.

이대로 괴물 밑에 수그리고 있어도, 아이를 품에 안고 전력을 다해 람과 조롱이가 있는 모래 언덕으로 뛰어도, 어느 것을 선택하든간에 괴물에게 잡아먹힐 것은 자명한 일이었다.

게다가 모래 언덕으로 뛰어간다 한들, 람이 도와줄지도 미지수다. 그 차가운 기세로 봐서는 도와주긴커녕 그녀가 괴물 밥이 되는 틈을 타 조롱이와 함께 제 갈 길을 가 버릴 확률이 더 컸다.

"……자, 얘야. 이제 어떻게 하면 좋을까."

"……."

아이는 답하지 않았다. 굳이 답을 바라고 한 질문도 아니었기 때문에 그녀는 실망하지 않았다. 그때, 눈이 시리도록 환한 빛이 그녀의 다친 뺨을 따갑게 찔렀다. 이예주는 고개를 돌렸다.

"……미치겠네."

거짓말처럼 '문'이 열려 있었다. 아무것도, 미래가 아무것도 보이지 않는 하얗게 빛나는 '문'이. 마치 삼류 드라마같이 돌아가는 이 환장할 상황에 이예주는 통탄했다.

그녀는 환하게 빛나는 '문'을 잠시 바라보다가 고개를 내려 제 품에 힘없이 안겨 있는 아이를 내려다보았다. 초점 없는 눈동자를 바라보는 그녀의 얼굴이 위태롭게 일그러졌다.

그날은 처음이자 마지막으로 봉구를 산책시켜 준 날이자 이예주의 열다섯 번째 생일이었다. 마트 옆에 있는 공원에 그녀를 내려 주면서 엄마가 봉구의 목줄을 꼭 쥐여 주었다.

장 보고 올 테니 봉구랑 공원 몇 바퀴 돌고 있어. 봉구 자식은 내 말 듣지도 않는데 어떻게! 그럴 리가 있나. 우리 봉구가 예주 누나를 얼마나 잘 따르는데?

그 짧은 대화가 아직도 생생했다. 그날만큼은 봉구도 이예주의 귀빠진 날이란 걸 알았는지 거짓말처럼 잠잠하게 그녀를 따랐기 때문이다.

공원을 도는 내내 앞서거니 뒤서거니 하며 봉구는 아무런 말썽 없이 산책을 즐겼다. 쳇바퀴처럼 공원을 뱅뱅 도니 지겨워진 것은 오히려 이예주였다.

그런 그녀의 앞에 공원으로 놀러 온 같은 학교 친구 몇 명이 나타났다. 소심하고 주변머리 없는 성격 때문에 협소한 인간관계를 유지하고 있는 이예주에게 그 관심은 메마른 땅에 내리는 단비와도 같았다.

—어, 이예주? 너 강아지 키웠어? 예쁘다. 만져 봐도 돼?

여자아이들은 하얀 털이 몽글몽글한 작고 귀여운 봉구를 조심스럽게 어루만졌다. 왕 짖으며 바르르 털을 떠는 봉구의 재롱에 다들 까르르 웃음을 터뜨렸다. 반면에 야구공을 두어 번 주고받던 남자아이들은 이예주의 애완견 훈련에 열성을 냈다.

—얘 공도 물어 와? 가서 이거 물어 와!

그녀의 손에 감겨 있던 목줄이 스르륵 부드럽게 풀렸다. 공을 따라 봉구가 헥헥 거리며 뛰어가자 여자아이들은 강아지에 대한 관심을 끊고 학교 생활로 금세 화제를 전환했다.

그때만 해도 능력의 심각함을 전혀 모르던 이예주는 그저 평범한 여자아이 중 하나였다. 친구들의 조잘댐에 휩쓸려 대화에 집중한 것은 어찌 보면 당연한 수순이었다.

한참 수다를 떨던 도중 문득 섬뜩한 기분이 들었다. 이예주가 봉구를 다시 찾았을 때, 봉구는 굴러가는 야구공을 쫓아 열심히 공원 끄트머리를 향해 달리고 있었다.

—봉구야!

엄마 목소리면 자다가도 벌떡 일어나는 봉구가 왜 항상 자신의 말에는 듣는 시늉도 안 했는지. 그녀는 아직도 그 이유를 알 수 없었다. 확실한 건 달려가는 봉구를 쫓아 그녀 또한 내달렸다는 사실뿐이었다.

공이 멈출 줄 모르고 계속해서 데굴데굴 굴러갔다. 이윽고 주먹만 한 야구공이 멈췄을 때, 봉구는 차도 한가운데 서 있었다. 빠앙— 시끄러운 경적이 울렸고.

—봉구야!

봉구를 쫓던 그녀 또한 차도로 뛰어들었다. 빵, 빠앙. 자동차 경적 소리가 그녀의 정신을 흩뜨렸다. 그 아수라장 한가운데에서 왕왕 짖어 대는 봉구를 간신히 잡아 들어 올렸을 때, 이예주의 앞에 '문'이 열렸다.

'문' 안에서 반대편 주차장을 나오는 엄마가 보였다. 거친 경적 소리가 고막을 찢을 듯 바로 귀 옆에서 울리자 그녀는 망설임 없이 봉구를 들고 '문'을 넘었다.

차들이 쌩쌩 달리는 차도 한가운데에서 선택지는 그것 하나뿐이었다. 게다가 그때까지만 해도 그녀에게 '문'을 넘는 능력이란 생존하기 위한 수단일 뿐이었으니 그녀의 행동은 나름 정당성이 있었다. 하지만 정당성이 모든 변명이 되어 주지 않듯, 생존을 위한 수단이 저주가 되는 것은 한순간이었다.

다시 눈을 떴을 때 이예주는 주차장에서 빠져나오는 엄마의 앞에 우뚝 서 있었다.

—……예주?

엄마가 이예주를 발견하고 뛰어오다가 그녀 너머의 뒤를 바라보았다. 이예주 또한 뒤를 돌았다.

사고는 이미 발생한 후였다. 반대편 차도 한가운데에 소나타 하나가 정차해 있었고 차 주인이 밖으로 나와 바닥을 보며 얼굴을 붉히고 있었다. 그가 바라보는 바닥에 피투성이가 된 무언가가 놓여 있었다. 피로 물든 하얀 털이 하늘하늘 바람에 날렸다.

—에잇, 재수 없게!

목격자들의 말로는 개가 무언가에 묶인 듯 도로 한복판에서 멈춰 움직이지 않았다고 했다. 개를 친 운전자는 웬 여자아이 귀신이 나타나 개를 들어 올렸다고 진술했다. 워낙에 순식간에 일어난 일이라 목격자와 운전자 양쪽 다 이예주를 보지 못한 듯했다.

이예주는 아무런 말도 하지 않았다. 그리고 아무도 처벌받지 않았다. 그녀가 아닌 그녀의 '개'가 죽었기 때문이다.

엄마는 그녀의 잘못이 아니라고 말했다. 하지만 이예주는 자신이 봉구를 죽였음을 잘 알고 있었다.

자신이 봉구를 데리고 '문'을 넘지 않았다면 봉구는 반대편 차선으로 뛰어가 살았을지도 모른다. 봉구를 잡지만 않았으면. 아니, 애초에 봉구를 놔두고 여자애들과 조잘대지만 않았으면.

길을 가다가 봉구만 한 흰 강아지를 보면 가슴을 짓누르는 죄책감에 눈도 마주치지 못했다. '문'이 열리는 능력은 생존의 수단도 뭣도 아니었다. 그것은 그녀를 미치게 만드는 저주이자 조잡한 핑계에 불과했다.

"끼이이익."

괴물이 마침내 이예주 찾기를 포기했는지 마저 도망가는 인간을 찾아 '문'이 있는 쪽으로 육중한 다리를 움직였다. 괴물의 시점에서 보니 발이 푹푹 빠지는 모래 위에서 필사적으로 도망가는 삐쩍 곯은 인간이 얼마나 느려 터졌는지 알 수 있었다.

그녀는 람이 서 있는 모래 언덕을 쳐다보았다. 괴물이 일으킨 먼지바람 때문에 잘 보이지 않았지만, 굳이 자세히 보지 않아도 그의 얼굴을 어렵지 않게 떠올릴 수 있었다.

버려지만도 못한 것이 객기 부린다고 여기겠지. 어쩌면 자신 따윈 죽든 말든 신경 쓰지 않을지도 모른다. 인간 박멸을 소원할 정도로 인간을 증오하는 남자니까.

람은 그녀를 바라볼 때마다, 인간을 바라볼 때마다 눈이 시뻘게졌다. 그 시뻘건 눈에서 뿜어져 나온 살기와 증오가 얼마나 깊을지 감히 상상도 할 수 없었다. 가끔은 조롱이한테 하는 것처럼 다정하게 대해 주는 것 같아도, 남자는 항상 자신을 증오하고 있다. 그러니 그에게 더 이상의 도움을 바랄 수는 없었다.

이예주는 고개를 돌려 그녀를 환영하듯 환하게 빛나는 '문'을 바라보았다. 봉구의 죽음 이후로 '문'은 언제나 그녀의 목을 졸라 왔다. 혼자서만 살아남은 자신의 비열함을 대변해 주는 듯한 수단.

더러웠다. 봉구를 죽이고 살아남은 자신이, 엄마를 죽이고 같은 반 친구들이 죽을 줄 알면서도 혼자 살아남은 자신이 더러웠다. 더러워 죽을 것 같으면서도 환하게 빛나는 '문'을 넘어 목숨을 부지하는 데엔 언제나 망설임 따윈 없었다.

"……너 나 믿어?"

이예주가 그때까지 제 품에서 멍하니 허공만 쳐다보고 있는 아이를 향해 조용히 속삭였다. 당연하게도 돌아오는 대답은 없었다.

"난 나 못 믿어."

"……."

"너무 억울해하지 마. 못 미덥겠지만 그래도 널 구해 주러 이런 나라도 왔잖아?"

그녀가 종잇장처럼 가벼운 아이를 들고 자리에서 일어났다.

크아아악! 몇 발자국 움직이지도 않았는데 괴물이 도망가는 남자를 쉽게 잡았다. 그러고는 그를 몇십 조각으로 찢어서 나누어 먹었다.

끼기기기긱. 위치가 바뀌자 다닥다닥 붙어 있는 수백 개의 머리통들이 아이를 들고 있는 이예주를 발견했다. 팔들이 곧바로 그녀와 아이를 잡기 위해 공중을 허우적거렸다. 그 모습을 보며 이예주는 이를 악물었다.

"난 우리 엄마 죽을 때."

그녀가 중얼거리며 아이를 바닥에 내려놨다. 아이를 안고 푹푹 발이 빠지는 모래 위를 뛴다는 것은 불가능했다.

끼기, 기긱. 그녀와 아이를 발견하고 비명을 지르는 머리통들이 점점 더 많아졌다. 쿵, 쿵. 그에 따라 괴물이 그들 쪽으로 서서히 움직이기 시작했다.

"……아무도 없었어, 씨발."

"끼기, 기이익."

"뛰어—!"

이예주가 비명을 지르며 아이 손을 잡고 '문'의 반대편으로 뛰기 시작했다. '문'을 등지자 당장이라도 그녀를 집어삼킬 듯하던 빛이 더 이상 보이지 않았다.

애초부터 저런 거대한 괴물을 두고 계획 따윈 없었다. 괴물에게 잡혀 죽을 걸 생각하면 지금도 다리가 후들거리고 자리에 주저앉고 싶을 만큼 두려웠지만, 어차피 이예주의 삶이란 언제 죽어도 이상하지 않은 죽음의 연속이었다.

끼기기긱! 쿵쿵. 소름 끼치는 칠판 긁는 소리와 땅을 울리는 거대한 진동 소리가 반복됐다. 아이는 뛰는 게 아니라 그녀에게 잡혀 억지로 끌려왔다.

괴물을 피해 도망가던 다른 인간들처럼 몇 발자국 걷지 않았는데도 아이의 뒤에 금세 수십 개의 팔이 따라붙었다. 두 개의 손이 날카로운 손톱을 바싹 세우며 아이의 머리채를 잡으려 들었다. 이예주가 성급히 아이를 제 쪽으로 휙 강하게 잡아당기며 몸을 틀어 뒹굴었다.

"아, 아악!"

하지만 이번에는 운수가 따르지 않았다. 어설프고 둔한 몸놀림에 아이는 무사했으나, 몸을 트는 와중에 그녀의 팔은 괴물의 손톱을 피하지 못했다.

아이를 잡아채려고 갈고리 모양으로 잔뜩 힘을 준 손이 시멘트 반죽에 철근 박히듯 쉽게 이예주의 팔에 박혔다. 말랑한 팔뚝에 깊게 박힌 손톱이 왼쪽 어깨 근처부터 팔꿈치까지를 사선으로 찢었다. 후두둑, 이예주의 피가 공중에 흩뿌려졌다.

그녀는 아이를 안은 채 다시 몇 번을 뒹굴었다. 그녀가 뒹군 자리에 찢어진 팔로부터 흘러나온 다량의 핏물이 모래 안으로 스며들어 자국을 만들었다.

"콜록, 콜록! 으…… 흐윽."

이예주는 거센 기침을 내뱉으며 모래투성이인 몸을 힘겹게 들었다. 얼마나 깊게 찢어졌는지는 모르겠으나 왼팔엔 뜨거움 이외에 아무런 감각도 들지 않았다. 둑 터진 것처럼 계속해서 피가 흘러나와 옷과 모래를 흠뻑 적셨다. 아찔한 피의 향연에 그녀는 도저히 제 왼팔을 돌아볼 용기가 나지 않았다.

"끼이이익!"

쿵쿵. 다 잡은 이예주와 아이를 간발의 차로 놓친 괴물이 다시금 다가왔다. 뿌연 연기 사이로 거대한 3층짜리 괴물의 형상이 보였다.

샤샤샷, 샤샤샥. 이미 이예주를 잡은 것처럼 쥐었다 폈다 하는 팔들의 소리가 귓가에서 울리듯 커다랗게 들려왔다. 아이는 아까처럼 일어날 생각도 안 하고 그대로 모래 속에 파묻혀 있었다. 살려는 의지가 없는 것 같았다.

쿵. 드디어 괴물의 두꺼운 다리가 그들의 앞에 멈춰 섰고 수천 개의 팔이 일제히 눈앞에 쏟아졌다. 이제 더 이상 도망칠 수도 없었다. 그녀는 눈을 질끈 감고 아이를 감싸 안았다.

"기긱, 기기기긱!"

"흐으윽!"

곧 닥쳐올 고통에 덜덜 떨던 그때.

"……어디까지 하나 지켜봤더니. 고작 이건가?"

몸을 찢는 끔찍스러운 팔들 대신 얼음장처럼 차가운 목소리가 그녀의 머리 위로 쏟아졌다. 이예주는 천천히 고개를 들었다.

"끼기기긱."

코앞에 수십 개의 손이 멈춰져 있었다. 그 팔들 위로 마치 공중에 떠 있는 것처럼 검은색 가죽신이 가볍게 놓여 있었다. 이예주는 고개를 조금 더 쳐올렸다. 온통 검은색으로 뒤덮여 있는 커다란 인영이 보였다. 역광 때문에 얼굴이 보이지 않았으나, 이젠 서늘한 말투만 들어도 누군지 알 수 있었다.

"정신 나간 것."

"……."

"제 동족에게 산 채로 뜯어 먹힐 뻔한 것을 불쌍히 여겨 살려 놨더니, 감히 내 앞에서 이런 발칙한 짓거리를 해?"

뜨겁게 내리쬐는 역광 사이로 형형히 빛나는 시뻘건 눈이 보였다. 제 피에 젖은 모래를 더덕더덕 묻힌 이예주의 얼굴이 왈칵 일그러졌다.

그녀가 누워 있는 모래 위로 투둑 투둑 물방울이 떨어졌다. 이내 걷잡을 수 없이 많은 양의 물들이 그녀의 눈에서부터 뺨을 타고 흘러내렸다. 남자는 여전히 냉철한 표정으로 이예주를 내려다보고 있었다.

"……도와 달라고 했잖아요."

짠 눈물이 다친 뺨을 타고 흘러 따끔거렸지만 그것도 모를 정도의 서러움이 울컥울컥 눈을 타고 쏟아져 나왔다. 저만 보면 빨간색으로 변하는 남자의 시뻘건 눈부터 시작해서, 포니를 만질 때 차갑게 내쳐진 손, 아이를 구해 달라는 자신을 벌레처럼 바라보던 시선까지.

서러워. 어느 하나 서럽지 않은 게 없었다.

"저들을 보아라."

남자는 그런 그녀의 울음을 신경 쓰지 않고 도망쳐서 간신히 살아남은 인간들을 냉정하게 가리켰다.

"자세히만 봤어도 성한 데 없는 병신들이란 것을 알아챘겠지."

"……."

"죽음을 목적으로 같은 인간들에게서도 버려진 자들이다. 포악한 히카톤을 잠재우기 위한 제물들이지. 먹이만 먹고 바로 잠들 괴물이 흥분해서 이젠 멀쩡한 인간 부락까지 쓸어버릴 것이다, 멍청한 네 행동 때문에!"

화가 난 건지 남자의 시뻘건 두 눈이 형형하게 이예주를 노려보았다. 그녀의 멍청함을 비난하듯 그 눈 안에는 살기와 혐오감이 잔뜩 서려 있었다.

"그렇게 죽고 싶나?"

"……."

"죽고 싶어서 환장했냐고 물었다."

"흑, 흡…… 죽고 싶긴 누가 죽고 싶어요……."

"그런데 대체 왜 이따위 정신 나간 짓을……!"

"그럼! 그럼 어떡해요!"

이예주가 남자의 말을 막고 신경질적으로 소리 질렀다.

"죽을 걸 알고도 가만히 보고만 있을 순 없잖아요! 당신이 얼마나 끔찍하고 잔인한 인간들만 보고 살아서 날 그렇게 미워하는지 모르겠지만, 평범한 인간이라면 아이가 죽을 위기에 처했을 때 모르는 척하지 않아요. 그렇게 더럽고 미친 인간들만 있는 건 아니라고요!"

"닥치고 그것이나 이리 내."

남자가 더 듣기 싫다는 듯 그녀의 품에 있던 아이에게 손을 뻗었다.

"안 돼요."

그녀는 아이를 안은 채 몸을 와락 돌렸다. 팔을 격하게 움직여서 그런지 환부에서 뜨끈한 피가 쏟아지는 것이 느껴졌다.

"죽고 싶지 않으면 내놔라."

"……."

"당장."

람이 험악하게 미간을 찌푸리며 윽박질렀다. 그와 만난 이래 이처럼 화를 낸 적은 처음이라 더럭 겁이 나면서도 이예주는 끝내 아이를 건네지 않았다.

"죽일 거잖아요."

"어차피 죽을 목숨이야."

"……왜요?"

"쓸데없는 말장난할 시간 없다. 환부를 확인해야 하니 그것 이리……."

"왜 죽을 목숨이냐고요!"

그녀는 절규를 토해 내듯 비명 질렀다.

"살아야지. 하루하루가 지옥 같아도. 진짜 더럽고 거지 같아도 살아야지. 살아남아서!"

눈물이 다친 뺨에 닿으면서 피가 섞여 흘러내렸다. 꼭 피눈물이 흐르는 것처럼. 벌겋게 눈에 핏발이 선 이예주의 얼굴이 눈에 띄게 창백했다.

"살아남아서, 엄마를 되살려야지!"

그녀의 입술이 어느새 시퍼렇게 변색되어 있었다.

이예주는 그것 하나 때문에 지옥 같은 삶을 계속해서 연명했다. 포기하는 척했을 뿐이지, 실제로 포기한 적은 단 한 번도 없었다. 과거로 갈 수 있다는 희망 하나 때문에, 그 하나 때문에 끔찍한 일들의 연속인 인생에서 미치지 않고 버틸 수 있었다.

과거로 가서 엄마를. 신이 더 허락한다면 수학여행에서 죄 없이 죽어 버린 친구들을, 그보다 더 허락된다면 자신 때문에 죽어 버린 봉구를.

이예주는 엄마를 잃어버린 이 여자아이에게 기회를 주고 싶었다. 제겐 아무도 주지 않았던 살아남을 기회, 살아남을 동기를.

"살아, 살아남아서. 언젠간 엄마를…… 악!"

"예, 예주 누나!"

그때 언제 다가왔는지 모를 조롱이의 걱정 어린 외침이 들렸다. 그녀는 불현듯 팔을 타고 엄습하는 엄청난 고통에 눈앞이 새하얘졌다.

소리도 제대로 나오지 않는 고통 속에서 한참을 헤매다가 간신히 시야가 돌아왔을 때는, 람이 험악한 손길로 그녀의 다친 팔을 왁 문 아이의 머리채를 잡아 내던진 이후였다.

남자의 억센 손아귀에 종잇장처럼 가벼운 아이가 손쉽게 괴물의 육중한 다리 사이로 날아가 반대편 모래 속에 처박혔다. 그러나 아픔도 느끼지 않는 건지 이예주의 품에선 죽은 듯이 있던 아이가 벌떡 일어나 그대로 괴물을 향해 뛰기 시작했다.

"아, 안 돼……."

"예주 누나, 안 돼여!"

이예주가 아이를 향해 달려가기 위해 자리에서 비척비척 일어났다.

그러나 조롱이의 걱정스러운 손길에 의해 다시금 자리에 앉혀졌다.

안 돼, 안 돼! 그녀는 절박하게 외쳤다. 그런 그녀를 비웃듯 남자의 딱딱한 음성이 다시금 쏟아졌다.

"저 계집아이의 어미는 히카톤의 일부가 되었다. 이미 죽은 것들은 어떻게 해도 되살릴 수 없어."

되살릴 수 없다. 람이 말이 천둥처럼 쾅 하고 이예주의 귓가에 쑤셔 박혔다.

"끼기기기긱."

괴물은 아이를 향해 마구 팔을 뻗었지만, 움직일 수 없었다. 그도 모자라 이예주를 잡기 위해 몸을 땅 가까이로 숙인 그 자세로 멈춰 있었다. 땅으로부터 솟은 모래가 마치 밧줄처럼 괴물의 온몸을 칭칭 감고 있었기 때문이다. 람이 그렇게 만든 것 같았다.

하지만 움직일 수 없는 괴물이라도 모래 사이로 얼기설기 뻗어져 있는 팔에 아이가 닿는 것은 어쩔 도리가 없었다.

"엄마, 엄마."

아이가 엄마를 외치며 팔을 타고 필사적으로 기어올랐다. 아이는 정확히 한곳을 바라보며 움직이고 있었다. 이예주는 멍하니 아이의 시선을 따라 고개를 움직였다.

그 끝에 눈에 익은 얼굴이 하나 있었다. 자식 대신 괴물에게 잡아먹힌 아이 엄마의 머리였다. 아이 대신 절박하게 몸을 내던지던 그 얼굴이 이제는 기어 올라오는 아이를 내려다보며 입꼬리가 찢어져라 웃고 있었다. 기, 끼기기긱! 벌어진 입술 사이로 소름 끼치는 괴물의 괴성이 튀어나왔다.

"엄마, 엄마."

계속해서 팔을 타고 기어오르던 아이는 얼마 못 가 뻗어진 팔 하나에 다리를 잡혔다.

"아, 안 돼! 그만해!"

그다음은 이예주의 비명이 끝나기도 전에 일어났다. 팔, 다리, 머리, 몸. 아이를 붙잡는 팔이 하나, 둘, 수십까지 늘어났다. 분수처럼 허공에 피가 사방으로 튀었다. 역한 비린내와 함께 후드득 핏빛 비가 내렸다.

"끼익, 끼기긱."

아이의 신체를 쥔 수십 개의 팔들이 제 주인의 머리통에 그것을 쑤셔 넣기 위해 있는 힘껏 팔을 뻗었지만, 괴물을 휘감고 있는 모래 밧줄 때문에 그것을 머리가 있는 꼭대기 층까지 올리지 못했다.

"왜…… 왜……."

이예주가 입술을 벌벌 떨며 말을 잇지 못하고 멍하니 그 광경을 바라보았다. 그녀는 아이를 도무지 이해할 수 없었다. '문' 포기하면서까지 살려 낸 아이였다. 그런데 대체 왜. 왜 죽음을 향해 자발적으로 몸을.

"그래도 히카톤의 일부가 되지 않았으니 운이 좋은 계집아이군."

"……."

"안타까워할 것도, 불쌍히 여길 필요도 없다. 저것은 인간들이 스스로를 가두기 위해 만든 감옥이나 마찬가지이니."

넋이 나간 듯 멍하니 괴물이 하는 양을 바라보고 있는 이예주를 힐끗 바라보며 남자가 다시 말을 이었다.

"내게서 검은 안개를 훔쳐 간 시간족 혹은 그 후손이 검은 안개를 더럽힐 짓거리를 하고 죽어 버리면 저런 괴물이 되어 되살아나지. 검은 안개를 저 지경까지 더럽힐 짓거리라는 것은 이미 살아생전 인간으로서의 삶을 포기했다는 뜻이다. 제가 죽은지도 모르는 저 역겨운 것은 끝도 모르고 살아 있는 모든 것을 잡아먹지. 저것 때문에 사막에는 아무것도 살지 못한다."

"……."

"잡아먹힌 인간들은 산 것도 죽은 것도 아닌 상태로 히카톤의 일부가 된다. 괴물에게 달린 수많은 역겨운 것들 중 하나가 되어 또 다른 제 종족을 잡아먹고 사는 거지. 더럽혀진 검은 안개 때문에 남은 것은 먹어도 먹어도 채워지지 않은 허기와 독기뿐일 테니."

"……."

"저것들은 자연으로 다시 되돌아갈 수 없다. 히카톤 안에서 다른 에너지들과 뒤섞여 뭉쳐진 쓰레기 덩어리가 되지. 서로가 서로를 옥죄어 빠져나갈 수 있는 틈 따윈 없다."

"……."

"영원히 사막에 갇혀 허기와 독기로 몸부림칠 것이다. 내가 굳이 손댈 필요조차 없지. 히카톤은 인간들이 스스로 내리는 원죄다."

남자가 멍한 얼굴로 모래 위에 앉아 있는 그녀의 앞에 몸을 굽혀 앉았다. 한참 위에서나 보이던 빨간 눈동자가 코앞에서 그녀와 눈을 맞췄다.

그가 한 손을 뻗어 그녀의 다친 뺨을 조심스레 어루만졌다. 그 행동이 남자의 눈과는 다르게 너무나도 다정해서 이예주는 잠시 멈췄던 눈물이 다시 왈칵 쏟아졌다.

"……히카톤의 손에는 독기가 묻어 있다. 스치기만 해도 위험한 맹독이지. 그러니 어서 치료를 해야 한다, 인간."

젖은 그녀의 눈동자가 남자를 올려다보더니 다시 뜨거운 물을 뚝뚝 내뱉었다. 이예주는 남자와 같은 신의 영역에 있지 않아서 도저히 묵묵한 남자를 이해할 수도, 이해하려는 노력도 할 수 없었다.

람은 그녀의 손에서 벗어난 아이가 제 어미를 찾아 괴물에게 뛰어들 것을 이미 알고 있었다. 그럼에도 막지 않았다. 어차피 죽을 운명이었다는 이유 하나만으로.

"왜…… 왜요? 당신이 저 괴물을 죽이고 구해 주면 안 되는 거였어요?"

"……."

"왜요? 살면 안 돼요? 죄 없는 사람들인데. 괴물만 죽이면…… 괴물만 죽이면 살 수 있는 사람들인데……."

이예주가 어린아이처럼 눈물을 뚝뚝 흘리며 매달리듯 남자를 바라보자 그가 그녀의 얼굴 위로 작게 한숨을 내쉬었다.

그는 자리에서 불쑥 일어나 모래에 묶인 괴물 쪽으로 몸을 틀었다. 끼이이이익, 남자가 뒤로 돌아서자마자 괴물에 달려 있는 머리통들이 끔찍한 비명을 내질렀다.

뿌드득, 뿌득뿌득. 마치 몸통을 잘라 낼 것처럼 얼기설기 괴물의 몸을 휘감고 있던 모래 밧줄이 무서운 기세로 괴물의 온몸을 옥죄기 시작했다. 압박감으로 인해 괴물의 몸이 터질 듯 팽창했다.

쾅—!

괴물이 나타나던 때와 비교도 안 되는 엄청난 굉음이 사방 천지에 울려 퍼졌다. 동시에 옥죄는 힘을 견디지 못한 괴물의 몸이 풍선 터지듯 펑 터져 버렸다. 3층 건물만 하던 거대한 괴물이 제가 잡아먹던 인간들처럼 순식간에 수천 개의 조각이 되었다.

후드드득. 괴물의 파편이, 아니 수백, 수천의 인간들의 파편이 하늘에서 비처럼 쏟아져 내렸다. 털썩털썩, 가끔 육중한 무게의 살덩이가 커다란 소리를 내며 위협스럽게 떨어지기도 했다.

그러나 귀신이 곡할 노릇으로, 람의 뒤에 있는 조롱이와 이예주 주변으로는 아주 작은 부스러기조차 떨어지지 않았다. 보이지 않는 힘이 그들 주위를 휘감고 있는 것처럼 파편이 허공에서 튕겨져 나갔다.

폭발하듯 터진 괴물의 몸에서 피 대신 검고 투명한 젤리 같은 것들이 쏟아져 내렸다. 이예주의 곁에서 한 발자국 떨어진 채 그것들을 바라보던 조롱이의 입에서 “세상에.” 하고 경악에 가득 찬 신음소리가 튀어나왔다.

“누나도 저거 보이져? 저 검은 안개여. 검은 안개가 눈에 보일 정도로 저렇게 더러워지다니여. 어떤 인간인지 저 히카톤의 본 주인이 살아 있을 때 정말 지독한 인간이었나 봐여…….”

조롱이가 끔찍하다는 듯 몸을 부르르 떨며 탄식했다. 터진 괴물 조각들에 붙어서 바닥으로 철퍽철퍽 떨어진 그 젤리 같은 것들이 살아 있는 유동체처럼 꾸물꾸물 바닥을 움직였다.

그것들은 이내 떨어진 괴물의 살 조각들에 달라붙었고, 다시 꾸물꾸물 움직여 다른 살 조각에 달라붙어 있는 것들과 빠른 속도로 합쳐졌다. 괴물의 파편이 바닥에 다 떨어지기도 전에 팔 하나가 완성되었다.

“죽여도 소용없다. 이렇게 온몸을 못 쓰도록 터뜨려 놔도 그때뿐이지. 한 시간도 채 되지 않아 다시 원래의 제 몸을 찾을 것이다.”

람이 충격에 젖은 이예주를 돌아보며 짧게 설명을 덧붙였다. 조각들이 살덩이로, 살덩이가 다시 팔 혹은 다리, 혹은 머리통으로 빠르게 뭉쳐지는 모습을 바라보던 그녀의 눈이 문득 한곳을 향해 고정되었다. 그것은 이예주가 포기한 ‘문’이었다. 문이 아직도 환한 빛을 내며 열려 있었다.

꽤 멀리 떨어져 있는 장소임에도 불구하고 커다란 폭발 덕에 ‘문’ 주변에 많은 시체 조각들이 떨어져 있었다. 그녀의 동공이 순간 커다랗게 확장되었다. 검은색 젤리 같은 것들이 꾸물꾸물 움직여 이예주가 포기한 문 안으로 기어 들어가고 있었다.

우연이 아니었다. 그것들은 정확히 '문'이 목적이라는 듯 붙어 있던 살 조각까지 내버리고 환하게 빛나는 문 너머로 끊임없이 기어갔다. 그러는 도중, 아무것도 투영하지 않고 하얗게 빛나던 문이 한차례 일렁이더니 장면 하나가 떠올랐다. 멀리 떨어져 있는 것을 보기 위해 이예주가 눈물로 흐릿한 눈을 비벼 내곤 다시 바라보았다.

문 안에 덫에 걸린 작은 사막 여우가 보였다. 괴로운지 뜨거운 모래 바닥에 몸을 비비며 발버둥 치는 사막 여우의 검은 눈 안에 고통이 가득 차 있었다.

"……포니?"

이예주가 멍하니 중얼거렸다. 작은 사막 여우는 분명 포니였다. 동물의 숲으로 향하던 포니가 다시 덫에 걸린 것일까?

아니다. 그녀는 곧바로 자신의 생각을 부정했다. 람이 포니를 되살리면서 새로 생긴 까만 털이 '문' 안의 사막 여우에겐 없었다. 하지만 그 사막 여우는 분명 포니였다.

이예주는 문을 더 자세히 보기 위해 비틀거리며 자리에서 일어났다. 눈물을 닦아 냈음에도 불구하고 이상하게 앞이 흐렸다가 선명해지길 반복했다.

"예, 예주 누나."

위태롭게 휘청거리는 그녀를 조롱이가 걱정스럽게 불렀지만, 그녀는 굴하지 않고 한 발자국 움직였다. 그 작은 움직임에도 속이 메스껍고 머리가 어질거렸다. 금방이라도 넘어질 것처럼 비틀거리던 그녀를 누군가 강하게 잡아챘다.

"결계 밖으로 나가면 위험하다."

"이, 이거 봐요. 문으로 가야 돼……."

이예주가 창백한 얼굴로 중얼거리며 다시 문을 향해 고개를 돌렸을 때, 환한 빛을 뿜으며 열려 있던 문이 희미해지기 시작했다. 사라지기 시작한 것이다.

"문이…… 문이……."

그녀가 사라지는 '문'을 바라보며 두 팔을 허우적거리자 람이 미간을 좁히며 말했다.

"무슨 문을 이야기하는 거지. 네가 바라보는 쪽엔 아무것도……."

"헉! 주인님, 저쪽만 검은 안개가 다시 합쳐지지 않고 있는데요?"

이예주의 '문'이 있는 쪽이었다. 남자가 조롱이의 말을 듣고 한층 더 인상을 찌푸리며 잠시 생각에 잠겼다.

"……빛이 더러워진 검은 안개를 삼키고 있군. 인간, 네가 한 짓인가."

하지만 이예주는 람의 뜻 모를 질문에 대답할 수 없었다. 갑작스레 무너지듯 쓰러졌기 때문이다.

"인간!"

"예주 누나!"

람과 조롱이가 동시에 이예주를 불렀다. 그녀는 무어라 대답하기 위해 입을 열었지만, 그 순간 불쑥 치솟는 구역질에 다시 입을 다물 수밖에 없었다. 머리가 핑핑 돌고 눈앞이 샛노랬다.

"왜…… 왜…… 살아야지……."

이예주는 구역질 때문에 입을 꾹 다물고 싶었으나 그녀의 입은 방언 터진 사람처럼 제멋대로 헛소리를 지껄여 댔다. 괴물에게 찢긴 팔이 불에 타는 듯 뜨겁게 화끈거렸다.

"살아서, 살아서……."

"헛소리 그만 지껄이고 어서 팔을 이리 내."

"엄마를…… 엄마를……."

남자가 우악스럽게 다친 그녀의 왼팔을 잡아챘다. 시뻘건 피가 멈추지 않고 꾸역꾸역 쏟아져 나와 그녀의 피부를 온통 붉게 적시고 있었다. 그는 서둘러 손을 잡고 지그시 힘을 주었다. 사막 여우를 되살렸을 때처럼 그의 손에서 검푸른 색의 어두운 빛이 쏟아져 나왔다.

간질간질하고 시원한 빛무리가 이예주의 팔을 타고 환부로 기어갔지만 그녀는 눈앞이 팽글팽글 돌아 그것을 느낄 틈이 없었다. 이윽고 검푸른 빛이 팔을 모조리 감쌌다. 벌어진 상처에서 쉴 새 없이 쏟아지던 피가 스펀지에 빨리듯이 다시 상처로 스르르 스며들었다.

그러나 그뿐이었다. 사막 여우보다는 비교적 양호한 상처임에도 불구하고 뼈와 살을 순식간에 이어 붙인 힘이 그녀에겐 더 이상 먹히지 않았다.

"독 때문일까여? 더 이상 치료가 안 돼여, 주인님."

조롱이가 이예주의 머리맡에서 울상을 짓고는 훌쩍거렸다.

"사막 여우를 치료할 때 페어리니들도 다 써 버렸는데. 히잉, 어떡해……."

"……독 때문이 아니다."

"에, 에?"

"대체 어떻게 생겨 먹은 계집이기에 감히 내 힘을……."

미간을 좁히며 시뻘건 눈을 빛내던 람은 그 순간, 검은 빛 사이에서 무언가를 발견하고는 딱딱하게 얼굴을 굳혔다.

이예주는 여전히 하얗게 질린 얼굴로 헛소리를 지껄여 대고 있었다. 독 때문에 그녀의 입술은 이제 보랏빛에 가까웠다.

"엄마를…… 엄마를 찾아서……."

"……너."

무섭도록 시린 빨간 눈이 그녀의 왼쪽 손목의 끝부터 반대편 끝까지 경계를 나누듯 그어져 있는 흉측한 흉터에 못 박혔다.

"다리족이 아니었군."

"에엑? 그, 그럼……."

"검은 안개를 거치지 않고서 이 몸을 유지할 수 있을 리가 없지. 죽음이 몸을 반쯤 잠식한 상태라서 내 힘조차 들지 못하는 것이다."

가끔 인간 여자가 기척조차 내지 않고 사라질 때가 있었다. 멸족 위기에 처한 다리족치곤 꽤 훌륭한 힘을 가진 인간이라고 내심 생각했으나, 그게 아니었을지도 모른다.

생명이 꺼진 이후로는 람의 힘조차 별수 없었다. 꺼져 가는 생명을 되살릴 수는 있어도 이미 꺼진 생명을 살리는 것은 람도 할 수 없었기 때문이다. 인간 여자의 몸은 이미 반쯤 죽은 상태로 멈춰 있었다.

"가끔 기척을 느끼지 못했던 이유가 이것 때문인가."

람이 이예주를 내려다보며 알 수 없는 소리를 읊조렸다. 이 우매하고 어리석은 인간 여자는 제 손목을 그었을 것이다. 그때 죽었어야 할 숨을, 무언가가 강제로 늦춰 연명하게 만들고 있었다.

"그, 그럼 어떡해여, 주인님? 예주 누나 죽어여?"

황조롱이가 덜컥 두려움 가득한 눈으로 제 주인과 인간 여자를 번갈아 바라보았다. 남자는 시뻘건 눈동자를 스르륵 움직여 주변을 둘러보다가 짧게 한숨을 내쉬었다.

"다른 곳으로 가야겠군."

피 냄새를 맡고 사방에서 삿된 것들이 음울한 소리를 내며 스멀스멀 기어 오는 것이 느껴졌다. 사막 한가운데는 위험했다. 이토록 피를 내뿜으며 무방비하게 널브러져 있다간 쥐도 새도 모르게 먹혀 버린다. 그것이 인간이든 괴물이든…….

람은 히카톤의 독 때문에 흔들거리는 이예주를 들쳐 안았다. 그때까지 사경을 헤매며 알 수 없는 말들을 늘어놓던 그녀의 초점 없는 눈이 람의 시뻘건 눈에 고정되었다.

"……어린것이."

"……."

"왜 죽으려 들었던 거지."

그것을 끝으로 이예주는 어둠 속에 빨려 들어가듯 정신을 잃었다.

쪼륵, 쪼르륵. 어디서 물 따르는 소리가 이예주의 신경을 건드렸다. 청량하고 맑은 물소리는 그녀의 잠을 깨우듯 꽤 가까운 곳에서 연달아 울렸다.

물비린내가 났다. 며칠간 사막에서 뒹굴며 메마르고 버석거려진 심신마저 시원하게 만드는 냄새였다. 이예주는 맑은 물소리를 따라 고개를 돌리려고 했지만 웬일인지 몸 위에 바윗덩이라도 얹은 것처럼 꿈쩍도 할 수가 없었다.

"으…… 으응……."

그녀가 아이처럼 칭얼거렸다. 그러자 누군가 부드럽게 그녀의 뺨을 쓰다듬으며 말을 건넸다.

"입 벌려."

뺨을 쓰다듬는 손길과 달리 거부할 수 없을 만치 강압적인 명령이었다. 이예주가 비몽사몽 무심결에 입을 작게 벌리자 그녀의 입술 사이로 알약처럼 뭉툭하고 딱딱한 무언가가 쏙 떨어졌다. 그 뒤를 이어 꿀럭꿀럭 시원한 물이 밀려 들어왔다.

"삼켜."

심장까지 저릿하게 울리는 낮은 저음이 다시 명령했다. 그러나 제 정신이 아닌 그녀가 그 명령을 제대로 이행할 수 있을 리 없었다.

"흐응……."

이예주의 입에 쏟아부었던 물이 피부를 타고 그대로 주르륵 흘러내렸다. 물까지 친히 챙겨 주었건만 삼키진 못할망정 다시 모조리 뱉어 버리는 그녀의 꼴을 바라보고 있던 누군가가 후, 낮은 한숨을 내쉬었다. 그 결에 그녀의 앞머리가 살랑 흔들렸다.

"입."

벌리란 말도 하지 않았건만 이예주는 반사적으로 입을 벌렸다. 그런 그녀의 입을 부드러운 무언가가 삼키듯 덮었다. 벌려진 이 사이로 매끄러운 덩어리가 불쑥 침범했다. 그것을 따라 시원한 물줄기가 조금씩 조금씩 입 안으로 쏟아져 들어왔다.

이예주는 물의 차가움에 몸서리를 쳤다. 그 와중에 그녀의 입 안을 한가득 메운 뭉클한 것이 무언가를 찾듯 곳곳을 더듬거렸다. 그것은 이내 방금 전 입에 넣어 둔 딱딱한 것을 찾아 그녀의 목구멍 쪽으로 밀어 넣었다.

마치 먹이를 받아먹는 아기 새처럼 매끄러운 덩어리를 쪽쪽 빨며 물을 꼴깍꼴깍 받아 마시던 이예주는 어느 순간 식도를 타고 딱딱한 것이 꿀떡 넘어가는 것을 느꼈다. 이어서 입을 점령하고 있던 무언가가 잡을 새도 없이 쑤욱 빠져나갔다.

"꽤 아플 것이다."

남자가 입가에서 작게 속삭였다. 이예주는 '흐응' 하고 우는소리를 냈다. 아픈 것은 싫다고 얘기한 것 같기도 하다.

얼마 안 가 그녀의 왼쪽 팔뚝이 타들어 가듯 뜨겁게 달아올랐다.

통렬한 고통이 뇌를 엄습했다. 그 엄청난 자극에 눈을 뜨지 않았음에도 눈앞이 껌껌해지는 것만 같았다.

"아…… 아파, 아파……."

"쉬, 괜찮아. 곧 지나갈 거다."

"흐흑…… 아파…… 아파요……."

팔뚝이 떨어져 나갈 것 같은 강렬한 통증에 이예주가 사경을 헤매며 누군가의 품 안으로 파고들었다. 껴안은 몸이 멈칫하고 굳었으나 그녀는 개의치 않고 더 깊게 얼굴을 묻었다.

시원한 냄새가 났다. 아까 맡았던 물비린내와 비슷하기도 하고 아닌 것 같기도 한 냄새가 물씬 풍겨 와 아픔이 조금 가시는 것 같았다.

뇌리를 강타하는 고통은 그로부터 한참이 지난 후에야 서서히 가라앉았다. 그와 함께 누군가의 품에 안겨 울던 이예주 또한 천천히 고른 숨을 내쉬며 진정할 수 있었다.

팔뚝의 아픔이 완전히 가셔서 얼얼함만 남겼을 때, 그녀는 메마른 목이 타서 연신 신음을 내뱉었다.

"물…… 물……."

몇 시간 내내 고성방가라도 지른 것처럼 끔찍한 쇳소리가 입술을 타고 흘러나왔다. 물을 찾는 그녀의 입술 위를 다시금 순면같이 부드러운 감촉이 덮쳐 왔다.

아까와 같은 뭉클한 덩어리를 타고 시원한 물줄기가 입 안으로 뚝뚝 떨어졌다. 이예주는 입 안에 든 것을 있는 힘껏 빨아 꼴딱꼴딱 물을 받아 마셨다. 그렇게 몇 번을 반복하던 행위는 다행히도 그녀가 마음껏 물을 섭취한 후에야 끝이 났다.

이예주는 잠시 그대로 누군가의 품에 안겨 잠을 청하려다가 그것은 예의가 아니라는 생각이 들어 부스스 잠에서 깨어났다. 꾹 감겨 있던 눈꺼풀이 파르르하고 떨리더니 그녀의 두 눈이 게슴츠레하게 뜨였다.

"여기…… 여, 여기가 어디……."

분명 눈을 떴음에도 불구하고 꿈을 꾸고 있는 듯 정신이 멍했다. 공중에 몸이 붕 떴다가 내동댕이쳐지는 듯한 느낌이 반복되었고 귓가에 이명이 들리는 한편, 눈앞이 팽글팽글 돌았다.

아득하게 덮치는 현기증 때문에 이예주가 "아아……." 하고 작게 신음하자 머리 위에서 그녀를 도와줬던 사람이 입을 열었다.

"아직 독기가 가시지 않아 어지러울 테니 누워 있어라."

"안 돼…… 학교 가야 되는데……."

"헛소리를 하는군."

"마녀가…… 심리학 마녀가 F를……."

남자의 말처럼 헛소리를 계속해서 연발하며 이예주가 스윽 주위를 둘러보았다. 깜깜한 밤이었다. 그러나 작은 호수가 은은하게 달빛을 반사하고 있어서 주위는 그다지 어둡지 않았다.

어디서 물비린내가 나는가 했더니, 이예주와 그녀를 품에 안고 있는 누군가는 호수 바로 근처에 앉아 있는 상태였다. 호수 주변에 야자수로 추정되는 나무 몇 그루가 정갈하게 자라 있었다.

"……오아시스?"

혹시 제가 꿈을 꾸고 있는 게 아닌가 싶어 이예주가 두 손으로 눈을 비비고 다시 주위를 둘러보았다. 그러자 아까보다 더 기상천외한 장면이 눈앞에 펼쳐졌다.

잔잔한 물 위로 날개 달린 요정 같은 것들이 둥처럼 떠올라 물의 흐름에 몸을 맡긴 채 반짝반짝 빛났다. 마치 별이 수놓아진 밤하늘을 그대로 옮겨 놓은 것만 같이 예쁜 광경이었다.

그것을 바라보며 이예주가 멍하게 중얼거렸다. 술 마신 기억은 없는데 이상하게 술 취한 사람처럼 자꾸만 제멋대로 혀가 꼬였다.

"꿈이…… 개 같은 꿈이……."

"……."

"……교수님, 저 오늘은 지각 안 했어요……."

"……."

"그러니 제발 재수강만은…… 어, 나비다. 나비야, 나비야, 나비야!"

호수 위에서 반짝반짝 빛나던 날개 달린 것들 중 하나가 포로록 하고 날개를 펼쳐 허공을 날아갔다. 이예주는 그것을 쫓아가기 위해 남자의 품에서 끊임없이 바르작거렸다.

"제발 닥치고 가만히 좀 있어."

간신히 몸을 일으켜 앉았을 즈음, 짜증이 가득 담긴 목소리가 으르렁거렸다. 그녀의 상체가 남자의 손에 의해 발랑 뒤로 넘어갔다. 이예주는 저를 넘긴 사람을 게슴츠레 바라보다가 다시 입을 열었다.

"경비 아저씨…… 어떤 멍청한 새끼가 제 음식물 쓰레기통을 자기 건 줄 알고 자꾸 가져간다고 했잖아요……."

"완전히 정신 놨군."

"어, 나비야! 나비야, 가지 마! 이리 와, 나비야!"

이후 이예주가 헛소리를 지껄이다 나비를 쫓기 위해 허우적거리고 남자가 짜증스럽게 제 품에서 벗어나려는 그녀를 잡아 눕히는 것이 몇 번 더 반복되었다. 한참의 시간이 지난 후에야 그녀는 나비에 대한 관심을 간신히 저를 잡아 눕히는 남자에게로 옮길 수 있었다.

이상한 일의 연속이었다. 분명 남자가 억센 손길로 저를 몇 번이나 바닥에 메다꽂았던 것 같은데, 눈을 뜨니 저는 얌전히 남자의 품에 안겨 있었기 때문이다.

꿈이 계속 이어지는 것만 같아 머리가 어지러웠다. 그러나 정신없이 주변이 바뀌는 와중에도 무언가를 참는 듯 미간을 잔뜩 좁히고 있는 시뻘건 눈동자 하나만은 변함없었다.

이걸 죽여, 하는 얼굴로 자신을 바라보는 남자를 멍하니 올려다보던 이예주는 숨을 짧게 들이마셨다. 이제 보니 저를 안은 사람은 진짜 헉 소리 나게 잘생긴 남자였다.

자신의 사주를 보고 온 엄마는 그녀의 인생에서 남자는 상종 못할 인간들뿐일 테니 이성을 멀리하라 했다. 이예주는 23년간 착실히 이행했다. 사실 착실히 이행한 것은 아니었다. 사는 게 바빠 연애 같은 것은 돌아볼 틈조차 없었다. 고로 이런 미남이 그녀의 사주팔자에 나타날 리 없다, 이 말씀이다.

이예주는 남자를 요리조리 뜯어보았다. 그녀의 음침한 눈초리에 남자의 한쪽 눈썹이 위로 삐쭉 들렸다. 이상하게도 그 모습이 너무 낯이 익어서 심장이 미친 듯이 요동치기 시작했다.

"……너!"

말없이 남자를 살펴보던 그녀가 불현듯 남자의 얼굴에 삿대질을 했다.

"이 눈깔! 나만 보면 막, 막! 시뻘게지고!"

"……."

"그리고 동물들만 보면 다시 막 까매지고! 나 보면 다시 막, 막 시뻘게지고!"

"……."

"이, 이…… 이 동물 성애자야!"

이예주의 삿대질이 정점을 찍었다.

"동물만 보면 좋아 가지고 막 눈깔 까매져서 흥분…… 읍!"

“집어 던지기 전에 입 닥쳐.”

남자가 떠벌리는 그녀의 주둥이를 한 손으로 거칠게 틀어막았다. 입 닥치란 소리에 살벌한 분노가 담겨 있었다.

“읍! 읍!”

이예주는 남자의 손에서 벗어나 발언의 자유를 돌려받기 위해 고개를 흔들어 대었다. 하지만 입을 틀어막은 억센 손은 풀리지 않았다. 발악하듯 움직여 대던 그녀가 제 풀에 지쳐 몸을 축 늘어뜨리자 그들의 주위는 잠시간 침묵에 잠길 수 있었다.

한참 후 입에 얹어져 있던 남자의 손이 떨어져 나갔다. 입술이 따끔거렸다. 고개를 흔들어 대는 도중에 남자의 손바닥에 세게 쓸린 것 같았다. 이예주는 손을 들어 아랫입술을 더듬어 만졌다. 손에 축축한 것이 묻어 나왔다. 그녀의 눈이 휘둥그레졌다.

“……피, 피!”

“…….”

“히잉, 피…… 피 나. 예주 피 나, 흐흑. 흐응, 흡…….”

“……하.”

남자가 정말 지친다는 듯 깊은 곳에서 우러러 나오는 한숨을 내쉬었다. 그는 마지못해 이예주의 손을 치우고 대신해서 그녀의 아랫입술을 조심스럽게 확인했다. 남자의 하얀 손가락 위로 입술이 터진 것치곤 꽤 많은 양의 액체들이 묻어났다.

“독기 때문에 입술이 부르터서 그렇다. 네가 입 닥치고 가만히만 있어도 더 이상 터질 일은 없겠지.”

“……부르터?”

꼬리잡기하듯 남자의 말꼬리를 잡고 늘어진 이예주가 멍하니 그 말을 곱씹어 보는 듯하더니 몸을 바르작댔다. 가만있으라고 타박하는 남자에도 굴하지 않고 계속해서 꼬물거리던 그녀는 기어이 제 후드티 호주머니에서 무언가를 찾아 꺼내 들었다.

"짠."

주인의 거친 몸놀림 속에 용케도 붙어 있던 스틱형 립밤이었다. 말없이 자신을 바라보는 남자를 대신해서 립밤의 뚜껑을 열어 던진 그녀는 그것을 남자의 손에 고이 쥐여 주었다.

"뭐에 쓰는 물건이지."

"발라 줘."

가만히 있어도 헛웃음이 터져 나올 마당에 인간 여자가 감히 명령하듯 발칙한 한마디를 내뱉었다. 그러더니 입술을 모아 앞으로 쭉 내미는 것이 아닌가. 두 눈까지 꾹 감는 모습에 람은 화조차 낼 수 없었다.

"……정말 가지가지 하는군."

한숨처럼 중얼거린 남자가 결국 손에 쥔 립밤을 인간 여자의 입술 위에 대충 덧발랐다. 그 손길이 어찌나 성의가 없던지 립밤이 이리저리 뭉쳐서 입술에 스며들긴커녕 피와 엉겨 뭉쳤다.

그럼에도 불구하고 입술 위에 대강 뭉개진 립밤이 떨어져 나갔을 때 이예주는 만족스럽다는 듯 헤벌쭉 웃었다. 그 무방비한 모습을 말없이 바라보던 람은 문득 왼쪽 가슴께가 이유 없이 저릿하게 죄어오는 이상한 감각을 느꼈다.

이건 무슨 감각이지? 처음 느껴 보는 생소한 느낌에 고개를 갸웃거리던 그의 코끝에 처음 맡아 보는 향이 아른거렸다. 람은 고개를 숙여 이예주의 코앞까지 다가갔다. 당장이라도 입을 벌려 통째로 아그작아그작 씹어 먹고 싶은 달달한 냄새가 그의 안면으로 훅 풍겨 왔다.

"……이상한데."

"……."

"네게서 단내가 나는군."

"……단내? 내 립밤은 무색 무향인데……."

이예주가 멍하게 대꾸하며 홀린 듯 남자를 바라보았다. 코앞까지 다가온 시뻘건 눈에 그녀는 정신없이 빠져들었다. 가슴이 쿵쾅거리고 다시 귓가에 띵띵 이명이 울려 퍼졌다.

남자의 입술이 살짝 벌어지더니 그 안에서 붉은 혀가 튀어나왔다. 코가 닿을 정도로 가까이 있었으니 남자의 혀가 이예주의 아랫입술에 닿은 것은 어쩌면 당연한 일이었다.

부드럽고 말캉말캉한 그것이 간질이듯 그녀의 아랫입술을 핥고 지나갔다. 이예주는 문득 아까 자신의 입으로 들어와 물을 전해 주던 물컹한 감촉이 떠올랐다. 그 뭉클한 감촉과 제 입술을 핥는 남자의 혀를 동시에 떠올리자 왠지 모르게 얼굴이 확 뜨거워졌다.

"그래, 단내. 피 때문인가."

"……피?"

"아까 낮에도 사방으로 네 피 냄새가 진동을 하는 바람에 온갖 삿된 것들이 몰려들 뻔했지 않느냐."

남자가 이예주의 입술 바로 위에서 속살거렸다. 순간 뒷목을 타고 소름이 쫙 올라오면서 그녀의 가슴이 쿵 하고 내려앉았다. 입까지 헤벌쭉 벌린 채 정신없이 남자를 바라보던 이예주가 혼잣말처럼 속삭였다.

"잘생겼어……."

"……뭐?"

기습 공격 같은 그녀의 말에 남자가 되물었다. 그러거나 말거나 이예주는 연달아 잘생겼다고 중얼거리며 그의 품에 얼굴을 비비적거렸다. 남자의 몸이 뻣뻣하게 굳어 가는 것 또한 당연히 알아차리지 못했다.

그녀는 불현듯 덥석 양손으로 남자의 얼굴을 부여잡았다. 그러고는 남자가 아차 할 틈도 없이 그 잘생긴 입술에 쪽, 제 입술을 찍었다가 떼어 냈다.

"……뽀뽀."

남자의 시뻘건 동공이 눈에 띄게 커졌다.

"이게 무슨……."

람은 다시 입술 위를 쪼는 말캉함에 말을 이을 수 없었다. 츄읍, 인간 여자의 혀가 그의 아랫입술을 사탕 빨 듯 한 번 쭉 빨고는 감질나게 떨어져 나갔다.

"이건 키스."

해괴한 소리를 지껄여 대고는 인간 여자가 백치처럼 까르르 웃었다. 피와 엉겨 붙은 립밤 때문에 불그스름하게 번들거리는 조막만 한 입술 새로 치명적이리만치 달달한 내음이 훅 풍겨 왔다.

쿵, 심장께가 다시금 저릿하게 죄어 왔다. 아까 전 입술에 알 수 없는 고체를 덕지덕지 바른 채 활짝 웃는 인간 여자를 마주 보았을 때 느꼈던 감각과 동일했다. 아니, 조금 더 심한 것 같기도.

먹고 싶어. 이상하군. 이것을 먹어 치우고 싶은데. 불현듯 입 안에서 침이 고였다. 람은 식욕인지 아니면 또 다른 욕심인지 모를 들끓는 것들을 간신히 잠재웠다.

"너무 잘생겼어어……."

그러나 새처럼 작은 목소리로 속살거리며 다시금 제 보드라운 입술을 밀어붙이는 여자 때문에 모든 것이 무너졌다. 람의 머릿속에 아슬아슬하게 붙어 있던 무언가가 기어코 뚝 하고 끊겼다.

"읍."

헤죽헤죽 웃던 이예주의 입이 틀어막혔다. 남자는 정신없이 그녀의 입술에 달라붙어 날숨을 모조리 빨아들였다.

미끄덩하고 물컹물컹한 혀가 구렁이 담 넘듯 이예주의 벌어진 이 사이로 마구 쏟아져 들어왔다. 치열을 쓸고 입천장을 진득하게 건드리며 입 안 곳곳을 범하던 그것이, 남자의 폭풍 같은 기세를 따라가지 못하고 허우적대는 그녀의 혀를 낚아채 제 혀로 옭아매었다.

혀뿌리가 뽑히는 것 같은 얼얼한 통증에 그녀가 무어라 호소하려고 했다. 하지만 넘어오는 남자의 타액을 꼴깍꼴깍 삼키는 것만으로도 숨이 차서 번번이 실패로 돌아갔다.

호흡이 딸려 머리가 아득해졌다. 그러는 와중에도 넘어오는 남자의 타액이 미치도록 달았다. 남자가 말했던 단내는 바로 그의 입에서 나는 게 아닐까 하는 생각이 들었다.

이예주의 입술을 난폭하게 빨아 먹던 남자가 마지막으로 그녀의 아랫입술을 강하게 깨물며 그녀를 놓아주었다. 헉헉, 바쁘게 숨을 몰아 내쉬는 이예주와는 다르게 남자의 숨은 한 치의 흐트러짐도 없었다.

입술과 입술 사이에 실처럼 이어진 타액을 내려다보는 그의 시뻘건 두 눈이 오싹할 정도로 번뜩였다. 그것이 살기와는 다른 의미라는 것쯤은 쉽게 눈치챌 수 있었다.

"……어린것이."

남자가 이를 갈듯 내뱉었다.

"이런 요망한 짓은 어디서 배운 거지."

인간 여자의 입술이 남자의 타액으로 젖어 야살스럽게 번들거렸다.

이예주는 그의 물음에 답하지 않았다. 대신 발갛게 달아오른 얼굴로 아무것도 모르는 순진한 아이처럼, 동시에 남자를 유혹하는 요염한 여자처럼 해사하게 웃으며 람을 졸랐다.

"……더 줘."

시뻘건 눈에서 이지가 사라졌다. 람이 으르렁거리며 달려들었다. 이예주의 부푼 입술이 다시 그의 입 속으로 거칠게 빨려 들어갔다.

"……헉, 헉."

누군가 거칠게 숨을 몰아쉬는 소리에 이예주가 반짝 눈을 떴다. 자고 일어난 것이 믿기지 않을 만큼 머릿속이 맑았다.

그녀는 퍼뜩 고개를 들고 주위를 둘러보았다. 아직도 뜨거운 사막, 모래 위였다. 분명 간밤에 오아시스가 있는 아름다운 곳에 있었던 것 같은데. 꿈이었나.

마치 술 먹고 일어난 다음 날처럼 간밤의 기억이 드문드문 끊겨서 잘 기억나지 않았다. 인상을 쓰고 잠시 사색에 잠겨 있던 이예주는 '헉헉' 하고 다시 한번 거친 숨소리가 지척에서 들려오자 그제야 사막 말고 제 주변을 확인했다.

비리비리한 누군가가 그녀를 등에 업고 힘겹게 모래 위를 걷고 있었다. 이미 이런 식으로 그녀를 끌고 온 지 한참 된 듯 뒤를 바라보자 모래 위로 질질 끌려온 자국이 끝없이 나 있었다.

이예주는 저를 업은 이의 조막만 한 뒤통수를 바라보았다. 익숙한 갈색 머리칼이 보였다.

"조롱아."

"헉, 헉…… 깼어여?"

시뻘게진 얼굴이 땀을 뻘뻘 흘리며 돌아보았다. 별 아래 그대로 노출되어 있는 조롱이를 보던 그녀는 분명 집어 던졌던 검은 천이 제 얼굴을 꽁꽁 둘러싸고 있음을 깨달았다.

"……내려도 돼."

"네."

"아악!"

마치 그 말을 기다렸다는 듯 조롱이가 이예주를 비닥에 내팽개쳤다. 그녀가 괴성을 지르며 바닥을 구르다가 벌떡 일어나서 목에 핏대를 세웠다.

"이게 미쳤나!"

"시, 실수예여! 실수! 너, 너무 힘들어 그만……!"

조롱이가 사색이 되어 제 실수를 인정했다. 이예주는 일단 화를 가라앉히며 보이지 않는 인영을 찾았다.

"네 주인은?"

"주인님은 서쪽 대륙에 가기 전에 잠시 들를 데가 있다고 하셨어여. 그래서 일단 저랑 예주 누나만 먼저 팔족 땅에 가 있으라고……."

"뭐?! 너랑 나랑 둘이 어떻게!"

그녀는 못 미덥다는 눈으로 조롱이를 바라보며 버럭 성을 냈다. 그러자 조롱이가 발끈해서 지지 않고 소리 질렀다.

"예주 누나만 사고 안 치고 조용히 있으면 되거든여! 진짜, 애도 아니고 말 좀 들어여!"

"사고를 치긴 누가!"

"누구긴여! 어제 예주 누나 치료하느라 주인님이 얼마나 힘을 많이 쓰셨는데여!"

"치료?"

사고뭉치 취급을 하는 조롱이에게 눈을 부라리던 이예주가 문득 치료란 영문 모를 소리에 눈을 둥그렇게 뜨며 물었다.

"에엑? 뭐야, 어제 기억 안 나여?!"

"무슨 기억?"

"히카톤한테 얻어맞고 독에 중독돼서 치료해 주려고 봤더니! 누나가 죽음에 반쯤 잠긴 몸이어서 주인님이 누나한테 검은 파편의 조각을 심어 줬잖아여! 씨이! 히잡은 왜 집어 던져 가지고! 바람에 날아가서 그거 찾아오느라 쉬지도 못하고! 밤새워 그 근처를 뒤지느라 얼마나 힘들었는데여!"

조롱이가 떽떽거리며 열변을 토했지만 그녀는 정말로 기억이 나지 않았다. 게다가 검은 파편의 조각을 심느니 뭐니 듣고도 믿기지 않을 소리를 해 더 현실감이 떨어졌다.

"진짜 기억이 안 나."

"이씨! 이거 봐여!"

조롱이가 결국 폭발한 듯 이예주의 왼쪽 손목을 잡아채 그녀의 눈에 들이댔다.

"보이져!"

"헐! 이, 이거 왜 이래?"

조롱이가 보여 준 손목은 가히 경악할 만했다. 안 그래도 흉측해서 언제나 그녀의 콤플렉스였던 흉터가 온통 시꺼먼 색으로 변해 있었다. 그것도 모자라 꼭 대리석처럼 흉터의 표피가 반짝반짝 광이 났다.

"이게 뭐야!"

괴기스럽게 변한 제 손목을 바라보던 그녀가 얼굴을 있는 대로 구기며 흉포하게 소리 질렀다.

"뭐긴 뭐예여! 검은 파편의 조각이 자리 잡은 거지. 이제 예주 누난 빼도 박도 못하고 주인님에게 종속됐어여. 축하해여! 인간으로선 예주 누나가 처음일걸여?"

"닥쳐! 이, 이건 말도 안 돼!"

비꼬듯 깐죽대는 조롱이를 향해 이예주가 윽박질렀다. 람이 만약 주변에 있다면 필히 멱살을 잡고 말았을 것이다. 안 그래도 흉측한 흉터를, 사람 기절한 틈을 타 이딴 식으로 만들어 놔?! 너무 기가 막혀 말도 잘 나오지 않았다.

"네 주인 당장 오라고 해! 이거 원래대로 해 놓으라고!"

"그렇게 안 했으면 누나 죽었어여!"

"……뭐?"

"그니까 왜 손목을 그었어여?! 주인님 말로는 죽을 뻔한 목숨을 뭐가 억지로 붙들어 놓은 거래여. 씨잉, 주인님이 그것 때문에 얼마나 힘을 쏟아부었는데!"

왜 손목을 그었냐는 조롱이의 말에 이예주는 입을 조용히 다물었다. 대체 무슨 소리를 하는 건진 모르겠지만 이것 하나만은 확실했다. 그녀가 과거에 손목을 그었기 때문에 괴물에게 다친 상처가 치료되지 않았다는 것이다.

그녀는 조심스럽게 히잡을 들어 제 팔뚝을 확인했다. 너덜너덜하게 찢긴 지 오래인 후드티의 소매 사이로 희멀건 살이 드러났다. 분명 팔뚝까지 우악스럽게 찢어져 피를 줄줄 흘렸던 것 같은데, 신기하게도 눈에 보이는 피부는 흉터 하나 없이 말끔했다.

"그래도……."

이예주는 침울한 얼굴로 이번에는 제 손목을 바라보았다. 반들반

들 윤이 나는 흉터가 꼭 용의 비늘 같기도 했다. 징그럽기 짝이 없다.

혹시 몰라서 반대쪽 손으로 흉터를 더듬어 보았지만 천만다행으로 촉감은 다른 살과 별다를 바 없었다. 그저 눈으로 보기에만 대리석 같은 듯했다.

문득 연갈색 털을 지닌 사막 여우의 가슴팍에 자리한 검은색의 털들이 떠올랐다. 어린아이의 몸에 어울리지 않는 흉측한 색이라고 생각했었는데, 이제 그 흉측한 흔적이 제 몸에도 선명하게 남게 되었다.

"이게 뭐야. 더 이상해졌잖아……."

이예주가 울적하게 중얼거리자 조롱이가 한심하다는 얼굴로 일갈했다.

"주인님이 친히 주신 조각을 그렇게 별것 아닌 상처 치료하는 데 쓴 것도 예주 누나밖에 없을 거예여. 사막 여우 기억 안 나여? 죽다 살아났잖아여."

그건 그렇지. 그녀는 조롱이의 말에 군말 없이 수긍했다. 모르긴 몰라도 검은 파편인지 뭔지 하는 돌조각이 대단하긴 한가 보다. 조롱이의 신비한 약초보다 더.

그러고 보니 지난밤에 남자가 자신에게 딱딱한 무언가를 먹였던 것 같기도 했다. 그리고 또 그 뒤에 뭐가 더 있었던 것 같은데…….

"알았으면 이제 얼른 가여. 해 지기 전에 팔족 땅에 도착해야 한단 말이에여."

떠오를 듯 말 듯 간밤의 실마리를 곰곰이 생각하던 이예주가 조롱이의 재촉에 그것을 털어 냈다. 조롱이가 빨리 따라오라는 듯 대충 손을 휘젓더니 먼저 걸어가기 시작했다.

"야, 너랑 나랑 둘이 사막을 어떻게 횡단해. 너 물 있어? 없지? 물도 없이 어떻게……."

자신보다 작은 갈색 뒤통수를 바라보며 그녀가 불퉁한 얼굴로 불평했다. 상식적으로 맞는 말이었다. 람이 있어도 괴물 때문에 죽다 살아난 참이다. 그런데 둘이 대체 어떻게 남은 사막을 헤쳐 건너냐, 이 말이다.

그런 그녀의 삐죽거림에 조롱이가 걱정도 팔자라는 얼굴로 다시 뒤를 돌아보았다.

"무슨 소리예여. 사막은 다 건넜어여. 저기 봐여."

얄팍한 조롱이의 팔이 먼 사막 능선을 가리켰다.

처음에는 작렬하는 빛 때문에 잘 보이지 않았다. 아지랑이가 피어올라 흐릿흐릿하기만 한 모래 능선을 바라보던 이예주가 눈살을 찌푸렸다. 조롱이가 "다시 잘 봐 봐여." 하고 채근했다.

그러자 신기루처럼 아른아른한 무언가가 능선 너머에 나타났다. 그것은 커다란 고층 건물이었다. 하나도 아닌 여러 개의 고층 건물이 도시처럼 우뚝 서 있는 것이 보였다. 그녀의 눈이 화등잔만 하게 커졌다.

"보이져? 이제 거의 다 온 것……."

"빨리 가자!"

우쭐해하는 조롱이의 말이 채 끝나기도 전에 그녀가 빠른 속도로 그를 지나쳐 걸었다. 마치 삶의 의욕을 얻은 듯한 힘찬 발걸음에, 말을 잃고 서 있던 조롱이가 황급히 뒤따르며 소리 질렀다.

"아, 진짜! 같이 가여!"

이예주는 사막의 끝을 향해 빠른 걸음으로 걸었다. 대체 이 죽일 놈의 사막을 언제 다 횡단하나 했더니, 드디어. 드디어 과거로 돌아갈 실마리가 눈앞에 보였다.

점점 도시의 형태가 잡힐수록 가슴이 방망이로 두드려 대듯 떨려

왔다. 그래서 그녀의 걸음은 거의 뛰는 것과 마찬가지가 되었다.

"어휴, 천천히 좀 가여!"

이예주는 조롱이와 앞서거니 뒤서거니 투덕거리며 남은 사막 여정을 마무리 지었다.

그런 그들을 환영하듯, 사막과 전혀 어울리지 않는 거대한 건물들이 음울한 기운을 잔뜩 내뿜으며 우뚝 솟아 있었다.

Chapter 5

시간이 멈춘 땅 (1)

Chapter 5. 시간이 멈춘 땅 (1)

"진짜…… 알다가도 모르겠다."

모래가 뚝 끊기고 나타난 아스팔트 도로 위에 들어서며 이예주가 한숨처럼 중얼거렸다.

"뭐가여?"

옆에서 조롱이가 그녀의 혼잣말을 듣고 황금안을 둥그렇게 뜨며 질문했으나, 사방을 둘러보느라 바쁜 그녀는 조롱이를 돌아보지 않았다.

'문'을 넘어 1000년 후로 추정되는 곳으로 온 후 온갖 빌어먹을 괴물들에게 시달려 온 그녀가 꿈에서조차 그리워하던 도시의 모습이었다. 그러나 드디어 발견하게 된 인간의 흔적은 그리 좋은 모양새가 아니었다.

도시의 초입 부분은 온통 난장판이었다. 길 위에 마구잡이로 세워져 있는 자동차들과 도로를 따라 쭉 늘어서 있는 건물, 가로등들이 보였다. 그러나 자동차도 건물도 가로등도 무언가에 짓밟힌 듯 어느 하나 성한 데라곤 없었다.

건물은 무너진 채로 흉측한 철근들을 그대로 노출한 상태였고, 아스팔트는 무언가에 푹푹 파여 들쑥날쑥 솟아 있었다. 그 위로 바람에 쓸린 정체 모를 쓰레기들이 나뒹굴었다.

군데군데 무질서하게 나동그라져 있는 자동차들을 멍하니 바라보던 이예주가 익숙한 자동차 브랜드 로고를 발견하고 자리에 멈춰 섰다. 동그라미가 네 개 엮여 있는, 한국에서도 알아주던 수입차가 쥐포처럼 형체도 알 수 없을 만큼 바짝 짜부라져 있었다. 그 위로 뿌연 먼지가 두껍게 쌓여 있어서 브랜드 로고가 아니었다면 어떤 차종인지 알아보지 못했을 것이다.

끼익 끼익. 멀리 떨어져 있지 않은 곳에서 나는 쇳소리에 이예주가 고개를 돌렸다. 이 난장판 속에서 떨어지지 않고 용케 붙어 있던 녹슨 표지판이 기울어진 채 바람에 따라 끼익하고 비명을 질러 대고 있었다.

Welcome to New Hilton

영문화권 도시인지 세월의 풍파를 맞은 초록색 표지판과 그 위의 흐릿한 흰색 스펠링이 안쓰럽게 흔들거렸다.

"여기가…… 여기가 어디지? 왜 바다도 안 건너고…… 어떻게 영어 쓰는 곳이랑 함께 있는 거야. 여기 한반도 아니야? 아시아 대륙 아니냐고……!"

이예주가 표지판 위의 영문을 보며 얼굴을 왈칵 일그러뜨렸다. 한국 옆에 영어를 쓰는 나라가 있었나? 아니다. 한국 옆에 붙어 있는 나라는 북한이랑 중국밖에 없었다. 설사 대륙판이 미친 듯이 움직여 일본이 한국 옆에 붙었다고 하더라도……. 그렇다고 아메리카 대륙이 태평양을 건너서 붙었을 리는 없을 테고.

그동안 자신이 '문'을 건넜을 때 한국을 벗어난 적은 한 번도 없었다. 그런데.

"이건…… 이건 말도 안 돼."

그녀의 동공이 하염없이 흔들렸다. 숨이 거칠어진 그녀를 이상하다는 듯 바라보며 조롱이가 되물었다.

"아시아 대륙이 어디에여? 바다 건너여? 바다 건너에도 아무것도 없는데여?"

"……."

"여긴 서쪽 대륙이에여, 누나. 대륙의 서쪽이여! 떨어져 있던 땅덩어리들은 용암 대폭발 때 대부분 다 없어지고, 지금은 우리가 있는 이 땅덩어리 하나밖에 없다고 저번에 얘기해 줬잖아여. 아! 근데 여러 개가 합쳐져 만들어진 거라고 주인님이 저번에 말씀해 주셨는데……."

"……."

"예주 누나가 살던 곳은 정말 엄청 외진 곳인가 봐여, 이런 것도 모르구."

그녀가 살던 곳은 이미 사라지고 존재하지 않는다는 소리였다. 어쩌면 당연한 일일지도 모른다. 그녀가 건너온 미래는 1000년이나 지난 지구였으니까.

이예주는 조롱이가 조잘대는 소리를 한 귀로 듣고 한 귀로 흘리며 더더욱 심각해진 얼굴로 도시 안에 들어섰다.

유령 도시. 며칠 내내 사람이 있을 거란 믿음 하나로 간신히 사막을 넘어왔건만, 눈에 보이는 것은 마치 모든 것이 멈춰 버린 듯한 도시뿐이었다.

분명 팔족인지 뭔지가 살고 있다고 들었음에도 불구하고 죽어 버린 도시의 냄새에 아연해진 그녀의 곁으로 조롱이가 다가와 섰다.

"히카톤의 짓이에여. 사막에 있는 인간 부락들을 벌써 다 쓸어버렸나 봐여. 먹을 게 없으니까 팔족의 땅까지 와서 난동을 부려 놨네여. 예전에 왔을 때까지만 해도 이 정도는 아니었는데. 더 안쪽은 멀쩡하려나여?"

조롱이의 말에 이예주의 눈살이 반사적으로 찌푸려졌다. 그 끔찍하기 짝이 없는 괴물을 다시 떠올리는 것만으로도 구역질이 치밀어 오를 것 같았다. 그런 그녀의 기세를 알아챘는지 조롱이가 안심하라는 듯 덧붙였다.

"……그래도 주인님이 터뜨려 놔서 당분간은 꿈쩍도 못할 거에여."

그럼에도 이예주는 심각한 얼굴을 풀지 않고 자동차의 잔해를 돌아서 걷기 시작했다. 도시를 가리키던 화살표 표지판을 지나친 그녀는 완전히 그 안에 들어섰다.

"예주 누나."

마저 걸음을 옮기려던 그녀의 팔을 조롱이가 뒤에서 낚아챘다.

"왜?"

"이번엔 약속해야 돼여. 절대 제 근처에서 떨어지지 않기루여. 그리고 절대 혼자 마음대로 행동하면 안 되여."

조롱이가 짐짓 어른스러운 표정을 지어 보이며 그녀에게 당부했다. 꼭 어린아이 훈육하는 것 같은 말투에 그녀가 심드렁하게 대꾸했다.

"내 몸엔 내가 가고 싶은 곳에 갈 수 있는 자유가 있어. 너는 네 주인 말이라면 죽는 시늉도 할지 모르겠지만 나는 너처럼……."

"주인님이 이번에도 멋대로 행동했다간 까마귀 둥지 한가운데에

버리고 갈 거라고 전하랬어여."

"……."

이예주는 창백해진 얼굴로 주절거리던 입을 닫았다. 정말 욕이 나오지 않으려야 안 나올 수가 없다는 생각이 들었다. 어쩜 그렇게 자신이 끔찍해 마다 않는 소리만 족족 해 댈 수 있을까.

터져 나오는 한숨에 조롱이가 금안을 도로록 굴리며 고개를 갸웃거렸다. 그녀의 얼굴이 하얗게 질린 이유를 좀체 알아채지 못한 모양이다. 이럴 때 보면 멍청한 새인 게 분명한데, 중요한 때엔 어쩜 그렇게 눈치가 귀신같은지.

"왜여? 까마귀가 왜여?"

탄식 어린 눈으로 저를 가만히 내려다보는 이예주를 보며 조롱이가 이유를 물었다. 그녀는 머리가 한층 더 복잡해졌다. 황조롱이만 제게 남겨 두고 떠나간 남자에 대한 원망이 물씬 솟아올랐다. 답답해 터진 새였지만 그녀에게 붙이기엔 더없이 유능한 감시자였다.

이 도시에서 과거로 돌아가는 방법을 필사적으로 알아보고 다녀야 되는데, 과연 이 거머리 같은 놈을 떼어 내고 그것을 알아보러 다닐 수 있을지 의문이었다.

"아, 가기 전에 빨리 대답해여!"

대답 없는 이예주를 보며 아직까지 그녀의 한쪽 손을 움켜쥐고 있던 조롱이가 붕붕 팔을 흔들었다.

"마음대로 움직이지 않기루여! 약속할 거져?"

"어, 어…… 으응……."

그녀는 먼 곳을 바라보며 말을 흐렸다. 대답이 시원찮았는지 조롱이가 부득부득 협박했다.

"확실히 대답해여! 주인님한테 다 이를 거예엽!"

"죽을 줄 알아."

"씨잉, 여기까지 별 탈 없이 안전하게 데려다줬음 고마워해야지. 주인님이 볼일 보러 가셔서 아직까지 살아 있는 줄 알아여……."

부릅뜬 이예주의 눈빛에 기가 죽은 조롱이가 바로 꼬리를 내리고 투덜거렸다. 그 작은 목소리를 놓치지 않고 들은 그녀가 물었다.

"그건 또 무슨 소리야? 네 주인이 볼일 보러 가서 아직까지 살아 있다니?"

"잊었어여? 누나 계약 조건이여. 여기 서쪽 대륙까지 데려다주는 걸로 계약 만료잖아여?"

"……헉!"

과거로 돌아갈 방법을 찾을 생각에 이예주는 그제야 가장 중요한 것을 간과하고 있었음을 깨달았다.

그녀가 지껄였던 모든 말이 새빨간 거짓말임을 안다면 남자가 자신을 찢어 죽일 테다. 그도 모자라 손수 그녀의 눈을 뽑아 까마귀들에게 던져 줄지도 모른다. 짧게 숨을 들이켠 이예주의 얼굴이 까마귀 둥지 소리를 들었을 때보다 훨씬 더 창백해졌다.

지금 당장 남자가 없다는 것은 그녀에겐 천만다행이었다. 남자가 오기 전에 과거로 가는 방법을 찾아서 이 지긋지긋하고 빌어먹을 곳에서 벗어나야 했다. 이제 과거로 가는 것은 선택이 아닌 필수다. 목숨이 달린 문제였다.

"표정이 또 왜 그래여? 누나도 여기 소문 들었어여?"

허공을 사납게 쏘아보며 재차 다짐을 다지는 이예주를 보고 조롱이가 헛다리를 짚었다. 세상의 온갖 불행을 짊어진 듯한 암울한 표정으로 그녀가 그쪽으로 고개를 돌렸다.

"소문은 무슨 소문."

"가끔 여기 팔족 땅에서 여자들이 사라진대여. 그것도 일반인이나 시간족 상관없이 모두 인간 여자들만여."

"여자가 사라진다고?"

"네. 이상하게 여자들만여. 그렇다고 팔족 여자들이 사라지는 건 또 아니에여. 언제나 예주 누나처럼 이렇게 서쪽 대륙에 처음 방문하는 약한 여자들만……."

조롱이가 겁주듯 음침한 얼굴로 다가왔다.

"……여자들만?"

그녀가 '자신처럼'이란 소리에 긴장 서린 눈빛으로 조롱이의 말을 따라 했다. 그러자 무서운 이야기를 끝맺듯 조롱이가 눈에 힘을 주고 조용히 속삭였다.

"……쥐도 새도 없이여."

휘이잉. 조롱이의 말이 끝나자 왠지 모르게 스산한 바람이 그녀와 그의 사이를 휘젓고 지나갔다.

이예주는 의구심에 가득 찬 얼굴로 다시 한번 그들 앞에 펼쳐진 도시의 광경을 바라보았다. 그동안 알고 있던 도시와는 확실히 다른, 썰렁하고 황폐한 나머지 괜히 기분까지 나빠지는 곳이었다. 왠지 모르게 드는 오싹함에 그녀가 두 손으로 제 몸을 껴안았다.

"야, 무섭게 그런 얘긴 왜 해? 하지 마, 하지 마."

그러자 조롱이가 제 알 바 아니라는 듯 어깨를 한 번 으쓱하고는 걸음을 옮겼다.

"뭐, 팔족 땅은 인간들이 항상 지나치는 곳이니까여. 인간들이 많이 몰리는 곳일수록 문제가 생길 수밖에 없잖아여."

"야, 조롱아. 근데 여기 사람 많은 거 맞아? 왜 이렇게 나다니는 사람도 없고……."

"글쎄여. 안에 더 가 보면 있겠져 뭐."

이예주는 앞서 걷는 조롱이를 허겁지겁 뒤따라가며 휙휙 주위를 둘러보았다. 분명 방금 전에 사막에 있을 때만 해도 쪄 죽을 것 같이 뙤약볕이 쨍쨍하게 내리쬐었건만, 도시는 잿빛 구름에 휩싸여 전체적으로 어두웠다. 폐허를 방불케 하는 고층 건물들이 분위기를 더 삭막하게 했다.

반가운 도시 모습임은 분명했지만 예상과는 전혀 다른 적막한 공기에 숨이 턱 막혔다. 정말 어떻게 돼먹은 미래인지 정상적인 곳이 없다고 생각하며 그녀는 조롱이의 뒤에 바짝 따라붙었다.

그들은 울퉁불퉁한 도로를 따라 꽤 오랫동안 걸었다. 블록이 바뀌고 몇 개의 눈에 띄는 건물들을 지나치자 난장판 같던 주변은 어느덧 사라졌다.

도시 안쪽은 생각보다 깔끔했다. 1000년 후의 도시라곤 믿기지 않을 정도로 이예주가 살던 현대의 모습과 흡사했다. 그러나 여전히 사람은 코빼기도 보이지 않는 상태였기 때문에 위화감이 사라지지 않았다.

"여기 되게 으스스하다, 조롱아. 사람도 없으면 이건 다 빈집이란 거잖아? 멀쩡한 집들 놔두고 사람들은…… 헐, 저건 또 뭐야?"

산만하게 쉴 새 없이 고개를 돌려 주위를 확인하던 그녀가 무언가를 발견하고 우뚝 멈춰 섰다.

"뭐가여?"

고개를 갸웃거리며 조롱이 역시 제자리에 멈춰 섰다. 이예주가 그들에게서 멀리 떨어지지 않은 어느 하늘색 건물을 가리키며 약간 겁에 질린 목소리를 내었다.

"건물이 멀쩡한 것도 아니네? 여기 사람들은 건물에 왜 저딴 장식을 해 두고 그래? 기분 나쁘게……."

그녀의 손가락 끝이 하늘색 건물, 정확히 말해서 건물 외벽에 못 박혀 있었다. 건물 외벽에 입체적인 인물 조각이 있었다. 허공에 두 팔을 뻗은 남자상이었다. 경악에 가득 찬 채 홉뜬 조각의 눈이 너무 생생해서 기괴하다 못해 징그럽기까지 했다.

길거리 페인팅, 뭐 그런 것의 일종인가 싶어서 조각상을 자세히 훑어보던 와중 조롱이가 반대쪽 건물을 가리키며 심드렁한 태도로 말했다.

"아, 저거여? 저기도 있어여."

이예주는 조롱이의 말에 휙 고개를 돌려 확인했다. 계단 난간을 부여잡고 멈춰 선 회색 조각상이 있었다. 마치 금방이라도 계단을 걸어 내려올 것 같은 포즈였다. 멀리서 보거나 혹은 밤에 보면 사람이라고 착각할 정도로 크기가 사람과 비슷했다.

"저기두여."

조롱이가 이번엔 그들이 있는 곳보다 더 앞쪽 도로를 가리켰다. 흰색 가로등 기둥에 등을 지고 서 있는 여자상이었다. 역시나 잘못 보면 걸어가는 사람으로 보일 만큼 정교했다.

"하…… 취향 진짜…… 이건 독특한 수준이 아닌데. 미래엔 이딴 입체적인 게 유행이란 말이야?"

"그러게여."

도저히 이해가 가지 않는다는 듯 그녀가 미간을 찌푸리고 중얼거리자 조롱이가 동조했다.

"인간들은 참 이상해여. 저런 걸 왜 곳곳에 만들어 놓져? 예전에 왔을 때보다 더 늘은 것 같아여. 그땐 저 하늘색밖에 없었던 것 같은데."

"예전에 와 봤어?"

"주인님 따라서 엄청 예전에여. 주인님이 이런 조각상이 나올 때쯤이면 팔족들이 사는 근거지에 거의 다 도착한 거라고 말씀해 주셨거든여."

도시가 꽤 컸기에 팔족들이란 인간 무리도 엄청 클 줄 알았는데 근거지가 따로 있다는 조롱이의 말로 보아 꼭 크지만도 않은 듯싶었다.

"저기도 있네여. 아마 곳곳에 찾아보면 재밌게 생긴 조각상이 많을 거예여."

그가 이번에는 가로등보다 더 멀리 있는 소화전을 가리켰다. 무릎만 한 크기의 소화전 옆에서 빨간 남자 조각상이 소화전 밸브 쪽에 머리를 박은 채 거의 직각으로 허리를 굽히고 있었다. 흡사 소화전 밸브 속으로 머리채가 흡수되는 것 같았다. '다른 쓸모가 있겠지.' 하고 좋게 봐줄 수 없는 괴의한 형상이었다. 이예주의 미간이 한층 더 깊어졌다.

"힝, 그래도 보고 싶다고 혼자 막 돌아다니면 절대 안 돼여. 알았져? 누가 쥐도 새도 모르게 예주 누나 잡아가면 어떡해여?"

"보러 가라고 등 떠밀어도 안 가."

조롱이의 말이 끝나기가 무섭게 그녀가 부정했다. 곳곳에 솟아 있는 공감할 수 없는 괴상한 조각상들을 바라보며 이예주는 사람들의 흔적에 대한 안도보다 또 어떤 미친놈들이 튀어나올지 모른다는 불안감을 먼저 느꼈다.

"이딴 것 만들 시간에 그 히카톤인지 뭔지가 부숴 놓은 곳이나 복구할 것이지, 대체가……."

그녀가 고개를 절레절레 저으며 다시금 발걸음을 떼었다. 도시의 안쪽으로 깊숙이 들어갈수록 기괴하기 짝이 없는 조각상은 군데군데 알차게 위치해 있었다. 하나씩 등장하는 괴상한 인간 조각상들 때문에 이예주는 걷는 내도록 긴장을 풀 수가 없었다.

말없이 걷던 그녀가 자신과 조롱이를 제외한 다른 인기척을 알아챈 것은 보도블록 위에 대자로 엎어져 있는 조각상을 막 지나친 지 얼마 되지 않았을 때였다.

저벅저벅, 타닥. 저벅저벅, 타다닥. 어느 순간부터 조롱이와 자신의 단조로운 발걸음 소리에 불협화음이 은근슬쩍 끼어들어 있었다. 이예주는 서서히 발걸음을 늦췄다.

"조롱아. 이상한데? 어디서 자꾸 누가 따라오는 것 같은……."

"예주 누나! 이리로……!"

"히익!"

걸음을 늦춘 이예주의 손목을 조롱이가 불쑥 낚아채 잡아당겼다. 그녀가 괴성을 지르며 조롱이 쪽으로 끌려갔다.

"뭐야? 뭐야?!"

이예주는 화들짝 놀라 퍼뜩 제가 있던 자리를 돌아보았다. 그녀를 잡으려고 했던 듯 빠싹 메마른 손 하나가 허공에 멈춰 있었다. 사막에서 보았던 인간들만큼이나 남루하고 비루먹은 행색의 남자아이 하나가 초점 없는 눈으로 서 있었다. 조롱이의 또래 정도 되었을까.

커다랗게 치켜뜬 눈으로 소년을 자세히 뜯어보던 이예주는 문득 느껴지는 다른 시선에 천천히 고개를 돌렸다. 그녀의 입이 짝 벌어졌다.

"이, 이 사람들 대체 뭐……."

한눈에 봐도 대략 스무 명은 족히 넘어 보이는 거지 같은 몰골의 사람들이 어느덧 이예주와 조롱이의 뒤를 잔뜩 뒤따르고 있었다.

"대, 대체…… 이 사람들 언제부터……."

그녀가 새된 비명과도 같은 소리를 냈다. 조롱이가 그런 그녀를 힐끗 보며 제 품을 뒤적거렸다.

"팔족 땅에 기생하는 인간들이에여. 서쪽 대륙에 오는 존재들한테 구걸해서 얻어먹고 살아여."

"허. 그런데 왜 사람 간 떨어지게 소리 소문 없이……!"

"히잉, 사막에서 떠나기 전에 잘 챙겨 넣었는데 어디 있지……."

아이와 어른이 마구잡이로 뒤섞여 있는 무리는 누구 하나 빠짐없이 서울역 노숙자 뺨을 칠 만한 행색이었다. 게다가 이예주와 조롱이를 바라보는 눈빛이 어찌나 멍한지, 제정신으로 보이는 사람은 눈을 씻고 찾아봐도 없었다.

그런 주제에 이 많은 인원이 저와 조롱이의 뒤를 소리 하나 내지 않고 잘도 밟았다는 생각이 들자 소름이 돋을 지경이었다.

"야, 조롱아. 이 사람들 뭐야? 어떻게 좀 해 봐!"

"잠깐만여. 여기 어딘가에……."

그들은 이예주와 조롱이를 둘러싸는 것도 아니고, 그저 애매하게 그들의 앞에 층층이 늘어서 있기만 했다. 그녀가 동요하거나 말거나 신경 쓰지 않고 제 가슴을 뒤적이던 조롱이가 품에서 무언가를 휙 꺼내 들었다.

"아! 여기!"

드디어 조롱이가 무언가 조치를 취하겠다 싶은 마음에 이예주는 얼른 그 곁에 붙었다. 아무렴, 남자가 아무런 준비도 없이 조롱이와 자신만 덜렁 이곳에 보낼 리가 없을 테다. 암, 아무리 미친놈이어도 그렇게 무지막지한 놈은 아니었지 싶다.

겪어 본 적 없는 남자의 따뜻한 배려를 쥐어 짜내며 이예주는 애써 조롱이를 믿었다. 조롱이는 품에서 꺼낸 주머니의 입구를 열었다. 그리고 그 안에서 무언가를 한 줌 크게 집더니 비둘기에게 모이 뿌리듯 사람 무리에게로 그것을 좌악 뿌렸다.

그 모습이 개선장군 저리 가라 할 정도로 당당하고 자연스럽기 짝이 없어서 이예주는 후두둑 떨어지는 그것들이 처음에는 금가루라도 되는 줄 알았다. 그래서 하마터면 저도 모르게 이성을 잃고 그것을 줍기 시작하는 사람들 틈에 끼어들 뻔했다.

조롱이가 뿌린 알갱이들이 바닥을 뒹굴며 더러운 먼지, 흙 등과 뒤섞였다. 그러나 그것을 신경 쓰는 사람들은 아무도 없었다. 방금 전만 해도 자신을 보는 건지, 아니면 자신 앞의 허공에 떠다니는 먼지를 보는 건지 알 수 없었던 사람들의 눈이 갈망으로 번들번들해졌다.

이예주는 제 발치 앞에도 굴러떨어진 몇 개의 작은 알갱이들을 바라보았다. 그녀도 익히 알고 있는 것들이었다. 조, 수수, 보리, 쌀, 옥수수를 비롯한 여타 곡식 알갱이들.

어른, 아이 할 것 없이 인간들이 도로 위에 꿇어앉아 미친 듯이 그것들을 손으로 긁어모았다. 방금 전 이예주를 잡으려고 했던 조롱이와 비슷한 나이 대의 남자아이 하나가 그 틈에 섞여 저보다 어려 보이는 아이 하나를 거칠게 밀었다. 그러곤 박박 바닥을 긁었다.

그 필사적인 몸짓에 잠시 할 말을 잃고 서 있던 그녀가 다시 정신을 차린 것은, 조롱이가 신난 얼굴로 다시 한번 주머니에서 곡식을 한 줌 꺼내 뿌렸을 때였다.

"……지금 뭐 하는 거야?"

이예주가 한숨처럼 물었다. 또다시 떨어지는 곡식 알갱이들을 쫓아 사람들이 비둘기 떼처럼 움직였다.

"뭐 하긴여? 곡식 뿌리져."

조롱이가 별 이상한 것을 다 묻는다는 표정으로 대꾸했다. 그녀의 정신은 더욱 미궁 속으로 빨려 들어갔다.

"아니, 그러니까. 그러니까 왜 곡식을 뿌리냐고, 새 모이 뿌리는 것처럼! 그리고 이 사람들은 그걸 왜 줍고 앉아 있는 건데?"

"아, 참. 예주 누나는 대체 아는 게 뭐예여? 왜 줍긴여. 먹을 거니까 줍지. 진짜 숲에서 나랑 주인님 못 만났으면 어쩔 뻔했어여?"

"너랑 네 주인이 여기서 왜 나와."

"말해 줬잖아여! 주인님이 금지해서 인간들은 생존을 돕는 모든 것들을 할 수 없다고여! 그러니까 인간들한텐 식량만큼 귀한 것도 없어여. 요즘 인간들 사이에서는 곡식 알갱이가 돈으로도 쓰이나 봐여."

"……뭐?"

"기다려 봐여. 이 거지들은 구걸만 하는 게 아니니까여."

이예주가 얼빠진 얼굴로 조롱이를 한 번, 그리고 바닥을 기고 있던 사람 무리를 한 번 쳐다보았다.

그때 그 틈에서 정신없이 곡식을 주워 제 앞주머니에 담던 조롱이 또래의 남자아이가 마저 담지 않고 자리에서 벌떡 일어났다. 소년은 제 가슴을 두어 번 툭툭 치고는 뒤를 돌아 걷기 시작했다.

"따라오란 뜻인가 봐여. 가여, 예주 누나."

조롱이가 아직까지 바닥을 기어 다니는 사람들을 헤치며 앞서 나갔다. 그 뒤를 어벙한 표정의 이예주가 뒤따랐다.

남자아이는 지금껏 그녀와 조롱이가 걸어오던 중앙 도로에서 옆으로 빠지는 작은 도로로 들어갔다. 그리고 조금 더 걷다가 어떤 건물의 모퉁이를 돌아 샛길로, 샛길을 따라 조금 더 걷더니 다시 큰길로 빠졌다.

하도 복잡해서 중앙 도로 이외의 다른 곳으로 가는 것은 엄두도 못 냈던 이예주와 조롱이는 다행이라는 눈빛을 교환하면서 허겁지겁 아이의 뒤를 쫓았다. 만약 뭣도 모르고 아무 길이나 들어섰다면 틀림없이 길을 잃었을 것이다. 그 정도로 커다랗고 복잡한 규모의 도시였다.

아이는 먼저 휙휙 길을 걷다가도 조롱이와 이예주가 뒤처지면 걸음을 멈추고 묵묵히 기다려 주었다. 그 모습이 꼭 밥값을 하겠다는 몸짓 같아서 그녀는 마음이 심란해졌다.

"이해가 안 돼……."

"뭐가여?"

"사람들이 동물도 아니고 곡식 알갱이에 저렇게 환장을 한다고? 난 조롱이 네가 금화라도 뿌리는 줄 알았어. 무슨 비둘기 떼도 아니고. 그것도 동물이 뿌려 주는 건데……."

물론 그 사람들은 모르겠지만. 조롱이의 본질이 새라는 것을 아는 이예주가 멋쩍게 웃으며 덧붙였다.

그러고 보니 완전 우스운 상황이 되어 버렸다. 어디서나 흔히 볼 수 있는 비둘기 떼에게 빵가루를 뿌리는 사람들이 있는 2017년. 새가 사람들에게 곡식 알갱이를 뿌리는 3019년.

"이거 완전 주객전도잖아? 뭔가 좀…… 소름 돋는다. 그치, 조롱……."

"……왜여?"

무의식 적으로 조롱이의 동의를 구하려던 이예주는 자신을 빤히 올려다보고 있는 금안을 발견하고 말을 멈췄다. 그녀를 전혀 이해하지도 공감하지도 못하겠다는 표정이다.

"어차피 저한텐 필요도 없는 곡식, 구걸하는 사람들한테 뿌리는 게 뭐가여?"

"……어? 아니, 그게 아니라. 어, 그러니까……."

"아, 누나는 인간이니까 인간이 구걸하는 게 소름 돋는 거예여? 아니면 동물이 인간에게 곡식을 뿌려서?"

조롱이가 커다란 동공을 도로록 도로록 굴리며 고개를 갸웃거렸다.

"동물들만 구걸하라는 법도 없잖아여. 말 못하면 인간들도 똑같은 동물인데."

길을 안내해 주는 소년의 뒷모습을 바라보며 내뱉는 조롱이의 목소리가 냉정했다. 딱 잘라 말하는 태도가 싸늘하다 못해 섬뜩하기까지 했다.

인간들은 농사를 짓지 못한다고 차갑게 말하던 사막에서의 조롱이가 생각났다. 숲에서도 생각했던 것이지만, 평소엔 안 그러다가도 이예주가 인간임을 자각할 때마다 유난히 날카로워지는 듯한 느낌이었다.

"아…… 그건 그렇지."

멍하니 조롱이의 말에 끄덕이며 그녀는 입을 꾹 다물었다. 맞는 말인지라 대꾸할 말이 없다는 것이 더 정확했다.

조롱이의 말마따나 자신이 인간이라서 그런 것인가. 사실 이런 일련의 일들을 그녀로선 쉽게 받아들이기가 어려웠다. 남녀노소 할 것 없이 흩뿌려진 곡식 알갱이 위를 허겁지겁 덮치던 사람들의 잔상이 눈가에서 가시지 않았다. 이지를 잃은 그 눈엔 식량에 대한 욕심, 오로지 그뿐이었다.

"……농사를 지을 수 없다는 건 그렇다 쳐도. 이 커다란 도시에 먹을 게 하나 없어서 저 많은 사람들이 구걸을 하는 게 말이 되나?"

쉬이 사라지지 않는 의문 탓에 이예주는 다시 한번 중얼거렸다.

앞서가던 남자아이가 왼쪽 모퉁이를 돌아 휙 사라졌다. 걸음을 빨리하여 덩달아 모퉁이를 돌자 1차선 도로가 나왔다. 남자아이는 벌써 길을 건너 반대편 보도블록에 서서 그들을 기다리고 있었다.

그 아이 뒤로 회색 시멘트 벽에 붙어 있는 긴 머리 여인의 조각상이 보였다. 처음에 보았던 조각상처럼 꼭 회색 시멘트 벽에 빨려 들어가는 것 같았다. 소름 돋게도 조각상의 얼굴이 겁에 질려 있었다.

"여긴 시간이 멈춘 땅이에여, 누나."

"……응?"

이예주가 조각상의 얼굴로부터 시선을 떼고 조롱이를 휙 돌아보았다.

"세기말 용암 폭발 전부터 팔족 인간들이 모여서 살았던 곳이라 했어여. 세기말 용암 폭발이 일어나자 팔족 인간들이 시간을 멈췄어여."

"시간이 멈춰……?"

중구난방으로 세워져 있는 차들을 피해 1차선 도로를 건너기 시작한 그들의 모습에 남자아이가 다시 뒤돌아 걷기 시작했다.

조롱이의 말을 들은 이예주는 새삼스러운 눈으로 주위를 둘러보았다. 그러고 보니 꽤 오래 걸었음에도 날이 저물거나 어두워지지 않았다는 사실을 깨달았다. 도시는 여전히 그대로였다. 금방이라도 비가 쏟아져 내릴 듯 어둑어둑하고 우울한 날씨 그대로. 하늘에 시꺼멓게 몰린 구름도 변함없었다.

그녀는 한참 동안 고개를 바짝 쳐올려 하늘을 올려다보고 걸었다. 구름이 움직이지 않았다. 시꺼멓게 몰려온 구름 뭉치들이 단 한 치도. 하늘에 박제라도 된 것처럼 단 한 치도 말이다.

"시간을 멈췄다고?"

"시간이 멈춘 땅에서 먹을 수 있는 것들이 자랄 리가 없잖아여."

"……."

"히카톤에게 짓밟히면 짓밟힌 채로. 먹을 것을 뜯어 먹으면 뜯어 먹은 그대로. 고갈되긴 해도 더 추가되는 것은 없어여. 여기 사는 인간들은 히카톤에 대항하지도, 딱히 살 방법을 강구하지도 않아여. 어떻게 이딴 곳에서 그렇게 긴 시간을 살아남을 수 있는지 의문이에여."

머리끝부터 척추를 타고 전율이 쫘악 전신을 강타했다. 그 이유는 알 수 없었다. 손끝이 덜덜 떨리는 것 같기도 했다.

시간이 멈춘 땅. 세기말 용암 폭발 때 시간을 멈췄으면 1000년이나 멈춘 땅이란 소리다. 1000년 전부터 지금 이 모습 그대로.

이예주는 조각상 하나를 더 지나쳤다. 정말 징그럽게도 곳곳에 포진되어 있는 것들이었다. 안 그래도 음침한 분위기를 기괴한 모습의 조각상들이 더 우울하게 만들었다.

"……저 조각상들은? 네가 전에 왔을 때보다 더 많아졌다고 했잖아. 추가되는 게 없으면 저런 건 어떻게 만들어 대는 거야?"

"어? 그러게여. 저런 건 대체 왜 만들어 대는 거지?"

불쑥 떠오른 생각에 이예주가 묻자 조롱이 또한 의문 어린 소리로 대답했다.

"뭐. 팔족 인간들이 멈춘 땅이니 팔족 인간들은 예외인가 보져. 무슨 생각으로 저런 것들을 만드는지는 모르겠지만여."

앞서 가던 소년이 이번에는 오른쪽으로 휙 몸을 꺾었다. 그녀는 그가 사라진 모서리를 손가락질했다.

"……쟤도 그럼 팔족이야? 아까 그 구걸하던 사람들도 그럼……."

조롱이는 고개를 설레설레 가로저었다.

"아니에여. 시간족들은 서로를 잡아먹으면 잡아먹었지, 구걸 같은 거 안 해여. 아마 사막을 떠돌다가 버려진 일반 인간들이거나 시간족과 인간 사이에서 태어난 돌연변이들일 거예여."

아이가 지나간 자리를 따라 걷던 조롱이와 이예주는 모퉁이를 돌자마자 어두컴컴해진 주위에 놀라 걸음을 멈췄다. 더 이상 도로와 건물은 없었다.

"……헐."

이예주는 아까 뒤를 따라왔던 사람들을 발견했을 때보다 커다랗게 입을 벌렸다. 커다란 빌딩이 해를 가려 그림자를 드리워 내듯, 그들의 앞을 막아 선 것은 커다란 파도였다. 어느 빌딩보다도 더 큰 파도.

그녀는 서울 한복판에 용암이 쏟아져 내려 정신없이 '문'을 건너던 때를 떠올렸다. 붉은 침을 뚝뚝 흘리는 거대한 용암 파도가 해일처럼 몰려와 빌딩을 집어삼켰었다. 그때의 그 용암 파도가 지금 그녀의 앞에 시뻘건 아가리를 벌린 채 뚝 멈춰 있었다.

금방이라도 바닥에 떨어져 모든 것을 태워 먹을 것처럼 검붉은 용암 덩어리 수십 개가 공중에서 멈춰 있었다. 이미 떨어진 용암 덩어리들은 바닥에 떨어진 반동력으로 다시 허공에 솟구친 채 굳었다. 철퍽하는 환청이 귓가에 울려 퍼지는 것 같았다.

그 외에 자동차를 덮친 마그마, 주택을 집어삼키고 금방이라도 질질 흘러내릴 것 같은 걸쭉한 액체. 그것들이 도시 한복판에 위태롭게 멈춰 있었다.

이예주는 다시 집채만 한 파도를 올려다보았다. 목을 쭉 쳐올려도 그 끝이 보이지 않았다.

"어떻게 이런 미친……."

시간이 멈춘 땅이라는 조롱이의 말이 통렬하게 와 닿았다. 그러나 그녀는 이 미친 곳을 마냥 그렇구나 하고 넘길 수가 없었다.

무슨 이딴 곳이 다 있지? 시간이 멈췄다니. 이게 말이 되나?

이예주는 제가 혹시 꿈을 꾸나 하고 슬쩍 왼쪽 손목을 들었다. 흉측한 검은색 흉터가 자글자글하게 손목을 가르고 있었다. 꿈이 아니었다.

"여긴 아직도 그대로네여. 엄청 옛날에 왔었는데 하나도 변한 게 없어여."

조롱이가 옆에서 주절댔다. 그러자 그때까지 한쪽에 멍하게 서 있던 남자아이가 주춤주춤 그들 곁으로 다가왔다. 그러더니 아까처럼 제 손으로 가슴을 두어 번 내리쳤다. 조롱이가 '아!' 하더니 서둘러 품에서 무언가를 뒤적거렸다.

"여기 있어여. 데려다줘서 고마워여. 뺏기지 말구여."

조롱이는 제 품에서 곡식 주머니를 꺼냈다. 그리고 그것을 통째로 남자아이의 손에 넘겼다.

채 완전히 건네기도 전에 그것을 낚아챈 아이가 인사도 없이 서둘러 모퉁이를 돌아 뛰어갔다. 그 뒤를 바라보며 조롱이가 '힘센 인간한테 뺏기면 안 될 텐데.' 하고 중얼거렸다.

"……저렇게 다 줘도 돼?"

"우리 길잡이를 하려고 아까 얼마 안 주웠을 거예여. 눈치가 빠르네여. 눈앞에 있는 것을 줍는 것보다 여기까지 데려다주는 게 더 이득이라는 걸 알고 있던 거져. 그리구 이제 다시 곡식 뿌릴 일도 없는데여, 뭐."

그렇게 말하며 조롱이는 어깨를 한 번 으쓱했다.

이예주는 다시 용암 파도를 향해 눈을 돌렸다. 아까 구걸하는 인간들을 보았을 때는 그저 심란하기만 하던 머리가 이제는 터질 것처럼 복잡했다.

단순히 생각하자면 그녀에게 좋은 일이었다. 1000년 전을 알고 있는 사람을 만날 수 있을지도 모르니까. 하지만 예상했던 것과 너무나도 다른 미래의 모습이 단순한 사고를 방해했다.

그녀는 조심스럽게 벽같이 솟은 채 멈춰 있는 용암의 근처로 다가갔다. 혹시 이것도 조형물이 아닐까. 이 도시에는 조각에 조예가 깊은 사람들이 많이 사는 것 같아 보이니 이것 또한 조각일지도 모른다. 너무나도 진짜 같은 조각.

그녀가 조심스럽게 손을 뻗자 조롱이가 날카로운 목소리로 제지했다.

“만지지 마여! 그냥 멈추기만 한 거지, 식거나 굳은 거 아니니까여. 위험해여. 떨어져여, 예주 누나.”

“모르겠어.”

화들짝 손을 떼며 이예주가 거대한 용암 파도에서 몇 발자국 뒷걸음질 쳤다.

“시간족은 또 뭐고, 시간을 멈추는 건 다 뭐야.”

“…….”

“시간이 멈춘 거면 여긴 아직 현대일지도 모른단 소리잖아? …… 난 과거로 가야 하는데 여긴 2017년에서 시간이 멈춘 거니까…….”

“예, 예주 누나?”

“……설마. 여긴 그럼 현대야? 아니, 아니야! 아니야!”

홀로 염불 외듯 무언가를 중얼거리던 이예주가 갑작스레 제 머리를 거세게 쥐어뜯으며 마구 고개를 뒤흔들었다.

“흐흡, 하흑…… 나 집에 갈 수 있는 거 맞아?”

“…….”

"흐흑. 어떡해, 어떡하냐구!"

그녀가 신음과도 같은 비명을 내질렀다.

모르겠다. 정말로 아무것도 모르겠다.

서쪽 대륙으로만 오면 과거로, 집으로 돌아갈 수 있다고 철석같이 믿고 있던 그녀의 믿음에 금이 가기 시작했다.

"예주 누나. 무, 무슨 일인지는 모르겠지만 일단 진정해여. 진정하고……."

"진정 못해! 어떻게 진정할 수 있어! 집에 갈 수 있을지 없을지도 모르겠구만!"

"누나 집이여? 다, 다리족이여? 아니면 인간들 모여 사는 동쪽 대륙……."

"하…… 미치겠네. 제발……."

이예주가 울먹거리며 속에서 우러나온 한숨을 아낌없이 터뜨렸다. 머릿속이 온통 혼잡했다. 이제 어떻게 해야 자신은 과거로 돌아갈 수 있는 걸까. 예전처럼 손목이라도 그어야 하는 걸까.

아니, 아니지. 여기에는 온갖 위험 천지이니 굳이 손목을 긋는다든가 자해를 하지 않더라도 '문'이 알아서 잘만 열릴 것이다. 실제로 최단 기간 동안 몇 번이나 연속해서 '문'을 건넜지 않은가.

그렇지만 '문'을 건너기도 전에 죽으면 어떡하지? 망할! 그러고 보니 자신의 힘에 대해 남자에게 설명해 주기로 약속한 것도 있다.

남자가 말했다. 그녀를 서쪽에다 데려다주고 그녀와 같은 힘을 가지고 있는 다른 인간들을 만나면 친절을 발휘해 같이 죽여 주겠다고. 자신과 같은 능력을 가진 인간이 또 있을 리도 없겠지만, 있다 해도 죽일 것이고 없다 해도 죽일 것이 분명했다.

"하……."

이예주가 다시금 땅이 꺼져라 한숨을 푹 쉬었다. 조롱이가 그녀를 위로하듯 말을 건넸다.

"무서워서 그래여, 예주 누나? 걱정 마여. 팔족들이 주인님께 몰살당하지 않는 이상 여기 시간이 다시 흐를 것도 아니구여. 주인님도 여기 팔족 땅에 사는 인간들이 가장 불쌍한 인간들이라고 했으니 바로 죽이고 그러진 않으실 거예여."

"불쌍? 그 인간이?"

이예주는 헛웃음을 지었다. 황조롱이는 말도 안 된다는 그녀의 부정에 새초롬하게 눈을 치켜뜨고 반박했다.

"예주 누나, 자꾸 주인님을 아무나 막 죽이는 무뢰배로 보는데여. 주인님은 항상 관대하게 벌을 내리시는 거예여. 죄 없는 인간들까지 마구 잡아 죽이는 건 아니라구여. 얼마나 공명정대하신대여!"

"……그래그래. 퍽이나 그러시겠지……."

무조건적인 찬양을 흘려들으며 이예주가 썩은 표정으로 고개를 돌렸다. 그러거나 말거나 한 번 말문이 터진 조롱이의 입은 닫히지 않았다.

"그리구여. 저두 처음에는 주인님 말씀이 이해가 안 갔는데여. 여기 팔족 땅에 사는 인간들이 제일 불쌍타 하신 건 맞는 말 같아여."

"불쌍하긴 뭐가? 위험할 때마다 시간도 멈출 수 있고. 나도 이런 능력이나 있었으면 좋겠다, 차라리."

이런 망할 능력 말고. 그녀가 한탄처럼 대꾸하자 조롱이가 도르륵 눈알을 굴렸다.

"생각을 해 봐여. 시간이 멈춘 곳에서 산다는 거여. 아무것도 바뀌지 않고 아무것도 변하는 것 없이 언제나 같은 자리, 같은 시간 속에서여. 시간이 흐르는 곳의 다른 인간들은 나이를 먹고 죽어 갈 거 아니에여. 애정을 준 상대는 죽어 버리고 나만 계속 똑같은 자리에 남겨지는 게 얼마나 무서운 건데여."

그 말을 내뱉은 조롱이가 조심스레 제 위에 떠 있는 용암 덩어리를 바라보았다. 금방이라도 그들을 덮칠 것만 같은 그것이 생생한 색감을 자랑했다. 조롱이는 혼잣말처럼 중얼거렸다.

"팔족 인간들은 시간을 멈추고 나서 왜 다시 시간을 흐르게 하지 않았을까여?"

"……."

"……이 용암 때문인가? 오랜 시간 동안 시간을 멈추려면 끊임없이 힘을 쏟아부어야 할 텐데여. 팔족들은 원래 시간을 멈춘 사이에 자기에게 필요한 행동을 하거든여. 예를 들면 뭘 훔치든지, 아니면 위험으로부터 도망가든지여. 저 같으면 시간을 멈추고 다른 데로 도망갔을 거예여."

"위험해서 그런 게 아닐까? 저런 용암 덩어리가 사방에서 쏟아져 안전한 곳을 찾기가 힘들었나 보지."

이예주가 서울 한복판을 덮쳤던 용암을 떠올리며 시큰둥하게 말했다. 그러나 조롱이는 설레설레 고개를 저으며 여전히 의문 어린 표정을 지었다.

"글쎄여. 예주 누나나 저나 1000년 전엔 없었으니까여. 단정 짓긴 어렵지만……."

이예주는 뜨끔해서 먼 산을 바라보았다. 그를 눈치채지 못한 조롱이가 혼잣말처럼 중얼거렸다.

"시간을 멈춘 건지, 멈춘 시간 속에 갇힌 건지…… 잘 모르겠네여."

그 말을 끝으로 그는 뒷머리를 긁적이며 어색하게 웃었다. 이예주는 웃지 않았다. 남이야 시간을 멈추든, 용암에 깔려 뒈지든, 자신이 과거로 돌아가는 일과는 하등 관계가 없는 일이었기 때문이다.

그때였다.

"손님이 오셨다는 전달이 늦어 마중을 이제야 나왔네요. 죄송합니다."

가느다란 미성이 들렸다. 소리가 나는 쪽으로 고개가 휙 돌아간 것은 당연한 일이었다.

"어서 오세요. 뉴 힐튼에 오신 것을 환영합니다."

하늘하늘한 옷을 입고 있는 아름다운 금발 여성이 어느 틈에 골목에서 튀어나와 서 있었다.

이 동네 사람들은 모두 귀신이 붙었나. 왜 이렇게 소리 소문 없이 나타나서 사람 염통을 쫄깃하게 만드는지 모르겠다.

"누, 누구세요?"

"저는 일리야라고 합니다. 팔족 일원이죠. 족장님의 저택까지 안내해 드릴 테니 저를 따라오세요. 기다리고 계신답니다."

금발 머리, 푸른 눈의 서양인이었다. 외국인이 분명한데 그녀는 유창한 한국어로 인사했다. 발음이 어눌한 것 또한 아니라서 이예주는 내심 놀랐다.

간단히 제 소개를 마친 일리야라는 여자는 그대로 몸을 돌려 골목길로 걸어가기 시작했다. 그녀가 입은 옷이 펄럭하고 휘날렸다. 그 밑으로 매끈한 여자의 다리가 보였다. 이런 음침한 도시와는 전혀 어울리지 않는 야스러운 천 쪼가리였다.

"따라가도 되는 거야?"

이예주가 의심이 가득 찬 눈을 가늘게 뜨고 조롱이에게 턱짓했다.

"일단 가 보자구여."

조롱이가 대답하면서 여자의 뒤를 따라 골목길로 들어섰다. 여전히 꺼림칙했지만 그녀는 별수 없이 그 뒤를 조심히 따랐다.

골목길은 어둡고 습했다. 그리고 점점 좁아졌다. 처음에는 성인 대여섯 명이 일자로 서서 걸어도 너끈했던 골목의 폭이 몇 분 채 걷지 않아 급격히 좁아지더니, 급기야 한 명이 간신히 끼여 걸을 수 있을 정도가 되었다.

여자는 익숙한 길인지 막힘없이 앞서 걸었다. 어둠 속에서 금발 머리가 반짝거렸다. 그 뒤를 조롱이가, 그리고 조롱이의 뒤를 이예주가 이어 걸었다.

골목길은 꺾어지는 곳이나 옆으로 빠지는 샛길 하나 없이 일자로 쭈욱 이어졌다. 축축하고 습한 물방울들이 툭 하고 정수리 위로 떨어지자 이예주는 오만상을 찌푸리고 머리를 털어 댔다. 실제로는 아니었지만 어디선가 하수구 냄새가 나는 것 같았다. 급격히 좁아진 길처럼 그녀의 기분 또한 급격히 나빠졌다.

목을 움츠리고 말없이 조롱이의 뒤통수만 보고 따라 걸은 지 수십 분째. 마침내 출구로 보이는 빛이 멀리서 희미하게 새어 들어왔다. 그것이 반가워 이예주는 걸음을 재촉했다. 일단 어디든 도착해서 쉼 없이 걸었던 발을 쉬게 하고 싶었다. 고픈 배도 채우고 가능하다면 꼬질꼬질한 몸도 좀 씻고 싶고…….

여자의 뒤를 이어 조롱이 그리고 이예주가 차례로 좁은 골목길을 빠져나왔다. 일행의 앞에 삭막하고 음침하던 도시와는 정반대인 별세계가 펼쳐졌다.

한눈에 봐도 아기자기한 집들이 옹기종기 모여 있었다. 빨간색, 노란색, 초록색 등 색색의 지붕과 새하얀 벽이 인상적인 마을이었다. 군데군데 활짝 핀 꽃으로 장식되어 있어서 어두침침한 날씨에도 불구하고 분위기가 화창해 보였다.

예쁜 동네를 거닐고 있는 사람들은 모두 일리야처럼 날씬하고 아름다운 미인들이었다. 남자들은 보이지 않았다. 남자아이 또한 마찬가지였다. 예쁘장한 여자아이들은 있었지만, 모두들 하늘거리는 얇은 치마를 걸치고 종종 걸음을 옮기고 있을 뿐 바지를 입은 아이는 단 한 명도 보이지 않았다.

여리여리한 여자들이 한쪽 나무 밑에 앉아 빨래를 개키거나 모여서 까르르대고 이야기를 나누었다. 개중 이예주와 눈이 마주치는 여자들이 환하게 웃으며 눈인사를 건넸다. 하나같이 아름다운 천을 뒤집어쓰고 있었기에 이예주는 뻘쭘한 얼굴로 제가 입은 후드티와 청바지를 내려다보았다.

그때 어디서 향긋한 냄새가 나는가 싶더니 일리야와 비슷한 옷을 입은 갈색 머리 여자 하나가 고개 숙여 인사했다.

"일리야 님, 오셨습니까? 이쪽은 말씀하신……."

"네. 서쪽 대륙을 찾아 주신 손님들이에요. 족장님 저택의 식사 준비는 잘되고 있죠?"

"그럼요. 손님들이 묵을 방까지 다 치워 놨습니다."

여자의 말을 은은한 미소로 경청하던 일리야가 고개를 끄덕이더니 환히 웃으면서 이예주와 조롱이를 돌아보았다.

"피곤하시죠? 어서 저택으로 가서 씻고 같이 저녁 들어요. 따라오세요."

어안이 벙벙한 환대에 조롱이와 그녀가 서로를 돌아보며 눈을 마주했다. 이 사람들 뭐야? 미심쩍음이 철철 흘러나오는 이예주의 눈을 마주한 금안이 저도 모르겠다는 듯 곤욕을 잔뜩 담은 채 빛났다.

이제라도 돌아가야 하나? 이예주는 그들이 빠져나온 좁은 골목길을 뒤돌아봤다. 걸을 땐 잘 몰랐는데 그 길이가 꽤 긴지 반대쪽 출구가 보이지 않았다. 진지하게 골목의 좁은 입구와 마을의 광경을 번갈아 보던 이예주는 문득 스윽 다가와 골목을 막아서는 인영에 놀라 고개를 들었다.

검은 머리 언니 한 명이 커다란 가슴을 흔들며 이예주가 바라보는 골목 입구에 서서 그녀의 시선을 차단했다. 그러더니 눈이 마주치자 사르르 웃었다. 뭐지, 싸우자는 건가?

"누나."

그때 조롱이가 그녀의 후드 끝자락을 마구 끌어당겼다. 일리야라는 여자가 다시 앞서서 걷기 시작했기 때문이다. 이대로 끌려가도 되는 걸까……. 이예주는 미련이 남은 것처럼 연신 뒤를 돌아보았지만, 그들이 빠져나온 골목 입구는 더 이상 보이지 않았다.

"누나, 누나."

조롱이가 다시 한번 이예주의 팔을 뒤흔들었다. 성화에 못 이겨 흘긋 바라보자 조롱이가 앞서 걷는 일리야 쪽을 눈짓했다. 무언가 낌새가 수상하니 지금이라도 그만 돌아가자는 것 같았다.

이예주는 그에 동감했지만, 그럼에도 갈등했다. 이곳이 정말 1000년 전에 시간이 멈춘 곳이라면 자신은 대체 어느 시점으로 돌아가야 한단 말인가? '문'을 건너오기 전의 서울은 사방에서 뜨거운 용암이 몰아치는 불바다였는데…….

"아니야."

이예주는 금세 고개를 저었다. 끔찍한 생각 마. 시뻘건 미친놈에게서 어떻게 살아남아 이 서쪽 대륙에 도착한 건데.

그녀는 과거로 돌아가야 했다. 과거로 돌아가서 엄마를 되살리고 망해 버린 제 인생을 바로잡아야 했다. 과거로 돌아가기 전에는 절대 이 연고지도 없는 미친 곳에서 죽을 수 없었다.

그러기 위해서는 여기서 눈을 시퍼렇게 뜨고 과거로 가는 방법을 찾아야 했다. 기필코. 잠시 볼일 보러 갔다는 조롱이의 주인 놈이 돌아와서 자신을 죽이려 들기 전에.

"아니야, 아니야! 가자. 빨리 가야 돼."

저와 남자의 계약까지 생각이 미친 이예주가 새파랗게 질린 얼굴로 발걸음을 재촉했다.

"에? 누, 누나."

무어라 말하기 위해 입을 열던 조롱이는 웃는 얼굴로 그들을 기다리고 있는 일리야 때문에 도로 입을 다물었다. 그는 불안한 얼굴로 어쩔 수 없이 이예주를 따랐다.

팔족 땅은 불길하고 스산했다. 그리고 일리야라는 여자는 어딘지 찜찜하게 느껴졌다. 하지만 조롱이로서는 별수 없었다. 자신이 돌아올 때까지 인간 여자를 철저히 감시하라던 주인님의 지엄한 명령이 있었기 때문이다.

그렇게 이예주는 불타오른 과거를 외면한 채 1000년 동안 시간이 멈춘 땅에 완전히 들어섰다.

마을의 끝에 이르러서까지 이예주가 보고 눈인사를 나눈 사람들은 아름다운 여성들뿐이었다. 일리야에게 남편들이나 청년들은 없냐고 물어보려던 그녀는 곧 드러난 또 다른 광경에 아연실색해 입을 다물었다.

마을 정중앙에 난 길을 따라 걸으니 그 끝에 중세 시대에나 있을 법한 거대한 저택이 나왔다. 정교한 철제문이 그들을 반기듯 활짝 열려 있었다. 어디선가 근위병 혹은 마차가 튀어나올 것 같은 분위기였다.

철제 대문을 지나치자 강렬한 꽃향기가 이예주의 코를 찔렀다. 중앙에서 저택의 현관까지 쭉 나 있는 길 옆으로 여러 종류의 꽃들이 난무하게 피어난 정원이 펼쳐져 있었다. 이 모든 꽃들이 사시사철 변하지 않고 피어 있을 거라 상상하니 기분이 조금 으스스해졌다.

그런 생각을 할 때쯤 일행은 저택 현관에 도착한 상태였다. 일리야가 아무런 거리낌 없이 두 손으로 양 문고리를 잡아 돌렸다. 잠겨 있지 않았는지 문이 소리 없이 스윽 열렸다. 자신과 조롱이가 올 것을 미리 알고 있었던 것 같다는 우스운 생각이 들었다.

내부는 굉장히 화려했다. 천장에 매달린 커다란 샹들리에와 빛을 받아 반짝이는 대리석. 중앙에 있는 계단은 난간까지 온통 황금색이었다. 저택 내부의 꿈 같은 웅장함에 이예주는 다시 기분이 이상해졌다.

그때 일리야가 환한 미소를 지으며 뒤로 돌았다.

"손님들의 방은 2층에 준비해 뒀습니다. 2층으로 가시면 다시 방을 안내해 줄 사람이 기다리고 있을 테니, 방으로 돌아가 씻고 여독을 풀고 계세요."

"예? 아……."

"저녁 식사가 준비되는 대로 다시 말씀드리러 가겠습니다."

"……네, 네."

어서 가라는 듯한 일리야의 몸짓에 이예주는 어색한 웃음을 지으며 조롱이를 끌고 계단을 올라갔다. 2층으로 올라가니 메이드 복장을 입고 있는 여자가 정말로 자신들을 기다리고 있었다. 공손히 이예주와 조롱이에게 목례를 올린 여자가 앞서가며 1층만큼 넓은 2층을 안내했다.

그녀의 방은 모퉁이를 돌아야 나오는 거의 끝 부분에 위치했다. 방문을 열어 주는 여자의 친절을 사양치 않으며 이예주는 방 안으로 들어섰다. 그 뒤를 조롱이가 따라 들어가려 하는데 불쑥 여자가 조롱이의 앞을 막아섰다.

"손님의 방은 다른 쪽에 준비해 두었습니다."

"에엑? 왜여? 저는 누나 곁에 있어야 되는데여?"

조롱이가 화들짝 놀라 항의했지만 메이드는 난처한 웃음을 지을 뿐 뜻을 굽히지 않았다.

이예주 또한 처음에는 조롱이와 떨어진다는 생각에 약간 멈칫했지만, 그의 말을 듣고 바로 마음을 돌렸다. 조롱이 녀석이 저러는 게 다 자신을 감시하기 위함임을 깨달았기 때문이다.

그가 나쁜 게 아니라는 점은 잘 알고 있다. 하지만 어찌 됐건 황조롱이는 자신을 죽이려 하는 놈의 부하였다. 게다가 같이 있으면 과거로 갈 방법을 찾으려 하는 자신을 필시 저지하려 들 게 뻔했다. 괜히 녀석과 함께 있다가 과거로 내뺄 궁리만 하는 제 계획을 들켜 봤자 좋을 것 하나 없었다.

"어딜 숙녀 방에 같이 있겠다는 거야? 얼른 네 방으로 가."

그녀가 조롱이를 바라보며 말했다. 조롱이가 울상을 지으며 고개를 저었다. 그러나 한 번 더 "빨리 안 가?!" 하고 눈을 부라리자 어쩔 수 없이 발걸음을 돌렸다.

여자를 따라 걸음을 옮기며 조롱이가 불쌍한 얼굴로 몇 번 더 뒤돌아보았다. 그런 녀석이 눈에 밟혔지만 그녀는 애써 모른 척 외면하고 방 안으로 들어섰다.

거대한 저택의 저력을 보여 주듯 방 안 또한 넓고 화려하기 그지

없었다. 드라마에서나 보던 호텔 스위트룸 같은 방. 그 모습에 현실 감각이 떨어져 제 볼을 꼬집어 보던 이예주는 문득 제게 베풀어진 이런 과분할 정도의 환대가 찜찜하다는 생각이 들었다.

이 세상으로 넘어온 이후 그녀가 만난 말이 통하는 인간이라곤 틈만 나면 자신을 죽이려 하는 시뻘건 눈의 미친놈과 외눈박이 삼 형제 그리고 그들의 아비인 망할 노인네뿐이었다.

정말 오랜만에 자신에게 해를 끼치지 않고 말도 잘 통하는 인간들을 만난 것이다. 게다가 집으로 돌아갈 수 있는 실마리가 이곳에 존재할지도 모른다. 자신을 일리야라 소개한 여자는 상냥했고 더없이 고마운 친절을 베풀고 있다.

그런데 뭐가 이렇게 느낌이 구리지? 팔족인지 뭔지라서 그런가? 숲에서 자신을 잡아먹으려고 했던 다리족들과 같은 시간족 뭐시기라서?

그동안 너무 인간 같지 않은 끔찍한 놈들을 많이 만나 왔기 때문일까. 괜스레 드는 의구심에 이예주는 가느다란 눈초리로 방 안을 다시 한번 훑어보았다. 그러나 뭔가 구리다 싶으면서도 딱히 위화감이나 부조화한 부분은 조금도 존재하지 않았다.

"하, 나도 모르겠다……."

사건 현장을 방문한 형사처럼 방 안을 샅샅이 훑던 이예주는 이내 몸에서 힘을 풀며 실소를 내뱉었다. 이곳이 위험하다면 자신을 죽이려고 하는 그 시뻘건 미친놈이 감시랍시고 조롱이를 제게 붙일 리가 없었다. 신인류라면 끔찍이 여기는 놈이니.

그냥 지금을 즐기자. 언제 놈에게 거짓말이 들통나 목숨을 걸고 도망쳐야 할지 모르니까. 그전에 조금이라도 힘을 비축해 두는 편이…….

그렇게 경계심을 내려놓자 제일 먼저 침대가 보였다. 대체 몇 주 만에 보는지 모를 킹사이즈 침대가 그녀를 반기듯 떡하니 방 한가운데 놓여 있었다. 이예주는 감격에 젖은 얼굴로 침대를 향해 뛰어들었다.

"으! 이게 얼마 만이야!"

푹신한 감촉이 느껴지자 온몸을 짓누르던 피로가 씻은 듯이 녹아내리는 것 같았다. 바삭하게 마른 냄새가 나는 침대 시트에 얼굴을 마구 비비며 '이대로 잠이나 먼저 잘까.' 하고 고민하던 그녀는 노크 소리에 퍼뜩 고개를 들었다.

들어오란 말도 하지 않았는데 문이 벌컥 열리더니 방 안으로 은은한 미소를 띤 일리야가 들어왔다. 그 뒤로 메이드 복장을 한 여자 두 명이 따라 들어왔다.

"방은 마음에 드시나요? 손님이 오시느라 급하게 치우긴 했는데 마음에 드시지 않는다면 다른 방으로 옮겨……."

"아, 아니요! 아니에요. 정말 마음에 들어요, 정말."

당치도 않는 말을 한다는 듯 이예주가 격하게 고개를 흔들었다. 이런 넓은 방이 아니라 모텔 단칸방을 내줬더라도 눈물을 흘리며 감사할 지경이었다. 마음에 든다고 연신 강조하는 그녀를 보며 일리야가 다시 미소를 짓고 이야기했다.

"다행이네요. 여기 있는 아이들은 레이디의 목욕 시중을 들기 위해서 왔습니다."

"예? 목욕 시중이요?"

"네. 많이 피곤하시겠지만 먼저 목욕부터 하고 쉬시는 게 어떨까요?"

이예주가 목욕 시중이라는 말에 눈을 크게 치켜떴다. 이건 또 무슨 상황이지? 이런 넓은 방을 준 것도 모자라 목욕 시중까지 들겠다니.

물론 제 비루한 몸뚱이를 남들에게 보여 줄 생각도 없지만, 이런 귀한 대접까지 받기에는 그녀도 염치가 있는 사람이었다. 이예주는 이번엔 다른 의미에서 격하게 고개를 흔들었다.

“아니요, 아니에요! 목욕 시중은 무슨…… 그냥 제가 대충 씻고 나올게요, 하하.”

“아닙니다. 손님 대접을 그런 식으로 하면 족장님께 저희가 혼이 나요. 부디 사양하지 마시고…….”

“아니요!”

일리야의 커다란 가슴에 눈을 못 박은 채 이예주가 단호하게 고개를 저었다.

“그냥 저 혼자 할게요. 족장님한텐 제가 잘 말씀드릴 테니까 저 혼자 하게 해 주세요, 언니. 네?!”

“정 그러시다면…… 그러면 이 아이들이 옷 갈아입는 것만이라도 도와주게 해 주세요. 레이디 한 분을 위해 급하게 교육받은 아이들입니다. 이 아이들에게 아무런 일도 주지 않고 돌려보낼 수는 없어요.”

나 하나를 위해 교육을 받았다고?! 목욕 시중보다 더 청천벽력 같은 소리에 이예주가 입을 떡 벌린 채 일리야 뒤에 서 있는 여자들을 바라보았다. 그들은 죄인이라도 된 듯 고개를 조아리고 있었다.

피로가 사라지니 이번엔 부담감이 그녀의 양어깨를 짓눌렀다. 당황스러움에 연신 머리를 쓸어 올리던 이예주는 여전히 애원하듯 자신을 바라보는 일리야 때문에 마지못해 고개를 끄덕였다.

“네, 그럼 옷만요. 속옷은 제가 입을 테니까, 옷만!”

“네. 감사합니다.”

그녀의 허락에 일리야가 환하게 웃음 지었다. 같은 여자인 자신조차 넋이 나갈 정도로 예뻤다. 칫, 하여간 예쁜 것들이 마음씨도 곱네.

이예주는 메이드 한 명이 건네는 속옷을 받아 들었다. 그러곤 다른 한 명에게 방의 오른쪽에 배치되어 있는 욕실을 안내받아 씻으러 들어갔다.

탁, 욕실 문이 닫혔다. 곧 샤워기에서 물이 쏟아지는 소리가 들리자 일리야의 입가에 걸쳐져 있던 환한 미소가 씻은 듯이 사라졌다.

"한시도 눈을 떼지 말고 똑바로 감시해. 이상 행동을 보이면 즉시 보고하도록."

인상이 전혀 바뀌어 버린 여자가 두 명의 메이드에게 차갑게 명령했다.

"네, 일리야 님."

메이드들이 고개를 숙이며 대답하자 일리야는 금발을 흔들며 이예주의 방을 빠져나갔다.

"저기요. 이 옷 꼭 입어야 돼요? 제 후드티랑 청바지는 어디……."

이예주가 거울에 비친 제 모습을 보고 오만상을 찌푸리며 제가 입고 있던 옷을 찾았다. 그러자 메이드들이 저들끼리 눈을 잠시 마주하는가 싶더니 입을 맞춘 것처럼 얘기했다.

"레이디, 참 아름다우십니다. 어쩜 이렇게 고우신지……."

"레이디껜 이런 색의 보석이 잘 어울리실 것 같아요. 이건 어떠세요?"

"아니요, 저기요……."

한 명이 불쑥 붉은 보석이 박힌 목걸이를 가져다 대었다. 난처한 얼굴로 뒤로 물러서던 이예주는 치렁치렁한 옷자락을 밟고 그대로 넘어질 뻔하다 가까스로 균형을 잡고 섰다.

옷 자체는 곱고 예뻤다. 실크로 만들어진 건지 천 자락이 부드럽게 몸을 에워쌌다. 문제는 일리야가 입은 옷보다 더 심하게 비치는 데다 재질이 하늘거린다는 점이었다.

바람이라도 불면 자신의 비루한 몸뚱이가 그대로 노출될 것만 같았다. 얇은 흰색 치마인지 천인지 모를 것을 몸에 걸친 이예주의 표정이 찌푸려졌다.

"이 옷 말고 딴 옷은요? 다른 옷은……."

"죄송합니다, 레이디. 저희가 급하게 손님을 맞느라 다른 옷을 미처 준비하지……."

"그럼 언니들이 입은 옷은요? 그런 치마는 더 없어요?"

"그보다 뒤의 머리카락을 조금 손질하시는 게 어떠신지요? 머리가 많이 상하셨네요. 제가 금방 가위를 가지고 오겠습니다, 레이디."

"하……."

개털 같은 뒷머리를 매만지며 이예주가 깊은 한숨을 내쉬었다. 너무 파여서 가슴이 휑했다. 허리를 조금만 숙여도 가슴골이 다 보이리라.

여자들이 옷을 입혀 줄 때 이예주는 속옷을 하나 더 걸치는 건 줄 알았다. 그들이 그 상태로 화장을 해 준답시고 나섰을 때도 별 이상한 점을 못 느꼈다.

그러는 동안 시간이 꽤 지체됐다. 외부에 노출된 어깨가 차가워지자 이예주는 겉옷을 요구했다. 여자들은 펄쩍 뛰며 겉옷 따윈 없다고 말했다. 그렇게 몇 번 실랑이가 오가자 그녀들은 이제 이예주의 의사 따윈 무시하고 말을 돌렸다. 머리가 아파 오기 시작했다.

"그럼요. 카디건이나 숄 같은 것도 없어요? 좀 추워서 그러는데요. 그냥 제 청바지랑 후드티 주시면 좋을 것 같은데……."

"어머, 레이디. 추우시군요. 정말 죄송합니다. 지금 바로 실내 온도를 올리겠습니다. 죄송합니다, 죄송합니다."

그녀가 무슨 말을 하건 땅에 머리가 닿도록 고개를 숙이며 사과를 하는 바람에 무슨 말을 꺼내기도 힘들었다.

"진짜 환장하겠네……."

이예주가 한탄하듯 혼잣말을 하자 여자들이 더욱 펄쩍 뛰었다. 혹시 제 말이 들리지 않는 걸까? 보아하니 한 명은 외국계 동양인 같고 한 명은 완전한 서양인인데, 한국어라 말귀를 못 알아듣는 게 아닐까.

"저기요, 언니. 제 말 들려요? 영어로 말해야 돼요? 익스큐스 미?"

"아니에요. 잘 들립니다, 레이디. 걱정하지 마세요."

당신들이 걱정을 하게 만들잖아! 이예주는 관자놀이를 꾹 눌렀다.

가위를 가지러 갔던 메이드가 돌아왔다. 그러더니 허락도 구하지 않고 이예주의 뒷머리를 조심스럽게 정리하기 시작했다.

그녀는 체념과도 같은 한숨을 내쉬며 여자의 손에 머리를 맡겼다. 어차피 하지 말라고 해 봤자 말도 안 통할 테고, 불리하면 죄송하다고 머리부터 조아릴 게 뻔했다. 포기하고 눈을 감자 기다렸다는 듯 다른 한 명이 붓을 들고 그녀의 얼굴에 달라붙었다. 그래, 너네 맘대로 해라…….

"……그런데 한국어는 언제 배우신 거예요? 되게 잘하시네요."

이예주가 메이드들에게 말을 붙였다. 별 의미 없이 지나가듯 물은 질문이었다.

"예? 한국어요, 레이디?"

"네. 한국어요."

"그게 뭐죠?"

"한국에서 쓰는 말이요."

"한국어……? 어디 나라 말이에요? 진, 너는 레이디께서 말씀하신 곳을 아니?"

"아니요. 죄송하지만 잘 모르겠습니다, 레이디."

살랑살랑 머릿속을 헤집던 손이 이번에는 지압하듯 꾹꾹 머리 가죽을 눌렀다. 으윽, 좋아. 머리끝부터 발끝까지 시원한 짜릿함에 신음하며 이예주는 '두 사람이 저를 웃기기 위해 콩트도 하는가 보다.'라고 생각했다. 피식 웃으며 그녀가 중얼거렸다.

"모르긴 뭘 몰라요. 지금 하고 있는 게 한국어구만. 모르면 나랑 어떻게 대화를……."

그때였다. 노크 소리가 들리더니 별안간 벌컥 하고 방문이 열렸다. 이예주가 퍼뜩 눈을 뜨고 바라보자 어느새 파란색 천 쪼가리로 옷을 갈아입은 일리야가 은은한 미소를 띠며 방에 들어왔다.

"어머, 레이디. 정말 아름다우세요. 어떤 남자도 그냥 지나칠 수 없겠어요."

일리야가 놀랍다는 듯 두 눈을 크게 떴다. 아름답다는 말에 민망해진 이예주가 거울을 바라보았다.

어느새 다듬어진 머리가 괴물에게 뜯긴 뒷머리 길이에 맞춰 턱 밑까지 훌쩍 올라와 있었다. 4개월 전 자른 단발머리 때와 비슷했지만, 입은 옷 탓인지 그보다 약간 더 세련되어 보였다.

분칠을 해 희멀건 얼굴과 쥐 잡아먹은 듯 시뻘건 입술이 눈에 확 띄었다. 스무 살이 넘고도 이런 짙은 화장은 해 본 적이 없는 그녀였기에 어색하기 그지없었다. 밑에는 걸친 건지 두른 건지 분간이 안 가는 하늘색 천 쪼가리까지.

몸에 맞지 않은 옷을 입은 것처럼 불편했다. 게다가 얼굴을 덮은 화장품 때문에 벌써부터 피부가 답답하고 근질근질했다. 이예주가 손을 들어 볼 근처를 긁자 메이드 한 명이 비명을 지르며 그녀의 손을 잡아뗐다.

"레이디! 건들면 안 됩니다. 지금이 완벽해요!"

"아아, 예……."

그녀는 무안함에 말끝을 흐렸다. 일리야가 그 모습을 가만히 바라보다가 부드럽게 그녀를 잡아끌었다.

"저녁 준비가 끝나서 모시러 왔습니다, 레이디. 밑에서 족장님이 기다리고 계세요."

"꼭 이런 옷을 입어야 해요? 제발 제 옷을 주시면 안 될까요, 언니."

일리야는 대답하지 않고 마냥 웃었다. 메이드들처럼 말도 돌리지 않고 환하게 웃는 얼굴로 그녀의 말을 쉽게 묵살했다. 이 여자, 꽤 고단수인데? 미심쩍은 얼굴로 여자들을 따라 방을 나서며 이예주는 생각했다.

1층으로 내려가는 중앙 계단 앞에 도착했을 때, 그녀는 조롱이와 다시 조우했다. 한참 기다리고 있었던 듯 입이 부루퉁하니 댓 발 나와 있었다.

세 명의 여자들에게 둘러싸여 걸어오는 이예주를 발견한 그의 황금색 눈이 크게 떠졌다. 그 커다란 동공은 놀라움에서 충격, 충격에서 경악으로 그녀가 다가갈 때마다 굳어졌다.

"이, 이게 다 뭐예여, 누나!"

이예주는 대답하는 대신 아래위로 그를 훑어보았다. 열심히 때 빼고 광낸 자신과는 다르게 조롱이는 옷만 바뀌었을 뿐, 별 차이 없었다.

여자들이 하도 신경 써서 자신을 꾸며 주기에 조롱이는 정장이라도 입힐 줄 알았건만, 옷조차 그 나이 또래의 옷이었다. 전에 입고 왔던 후줄근한 옷보다 더 깔끔할 뿐, 딱히 크게 달라진 건 없었다. 자신만 몇 시간을 시달렸다고 생각하니 왠지 모르게 억울해졌다.

"조롱아."

"헉, 누나. 진짜 이게 뭐예여!"

"내가 그냥 전에 입던 옷 달라고 했는데……."

그녀가 어색하게 웃으면서 볼을 긁적였다. 옆에 있던 여자 한 명이 또 한 번 기겁하며 그녀의 손을 잡아뗐다.

"빨리 다른 옷으로 갈아입어여. 얼른여!"

"그게……."

"난 몰라. 주인님 알면 죽어여, 누나! 힝, 주인님이 예주 누나 잘 감시하라고 했는데…… 이씨, 얼른 안 갈아입고 뭐……!"

"저기, 말씀 중에 죄송하지만 족장님이 많이 기다리고 계세요. 음식이 식으면 안 되잖아요? 오랜만에 손님이 오셔서 저희도 많이 준비했는데, 하시던 말씀은 저녁 식사 후에 나누시면 안 될까요?"

그때 이예주와 조롱이 사이에 일리야가 끼어들었다. 부드럽고 정중한 말투였지만, 그만 떠들고 빨리 내려가라는 단호함이 엿보였다.

조롱이가 불만에 가득 찬 얼굴로 뭐라 말하기 위해 입을 벌렸지만, 이예주는 얼른 고개를 저으며 계단을 내려갔다. 이미 입은 걸 어쩌란 말이냐. 그리고 지금 자리에 없는 주인까지 들먹이며 겁박하는 말도 듣기 싫었다.

계단을 내려가는 그녀의 뒤를 여자들이 우르르 따랐다. 챙겨 주는 이 하나 없이 남겨진 조롱이는 아까보다 입이 한층 더 나온 모습으로 쿵쾅거리며 계단을 홀로 내려갔다.

계단 아래에서 맞닥뜨린 팔족 족장이란 놈은 생각보다 젊고 느끼하게 생긴 남자였다. 금발에 푸른 눈의 전형적인 외국인이었다. 저번에 숲에서 만났던 다리족 족장 노인과 비교해 보았을 때 느끼한 어투 빼고는 흠잡을 데 없는 멀쩡한 인간에 가까웠다. 말투만 빼고.

"오, 원더풀! 이렇게 아름다운 숙녀분을 만나게 되어서 영광입니다, 레이디. 저는 팔족을 이끄는 족장입니다. 실례지만 레이디의 존함은……."

이예주는 저에게 내밀어진 족장의 손을 바라보며 어색하게 미소를 짓곤 주위를 둘러보았다. 일리야가 변함없이 미소를 띠며 족장의 손을 어서 잡으라고 눈짓했고, 조롱이는 감정이 부글부글 들끓는 금안으로 그녀를 노려보고 있었다.

여전히 손을 잡지 않고 어색하게 바라보고만 있자 버터만큼이나 느끼한 발음이 다시 그녀의 고막을 자극했다.

"레이디? 혹시 무슨 일이라도……."

"아하하. 예, 예주예요. 이예주요."

이예주는 마지못해 족장의 손을 잡았다. 그러자 그가 그녀의 앞에 무릎을 꿇고 앉아 손등 위에 입을 맞추더니 자리에서 일어나 외쳤다.

"래주! 아이 럽 쏘르르르 머어취! 빛나는 외모에 걸맞은 완벽한 이름이군! 안 그렇소, 일리야?"

"네. 정말 예쁜 이름이네요."

버터가 뚝뚝 흘러내릴 것만 같은 능글거림이 전달됐다. 있는 대로 혓바닥을 굴리며 족장이 이예주의 이름을 찬사하자 일리야가 옳다구나 받아쳤다. 조롱이가 어이없다는 눈으로 그 둘을 바라보며 토악질하는 시늉을 한 후 이예주 대신 정정해 주었다.

"래주가 아니라 예주예여, 예주!"

하지만 아무도 조롱이의 말에 귀 기울이지 않았다. 이예주 또한 정색했지만, 족장은 전혀 개의치 않았다.

"오 마이 갓! 세상에나. 일리야, 음식이 다 식겠군. 여기 뷰티풀한 레이디께서 기다리고 계시지 않나. 어서 식당으로 레이디를 안내하게, 어서!"

"네, 족장님. 이리로, 레이디 래주."

일리야가 다시 깔끔하게 웃으며 앞섰다. 그 뒤를 이예주에게 음흉한 미소를 보내던 팔족 족상이 뒤따랐다.

느물거리던 족장의 눈이 드디어 떨어져 나갔다. 이제껏 영화나 티브이로 파란 눈을 종종 보아 온 이예주였으나, 저렇게 흐리멍덩하고 더러운 파란색도 없을 거란 생각이 들었다.

옆에서 조롱이가 잔뜩 찡그린 얼굴로 떽떽거렸다.

"예주라구여, 예주!"

"내비 둬. 어차피 여기 떠나면 다시 볼 사이도 아닌데."

"그걸 말이라고 해여? 아, 진짜 이게 뭐 하는 거예여! 주인님은 그냥 팔족 근거지 근처에서 기다리라고만 하셨는데! 여기까진 저도 처음 온단 말이에여!"

조롱이가 잔뜩 비난 어린 눈초리로 이예주를 흘겨보았다. 그녀는 굉장히 억울했다.

"아, 몰라! 나도 처음 오는 건데 어떡하라고! 네가 와 보자고 한 거잖아!"

"힝, 어떡해여……."

조롱이가 울상을 지었다. 이예주야말로 착잡했다. 그냥저냥 밥이나 얻어먹고, 뜨거운 물에 씻고 오랜만에 잠이나 퍼질러 잘 수 있을 줄 알았더니 이게 대체 무슨 상황인지 모르겠다.

“아, 레이디! 어서 그 엘레강트한 발을 이쪽으로 옮겨 주시죠, 레이디!”

멀리서 족장이 검지와 중지를 앞뒤로 현란하게 움직이며 이예주를 불렀다. 그녀가 바라보자 심지어 한쪽 눈을 찡긋 감으며 윙크까지 해 댔다.

“……재 어떡하니, 진짜.”

조롱이가 다시 우웩 하고 헛구역질을 했다. 이예주는 가기 싫어 죽을 것 같은 엘레강트한 발을 억지로 떼어 식당 쪽으로 발길을 옮겼다.

-2권에서 계속-

BLACK LABEL CLUB 033
레드 앤 매드 1

초판 인쇄 2018년 3월 12일
초판 발행 2018년 3월 20일

지은이 권겨을
펴낸이 신현호
편집국장 김은주
편집부장 예숙영
편집 김수민
편집디자인 한방울
영업 · 관리 김민원 이주형 조인희
물류 이순우 최준혁

펴낸곳 ㈜디앤씨미디어
출판등록 2002년 5월 1일 제117-90-51792호
주소 서울시 구로구 디지털로 26길 111 JnK디지털타워 503호
대표전화 (02)333-2513 팩스 (02)333-2514
전자우편 dncbooks@dncmedia.co.kr
디앤씨북스 블로그 http://blog.naver.com/dncbooks
디앤씨북스 로맨스 카페 http://cafe.naver.com/dnc2007

ISBN 979-11-264-4274-4 (04810)
979-11-264-4273-7 (SET)